國家『十二五』重點圖書出版規劃項目

新編元稹集 二

［唐］元稹 原著

吳偉斌 輯佚 編年 箋注

陝西新華出版傳媒集團

三秦出版社

新編元稹集第二册目録

貞元十八年壬午(802) 二十四歲(續)

● 鶯鶯傳^{(一)①}

唐貞元中，有張生者，性溫茂，美丰容^(二)，內秉堅孤，非禮不可入。或朋從遊宴，擾雜其間，他人或汹汹拳拳^(三)，若將不及，張生容順而已，終不能亂②。以是年二十三^(四)，未嘗近女色。知者詰之，謝而言曰："登徒子非好色者，是有淫行耳^(五)！余真好色者，而適不我值。何以言之：大凡物之尤者，未嘗不留連於心，是知其非忘情者也。"詰者哂之^{(六)③}。

無幾何，張生遊於蒲。蒲之東十餘里，有僧舍曰"普救寺"，張生寓焉④！適有崔氏孀婦將歸長安^(七)，路出於蒲，亦止茲寺。崔氏婦，鄭女也^(八)。張出於鄭，緒其親，乃異派之從母⑤。是歲，渾瑊薨於蒲，有中人丁文雅，不善於軍，軍人因喪而擾，大掠蒲人⑥。崔氏之家，財產甚厚，多奴僕，旅寓惶駭，不知所託。先是張與蒲將之黨友善，請吏護之，遂不及於難⑦。十餘日，廉使杜確將天子命以統戎節^(九)，令於軍，軍由是戢⑧。

鄭厚張之德甚，因飾饌以命張中堂坐之^(一○)，復謂張曰："姨之孤嫠未亡，提攜幼稚。不幸屬師徒大潰，寔不保其身。弱子幼女，猶君之生也，豈可比常恩哉！今俾以仁兄禮奉見，冀所以報恩也。"⑨命其子，曰歡郎，可十餘歲，容甚溫美。次命女："出拜爾兄！爾兄活爾^(一一)！"久之，辭疾，鄭怒曰："張兄活爾之命^(一二)，不然爾且虜矣！能復遠嫌乎？"⑩

久之乃至，常服悴容，不加新飾，垂鬟接黛^(一三)，雙臉斷紅而已^(一四)，顏色艷異，光輝動人。張驚，爲之禮。因坐鄭傍，以鄭之抑而見也，凝睇怨絕，若不勝其體。問其年紀，鄭曰："今天子甲子歲之七月，終於貞元庚辰，生十七年矣！"張生稍以辭導之，不對，終席而罷。張自是惑之，願致其情，無由得也⑪。

崔之婢曰紅娘，生私爲之禮者數四，乘間遂道其衷。婢果驚沮，潰然而奔^(一五)，張生悔之。翼日婢復至，張生乃羞而謝之，不復云所求矣⑫！婢因謂張曰："郎之言，所不敢言，亦不敢泄。然而崔之族姻，君所詳也，何不因其德而求娶焉？"張曰："予始自孩提，性不苟合。或時紈綺閑居，曾莫留盼。不謂當年，終有所蔽。昨日一席間，幾不自持。數日來，行忘止，食忘飽，恐不能逾旦莫。若因媒氏而娶，納采問名，則三數月間索我於枯魚之肆矣！爾其謂我何？"⑬婢曰："崔之貞順自保，雖所尊不可以非語犯之，下人之謀，固難入矣！然而善屬文，往往沈吟章句，怨慕者久之，君試爲諭情詩以亂之？不然，則無由也。"張大喜，立綴《春詞二首》以授之⑭。

是夕紅娘復至，持采箋以授張曰："崔所命也。"題其篇曰《明月三五夜》，其詞曰："待月西廂下，迎風戶半開。拂墻花影動，疑是玉人來。"⑮張亦微喻其旨，是夕歲二月旬有四日矣！崔之東有杏花一樹^(一六)，攀援可踰。既望之夕，張因梯其樹而踰焉！達於西廂，則戶半開矣⑯！紅娘寢於床，生因驚之，紅娘駭曰："郎何以至？"張因絈之曰："崔氏之箋召我矣！爾爲我告之！"無幾，紅娘復來，連曰："至矣……至矣！"張生且喜且駭,謂必獲濟⑰。

　　及崔至,則端服嚴容,大數張曰:"兄之恩,活我之家,厚矣! 是以慈母以弱子幼女見託。奈何因不令之婢,致淫泆之詞? 始以護人之亂爲義,而終掠亂以求之,是以亂易亂,其去幾何⑱? 誠欲寢其詞,則保人之奸,不義。明之於母,則背人之惠,不祥。將寄於婢僕(一七),又懼不得發其真誠。是用託短章,願自陳啟。猶懼兄之見難,是用鄙靡之辭,以求其必至。非禮之動,能不愧心? 特願以禮自持,毋及於亂!"言畢,翻然而逝。張自失者久之,復踰而出,於是絕望⑲。

　　數夕,張君臨軒猶寢(一八),忽有人覺之,驚駭而起(一九),則見紅娘斂衾攜枕而至,撫張曰:"至矣……至矣! 睡何爲哉!"設衾枕而去(二〇)。張生拭目危坐,久之猶疑夢寐,然修謹以俟⑳。俄而紅娘捧崔氏而至,至則嬌羞融冶,力不能運肢體,曩時端莊不復同矣! 是夕,旬有八日也。斜月晶熒,幽輝半床,張生飄飄然,且疑神仙之徒,不謂從人間至矣㉑! 有頃寺鐘鳴,天將曉,紅娘促去。崔氏嬌啼宛轉,紅娘又捧之而去,終夕無一言。張生辨色而興,自疑曰:"豈其夢邪?"及明,靚妝在臂,香在衣,泪光熒熒然,猶瑩於裀席而已㉒。是後又十餘日,杳不復知。張生賦《會真詩三十韵》未畢,而紅娘適至,因授之,以貽崔氏。自是復容之,朝隱而出,莫隱而入,同安於曩所謂西廂者,幾一月矣㉓!

　　張生常詰鄭氏之情,則曰:"知……不可奈何矣……因欲就成之!"(二一)㉔無何,張生將之長安,先以情諭之,崔氏宛無難辭,然而愁怨之容動人矣! 將行之再夕,不復可見,而張生遂西。不數月(二二),復遊於蒲,舍於崔氏者又累月㉕。

　　崔氏甚工刀札，善属文，求索再三，终不可见。张生往往自以文挑之，亦不甚观览(二三)。大略崔之出人者，艺必穷极，而貌若不知；言则敏辩，而寡于酬对。待张之意甚厚，然未尝以词继之。时愁艳幽邃，恒若不识，喜愠之容亦罕形见。异时独夜操琴，愁弄凄恻，张窃听之。求之，则终不复鼓矣！以是愈惑之㉖。

　　张生俄以文调及期，又当西去。当去之夕，不复自言其情，愁叹于崔氏之侧㉗。崔已阴知将诀矣！恭貌怡声，徐谓张曰："始乱之，终弃之，固其宜矣！愚不敢恨。必也君乱之，君终之，君之惠也。则没身之誓，其有终矣！又何必感深于此行(二四)？然而君既不怿，无以奉宁，君尝谓我善鼓琴，嚮时羞颜，所不能及。今且往矣！既君此诚。"㉘因命拂琴，鼓《霓裳羽衣序》，不数声，哀音怨乱(二五)，不复知其是曲也。左右皆欷歔，崔亦遽止之，投琴，泣下流连，趋归郑所，遂不复至，明旦而张行㉙。

　　明年，文战不胜，遂止于京，因贻书于崔，以广其意㉚。崔氏缄报之辞，粗载于此，曰：

　　捧览来问，抚爱过深。儿女之情，悲喜交集。兼惠花胜一合、口脂五寸，致耀首膏唇之饰。虽荷殊恩，谁复为容？观物增怀，但积悲叹耳㉛！伏承使于京中就业，进修之道，固在便安。但恨僻陋之人，永以遐弃。命也如此，知复何言㉜！自去秋以来，常忽忽如有所失，于喧哗之下或勉为语笑，闲宵自处无不泪零。乃至梦寐之间，亦多叙感咽幽离之思(二六)，绸缪缱绻，暂若寻常？幽会未終，驚魂已斷。雖半衾如暖，而思之甚遙㉝。一昨拜辭，倏逾舊歲。長安行樂之地，觸緒牽情，何幸不忘幽微，眷念無斁。鄙薄之志，無以奉酬㉞。至於始終之盟，則固不忒。鄙昔中表相因，或同宴處。婢僕見誘，遂致私情(二七)。兒女之情，不能自固。君子有援琴之挑，鄙人無投梭之拒㉟。及薦寢席，義盛意深。愚陋之情(二八)，永謂終託。豈其既見君子而不能定情(二九)，致有自獻之羞。不復明侍巾櫛(三〇)，沒身永恨，含嘆何言㊱！倘仁人用心，俯遂幽劣(三一)，雖死之日，猶生之年。如或達士略情，捨小從大，以先配爲醜行，謂要盟之可欺(三二)，則當骨化形銷，丹誠不泯，因風委露，猶託清塵。存沒之情(三三)，言盡於此㊲。臨紙嗚咽，情不能申。千萬珍重，珍重千萬！玉環一枚，是兒嬰年所弄，寄充君子下體所佩。玉取其堅潔不渝，環取其終始不絕。兼亂絲一絇、文竹茶碾子一枚㊳，此數物不足見珍，意者欲君子如玉之貞，俾志如環不解。淚痕在竹，愁緒縈絲。因物達誠(三四)，永以爲好耳！心邇身遐，拜會無期。幽憤所鍾，千里神合。千萬珍重！春風多厲，強飯爲佳。慎言自保，無以鄙爲深念。㊴

張生發其書於所知，由是時人多聞之。所善楊巨源好屬詞，因爲賦《崔娘詩》一絕云：

清潤潘郎玉不如，中庭蕙草雪消初。風流才子多春思，腸斷蕭娘一紙書。㊵

河南元積亦續生《會真詩三十韵》,曰:

　　微月透簾櫳,螢光度碧空[41]。遙天初縹緲,低樹漸
葱朧[42]。龍吹過庭竹,鸞歌拂井桐[43]。羅綃垂薄霧,環珮
響輕風[44]。絳節隨金母(三五),雲心捧玉童[45]。更深人悄
悄,晨會雨濛濛[46]。珠瑩光文履,花明隱繡龍[47]。瑤釵行
彩鳳(三六),羅帔掩丹虹[48]。言自瑤華圃(三七),將朝碧帝
宮(三八)[49]。因遊李城北(三九),偶向宋家東[50]。戲調初微
拒,柔情已暗通[51]。低鬟蟬影動,迴步玉塵蒙[52]。轉面流
花雪,登床抱綺叢[53]。鴛鴦交頸舞,翡翠合歡籠[54]。眉黛
羞頻聚(四〇),唇朱暖更融[55]。氣清蘭蕊馥,膚潤玉肌豐[56]。
無力慵移腕,多嬌愛斂躬[57]。汗光珠點點(四一),髮亂綠葱
葱(四二)[58]。方喜千年會,俄聞五夜窮[59]。留連時有限,繾
綣意難終[60]。慢臉含愁態,芳辭誓素衷[61]。贈環明運合,
留結表心同[62]。啼粉流清鏡(四三),殘鑪繞暗蟲(四四)[63]。華
光猶冉冉,旭日漸瞳瞳[64]。驂乘還歸洛(四五),吹簫亦上
嵩[65]。衣香猶染麝,枕膩尚殘紅[66]。幕幕臨塘草,飄飄思
渚蓬[67]。素琴鳴怨鶴,清漢望歸鴻[68]。海闊誠難度,天高
不易衝[69]。行雲無定所(四六),蕭史在樓中[70]。

　　張之友聞之者,莫不聳異之,然而張亦志絕矣!積特與張
厚,因徵其辭[71],張曰:"大凡天之所命尤物也,不妖其身,必妖
於人。使崔氏子遇合富貴,乘嬌寵,不爲雲爲雨,則爲蛟爲螭,
吾不知其變化矣[72]!昔殷之辛,周之幽,據萬乘之國(四七),其勢

甚厚，然而一女子敗之，潰其衆，屠其身，至今爲天下僇笑⑦。予之德不足以勝妖孽，是用忍情。"於時坐者皆爲深嘆⑭。

後歲餘，崔已委身於人，張亦有所娶。適經其所居，乃因其夫言於崔，求以外兄見⑮。夫語之，而崔終不爲出。張怨念之誠，動於顏色，崔知之，潛賦一章，詞曰：

　　　自從消瘦減容光，萬轉千迴懶下床。不爲傍人羞不起，爲郎憔悴却羞郎。

竟不之見⑯。後數日，張生將行，又賦一章以謝絕之，曰：

　　　棄置今何道？當時且自親。還將舊來意（四八）。憐取眼前人。

自是絕不復知矣⑰！

時人多許張爲善補過者矣！予嘗於朋會之中往往及此意者：夫使知者不爲，爲之者不惑⑱。

貞元歲九月，執事李公垂宿於余靖安里第，語及於是，公垂卓然稱異，遂爲《鶯鶯歌》以傳之，崔氏小名鶯鶯，公垂以命篇⑲，歌曰（四九）：

　　　伯勞飛遲燕飛疾，垂楊綻金花笑日⑳。綠窗嬌女字鶯鶯，金翠娅鬟年十七㉑。黃姑上天阿母在，寂寞霜姿素蓮質㉒。門掩重關蕭寺中，芳草花時不曾出。（五〇）㉓

　　　　　　　　　　　　　　　錄自《元氏長慶集》補遺卷六

417

［校記］

（一）**鶯鶯傳**：宋人曾慥《類説》引唐人陳翰《異聞集》中元稹本文，題曰"傳奇"，宋人趙令畤《侯鯖録•元微之崔鶯鶯商調蝶戀花詞》云："夫《傳奇》者，唐元微之所述也。"又云："王性之作《傳奇辨正》云……"但宋代李昉《太平廣記》全文引録元稹本文，題曰"鶯鶯傳"。明人馬元調整理元稹詩文集，將本文收録，作爲補遺卷六，也題曰"鶯鶯傳"。明人胡應麟《少室山房筆叢》談及此事云："《西廂》事，唐人自有《鶯鶯傳》。"又曰："《西廂記》雖出唐人《鶯鶯傳》，實本金董解元，董曲今尚行世。"又元代陶宗儀《説郛》、清人金聖嘆引録本文，題曰"會真記"，可能是從本文中的《會真詩》而得。今按傳統，仍然名之曰"鶯鶯傳"。

（二）**美丰容**：《説郛》同，《太平廣記》作"美風容"，語義相類，不改。

（三）**他人或汹汹拳拳**：《太平廣記》、《説郛》作"他人皆汹汹拳拳"，語義不同，不改。

（四）**以是年二十三**：原本作"以是年二十二"，據《太平廣記》、《説郛》改。"二"與"三"在古代刊刻時極易混淆，但"三"脱一劃成爲"二"較爲常見，而"二"誤爲"三"的可能性很小。

（五）**是有淫行耳**：《説郛》作"是有淫行"，《太平廣記》作"是有兇行"，語義不同，不改。

（六）**詰者哂之**：《説郛》同，《太平廣記》作"詰者識之"，語義不同，不改。

（七）**適有崔氏孀婦將歸長安**：原本作"適有鄭氏孀婦將歸長安"，語義有誤，據《太平廣記》、《説郛》改。

（八）**崔氏婦，鄭女也**：原本作"崔氏女，鄭婦也"，語義有誤，據《太平廣記》、《説郛》改。

（九）**廉使杜確將天子命以統戎節**：《説郛》同，《太平廣記》作"廉使杜確將天子命以總戎節”，語義相類，不改。

（一〇）因飾饌以命張中堂坐之：《太平廣記》、《説郛》作“因飾饌以命張中堂宴之”，語義相類，不改。

（一一）出拜爾兄！爾兄活爾：原本作“出拜！爾兄活爾”，《説郛》同，據《太平廣記》改。

（一二）張兄活爾之命：《太平廣記》、《説郛》作“張兄保爾之命”，語義相類，不改。

（一三）垂鬟接黛：原本下注：“一作鬟垂黛接。”語義相類，不改。《説郛》作“垂鬟黛接”，語義相類，不改。

（一四）雙臉斷紅而已：《説郛》同，《太平廣記》作“雙臉銷紅而已”，語義相類，不改。

（一五）潰然而奔：《説郛》同，《太平廣記》作“腆然而奔”，語義相類，不改。

（一六）崔之東有杏花一樹：《説郛》、《類説》同，《太平廣記》作“崔之東有杏花一株”，語義相類，不改。

（一七）將寄於婢僕：原本作“將寄於婢妾”，語義不佳，據《太平廣記》、《説郛》改。

（一八）張君臨軒猶寢：《説郛》同，《太平廣記》作“張君臨軒獨寢”，張生一人在此，自然是“獨寢”，不及“猶寢”語佳，不改。

（一九）驚駭而起：原本作“驚欻而起”，《説郛》同，語義不佳，據《太平廣記》改。

（二〇）並枕重衾而去：原本作“設衾枕而去”，《説郛》作“置枕設衾而去”，據《太平廣記》改。

（二一）“知……不可奈何矣……因欲就成之”：《説郛》同，《太平廣記》作“我不可奈何矣！因欲就成之”，汪辟疆先生的《唐人小説》同，語義不通，不改。《元稹集》作“‘知不可奈何矣。’因欲就成之。”標點值得商榷。敬請讀者注意，這是理解本文的關鍵節點所在，不可輕易放過。

（二二）而張生遂西。不數月：《說郛》同，《太平廣記》作“而張生遂西下，數月”，兩者的關鍵在於“下”還是“不”，不過語義均通，不改。

（二三）亦不甚觀覽：《說郛》同，《太平廣記》作“亦不甚覩覽”，語義相類，不改。

（二四）又何必感深於此行：《太平廣記》、《說郛》作“又何必深感於此行”，語義相類，不改。

（二五）哀音怨亂：原本作“哀亂”，據《太平廣記》、《說郛》改。

（二六）亦多叙感咽幽離之思：《太平廣記》、《說郛》作“亦多叙感咽離憂之思”，語義相類，不改。

（二七）遂致私情：《太平廣記》、《說郛》作“遂致私誠”，語義相類，不改。

（二八）愚陋之情：原本作“愚細之情”，《說郛》作“愚昧之情”，據《太平廣記》改。

（二九）豈其既見君子而不能定情：《太平廣記》、《說郛》作“豈期既見君子而不能定情”，語義相類，不改。

（三〇）不復明侍巾櫛：《太平廣記》、《說郛》作“不復明侍巾幘”，語義相類，不改。

（三一）俯遂幽劣：《說郛》同，《太平廣記》作“俯遂幽眇”，語義不佳，不改。

（三二）謂要盟之可欺：《說郛》同，《太平廣記》作“以要盟爲可欺”，語義相類，不改。

（三三）存没之情：《太平廣記》、《說郛》作“存没之誠”，語義相類，不改。

（三四）因物達誠：《說郛》同，《太平廣記》作“因物達情”，語義相類，不改。

（三五）絳節隨金母：原本作“絳節隨金母”，語義不佳，據《太平

《廣記》、《説郛》、《才調集》、《類説》、《全詩》、《全唐詩録》改。

（三六）瑤釵行彩鳳：《太平廣記》、《説郛》同，《才調集》、《全詩》、《全唐詩録》作"寶釵行彩鳳"，《類説》作"玉釵行綵鳳"，語義相類，不改。

（三七）言自瑤華圃：《太平廣記》、《才調集》、《説郛》、《全詩》、《全唐詩録》作"言自瑤華浦"，語義相類，不改。

（三八）將朝碧帝宫：《才調集》、《全詩》、《全唐詩録》同，《太平廣記》、《説郛》作"將朝碧玉宫"，《類説》作"眉持璇碧宫"語義不同，不改。

（三九）因遊李城北：原本作"因遊洛城北"，《太平廣記》、《才調集》、《類説》同，《説郛》作"因游里城北"，據《全詩》改。

（四〇）眉黛羞頻聚：《才調集》、《全詩》、《全唐詩録》同，《太平廣記》、《説郛》、《類説》作"眉黛羞偏聚"，語義不同，不改。

（四一）汗光珠點點：《才調集》、《全詩》、《全唐詩録》、《説郛》、《類説》同，《太平廣記》作"汗流珠點點"，語義相類，不改。

（四二）髮亂綠葱葱：原本作"亂髮綠鬆鬆"，《才調集》、《全詩》作"髮亂綠鬆鬆"，據《太平廣記》、《説郛》、《類説》、《全唐詩録》改。

（四三）啼粉流清鏡：《才調集》、《説郛》、《全詩》、《全唐詩録》同，《太平廣記》作"啼粉流宵鏡"，語義不同，不改。

（四四）殘鑪繞暗蟲：《太平廣記》、《才調集》、《説郛》、《全詩》、《全唐詩録》作"殘燈繞暗蟲"，《類説》作"殘燈繞暗蚩"，語義不同，不改。

（四五）警乘還歸洛：原本作"乘鶩還歸洛"，《太平廣記》、《説郛》同，語義不佳，《才調集》、《類説》、《全詩》、《全唐詩録》作"警乘還歸洛"，據改。

（四六）行雲無定所：《太平廣記》、《才調集》、《説郛》、《類説》、《全詩》、《全唐詩録》作"行雲無處所"，語義不同，不改。

（四七）**據萬乘之國**：《太平廣記》、《説郛》作"據百萬之國"，語義相類，不改。

（四八）**還將舊來意**：《萬首唐人絶句》、《石倉歷代詩選》、《説郛》、《全詩》、《唐詩紀事》同，《太平廣記》、《侯鯖録》、《類説》作"還將舊時意"，語義相類，不改。

（四九）**歌曰**：此以下九句，《太平廣記》、《説郛》無，據馬本、《全詩》補録。

（五〇）**"芳草花時不曾出"以下三十四句**：金人董解元有《西廂記諸宮調》，分四處引録四十二句，雖然難定作者是李紳，還是董解元，但此四十二句對深入理解元積《鶯鶯傳》全文，有一定的幫助，故作爲附録引録馬本、《全詩》已經引録的八句之後，再將董解元《西廂記諸宮調》的其餘三十四句如下，進一步供讀者參考："河橋上將亡官軍，虎旗長戟交壘門。鳳凰詔書猶未到，滿城戈甲如雲屯。家家玉帛棄泥土。少女嬌妻愁被擄。出門走馬皆健兒，紅粉潛藏欲何處？嗚嗚阿母啼向天，窗中抱女投金鈿。鉛華不顧欲藏艷，玉顏轉瑩如神仙。此時潘郎未相識，偶住蓮館對南北。潛嘆悽惶阿母心，爲求白馬將軍力。明朝飛詔五雲下，將選金門兵悉罷。阿母深居難犬安，八珍玉食邀郎餐。千言萬語對生意，小女初笄爲妹妹。丹誠寸心難自比，寫在紅箋方寸紙。寄與春風伴落花，仿佛隨風緑楊裏。窗中暗讀人不知，剪破紅綃裁作詩。還怕香風易飄蕩，自令青鳥口銜之。詩中報郎含隱語，郎知暗到花深處。三五月明當户時，與郎相見花間路。"

［箋注］

① **鶯鶯傳**：劉本《元氏長慶集》未收録本文，但《太平廣記》卷四八八收録，估計馬本《元氏長慶集》即據此補入補遺卷六，馬本《元氏長慶集》的意見可從，據補。　鶯：鳥羽有文彩貌。《詩·小雅·桑扈》："交交桑扈，有鶯其羽。"毛傳："鶯然有文章。"黃鶯，又稱黃鸝、倉

庚等。《禽經》:"倉庚、鵹黃,黃鳥也。"張華注:"今謂之黃鶯、黃鸝是也。"丘遲《與陳伯之書》:"暮春三月,江南草長。雜花生樹,群鶯亂飛。"中國的人名,常常雙字疊加,女孩子尤多。提醒讀者注意,崔鶯鶯衹是《鶯鶯傳》中的一個藝術形象而已,那種追求考證崔鶯鶯原型的做法,我們以爲是不可取的。　傳:傳記,原指記載個人或群體事迹,有根有據,屬於歷史性文字。《漢書·叙傳》:"彼何人斯,竊此富貴,營損高明,作戒後世,述《佞倖傳》第六十三回。"劉知幾《史通·列傳》:"傳之爲體,大抵相同,而述者多方,有時而異。如二人行事,首尾相隨,則有一傳兼書,包括令盡,若陳餘、張耳合體成篇,陳勝、吴廣相參並録是也。"發展到後來,也包括以演述人物故事爲中心文學性極強的自傳作品。如陶淵明的《五柳先生傳》、劉禹錫《子劉子自傳》、白居易《醉吟先生傳》等,唐代傳奇也從單純的説神道鬼走向更爲複雜的社會生活,一大批傳奇小説開始面世,如《任氏傳》、《鶯鶯傳》、《李娃傳》、《霍小玉傳》、《長恨歌傳》等,大多以"傳"爲題。《鶯鶯傳》即是較早面世的唐代傳奇作品之一。

②　貞元:這裏指唐德宗李适的年號,起公元七八五年,終公元八〇五年,前後二十一年。吕渭《貞元十一年知貢舉撓悶不能定去留寄詩前主司》:"獨坐貢闈裏,愁多芳草生。仙翁昨日事,應見此時情。"歐陽詹《玩月序》:"貞元十二年,甌閩君子陳可封遊在秦,寓于永崇里華陽觀……"　張生:虛構的小説人物,張三還是李四,是作者隨手拈來,一般情況下没有特别的意義。　生:"先生"的省稱,指有才學的人,亦爲讀書人的通稱。趙翼《廿二史札記·先生或只稱一字》:"古時'先生'二字,或稱'先',或稱'生'。《史記·鼂錯傳》:'錯,初學於張恢先所。'《漢書》則云:'初學於張恢生所。'一稱'先',一稱'生'。顏注云:'皆先生也。'"《管子·君臣》:"是以爲人君者,坐萬物之原,而官諸生之職者也。"尹知章注:"生,謂知學之士也。"《史記·儒林列傳》:"言《禮》自魯高堂生。"司馬貞索隱:"云'生'者,自漢已來儒者皆

號'生',亦'先生'省字呼之耳!" 　溫茂:溫和美善。元稹《授烏重胤山南西道節度使制》:"橫海軍節度使烏重胤,才本雄勇,器惟溫茂。承累將之業,不以驕人;歷重兵之權,每思下士。"蔡襄《西京左藏庫副使帶御器甘昭吉可特授文思副使制》:"具官某,性質溫茂,材資幹明,久參省戶之嚴,仍寄帳兵之信。" 　丰容:儀態,風度。沈約《少年新婚爲之詠》:"丰容好姿顏,便僻工言語。"蘇軾《題王逸少帖》:"謝家夫人淡丰容,蕭然自有林下風。" 　堅孤:堅毅孤傲,義同"貧堅"、"孤堅"。白居易《酬楊九弘貞長安病中見寄》:"之子未得意,貧病客帝城。貧堅志士節,病長高人情。"徐積《移竹和倪敦復》:"但看歲久孤堅操,不爲墻間尺寸陰。正是北窗閑臥日,陶家兼有一張琴。" 　擾雜:擾亂,混雜。《後漢書·東夷傳論》:"東夷通以柔謹爲風……而燕人衛滿擾雜其風,於是從而澆異焉!"元稹《五品女樂判》:"雖興一部之詞,其如隔品之異。請懲擾雜,以償人言。" 　汹汹拳拳:喧鬧歡騰貌。張說《洛州張司馬集序》:"昔嘗攝戎幽易,謫居邛巂。亭皋漫漫,興去國之悲;旗鼓汹汹,助從軍之樂。"崔宇《對燕弓矢舞判》:"顧是胄子,舞斯嘉樂。不能請業,且服拳拳之道;而乃將撻,以速青青之刺。" 　容順:猶柔順,順從,亦謂奉承。李隆基《册廣甯公主文》:"禀訓公宮,法度彰於懿範;受教師氏,言容順於閨德。"元稹《論教本書》:"目不得閱淫艷妖誘之色,耳不得聞優笑淩亂之聲,口不得習操斷擊搏之書,居不得近容順陰邪之黨。"

③ 女色:女子的美色。《荀子·樂論》:"故君子耳不聽淫聲,目不視女色。"唐代無名氏《迷樓記》:"煬帝晚年,尤迷女色。" 　知者:能瞭解的人,有見識的人。岑參《送崔全被放歸都覲省》:"夫子不自衒,世人知者稀。來傾阮氏酒,去着老萊衣。"元稹《琵琶歌》:"曲名無限知者鮮,霓裳羽衣偏宛轉。"有智慧的人。《周禮·考工記序》:"知者創物,巧者述之。"陸德明釋文:"〔知〕音智。"《史記·商君列傳》:"愚者暗於成事,知者見於未萌。" 　詰:追問,詢問。《老子》:"視之不見,

名曰'夷'；聽之不聞，名曰'希'；搏之不得，名曰'微'。此三者不可致詰，故混而爲一。"《新五代史·裴迪傳》："迪召公立問東事，公立色動，乃屏人密詰之，具得其事。"責備，質問。《逸周書·大匡》："詰退驕頑，方收不服。"朱右曾校釋："詰，責也。"韓愈《進學解》："是所謂詰匠氏之不以杙爲楹，而訾醫師以昌陽引年，欲進其豨苓也。"　登徒子：登徒，複姓。子，古代男子的通稱。宋玉《登徒子好色賦》："其妻蓬頭攣耳，齞脣歷齒，旁行踽僂，又疥且痔，登徒子悅之，使有五子。"後世因稱好色而不擇美醜者爲"登徒子"。李白《感遇四首》四："宋玉事楚王，立身本高潔……一感登徒言，恩情遂中絕。"　哂：微笑。《論語·先進》："夫子哂之。"楊方《合歡詩五首》二："子笑我必哂，子慼我無歡。"譏笑。孫綽《遊天台山賦》："哂夏蟲之疑冰，整輕翮而思矯。"李白《經亂離後天恩流夜郎憶舊遊書懷贈江夏韋太守良宰》："學劍翻自哂，爲文竟何成！劍非萬人敵，文竊四海聲。"

④ 無幾何：不多時。《史記·匈奴列傳》："居無幾何，陳豨反，又與韓信合謀擊代。"張耒《明道雜誌》："〔舜卿〕蒙恩牽復爲湖州別駕，遂不赴官，無幾何物故。"　蒲：即蒲州。《舊唐書·地理志》："河中府，隋河東郡，武德元年置蒲州，治桑泉縣，領河東、桑泉、猗氏、虞鄉四縣……舊領縣五，戶三萬六千四百九十九，口十七萬三千七百八十四……在京師東北三百二十四里，去東都五百五十里。"張九齡《故太僕卿上柱國華容縣男王府君墓誌》："儀鳳中，初以門子選爲孝敬皇帝挽郎。解巾相王府參軍，授豫王府參軍，歷太子通事舍人、蒲州司法參軍。"薛能《蒲中霽後晚望》："河邊霽色無人見，身帶春風立岸頭。濁水茫茫有何意？日斜還向古蒲州。"　普救寺：唐代寺名，在蒲州東門外。《山西通志·蒲州府》："永濟縣……普救坡在縣東五里，南臨深溝，北有普救寺，路通猗氏、臨晉等地……舊名西永清院，五代漢乾祐元年，招討使郭威督諸軍討河中李守貞，周歲城未下，院僧曰：'將軍若發善心，城必克矣！'威折箭爲誓：'翼日城破，不戮一人！'遂改曰

普救……又按唐元稹《會真記》，則唐貞元中業有普救寺，當互考。"楊巨源《同趙校書題普救寺》："東門高處天，一望幾悠然。白浪過城下，青山滿寺前。"據元稹《鶯鶯傳》以及楊巨源《同趙校書題普救寺》，所謂至"五代漢"纔改爲"普救寺"之説有誤。

⑤ "適有崔氏孀婦將歸長安"三句：請讀者注意：崔氏婦衹是路過蒲州，應該很快離開；但小説中的崔氏婦却滯留蒲州，遲遲没有離開，時間長達一年以上。這是《鶯鶯傳》明顯虛構之處，讀者不應該把它當成張生或元稹的自傳來讀。　孀婦：寡婦。《淮南子·修務訓》："以養孤孀。"高誘注："雒家謂寡婦曰孀婦。"韋應物《子規啼》："高林滴露夏夜清，南山子規啼一聲。鄰家孀婦抱兒泣，我獨展轉何時明？"異派：指家族中的另支，另房。趙令畤《侯鯖録》卷五："鶯鶯者乃崔鵬之女，於微之爲中表，正《傳奇》所謂鄭氏爲異派之從母者也。"趙令畤的説法是符合當時情況的，但其將小説當成史實却是錯誤的。　從母：母親的姐妹，即姨母。《爾雅·釋親》："母之姊妹爲從母。"《左傳·襄公二十三年》："穆姜之姨子也。"孔穎達疏："據父言之謂之姨，據子言之謂之從母。"

⑥ "是歲"兩句：據《舊唐書·德宗紀》記載，事在貞元十五年十二月："（貞元十五年）十二月庚午，朔方等道副元帥、河中絳州節度使、檢校司徒兼奉朔中書令渾瑊薨。"據史籍記載推算，"庚午"是初一。　中人：宦官。《漢書·百官公卿表》："將行，秦官，景帝中六年更名大長秋，或用中人，或用士人。"顏師古注："中人，奄人也。"司空曙《晚秋西省寄上李韓二舍人》："賜膳中人送，餘香侍女收。仍聞勞上直，晚步鳳池頭。"　軍人：隸屬軍籍、服兵役的人。《後漢書·馬援傳》："糧雖難運而兵馬得用，軍人數萬爭欲先奮。"韓愈《贈張徐州莫辭酒》："請看工女機上帛，半作軍人旗上紅。"

⑦ 奴僕：舊時在主人家從事賤役者的通稱，包括本文中的紅娘。孟浩然《歲除夜有懷》："漸與骨肉遠，轉於奴僕親。那堪正飄泊，來日

歲華新。”杜甫《贈畢四曜》：“才大今詩伯，家貧苦宦卑。飢寒奴僕賤，顏狀老翁爲。”　旅寓：旅居。王勃《春思賦序》：“春秋二十有二，旅寓巴蜀。”清江《月夜有懷黃端公》：“月照疏林驚鵲飛，羈人此夜共無依。青門旅寓身空老，白首頭陀力漸微。”　惶駭：驚駭。《三國志·陳思王植傳》：“植益內不自安。”裴松之注引魚豢《典略》：“至如修者，聽采風聲，仰德不暇，目周章於省覽，何惶駭於高視哉！”《舊唐書·高仙芝傳》：“俄而賊騎繼至，諸軍惶駭，棄甲而走，無復隊伍。”　黨：朋黨，同夥。《左傳·僖公十年》：“〔晉〕遂殺平鄭、祁舉及七輿大夫……皆里平之黨也。”《淮南子·氾論訓》：“攝威擅勢，私門成黨，而公道不行。”高誘注：“黨，群。”

⑧“十餘日”兩句：據《舊唐書·德宗紀》記載，事亦在貞元十五年十二月：“十二月庚午，朔方等道副元帥、河中絳州節度使、檢校司徒兼奉朔中書令渾瑊薨……丁酉，以同州刺史杜確爲河中尹、河中絳州觀察使。”據史籍記載推算，“庚午”是初一，而“丁酉”是二十八日。廉使：官名，這裏指唐觀察使。張九齡《故襄州刺史靳公遺愛銘序》：“開元十二年，以理迹尤異，廉使上達，天子嘉之。”白居易《重題小舫贈周從事兼戲微之》：“舞筵須揀腰輕女，仙櫂難勝骨重人。不似鏡湖廉使出，高檣大舳鬧驚春。”　戎節：兵符，引申指兵權。韓愈《烏氏廟碑銘》：“授我戎節，制有壇墠。”曹松《南遊》：“直到南箕下，方諳漲海頭。君恩過銅柱，戎節限交州。”　戢：收斂，止息。《詩·小雅·鴛鴦》：“鴛鴦在梁，戢其左翼。”鄭玄箋：“戢，斂也。”《陳書·虞寄傳》：“願將軍少戢雷霆。”約束。《北史·隋文帝紀》：“兵可立威，不可不戢；刑可助化，不可專行。”高彥休《唐闕史·薛氏子爲左道所誤》：“二子敬依此教，嚴戢輿皁，無得妄行。”

⑨“鄭厚張之德甚”兩句：此事發生在貞元十六年正月間，下文鄭氏的回答“今天子甲子歲之七月，終於貞元庚辰，生年十七矣”就是最好的證明，今天子爲唐德宗，甲子歲是興元元年（784），而庚辰是貞

元十六年(800)，與"十七歲"一一相符合。這一年，亦即離開兵亂的貞元十五年已經過去了一個年頭，《鶯鶯傳》人物"張生"已經從二十三歲成爲二十四歲，而歷史人物元稹本年二十二歲，兩者並不同歲。所謂"張生與元稹同歲"，這是"張生即元稹自寓"論者欺騙自己也愚弄他人的關鍵節點，希望引起大家的注意。　饈饌：置辦酒食。《佩文韻府·饈饌》："《續齊諧記》：許彥遇一書生，素饌，年十七八。口中吐出一銅奩子，奩子中具諸饈饌珍羞方丈，其器皿皆銅物，氣味香旨，世所罕見。"宗臣《報劉一丈》："洲上攜尊，嘯歌中夜。自謂長住薜蘿，永奉杖屨。不意世網未捐，倉皇告別。又辱長者飲饌，命我贈序。"中堂：正中的廳堂。《儀禮·聘禮》："公側襲受玉于中堂與東楹之間。"鄭玄注："中堂，南北之中也。"《文選·張衡〈西京賦〉》："促中堂之陿坐，羽觴行而無筭。"薛綜注："中堂，中央也。"以示鄭氏對答謝張生的重視。　孤嫠：孤兒寡婦。韓愈《復志賦》："嗟日月其幾何兮，攜孤嫠而北旋。"王安石《哀賢亭》："我初羞夷吾，鮑叔亦我知。終欲往一慟，詠言慰孤嫠。"　提攜：照顧，扶植。《南齊書·蕭景先傳》："景先少遭父喪，有至性，太祖嘉之。及從官京邑，常相提攜。"劉得仁《山中抒懷寄上丁學士》："幽拙欣殊幸，提攜更不疑。弱苗須雨長，懶翼在風吹。"　幼稚：亦作"幼穉"，年紀小，未成熟。《漢書·王莽傳》："君年幼稚，必有寄託而居攝焉！"《資治通鑑·漢和帝永元十五年》："諸王幼穉，早離顧復。"指幼孩。陶潛《歸去來兮辭序》："余家貧，耕植不足以自給，幼稚盈室，瓶無儲粟。"蘇軾《黃州上文潞公書》："軾始就逮赴獄，有一子稍長，徒步相隨。其餘守舍，皆婦女幼稚。"　師徒：士卒，亦借指軍隊。《左傳·成公二年》："畏君之震，師徒撓敗。"張九齡《敕平盧諸將士書》："近日安祿山無謀，率爾輕敵，馳突不顧，遂損師徒。"　仁兄：對同輩友人的尊稱。《後漢書·趙壹傳》："實望仁兄，昭其懸遲。"李華《祭亡友張五兄文》："仁兄先生，俯監悲懷。"

⑩ 溫美：溫順美麗。柳宗元《佩韋賦》："家撝謙而溫美兮，脅子

公而喪哲。義師仁而惡狠兮，遂潰騰而滅裂。"《古今事文類聚新集·
與官嗔笑》："謝莊代顏峻爲吏書，峻容貌嚴毅，常有不可犯之色。莊
風姿溫美，有喧訴，常歡笑答之。時人語曰：'顏吏部嗔而與人官，謝
吏部笑而不與人官。'"　　辭疾：猶辭病，以身體有病爲由推辭不就某
種職務或不做某件事。《三國志·管寧傳》："黃初以來，徵命屢下，每
輒辭疾，拒違不至。"《梁書·何點傳》："〔下詔〕曰：'可徵爲侍中。'辭
疾不赴。"　　遠嫌：遠避嫌疑。《晉書·陳壽傳》："〔張華〕以壽雖不遠
嫌，原情不至貶廢。"彭乘《墨客揮犀》卷五："丁晉公之逐，士大夫遠
嫌，莫敢與之通聲問。"

⑪ 常服：通常之服。《南史·齊廢帝紀》："戎服急裝縛袴，上著
絳衫，以爲常服，不變寒暑。"蘇軾《贈寫御容妙善詩》："幅巾常服儼不
動，孤臣入門涕自滂。"　　悴容：憔悴的面容。謝靈運《長歌行》："朽貌
改顏色，悴容變柔顏。"盧仝《自君之出矣》："馳情增悴容，蓄思損精
力。"　　斷紅：謂稍抹胭脂，婦女的一種淡妝。蘇軾《元日次韵張先子
野見和七夕寄莘老之作》："莫唱裙垂綠，無人臉斷紅。"　　鬟：古代婦
女的環形髮髻。辛延年《羽林郎》："頭上藍田玉，耳後大秦珠。兩鬟
何窈窕！一世良所無。"杜甫《月夜》："今夜鄜州月，閨中只獨看……
香霧雲鬟濕，清輝玉臂寒。"　　黛：青黑色的顏料，古時女子用以畫眉。
《韓非子·顯學》："故善毛嗇、西施之美，無益於面；用脂澤粉黛，則倍
其初。"《文心雕龍·情采》："夫鉛黛所以飾容，而盼倩生於淑姿。"
顏色：面容，面色。《禮記·玉藻》："凡祭，容貌顏色，如見所祭者。"江
淹《古離別》："君在天一涯，妾身常別離。願一見顏色，不異瓊樹枝。"
艷異：異常艷麗。黃裳《題桃花菊》："人面亦相映，龍山應獨賞。却因
清淡中，艷異尤堪尚。"黃裳《荔子二首》二："絳包玉液踰中夏，黛染羅
帷度北風。艷異尤爭西子笑，曉來親見狀元紅。"　　光輝：光澤。《古
詩十九首·冉冉孤竹生》："思君令人老，軒車來何遲。傷彼蕙蘭花，
含英揚光輝。"曹士冕《法帖譜系·二王府帖》："從禁中借板墨本百

本,分遣宫僚。但用潘谷墨,光辉有余而不甚黟黑。" 动人:引人注意,打动人心。《汉书·扬雄传》:"凡人贱近而贵远,亲见扬子云禄位容貌不能动人,故轻其书。"罗隐《牡丹花》:"似共东风别有因,绛罗高卷不胜春。若教解语应倾国,任是无情亦动人。" 凝睇:注视,注目斜视。谷神子《博异志·敬元颖》:"仲躬异之,间乃窥于井上。忽见水影中一女子面,年状少丽,依时样妆饰,以目仲躬。仲躬凝睇之,则红袂半掩其面微笑。"刘禹锡《秋江早发》:"草树含远思,襟怀有余清。凝睇万象起,朗吟孤愤平。" 今天子甲子岁之七月:即当今皇上唐德宗甲子兴元元年(784)七月,亦即崔莺莺的生年生月所在。 终于贞元庚辰:即当今皇上唐德宗贞元贞元十六年(800)正月,亦即郑氏宴请张生的时候,崔莺莺"生十七年矣"!

⑫婢:女奴,使女。《汉书·刑法志》:"妾愿没入为官婢,以赎父罪,使得自新。"韩愈《寄卢仝》:"玉川先生洛城里,破屋数间而已矣。一奴长须不裹头,一婢赤脚老无齿。" 惊沮:犹惊惧。《资治通鉴·唐代宗永泰元年》:"有刘给事者,独出班抗声曰:'敕使反邪?今屯军如云,不勠力扞寇,而遽欲胁天子弃宗庙社稷而去,非反而何?'朝恩惊沮而退。"陈亮《龙川集·马援》:"乘险而进,则敌人惊沮而不知其所从来,智者不及谋,勇者不及斗。" 溃然:慌不择路貌。《宋书·张畅传》:"若一摇动,则溃然奔散,虽欲至所在,其可得乎?"《宋史·兵志》:"龙虎八阵图有奇有正,有进有止,远则射,近则击以刀盾,彼蕃骑虽众,见神盾之异,必遽奔溃然。"

⑬郎:对青少年男子的通称。《三国志·周瑜传》:"时瑜年二十四,吴中皆呼为周郎。"杜甫《少年行》:"马上谁家白面郎?临轩下马坐人床。不通姓氏粗豪甚,指点银瓶索酒尝。" 族姻:家族和姻亲。《左传·襄公二十六年》:"虽楚有材,晋实用之。子木曰:'夫独无族姻乎?'"杨伯峻注:"族,同宗;姻,亲戚。"元稹《有唐武威段夫人墓志铭》:"凡韦氏之族姻,闻其丧,莫不亲者悲,疏者叹,岂不善处其身

哉!」　**孩提**:幼小,幼年。《孟子·盡心》:"孩提之童,無不知愛其親也。"趙岐注:"孩提,二三歲之間,在繈褓知孩笑,可提抱者也。"《漢書·王莽傳》:"百歲之母,孩提之子,同時斷斬,懸頭竿杪。"　**紈綺**:富貴安樂的家境。王禹偁《右衛上將軍贈侍中宋公神道碑敕》:"維公之始,生於紈綺。晉主撫之,同乎己子。"紈袴子弟。葉適《致政通直錢公挽歌詞》:"盡與詩書癖,勿令紈綺攀。"　**留盼**:顧念,留意觀看。司馬逸客《雅琴篇》:"直幹思有託,雅志期所任。匠者果留盼,雕斲爲雅琴。"裴鉶《傳奇·裴航》:"妾有夫在漢南,將欲棄官而幽栖巖谷,召某一訣耳! 深哀草擾,慮不及期,豈更有情留盼他人? 的不然耶,但喜與郎君同舟共濟,無以諧謔爲意耳!"　**旦莫**:亦作"旦暮",白天與晚上,清早與黃昏。《墨子·經説》:"久,古今旦莫。宇,東西家南北。"賈思勰《齊民要術·種桑柘》:"春採者,必須長梯高杌,數人一樹,還條復枝,務令浄盡;要欲旦暮,而避熱時。"朝夕,謂整日。《國語·齊語》:"旦暮從事,施於四方。"韓愈《唐故檢校尚書左僕射右龍武軍統軍劉公墓誌銘》:"即其日與使者俱西,大熱,旦暮馳不息,疾大發。"　**納采**:古婚禮六禮之一,男方向女方送求婚禮物。《儀禮·士昏禮》:"昏禮:下達納采,用雁。"賈公彥疏:"納采,言納者,以其始相采擇,恐女家不許,故言納。"《漢書·平帝紀》:"〔元始〕三年春,詔有司爲皇帝納采安漢公莽女。"　**問名**:舊時婚禮中六禮之一,男傢俱書託媒請問女子的名字和出生的年月日,女家復書具告。《儀禮·士昏禮》:"賓執雁,請問名。"鄭玄注:"問名者,將歸卜其吉凶。"賈公彥疏:"問名者,問女之姓氏。"劉肅《大唐新語·諛佞》:"〔許敬宗〕棄長子於葉徼,嫁少女於夷落。聞《詩》聞《禮》,事絕於家庭;納采問名,唯同於鬻貨。"　**枯魚之肆**:乾魚店。《莊子·外物》:"周昨來,有中道而呼者,周顧視車轍中,有鮒魚焉! 周問之曰:'鮒魚來! 子何爲者邪?'對曰:'我,東海之波臣也,君豈有斗升之水而活我哉?'周曰:'諾,我且南游吳越之王,激西江之水而迎子,可乎?'鮒魚忿然作色曰:'……吾得斗升

431

之水然活耳！君乃言此，曾不如早索我於枯魚之肆！'”後因以爲典，喻面臨困境與絕境。元稹《代諭淮西書》：“以一旅之師，抗天下無窮之衆……不三數月，求諸公於枯魚之肆矣！”

⑭　貞順：指婦女的專一婉順。劉向《列女傳·周室三母》：“貞順率道，靡有過失。”柳宗元《亡姊前京兆府參軍裴夫人墓誌》：“其爲妻道也，貞順之宜，恒服於身體；疑忌之慮，不萌於心術。”　非語：猶蜚語，流言，無禮的話，不正經的話。白居易《與楊虞卿書》：“其不與者，或誣以僞言，或構以非語。”蘇軾《諫買浙燈狀》：“近日小人妄造非語。”　屬文：撰寫文章。《漢書·劉歆傳》：“歆字子駿，少以通《詩》《書》能屬文召，見成帝，待詔宦者署，爲黃門郎。”《文選·陸機〈文賦〉》：“每自屬文，尤見其情。”李善注：“屬，綴也。”　沈吟：低聲吟味，低聲自語。《文心雕龍·風骨》：“是以怊悵述情，必始乎風；沉吟鋪辭，莫先乎骨。”獨孤及《寒夜溪行舟中作》：“沈吟登樓賦，中夜起三復。”　章句：指文章、詩詞。沈約《梁武帝集序》：“漢高、宋武，雖闕章句，歌《大風》以還沛，好清談於暮年。”白居易《山中獨吟》：“人各有一癖，我癖在章句。”　怨慕：《孟子·萬章》：“萬章問曰：‘舜往於田，號泣於旻天，何爲其號泣也？’孟子曰：‘怨慕也。’”趙岐注：“言舜自怨遭父母見惡之厄而思慕也。”朱熹集注：“怨慕，怨己之不得其親而思慕也。”後泛指因不得相見而思慕。陸機《贈從兄車騎》：“感彼歸途艱，使我怨慕深。”　春詞：有關男女戀情的書信或文辭。常建《春詞》：“織女高樓上，停梭顧行客。問君在何所？青鳥舒錦翩。”王建《春詞》：“菱花霍霍繞帷光，美人對鏡著衣裳。庭中並種相思樹，夜夜還栖雙鳳凰。”

⑮　采箋：亦作“彩箋”，小幅彩色紙張，常供題詠或書信之用。歐陽炯《三字令》：“彩箋書，紅粉淚，兩心知。”張先《蝶戀花》：“欲寄彩箋兼尺素，山長水闊知何處？”　廂：正屋兩邊的房屋，廂房，古代亦指正堂兩側夾室之前的小堂。《爾雅·釋宮》：“室有東西廂曰廟。”郭璞

注:"夾室前堂。"元稹《春月》:"病久塵事隔,夜閑清興長。擁抱顛倒領,步屍東西廂。"陳鴻《長恨歌傳》:"又旁求四虛上下,東極大海,跨蓬壺,見最高仙山上多樓闕,西廂下有洞戶東向,闔其門,署曰'玉妃太真院'。" 迎風:逆風,對著風。《後漢書·皇甫嵩傳》:"若欲輔難佐之朝,雕朽敗之木,是猶逆阪走丸,迎風縱棹,豈云易哉?"《文選·張協〈七命〉》:"爾乃嶢樹迎風,秀出中天。"李善注引曹植《七啓》:"迎清風而立觀。" 玉人:容貌美麗的男子或女子,時代不同,含義也不同。《晉書·衛玠傳》:"〔玠〕年五歲,風神秀異……總角乘羊車入市,見者皆以爲玉人,觀之者傾都。"《世說新語·容止》:"〔裴楷〕麤服亂頭皆好,時人以爲玉人。"《漢語大詞典》在其後云:"後多用以稱美麗的女子。唐元稹《鶯鶯傳》:'隔墙花影動,疑是玉人來。'""後多用以稱美麗的女子"的判斷一點不假,但引用《鶯鶯傳》作爲書證,却是誤將張生作爲女子來對待了。本文所附假名崔鶯鶯《答張生(或刻月明三五夜)》之詩,《才調集》、《萬首唐人絕句》、《石倉歷代詩選》、《全詩》將其作者定名爲崔鶯鶯。本詩見於元稹所作《鶯鶯傳》,應該是《鶯鶯傳》中必不可少的故事情節,是元稹爲塑造崔鶯鶯這一藝術形象而設計的神來之筆,並非真是崔鶯鶯的手筆。《才調集》等收入並不存在的虛擬人物崔鶯鶯名下,不可取。它與《才調集》將關盼盼之《燕子樓》、薛濤之《柳絮》,魚玄機之《隔漢江寄子安》不同,同樣與《全詩》將諸多女性詩篇,如裴淑的《答微之》、柳氏的《答韓翃》、張文姬的《池上竹》諸詩並不相同。讀者試讀《鶯鶯傳》中的有關段落"崔之婢曰紅娘……張自失者久之,復踰而出,於是絕望",定然會得出與我們完全一致的結論。《鶯鶯傳》是元稹所作,包含在《鶯鶯傳》內的所有詩文,如《會真詩三十韻》、"崔鶯鶯回覆張生之信"、"自從消瘦減容光"、"棄置今何道"兩篇詩歌,當然"待月西廂下"四句,自然也是元稹所作,將其歸名崔鶯鶯,肯定是不合適的。而且,《才調集》、《全詩》等自亂體例,《鶯鶯傳》中同樣是崔鶯鶯所作的"自從消瘦減容光"與"棄置今何

道"兩首,卻不予收錄,前後矛盾,説不過去。

⑯喻:知曉,明白。《論語·里仁》:"子曰:'君子喻於義,小人喻於利。'"《後漢書·荀彧傳》:"海内未喻其狀,所受不侔其功。"喻旨即知曉旨意。《三國志·國淵傳》:"〔國淵〕又密喻旨,旬日得能讀者,遂往受業。" 既望:周曆以每月十五、十六日至廿二、廿三日爲既望,後稱農曆十五日爲望,十六日爲既望。《釋名·釋天》:"望,月滿之名也。月大十六日,小十五日,日在東,月在西,遙相望也。"劉禹錫《奉和中書崔舍人八月十五日夜玩月二十韵》:"暮景中秋爽,陰靈既望圓。"

⑰紿:欺誆。《史記·項羽本紀》:"項王至陰陵,迷失道,問一田父,田父紿曰:'左。'左,乃陷大澤中。"王安石《同昌叔賦雁奴》:"偷安與受紿,自古有亡國。君看雁奴篇,禍福甚明白。" 無幾:謂時間不多,不久。《詩·小雅·頍弁》:"死喪無日,無幾相見。"朱熹集傳:"言……不能久相見矣!"《東觀漢記·桓典傳》:"居無幾,相王吉以罪被誅。" 獲濟:得以成功,能够濟事。陸贄《鑾駕將還宫闕論發日狀》:"人主舉措宜圖萬全,必先事以防危,不臨危而求幸。幸而獲濟,貽愧已深,不幸罹灾,追悔何及!"司空圖《唐故太子太師致仕盧公神道碑》:"夫人姑臧郡君李氏,柔順明淑,葉公慈卹,内外孤嫠賴之獲濟,先公而終。"

⑱端服:服裝端正。顏延年《皇太子釋奠會作九章》七:"肴乾酒澄,端服整弁。"韋應物《寄職方劉郎中》:"一夕南宫遇,聊用寫中情。端服光朝次,群列慕英聲。" 數:數落,責備。《左傳·僖公二十八年》:"數之以其不用僖負羈,而乘軒者三百人也。"楊伯峻注:"'數之'云云,數其罪也。"《新唐書·元璹傳》:"既至,虜以不信咎中國,元璹隨語折讓,無所屈,徐乃數其背約,突厥愧服。" 慈母:古謂父嚴母慈,故稱母爲慈母。《戰國策·秦策》:"夫以曾參之賢與母之信也,而三人疑之,則慈母不能信也。"孟郊《遊子吟》:"慈母手中綫,遊子身上

衣。臨行密密縫，意恐遲遲歸。"　弱子：幼兒，小孩。《管子·形勢》：
"弱子下瓦，慈母操箠。"韓愈《元和聖德詩》："婉婉弱子，赤立傴僂。"
幼女：未長成的女孩。劉長卿《送子婿崔真父歸長城》："送君厄酒不
成歡，幼女辭家事伯鸞。桃葉宜人誠可詠，柳花如雪若爲看?"元稹
《贈咸陽少府蕭郎》："莫怪逢君淚每盈，仲由多感有深情。陸家幼女
託良婿，阮氏諸房無外生。"　不令：不善，不肖。《左傳·宣公十四
年》："寡君有不令之臣達，構我敝邑於大國。"不聽從命令。《韓非
子·說疑》："臨難不恐，上雖嚴刑無以威之，此之謂不令之民也。"《魏
書·北海王詳傳》："昔者，淮夷叛命，故有三年之舉；鬼方不令，乃致
淹載之師。"　淫泆：淫蕩，淫亂。《禮記·坊記》："婦人疾，問之，不問
其疾。以此坊民，民猶淫泆而亂於族。"劉向《說苑·政理》："婚姻之
道廢，則男女之道悖，而淫泆之路興矣!"　幾何：猶若干，多少。
《詩·小雅·巧言》："爲猶將多，爾居徒幾何?"馬瑞辰通釋："爾居徒
幾何，即言爾徒幾何也。"《史記·白起王翦列傳》："於是始皇問李信：
'吾欲攻取荆，於將軍度用幾何人而足?'"

⑲ 寢：謂湮沒不彰，隱蔽。揚雄《法言·淵騫》："或問：'淵騫之
徒惡乎在?'曰：'寢。'"汪榮寶義疏："寢，謂湮沒不彰。"《陳書·樊毅
傳》："會施文慶等寢隋兵消息，毅計不行。"　奸：奸邪，罪惡。《左
傳·僖公二十四年》："棄德崇奸，禍之大者也。"《漢書·趙廣漢傳》：
"郡中盜賊，閭裏輕俠，其根株窟穴所在，及吏受取請求銖兩之奸，皆
知之。"　義：謂符合正義或道德規範。《論語·述而》："不義而富且
貴，於我如浮雲。"《韓非子·忠孝》："湯武自以爲義而弒其君長。"
惠：仁愛，寬厚。《國語·晉語》："公曰：'夫豈惠其民而不惠其父
乎!'"韓愈《送楊支使序》："儀之智足以造謀，材足以立事，忠足以勤
上，惠足以存下。"　祥：善，吉利。《書·伊訓》："作善，降之百祥；作
不善，降之百殃。"孔傳："祥，善也。"韓愈《獲麟解》："雖婦人小子，皆
知其爲祥也。"　真誠：真實誠懇。《漢武帝內傳》："至念道臻，寂感真

誠。”盧群《淮西席上醉歌》:“衛霍真誠奉主,貔虎十萬一身。” 短章:指篇幅較短的詩文篇章。顏延之《五君詠》:“頌酒雖短章,深衷自此見。”韓愈《送權秀才序》:“寂寥乎短章,舂容乎大篇,如是者閱之累日而無窮焉!” 鄙靡:鄙俚柔弱。趙德麟《侯鯖錄》卷五:“大抵鄙靡之詞,止歌其事之所可歌,不必如是之備!”楊鏻《答楊蟭庵銓部》:“然弟亦頗有快活處,省會紛囂,莊語爲諱,任取眼前之景,領略到來之人,調笑詼謔,放浪鄙靡,與之爲嬰兒寄之乎?” 翻然:迅速轉變貌。陳琳《檄吳將校部曲文》:“若能翻然大舉,建立元勛,以應顯禄,福之上也。”《隋書·煬帝紀》:“若有識存亡之分,悟安危之機,翻然北首,自求多福。” 絕望:斷絕希望。《左傳·襄公十四年》:“若困民之主,匱神乏祀,百姓絕望,社稷無主,將安用之?”《史記·孝文本紀》:“夫秦失其政,諸侯豪傑並起,人人自以爲得之者以萬數,然卒踐天子之位者,劉氏也,天下絕望,一矣!”

⑳ 數夕:從“既望”亦即二月十六日至二月十八日,所謂的“數夕”就是三個晚上。李涉《寄河陽從事楊潛》:“回舟偶得風水便,烟帆數夕歸瀟湘。瀟湘水清巖嶂曲,夜宿朝遊常不足。”顏真卿《撫州臨川縣井山華姑仙壇碑銘》:“數夕,有雷震電繞,視紗頂孔如雞卵,屋穿容人,棺中惟覆被木簡而已。” 驚駭:驚慌害怕。王逸《九思·逢尤》:“鳥獸兮驚駭,相從兮宿栖。”《史記·吳王濞列傳》:“臣卬奉法不謹,驚駭百姓,乃苦將軍遠道至於窮國,敢請菹醢之罪。” 拭目:擦亮眼睛,形容殷切期待或注視。《漢書·張敞傳》:“今天子以盛年初即位,天下莫不拭目傾耳,觀化聽風。”顏師古注:“言改易視聽,欲急聞見善政化也。”《南史·張融傳》:“出入朝廷,皆拭目驚觀之。” 危坐:古人以兩膝著地,聳起上身爲“危坐”,即正身而跪,表示嚴肅恭敬,後泛指正身而坐。《文選·東方朔〈非有先生論〉》:“吳王懼然易容,捐薦去几,危坐而聽。”呂延濟注:“危坐,敬之也。”《新唐書·陸羽傳》:“〔羽〕得張衡《南都賦》,不能讀,危坐效群兒囁嚅,若成誦狀。” 修謹:謂行

事或處世謹慎,恪守禮法。《漢書·周陽由傳》:"武帝即位,吏治尚修
謹,然由居二千石中最爲暴酷驕恣。"《南史·袁泌傳》:"泌字文洋,清
正有幹局,容體魁岸,志行修謹。"　俟:等待。《書·金縢》:"爾之許
我,我其以璧與珪,歸俟爾命。"孔傳:"待命當以事神。"韓愈《寄盧
仝》:"嗟我身爲赤縣令,操權不用欲何俟?"

㉑　俄而:短暫的時間,不久。《莊子·大宗師》:"俄而子輿有病,
子祀往問之。"薛用弱《集異記·李汾》:"夜闌就寢,備盡綣繾,俄爾晨
雞報曙,女起告辭。"　嬌羞:嫵媚含羞。謝朓《詠邯鄲故才人嫁爲厮
養卒婦》:"鬒領不自識,嬌羞餘故姿。"權德輿《玉臺體十二首》二:"嬋
娟二八正嬌羞,日暮相逢南陌頭。試問佳期不肯道,落花深處指青
樓。"　融冶:和樂舒適。韓愈《元和聖德詩》:"衆樂驚作,轟豗融冶。"
楊萬里《唐李推官披沙集序》:"讀之使人發融冶之驩,於荒寒無聊之
中,動慘戚之感。"　端莊:端正莊重。李紳《渡西陵十六韵》:"及郊揮
白羽,入里卷紅旌。愷悌思陳力,端莊冀表誠。"蘇軾《和子由論書》:
"端莊雜流麗,剛健含婀娜。"　斜月:西斜的落月。《樂府詩集·子夜
四時歌秋歌》:"涼風開窗寢,斜月垂光照。"張若虛《春江花月夜》:"斜
月沈沈藏海霧,碣石瀟湘無限路。"　晶熒:明亮閃光。元稹《清都夜
境》:"夜久連觀静,斜月何晶熒!寥天如碧玉,歷歷綴華星。"李頻《中
秋對月》:"秋分一夜停,陰魄最晶熒。好是生滄海,徐看歷杳冥。"

㉒　有頃:不久,一會兒。《戰國策·秦策》:"孝公已死,惠王代
後,菹政有頃,商君告歸。"姚宏注:"有頃,言未久。"朱希濟《妖妄傳·
素娥》:"請先出素娥略觀其藝,遂停杯設榻召之,有頃,蒼頭曰:'素娥
藏匿。'"　嬌啼:嬌媚地哭泣。白居易《羅子》:"顧念嬌啼面,思量老
病身。直應頭似雪,始得見成人。"韋莊《與小女》:"見人初解語嘔啞,
不肯歸眠戀小車。一夜嬌啼緣底事?爲嫌衣少縷金華。"　宛轉:謂
纏綿多情,依依動人。崔湜《擬古神女宛轉歌二首》二:"此時望君君
不來,此時思君君不顧。歌宛轉,宛轉那能異栖宿?願爲形與影,出

入恒相逐。"郭震《子夜四時歌六首·冬歌》:"帷橫雙翡翠,被卷兩鴛鴦。嬌態不自得,宛轉君王床。" 熒熒:光閃爍貌。秦嘉《贈婦詩》:"飄飄帷帳,熒熒華燭。"貫休《行路難四首》一:"君不見燒金煉石古帝王,鬼火熒熒白楊裏。" 祵席:即祵褥。李景亮《李章武傳》:"命從者市薪蒭食物,方將具祵席,忽有一婦人持箒出房掃地。"岳珂《愧郯錄·禮殿坐像》:"珂竊以爲原廟用時王之禮,祵席器皿皆與今同,則其爲像,反不當以泥古矣!"

㉓ "是後又十餘日"兩句:崔張幽會之事發生在貞元十六年二月十八日的晚上,下推"十餘日",時間應該到了十六年的三月初。又通過"幾一月"的幽會,時間應該到了同年的四月。 杳:消失,不見蹤影。謝惠連《贈別》:"今行崿嵊外,銜思至海濱。覿子杳未儔,欹睇在何辰?"林景熙《仙壇寺西林》:"古壇仙鶴杳,野鹿自成群。嵐氣浮清曉,鐘聲出白雲。" 真:舊時所謂仙人。《說文·匕部》:"真,仙人變形登天也。"《樂府詩集·唐太清宮樂章》:"金奏迎真,瓊宮展盛。"魏野《尋隱者不遇》:"尋真誤入蓬萊島,香風不動松花老。採芝何處未歸來?白雲滿地無人掃。"這裏是張生把崔鶯鶯比作天上的仙人。未畢:請讀者注意,張生的詩題是"會真詩三十韵",但他並沒有寫完,從後面揭示的詩歌內容來看,張生衹寫了前面的二十韵,還有十韵沒有完成,委託紅娘轉交的《會真詩三十韵》,衹是一篇沒有完成的半成品。《鶯鶯傳》已經清楚揭示:"是後又十餘日,杳不復知。張生賦《會真詩三十韵》,未畢,而紅娘適至,因授之以貽崔氏。自是復容之,朝隱而出,莫隱而入,同安於曩所謂西廂者,幾一月矣!"這是準確理解《鶯鶯傳》的重要節點,讀者不可隨意放過。

㉔ 張生常詰鄭氏之情:張生追問、詢問的對象自然衹能是鶯鶯,追問、詢問的內容是他的姨母鄭氏知不知道他與鶯鶯私下幽會的事情,對此有違禮節的苟合是否反對是否同意?張生爲什麼要一而再再而三地追問詢問此事,自然有他不可告人的目的,讀者讀下來就清

楚了。　"則曰"四句：這個"知"，自然祇有鄭氏，因爲張生與鶯鶯都是當事人，不存在"知"與"不知"的問題。"不可奈何矣"是鄭氏知道女兒鶯鶯與侄子張生私下幽會的無可奈何的態度。"因欲就成之"的主語是"鄭氏"，這個"不可奈何矣"的態度，是鄭氏最後的無奈之選擇。關於本句，汪辟疆先生《唐人小説》改"知"爲"我"，斷句爲："則曰：'我不可奈何矣。'因欲就成之。"《元稹集》與《編年箋注》則斷句爲："則曰：'知不可奈何矣。'因欲就成之。"如此斷句，讀者一定不明白"因欲就成之"的主語究竟是誰，是鄭氏、鶯鶯還是張生？

　　㉕ 無何：不多時，不久。《史記·越王勾踐世家》："居無何，則致貲累巨萬。"吳筠《建業懷古》："銜璧入洛陽，委躬爲晉臣。無何覆社稷，爲爾含悲辛。"　愁怨：憂愁怨恨。《漢書·谷永傳》："峻刑重賦，百姓愁怨。"元結《貧婦詞》："誰知苦貧夫，家有愁怨妻。請君聽其詞，能不爲酸悽？"　累月：多月，接連幾月。左思《蜀都賦》："合樽促席，引滿相罰。樂飲今夕，一醉累月。"杜甫《送人從軍》："今君渡沙磧，累月斷人烟。好武寧論命！封侯不計年。"

　　㉖ 刀札：書寫。《太平廣記》卷一五二引薛瑩《鄭德璘傳》："女不工刀札，又恥無所報，遂以鈎絲而投夜來鄰舟女所題紅箋者。"又作"刀筆"，《後漢書·劉盆子傳》："酒未行，其中一人出刀筆書謁欲賀，其餘不知書者起請之。"李賢注："古者記事書於簡册，謬誤者以刀削而除之，故曰刀筆。"　求索：索取，乞求。《韓詩外傳》卷一："居下而好干上，嗜欲無厭，求索不止者，刑共殺之。"《後漢書·韓韶傳》："餘縣多被寇盜，廢耕桑，其流入縣界求索衣糧者甚衆。"　觀覽：觀賞，觀看。韓愈《南山詩》："崎嶇上軒昂，始得觀覽富。"閱覽。元稹《叙詩寄樂天書》："適值河東李明府景儉在江陵時，僻好僕詩章，謂爲能解，欲得盡取觀覽，僕因撰成卷軸。"　敏辯：機敏善辯。薛用弱《集異記·韋知微》："談論笑謔，敏辯無雙。"高彥休《唐闕史·李僕射方正》："有王處士者，知書善棋，加之敏辨，李公寅夕與之同處。"　酬對：應對，

對答。《後漢書·第五倫傳》:"〔第五倫〕從王朝京師,隨官屬得會見,帝問以政事,倫因此酬對政道,帝大悅。"陸游《老學庵筆記》卷一:"德昭對客議時事,率不遜語,人莫敢與酬對。" 愁艷:指艷麗而帶愁容。韋莊《上春詞》:"金樓美人花屏開,晨妝未罷車聲催。幽蘭報暖紫芽折,天花愁艷蝶飛迴。"《香屑集·艷歌行》:"珠箔銀屏畫不開,夭花愁艷蝶飛迴。俱飛蛺蝶元相逐,併是今朝鵲喜來。" 幽邃:幽深,深邃。唐彥謙《夏日訪友》:"提樹生晝凉,濃陰撲空翠。孤舟喚野渡,村疃入幽邃。"曹松《羅浮山下書逸人壁》:"海上亭臺山下烟,買時幽邃不爭錢。莫言白日催華髮,自有丹砂駐少年。" 喜慍:喜悅與忿怒。徐夤《讀史》:"喜慍子文何穎悟!卷藏蘧瑗甚分明。須知飲啄繇天命,休問黃河早晚清!"李中《獻喬侍郎》:"卷舒唯合道,喜慍不勞神。禪客陪清論,漁翁作近鄰。" 獨夜:一人獨處之夜。王粲《七哀詩二首》二:"獨夜不能寐,攝衣起撫琴。"杜甫《旅夜書懷》:"細草微風岸,危檣獨夜舟。星垂平野闊,月湧大江流。"

㉗ 文調:謂舉人赴京應試。 調:調試,調弄,演奏。庾信《春賦》:"玉管初調,鳴絃暫撫,《陽春》、《淥水》之曲,對鳳迴鸞之舞。"徐彥伯《擬古三首》三:"纖指調寶琴,泠泠哀且柔。" 及期:到了期限。《左傳·僖公十年》:"及期而往,告之曰:'帝許我罰有罪矣!'"《舊唐書·李抱真傳》:"及期,按簿而徵之,都試以示賞罰,復命之如初。"請讀者注意,在貞元十六年四月張生西去長安之後,經"不數月"後"復遊於蒲",與崔鶯鶯再次相會"累月",兩者相加,時間已經到了冬天,是舉人進京應試的時候了。我們在這裏一再匡算張生的行蹤,自然有我們的用意,相信讀者一定會理解。 愁嘆:憂愁嘆息。《楚辭·九章·抽思》:"愁嘆苦神,靈遙思兮。"馮贄《雲仙雜記》卷二:"饒子卿隱廬山康王谷,無瓦屋,代以茅茨……或時雨濕致漏,則以油幄承梁,坐於其下,初不愁嘆。"

㉘ 陰知:暗暗知道。司馬遷《史記·吕后本紀》:"是時諸吕用

事，擅權欲爲亂，畏高帝故大臣絳、灌等，未敢發。朱虛侯婦，呂禄女，陰知其謀，恐見誅，乃陰令人告其兄齊王，欲令發兵西誅諸呂。”張匡《日蝕論王商對》：“臣聞秦丞相呂不韋，見王無子，意欲有秦國，即求好女以爲妻，陰知其有身而獻之，王産始皇帝。”　訣：將遠離或久別而告別，多指生死告別。《史記・孫子吳起列傳》：“〔吳起〕與其母訣，齧臂而盟曰：‘起不爲卿相，不復入衛。’”鮑照《代東門行》：“涕零心斷絶，將去復還訣。”　怡聲：猶柔聲。《禮記・内則》：“及所，下氣怡聲，問衣燠寒。”《顔氏家訓・勉學》：“未知養親者，欲其觀古人之先意承顔，怡聲下氣，不憚劬勞，以致甘腝，愓然慚懼，起而行之也。”　亂：淫亂。《漢書・霍光傳》：“顯寡居，與子都亂。”契嵩《評讓》：“魯之隱公，不以正讓，非其人而苟去之，卒至乎淫亂，故曰以苟讓者亂。”　棄：抛棄。《書・大誥》：“厥考翼，其肯曰：‘予有後，弗棄基。’”孔傳：“其肯言我有後不棄我基業乎？”韓愈《秋懷十一首》一〇：“敗虞千金棄，得比寸草榮。”　終：事物的結局，與“始”相對。《詩・大雅・蕩》：“靡不有初，鮮克有終。”《文心雕龍・章句》：“原始要終，體必鱗次。”　没身：終身。《漢書・息夫躬傳》：“今單于以疾病不任奉朝賀，遣使自陳，不失臣子之禮。臣禄自保没身不見匈奴爲邊竟憂也。”王通《中説・問易》：“劉炫問《易》，子曰：聖人於《易》，没身而已，況吾儕乎？”不懌：不悦，不歡愉。《史記・五帝本紀》：“〔堯〕召舜曰：‘女謀事至而言可績，三年矣！女登帝位。’舜讓於德不懌。”裴駰集解：“謂辭讓於德不堪，所以心意不悦懌也。”張九齡《南陽道中作》：“事去物無象，感來心不懌。懷古對窮秋，興言傷遠客。”　羞顔：害羞。李白《長干行》：“同居長干里，兩小無嫌猜。十四爲君婦，羞顔未嘗開。”梅堯臣《答王太祝卷》：“珠光玉瑩絶瑕纇，强欲指摘徒羞顔。自同培塿最淺狹，安得與子論丘山！”　鼓琴：彈琴。《詩・小雅・鹿鳴》：“我有嘉賓，鼓瑟鼓琴。”《史記・齊悼惠王世家》：“魏勃父以善鼓琴見秦皇帝。”　既：窮盡，終盡。《莊子・應帝王》：“吾與汝既其文，未既其實。"成玄英疏:"既,盡也。"《淮南子·原道訓》:"富贍天下而不既,德施百姓而不費。"李綱《理財論》:"取之不竭,用之不既。"

㉙ 霓裳羽衣序:即《霓裳羽衣曲》。元稹《法曲》:"明皇度曲多新態,宛轉侵淫易沉著。赤白桃李取花名,霓裳羽衣號天落。"鄭嵎《津陽門詩》:"宸聰聽覽未終曲,却到人間迷是非。"自注:"葉法善引上入月宫,時秋已深,上苦淒冷,不能久留,歸,於天半尚聞仙樂。及上歸,且記憶其半,遂於笛中寫之。會西凉都督楊敬述進《婆羅門曲》,與其聲調相符,遂以月中所聞爲之散序,用敬述所進曲作其腔,而名《霓裳羽衣》法曲。" 哀音:悲傷之音。繁欽《與魏文帝箋》:"潛氣内轉,哀音外激;大不抗越,細不幽散。"張九齡《巫山高》:"神女去已久,雲雨空冥冥。唯有巴猿嘯,哀音不可聽。" 怨亂:悲怨雜亂。蘇軾《席上代人贈別三首》一:"淒音怨亂不成歌,縱使重來奈老何?淚眼無窮似梅雨,一番勻了一番多。"許翰《上蔡太師書》:"惜此彈丸之地,不忍與人。他日或者求而弗與,則怨亂並興。求而與之,則威德俱廢,患且滋衆,失亦益大矣!" 歔欷:悲泣,抽噎,嘆息。《楚辭·離騷》:"曾歔欷余鬱邑兮,哀朕時之不當。"蔡琰《悲憤詩》:"觀者皆歔欷,行路亦嗚咽。"

㉚ 明年:張生自貞元十六年冬天入京參加考試,按照李唐的規定,每年春季放榜,故張生"文戰不勝"的具體時間應該在貞元十七年的春天,這就是"明年"的確實含義。而《年譜》却框定張生"文戰不勝"的時間在整個"貞元十七年",包括"十七年"的冬天在内,由此衍生了一系列的錯誤,幸請讀者明察。 文戰:指科舉考試。方干《送喻坦之下第還江東》:"文戰偶不勝,無令移壯心。風塵辭帝里,舟檝到家林。"羅鄴《自蜀入關》:"文戰連輸未息機,束書攜劍定前非。近來從聽事難得,休去且無山可歸。" 貽:贈送,給予。《詩·邶風·静女》:"静女其孌,貽我彤管。"曹植《朔風詩》:"子好芳草,豈忘爾貽!繁華將茂,秋霜悴之。"

㉛ 撫愛：關懷愛護。《宋書·路淑媛傳》：“初，太宗少失所生，爲太后所攝養，太宗盡心祗事，而太后撫愛亦篤。”《朱子語類》卷二九：“少者懷於我，則我之所以懷之，必極其撫愛之道。”　花勝：古代婦女的一種首飾，以剪綵爲之。《文選·曹植〈七啓〉》：“戴金搖之熠燿，揚翠羽之雙翹。”李善注引司馬彪《續漢書》：“皇太后入廟先爲花勝，上爲鳳凰，以翡翠爲毛羽。”蕭綱《眼明囊賦》：“雜花勝而成疏，依步搖而相逼。”　口脂：古代用以化妝的唇膏、口紅。張鷟《遊仙窟》：“艷色浮妝粉，含香亂口脂。”韋莊《江城子》：“朱唇未動，先覺口脂香。”　殊恩：特別的恩寵，常指帝王的恩寵。《後漢書·杜詩傳》：“上書乞避功德，陛下殊恩，未許放退。”杜甫《建都十二韻》：“牽裾恨不死，漏網辱殊恩。”　悲嘆：悲傷嘆息。曹植《七哀詩》：“上有愁思婦，悲嘆有餘哀。”杜甫《逃難》：“妻孥復隨我，回首共悲嘆。”

㉜ 就業：求學。《大戴禮記·曾子立事》：“日旦就業，夕而自省思。”《北史·高允傳》：“性好文學，擔笈負書，千里就業。”　進修：猶言進德修業。《魏書·高允傳》：“又詔允曰：‘……朕既纂統大業，八表晏寧，稽之舊典，欲置學官於郡國，使進修之業，有所津寄。’”范仲淹《代人奏乞王洙充南京講書狀》：“教育之道，風布於邦畿；進修之人，日聞於典籍。”　僻陋：偏僻簡陋。《南史·張種傳》：“太建初，女爲始興王妃，以居處僻陋，特賜宅一區。”白行簡《李娃傳》：“不見責僻陋，方將居之，宿何害焉！”　遐棄：遠相拋撇，遠相離棄。《詩·周南·汝墳》：“既見君子，不我遐棄。”范質《誡兒侄八百字》：“天子未遐棄，日益素飧憂。”

㉝ 自去秋以來：崔鶯鶯回信在貞元十七年初春，亦即鶯鶯所言“春風多厲”的時刻。所謂的“去秋”，自然是指貞元十六年的秋天，是指張生“不數月，復遊於蒲，舍於崔氏者又累月”之時，那個時候，崔鶯鶯“已陰知將訣矣”。　忽忽：迷迷糊糊，恍恍忽忽。《文選·宋玉〈高唐賦〉》：“悠悠忽忽，怊悵自失。”李善注：“忽忽，迷也。”司馬遷《報任

安書》:"是以腸一日而九迴,居則忽忽若有所亡,出則不知其所往。"失意貌。《史記・韓長孺列傳》:"乃益東徙屯,意忽忽不樂。數月,病歐血死。"《南史・劉孝綽傳》:"〔孝綽〕晚年忽忽不得志。" 諠譁:聲大而嘈雜。《呂氏春秋・樂成》:"誠能決善,衆雖諠譁而弗爲變。"韓愈《讀東方朔雜事》:"欲不布露言,外口實諠譁。" 語笑:談笑。《南史・袁粲傳》:"郡南一家頗有竹石,粲率爾步往,亦不通主人,直造竹所,嘯詠自得。主人出,語笑款然。"陳師道《春懷示鄰里》:"剩欲出門追語笑,却嫌歸鬢著塵沙。風翻蛛網開三面,雷動蜂窠趁兩衙。" 閑宵:寂寞無聊的夜晚。岑參《范公叢竹歌》:"盛夏翛翛叢色寒,閑宵摵摵葉聲乾。能清案牘簾下見,宜對琴書窗外看。"魏承班《黃鐘樂》:"池塘烟暖草萋萋。惆悵閑宵含恨,愁坐思堪迷。" 自處:獨自居住。《後漢書・河間孝王開傳》:"翼於是謝賓客,閉門自處。"沈約《答庾光禄書》:"忌日制假,應是晉宋之間,其事未久,制假前止是不爲宴樂,本不自封閉,如今世自處者也。" 泪零:流淚。元稹《飲致用神麴酒三十韻》:"每恥窮途哭,今那客泪零!感君澄醴酒,不遣渭和涇。"孫光憲《浣溪沙》:"静想離愁暗泪零。欲栖雲雨計難成。少年多是薄情人。" 感咽:感動得泣不成聲。《西京雜記》卷一:"及即大位,每持此鏡,感咽移辰。"劉崇遠《金華子雜編》卷上:"言切語正,左右感咽。"綢繆:緊密纏縛貌。《詩・唐風・綢繆》:"綢繆束薪,三星在天。"毛傳:"綢繆,猶纏綿也。"孔穎達疏:"毛以爲綢繆猶纏綿束薪之貌,言薪在田野之中,必纏綿束之,乃得成爲家用。"《詩・豳風・鴟鴞》:"迨天之未陰雨,徹彼桑土,綢繆牖户。"孔穎達疏:"鄭以爲鴟鴞及天之未陰雨之時,剥彼桑根以纏綿其牖户,乃得成此室巢。"本文形容纏綿不解的男女戀情。 繾綣:特指男女戀情。青蘿帳女《題壁花箋》:"珠露素中書繾綣,青蘿帳裏寄鴛鴦。自憐孤影清秋夕,灑泪裴回滴冷光。"陸游《滿江紅》:"繾綣難忘當日語,淒凉又作它鄉客。問鬢邊、都有幾多絲?真堪織。" 尋常:平常,普通。劉禹錫《烏衣巷》:"舊時王謝堂前燕，飛入尋常百姓家。"葉適《寶謨閣直學士贈光禄大夫劉公墓誌銘》："今不過尋常文書，肯首而退爾。"　幽會：指相愛男女的私會。白居易《江南喜逢蕭九徹因話長安舊遊戲贈五十韵》："憶昔嬉遊伴，多陪歡宴場。寓居同永樂，幽會共平康。"顧敻《浣溪沙》："露白蟾明又到秋。佳期幽會兩悠悠。夢牽情役幾時休？"　驚魂：受驚的神態。駱賓王《螢火賦》："見流光之不息，愴驚魂之屢遷。"韋應物《感夢》："綿思靄流月，驚魂颯迴飇。誰念兹夕永？坐令顏鬢凋。"　衾：大被。《詩·召南·小星》："肅肅宵征，抱衾與裯，寔命不猶。"毛傳："衾，被也。"顧敻《訴衷情》二："怎忍不相尋？怨孤衾。換我心、爲你心。始知相憶深。"

㉞　一昨：前些日子。《淳化閣帖·晉王羲之帖》："多日不知君，聞得一昨書，知君安善爲慰。"顏真卿《與蔡明遠帖》："一昨緣受替歸北，中止金陵，闔門百口，幾至餬口。"　拜辭：行拜禮辭別。《南史·王弘傳》："弘時喪居，獨道側拜辭，攀車涕泣，論者稱焉！"《敦煌曲子詞·搗練子》："堂前立，拜辭娘。不角（覺）眼中泪千行。"　倏：原作犬疾行貌，引申爲疾速，忽然。段注本《說文·犬部》："倏，犬走疾也。"段玉裁注："引伸爲凡忽然之辭。"陶潛《飲酒二十首》三："一生復能幾？倏如流電驚。"《北史·突厥鐵勒傳論》："〔北狄〕皆以畜牧爲業，侵抄爲資，倏來忽往，雲飛鳥集。"　逾：越過，經過。《書·禹貢》："浮于江、沱、潛、漢，逾於洛，至於南河。"孔傳："逾，越也。"《詩·鄭風·將仲子》："將仲子兮，無踰我墻。"　舊歲：過去的一年，去年。皇甫冉《酬李司兵直夜見寄》："江城聞鼓角，旅宿復何如？寒月此宵半，春風舊歲餘。"譚用之《寄友人》："穴鳳瑞時來却易，人龍別後見何難！琴樽風月閑生計，金玉松筠舊歲寒。"　行樂：消遣娛樂，遊戲取樂。楊惲《報孫會宗書》："人生行樂耳，須富貴何時？"杜甫《宿昔》："宮中行樂秘，少有外人知。"　觸緒：觸動心緒。令狐楚《爲樓煩監楊大夫請朝覲表》："臣聞心孤者觸緒而悲，意切者發言皆懇。"孟郊《秋懷十

五首》一:"孤骨夜難臥,吟蟲相唧唧……觸緒無新心,叢悲有餘憶。"
牽情:觸動感情,動情。朱慶餘《中秋月》:"孤高稀此遇,吟賞倍牽
情。"孫魴《柳十一首》四:"春物牽情不奈何,就中楊柳態難過。" 幽
微:微弱輕微。《漢書·揚雄傳》:"若夫閎言崇議,幽微之塗,蓋難與
覽者同也。"《舊唐書·許胤宗傳》:"又脈候幽微,苦其難別,意之所
解,口莫能宣。" 無斁:不厭惡,不厭倦。《詩·周南·葛覃》:"爲絺
爲綌,服之無斁。"鄭玄箋:"斁,厭也。"吳筠《廬山雲液泉賦序》:"既飲
既漱,永翫無斁。" 鄙薄:鄙陋淺薄,自稱的謙詞。馬融《廣成頌》:
"淺陋鄙薄,不足觀省。"曹丕《答辛毗等令》:"夫虛談謬稱,鄙薄所弗
當也。" 奉酬:酬答。孫翃《奉酬張洪州九齡江上見贈》:"受命讞封
疆,逢君牧豫章。於焉審虞芮,復爾共舟航。"裴鉶《傳奇·崔煒》:"僧
感之甚,謂煒曰:'貧道無以奉酬,但轉經以資郎君之福祐耳!'"

㉟ 始終:自始至終,一直。《後漢書·明德馬皇后紀》:"故寵敬
日隆,始終無衰。"李肇《唐國史補》卷上:"顏魯公之在蔡州,再從侄
峴、家僮銀鹿始終隨之。" 不忒:沒有變更,沒有差錯。《易·豫》:
"天地以順動,故日月不過,而四時不忒。"《魏書·穆崇傳》:"用能四
時不忒,陰陽和暢。若有過舉,咎徵必集。" 中表:指與祖父、父親的
姐妹的子女的親戚關係,或與祖母、母親的兄弟姐妹的子女的親戚關
係。梁章鉅《稱謂錄·母之兄弟之子》:"中表猶言内外也。姑之子爲
外兄弟,舅之子爲内兄弟,故有中表之稱。"蔡邕《貞節先生陳留范史
雲銘》:"君離其罪,閉門靜居,九族中表,莫見其面。"鄭谷《訪題表兄
王藻渭上別業》:"中表人稀離亂後,花時莫惜重相携。" 相因:相關,
相襲,相承。《史記·酷吏列傳》:"二千石繫者新故相因,不減百餘
人。"曾鞏《洪範傳》:"〔貌、言、視、聽、思〕五者,思所以爲主於内,而用
四事爲外者也;至於四者,則皆自爲用而不相因。" 宴處:安居,閑
居。《意林》卷一引《韓非子·八姦》:"託宴處之娛,乘醉飽之時,求其
所欲,則必聽也。"薛用弱《集異記·鄭絪拜相》:"鄭公歸心釋門,宴處

常在禪室。”　私情：男女間的愛情，男女間不正當的感情。孟郊《別妻家》“孤雲目雖斷，明月心相通。私情詎銷鑠？積芳在春蕪。”黃庭堅《減字木蘭花·私情》：“終宵忘寐。好事如何猶尚未？子細沉吟。珠淚盈盈濕袖襟。”　援琴：持琴，彈琴。《韓非子·十過》：“平公曰：‘善。’乃召師涓，令坐師曠之旁，援琴鼓之。”《三國志·卻正傳》：“雍門援琴而挾説，韓哀秉轡而馳名。”這裏應該是化用司馬相如與卓文君的故事：《史記·司馬相如列傳》：“是時卓王孫有女文君，新寡，好音……及飲卓氏，弄琴，文君竊從户窺之，心悦而好之，恐不得當也。既罷，相如乃使人重賜文君侍者通殷勤，文君夜亡奔相如，相如乃與馳歸成都。”　投梭：“投梭折齒”的縮語。《晉書·謝鯤傳》：“謝鯤，字幼輿……鄰家高氏女有美色，鯤嘗挑之，女投梭，折其兩齒。時人爲之語曰：‘任達不已，幼輿折齒。’鯤聞之，慠然長嘯曰：‘猶不廢我嘯歌。’”後以“投梭折齒”爲女子拒絶調戲的典故。蘇軾《被酒獨行遍至子雲威徽先覺四黎之舍三首》三：“符老風情奈老何？朱顏減盡鬢絲多。投梭每困東鄰女，換扇唯逢春夢婆。”

㊱寢席：義同“枕席”，指男女媾歡。曹植《種葛篇》：“與君初婚時，結髮恩義深。歡愛在枕席，宿昔同衣衾。”韋應物《秋夜》：“暗窗涼葉動，秋天寢席單……一與清景遇，每憶平生歡。”　愚陋：愚鈍淺陋。《楚辭·九辯》：“性愚陋以褊淺兮，信未達乎從容。”王逸注：“姿質鄙鈍，寡所知也。”《漢書·晁錯傳》：“臣錯愚陋，昧死上狂言，唯陛下財擇。”　定情：東漢繁欽《定情詩》叙述一女子把佩飾送給情人，以示情意。後遂將男女互贈信物，表示愛情忠貞不渝，稱爲“定情”。陳鴻《長恨歌傳》：“進見之日，奏《霓裳羽衣曲》以導之；定情之夕，授以金釵鈿合以固之。”喬知之《定情篇》：“共君結新婚，歲寒心未卜。相與遊春園，各隨情所逐。”　自獻：主動獻出。杜牧《念昔遊三首》一：“十載飄然繩檢外，罇前自獻自爲酬。秋山春雨閑吟處，倚遍江南寺寺樓。”羅隱《吳門晚泊寄句曲道友》：“采香徑在人不留，采香徑下停橈

舟。桃花李花鬪紅白,山鳥水鳥自獻酬。"這裏指崔鶯鶯主動獻出自己的貞操。 　巾櫛:巾和梳篦,泛指盥洗用具。《禮記·曲禮》:"男女不雜坐,不同椸枷,不同巾櫛。"蘇軾《莊子祠堂記》:"公執席,妻執巾櫛。"引申指盥洗。姚合《假日書事呈院中司徒》:"十日公府靜,巾櫛起清晨。"王讜《唐語林·補遺》:"巾櫛既畢,又請更衣。"

㊲ 仁人:有德行的人。《書·泰誓》:"雖有周親,不如仁人。"賈誼《惜誓》:"悲仁人之盡節兮,反爲小人之所賊。" 　用心:使用心力,專心。《論語·陽貨》:"飽食終日,無所用心,難矣哉!"杜甫《解悶十二首》七:"熟知二謝將能事,頗學陰何苦用心。"費心,留意。丁謂《丁晉公談錄》:"〔真宗〕謂晉公曰:'今來封禪禮畢,大駕往回,凡百事須俱揔辦集,感卿用心。'" 　幽劣:低劣,微賤。盧綸《敬酬大府二十四舅覽詩卷因以見示》:"顧己文章非酷似,敢將幽劣俟洪爐!" 　達士:見識高超、不同於流俗的人。《呂氏春秋·知分》:"達士者,達乎死生之分。"杜甫《寫懷二首》一:"達士如弦直,小人似鉤曲。" 　略情:把事情看得很隨便。康海《送大復先生還信陽序》:"夫諸生欲贈大復先生歸而予泛及其事,如此略情而弗言者,蓋先生之於諸生以道而合,而秉執教化之責者,其理當若是也。" 　先配:未告祖廟而先行婚配。《左傳·隱公八年》:"鄭公子忽如陳逆婦媯……陳針子送女,先配而後祖。"杜預注:"禮,逆婦必先告祖廟而後行……鄭忽先逆婦而後告廟,故曰先配而後祖。"這裏指崔鶯鶯與張生未經父母允許而地下幽會之事。 　醜行:醜惡的行爲。曹植《求自試表》:"夫自衒自媒者,士女之醜行也。"劉知幾《史通·曲筆》:"用舍由乎臆說,威福行乎筆端,斯乃作者之醜行,人倫所同疾也。" 　要盟:盟約。《左傳·襄公九年》:"要盟無質,神弗臨也。"《史記·太史公自序》:"祭仲要盟,鄭久不昌。" 　形銷:形體消亡。鮑照《松柏篇》:"火歇烟既没,形銷聲亦滅。"楊士奇《歷代名臣奏議·經國》:"善爲强者,先强其志意,志意强然後舉事以著其强形,强形見則弱形銷矣!" 　丹誠:赤誠的心。《三

國志‧陳思王植傳》：“承答聖問，拾遺左右，乃臣丹誠之至願，不離於夢想者也。”張説《南中贈高六戩》：“北極辭明代，南溟宅放臣。丹誠由義盡，白髮帶愁新。”　泯：消滅，消失，消除。《詩‧大雅‧桑柔》：“亂生不夷，靡國不泯。”孔穎達《春秋正義序》：“漢德既興，儒風不泯。”　清塵：清輕的塵埃。左思《魏都賦》：“增搆岌岌，清塵影影。”杜甫《八哀詩‧贈太子太師汝陽郡王璉》：“忽思格猛獸，苑囿騰清塵。”存没：同“存歿”。顏延之《登巴陵城樓作》：“存没竟何人，耿介在明淑。”宋之問《魯忠王挽詞三首》二：“邦家錫寵光，存没貴忠良。”

　　㊳　臨紙：謂面對紙張書寫之時。陸雲《國人兵多不法啓》：“愚臣不以前後干迕多見罪責，臨紙慷慨，言不自盡。”陳亮《與應仲實書》：“臨紙無任惓惓。”　嗚咽：低聲哭泣，亦指悲泣聲。蔡琰《悲憤》：“觀者皆歔欷，行路亦嗚咽。”《顏氏家訓‧後娶》：“基諶每拜見後母，感慕嗚咽，不能自持，家人莫忍仰視。”　千萬：猶務必，表示懇切丁寧。《宋名人真迹‧黃魯直書簡帖》：“乍寒，千萬珍重！十月十五日庭堅頓首六祖禪師范公道友几下。”《太平廣記‧李令緒》：“令緒惆悵良久，傳謝阿姑千萬珍重，厚與金花贈遺，悉不肯受而去。”　玉環：玉製的環。《韓非子‧説林》：“吾好珮，此人遺我玉環。”此指佩環。張籍《蠻中》：“玉環穿耳誰家女？自抱琵琶迎海神。”此指耳環。　兒：古代年輕女子的自稱。《樂府詩集‧木蘭詩》：“木蘭不用尚書郎，願馳千里足，送兒還故鄉。”張鷟《遊仙窟》：“十娘曰：‘兒近來患嗽，聲音不徹。’”　嬰年：少年，兒時。真德秀《宮闈内外之分》：“莽徵宣帝玄孫，選取少者廣成侯子，嬰年二歲，立爲孺子，令莽踐阼居攝，如周公故事。”李華《京兆府員外參軍廳壁記》：“嬰年聞禮，敬睦傳於家庭；綺歲入官，名節動於寮友。”　下體：原指植物的根莖。《詩‧邶風‧谷風》：“采葑采菲，無以下體。”毛傳：“下體，根莖也。”孔穎達疏：“言采葑菲之菜者，無以下體根莖之惡並棄其葉，以興爲室家之法，無以其妻顏色之衰並棄其德。”後以“下體”喻婦人色衰。李白《秦女卷衣》：

"願君采葑菲，無以下體妨。"也指人體的下部，也叫"下身"。《尚書大傳》卷二："時則有下體生於上之痾。" 堅潔：賢貞純潔。裴鉶《傳奇·封陟》："封陟性雖執迷，操唯堅潔。"唐代無名氏《天竺國胡僧水晶念珠》："淒清妙麗應難竝，眼界真如意珠靜。碧蓮花下獨提攜，堅潔何如幻泡影！" 不渝：不改變。《詩·鄭風·羔裘》："彼其之子，捨命不渝。"毛傳："渝，變也。"劉孝標《廣絕交論》："風雨急而不輟其音，霜雪零而不渝其色。" 亂絲：紊亂的絲。韋應物《始至郡》："到郡方逾月，終朝理亂絲。"喻指散亂的頭髮。王建《舊宮人》："先帝舊宮宮女在，亂絲猶挂鳳凰釵。" 一絢：猶一束，多用於稱少量之絲。劉餗《隋唐嘉話》卷下："張昌儀兄弟恃易之、昌宗之寵，所居奢溢，逾於王主，末年有人題其門曰：'一絢絲，能得幾日絡？'"《宋史·樂志》："萬檟之寶，一絢之絲，孕之育子，誰爲此施？" 茶碾子：將茶葉碾碎的器具。暫無書證。 泪痕：眼泪留下的痕迹。蕭綱《和蕭侍中子顯春別四首》三："泪痕未燥詎終朝，行聞玉珮已相要。"李白《怨情》："但見泪痕濕，不知心恨誰！"

㊴ 愁緒：憂愁的心緒。蕭綱《阻歸賦》："雲向山而欲斂，雁疲飛而不息。何愁緒之交加？豈樹萱與折麻？"杜甫《泛舟送魏十八倉曹還京因寄岑中允參范郎中季明》："帝鄉愁緒外，春色泪痕邊。" 拜會：訪晤的敬詞。劉長卿《西庭夜燕喜評事兄拜會》："猶是南州史，江城又一春。隔簾湖上月，對酒眼中人。"尹焞《答王信伯》："去年冬末來會稽，凡事安集，不敢有煩遠念，末由拜會，惟乞爲斯文倍加保重，以副願望。" 無期：猶言不知何時，難有機會。《隸釋·漢費鳳別碑》："壹別會無期，相去三千里。"李頻《關東逢薛能》："惟君一度別，便似見無期。" 幽憤：鬱結的怨憤。崔寔《政論》："斯賈生之所以排於絳灌，屈子之所以攄其幽憤者也。"《晉書·劉琨傳》："琨詩託意非常，攄暢幽憤。" 神合：精神會合。白居易《夢與李七庾三十三同訪元九》："神合俄傾間，神離欠伸後。覺來疑在側，求索無所有。" 强

飯：努力加餐，勉强進食。《史記·外戚世家》：“行矣！强飯，勉之！即貴，無相忘！”《漢書·貢禹傳》：“生其强飯慎疾以自輔。”　慎言：出言謹慎。《墨子·非命》：“初之列士桀大夫，慎言知行。”李翱《從道論》：“所以君子慎言而小人飾言，君子俟時而小人徇時也。”　鄙：對自己的謙稱。《戰國策·魏策》：“臣願以鄙心意公，公無以爲罪。”《史記·張釋之馮唐列傳》：“唐謝曰：‘鄙人不知忌諱。’”

⑩　所知：相識的人，要好的人。《儀禮·既夕禮》：“所知，則賵而不奠。”《西京雜記》卷三：“余所知有鞠道龍，善爲幻術。”　時人：當時的人，同時代的人。《漢書·藝文志》：“《論語》者，孔子應答弟子時人及弟子相與言而接聞於夫子之語也。”顏紅郁《農家》：“時人不識農家苦，將謂田中穀自生。”　所善：要好的朋友。《史記·刺客列傳》：“光不敢以圖國事，所善荆卿可使也。”白居易《晚歸有感》：“平生所善者，多不過六七。如何十年間，零落三無一？”　屬詞：謂連綴字句爲文章，指寫作。《世説新語·文學》：“曹輔佐才如白地明光錦。”劉孝標注引《中興書》：“〔曹毗〕好文籍，能屬詞。”《舊唐書·薛登傳》：“有梁薦士，雅愛屬詞；陳氏簡賢，特珍賦詠。”　清潤：清麗溫潤。鍾嶸《詩品》卷下：“祐詩猗猗清潤，弟祀明靡可懷。”范成大《與時叙現老納涼池上時叙誦新詞甚工》：“想見篇中人，清潤如君詩。”　潘郎：指晉代潘岳，岳少時美容止，故稱。徐陵《洛陽道二首》一：“潘郎車欲滿，無奈擲花何！”史達祖《夜行船》：“白髮潘郎寬沈帶，怕看山，憶他眉黛。”後亦以代指貌美的情郎。韋莊《江城子》一：“緩揭繡衾，抽皓腕，移鳳枕，枕潘郎。”周邦彦《玲瓏四犯》：“穠李夭桃，是舊日潘郎，親試春艷。”　中庭：庭院，庭院之中。司馬相如《上林賦》：“醴泉涌於清室，通川過於中庭。”鮑照《梅花落》：“中庭雜樹多，偏爲梅咨嗟。”　蕙草：香草名，又名熏草、零陵香。宋玉《風賦》：“故其清凉雄風，則飄舉升降……獵蕙草，離秦衡。”嵇含《南方草木狀·蕙》：“蕙草一名薰草，葉如麻，兩兩相對，氣如蘼蕪，可以止癘。”　風流：謂風韵美好動人。花

蕊夫人《宮詞》三〇："年初十五最風流,新賜雲鬟使上頭。"花哨輕浮。
《敦煌曲子詞·南歌子》："悔嫁風流婿,風流無準憑。" 才子:古稱德
才兼備的人。潘岳《西征賦》："終童山東之英妙,賈生洛陽之才子。"
朱慶餘《送寶秀才》："江南才子日紛紛,少有篇章得似君。" 春思:春
日的思緒,春日的情懷,隱含青春男女愛的萌動。沈佺期《送陸侍御
餘慶北使》："朔途際遼海,春思繞軒轅。"曹唐《小遊仙詩九十八首》五
九："西妃少女多春思,斜倚彤雲盡日吟。" 蕭娘:《南史·梁臨川靖
惠王宏傳》云:宏受詔侵魏,軍次洛口,前軍克梁城。宏聞魏援近,畏
懦不敢進。魏人知其不武,遺以巾幗。北軍歌曰:"不畏蕭娘與呂姥,
但畏合肥有韋武。""蕭娘"即姓蕭的女子,言宏怯懦如女子,後以"蕭
娘"爲女子的泛稱。元稹《贈別楊員外巨源》："憶昔西河縣下時,青山
顚嶺宦名卑。揄揚陶令緣求酒,結託蕭娘只在詩。"徐凝《憶揚州》:
"蕭娘臉下難勝泪,桃葉眉頭易得愁。天下三分明月夜,二分無賴是
揚州。"

㊶ 亦:副詞,也。《書·康誥》："怨不在大,亦不在小。"杜甫《垂
老別》："土門壁甚堅,杏園度亦難。"此"亦"承接上文楊巨源賦寫《崔
娘》詩而來,元稹仿效楊巨源而續寫《會真詩三十韻》。 續:繼續,接
著。陳琳《爲袁紹檄豫州》："續遇董卓,侵官暴國。"宋敏求《春明退朝
錄》卷上:"趙令初拜,止獨相,領集賢殿大學士,續兼修國史。"請讀者
特別注意:元稹的《會真詩三十韻》衹是續寫張生"未畢"的《會真詩三
十韻》,並非另外重新另寫一首《會真詩三十韻》,不同於"和"、"酬"、
"同"。 微月:猶眉月,新月,指農曆月初的月亮。傅玄《雜詩》:"清
風何飄飄,微月出西方。"杜甫《水會渡》："微月没已久,崖傾路何難!"
簾櫳:窗簾和窗牖,也泛指門窗的簾子。江淹《雜體詩·效張華〈離
情〉》："秋月映簾櫳,懸光入丹墀。"史達祖《惜黃花·定興道中》:"獨
自捲簾櫳,誰爲開尊俎! 恨不得御風歸去。" 螢光:螢火蟲發出的
光。韋承慶《直中書省》："螢光向日盡,蚊力負山疲。"徐照《宿翁靈舒

幽居期趙紫芝不至》:"蛩響移砧石,螢光出瓦松。"　碧空:青天。蕭綱《京洛篇》:"夜輪懸素魄,朝光蕩碧空。"《雲笈七籤》卷一三:"太極真宮住碧空,絳闕崇臺一萬重。"

㊷ 遙天:猶長空。阮籍《詠懷八十二首》三二:"遙天耀四海,倏忽潛濛汜。"李世民《望終南山》:"重巒俯渭水,碧嶂插遙天。"　縹緲:高遠隱約貌。《文選·木華〈海賦〉》:"群仙縹眇,餐玉清涯。"李善注:"縹眇,遠視之貌。"杜甫《白帝城最高樓》:"城尖徑仄旌斾愁,獨立縹緲之飛樓。"　低樹:長得不高的樹林,灌木。耿湋《秋晚卧疾寄司空拾遺曙盧少府綸》:"晚果紅低樹,秋苔綠遍墻。慚非蔣生徑,不敢望求羊。"秦韜玉《對花》:"長與韶光暗有期,可憐蜂蝶却先知。誰家促席臨低樹? 何處橫釵戴小枝?"　葱蒨:明麗貌。杜甫《往在》:"鏡奩換妝黛,翠羽猶葱蒨。"蘇軾《江郊》:"江郊葱蒨,雲水蒨絢。"

㊸ 龍吹:指簫笛類管樂器。孔稚珪《爲王敬則讓司空表》:"搥金龍吹鬱其前,鳴笳鳳管疊其後。"這裏比喻微風越過庭院中的竹林之聲,猶如簫管之樂。　鶯歌:鶯鳥鳴唱。張正見《重陽殿成金石會竟上詩》:"鶯歌鳲鵲右,獸舞射熊前。"亦比喻美妙的聲音或歌樂。和凝《宮詞百首》五:"鳳吹鶯歌曉日明,豐年觀稼出神京。"這裏仍然形容春風擦過井旁梧桐發出醉人的音樂,猶如鶯鳥在鳴唱一般。

㊹ 羅綃:即"羅綺",羅和綺,多借指絲綢衣裳。張衡《西京賦》:"始徐進而贏形,似不任乎羅綺。"白居易《新樂府·繚綾》:"繚綾繚綾何所似? 不似羅綃與紈綺。應似天台山上月明前,四十五尺瀑布泉。"　薄霧:並不濃重的霧。虞世南《奉和月夜觀星應令》:"清風滌暑氣,零露淨囂塵。薄霧銷輕縠,鮮雲卷夕鱗。"杜甫《將曉二首》二:"軍吏回官燭,舟人自楚歌。寒沙蒙薄霧,落月去清波。"　環珮:亦作"環佩",古人所繫的佩玉,後多指女子所佩的玉飾。《禮記·經解》:"行步則有環佩之聲,升車則有鸞和之音。"鄭玄注:"環佩,佩環、佩玉也。"《史記·孔子世家》:"夫人自帷中再拜,環珮玉聲璆然。"　輕風:

微風，輕捷的風。張協《雜詩十首》三："輕風摧勁草，凝霜竦高木。"杜牧《早春閣下寓直蕭九舍人亦直內署因寄書懷四韻》："玉漏輕風順，金莖淡日殘。"

㊺ 絳節：傳說中上帝或仙君的一種儀仗。杜甫《玉臺觀二首》一："中天積翠玉臺遙，上帝高居絳節朝。"陸游《老學庵筆記》卷九："天下神霄，皆賜威儀，設於殿帳座外，面南，東壁，從東第一架六物：曰錦繖、曰絳節、曰寶蓋、曰珠幢、曰五明扇、曰旌。" 金母：古神話傳說中的女神，俗稱西王母。陶弘景《真誥·甄命授》："昔漢初有四五小兒路上畫地戲。一兒歌曰：'著青裙，入天門，揖金母，拜木公。'……所謂金母者，西王母也。"韋渠牟《步虛詞十九首》一五："西海辭金母，東方拜木公。" 雲心：雲端，高空，有時用指神話中的仙境。王訓《奉和同泰寺浮圖》："重櫨出漢表，層栱冒雲心。"趙令畤《蝶戀花》："正是斷腸凝望際，雲心捧得嫦娥至。" 玉童：仙童。王嘉《拾遺記·燕昭王》："西王母與群仙遊員邱之上，聚神蛾以瓊筐盛之，使玉童負筐以遊四極。"王維《贈焦道士》："縮地朝珠闕，行天使玉童。"美貌少女。李白《在水軍宴韋司馬樓船觀妓》："對舞青樓妓，雙鬟白玉童。"蘇軾《菩薩蠻·杭妓往蘇迎新守楊元素》："玉童西逐浮丘伯，洞天冷落秋蕭瑟。"

㊻ 更深：夜深。杜甫《火》："流汗臥江亭，更深氣如縷。"權德輿《玉臺體十二首》一〇："獨自披衣坐，更深月露寒。隔簾腸欲斷，爭敢下階看？" 悄悄：寂靜貌。韓愈《落葉送陳羽》："悄悄深夜語，悠悠寒月輝。誰雲少年別，流淚各沾衣？"白居易《新樂府·李夫人》"九華帳深夜悄悄，反魂香降夫人魂。夫人之魂在何許？香烟引到焚香處。"晨會：清晨時刻的幽會。暫無書證。《宋史·狄青傳》："青曰：'令之不齊，兵所以敗。'晨會諸將，堂上揖曙，起，并召用等三十人，按以敗亡狀，驅出軍門。斬之。"《冊府元龜·帝王部》："晉景帝沉毅多大略，宣帝之誅曹爽，深謀秘策，與帝潛畫，文帝弗之知也。將發，夕乃告之。既而使人覘之，帝寢如常，而文帝不能安席。晨會兵司馬門，鎮

靜内外,置陣甚整。宣帝曰:'此子竟可也!'" 濛濛:迷茫貌。《詩·豳風·東山》:"零雨其濛。"鄭玄箋:"歸又道遇雨,濛濛然。"吉師老《鴛鴦》:"江島濛濛烟靄微,綠蕪深處刷毛衣。"

㊼"珠瑩光文履"兩句:意謂珍珠的光彩使得繡有文采的鞋子更加美麗。到處是五彩繽紛的花朵,反而看不清流采四溢的神龍了。文履:飾以文彩的鞋子。劉向《説苑·反質》:"夫衛國雖貧,豈無文履,一奇以易十稷之繡哉!"曹植《洛神賦》:"踐遠遊之文履,曳霧綃之輕裾。"

㊽瑤釵:玉釵。司空圖《成均諷》:"瑤釵遞紛,粉鏡齊勻。炫華藻之新裝,捧重霄之寶器。"陳璧《過龍泉寺感舊》:"石隙通流滴暗厓,聲如神女墮瑤釵。溶溶浸月搖金殿,曲曲流觴繞玉階。" 彩鳳:即鳳凰。李白《鳳吹笙曲》:"仙人十五愛吹笙,學得昆丘彩鳳鳴。始聞鍊氣餐金液,復道朝天赴玉京。"李商隱《無題二首》一:"昨夜星辰昨夜風,畫樓西畔桂堂東。身無彩鳳雙飛翼,心有靈犀一點通。"這裏形容崔鶯鶯的頭飾有如鳳凰之美。 羅:稀疏而輕軟的絲織品。《楚辭·招魂》:"翡阿拂壁,羅幬張些。"王逸注:"羅,綺屬也。"胡皓《奉和聖製同二相以下群官樂游園宴》:"綺羅含草樹,絲竹吐郊衢。銜杯不能罷,歌舞樂唐虞。" 帔:古代婦女披在肩上的衣飾。《釋名·釋衣服》:"帔,披也,披之肩背,不及下也。"高承《事物紀原·帔》:"今代帔有二等,霞帔非恩賜不得服,爲婦人之命服,而直帔通用於民間也。"丹虹:赤色的虹,用以形容長條的彩帛。李嶠《旌》:"告善康莊側,求賢市肆中。擁麾分彩雉,持節曳丹虹。"孟郊《爛柯石》:"樵客返歸路,斧柯爛從風。唯餘石橋在,猶自淩丹。"

㊾瑤華圃:傳説中神仙居住的地方,亦省作"瑤華"。常建《送李十一尉臨溪》:"以言神仙尉,因致瑤華音。回軫撫商調,越溪澄碧林。"錢起《送費秀才歸衡州》:"不畏心期阻,惟愁面會賒。雲天有飛翼,方寸佇瑤華。" 碧帝:即"青帝",我國古代神話中的五天帝之一,

是位於東方的司春之神，又稱蒼帝、木帝。《史記·封禪書》："秦宣公作密時於渭南，祭青帝。"黃巢《題菊花》："颯颯西風滿院栽，蕊寒香冷蝶難來。他年我若爲青帝，報與桃花一處開。"道教以爲木星中有九青帝，並受事於中央青皇。《雲笈七籤》卷二五："木星有九門，門內有九青帝，其一帝輒備一門，以奉承於中央青皇上真大君也。"

　　⑩　李城：地名。《太平寰宇記·孟州》："李城，今縣城是也，本李侯國。《史記》：秦圍邯鄲，傳舍吏李同說平原君，得敢死之士三千人赴秦軍，秦軍爲却三十里。亦會楚、魏救至，秦兵遂罷。李同戰死，封其父爲李侯。佺廣曰：河南平皋城有李城。"而李城之北，正蒲州普救寺所在。蕭統《名士悅傾城》："美人稱絕世，麗色譬花叢。經居李城北，來往宋家東。教歌公主第，學舞漢成宮。"　宋家東：宋玉的東鄰，語出宋玉《登徒子好色賦》："大夫登徒子侍於楚王，短宋玉曰：'玉爲人，體貌閑麗，口多微辭，又性好色，願王勿與出入後宮！'王以登徒子之言問宋玉，玉曰：'體貌閑麗，所受於天也；口多微辭，所學於師也；至於好色，臣無有也！'王曰：'子不好色，亦有說乎？有說則止，無說則退。'玉曰：'天下之佳人，莫若楚國；楚國之麗者，莫若臣里；臣里之美者，莫若臣東家之子。東家之子增之一分則太長，減之一分則太短，著粉則太白，施朱則太赤，眉如翠羽，肌如白雪，腰如束素，齒如含貝。嫣然一笑，惑陽城，迷下蔡。然此女登牆闚臣三年，至今未許也。登徒子則不然，其妻蓬頭攣耳，齞唇歷齒，旁行踽僂，又疥且痔，登徒子悅之，使有五子。王孰察之，誰爲好色者矣？"元稹《古艷詩二首》一："春來頻到宋家東，垂袖開懷待好風。鶯藏柳暗無人語，惟有牆花滿樹紅。"崔涯《雜嘲二首》一："二年不到宋家東，阿母深居僻巷中。含泪向人羞不語，琵琶絃斷倚屏風。"

　　⑪　戲調：調戲，謂以輕佻言行狎弄人。陶岳《五代史補·貫休與光庭嘲戲》："貫休有機辯，臨事制變，衆人未有出其右者。杜光庭欲挫其鋒，每相見，必伺其舉措以戲調之。"范成大《閶門戲調行客》："日

夜飛帆與跨鞍，閶門川陸路漫漫。人生自苦身餘幾？天色無情歲又寒。”　柔情：温柔的感情。曹植《洛神賦》：“柔情綽態，媚於語言。”秦觀《鵲橋仙》：“柔情似水，佳期如夢，忍顧鵲橋歸路。”

(52) 低鬟：猶低首，低頭，用以形容美女嬌羞之態。王建《白紵歌二首》一：“低鬟轉面掩雙袖，玉釵浮動秋風生。酒多夜長夜未曉，月明燈光兩相照。”劉禹錫《傷秦姝行》：“此時意重千金輕，鳥傳消息紺輪迎。芳筵銀燭一相見，淺笑低鬟初目成。”　蟬影：義近“蟬鬢”、“蟬髩”，古代婦女的一種髮式，兩鬢薄如蟬翼，故稱。崔豹《古今注·雜注》：“魏文帝宫人絶所寵者，有莫瓊樹、薛夜來、田尚衣、段巧笑，日夕在側，瓊樹乃製蟬鬢，縹眇如蟬翼，故曰蟬鬢。”温庭筠《詠春幡》：“碧烟隨刃落，蟬髩覺春來。”　迴步：猶回頭。顧况《哭李别駕》：“故人行迹滅，秋草向南悲。不欲頻回步，孀妻正哭時。”盧綸《題雲際寺上方》：“空門不易啓，初地本無程。迴步忽山盡，萬緣從此生。”　玉塵：喻花瓣。張籍《同嚴給事聞唐昌觀玉蕊近有仙過因成絶句二首》一：“千枝花裏玉塵飛，阿母宫中亦見稀。”向子諲《水調歌頭·趙伯山席上見梅》：“只恐鄰笛起，化作玉塵飛。”

(53) 轉面：比喻極短的時間。《妾薄命》：“憶妾初嫁君，花鬟如緑雲。迴燈入綺帳，轉面脱羅裙。”梅堯臣《椹澗晝夢》：“初看不異昔，及寤始悲痛。人間轉面非，清魂歿猶共。”　花雪：即霰，俗稱雪珠。《宋書·符瑞志》：“大明五年正月戊午元日，花雪降殿庭……史臣按《詩》云：‘先集爲霰。’《韓詩》曰：‘霰，英也。’花葉謂之英。《離騷》云‘秋菊之落英’，左思云‘落英飄飖’，是也。然則霰爲花雪矣！草木花多五出，花雪獨六出。”這裏指女子臉面上紛紛而下的化妝品與激動的淚珠。　登床：上床。覺範《李光祖自了翁法窟來訪余於鍾山留十日方知鼻孔大頭向下既行作六首送之》五：“一切女人皆障道，十分厚味最傷生。登床未敢期穿屨，見慢須防起現行。”　綺叢：義近“綺羅”，泛指華貴的絲織品或絲綢衣服。徐幹《情詩》：“綺羅失常色，金翠暗無精。嘉肴既忘御,旨酒亦常停。"秦韜玉《貧女》:"蓬門未識綺羅香,擬托良媒益由傷。誰愛風流高格調?共憐時世儉梳粧。"指穿著綺羅的人,多爲貴婦、美女之代稱。《顔氏家訓·治家》:"鄴下風俗,專以婦持門户,争訟曲直,造請逢迎。車乘填街衢,綺羅盈府寺,代子求官,爲夫訴屈。"韋莊《江亭酒醒却寄維揚餞客》:"别筵人散酒初醒,江步黄昏雨雪零。滿坐綺羅皆不見,覺來紅樹背銀屏。"

(54) 鴛鴦:鳥名,似野鴨,爲我國著名特産珍禽之一。舊傳雌雄偶居不離,古稱"匹鳥"。《詩·小雅·鴛鴦》:"鴛鴦於飛,畢之羅之。"毛傳:"鴛鴦,匹鳥也。"崔豹《古今注·鳥獸》:"鴛鴦,水鳥,鳧類也。雌雄未嘗相離,人得其一,則一思而死,故曰疋鳥。"其實,"偶居不離"衹是人們的誤解。　交頸:頸與頸相互依摩,多爲雌雄動物之間的一種親昵表示。《莊子·馬蹄》:"夫馬陸居則食草飲水,喜則交頸相靡,怒則分背相踶。"曹植《種葛篇》:"下有交頸獸,仰見雙栖禽。"比喻夫妻恩愛,男女親昵。唐代王氏婦《與李章武贈答詩》:"鴛鴦綺,知結幾千絲?别後尋交頸,應傷未别時。"　翡翠:鳥名,嘴長而直,生活在水邊,吃魚蝦之類,羽毛有藍、緑、赤、棕等色。《楚辭·招魂》:"翡翠珠被,爛齊光些。"王逸注:"雄曰翡,雌曰翠。"洪興祖補注:"翡,赤羽雀;翠,青羽雀。《異物志》云:翠鳥形如燕,赤而雄曰翡,青而雌曰翠。"左思《吴都賦》:"山雞歸飛而來栖,翡翠列巢以重行。"　合歡:植物名,一名馬纓花,落葉喬木,羽狀複葉,小葉對生,夜間成對相合,故俗稱"夜合花"。夏季開花,頭狀花序,合瓣花冠,雄蕊多條,淡紅色。古人以之贈人,謂能去嫌合好。嵇康《養生論》:"合歡蠲忿,萱草忘憂。"崔豹《古今注·草木》:"合歡,樹似梧桐,枝葉繁互相交結,每風來,輒身相解,了不相牽綴,樹之階庭,使人不忿,嵇康種之舍前。"這裹喻指男女交歡。

(55) 眉黛:古代女子用黛畫眉,因稱眉爲眉黛。白居易《喜小樓西新柳抽條》:"漸欲拂他騎馬客,未多遮得上樓人。須教碧玉羞眉黛,莫與紅桃作麴塵。"溫庭筠《楊柳枝》:"金縷毵毵碧瓦溝,六宮眉黛惹春愁。晚來更帶龍池雨,半拂闌干半入樓。"　羞:難爲情,羞澀。班婕妤《搗素賦》:"弱態含羞,妖風靡麗。"辛棄疾《水龍吟·登建康賞心亭》:"求田問舍,怕應羞見,劉郎才氣。"　脣:嘴脣。《莊子·盜蹠》:"脣如激丹,齒如齊貝。"韋莊《江城子》:"朱脣未動,先覺口脂香。"朱:大紅色,比絳色(深紅色)淺,比赤色深,古代視爲五色中紅的正色。《詩·豳風·七月》:"我朱孔陽,爲公子裳。"《論語·陽貨》:"子曰:'惡紫之奪朱也。'"何晏集解引孔安國曰:"朱,正色。紫,間色。"

⑤⑥ 清:指液體或氣體清澈不渾。《詩·大雅·鳧鷖》:"爾酒既清,爾殽既馨。"鹿虔扆《虞美人》:"鎖窗疏透曉風清,象床珍簟冷光輕,水紋平。"　馥:香氣濃郁。《隸釋·漢冀州從事張表碑》:"遂播芳譽,有馥其馨。"香氣。楊衒之《洛陽伽藍記·景明寺》:"竹松蘭芷,垂列階墀,含風團露,流香吐馥。"香氣散發。申歡《兜玄國懷歸》:"風軟景和煦,異香馥林塘。"　玉肌:白潤的肌膚。葛洪《抱朴子·擢才》:"乃有播埃塵於白珪,生瘡痏於玉肌;訕疵雷同,攻伐獨立。"白居易《小歲日喜談氏外孫女滿月》:"桂燎熏花果,蘭湯洗玉肌。"　豐:豐滿,多指體態。《文心雕龍·風骨》:"夫翬翟備色,而翾翥百步,肌豐而力沈也。"《趙飛燕外傳》:"豐若有餘,柔若無骨。"唐人的審美觀點是以肥爲美,楊貴妃就是一個明顯的例子。

⑤⑦ 無力:沒有力氣,沒有力量。《莊子·逍遙遊》:"且夫水之積也不厚,則其負大舟也無力。"杜甫《茅屋爲秋風所破歌》:"南村群童欺我老無力,忍能對面爲盜賊! 公然抱茅入竹去,脣焦口燥呼不得。"慵:懶惰,懶散。杜甫《王十七侍御掄許携酒至草堂奉寄此詩便請邀高三十五使君同到》:"老夫臥穩朝慵起,白屋寒多暖始開。江鸛巧當幽徑浴,鄰雞還過短墻來。"王禹偁《寒食》:"妓女穿輕屐,笙歌泛小舠。使君慵不出,愁坐讀離騷。"　移:搖動,移動。《禮記·玉藻》:"徐趨皆用是,疾趨則欲發,而手足毋移。"孔穎達疏:"移謂靡匜搖動

也。"毛熙震《浣溪沙》六:"碧玉冠輕裊燕釵,捧心無語步香階,緩移弓底繡羅鞋。" 腕:臂下端與手掌相連可以活動的部分。《靈樞經·骨度》:"肘至腕長一尺二寸半,腕至中指本節長四寸。"韋莊《菩薩蠻》:"鑪邊人似月,皓腕凝雙雪。" 多嬌:十分嬌嬈。歐陽修《玉樓春·柳》:"黃金弄色輕於粉。濯濯春條如水嫩。爲緣力薄未禁風,不奈多嬌長似困。"郭祥正《雙頭牡丹》:"娥英窈窕臨湘浦,姊妹輕盈倚漢宮。只爲多嬌便相妬,芳心相隔不相同。" 斂躬:彎腰縮身。《淮南子·人間訓》:"〔子貢〕斂躬而行至於吳,見太宰嚭。"高彥休《唐闕史·吐突承璀地毛》:"〔承璀〕一日命其甥嘗所親附者,'姑爲我微行省闈之間,伺其叢談有言者否?'甥稟教斂躬而往,至省寺即詞詰,守衛輒不許進。"

㊹ 汗光:汗珠之光。《樂府詩集·秋歌二首》一:"疊素蘭房中,勞情桂杵側。朱顏潤紅粉,香汗光玉色。"黃之雋《無題三十首》二八:"枕席臨窗曉,烟花寄酒酣。汗光珠點點,眉語柳毧毧。" 點點:小而多。庾信《晚秋》:"可憐數行雁,點點遠空排。"皮日休《種魚》:"池中得春雨,點點活如蟻。" 髮亂:猶"亂髮",散亂的頭髮。曹植《七啓》:"收亂髮兮拂蘭澤。"杜甫《乾元中寓居同谷縣作歌七首》一:"有客有客字子美,白頭亂髮垂過耳。" 葱葱:形容草木青翠茂盛或氣象旺盛。李白《侍從遊宿溫泉宮作》:"日出瞻佳氣,葱葱繞聖君。"黃庭堅《奉和文潛贈無咎》:"庭柏鬱葱葱,紅榴鏤多子。時蒙吐佳句,幽處萬籟起。"這裏借喻女子鶯鶯烏黑發亮的頭髮。

㊺ 千年:極言時間久遠。沈約《齊故安陸昭王碑文》:"譽滿天下,德冠生民,蓋百代之儀表,千年之領袖。"盧照鄰《中和樂章·歌登封》:"山稱萬歲,河慶千年。" 五夜:指甲夜、乙夜、丙夜、丁夜、戊夜,這裏指戊夜,即第五更。崔琮《長至日上公獻壽》:"五夜鐘初動,千門日正融。"沈佺期《和中書侍郎楊再思春夜宿直》"西禁青春滿,南端皓月微。千廬宵駕合,五夜曉鐘稀。"

⑩ 留連:耽擱,拖延。《後漢書·劉陶傳》:"事付主者,留連至今,莫肯求問。"《魏書·宗欽傳》:"既承雅贈,即應有答,但唱高則難和,理深則難訓,所以留連日月,以至於今。"留戀不舍。曹丕《燕歌行六解》二:"飛鳥晨鳴聲可憐,留連顧懷不自存。"李白《友人會宿》:"滌蕩千古愁,留連百壺飲。"　有限:有限制,有限度。杜甫《前出塞九首》六:"殺人亦有限,立國自有疆。"蘇軾《孔毅甫妻挽詞》:"那將有限身,長瀉無益涕?"　繾綣:糾纏縈繞,固結不解。《詩·大雅·民勞》:"無縱詭隨,以謹繾綣。"高亨注:"繾綣,固結不解之意。"引申為不離散。《左傳·昭公二十五年》:"繾綣從公,無通外内。"杜預注:"繾綣,不離散也。"潘岳《為賈謐作贈陸機》:"昔余與子,繾綣東朝。"纏綿,形容感情深厚。白居易《寄元九》:"豈是貪衣食? 感君心繾綣。"王安石《解使事泊棠陰時三弟皆在京師》:"久留非可意,欲去猶繾綣。"引申為幽會。陸游《避暑漫抄》:"不過執衣侍膳,未嘗得一繾綣。"　意:情意,感情。《漢書·蕭望之傳》:"望之見納朋,接待以意。"王安石《舟夜即事》:"山泉如有意,枕上送潺湲。"需要說明一下,以上二十韻,是《鶯鶯傳》中的人物"張生"所作,描寫的是崔張幽會的全過程,沒有參與其事的外人,包括元稹在内,是無法知其詳的,自然也無法寫進詩歌之中。以下十韻,是崔張分手之後崔鶯鶯對張生的思念之情,是已經把"未畢"《會真詩三十韻》交給崔鶯鶯的張生無法再寫進詩篇之中的,應該是《鶯鶯傳》中的"元稹"的手筆,幸請讀者加以認真的辨別。

⑪ 慢臉:細嫩美麗的臉。劉遵《繁華應令》:"鮮膚勝粉白,慢臉若桃紅。"李煜《菩薩蠻》:"慢臉笑盈盈,相看無限情。"　愁態:憂愁的神態。李紳《真娘墓》:"一株繁艷春城盡,雙樹慈門忍草生。愁態自隨風燭滅,愛心難逐雨花輕。"侯冽《金谷園花發懷古》:"愁態鶯吟澀,啼容露綴繁。慇勤問前事,桃李竟無言!"　芳辭:優美的文詞,閨房書簡的美稱。唐代無名氏《尊聖陀羅尼幢贊》:"其有豎幢刹於四衢,飾芳辭於百寶。"石介《燕支板浣花箋寄合州徐文職方》:"合州太守鬢

將絲,聞説歡情尚不衰。板與歌娘拍新調,箋供狎客寫芳辭。"本詩應該是指後者,應該是指崔鶯鶯對張生表明自己心迹的回信而言。素衷:平素的心意。宋祁《去郡作》:"使君慚且嗟,處躬素衷拙。雖爾荷賜環,安敢冀榮轍!"韓元吉《謝提舉太平興國宮表》:"臣敢不砥礪素衷,激昂晚節。無功而禄,第爲餬口之羞;有命不渝,尚切粉身之報。"

㊽ 環:璧的一種,圓圈形的玉器。《左傳·昭公十六年》:"宣子有環,其一在鄭商。"王國維《觀堂集林·説環玦》:"余讀《春秋左氏傳》'宣子有環,其一在鄭商',知環非一玉所成。歲在己未,見上虞羅氏所藏古玉一,共三片,每片上侈下斂,合三而成規。片之兩邊各有一孔,古蓋以物繫之。余謂此即古之環也……後世日趨簡易,環與玦皆以一玉爲之,遂失其制。"高承《事物紀原·環》:"《瑞應圖》曰:'黄帝時,西王母獻白環,舜時又獻。'則環當出於此。"本詩是指崔鶯鶯在回覆張生時贈送的"玉環",表達崔鶯鶯"玉取其堅潔不渝,環取其終始不絶"的美好願望。 結:用綫、繩、草等條狀物打結或編織。《易·繫辭下》:"上古結繩而治,後世聖人易之以書契。"温庭筠《三洲詞》:"李娘十六青絲髮,畫帶雙花爲君結。"本詩中崔鶯鶯以"亂絲一絇"編織成結,表達自己始終不變的"素衷"。

㊾ 啼粉:飲泣時的眼泪和著化妝的脂粉。元稹《賦得雨後花》:"餘滴下纖蕊,殘珠墮細枝。浣花江上思,啼粉鏡中窺。"釋明本《梅花百詠·和馮海粟作》二八:"淡墨畫圖橫玉影,黄昏庭院倚闌人。唾絨猶認窗前迹,啼粉空餘鏡面塵。" 清鏡:明鏡。謝朓《冬緒羈懷示蕭諮議虞田曹劉江二常侍》:"寒燈耿宵夢,清鏡悲曉髮。"杜甫《蘇大侍御訪江浦賦八韻記異》:"今晨清鏡中,白閑生黑絲。" 殘鑪:用於取暖或燃放香料的鑪子中的火星行將熄滅。吕本中《夜作呈諸公》:"不知新恨多,但覺舊愁少。石鼎倚殘爐,茶烟看清曉。"袁桷《五月二十六日大寒二十二韵》:"舊篋裘頻索,殘鑪火易灰。當陽紈扇棄,薄莫

酒尊催。"　暗蟲:指蟋蟀。張仲素《秋夜曲》:"秋壁暗蟲通夕響,寒衣未寄莫飛霜。"白居易《聞蟲》:"暗蟲唧唧夜緜緜,況是秋陰欲雨天。"

　　㉔華光:光華,美麗的光彩。《漢書·禮樂志》:"璧玉精,垂華光。"顏師古注:"言禮神之璧乃玉之精英,故有光華也。"王濯《清明日賜百僚新火》:"御火傳香殿,華光及侍臣。星流中使馬,燭耀九衢人。"　冉冉:漸進貌,形容時光漸漸流逝。《文選·屈原〈離騷〉》:"老冉冉其將至兮,恐修名之不立。"吕向注:"冉冉,漸漸也。"吳質《答魏太子箋》:"日月冉冉,歲不我與。"　旭日:初升的太陽。《詩·邶風·匏有苦葉》:"雝雝鳴雁,旭日始旦。"許敬宗《奉和初春登樓即目應詔》:"旭日臨重壁,天眷極中京。春暉發芳甸,佳氣滿層城。"　曈曈:日初出漸明貌。盧綸《臘日觀咸甯王部曲娑勒擒豹歌》:"山頭曈曈日將出,山下獵圍照初日。"王安石《餘寒》:"曈曈扶桑日,出有萬里光。"

　　㉕警乘:警戒車乘,爲車乘警衛。《文選·曹植〈洛神賦〉》:"騰文魚以警乘,鳴玉鸞以偕逝。"李善注:"文魚有翅能飛,故使警乘。警,戒也。"吕延濟注:"既是水神,故文魚爲之警乘也。"　洛:指洛水。《易·繫辭》:"河出圖,洛出書,聖人則之。"《文心雕龍·正緯》:"榮河溫洛,是孕圖緯。"　吹簫:劉向《列仙傳·蕭史》:"蕭史者,秦穆公時人也,善吹簫,能致孔雀、白鶴於庭。穆公有女字弄玉好之,公遂以女妻焉!"後遂以"吹簫"爲締結婚姻的典實。李世民《三層閣上置音聲》:"聲流三處管,響亂一重弦。不似秦樓上,吹簫空學仙。"白居易《得景請預駙馬所司欲科家長罪不伏判》:"選吹簫之匹,雖則未獲真人;預傅粉之郎,豈可濫收庶子?"　嵩:中嶽嵩山的簡稱。韓愈《謁衡嶽遂宿嶽寺題門樓》:"五嶽祭秩皆三公,四方環鎮嵩當中。"嵩山,在河南省登封縣北,爲五嶽之中嶽。古稱外方、太室,又名崇高、嵩高,其峰有三:東爲太室山,中爲峻極山,西爲少室山。白居易《八月十五日夜同諸客玩月》:"嵩山表裏千重雪,洛水高低兩顆珠。"

　　㉖麝:指麝香,亦泛指香氣。張鷟《遊仙窟》:"裙前麝散,髻後龍

盤。"李珣《臨江仙》:"鶯報簾前煖日紅,玉鑪殘麝猶濃。" 紅:顏色的名稱,古代指淺紅色,這裏指女子殘留在枕頭上的化妝品顏色。張柬之《東飛伯勞歌》:"青田白鶴丹山鳳,婺女姮娥兩相送。誰家絕世綺帳前,艷粉紅脂映寶鈿?"李賀《神弦別曲》:"蜀江風澹水如羅,墮蘭誰泛相經過? 南山桂樹爲君死,雲衫淺汚紅脂花。"

⑥⑦ 幕幕:覆布周密貌。張衡《思玄賦》:"建罔車之幕幕兮,獵青林之芒芒。"蕭衍《青青河畔草》:"幕幕繡户絲,悠悠懷昔期。" 草:草本植物的總稱。王充《論衡·量知》:"地性生草,山性生木。"韓愈《重雲李觀疾贈之》:"窮冬百草死,幽桂乃芬芳。" 飄飄:輕盈舒緩,超塵脱俗的樣子。《史記·司馬相如列傳》:"相如既奏《大人之頌》,天子大説,飄飄有淩雲之氣,似遊天地之閒意。"蘇軾《前赤壁賦》:"飄飄乎如遺世獨立,羽化而登仙。" 蓬:草名,葉形似柳葉,邊緣有鋸齒,花週邊白色,中心黄色。秋枯根拔,遇風飛旋,故又名"飛蓬",這裏形容男女兩人的思想猶如滿天飛舞的蓬草。曹操《却東西門行》:"田中有轉蓬,隨風遠飄揚。"杜甫《遣興三首》二:"蓬生非無根,漂蕩隨高風。"

⑥⑧ 素琴:不加裝飾的琴。《晉書·陶潛傳》:"〔陶潛〕性不能音,而蓄素琴一張,弦徽不具。"李白《古風》五五:"安識紫霞客,瑶臺鳴素琴?" 怨鶴:哀怨的鳴鶴。宋祁《思歸》:"刻意傷春屬暮樓,江皋歸棹恨夷猶。青蘿怨鶴英山曉,疏笛吟龍卧塢秋。"趙抃《次韵趙少師寄程給事二首》一:"殺雞炊黍初乘興,怨鶴驚猿却念歸。一水盈盈天一色,夜來千里共蟾輝。" 清漢:天河。陸機《擬迢迢牽牛星》:"昭昭清漢暉,粲粲光天步。"霄漢,天空。沈約《高松賦》:"既梢雲於清漢,亦倒景於華池。"李商隱《安平公詩》:"仰看樓殿撮清漢,坐視世界如恆沙。" 歸鴻:歸雁,詩文中多用以寄託歸思。張喬《登慈恩寺塔》:"斜陽越鄉思,天末見歸鴻。"王安石《送陳景初》:"長安何日到? 一一問歸鴻。"

⑥⑨ 闊:疏遠,背離。《詩·邶風·擊鼓》:"於嗟闊兮,不我活兮。"

鄭玄箋：“衆叛親離，軍士棄其約，離散相遠，故於嗟嘆之。”揚雄《太玄·斷》：“爾仇不闊；乃後有鉞。”范望注：“闊，遠也。”寬廣，闊大。司馬相如《封禪文》：“懷生之類，沾濡浸潤。協氣橫流，武節猋逝。邇陝遊原，迵闊泳沫。”陸機《爲顧彦先贈婦二首》二：“遊宦久不歸，山川修且闊。”　度：通“渡”，過江湖大海。《漢書·賈誼傳》：“若夫經制不定，是猶度江河亡維楫。”《南史·孔范傳》：“長江天塹，古來限隔，虜軍豈能飛度？”　高：從下向上距離大，與“矮”相對而言；離地面遠，與“低”相對而言。韓愈《同寶牟韋執中尋劉尊師不遇》：“院閉青霞入，松高老鶴尋。”高度。《左傳·昭公三十二年》：“士彌牟營成周，計丈數，揣高卑，度厚薄。”杜甫《將赴成都草堂途中有作先寄嚴鄭公五首》四：“新松恨不高千尺，惡竹應須斬萬竿。”　衝：突襲，衝擊。《六韜·敵武》：“敵人逐我，發我車騎衝其左右。”韓愈《答張徹》：“防泄塹夜塞，懼衝城晝扃。”

　⑦ 行雲：用巫山神女之典，指男女歡會。柳永《西施》：“洞房咫尺，無計枉朝珂。有意憐才，每遇行雲處，幸時恁相過。”用巫山神女之典，比喻人行蹤不定。馮延巳《鵲踏枝》：“幾日行雲何處去？忘却歸來，不道春將暮。”　定所：固定的住所、居處。戴叔倫《海上別薛舟》：“自應無定所，還似欲相隨。”歐陽修《玉樓春》：“朱闌夜夜風兼露。宿粉栖香無定所。”　蕭史：劉向《列仙傳》：傳說中人物名，相傳爲春秋秦穆公時人，善吹蕭，能致孔雀白鶴於庭。穆公以女弄玉妻之，蕭史日教弄玉吹蕭作鳳鳴，後鳳凰來集其屋，穆公築鳳臺，使蕭史夫婦居其上，數年後，皆隨鳳凰飛去。葛洪《抱朴子·對俗》：“是以蕭史偕翔鳳以凌虛，琴高乘朱鯉於深淵，斯其驗也。”韓愈《誰氏子》：“或雲欲學吹鳳笙，所慕靈妃媲蕭史。”《鶯鶯傳》所引的《會真詩三十韻》，是《鶯鶯傳》的一部份，與《鶯鶯傳》一樣，確實是元稹貞元十八年九月所作，這應該沒有任何疑義。但《年譜》在貞元二十年“文編年”欄內編入“《傳奇》(《鶯鶯傳》)”，又在貞元十七年“詩編年”欄內編入“《會

真詩三十韵》"。一篇《會真詩三十韵》,在《年譜》中重複出現兩次,很不應該。本來,《會真詩三十韵》祇是《鶯鶯傳》的有機組成部份,怎麼可以重複編年? 同樣,《編年箋注(詩歌卷)》貞元十七年編有《會真詩三十韵》,又在《編年箋注(散文卷)》貞元二十年編有《鶯鶯傳》(內含《會真詩三十韵》),盲目跟進《年譜》的錯誤,更不應該。《年譜新編》的編年同《年譜》與《編年箋注》,同樣很不應該。筆者以爲,元積這一首《會真詩》,應該是受到昭明太子蕭統《名士悅傾城》的影響,其詩曰:"美人稱絕世,麗色譬花叢。經居李城北,來往宋家東。教歌公主第,學舞漢成宮。多游淇水曲,好在鳳樓中。履高疑上砌,裾開特畏風。袖輕見跳脫,珠概雜青蟲。垂絲繞帷幔,落日度房櫳。粧窗隔柳色,井水點桃紅。非憐交甫珮,羞使春閨空。"

⑦ 莫不:無不,沒有一個不。《詩·周頌·時邁》:"薄言震之,莫不震疊。"《左傳·成公十六年》:"民生敦厖,和同以聽,莫不盡力,以從上命。"   聳異:驚奇,聳,通"悚"。司空圖《唐宣州王公行狀》:"相國鄭公肅,實公舅也,一見聳異,命子約爲師友。"何薳《春渚紀聞·木果異事》:"秦朝柏忽復一枝再榮,殿中有記當時奏圖嘆賞之語,私相聳異。"請讀者注意:張生的所有朋友,沒有一個不表示自己對張生言行的意外,說明張生的言行得不到他們的認可。   厚:親密,關係深。朱浮《爲幽州牧與彭寵書》:"凡舉事無爲親厚者,所痛而爲見讎者所快。"陸游《老學庵筆記》卷一:"適遇有相識稍厚者,以情告之。"

⑦ 尤物:指絕色美女,這裏含有貶意。《左傳·昭公二十八年》:"夫有尤物,足以移人;苟非德義,則必有禍。"楊伯峻注:"尤物,指特美之女。"陳鴻《長恨歌傳》:"意者不但感其事,亦欲懲尤物,窒亂階,垂於將來者也。"   妖:義同"妖蠱"謂以邪術蠱惑害人。郭璞《山海經圖贊·菁容草溪邊獸櫟鳥》:"溪邊類狗,皮厭妖蠱。"《晉書·郭璞傳》:"陛下若以谷信爲神靈所憑者,則應敬而遠之……若以穀爲妖蠱詐妄者,則當投畀裔土,不宜令褻近紫闥。"   遇合:謂相遇而彼此投

合。《呂氏春秋·遇合》：“凡遇合也時，時不合，必待合而後行。”《史記·佞幸列傳》：“諺曰：‘力田不如逢年，善仕不如遇合。’固無虛言。”富貴：富裕而顯貴，猶言有財有勢。《論語·顏淵》：“商聞之矣：死生有命，富貴在天。”韓愈《省試顏子不貳過論》：“不以富貴妨其道，不以隱約易其心。”　嬌寵：猶寵愛。張朝《襄陽行》：“嬌寵那悟今？夕見別離君。”劉基《感懷三十一首》二二：“金屋擅嬌寵，長門閉神仙。”蛟：古代傳說中的一種龍，常居深淵，能發洪水。《楚辭·九歌·湘夫人》：“麋何食兮庭中？蛟何爲兮水裔?”王逸注：“蛟，龍類也。”蘇舜欽《秋夜》：“老蛟蟄污泥，寂默不自驚。一旦走霹靂，飛雨洗八紘。”螭：古代傳說中無角的龍。《呂氏春秋·舉難》：“孔子曰：‘龍食乎清而遊乎清，螭食乎清而遊乎濁。’”柳宗元《訴螭文》：“零陵城西有螭，室于江。”

　　⑦殷之辛：商代最後一位國君紂王，(？—前1046)在位，一作“受”，亦稱“帝辛”。曾大舉用兵，平定東南，使中原文化逐漸傳播到淮河、長江流域，對奠定中國統一的規模起了一定的作用。但征戰耗費大量人力物力，剝削殘酷，刑罰苛重，引起奴隸與平民的反抗，又殺九侯、鄂侯、比干、梅伯等，囚周文王、箕子，因寵倖妃子妲己，引起各諸侯國的强烈不滿，最後周武王會合西南各族進攻商朝，紂王在牧野(今河南淇縣南)自焚，商代滅亡。商王盤庚從奄(今山東曲阜)遷都殷，歷八世、十二王，計二百五十三年，一般被稱爲殷代。李白《古風》五○：“殷后亂天紀，楚懷亦已昏……比干諫而死，屈平竄湘源。”聶夷中《過比干墓》：“殷辛帝天下，厭爲天下尊。乾綱既一斷，賢愚無一門。”　周之幽：即周幽王，(前781—前771)在位，爲政不善，寵信權臣，寵倖妃子褒姒，立褒姒之子爲太子，引起內亂，被殺於驪山之下，西周隨即滅亡。杜牧《與人論諫書》：“寶曆中敬宗皇帝欲幸驪山，時諫者至多，上意不決。拾遺張權輿伏紫宸殿下叩頭諫曰：‘昔周幽王幸驪山，爲犬戎所殺。秦始皇葬驪山，國亡。玄宗皇帝宮驪山，而禄

山亂。先皇帝幸驪山,而享年不長。'"唐彥謙《登興元城觀烽火》:"漢川城上角三呼,囂韉防邊列萬夫。褒姒冢前烽火起,不知泉下破顏無?" 萬乘:萬輛兵車,古時一車四馬爲一乘。《韓非子·五蠹》:"萬乘之國莫敢自頓於堅城之下,而使強敵裁其弊也。"周制,天子地方千里,能出兵車萬乘,因以"萬乘"指天子。《孟子·梁惠王》:"萬乘之國,弒其君者,必千乘之家。"趙岐注:"萬乘,兵車萬乘,謂天子也。" 僇笑:辱笑,恥笑。《史記·魯仲連鄒陽列傳》:"〔燕國〕壤削主困,爲天下僇笑。"劉蛻《獻南海崔尚書書》:"……以其頗有逸事,伏惟周賜觀覽,無憚僇笑!"

⑭ 妖孽:比喻邪惡的事或人,包括女色。《禮記·中庸》:"國家將亡,必有妖孽。"《樂府詩集·西顥》:"奸僞不萌,妖孽伏息。" 忍情:抑制感情。畢仲游《與范子默》:"今日仰望先在子默千萬抑哀忍情,無過爲悲傷,以損天和,至禱,至禱!"戴復古《有烹犢延客者食之有感》:"朝來占食指,妙絕此杯羹。口腹爲人累,終懷不忍情。" 深嘆:深深的嘆息,爲不幸者嘆息。崔融《哭蔣詹事儼》:"不輕文舉少,深嘆子雲疲。遺愛猶如在,殘編尚可窺。"元稹《酬鄭從事四年九月宴望海亭次用舊韻》:"我聞此曲深嘆息,唧唧不異秋草蟲。"

⑮ 後歲餘:"明年,文戰不勝",前面已經計算過,時在貞元十七年的春天,崔鶯鶯的回信"春風多屬"云云表達了同一時間概念。加上"後歲餘",亦即一年以上的時間,時序應該是在貞元十八年的春夏,崔張的故事至此已經畫上句號,雖然這個句號並不圓滿,雖然這個故事也完完全全是一個悲劇色彩極濃的故事,但這個故事至此已經全部結束。因此下面提及的"貞元歲九月",應該就是貞元十八年的九月,而不是如《元白詩箋證稿》、《年譜》、《編年箋注》、《年譜新編》所云的是"貞元二十年九月"。 委身:女子將身體交給男人,謂嫁給男子。白居易《琵琶行序》:"問其人,本長安倡女,嘗學琵琶於穆曹二善才。年長色衰,委身爲賈人婦。"周紫芝《日出東南隅行》:"念言夫

婿良家子，委身結髮爲夫妻。人生匹配各有偶，願逐狗走隨雞飛。"
外兄：表兄。《隋書‧皇甫績傳》："績三歲而孤，爲外祖韋孝寬鞠養。
嘗與諸外兄博奕，孝寬以其惰業，督以嚴訓，潛績孤幼，特捨之。"李商
隱《五言述德抒情詩一首獻上僕射相公》："弱植叨華族，衰門倚
外兄。"

⑦ 顏色：表情，神色。《論語‧泰伯》："正顏色，斯近信矣！"《新
唐書‧韋思謙傳》："性謇諤，顏色莊重，不可犯，見王公，未嘗屈禮。"
容光：儀容風采。徐幹《室思》一："端坐而無爲，仿佛君容光。"歐陽修
《浣溪沙》五："乍雨乍晴花自落，閑愁閑悶晝偏長，爲誰消瘦損容光。"
憔悴：黃瘦，瘦損。《三國志‧于禁傳》："帝引見禁，鬚髮皓白，形容憔
顇。"王建《調笑令四首》一："玉顏憔悴三年，誰復商量管絃？"本文此
處所附"自從消瘦減容光"一首，《石倉歷代詩選》、《全詩》引錄，題一
作《絕微之》，一作《寄詩（一作絕微之）》，本詩也見元稹所作《鶯鶯
傳》，出自元稹之手，並非真是崔鶯鶯的手筆，《石倉歷代詩選》、《全
詩》將其歸名虛構人物崔鶯鶯是不合適的。《鶯鶯傳》是元稹所作，包
含在《鶯鶯傳》內的所有詩歌，如"自從消瘦減容光"四句，自然也是元
稹所作。

⑦ 棄置：拋棄，扔在一邊。丘遲《答徐侍中爲人贈婦》："糟糠且
棄置，蓬首亂如麻。"陸游《讀書未終卷而睡有感》："暮年緣一懶，百事
俱棄置。"　眼前人：指新歡。晏殊《浣溪沙》："滿目山河空念遠，落花
風雨更傷春。不如憐取眼前人。"薛季宣《春遊懷古》："登臨一度一傷
神，功業蹉跎萬物新。飛鳥遠歸雲外嶺，賞花頻對眼前人。"本文所附
"棄置今何道"一首，《萬首唐人絕句》、《石倉歷代詩選》、《全詩》均將
崔鶯鶯作爲真正的作者，《萬首唐人絕句》題作"絕張生"，《石倉歷代
詩選》題作"別微之"，《全詩》題作"告絕詩"。此詩也見元稹所作《鶯
鶯傳》，應該是《鶯鶯傳》中的故事情節，並非真是崔鶯鶯的手筆，將其
歸名崔鶯鶯，肯定是不合適的。

⑱ 許：相信。《孟子·梁惠王》：“有復於王者曰：‘吾力足以舉百鈞，而不足以舉一羽；明足以察秋毫之末，而不見輿薪。’則王許之乎？”焦循正義引《説文·言部》：“許，聽也。”佩服，稱許。劉長卿《送孫瑩京監擢第歸蜀覲省》：“禮闈稱獨步，太學許能文。” 善：擅長，善於。潘岳《楊仲武誄序》：“戴侯康侯，多所論著，又善草隸之藝。”《宋史·沈括傳》：“括博學善文，於天文、方志、律曆、音樂、醫藥、卜算無所不通，皆有所論著。” 補過：補救過失。《易·繫辭》：“無咎者，善補過也。”黃滔《誤筆牛賦》：“持功補過，爰垂千古之名。” 朋會：朋輩聚會。梅堯臣《飲韓仲文家》：“飲酒衆所嗜，未若朋會樂。”施閏章《秋日閑居和同年喬石林編修韵》五：“地維搖北極，朋會罷南皮。臢有呼天泪，旁人未遣知。” 知者：知道真情的人；有眼光有見識的人。元稹《琵琶歌》：“曲名無限知者鮮，霓裳羽衣偏宛轉。”蘇軾《以雙刀遺子由次其韵》：“作詩銘其背，以待知者看。”有智慧的人。《周禮·考工記序》：“知者創物，巧者述之。”陸德明釋文：“〔知〕音智。”《史記·商君列傳》：“愚者暗於成事，知者見於未萌。”這是準確理解本文的一個重要節點，讀者可以仔細品味。 爲：可以有多種解釋，均可説通：舉行，施行。《論語·顏淵》：“子曰：‘爲之難，言之得無訒乎？’”皇侃疏：“爲，猶行也。”王安石《上皇帝萬言書》：“慮之以謀，計之以數，爲之以漸，則其爲甚易也。”求取。《韓非子·存韓》：“非之來也，未必不以其能存韓也，爲重於韓也。”高亨《諸子新箋·韓非子》：“爲，猶求也。”曾鞏《太子賓客致仕陳公神道碑銘》：“公少長閭巷，能自感發，强志力學爲進士，一出遂收其科。”通“謂”，説，告訴。《韓非子·内儲説》：“商臣聞之，未察也，乃爲其傅潘崇曰：‘奈何察之也？’”王先慎集解：“爲、謂字通。”通“謂”，認爲，以爲。《穀梁傳·宣公二年》：“孰爲盾而忍弑其君者乎？”王引之《經義述聞·春秋穀梁傳》：“爲，猶謂也。”蘇舜欽《京兆求罷表》：“衆謂當爾，臣爲不然。” 不惑：謂遇事能明辨不疑。《論語·子罕》：“知者不惑，仁者不憂，勇者不懼。”韓愈《伯夷頌》：“一

家非之,力行而不惑者寡矣!至於一國一州非之,力行而不惑者蓋天下一人而已矣!"

　　⑦ 貞元歲九月:關於"貞元歲九月"的具體時間,目前有貞元十八年九月、貞元二十年九月以及永貞元歲九月三種説法,我們認爲後面的兩種説法都是錯誤的,不可取的,因而取貞元十八年九月説,説詳下文的編年部分以及拙稿《元稹考論》、《元稹評傳》。　執事:對對方的敬稱。《左傳·僖公二十六年》:"寡君聞君親舉玉趾,將辱於敝邑,使下臣犒執事。"杜預注:"言執事,不敢斥尊。"蔡邕《獨斷》卷上:"陛下者,陛階也……群臣與天子言,不敢指斥天子,故呼在陛下者而告之,因卑達尊之意也,上書亦如之,及群臣庶士相與言殿下、閣下、執事之屬,皆此類也。"　李公垂:即李紳,元稹的朋友,公垂是李紳的字。元稹《永貞二年正月二日上御丹鳳樓赦天下予與李公垂庾順之閑行曲江不及盛觀》:"春來饒夢慵朝起,不看千官擁御樓。却著閑行是忙事,數人同傍曲江頭。"白居易《新亭病後獨坐招李侍郎公垂》:"淺把三分酒,閑題數句詩。應須置兩榻,一榻待公垂。"　靖安里第:靖安里即靖安坊,元氏家族在隋代與李唐前期、中期居住的坊名。元稹《靖安窮居》:"喧静不由居遠近,大都車馬就權門。野人住處無名利,草滿空階樹滿園。"白居易《夢與李七庾三十三同訪元九》:"損之在我左,順之在我右……同過靖安里,下馬尋元九。"　卓然:卓越貌。陶潛《飲酒二十首》八:"凝霜珍異類,卓然見高枝。"杜甫《飲中八仙歌》:"焦遂五斗方卓然,高談雄辯驚四筵。"　異:奇特的,不平常的。《詩·邶風·静女》:"自牧歸荑,洵美且異。"高亨注:"異,出奇。"韓愈《齪齪》:"大賢事業異,遠抱非俗觀。"指奇異、非凡之人或事物。《論語·先進》:"吾以子爲異之問。"何晏集解引孔安國曰:"謂子問異事耳!"劉寶楠正義:"異者謂異人也,若顔淵、仲弓之類。"《後漢書·陳龜傳》:"〔祝良〕政未逾時,功效卓然,實應賞異,以勸功能。"

　　⑧ 伯勞:鳥名,又名鵙或鳩,額部和頭部的兩旁黑色,頸部藍灰

色,背部棕紅色,有黑色波狀橫紋,吃昆蟲和小鳥,善鳴。《詩·豳風·七月》:"七月鳴鵙。"毛傳:"鵙,伯勞也。"《玉臺新詠·古詞〈東飛伯勞歌〉》:"東飛伯勞西飛燕,黃姑織女時相見。"後借指離別的親人或朋友。賈島《送路》:"別我就蓬蒿,日斜飛伯勞。" 垂楊:垂柳,古詩文中楊柳常通用。謝朓《隋王鼓吹曲·入朝曲》:"飛甍夾馳道,垂楊蔭御溝。"萬齊融《送陳七還廣陵》:"落花馥河道,垂楊拂水窗。"

㉛ 綠窗:綠色紗窗,指女子居室。韋莊《菩薩蠻》:"勸我早歸家,綠窗人似花。"張先《賀聖朝》:"愛來書幌綠窗前,半和嬌笑。" 嬌女:愛女。左思《嬌女》:"吾家有嬌女,皎皎頗白皙。"李白《寄東魯二稚子》:"嬌女字平陽,折花倚桃邊。" 金雀:釵名,婦女首飾。陸機《日出東南隅行》:"金雀垂藻翹,瓊珮結瑤璠。"白居易《長恨歌》:"花鈿委地無人收,翠翹金雀玉搔頭。" 婭鬟:古代少女的一種髮式。暫無書證。"綠窗嬌女字鶯鶯,金雀婭鬟年十七"兩句,是描寫崔鶯鶯的名字、年齡與髮式。"婭鬟",不能理解成"丫鬟"。

㉜ 黃姑:牽牛星。《玉臺新詠·歌辭》:"東飛伯勞西飛燕,黃姑織女時相見。"吳兆宜注引《歲時記》:"河鼓、黃姑,牽牛也,皆語之轉。"元積《決絕詞三首》二:"已焉哉!織女別黃姑。一年一度暫相見,彼此隔河何事無?" 上天:昇天,登天。枚乘《上書諫吳王》:"必若所欲爲,危於累卵,難於上天。"李洞《春日即事寄一二知己》:"朱衣映水人歸縣,白羽遺泥鶴上天。" 阿母:母親。《玉臺新詠·古詩爲焦仲卿妻作》:"府吏得聞之,堂上啓阿母。"《晉書·潘岳傳》:"岳將詣市,與母別曰:'負阿母!'" 寂寞:冷清,孤單。曹植《雜詩五首》四:"閑房何寂寞!綠草被階庭。"李朝威《柳毅傳》:"山家寂寞兮難久留,欲將辭去兮悲綢繆。" 霜姿:皎潔的容貌。丁澤《上元日夢王母獻白玉環》:"似見霜姿白,如看月彩彎。"許棠《白菊》:"所尚雪霜姿,非關落帽期。香飄風外別,影到月中疑。"

㉝ 重關:層層的宮殿門或屋門。王充《論衡·雷虛》:"王者居重

關之內,則天之神宜在隱匿之中。王者居宮室之內,則天亦有太微、紫宮、軒轅、文昌之坐。”李嘉祐《送陸士倫宰義興》:“知君日清净,無事掩重關。”佛教語,謂悟道的難關。《宋書·天竺迦毗黎國傳》:“釋迦關無窮之業,拔重關之險。”　蕭寺:李肇《唐國史補》卷中:“梁武帝造寺,令蕭子雲飛白大書‘蕭’字,至今一‘蕭’字存焉!”後因稱佛寺爲蕭寺。李賀《馬二十三首》一九:“蕭寺馱經馬,元從竺國來。”　芳草:香草。班固《西都賦》:“竹林果園,芳草甘木。郊野之富,號爲近蜀。”毛熙震《浣溪沙》:“花榭香紅烟景迷,滿庭芳草綠萋萋。”　花時:百花盛開的時節,常指春日。杜甫《遣遇》:“自喜遂生理,花時甘緼袍。”王安石《初夏即事》:“晴日暖風生麥氣,綠陰幽草勝花時。”《鶯鶯傳》是我國古代文學中的名篇,人們又應該如何鑒賞它解讀它呢? 根據我們多年的研究心得,應該注意以下幾個方面:一、我們以爲,在唐代爲數衆多的傳奇中,就其對後世的影響而言,毫無疑問當首推元稹的《鶯鶯傳》。《鶯鶯傳》而後,除同時代楊巨源《崔娘詩》、李紳《鶯鶯歌》外,取崔張故事演繹成各種文學作品的甚夥,計有宋代趙德麟《商調蝶戀花》、無名氏話本《鶯鶯傳》以及雜劇《鶯鶯六幺》、秦觀與毛滂的《調笑踏轉·鶯鶯》,金代董解元的《西廂記諸宮調》,元代王實甫的《西廂記》和關漢卿的《續西廂記》,明代李日華的《南西廂記》和陸天池的同名之作以及周公魯的《翻西廂記》,清代查繼佐的《續西廂》等等,其他翻版之作比比皆是,多不勝舉。《鶯鶯傳》竟然有如此之多的模仿之作和翻版之作,竟然能夠引起士人和市民如此廣泛的喜愛,竟然贏得了如此衆多讀者的青睞,竟然産生這樣深遠廣泛的影響,在唐人傳奇中可謂獨此一家。二、對於《鶯鶯傳》,學術界的評價究竟如何? 遠的且不去説它,僅僅以近人與今人爲例:著名的國學大師魯迅先生認爲《鶯鶯傳》“震撼文林,爲力甚大”。又云:“傳奇諸作者中,有特有關係者二人:其一所作不多而影響甚大,名亦甚盛者曰元稹;其二多所著作,影響亦甚大而名不甚彰者曰李公佐。”著名的國學大師陳寅恪先生稱《鶯鶯傳》"爲唐代小説之傑作"。著名的國學大師汪辟疆先生亦曰："詞林韵事,傳播藝林,皆推本於微之此傳,而益加恢張者也。唐人小説影響於元明大曲雜劇者頗多,而此傳最傳最廣。"最近半個多世紀出版的幾部《中國文學史》亦都認爲:《鶯鶯傳》是唐代傳奇中成就最高的作品之一,對後世文學的影響極大。近年發表的《一支凄婉動人的戀歌》、《貴在寫出人物的獨特命運和靈魂》兩文高度評價《鶯鶯傳》所取得的成就,稱其是"一曲凄惻的戀情哀歌","一首深沉哀怨的詩"。以上諸家或從同一時代作家作品的橫向權衡中,或從不同時代同一題材作品的縱向比較裏,或從流傳影響的文學長河中,或從思想意義藝術手法的角度上,都對《鶯鶯傳》作出了充分的肯定和高度的評價。然而也正是在上述諸家的同一著作裏,對《鶯鶯傳》又作出了與自己上述説法相矛盾相抵牾的否定性評價。如魯迅先生認爲"惟篇末文過飾非,遂墮惡趣","差不多是一篇辯解文字"。陳寅恪先生也説:"張生忍情一説,今人視之最爲可厭。"中國社會科學院文研所和游國恩先生所編的《中國文學史》都認爲:作者對張生持肯定態度,以讚賞的筆調去寫他的"善補過",因此造成整個作品前後分裂的現象,致使後一部分完全失去光彩。北京大學所編《中國文學史》説得更爲清楚:"作者極力替張生臉上貼金,往鶯鶯臉上抹灰。這就造成了張生前後的表現和作品客觀藝術效果與作者主觀評價的矛盾,因而削弱了作品的現實主義魅力。"《中國古代小説論集·一支凄婉動人的戀歌》(華東師大出版社一九八五年一月版)認爲元積"想通過崔張故事來宣傳一些落後的封建觀念,包括爲張生始亂終棄的行爲進行辯護,以及宣揚女色禍國之類的陳腐觀念",而這"與故事情節發展存在著游離的狀況,或者與小説形象本身存在著矛盾,因而成爲文學作品中一種多餘的東西,對這篇小説的思想藝術性也造成某種損害。"《唐代傳奇鑒賞集·貴在寫出人物的獨特命運和靈魂》(人民文學出版社一九八三年二月版)亦認爲:"元積在最初的構思裏,的確想把鶯鶯寫成貴族社會的'尤物'。"我們認爲,如果按照研究者們對《鶯鶯傳》的肯定性評述,它就不應存在如此嚴重的缺陷;如果研究者們在後面提到的嚴重缺陷確實存在,評論者們也就不應給它戴上如許高大如此光輝的桂冠。我們以爲兩者是矛盾的抵牾的,根本無法統一的。當然任何作品都不可能十全十美而沒有任何缺陷,都應有其值得肯定的方面與客觀存在的不足之處,《鶯鶯傳》自然也不例外。在我們看來,在鶯鶯大數張生之過與其主動自薦枕席之間,鶯鶯從嚴辭拒絕上門求歡的張生到鶯鶯前往張生住所主動獻身,轉化過於突然也過於簡單,沒有深入細緻地揭示鶯鶯内心爲禮所束縛爲情所左右這個矛盾心理的轉化歷程。這中間如若描述張生另施他計糾纏鶯鶯,崔氏既爲情所困又爲勢所迫,因而既主動又被迫地不得不與張生成其男女之歡。這似乎更符合生活的邏輯更符合生活的真實,更切合鶯鶯人物的性格特徵也更有助於張生鶯鶯人物形象的塑造,這也許是我們對篇幅短小的唐代傳奇的過分苛求。但這並非説祇要指出了某部作品的優缺點,就算是"一分爲二",就算是正確評價了它。問題在於指出的優點應確實是其成功之處,指出的不足應確實是其缺點所在;而且還應恰如其分地區分它們,恰到好處地評述它們,大致準確放正兩者在作品中的主次位置。《鶯鶯傳》的成功與不足是一個需要深入探討的課題,恐怕不是一篇兩篇文章所能説得清楚的課題。但爲本書篇幅所限,無法展開進一步的討論。三、拜讀研究者們與他們自己高度讚揚《鶯鶯傳》大相徑庭互相抵牾的否定性評述,人們不禁要問:既然《鶯鶯傳》有如此嚴重的思想缺陷,那爲什麼千年以來它能夠產生這樣深遠的影響? 既然《鶯鶯傳》在藝術上也這樣拙劣,却又爲何能夠在歷史的長河中贏得如此眾多的讀者? 對此,魯迅先生的回答是:"李紳、楊巨源輩既各賦詩以張之,稹又早有詩名,後秉節鉞,故世人仍多樂道。"讀了國學大師的這段解釋,我們不禁要問唐代傳奇作者中具備類似情況的不少,爲何祇有元稹一人能

475

夠享受這樣的殊榮？如元稹同時代人牛僧孺，"少負才名"，後來出將入相，成爲牛党的魁首，"權震天下"，其衆多党徒對牛僧孺亦多所推重，可他的《玄怪錄》諸多篇目又有哪一篇可以與《鶯鶯傳》相比呢？游國恩先生認爲"因爲《鶯鶯傳》寫的是'才子佳人'的戀愛，所以深受文人喜愛，宋以後有許多作品就是根據它演變而來的。"對此我們實在難以苟同。古往今來才子佳人式的愛情作品汗牛充棟，即使在唐代傳奇中以戀愛爲題材的作品亦比比皆是，如陳玄佑《離魂記》、李景亮《李章武傳》、皇甫枚《步飛烟》等即是其例。它們在唐代傳奇中雖亦屬上乘之作，因而能夠流傳至今，但據此而演變成多種文學作品的卻並不多見，如《鶯鶯傳》者更無一例。即使如同樣是"戀愛"題材《李娃傳》、《霍小玉傳》、《柳毅傳》等等的優秀之作，改編的作品"開起書名來可以寫上一大串"的恐怕也沒有一個能夠與《鶯鶯傳》相比的吧？《一支淒婉動人的戀歌》、《貴在寫出人物的獨特命運和靈魂》則以元稹主觀意圖在爲張生辯護，而客觀效果却引起了讀者對鶯鶯的同情爲由來解釋。我們以爲作家的主觀意圖和部分讀者的客觀效果不相一致的情況，在古今中外文學作品的鑒賞中確實不難舉出例證，《金瓶梅》即是其中一個明顯的例子。但它也絕不是一個標籤，碰到不好解釋的問題就可以隨意貼來貼去；而應以科學的態度，具體問題具體分析。我們以爲《鶯鶯傳》作者創作的主觀意圖與絕大多數讀者接受的客觀效果基本上是一致的。根據我們對《鶯鶯傳》的探尋與研究，我們實在無法苟同上述諸家互相矛盾相互抵觸的評述與解釋。在我們看來《鶯鶯傳》廣泛流傳和深受歡迎的真正原因，還在於《鶯鶯傳》本身深刻的思想内容和高超的藝術手法所賦予《鶯鶯傳》生動的感染力和強大的生命力。四、我們認爲研究者們互相抵牾的評述和無法説通的解釋，是囿於成見，以傳統的固定的然而是不正確的視角鑒賞研究《鶯鶯傳》所致。這個傳統的固定的視角即是他們信從宋人王性之的所謂"張生即元稹自寓"的觀點，以此作爲研究討論《鶯鶯傳》的出發點,東拼西湊了一個又一個的所謂"證據",從而得出了一系列與《鶯鶯傳》實際並不相符的錯誤結論。在他們看來既然張生就是元稹自寓,那末張生在《鶯鶯傳》中的言行自然亦是元稹在生活中的思想和行爲,張生的"忍情"之説、"尤物"之論也就成了元稹爲張生亦即元稹爲自己"始亂終棄"不道德行爲的辯護之詞,自然應該受到嚴厲的抨擊,因此《鶯鶯傳》也就成了無論在思想上還是在藝術上都有嚴重缺陷的作品。面對《鶯鶯傳》廣爲流傳和深受歡迎的事實,評論家們也祇能作出諸如名作家受注意、愛情題材受歡迎、作家與讀者的主客觀不相一致等等的解釋來搪塞讀者同時也敷衍自己。張生就是元稹自寓,這是千百年來已成爲定論公論的意見。張生根本不是元稹自寓,這是我們在上個世紀八十年代第一個提出來的新觀點。張生是否就是元稹自寓?這是我們與某些研究者的根本分歧所在。對此我們已在《元稹考論·元稹與〈鶯鶯傳〉考論》等八篇專門論述《鶯鶯傳》的文章中陳述張生非元稹自寓的種種理由和證據,謝請參閱審正。

五、關於唐傳奇的作者通過虛構與想像的方式來創作的問題,前人其實已有所涉及。如元代虞集《道園學古録·寫韵軒記》文云:"唐之才人於經藝道學有見者少,徒知好爲文辭。閑暇無所用心,輒想像幽怪遇合才情恍惚之事,作爲詩章答問之意,傅會以爲説。盍簪之次,各出行卷以相娱玩。非必真有是事,謂之'傳奇'。元稹白居易猶或爲之,而況他乎?"明代胡應麟也曾説過:"凡變異之談盛於六朝,然多是傳録舛訛,未必盡幻設語。至唐人乃作意好奇,假小説以寄筆端。"魯迅先生自己也曾説過"小説亦如詩,至唐代而一變","而尤顯者乃是時則始有意爲小説"。汪辟疆先生認爲"唐時文士往往假小説以寄藻思","小説至貞元元和之間,作者雲起,情文交互,靡不備具本源,掩其虛飾"。魯迅先生還説過:唐代傳奇的虛構與想像,是其區別於六朝小説的主要特徵,認爲元稹的《鶯鶯傳》即採用了《桃花源記》式的虛構與想像手法,魯迅《六朝小説和唐代傳奇文有怎樣的區別?》文曰："唐代傳奇文可就大兩樣了：神仙人鬼妖物，都可以隨便驅使；文筆是精細曲折的，至於被崇尚簡古者所詬病；所敘的事，也大抵具有首尾和波瀾，不止一點斷片的談柄；而且作者往往故意顯示著這事迹的虛構，以見他想像的才能了……元積的《鶯鶯傳》既録《會真詩》，又舉李公垂《鶯鶯歌》之名作結，也令人不能不想到《桃花源記》。"這也與魯迅先生自己所作小説相似，往往臉是甲地的，衣服是乙地的，嘴又是丙地的……經過藝術加工，就成爲現實生活中無法找到但又好像到處可見的人物。其在《我怎麼做起小説來？》裏明確表示："所寫的事迹，大抵有一點見過或聽到過的緣由，但決不全用這事實，只是採取一端，加以改造，或生發開去，到足以幾乎完全發表我的意思爲止。人物的模特兒也一樣，没有專用過一個人，往往嘴在浙江，臉在北京，衣服在山西，是一個拼湊起來的脚色。有人説，我的那一篇是罵誰，某一篇又是罵誰，那是完全胡説的。"魯迅先生等人所説乃是小説創作中的普遍規律，這一普遍規律理應亦適用於《鶯鶯傳》，故張生與鶯鶯無一例外都是當時現實生活中某些人物在《鶯鶯傳》中的藝術再現。在這兩個藝術形象身上自然可能也應該有現實生活中某些人物的影子：如元積《崔徽歌》中河中娼妓崔徽、興元幕使裴敬中和元積《答姨兄胡靈之見寄》詩中軍大夫張生等人的影子。需要説明的是《崔徽歌》雖作於《鶯鶯傳》之後，但其生活素材可能是作者早就知聞的，何况類似的生活素材在唐代比比皆是俯拾即得。儘管如此，却實在難以指實是當時現實生活中的某一人物。這是因爲《鶯鶯傳》是傳奇是小説，而不是史傳、自傳或者某人的别傳。既然張生即元積自寓的觀點不能成立，那究竟應該如何看待張生、鶯鶯和《鶯鶯傳》？我們以爲首先應變換審視《鶯鶯傳》和張生的原有視角：遵循小説的普遍規律，從把《鶯鶯傳》看成元積自己"回憶録"的角度變換成唐傳奇——小説的角度，從張生即是元積自寓的角度變換成張生與鶯鶯一樣都是藝術形象的角度。祇有站在新的方位上，採用新的視角，原先互相矛盾的評述不再互相抵牾,原先無法自圓的解釋也能够完全説通:如上所述,"忍情"之説、"尤物"之論以及時人許張"善爲補過"的議論等等,是評論者們抨擊元稹和《鶯鶯傳》最多最力之處。其實"忍情"、"尤物"、"補過"等等都是元稹在傳文中爲塑造張生這個藝術形象而特地採用的藝術手法,而非元稹本人的思想觀念。根據新的審視角度,再回過頭來看《鶯鶯傳》的最後部分,我們以爲它並非游離於故事情節發展、人物形象塑造之外的多餘筆墨,更不是什麽敗筆;而正是《鶯鶯傳》思想性和藝術性結合得最好的部分,是作者的創作意圖和讀者的客觀感受和諧統一的部分,應該説這是畫龍點睛之筆。古往今來描寫愛情的作品可謂汗牛充棟,而《鶯鶯傳》能給讀者留下如此深刻的印象,有著這樣動人的感染力量,與落入俗套的他篇的不同正在於這個結尾,其成功的重要原因之一也正在於這個不同它篇的結尾。如果人們能够同意我們對《鶯鶯傳》最後部分中"忍情"、"尤物"、"時人議論"的分析,那末前賢時哲所抨擊《鶯鶯傳》的"缺點"將不復存在,對它的評價將趨向於基本一致:雖然還説不上是完美無缺,但却應該充分肯定《鶯鶯傳》在思想上藝術上所取得的成就,並應進一步確認其在中國小説史上的重要地位。六、從《鶯鶯傳》的作品實際出發,我們可以清楚地看出張生是作者著意鞭撻的藝術形象,崔鶯鶯則是元稹傾注同情的小説人物。在元稹的筆下張生自稱"真好色者","大凡物之尤者,未嘗不留連於心",將漂亮的女性目爲"尤物",而不是應平等對待的異性,恬不知恥地在大庭廣衆中發表自以爲得意至極的"尤物"之論。元稹在隨後的評述中則給張生當頭棒喝:"詰者哂之。"詰的義項有"責備、質問"、"查究;究辦"、"追問,詢問"的意思,"哂"的主要意思是"譏笑"。楊方《合歡詩五首》二:"子笑我必哂,子感我無歡。"孫綽《遊天台山賦》:"哂夏蟲之疑冰,整輕翮而思矯。"《舊唐書·李敬業傳》:"初敬業傳檄至京師,則天讀之微哂,至'一抔之土未乾',遽問侍臣曰:'此語誰爲之?'"就是其中的一些例證。雖傳文祇有短短的"詰者哂之"四個字，但元積對張生所發"尤物"之論的反感與厭惡態度已昭然若揭。接著張生乘崔氏母女遭受兵亂身經危難之際，欺騙鶯母，懇求紅娘，糾纏崔氏。張生這樣做顯然不是出於對鶯鶯的真誠相愛，而是爲自己好色所驅使的不軌圖謀。張生在後面所踐行的"終棄"，清楚地表明了張生開頭的所作所爲是"抱布貿絲"般的欺人之言狡詐之行。再接著，在元積的描述下，張生梯樹逾墻求歡於鶯鶯，而這並非出於對鶯鶯的真心喜愛，則完全是爲了滿足自己登徒子般"好色"性欲、一時之歡的詭秘圖謀；而崔氏追求的不僅僅是青年男女間的真情相愛，而更企求兩人喜結連理的百年之好。崔張從一開始就同床異夢，故崔張結合之初已是鶯鶯悲劇的開始。在元積的筆下張生一時之歡的目的既然已達到，隨之而來的即是企求擺脫。但張生又不願意攬過於自己，故而在崔鶯鶯面前"常詰鄭氏之情"，企圖借助崔鶯鶯母親鄭氏的干涉，阻攔崔張私情繼續發展來達到自己遺棄鶯鶯的目的。但得到的回答却令張生大失所望：鄭氏却"知……不可奈何矣……因欲就成之"。作爲母親的鄭氏爲成全這一對年輕人，説得更直白些是爲了挽救已經失身于張生的女兒鶯鶯的一生命運，祇能也祇有採取息事寧人的態度，並想將錯就錯成就他們的百年之好，以此掩蓋女兒鶯鶯的一時不慎的失貞之誤，這是古往今來的絕大多數父母在遇到類如情況時都會無可奈何極不情願而又不得不採取的被動態度。而鄭氏的這種姑息態度實在大出張生的意料，他借助鄭氏阻攔破壞的詭計沒有得逞之後，在西去長安而又復來蒲州之後，在玩弄鶯鶯時近一年感到厭倦之後，最後終於不顧一切露出他的廬山真面目，決絕地離鶯鶯而去。更爲可惡的是爲了推卸自己開始玩弄最終遺棄鶯鶯的罪責，張生不顧朋輩楊巨源與元積分別在《崔娘詩》《會真詩三十韻》後十韻中對自己的規勸，無視鶯鶯在寫給他的長信中一再表露的心苦志誠的真情實意，又發表了臭名昭著的"尤物"之論、"忍情"之説。張生的本意自然是爲自己辯護，把自己打扮成一個堂堂正正的"君子"，而元稹將其"尤物"之論、"忍情"之說的辯護詞寫進小說，用意則在剝開張生的軀殼，裸露他那骯髒的内心和醜惡的靈魂，從而引發讀者對張生醜行惡語的憤慨。在元稹的精心安排下，傳文至此，張生——這個中國愛情文學中的"氓"，已在唐代社會的生活舞臺上"動"了起來"活"了起來。張生對鶯鶯是如此，對鄭氏又如何呢？據《鶯鶯傳》的表述，鄭氏之家雖"財産甚厚，多奴僕"，但她是一名喪失丈夫的"孀婦"，帶著"弱子幼女"，在旅途之中又遭逢蒲州兵亂，"旅寓惶駭，不知所托"，處境頗爲狼狽。更值得讀者注意的是元稹特地將鄭氏安排爲張生的"異派之從母"，與張生有了説近不近説遠也不遠的親戚關係；而更爲巧合的是張生恰恰又"與蒲將之黨有善"，有了幫忙鄭氏的客觀有利條件。在這樣特殊親情與正常友情的情況下，張生幫助姨母鄭氏度過難關乃常情常理，也應該不是一件困難的事情，故張生的朋友僅僅"請吏護之"，鄭氏一家"遂不及於難"。雖是自己的侄子幫助度過難關，但鄭氏仍然感激不盡："鄭厚張之德甚，因飾饌以命張中堂坐之。"不僅鄭重其事地設宴，而且還心誠意誠地表示感謝，《鶯鶯傳》文云："姨之孤嫠未亡，提携幼稚。不幸屬師徒大潰，實不保其身。弱子幼女猶君之生，豈可比常恩哉！"並命兒子歡郎與女兒鶯鶯："出拜爾兄，爾兄活爾！"讓姐弟兩人以"兄"事張生。當鶯鶯推三阻四不肯出見時，鄭氏出於對侄子的完全信任，震怒之後告誡鶯鶯不必"遠嫌"。當張生詢問鶯鶯"年紀"的時候，鄭氏又主動代女兒回答："今天子甲子歲之七月，終於貞元庚辰，生年十七矣！"而當張生騙取了鶯鶯的貞操之後，鄭氏内心的苦痛可想而知，但却没有一言半語責怪張生，而是採取息事寧人的態度，"因欲就成之"，這在當時對鄭氏來説是多麼不容易的事情。儘管鄭氏如此寬容，但張生最終還是絶情地拋棄了鶯鶯，並把"尤物妖人"的罪名强加在鄭氏女兒鶯鶯的身上，實際上也是把"管教不嚴"的帽子扣到了鄭氏頭上。我們先不計較張生對鶯鶯的負情，僅僅張生對其姨母鄭氏的惡劣態度，張生活脫脫就是一隻披著人皮的豺狼，就已足夠讓讀者憤慨不已了。而這樣的情節設計則是出於作者元稹的精心安排，從中可清楚看出元稹對張生的鞭撻態度。鶯鶯與張生是同篇中的正反面人物，作者無情揭露張生鞭撻張生，其實也就是對鶯鶯的同情與讚揚。在作者的筆下鶯鶯的出場頗耐人尋味：當鄭氏命鶯鶯出拜時，鶯鶯推三阻四以有病爲由不肯從命。最後鄭氏震怒，説："張兄保爾之命！不然爾且擄矣！能復遠嫌乎？"鶯鶯迫於母親的嚴命，"久之乃至"，而又"常服睟容，不加新飾"，説明鶯鶯久而不至不是在精心打扮自己，而是在推諉，希望盡可能地躲過這一次相會，或者説是在拖延，盡量縮短會面的時間。及見張生又"凝睇怨絶，若不勝其體者"，完全是一副被迫應命的樣子。張生"問其年紀"，不見崔氏回答。"張生稍以詞導之"，而鶯鶯再次"不對"，可見崔氏性格穩重。作者元稹也借紅娘之口表白："崔之貞慎自保，雖所尊不可以非語犯之。"在作者這樣的描述中這樣的表白裏，我們能説崔氏是"妖人"的"尤物"嗎？從中可見作者元稹絶不會同意張生把鶯鶯看成"妖人"目爲"尤物"的陳腐觀點的。也許有人會以鶯鶯"自薦枕席"的情節爲鶯鶯是"尤物"的證據而反駁我們的觀點。其實崔鶯鶯面對的張生是她全家的救命恩人，是母親明示不必"遠嫌"的兄長，因此她既要保護自己的貞潔，又不能過分傷害張生的感情。而且在崔鶯鶯看來，張生"性溫茂，美丰容"，還與自己一樣"善屬文""沉吟章句"，"立綴《春詞》"的高手，又是一個扶危濟困的青年英雄。鶯鶯時年十七，正是情竇初開的年華。男歡女愛本是青年男女的正當情欲，如果不是張生後來的作爲——而這崔鶯鶯當時是無法預料的——眼前的張生確實是值得鶯鶯寄託終身的男性。崔鶯鶯正是在這樣複雜的情況下"自薦枕席"的，爲報答張生的救命之恩，更爲了尋求自己的愛情歸宿。在《鶯鶯傳》中，作者元稹以同情贊許的筆調遂步塑造鶯鶯外表端莊內心善良的女性形象：家宴上崔鶯鶯遲遲不出是寫她的穩重，

《明月三五夜》、“自從消瘦減容光”、“棄置今何道”等詩三首，尤其是那封動人心弦的長信更顯露了鶯鶯的才華，而崔張兩次分別的描述，其“始亂之，終棄之，固其宜也”的感嘆，則是寫她的善良。作者以他生花的妙筆塑造了一個受到千百年來廣大讀者同情理解喜愛的女性形象。應該説鶯鶯和張生都是元稹對中國古典文學人物長廊的重要貢獻，而作者傾注在他們身上的情感顯然有同情與憎恨的區別。七、在《鶯鶯傳》中，光彩照人令人同情與喜愛的崔鶯鶯形象使讀者讚嘆不已，而品行低劣讓人噁心的張生形象也讓人們憤然唾罵。而之所以能夠產生如此動人感染力，崔鶯鶯的長信與張生“尤物妖人”的謬論是重要原因之一。評論《鶯鶯傳》，我們以爲不可以回避對張生謬論的批判，也不可以遺漏對鶯鶯長信的讚美。元稹以前的人們還沒有採用將書信運用于文言小説之中，元稹可謂是第一個，而且運用得非常成功，效果也十分不錯。鶯鶯的長信語句感人文采飛揚，讀者一定會有同樣的感覺。書信從張生贈送的“花勝”、“口脂”談起，而拖出“誰復爲容”、“但積悲嘆”的感嘆，暗暗點出被人遺棄的不幸。緊隨其後“知復何言”一語，又將鶯鶯欲訴無語的心態委婉道及。“於喧嘩之下，或勉爲語笑”與“閑宵自處，無不淚零”幾句，寫出自己被遺棄的尷尬。在“雖半衾如暖”的舊境裏，面對“而思之甚遙”的現實，讀者不難感覺到鶯鶯作爲弱者的無力呼喊。而對兩人成男女之私的回憶，鶯鶯則坦誠承認自己的責任：“兒女之心，不能自固。君子有援琴之挑，鄙人無投梭之拒。”這與張生的推過委罪于對方的作爲形成鮮明對照，鶯鶯雖然是女子，又是受害者，但却勇敢地承擔自己應該承擔的責任，坦坦蕩蕩有君子之品行。“永謂終托”與“自獻之羞”云云，在更深的層次上揭示鶯鶯的内心世界。“倘仁人用心，俯遂幽眇，雖死之日，猶生之年”，是鶯鶯僅存的幻想；“如或達士略情，舍小從大，以先配爲醜行，謂要盟爲可欺”一段，則是鶯鶯對張生品行的揭露。而最後鶯鶯贈送“玉環”，是“欲君子如玉之真，敝志如環不解”的期盼，也是鶯鶯志向的表白。而"永以爲好"的呼喊,是鶯鶯對張生的熱切期待。"春風多厲,强飯爲佳"的囑咐,更見出鶯鶯的善良。這封長信是鶯鶯内心的泄露,鶯鶯能够赢得人們的同情與喜愛,這封長信起了關鍵的作用。與鶯鶯長信形成對比的則是張生"尤物妖人"的謬論。張生所説的"尤物",在這裏是指絶色美麗而貽害他人的女性,含有貶義。元稹同時代人陳鴻《長恨歌傳》將楊貴妃目爲亂世的"尤物",傳曰:"意者不但感其事,亦欲懲尤物,窒亂階,垂於將來也。"古人有"尤物移人"的成見,《左傳·昭公二十八年》文云:"夫有尤物,足以移人;苟非德義,則必有禍。"宋人羅大經《鶴林玉露》則將戚夫人目爲"尤物",亦曰:"高帝非天人歟!能决意于太公吕后,而不能决意于戚夫人。杯羹可分,則笑嫚自若。羽翼已成,則歔欷不止。乃知尤物移人,雖大智大勇不能免。由是言之,世上無如人欲險信哉!"而蛟,是傳説中龍類動物、鱷魚與鯊魚;螭,也是傳説中一種無角的龍、猛獸與山林精怪。張生爲了抛棄鶯鶯,竟然將美麗而善良的鶯鶯説成鱷魚、鯊魚、猛獸、山林精怪一般的怪物,其用心之惡毒,讀者不難體會。元稹讓張生在這裏引經據典,又以殷朝與周朝的反面教訓爲例,有理有據地將鶯鶯目爲"尤物",與歷史上的妲己、褒姒、戚夫人、楊貴妃相提並論,得出"不妖其身必妖於人"的可怕結論,實質是張生爲自己無情無義抛棄鶯鶯製造輿論推脱罪責。我們以爲張生的這一段話,是作者元稹根據傳奇故事情節的需要爲張生特意設計的,是爲塑造唐代愛情文學中的"氓"服務的,而不是元稹爲張生亦即元稹爲自己的辯護之辭。在《鶯鶯傳》的每一個細節上元稹描繪的鶯鶯是值得人們同情喜愛的女性,而不是令人生厭的"尤物"。"尤物"之論、"忍情"之説,衹是張生爲自己推脱罪責的辯護詞,與元稹對待女性的品行毫無關係。元稹衹是借張生之口向讀者揭露當時社會中確實存在的落後意識和陳腐觀念,揭示《鶯鶯傳》産生的時代背景,營造張生、鶯鶯生存的真實社會空間,它們並不等同于作者元稹的思想。這在古今中外的小說創作中是司空見慣的，不值得大驚小怪。元稹正是以忠實於生活的態度將社會現實寄諸筆端，"諷興當時之事，以貽後代之人"，以此來真實反映唐代社會現實，來完成藝術形象張生的塑造。我們不妨設想一下，如果元稹不是通過篇末的"忍情"之說把張生的内心世界和盤托出，張生——這個唐代社會生活中的"氓"又如何能够在讀者面前形成"過街老鼠，人人喊打"的局面？如果張生最後涕泪交加痛悔自己的背信棄義，並最終與鶯鶯結爲夫妻，落入傳統愛情故事大團圓的俗套，這雖也有一定的認識意義，但讀者對張生的痛恨對鶯鶯的同情，還會像今天這樣涇渭分明嗎？如果没有時人對張生醜行惡語"多許張爲善補過者"的讚譽，鶯鶯的悲劇也就不是社會的悲劇時代的悲劇，而祇是孤立的個别事件，那末崔鶯鶯、張生這兩個人物形象，又哪里能有大家一致肯定的普遍的社會意義？如果當時的人們都來同情崔氏的不幸，都去譴責張生的無行，那末《鶯鶯傳》祇是個别的孤立的事件，並不是普遍存在的社會現象，那麽它又能有多少深刻的社會思想意義可言？當時社會中那種視玩弄遺棄女性爲正常的不良風氣，又如何能够展現在讀者的面前？　八、《會真詩》是《鶯鶯傳》的重要組成部分，是元稹爲塑造張生與鶯鶯兩個藝術形象必不可少的手段。既然《鶯鶯傳》的作者是元稹，作爲《鶯鶯傳》一部分的《會真詩》，自然也出於元稹的手筆，這是毫無疑義的。但關於《會真詩》究竟以何人的名義出現在《鶯鶯傳》中，大家的認識却並不一致：有人以爲這是以張生的名義寫成的詩，也有人認爲是以出現在《鶯鶯傳》中的"元稹"名義續寫的詩，還有人認爲是傳文中的張生先賦《會真詩三十韵》，然後傳文中的"元稹"又續和《會真詩三十韵》，今天出現在《鶯鶯傳》中的祇是"元稹"的"續詩"。我們的意見與上述看法并不相同，根據元稹原來設計的情節，根據《會真詩三十韵》的具體内容，《鶯鶯傳》中的《會真詩三十韵》是由張生和傳文中的"元稹"分别完成的。我們的根據是在崔張幽會之後，《鶯鶯傳》曰："張生賦《會真詩三十韻》，未畢，而紅娘適至，因授之以貽崔氏。"請注意張生的《會真詩三十韻》祇是個沒有完成的"未畢"的半成品，他祇寫了前半部分。其後《鶯鶯傳》又云："河南元稹亦續生《會真詩三十韻》，詩曰……"傳文中的"元稹"所寫的祇是"續"寫張生没有寫完的後半部分，請注意不是"和"，也不是"酬"，而是"續"，它們含義之不同，無須我們饒舌。我們並不是無根據地揣測，現存《會真詩三十韻》中清清楚楚表明了這一點。從"微月透簾櫳"到"繾綣意難終"的二十韻描寫了張生和崔鶯鶯幽會的全過程，祇有當事人張生與崔鶯鶯知道，而《鶯鶯傳》中的"元稹"是無法知道的，因此我們無法苟同《會真詩三十韻》是以傳文中"元稹"的名義所寫的意見，我們以爲前二十韻是歷史人物，亦即作者元稹代替傳中的"張生"賦寫的。從"慢臉含愁態"到"蕭史在樓中"結束的後十韻裏描寫了崔鶯鶯與張生分手之後崔鶯鶯對張生一再的期盼和不盡的思念，而這是已把自己"未畢"的《會真詩》交付紅娘的張生無法補敘的，這是歷史人物，亦即作者元稹以《鶯鶯傳》中的"元稹"的名義"續"寫的。而分清這一點非常重要，因爲《會真詩三十韻》後十韻如果也是張生所寫，那詩句裏流露對鶯鶯的同情以及對兩人百年好合的期盼，與張生拋棄鶯鶯以及爲拋棄而生發出來的"尤物"之論、"忍情"之説相矛盾相抵觸。而且後十韻又是傳文中的"元稹"表露自己態度的重要段落，前人之所以誤解張生就是元稹自寓，原因之一就是忽視了《會真詩三十韻》的後十韻爲傳文中的"元稹"所作，並且真誠同情鶯鶯不幸遭遇，熱切期盼她能够獲得美好未來白頭偕老這樣非常重要的事實。傳文中還有"元稹"詢問張生背棄鶯鶯的緣故，張生嫁禍於崔氏，這就是上節所引的張生臭名昭著的"尤物"之論、"忍情"之説。傳文接下去有"於時坐者皆爲深嘆"一句，深嘆不同於深讚，深嘆的自然是紅顏薄命才郎薄情。"深嘆"之"坐者"中自然亦應包括"元稹"自己在内。而傳文最後説："予嘗於朋會之中，往往及此意者，夫使知者不爲，爲之者不惑。"有人據此而抨擊元稹爲張生——亦即爲自己始亂終棄的不道德行爲辯護。據元稹在《鶯鶯傳》中對崔氏的同情以及其記述友人李紳"卓然稱異"的態度和楊巨源對鶯鶯深表同情的《崔娘詩》來看，我們以爲元稹的原意是針對"時人多許張爲善補過者"而來，呼籲"知者不爲，爲之者不惑"，即呼籲知道這件愛情悲劇的人們不要出於一時感情衝動，不計其後果，像張生那樣去做非禮私合最後一走了之還把責任推給女方的不道德事情，這就是元稹所謂的"知者不爲"；如果有人已做了"非禮私合""男歡女愛"之類事情，那就不要像張生那樣迷惑于或者藉口於"尤物妖人"、"女色敗國"之類的謬論，拋棄自己原先的另一半，將終身的苦痛留給女方，而應"君亂之，君終之"，像蕭史弄玉那樣去爭取美好的未來，這才是元稹認爲的真正善補過的舉動，也就是元稹所謂的"爲之者不惑"。作爲此說的一個旁證是在元稹的其他作品中這種同情婦女的態度也屢有所見：年輕的織女在沉重賦税的逼迫下終身不敢婚嫁，造成了"東家頭白雙女兒，爲解挑紋嫁不得"的慘痛結局。統治者爲滿足自己的私欲，搶奪上萬民女入宮，葬送她們一生的幸福："良人顧妾心死別，小女呼爺血垂淚。""白頭宮女在，閑坐説玄宗。"從這一幅幅淒慘的圖畫裏可見元稹爲織女、民婦、宮女呼喊不平的感情。可見在一定程度上同情婦女的不幸，感嘆她們的薄命，這是元稹前後如一的態度，《鶯鶯傳》自然也不應該例外。在《鶯鶯傳》中的這段文字，顯然也是表露元稹同情鶯鶯的態度，指責元稹爲張生遺棄鶯鶯辯護是沒有任何道理的。九、唐代佳作如林，它們本來就互有短長，人們的評價又往往見仁見智。因而在最後剩下的不多篇幅裏，進行詳盡而細緻的比較是不可能的。魯迅先生稱李公佐"多所著作，影響亦甚大，而名不甚彰者"，稱元稹"所作不多，而影響甚大，名亦甚盛者"，亦即前者以量取勝，後者以質取勝，但李公佐"名不甚彰者"，而元稹"名亦甚盛者"，其實已把《鶯鶯傳》放在唐代傳奇的衆多作品中進行了鳥瞰式的比較。這裏我們僅以受到評論家一致稱道、公認是唐代傳奇中最優秀者、而且又與《鶯鶯傳》同爲愛情題材的《柳毅傳》、《李娃傳》、《霍小玉傳》爲例，進行總體的簡略的比較。《柳毅傳》是以神話的形式把人們喜聞樂見的愛情、俠義、靈怪内容結合在一起，描述了人與神戀愛的故事。與《鶯鶯傳》相比，雖情節同樣優美而動人，但出現在《柳毅傳》中的是神女這樣的"神"與柳毅這樣的"人"之間的"人神戀愛"的故事，因而其現實感遠不及《鶯鶯傳》可信，真實感遠不及《鶯鶯傳》深刻。《李娃傳》以曲折多變的情節塑造了性格複雜的李娃形象，生動逼真地再現了唐代社會多層次多角度的生活縮影。但最後的大團圓結局脱離了現實生活的實際，反映了作家落後庸俗的思想意識，不能不説是作者無意中留下的敗筆，與深刻反映時代背景揭示社會實質的《鶯鶯傳》的悲劇性結尾恰成鮮明的對照。《霍小玉傳》塑造了受欺騙的女性與最終遺棄他人的負心漢形象，通過對比將人世間的悲喜劇展現在讀者面前，這在很大程度上與《鶯鶯傳》有著驚人的相似。但最後出現的黄衫豪士扶危救困的義舉以及男主人公李益後因鬼祟多疑等等的描寫，祇能是當時人們無力戰勝邪惡勢力之善良願望的一種體現，它對人們的教育意義遠不及《鶯鶯傳》的結局深刻。尤其是"時人多許張爲善補過者"的社會背景描寫，爲其他傳奇作品所無法相比。不僅如此，元稹在《鶯鶯傳》中"著文章之美，傳要妙之情"，調動各種藝術手法，塑造了鶯鶯光彩照人讓人同情的女性形象，塑造了張生這個唐代愛情舞臺上"氓"的生動鮮明形象，深刻反映當時社會的現實。諸如以流利多變的史筆，展開悲歡離合的故事情節；以韵新味雋的詩歌，揭示人物的内心世界："疑是玉人來"詩中鶯鶯期待幸福到來的心態，"爲郎憔悴却羞郎"詩裏鶯鶯那種矛盾的心情以及"憐取眼前人"詩中鶯鶯的以己度人的善良内心，都通過短短的四句詩歌惟妙惟肖地表達出來。詩篇《會真詩》不僅起到揭示人物的内心世界的作用，而且也發揮補叙張生與鶯鶯的戀愛故事情節的功效。特別值得一提的是元稹獨闢蹊徑，以書信的形式深刻揭示鶯鶯內心複雜潛在的感情,使鶯鶯這個人物更加豐富更加鮮活,這在中國小說史上是首開其端的,爲此後的宋元明清的小說所模仿。《鶯鶯傳》還以各不相同的議論,諸如張生的"忍情"之說"尤物"妖人以及時人"許張善爲補過"的議論,還有傳文中的"元積"在《會真詩三十韵》後十韵中對鶯鶯美好未來的期待,都在不同程度上開掘了時代背景的深度和廣度。對此後人評價極高,如趙令時《侯鯖錄》文曰:"逍遙子曰:樂天謂微之能道人意中語。僕於是益知樂天之言爲當也,何者? 夫崔之才貌宛美詞彩艷麗,則於所載緘書詩章盡之矣! 如其都愉淫冶之態則不可得而見。及見其文,飄飄然仿佛出於人目前,雖丹青摹寫其形狀未知能如是工且至否?"又如後人李卓吾評云:"嘗言吳道子顧虎頭只畫得有形象的,至如相思情狀無形無象,微之畫來的的欲真躍躍欲有,吳道子顧虎頭又退數千舍矣!"而《柳毅傳》、《李娃傳》、《霍小玉傳》諸篇,對其中的一種或幾種手法,雖也在運用,有時運用得還相當成功,但像《鶯鶯傳》如此嫻熟地將這麼多的藝術手法應用於一篇之中,却屬罕見。貞元元和年間是唐代傳奇,尤其是愛情題材的唐代傳奇的繁榮時期。據我們在《〈鶯鶯傳〉寫作時間淺探》等多篇拙作中的考證,《鶯鶯傳》寫成於貞元十八年九月,較《李娃傳》等其他優秀之作出現的時間爲早。因而不是《鶯鶯傳》受到其他名篇唐代傳奇的影響,而是《鶯鶯傳》對其他名篇唐代傳奇的影響是毋庸置疑的。至於《鶯鶯傳》對後世的影響,前面已論及,更是《李娃傳》等篇無法相比的。而且《鶯鶯傳》又首開以傳文詩歌同時歌吟述說同一故事之端,《鶯鶯傳》、《鶯鶯歌》而後,有白居易陳鴻的《長恨歌》、《長恨歌傳》,有沈亞之司空圖的《馮燕傳》、《馮燕歌》以及元積自己和白行簡的《李娃行》、《李娃傳》和《崔徽歌》、《崔徽傳》。僅此一點,元積與《鶯鶯傳》在唐代傳奇文學史上也應有其特殊重要的地位。《鶯鶯傳》而後,以崔張故事爲題材的諸多文學作品中,公認元代王實甫的《西廂記》爲"天下奪魁"之作。《西廂記》洋洋灑灑的諸多文字改變了《鶯鶯傳》的主題，擴大了作品的容量，情節更爲複雜動人，人物形象更爲豐滿鮮明，某些方面的藝術成就確實超過了短篇的《鶯鶯傳》，這是事實。但是《西廂記》基本人物與情節取自《鶯鶯傳》，不少成功之處是在《鶯鶯傳》的基礎上發展起來的。而本文在這裏側重要闡述的，是《西廂記》與《鶯鶯傳》相比那些不成功的例證：其中最顯著的例子是將《鶯鶯傳》中張生遺棄鶯鶯並把罪責推給鶯鶯的悲劇性結尾，改寫成張君瑞與崔鶯鶯喜結連理的大團圓喜劇性結局，篇末有曲曰："四海無虞，皆稱臣庶；諸國來朝，萬歲山呼；行邁羲軒，德過舜禹；聖策神機，仁文義武……朝中宰相賢，天下庶民富；萬里河清，五穀成熟；户户安居，處處樂土；鳳凰來儀，麒麟屢出……謝當今盛明唐聖主，敕賜爲夫婦。永老無別離，萬古常完聚，願普天下有情的都成了眷屬。"我們以爲無論是《鶯鶯傳》面世的中唐還是《西廂記》成稿的元代，社會現實絕非如此美好，上下關係絕非如此和諧；就社會生活的真實性而言，《鶯鶯傳》應比《西廂記》更有思想意義和教育作用。《西廂記》的第二個改變是插入了鄭恒這一人物，使崔張的愛情關係複雜化，降低了原作具有的教育意義。這無疑也是個敗筆。《西廂記》的第三個改變，也是最大的改變，是將反面人物的張生改變成正面人物張君瑞。《鶯鶯傳》將人世間醜惡的東西揭露出來，提醒人們；而《西廂記》則將人們理想中的美好的東西加以歌頌，昭示讀者。兩者雖都有其各自的認識作用和美學價值，但僅從作品的思想內涵來看，從揭露社會反映現實的角度來說，《鶯鶯傳》無疑比《西廂記》更有深度更有力度，也更經得起時間的推敲和歷史的檢驗。所以從總體上看，《鶯鶯傳》篇幅雖小，但却比《西廂記》更接近生活的真實，更富有教育意義。當然我們無意在中國文學史上把《鶯鶯傳》與《西廂記》相提並論，它們畢竟是不同時代不同體裁的文學作品，各有自己的時代色彩和歷史使命。但認真研究《鶯鶯傳》和《西廂記》的成功之處與失敗之筆，正確評價兩者各有千秋互有短長的事實，還是十分必要的。

［編年］

　　《年譜》編年本文於貞元二十年，並在同年的譜文中云：“九月，元稹撰《傳奇》（《鶯鶯傳》），李紳作《鶯鶯歌》。”而《鶯鶯傳》中的《會真詩三十韻》，《年譜》已經另外編年于貞元十七年。《年譜新編》亦編年本文於貞元二十年，也在譜文中曰：“九月，元稹在長安撰自傳性小說《傳奇》，李紳作《鶯鶯歌》。”同樣將《會真詩》編年於貞元十七年，而“自傳性小說”一語，已經給元稹扣上了“始亂終棄”的大帽子。而《編年箋注》在將《會真詩》編年於貞元十七年的同時，也將《鶯鶯傳》編年於貞元二十年九月，不僅與《年譜》、《年譜新編》採取完全相同的做法，把同一篇作品分別作於“貞元十七年”與“貞元二十年九月”兩個年份，這樣元稹的《會真詩》既出現在《編年箋注》的“詩歌卷”，又出現在《編年箋注》的“散文卷”，同一篇詩歌，重複出現在同一部著作的不同部份中，編年在兩個不同的年份，如此稀奇古怪的重複出現與重複編年，過去未見，將來估計也不會再有，真可謂是“空前絕有”之舉。至於《編年箋注》編年《會真詩》與《鶯鶯傳》的編年理由，則完完全全是照搬《年譜》錯誤的理由。

　　我們以爲，本故事的第一個聽受者，應該是楊巨源，他還爲這個生動的故事留下了自己的著名詩篇《崔娘詩》，但他不及看到元稹本文的殺青定稿之本，就在貞元十八年“去時芍藥纈堪贈”的早夏離開長安前往外地。本文真正意義上的第一個讀者，應該就是他的朋友李紳。李紳當時也在長安準備參加進士考試，李紳也需要自己的“行卷”，受到元稹本文的啓發，也創作了與《鶯鶯傳》成爲“行卷雙璧”的《鶯鶯歌》，爲自己的進士考試及第增加中舉的重重砝碼。

　　我們以爲，《年譜》、《編年箋注》與《年譜新編》是根據傳統的“張生即元稹自寓”的觀點來編年的，而這個傳統觀點，我們認爲是完全錯誤的。我們二十多年來已經有九篇文章駁斥這個觀點，請參閱拙稿《元稹考論·元稹與《鶯鶯傳》考論》以及《元稹評傳》的有關章節。

爲免大家的翻檢之勞，我們這裏擇要概括爲十條，分述如下：

"張生即元稹自寓説"者的第一條根據是清源莊季裕的朋友楊阜公曾得到元稹所作的《姨母鄭氏墓誌》。我們以爲《姨母鄭氏墓誌》既非趙氏親眼所見，亦非言者莊氏親手所得，僅是莊氏之朋友楊阜公"嘗得"；《姨母鄭氏墓誌》既不見唐五代時人提及，而在宋代已不可得，故不見編集《元氏長慶集》的劉麟父子編入元稹詩文集内，後世也沒有人再見過。一個墓誌饒了這麽大的彎子，連趙氏自己都表示懷疑。且所引志文"其既喪夫遭軍亂，微之爲保護其家備至"云云，也不像元稹在志文中應有的口氣，其真實性是大可懷疑的。故胡應麟《少室山房筆叢》雖承認張生"乃微之自寓"，但隨後又採録唐雜説《柳將軍傳》，懷疑崔張故事即取材於此，疑張生即柳氏。既然如此，我們今天又怎能僅僅憑傳説中的《姨母鄭氏志》來作爲判定張生即元稹自寓的根據呢？

他們的第二條根據是張生與元稹同歲，這是"自寓"説者經過"認真計算"之後發現的重要證據，常常被後來的研究者反復引用論證。王性之《微之年譜》："己未代宗大曆十四年（是歲微之生）；庚申德宗建中元年。辛酉。至甲子興元元年（是歲崔氏生）；乙丑，貞元元年。丙寅。至癸酉九年（是歲微之明經及第）；甲戌。至己卯十五年（十二月辛未，咸寧王渾瑊薨于蒲，丁文雅不能御軍，遂作亂）；庚辰十六年（是歲微之年二十二，《傳奇》言生年二十二，未近女色。崔年十七，《傳奇》言於今之貞元庚辰，十七年矣）。"《微之年譜》所言是否確鑿是否可信，我們應作一番認真的考證。據《鶯鶯傳》故事情節，蒲軍因渾瑊病卒而大掠，張生救護崔氏全家，《鶯鶯傳》文："唐貞元中有張生者……以是年二十三，未嘗近女色……是歲渾瑊薨于蒲。有中人丁文雅不善於軍，軍人因喪而擾，大掠蒲人……十餘日廉使杜確將天子命以統戎節令於軍，軍由是戢。"而《舊唐書·德宗紀》貞元十五年："十二月庚午朔方等道副元帥河中絳州節度使檢校司徒兼奉朔中書令渾瑊薨……丁酉以同州刺史杜確爲河中尹河中絳州觀察使。"據此可知《鶯鶯傳》故事發生在貞元十五年(799)十二月，而張生年齡爲二十三歲。張生救護崔鶯鶯一家之後，鄭氏爲答謝張生的救命之恩宴請張生，崔鶯鶯奉母命出拜張生，張生問崔鶯鶯年紀，鄭氏代爲回答，《鶯鶯傳》文："(張生)問其年紀，鄭曰：'今天子甲子歲之七月，終於貞元庚辰，生年十七矣！'"貞元庚辰就是貞元十六年(800)，日曆已從己卯貞元十五年翻到庚辰貞元十六年了，這時張生的年齡也應從"二十三歲"長成二十四歲了。故事開始張生的年齡爲二十三歲，《太平廣記》開頭即有"以是年二十三，未嘗近女色"云云；《辨〈傳奇〉鶯鶯事》、《微之年譜》爲證實"張生即元稹自寓"的假設，不得不削足適履，强行改"二十三"歲作"二十二"歲。據上引《舊唐書·德宗紀》，渾瑊死去和杜確平定蒲州之亂的事情都發生在貞元十五年十二月。而據上引《鶯鶯傳》，崔母鄭氏感張生救護之恩設宴招待張生，時當已從貞元己卯十五年十二月延至貞元庚辰十六年初春，故傳文中崔母有"終於貞元庚辰"的話。其時張生已二十四歲，即使按王性之趙令時自説自話的説法，亦應二十三歲，但王與趙兩位竟然有本事讓張生過年不增歲，把貞元庚辰十六年(800)時的張生仍算作二十二歲，故意與生於大曆十四年(779)的元稹同歲，爲"張生即元稹自寓"活生生"製造"了第二條根據。又《侯鯖録》卷五："按樂天作微之《墓誌》，以大和五年薨，年五十三，即當以大曆十四年己未生，至貞元庚辰正二十二歲矣！《傳奇》言生年二十二不知女色。"我們不得不説《侯鯖録》所云似乎他根本沒有好好看過元稹的《鶯鶯傳》，或者説他爲了求證自己的論點得以成立，故意混淆是非有意誤導讀者。上引《鶯鶯傳》已明確張生在蒲州兵亂之時，亦即己卯貞元十五年"年二十三"，"至貞元庚辰"應是二十四歲，怎麼張生會與《傳奇》言生年二十二"的説法相符合呢？而且即使按照己卯貞元十五年張生"年二十二"的王性之版本，"至貞元庚辰"張生也應是二十三歲了，怎麼還是"生年二十二"呢？

　　"張生即元稹自寓説"者的第三條根據是張生與元稹在同一年結婚，上引《微之年譜》接著又説："辛巳十七年(是歲微之年二十三，《傳奇》言生以文調西去，所謂文戰不利，遂止京師。崔氏書所謂春風多屬，正次年春也)；壬午十八年(是歲微之年二十四，以中書判第四等授校書郎。《傳奇》言後歲餘崔亦委身於人，生亦有所娶。按退之作《微之妻韋墓誌》曰：選婿得稹，始以選授校書郎，即與微之《夢遊春》'二紀初'、'三星度'所謂有所娶之言同)。"關於元稹結婚時間，元稹《同州刺史謝上表》、白居易《元稹墓誌》、兩《唐書·元稹傳》均云：元稹年二十四，吏部乙科登第，授校書郎；韓愈《元君妻韋氏墓誌》云："夫人于僕射爲季女，愛之，選婿得今御史河南元稹，稹時始以選校秘書省中。""自寓説"者根據以上資料並不確切的説法，錯誤地認爲元稹結婚當在他任職校書郎之後，亦即二十四歲時——即貞元十八年。其實白居易《養竹記》有説明："貞元十九年春居易以拔萃選及第，授校書郎。"徐松《登科記考》之《凡例》也有説明："其應舉者，鄉貢進士例于十月二十五日集户部，生徒亦以十月送尚書省，正月乃就禮部試。試三場，先雜文，次帖經，次答策。每一場已，即榜去留。通於二月放榜，四月送吏部。"而《登科記考》"貞元十九年""拔萃科"登第名單爲："白居易、李復禮、吕頻、哥舒恒、元稹、崔玄亮。"如果再加上在"博學宏詞科"登第的吕炅、王起，正好是八人，元稹《酬哥舒大少府寄同年科第》："前年科第偏年少，未解知羞最愛狂。九陌爭馳好鞍馬，八人同著彩衣裳(同年科第，宏詞：吕二靈、王十一起；拔萃：白二十二居易；平判：李十一復禮、吕四頻、哥舒大煩、崔十八玄亮逯不肖。八人同奉榮養)。自言行樂朝朝是，豈料浮生漸漸忙。懶得官閑且疏散，到君花下憶諸郎。"據此可知，元稹和白居易吏部乙科考試"考核資叙"在貞元十八年冬天，考試登第已至十九年春天，接著授職校書郎，是後才與韋氏成婚；元稹與韋叢結婚的時間肯定在貞元十九年春天以後，而不是貞元十八年。而在傳文中，因渾瑊死去而招致蒲州大亂在貞元十五年底，鄭氏設宴答謝張生在貞元十六年初。至張生因紅娘而獻《春詞》二首，與鶯鶯私會於西廂，在貞元十六年春天。張生離蒲數月後復游蒲，與鶯鶯再次相會累月，事在貞元十六年秋。貞元十六年冬張生"文調及期"，貞元十七年春張生"文戰不勝"。"後歲餘"即一年多以後，"崔已委身于人，張亦有所娶"，以"後歲餘"計其時日，從十七年"二月放榜"算起的"後歲餘"，當在十八年夏天。由此可見張生"有所娶"在貞元十八年夏天或稍後，它與元稹韋叢成婚在貞元十九年春天或者春天以後的某個季節並不在同一年，"自寓說"者的第三條根據也不能成立。

"自寓說"的第四條根據是元稹在二十一二歲時"仕於河中府"，將尚待求證的"張生即元稹自寓"中的《鶯鶯傳》人物張生的行蹤作爲證據來證明自己"張生即元稹自寓"的結論，邏輯之混亂讓人眼花目眩。同時又在讀者眼花目眩之際像變戲法一般將汾州的西河縣說成蒲州的河西縣。《年譜》"貞元十五年己卯"條下譜文並根據曰："初仕於河中府(蒲州)。根據是：一、元稹《贈別楊員外巨源》云："憶昔西河縣下時，青山憔悴宦名卑。""西河"指河東道(《新唐書·地理志》云："河東道，蓋……漢……西河……之地。")，"宦名卑"是初"入仕"身份，可見元稹初"入仕"的地方是河東道。二、《黃明府詩》序云："小年曾于解縣連月飲酒，予常爲觥錄事。曾于竇少府廳中有一人後至……前虞鄉黃丞也。"解縣、虞鄉都是河中府所管縣，可以進一步肯定元稹初"入仕"的地方是河東道的河中府(蒲州)。三、案元稹《鶯鶯傳》云："張生游於蒲……是歲渾瑊薨于蒲。"從這幾句話，又可以看出元稹初仕的年代。"《年譜》的用意十分清楚，即元稹的生平與傳文中張生的行蹤完全一致，因此《鶯鶯傳》中的張生就是其作者元稹自寓。在這裏，我們應該指出："青山"當爲"青衫"較爲合適。而據冀勤先生點校的《元稹集》，各本《贈別楊員外巨源》詩均作"西河縣"。據李吉甫《元和郡縣志》，西河縣在汾州。《元和郡縣志》成書於元和八年，在元稹初仕西河縣後不久，可以信從。河中府有河西縣而無西河縣，西河縣並不在傳文中張生冶游的蒲州。還應指出，斷言"小年"即是"二十一二歲"時亦顯屬武斷。杜甫《醉歌行（別從侄勤落第歸）》："陸機二十作文賦，汝更小年能綴文……只今年才十六七，射策君門期第一。"可見杜甫詩中的"小年"是"十六七"歲時。元稹有詩《酬鄭從事四年九月望海亭見寄》："憶年十五學構廈，有意蓋覆天下窮。"聯繫上述資料，所述應是元稹初仕汾州之情景，與傳文中張生冶游蒲州的地點年歲並不相同，説詳拙稿《元稹考論・再論元稹非張生自寓》，拜請參閱。我們以爲，"自寓説"者的第四個根據也是站不住脚的。

"自寓説"者的第五個根據，是元稹在貞元十七年參加考試並"文戰不勝，留西京"。《年譜》列舉的根據是："明年，文戰不勝，張遂止於京。因貽書于崔……崔氏緘報之詞……張生發其書於所知，由是時人多聞之。所善楊巨源好屬詞，因爲賦《崔娘詩》一絶云：'清潤潘郎玉不如，中庭蕙草雪銷初。風流才子多春思，腸斷蕭娘一紙書。'"《年譜》除列舉這一條《鶯鶯傳》中張生的行蹤外，並沒有列舉其他根據。而《鶯鶯傳》中張生是虛構的藝術形象還是歷史人物元稹的自寓尚待證明，《年譜》在無其他歷史資料主證的情況下，舉尚待證明之張生行蹤作爲描寫作家元稹生平的證據，顯然是欠妥的。而我們以爲，楊巨源的《崔娘詩》與張生是否就是元稹自寓的論點沒有任何關聯。

"自寓説"者的第六個根據，即王性之《辨〈傳奇〉鶯鶯事》文："微之心不自聊，既出之翰墨，姑易其姓氏耳！不然爲人叙事安能委屈詳盡如此？"此話並不盡然，文學作品中"委屈詳盡"的虛構故事比比皆是，自述時寥寥數語者更不少見。如以"委屈詳盡"作爲標準即是作者自寓的理由來推理，那末是否可以説"爲人叙事"同爲"委屈詳盡"之《枕中記》、《李娃傳》，它們的主人公盧生與滎陽生即是其作者沈既濟和白行簡之自寓呢？這樣的推理顯然是十分荒謬的，也是讓讀者無法接受的。

　　王性之在《辨〈傳奇〉鶯鶯事》中又舉出第七個"自寓説"的根據："又微之《百韵詩寄樂天》云：'山岫當階翠，墻花拂面枝。鶯聲愛嬌小，燕翼玩逶迤。'注云：'昔予賦詩云：爲見墻頭拂面花，時惟樂天知此事。'"首先應指出上面引自《侯鯖録》的詩篇即元稹江陵時詩《酬翰林白學士代書一百韵》中的詩句以及注文，不過引詩中誤"街"爲"階"，注文中衍一"事"字，其他悉同。而元稹與白居易"始相識"於兩人同登吏部乙科第後，即貞元十九年春。傳文中的崔張故事起貞元十五年十二月，止十八年夏秋，亦即元稹白居易相識之前，白居易又怎麽會知道呢？且楊巨源李紳於崔張故事均有詩歌涉及，又怎麽能説祇有白居易一個人，亦即"時惟樂天知此"呢？顯然元稹在詩中説的是發生在元稹白居易相識之後、當時祇有白居易一人知道、楊巨源李紳並不知情、與崔張故事並不相干的詩人自己的艷遇。既然如此，又怎麽能舉此佐證張生即元稹自寓呢？

　　"自寓説"的第八個證據就是元稹《夢遊春七十韵》，認爲該詩披露的情節就是《鶯鶯傳》中的崔張故事。應該承認青年時期的元稹與當時其他的士人一樣，也曾尋花問柳宿娼飲妓，這是唐代風氣使然，並非僅僅是元稹一個人墮落的個案。對此元稹自己在詩中直言不諱，我們也不必爲他諱過飾非。但我們不敢苟同《夢遊春七十韵》就是《鶯鶯傳》中崔張故事的觀點。《夢遊春七十韵》爲大家所熟知，又極易翻檢，我們不再引録，僅作個別引述："我到看花時，但作懷仙句。"又云"近作夢仙詩，亦知勞肺腑。"實以仙人暗喻自己的情人，描述自己的艷遇。這情人或是女道士，或是女藝人，或是娼妓者流，顯與傳文中的鶯鶯有別。且詩中深洞曲池、畫舫蘭篙、長廊小樓，傳文中鶯鶯棲處乃一寺院，兩者環境並不相同。詩中之"我"雖主動上門尋覓，而臨見之時却"未敢上階行"，"徘徊意猶懼"，"逡巡日漸高"。傳文中張生則應召而至，但却迫不及待地翻墻而入。詩中與"花貌人"相會在桃花盛開之月"曉月初明熙"之時。傳中與鶯鶯幽會則在"歲二月""旬有八日","斜月晶瑩,幽輝半床"之際。傳中張生主動拋棄鶯鶯,而詩中男女分離則似乎是來自外界的壓力:"夢魂良易驚,靈境難久寓。夜夜望天河,無由重沿溯。"概而言之,兩者雖同叙艷情,但具體情節並不相似。"自寓説"者的這一條根據,我們認爲仍然不能成立。

"自寓説"者的第九條根據,就是《辨〈傳奇〉鶯鶯事》等認爲元稹《春詞》(一名《古艷詩》)、《鶯鶯詩》、《離思詩》、《雜憶詩》、《古決絶詞》、《代九九》、《春曉》等詩"與《傳奇》所載,猶一家説也","無少異者"。需要指出"自寓説"者引證詩歌所提供的情況與傳文並不一致,今舉例略述於後:例如"自寓説"者以《古艷詩二首》爲傳文中張生通過紅娘寄給鶯鶯的《春詞二首》。今查《唐人選唐詩·才調集·春詞》,祇有"深院無人草樹光"一首,而無"春來頻到宋家東"一首。又如《鶯鶯詩》和《離思五首》(《才調集》一併作《離思六首》)之"閑讀道書慵未起"、"半緣修道半緣君"等句,不同于崔氏被遺棄後"委身於人"的結局。再如《雜憶五首》:"潛教桃葉送秋千"、"小樓前後捉迷藏"之句,與傳文所示之情節相去甚遠。"滿頭花草倚新簾"之句,不符合崔鶯鶯"大家閨秀"的身份。"山榴似火葉相兼"一句,也與崔張幽會的時間不合。詩中有婢女"桃葉",再見于《全詩》卷四二二《友封體》,疑是詩人對與《鶯鶯傳》無關的另外的風流韵事的描述。《古決絶詞》叙述原先相戀的一對青年男女最終決絶的故事,與《鶯鶯傳》並不相關。況且"那堪一年事,長遣一宵説"、"三年之曠别"、"一去又一年,一年何時徹"等句又有哪一點與傳文相似?《代九九》:"阿母憐金重,親兄要馬騎。把將嬌小女,嫁與冶游兒。"九九與鶯鶯的命運雖然相同,但具體情節顯屬不一,一個被棄,另一個出嫁。《春曉》:"半欲天明半未明,醉聞花氣睡聞鶯。猧兒撼起鐘聲動,二十年前曉寺情。""自寓説"者以爲此亦是元稹回憶在普救寺與鶯鶯幽會之事。誠如其說,那末據傳文中崔張幽會之時間並詩題及詩文,可知此詩作於元稹四十二歲時,時元稹在長安,政務極爲繁忙,又有繼配裴淑在側,兩人感情甚篤,豈能有此心緒? 我們以爲,從詩文内容可知其孤眠獨宿時回憶年輕時自己的艷遇。元稹二十五歲與韋叢結婚,三十一歲韋叢病故;三十三歲續娶小妾安氏,其三十六歲時安氏病逝;三十七歲之年末再娶繼配裴氏,裴氏死在元稹之後。以"二十年前"推之,此詩當作于安氏卒後元稹返回長安途經臨近洛陽和汾州西河縣時,正值春天。元稹三十七歲,上推"二十年",當爲十六七歲時,可能即是元稹在汾州西河縣"揄揚陶令緣求酒,結托蕭娘只在詩"之時,可能即是元稹在洛陽李著作園"朧明春月照花枝,花下鶯聲是管兒"之時與管兒相戲相悦之情景。總之元稹所叙爲他自己十六七歲之艷遇,與二十三四歲的張生無涉。

最後,我們已經在本書稿前面的許多篇幅裏,詳細論述元稹諸多艷詩與《鶯鶯傳》的故事不能機械類比,此不重複。由此可見以上《春詞》、《代九九》等詩亦不能佐證"張生即元稹自寓"的説法,他們的第十條根據也是無法成立的。

在涉及本文編年的問題上,陳寅恪先生《元白詩箋證稿》與《年譜》同樣是錯誤百出,無法自圓:《年譜》引述了一些材料,又抬出陳寅恪先生的結論來證明自己的結論是有根據的,也是可靠的。《鶯鶯傳》是流傳千古、名聞遐邇的名篇,影響自然很大;陳寅恪先生又是國學大師,信從者自然很多。因此對這千年以來成爲"定論""公論"的傳統結論,我們不得不花費些筆墨來闡述清楚,以免繼續貽誤後人:

陳寅恪先生認爲《鶯鶯傳》的寫作時間是貞元二十年九月,其《元白詩箋證稿》:"據《鶯鶯傳》云:貞元歲九月,執事(?)李公垂宿于予靖安里第,語及於是,公垂卓然稱異,遂爲《鶯鶯傳》以傳之。貞元何年,雖闕不具。但貞元二十一年八月即改元永貞,是傳文之貞元歲,決非貞元二十一年可知。又《鶯鶯傳》有:後歲餘,崔已委身于人,張亦有所娶之語。則據《才調集》五微之《夢遊春七十韵》云:一夢何足云！良時事婚娶。當年二紀初,佳節三星度。朝蕣玉佩迎,高松女蘿附。韋門正全盛,出入多歡裕。《韓昌黎集》二四《監察御史元君妻京兆韋氏夫人墓誌銘》云:夫人于僕射(夏卿)爲季女。愛之,選婿得今御史河南元積,積時始以選校書秘書省中。及《白氏長慶集》六一《河南元公墓誌銘》(《舊唐書》一六六《元積傳》同)云:(貞元十八年)年二十四,試判入四等,署秘省校書。是又必在貞元十八年微之婚于韋氏之後(微之時年二紀,即二十四)。而《鶯鶯傳》復有:自是絕不復知矣一言,則距微之婚期必不甚遠。然則貞元二十年乃最可能者也。"要而言之:陳先生認爲因爲元積與張生年齡相等,結婚時間又相同,所以張生就是元積自身的寫照。繼又根據元積的年歲、結婚的時間和《鶯鶯傳》中張生的行蹤,把歷史人物元積和小説人物張生合二而一,推出《鶯鶯傳》作於二十年九月的結論。

我們認爲陳先生的這個結論是可以商榷的。第一,《鶯鶯傳》是傳奇小説,它不等於史傳或自傳,是允許虛構的也是應該虛構的。魯迅先生早就指出:唐代傳奇的作者"往往故意顯示著這事迹的虛構,以見他想像的才能",認爲《鶯鶯傳》就是《桃花源記》式的"想像和描寫"。《鶯鶯傳》的人物張生決不應等同於《鶯鶯傳》的作者元積,這是顯而易見的;如果説張生這一人物形象中包含了作者的"影子",那也祇是"影子"而已,兩者是不應該也決不能够等同的。而陳先生却正是把元積和張生等同,把元積的墓誌、史傳等歷史資料和傳文中張生的行蹤混爲一談,並以此作爲考證的出發點,從而得出《鶯鶯傳》作於二十年九月的結論。第二,張生與元積年歲相等的説法始見於王性之的《微之年譜》。在《微之年譜》中王性之不知所本就將張生在貞元(己卯)十五年(799)時的"二十三"歲改爲"二十二"歲,繼又把第二年——貞元(庚辰)十六年時張生的年齡仍然算作二十二歲,誤與貞元十六年元積二十二歲的年紀正好相同。這樣的計算錯誤實在過於明顯,但千年以來主張"張生即元稹自寓"的學者爲了求得自己"張生即元稹自寓"錯誤觀點的成立,竟然忽略了或者説故意忽略這樣非常明顯的錯誤。根據我們的考證,元稹張生結婚時間同在貞元十八年的説法同樣也是錯誤的,我們上面已經論述,此不重複。其實白居易《答謝公最小偏憐女》詩有"嫁得梁鴻六七年"之句,"六七年"是一個模糊概念,"六年"當不連及本年,"七年"則連及本年,從韋叢卒年──元和四年(809)逆推,元稹韋叢結婚當在貞元十九年(803)而不是貞元十八年(802),否則白居易詩句當云:"七八年"了。又據白居易《養竹記》、徐松《登科記考·叙例》及同書"貞元十九年"條,元稹白居易吏部乙科考試在貞元十八年冬天,但他們及第已在十九年春天。因此元稹及第授校書郎後與韋氏成婚當在貞元十九年,這與《鶯鶯傳》中張生"有所娶"的時間──貞元十八年並不在同一年。第三,還應指出陳先生又不適當地解釋"自是絶不復知矣"一語所包含的時間,認爲它表明"距微之婚期必不甚近",即應包含兩年──從十八年夏秋至二十年九月──的時間。其實"自是絶不復知"一語所表明的含義短則可以數天數月,長則可以數年數十年,它是一個難以確切表達時間長短的籠統概念,陳先生認定它祗應包含兩年的解釋是缺乏根據的。

　　《年譜》贊同《元白詩箋證稿》的説法,並補充了證據,卞孝萱《李紳年譜》:"貞元二十年甲申(804),三十三歲,(李紳)復至長安。""九月,元稹撰《鶯鶯傳》,紳作《鶯鶯歌》。"卞孝萱在《李紳年譜》中提供了兩條證據,其中一條證據是:"元稹《鶯鶯傳》(《太平廣記》卷四八八《雜傳記》):貞元歲九月,執事(?)李公垂宿于予靖安里第,語及於是,公垂卓然稱異,遂爲《鶯鶯歌》以傳之。崔氏小名鶯鶯,公垂以命篇。"我們認爲這條根據其實祗提供了元稹撰《鶯鶯傳》和李紳作《鶯鶯歌》大致的難以確指的時間──"貞元歲九月"。在貞元紀年的二十一年内,雖然可以不考慮故事開始以前的時間──貞元十五年十二月之前,亦即渾瑊病卒以前的年月,還可以除去《鶯鶯傳》故事情節發展所需要的兩年又十個月的時間,亦即除去貞元十八年九月前的十六年九月、十七年九月,最後還應該排除八月即改元永貞的貞元二十一年九月以及因關輔饑荒而停吏部選、罷選舉的十九年九月,但仍然還有兩個時間——十八年九月、二十年九月——很難確指,因此這條根據顯然難以成爲"二十年九月"説的主要根據。另一條就是我們在前面已經指出有錯誤的陳先生所列舉的根據,《李紳年譜》並在其後補充:"這個説法,證據不足,應結合李紳的行迹來考察。十八年,紳'客于江浙';十九年七月,在蘇州作《畫龍記》,則所謂'貞元歲九月',當以二十年最可能。"我們參照《李紳年譜》所提供的資料,認爲李紳這幾年的行蹤可以簡述如下:貞元十七年冬十八年春李紳在長安應試,韓愈薦之于陸傪。韓愈《與祠部陸員外書》:"有侯喜者、侯雲長者……有劉述古者……有韋群玉者……凡此四子皆可以當執事首薦而極論者。主司疑焉則以辨之,問焉則以告之,未知焉則殷勤而語之,期乎有成而後止可也。有沈杞者、張苰者、尉遲汾者、李紳者、張後餘者、李翊者,或文或行皆出群之才也,凡此數子與之足以收人望得才實。主司疑焉則與解之,問焉則以對之,廣求焉則以告之可也。"王定保《唐摭言·通榜》:"貞元十八年權德輿主文,陸傪員外通榜帖,韓文公薦十人於傪,其上四人曰侯喜、侯雲長、劉述古、韋紓(紓),其次六人張苰、尉遲汾、李紳、張浚(後)餘。而權公凡三榜,共放六人。而苰、紳、浚(後)餘,不出五年内皆捷矣!"顧炎武《日知錄》在《摭言》文後曰:"按《摭言》云……以《登科記》考之,貞元十八年德輿以中書舍人知舉,放進士二十三人,尉遲汾、侯雲長、韋紓、沈杞、李翊登第。十九年以禮部侍郎放二十人,侯喜登第。永貞元年放二十九人,劉述古登第。通三榜共七十二人,而韓所薦者預其七。元和元年崔邠下放李紳,三年又放張後餘、張弘,皆與《摭言》合。"結合以上材料我們可以得知:十八年春李紳落第南返,"客于江浙",李紳《龍宫寺》詩序"貞元十八年余爲布衣東遊天台"可證。十九年七月李紳在蘇州作《蘇州畫龍記》,《蘇州畫龍記》題下題名"李紳",末題"時貞元癸未歲秋七月記"可證,而"貞元癸未歲"則是貞元十九年。但在此前《李紳年譜》並沒有言明李紳在何處?又自何處來蘇州?從十八年秋冬至十九年春夏留下了行蹤不明的一年空白。而這我們以爲極有可能正是李紳前往長安應試和作《鶯鶯歌》的時間。以上是我們根據卞孝萱提供的李紳"客于江浙"爲貞元"十八年"的材料來推算的,我們估計卞孝萱根據的是施宿的《會稽志》、孔延之的《會稽掇英總集》和高似孫的《剡錄》,分別爲"貞元十八年"、"正元十八年""貞元十八載",而根據《李紳年譜》提供的這些材料,我們的推論我們的結論仍然能够成立,已見上文論述。而事實是李紳"客于江浙"的年份還有另外的説法另外的版本,如李紳本人的詩文集《追昔游》、宋人林師蒇的《天台前集》和《全詩》則云"貞元十六年"。根據後面的材料,李紳貞元十七年冬十八年春在長安應試之後至十九年春夏之間,共有兩年時間行蹤不明。《李紳年譜》也許爲求得自己結論的成立,故意或者因爲疏忽而沒有向讀者交待這些材料。我們以爲這行蹤不明的兩年時間可能正是李紳在長安爲進士及第活動奔波的時間,其中也自然應該包括貞元十八年九月與元稹一起準備"行卷"《鶯鶯傳》與《鶯鶯歌》在内。

　　據《舊唐書·德宗紀》貞元十九年秋冬至二十年春夏,因停吏部選罷禮部貢舉,《李紳年譜》認爲李紳不當在長安應試,不應試之説可以信從,但李紳在不在長安尚需材料舉證;貞元二十年秋冬至二十一年春夏,《李紳年譜》提供的李紳行蹤如下:"(李紳)復至長安。九月,元稹撰《鶯鶯傳》,紳作《鶯鶯歌》。"《李紳年譜》在貞元二十一年(805)條下云:"紳仍應進士試。"《李紳年譜》的根據是:"白居易詩《靖安北街贈李二十》:'還似往年安福寺,共君私試却回時。'"《李紳年譜》在元和元年(806)條下曰:"紳與元氏同遊曲江,登進士第(據元詩《永貞二年》,見《全唐詩》卷四一二及《登科記考》、《唐才子傳》)。"《李紳年譜》在這裏的話給人一個錯覺是:似乎李紳於貞元二十年復至長安,二十一年應進士試,元和元年登進士第。人們不禁要問:李紳所應的考試是貞元二十年冬至二十一年春間的進士試,還是貞元二十一年冬至元和元年春間的進士試? 如果是前者,《李紳年譜》爲什麼沒有説明是年李紳落第和落第以後的行蹤? 如果是後者,又爲什麼不説明李紳於貞元二十年秋九月來長安,並爲元稹《鶯鶯傳》撰作《鶯鶯歌》,却不參加貞元二十年冬至二十一年春間的進士試? 李紳早已在貞元十七年冬十八年春間應過進士試,有及第的强烈願望,爲什麼其時身在長安,且又考試在即,却放棄了這個大好的機會?

應該指出的是:《李紳年譜》在貞元二十一年條下所引的根據也是有問題的。據白居易生平,已知白居易前後應試共有三次:即貞元十五年冬至十六年春應進士試,十八年冬至十九年春應吏部試,貞元二十一年冬至元和元年春應制科試。據李紳《龍宫寺序》:"十八年"或者説"十六年"李紳以"布衣"自蘇州"東遊天台"的行蹤來看,不可能是指十六年與白居易一起應進士試。而《李紳年譜》對"私試"的理解也是有問題的:所謂"私試",在唐宋時聚集進士定期舉行的臨時考試,多與"公試"相對。李肇《唐國史補》卷下:"群居而賦,謂之私試。"宋代趙升《朝野類要·舉業》:"私試:每月試一場。凡滿季計三場,謂孟月本經、仲月論、季月策。並鎖試於前廊,以學官主文考校,唯公試之月免。"陸游《老學庵筆記》卷七:"若公試固不敢,今乃私試,恐無害。"而"還是往年安福寺,共君私試却回時"衹是指元和元年初李紳爲登進士第、元稹白居易爲制科登第而參加的"私試"而已,並不能拿來證明貞元二十一年"紳仍應進士試"的結論;如果説李紳與白居易的"私試"發生在元和元年之前,那也衹是指十八年冬至十九年春之前白居易爲登吏部第而與李紳一起參加"私試",而十九年"公試"的結果是白居易與元稹等人吏部乙科及第而李紳進士考試落第。由此可見《李紳年譜》所説李紳"於貞元二十年復至長安,二十一年應進士試,元和元年登進士第"的説法是不够確切和不够嚴密的,也可以説是錯誤的;李紳二十年九月來長安二十年冬至二十一年春應進士試的結論,也尚待新資料的佐證。

　　而卞孝萱先生後來又在《關於元稹的幾個問題》中又對"二十年九月"説補充了新的證據:"我們從小説中所叙述的故事,排一個簡單的'年表'",認爲:"'明年,文戰不勝,張遂止於京',應該在'貞元十七年辛巳'。""後歲餘,崔已委身于人,張亦有所娶","後歲餘"從"貞元十七年辛巳"算起,應該是"貞元十九年癸未",正好"與元稹、韋叢結婚時間相合"。"小説中已叙述到貞元十九年的事,其寫作年代,即所謂"貞元歲九月",不外乎十九年九月或二十年九月。"卞孝萱接着以貞元十九年"罷吏部選禮部貢舉"的史實排除了貞元十九年九月,自然毫無疑義地確定貞元二十年九月爲《鶯鶯傳》的撰作時間。而我們以爲,表中張生"文戰不勝"的"年代考證"欄列在"貞元十七年",但没有言明是貞元十七年何季;據唐代科舉通例,"文戰不勝"都應當在春天,張生"文戰不勝"應當在貞元十七年春天。其"後歲餘"應當是貞元十八年春天以後的某個季節:從貞元十七年春天至貞元十八年夏即可稱"後歲餘"。而卞孝萱在表中却誤計至貞元十九年:從貞元十七年春天至貞元十九年已是兩年或兩年多,不應稱爲"後歲餘"而應稱爲"後兩歲"或"後兩歲餘"。由於卞孝萱先生有意或者無意的計算錯誤,從而無緣無故使《鶯鶯傳》故事情節發展的時間從貞元十八年夏秋誤延至貞元十九年,毫無根據地排除了"貞元十八年九月"這一個極有可能撰作《鶯鶯傳》的時間,有必要在這裏特别指出。

　　卞孝萱先生先後來爲"貞元二十年九月"説提出的四條證據,一條是陳先生有問題的結論;一條是無法確指的時間概念——"貞元歲九月";第三條是李紳的行蹤,但又無法肯定是"貞元十八年九月"還是"貞元二十年九月";最後一條不知是由於疏忽還是故意疏忽,漏計了"貞元十八年九月":因此"貞元二十年九月"説是有待認真推敲科學商榷的結論,不可隨便信從。

我們認爲,"貞元二十年九月"說在以下兩個問題上矛盾百出難於解釋清楚:第一,元稹白居易相識相知於貞元十九年初春兩人吏部及第之時,而以後元稹白居易"肺腑無隔"、"形影不離","堅同金石,愛等兄弟",並且常常在他們的唱和詩篇裏提及"征伶皆絶藝,選伎悉名姬"、"密攜長上樂,偷宿靜坊姬"之類的事情,有時元稹甚至祇告訴白居易一人,元稹《酬代書詩》詩並注:"山岫當街翠,墙花拂面枝(昔予賦詩云:爲見墙頭拂面花,時唯樂天知此)。"可見他們的友誼遠遠超過了元稹與楊巨源及李紳的友誼。如果《鶯鶯傳》作於貞元二十年九月,元稹爲什麼祇把此事告知楊巨源、李紳而獨獨對白居易守口如瓶? 與元稹一樣,白居易當時也喜聽愛説傳奇,元稹《酬代書詩》:"翰墨題名盡,光陰聽話移(樂天每與予遊從,無不書名屋壁。又嘗於新昌宅説《一枝花話》,自寅至巳猶未畢詞也)。"不久之後白居易還與陳鴻合作《長恨歌》及《長恨歌傳》,白居易又爲什麼與楊巨源李紳有別,獨獨對最好朋友元稹的《鶯鶯傳》不感興趣不置一辭? 或者白居易也有議論或詩歌,元稹却祇選録楊巨源與李紳的詩歌,獨獨不把最好朋友白居易的作品録入自己的《鶯鶯傳》之中? 第二,楊巨源是元稹結識白居易之前最好的詩友,白居易是元稹貞元十九年吏部及第以後最知心的朋輩。如果《鶯鶯傳》作於貞元二十年九月,那麼當時爲《鶯鶯傳》題《崔娘詩》的楊巨源和當時已與元稹相識的白居易同在長安兩年,當因元稹而相識,而事實是白居易與楊巨源十多年後才"新相識",白居易《贈楊秘書巨源》:"早聞一箭取遼城,相識雖新有故情。"據朱金城先生《白居易年譜》考證,《贈楊秘書巨源》作於元和十年,時離開貞元二十年已有十一二年之久。通過以上論證,我們可以明確無疑地認爲《鶯鶯傳》作於貞元二十年九月的説法是難於成立的錯誤結論。

既然《鶯鶯傳》作於貞元二十年九月的説法是難於成立的錯誤結

論,那末它確切的作年又應該在何年"九月"？我們根據元稹、白居易、李紳、楊巨源、韓愈這幾年的行蹤和《鶯鶯傳》故事情節發展所需要的時間,認爲《鶯鶯傳》應作於貞元十八年九月,理由如下：

第一,據《鶯鶯傳》、《舊唐書·德宗紀》等資料,渾瑊病卒,蒲軍大掠,張生救護崔氏一家,發生在貞元十五年的十二月；鄭氏宴請張生,鶯鶯奉母命出見,至崔鶯鶯張生私會於西廂,發生在貞元十六年的春天；張生離蒲"數月"之後"復游于蒲",與崔鶯鶯第二次相會"累月",事在貞元十六年秋天；貞元十六年冬天張生"文調及期"；貞元十七年春天張生"文戰不勝"；"後歲餘"亦即貞元十八年夏天或稍後,"崔已委身于人,張亦有所娶",張生以"外兄"求見而不得,"自是絕不復知"。説明《鶯鶯傳》故事情節的發展,僅僅延至貞元十八年秋天,並沒有延滯至貞元二十年九月。

第二,白居易貞元十六年春天進士及第,然後東歸洛陽省親,貞元十七年春天在符離,七月在宣州,秋天回歸洛陽,直至貞元十八年冬天才至長安應吏部試；貞元十九年及第授校書郎後,與元稹相識,始假租長安長樂里。貞元十八年九月元稹、李紳、楊巨源在長安撰作《鶯鶯傳》、《鶯鶯歌》、《崔娘詩》時白居易不在長安,元稹也還沒有與白居易相識,所以元稹《鶯鶯傳》中沒有提及白居易,也沒有他的詩篇。

第三,元稹詩篇《贈李二十牡丹花片因以餞行》："鶯澀餘聲絮墮風,牡丹花盡葉成叢。"白居易詩歌《看渾家牡丹花戲贈李二十》："人人散後君須看,歸到江南無此花。"從詩意看不應是元和元年李紳登進士第而榮歸江南的歡快情調,而像是落第南返之情景。白居易貞元十八年冬天之前不在長安,因此可知這次李紳落第南返,肯定不會是李紳十八年春天那次落第南返；而貞元十九年冬天至貞元二十年春天罷吏部選停禮部貢舉,不可能有落第南返的事情；貞元二十年冬天至貞元二十一年春天,白居易沒有參加科舉考試,沒有必要參加

"私試",也就談不上"共君私試"。因此這次李紳落第南返,祇能是貞元十八年冬天至貞元十九年春天間元稹、白居易、李紳三人同年"公試"後,元稹白居易吏部乙科登科而李紳進士考試落第,當時已相識的元稹白居易才能同在長安、同在牡丹花開之春夏送李紳南歸。由此可見李紳是參加過貞元十八年冬天至貞元十九年春天間的科舉考試的,因此貞元十八年九月李紳在長安因元稹的《鶯鶯傳》而作《鶯鶯歌》是完全可能的,這也正好填補了《李紳年譜》中貞元十八年秋冬至貞元十九年春夏時近一年的行蹤空白。

第四,楊巨源在元稹爲校書郎前與元稹相善,元稹《憶楊十二巨源》有"去時芍藥才堪贈"之句,知楊巨源離開長安在春夏間;元稹白居易貞元十九年(803)登第後相識,但白居易元和十年(815)詩《贈楊秘書巨源》曰:"相識雖新有故情。"説明楊巨源離開長安當在元稹白居易貞元十九年春天登第相識之前,否則白居易會因元稹的關係而與楊巨源相識。以此推之,元稹撰作《鶯鶯傳》、楊巨源吟唱《崔娘詩》的"貞元歲九月"當是楊巨源離開長安前——亦即貞元十九年春天前的"貞元十八年九月"無疑。

第五,韓愈住宅在長安靖安里,與元稹爲同坊鄰居,他們早就應該相識,而且以後關係密切:如韓愈元和四年爲元稹亡妻韋叢撰作墓誌銘;元稹在江陵時,元稹與韓愈爲甄濟父子事不顯於國史而互致書信等等。李紳貞元十八年春天由韓愈推薦而參加進士試,李紳與元稹因韓愈而相識的可能性是確實存在的。韓愈貞元十九年冬天即出爲連州陽山(今屬廣東)令,直至元和元年六月才回到長安;李紳、元稹、韓愈相識當在貞元十九年冬天之前,而上文已辯明李紳貞元十九年冬天因罷吏部選、停禮部貢舉不會在長安應試,李紳、元稹、韓愈成爲朋友的"貞元歲九月",至遲當亦是十九年春天前的十八年九月無疑。

由此我們可以得出結論:元稹《鶯鶯傳》、李紳《鶯鶯歌》、楊巨源

《崔娘詩》的寫作時間，亦即所謂的"貞元歲九月"，毫無疑問應該是貞元十八年九月，撰文的地點在長安靖安坊元稹的家中。元稹當時處在參加吏部乙科考試的前夜，元稹撰寫本文的目的是爲了把《鶯鶯傳》作爲作爲當時盛行的"行卷"送呈能够左右科舉考試録取者的達官貴人，爲自己吏部乙科及第擴大影響，造成聲勢。同樣，李紳這年參加進士考試，也需要"行卷"投獻。雖然李紳當年落第南返，直到元和元年才進士及第。但他參加貞元十八年冬至貞元十九年春的進士考試，則是千真萬確的事實。

貞元十九年癸未(803) 二十五歲

● 毀方瓦合判[①](一)

太學官教胄子毀方瓦合,司業以爲非訓導之本,不許[②]。

對(二):教以就賢,雖無黷下。俾其容眾,則在毀方[③]。太學以將務發蒙,宜先屈己(三)。君子不器,須懷虛受之心(四);至人無方,何必自賢於物[④]。爰因善誘,式念思恭。將戒同塵之誠,遂申合土之譽[⑤]。況卑以自牧,仲尼嘗述於爲儒;禮貴用和,子張亦非於拒我[⑥]。義存無傲,道在可嘉。長善之本不乖,成均之言何懵[⑦]!

録自《元氏長慶集》補遺卷三

[校記]

(一) 毀方瓦合判:《登科記考》同,《英華》白居易名下作"教胄子毀方瓦合判",下附:"此篇當在五百一十二卷師學門,今已移入此,姑存其目。"但《英華》卷五一二并無此篇。《白氏長慶集》卷六七無題,下有:"得太學博士教胄子毀方瓦合,司業以非訓導之本,不許。"僅録以備考。

(二) 對:《登科記考》、《全文》無,體例不同,不改。

(三) 宜先屈己:《登科記考》同,《全文》作"宜先屈已",刊刻之誤,不從不改。

(四) 須懷虛受之心:《全文》同,《登科記考》作"順懷虛受之心",刊刻之誤,不從不改。

［箋注］

① 毀方瓦合判：本文不見於劉本《元氏長慶集》內，但《登科記考》卷一五、《全文》卷六五二刊載本文，據補。這是元稹、白居易等人貞元十九年參加的吏部乙科考試時判文的試題，此試題取自《禮記·儒行》："儒有博學而不窮，篤行而不倦，幽居而不淫，上通而不困。禮之以和爲貴，忠信之美，優游之法，慕賢而容衆，毀方而瓦合，其寬裕有如此者。"鄭玄注："不窮，不止也。幽居，謂獨處時也。上通，謂仕道達於君也，既仕則不困於道德不足也。忠信之美，美忠信者也。優游之法，法和柔者也。毀方而瓦合，去己之大圭角，下與衆人小合也。必瓦合者，亦君子爲道不遠人。"孔穎達疏："毀方而瓦合者，方謂物之方正有圭角鋒鋩也。瓦合，謂瓦器破而相合也，言儒者身雖方正，毀屈己之方正，下同凡衆，如破去圭角，與瓦器相合也。"今過錄白居易、呂頻、哥舒恒、崔玄亮等人的答卷，作爲理解本文的參考：白居易《毀方瓦合判》："教惟馴致，道在曲成。將遜志以樂群，在毀方而和衆。況化人由學，成性因師。雖和光以同塵，德終不雜；苟圓鑿以方枘，物豈相容！道且尚於無隅，義莫先於不翩。司業以訓導貴別，或慮雷同；學官以容衆由寬，何傷瓦合！教之未墜，蓋宣尼之言然；文且有徵，則戴氏之典在。將勸學者，所宜韙之。"呂頻《毀方瓦合判》："國崇太學，禮尚師儒。教失其源，人將安放？學官懵夫古訓，好是多方。徒探儒行之辭，俾從瓦合；罔思絜矩之道，不改松心。雖百行殊途，在來者之所擇；而四教闡載，何先師之不遵！苟訓導以生常，懼毀方之易性。樂正禁之非禮，仰有明徵；冑子順以嚮方，幸無迷復。"哥舒恒《毀方瓦合判》："太學博士教冑子毀方瓦合，司業以爲非訓導之本，不許。敬業服勤，冀聞立身之本；傳經作誡，寧違從衆之規。惟彼國庠，典夫冑子。以爲公侯之胤，自伐淹中；謂其禮樂之家，難爲人下。故毀方瓦合，承聖人之情；使慕賢容衆，臻儒者之旨。正唯弟子可學，何慮成均見非！"崔玄亮《毀方瓦合判》："學於是專，教所以立。信尊賢

511

可上，在易性難從。眷彼儒流，職司學校，誠宜警不及之誡，懼將落之辭。苟毀方以爲心，雖容衆而奚用？且非善誘，在傳授而則乖；曾是詭隨，於博裕而何有？不可以訓，無易由言。請從司業之規，無取學官之見。"

② 太學：國學，我國古代設於京城的最高學府，歷代因之。儲光羲《太學貽張筠》："中夜鼓鐘静，初秋漏刻長。浮雲開太室，華蓋上明堂。"劉長卿《送孫瑩京監擢第歸蜀覲省》："適賀一枝新，旋驚萬里分。禮闈稱獨步，太學許能文。" 胄子：國子學生員。潘尼《釋奠頌》："莘莘胄子，祁祁學生。"文瑩《玉壺清話》卷五："知節，全義之子也。七歲父卒，太祖軫念曰：'真羽林孤兒也。'召入内，送國子學，列青衿胄子之間。" 司業：學官名，隋以後國子監置司業，爲監内副長官，協助祭酒，掌儒學訓導之政。杜甫《戲簡鄭廣文虔兼呈蘇司業源明》："才名四十年，坐客寒無氈。賴有蘇司業，時時與酒錢。"劉禹錫《洛中送崔司業使君扶侍赴唐州》："緑野芳城路，殘春柳絮飛。風鳴驪騮馬，日照老萊衣。" 訓導：教誨開導。《國語·楚語》："聞一二之言，必誦志而納之，以訓導我。"吕温《地圖志序》："使嗜學之徒，未披文而見義，不由户而覩奧，斯訓導之明也。"

③ 賢：有德行，多才能。《書·大禹謨》："克勤於邦，克儉於家，不自滿假，惟汝賢。"韋應物《餞雍聿之潞州謁李中丞》："主人才且賢，重士百金輕。" 黷：玷污，污辱。《後漢書·崔駰傳》："進不黨以讚己，退不黷於庸人。"劉禹錫《上杜司徒書》："外黷相公知人之鑑，内貽慈親非疾之憂。" 容衆：謂心懷寬廣，能與各種人交往。《論語·子張》："君子尊賢而容衆，嘉善而矜不能。我之大賢與，於人何所不容？"《後漢書·班固傳》："〔固〕性寬和容衆，不以才能高人，諸儒以此慕之。" 毀方：原指古代數學中求圓于方之法。《周髀算經》卷上："萬物周事而圓方用焉！大匠造制而規矩設焉！或毀方而爲圓，或破圓而爲方。"這裏是指"毀方瓦合"的縮語，意即毀去棱角，與瓦礫相

合,喻屈己從衆,君子爲道不遠離於人。語出《禮記・儒行》:"慕賢而容衆,毀方而瓦合,其寬裕有如此者。"鄭玄注:"去己之大圭角,下與衆人小合也。"俞文豹《吹劍録》:"故《儒行》欲毀方瓦合,《老子》欲和光同塵。"

④ 發蒙:啓發蒙昧。枚乘《七發》:"發蒙解惑,不足以言也。"劉長卿《禪智寺上方懷演和尚寺即和尚所創》:"飛錫今何在? 蒼生待發蒙。"　屈己:委屈自己。《孔叢子・抗志》:"與屈己以富貴,不若抗志以貧賤。"崔元翰《中元日題奉敬寺》:"屈己由濟物,堯心豈所榮!"不器:不像器皿一般,意謂用途不局限於一個方面。《禮記・學記》:"大道不器。"鄭玄注:"謂聖人之道,不如器施於一物。"《論語・爲政》:"君子不器。"何晏集解引包咸曰:"器者各周其用,至於君子,無所不施。"後用以稱讚人的全才。顏真卿《京兆尹兼中丞杜公墓志》:"在家必聞,既蘊睦親之志;所居則化,多稱不器之能。"　虛受:虛心接受。語本《易・咸》:"山上有澤,咸,君子以虛受人。"孔穎達疏:"君子以虛受人者,君子法此《咸》卦,下山上澤,故能空虛其懷,不自有實,受納於物,無所棄遺。"沈約《爲南郡王侍皇太子釋奠宴二首》二:"義重師匡,業貴虛受。"　至人:道家指超凡脱俗,達到無我境界的人。《莊子・外物》:"唯至人乃能遊於世而不僻,順人而不失己。"舊指思想或道德修養最高超的人。《史記・屈原賈生列傳》:"至人遺物兮,獨與道俱。"司馬貞索隱引張機曰:"體盡於聖,德美之極,謂之至人。"嵇康《聲無哀樂論》:"若夫鄭聲,是音聲之至妙。妙音感人,猶美色惑志,耽槃荒酒,易以喪業,自非至人,孰能禦之!"　無方:猶言不拘一格。《孟子・離婁》:"湯執中,立賢無方。"朱熹集注:"方,猶類也。立賢無方,惟賢則立之於位,不問其類也。"謂變化無窮。陸機《漢高祖功臣頌》:"灼灼淮陰,靈武冠世,策出無方,思入神契。"韓愈《賀册尊號表》:"無所不通之謂聖,妙而無方之謂神。"　何必:用反問的語氣表示不必。《左傳・襄公三十一年》:"年鈞擇賢,義鈞則卜,古

之道也。非適嗣，何必娣之子？"嵇康《秀才答四首》三："都邑可優遊，何必栖山原？"用反問的語氣表示未必。段成式《酉陽雜俎·語資》："歷城房家園，齊博陵君豹之山池，其中雜樹森竦，泉石崇邃……公語參軍尹孝逸曰：'昔季倫金谷山泉，何必踰此？'"張祜《題孟處士宅》："高才何必貴？下位不妨賢。"

　　⑤ 善誘：善於誘導，好好誘導。《論語·子罕》："夫子循循然善誘人。"韓愈《答殷侍御書》："承命反側，善誘不倦，斯爲多方，敢不喻所指！"　恭：肅敬，有禮貌。《論語·顏淵》："君子敬而無失，與人恭而有禮，四海之內，皆兄弟也。"鮑照《白頭吟》："心賞猶難恃，貌恭豈易憑！"恭順，順服。《詩·大雅·皇矣》："密人不恭，敢距大邦！"陳琳《檄吳將校部曲文》："又鎮南將軍張魯，負固不恭，皆我王誅所當先加。"謂敬慎不懈。《書·堯典》："允恭克讓，光被四表，格於上下。"孔穎達疏引鄭玄曰："不懈於位曰恭。"張衡《思玄賦》："恭夙夜而不貳兮，固終始之所服。"　同塵：語本《老子》："和其光，同其塵，湛兮似或存。"魏源本義："以塵之至雜而無所不同，則於萬物無所異矣！"比喻與萬物一體，不立異趣。楊炯《益州新都縣學碑》："道尊德貴，挫銳同塵。"錢起《題秘書王迪城北池亭》："從宦辭人事，同塵即道心。"　合土：和合泥土。《禮記·禮運》："後聖有作，然後修火之利，范金合土，以爲臺榭、宮室、牖戶。"孔穎達疏："合土者，謂和合其土，燒之以作器物。"《孔子家語·問禮》："後聖有作，然後修火之利，范金合土，以爲宮室、户牖。"

　　⑥ 自牧：自我修養。《易·謙》："謙謙君子，卑以自牧。"孔穎達疏："恒以謙卑自養其德也。"《吳季子札論》："全身不顧其業，專讓不奪其志，所去者忠，所存者節，善自牧矣！"　仲尼：孔子的字，孔子名丘，春秋魯國人。《史記·孔子世家》："紇與顏氏女野合而生孔子，禱於尼丘得孔子。魯襄公二十二年而孔子生，生而首上圩頂，故因名曰丘云，字仲尼。"《文心雕龍·銘箴》："周公慎言于金人，仲尼革容於欹

器。”　儒：孔子創立的學派儒家。《墨子·公孟》：“儒之道足以喪天下者，四政焉！”《韓非子·顯學》：“世之顯學，儒墨也。儒之所至，孔丘也。”指儒家經學。《漢書·匡張孔馬傳贊》：“自孝武興學，公孫弘以儒相。”《顏氏家訓·勉學》：“故士大夫子弟皆以博涉爲貴，不肯專儒。”　“禮貴用和”兩句：典見《論語·子張》：“子夏之門人問交於子張，子張曰：‘子夏云何？’對曰：‘子夏曰可者與之，其不可者拒之。’子張曰：‘異乎吾所聞！君子尊賢而容衆，嘉善而矜不能。我之大賢與，於人何所不容。我之不賢與，人將拒我，如之何其拒人也？”　和：和順，平和。《史記·淮南衡山列傳》：“漢中尉至，王（淮南王）視其顏色和。”韓愈《與祠部陸員外書》：“其爲人賢而有材，志剛而氣和。”和諧，協調。《禮記·樂記》：“其聲和以柔。”適中，恰到好處。《周禮·天官·大司徒》：“一曰六德：知、仁、聖、義、忠、和。”鄭玄注：“和，不剛不柔。”《論語·學而》：“有子曰：‘禮之用，和爲貴。’”楊樹達注：“和，今言適合，恰當，恰到好處。”　子張：孔子的學生之一。《論語·爲政》：“子張學干祿。”鄭玄注：“子張，弟子也，姓顓孫，名師，字子張也。干，求也。祿，祿位也。”《論語·先進》：“師也，僻。”馬融注：“子張才過人，失在邪僻，文過也。”

⑦義：謂符合正義或道德規範。《論語·述而》：“不義而富且貴，於我如浮雲。”《韓非子·忠孝》：“湯武自以爲義而弒其君長。”傲：驕傲，高傲。《書·堯典》：“嚚子，父頑，母嚚，象傲。”曹冏《六代論》：“王綱弛而復張，諸侯傲而復肅。”輕慢，輕視。《左傳·文公九年》：“傲其先君，神弗福也。”曹植《責躬詩》：“傲我皇使，犯我朝儀。國有典刑，我削我黜。”急躁。《荀子·勸學》：“君子之學也以美其身，小人之學也以爲禽犢，故不問而告謂之傲。”　道：道德，道義。《左傳·桓公六年》：“所謂道，忠於民而信於神也。”《孟子·公孫丑》：“得道者多助，失道者寡助。”　可嘉：值得贊許。司馬相如《封禪文》：“白質黑章，其儀可嘉。”元積《芳樹》：“芳樹已寥落，孤英尤可嘉。”　長

善:增長美德。《禮記·學記》:"知其心,然後能救其失也。教也者,長善而救其失者也。"孔穎達疏:"使學者和易以思,是長善也。"司馬光《性辯》:"修其善則爲善人,修其惡則爲惡人,斯理也,豈不曉然明白哉?如孟子之言,所謂長善者也,荀子之言,所謂去惡者也,揚子則兼之矣!" 成均:古之大學。《周禮·春官·大司樂》:"大司樂掌成均之法,以治建國之學政,而合國之子弟焉!"《禮記·文王世子》:"三而一有焉!乃進其等,以其序,謂之郊人,遠之,於成均,以及取爵於上尊也。"鄭玄注:"董仲舒曰:五帝名大學曰成均。"泛稱官設的最高學府。顏延之《宋武帝諡議》:"國訓成均之學,家沾撫辜之仁。"楊炯《崇文館宴集詩序》:"齒於成均,所以明其長幼;通於博望,所以昭其賓客。"

[編年]

《年譜》編年本文於貞元十九年,理由是根據徐松《登科記考》貞元十九年所過錄元積本文。《編年箋注》沒有認真閱讀《年譜》,仍然與元積《錯字判》等其他十七篇判文一起編年:"其寫作年代應在貞元十年以後之十年間。"《編年箋注》將本文排列在《錯字判》等十篇判文之後,《父病殺牛判》等七篇判文之前。《年譜新編》根據《年譜》所示的理由,編年本文於貞元十九年。同時提出疑問:"然元積登平判科,非拔萃科。"元積《酬哥舒大少府寄同年科第》:"前年科第偏年少,未解知羞最愛狂。九陌爭馳好鞍馬,八人同着綠衣裳(同年科第:宏詞呂二炅、王十一起。拔萃白二十二居易、平判李十一復禮、呂四頻、哥舒大煩、崔十八玄亮逯不肖,八人皆奉榮養)。"但白居易《汎渭賦》:"左丞相鄭公之領選部也,予以書判拔萃選登科。"徐松《登科記考》也將白居易、元積均歸入"拔萃科"。拔萃是唐代考選科目之一。《新唐書·選舉志》:"選未滿而試文三篇,謂之宏辭,試判三條,謂之拔萃,中者即授官。"韓愈《李公墓誌銘》:"其後比以書判拔萃,選爲萬年尉。"可見，平判與拔萃，在當時人們的心目中，區分是不嚴格的。

　　據徐松《登科記考》記載，元稹白居易等人吏部乙科及第在貞元十九年，據此本文確實應該作於貞元十九年，而《編年箋注》對本文的編年肯定是不合適的。又據《封氏聞見録·銓曹》記載，李唐按照隋制，選人"十月一日赴省，三月三十日畢"，《通典·選舉》亦云："凡選始於孟冬，終於季春。"又《册府元龜·銓選》有同樣記載："唐制：凡選始於孟冬，終於季春。"據此本文還可以進一步明確其撰成的具體時間是貞元十九年三月之前，《年譜》、《年譜新編》編年本文於"貞元十九年"的説法實在過分籠統。至於本文撰寫的具體地點，自然是舉行吏部乙科考試的京城長安，元稹的身份是當時吏部乙科的舉子。

■ 吏部乙科判文兩道^{(一)①}

據《新唐書·選舉志》

[校記]

　　（一）吏部乙科判文兩道：本佚失文所據《新唐書·選舉志》，未見異文。

[箋注]

　　① 吏部乙科判文兩道：本佚失之文所據《新唐書·選舉志》的内容："凡試判登科謂之入等，甚拙者謂之藍縷選。未滿而試文三篇，謂之宏辭；試判三條，謂之拔萃：中者即授官。"同樣的内容又見《文獻通考·舉官》："凡試判登科謂之入等，甚拙者謂之藍縷。選未滿而試文三篇，謂之宏辭；試判三條，謂之拔萃：中者即授官。"《容齋隨筆·唐書判》："唐銓選擇人之法有四：一曰身，謂體貌豐偉；二曰言，言辭辯

正；三曰書，楷法遒美；四曰判，文理優長。凡試判登科謂之入等，甚拙者謂之藍縷。選未滿而試文三篇，謂之宏辭；試判三條，謂之拔萃：中者即授官。"《群書考索・唐三銓之法》："凡試判登科，則謂之入等。而其拙者，則謂之藍縷。選未滿而試文三篇者，謂之宏詞；試判三條者，則謂之拔萃。而其中者，則以官授之，此選法之大略也。"《新唐書・選舉志》、《文獻通考・舉官》、《容齋隨筆・唐書判》、《群書考索・唐三銓之法》所云均是"試判三條，謂之拔萃"、"試判三條者，則謂之拔萃"，不見"試判一條，謂之拔萃"之説法，也不見"試判三條而選一"的記載。而現在元稹詩文中，祇見《毀方瓦合判》一文，而不見"試判三條"中的其餘"兩條"，疑應該存在而佚失，據補。　吏部：舊官制六部之一，漢尚書有常侍曹，主管丞相御史公卿之事。東漢改爲爲吏曹，主選舉祠祀，後又改爲選部。魏、晉以後稱吏部，置尚書等官，主管官吏任免、考課、升降、調動等事。班列次序，在其他各部之上。盧象《贈張均員外》："公門世緒昌，才子冠裴王。出自平津邸，還爲吏部郎。"李頎《送五叔入京兼寄綦毋三》："吏部明年拜官後，西城必與故人期。寄書春草年年色，莫道相逢玉女祠。"　乙科：古代考試科目的名稱。唐宋進士皆有甲乙科。《新唐書・韓休傳》："休工文辭，舉賢良……與校書郎趙冬曦並中乙科，擢左補闕。"《文獻通考・選舉》："自武德以來，明經唯丁第，進士唯有乙科而已。"判文：即判，指審理獄訟的判決書。柳宗元《段太尉逸事狀》："諶盛怒，召農者曰：'我畏段某耶？何敢言我！'取判鋪背上，以大杖擊二十。"元稹《重酬樂天》："百篇書判從饒白，八采詩章未伏盧。最笑近來黃叔度，自投名刺占陂湖。"

[編年]

　　未見《元稹集》採錄，也未見《年譜》、《編年箋注》、《年譜新編》提及這兩條判文。

　　我們以爲，兩篇判文應該與《毀方瓦合判》作於同時，亦即貞元十九年三月之前，本文撰寫的具體地點是長安，元稹的身份是當時吏部乙科的舉子。

◎ 日高睡^{(一)①}

　　隔是身如夢^(二)，頻來不爲名^②。憐君近南住，時得到山行^③。

録自《元氏長慶集》卷一五

［校記］

　　（一）日高睡：楊本、叢刊本、《萬首唐人絕句》、《全詩》同，盧案：詩與題不合，疑有脫誤（《群書拾補》初編《元微之集》校正并補闕）。錢校云：“詩與題不相類，蒙疑題誤，或非全篇也。”又云：“疑此篇脫一葉，因而致誤。”如果“錢校”的話能够成立，這也是本書稿輯佚諸多元稹散失或散佚詩文的旁證之一，特此説明。但《萬首唐人絕句》、《全詩》等均選録本詩，並不存疑。僅録以備考，僅供參考。

　　（二）隔是身如夢：楊本、叢刊本、《容齋隨筆》、《唐音癸籤》、《全詩》同，《萬首唐人絕句》作“隔世身如夢”，語義不同，僅録以備考。

［箋注］

　　① 日高睡：太陽高升而不起床。白居易《贈元稹》：“衡門相逢迎，不具帶與冠。春風日高睡，秋月夜深看。”杜光庭《偶題》：“似鶴如雲一箇身，不憂家國不憂貧。擬將枕上日高睡，賣與世間榮貴人。”

　　② 隔是：已經是。元稹《古決絕詞三首》三：“有此迢遞期，不如死生別。天公隔是妬相憐，何不便教相決絕！”《容齋隨筆·隔是》：

"樂天詩云:'江州去日聽箏夜,白髮新生不願聞。如今格是頭成雪,彈到天明亦任君。元微之詩云:'隔是身如夢……''格'與'隔'二字義同,格是猶言已是也。" 頻來:頻頻而來。王建《贈李愬僕射二首》二:"旗旛四面下營稠,手詔頻來老將憂。每日城南空挑戰,不知生縛入唐州。"姚合《和李補闕曲江看蓮花》:"露荷迎曙發,灼灼復田田。乍見神應駭,頻來眼尚顛。"

③ 憐君:喜爱你,羡慕你。殷遙《送杜士瞻楚州覲省》:"雲深滄海暮,柳暗白門春。共道官猶小,憐君孝養親。"岑參《與鄠縣源少府泛渼陂得人字》:"吹笛驚白鷺,垂竿跳紫鱗。憐君公事後,陂上日娛賓。" 近南:靠近南面。韋應物《答令狐士曹獨孤兵曹聯騎暮歸望山見寄》:"共愛青山住近南,行牽吏役背雙驂。枉書獨宿對流水,遥羡歸時滿夕嵐。"戴叔倫《送人遊嶺南》:"少別華陽萬里遊,近南風景不曾秋。紅芳綠笋是行路,縱有啼猿聽却幽。" 時:副詞,時常,經常。《史記·吕太后本紀》:"時與出遊獵。"陸游《老學庵筆記》卷六:"時聞洞中泉滴聲,良久一滴,清如金石。" 到山:進入山中。岑參《送梁判官歸女几舊廬》:"老竹移時小,新花舊處飛。可憐真傲吏,塵事到山稀。"錢起《奉和王相公秋日戲贈元校書》:"才妙心仍遠,名疏迹可追。清秋聞禮暇,新雨到山時。"

[編年]

未見《年譜》、《年譜新編》提及本詩,《編年箋注》將本詩列入"未編年詩"欄内。

我們以爲,本詩雖然可能是殘缺之篇,或詩題與詩文疑有脱誤。但從本詩詩題與詩文的透露的信息看,本詩應該是賦詠於元稹任職校書郎期間。元稹、白居易的詩文就提供了這方面的清晰信息:白居易《常樂里閑居偶題十六韻兼寄劉十五公輿王十一起吕二炅吕四穎崔十八玄亮元九稹劉三十二敦質張十五仲元時爲校書郎》:"帝都名利場，雞鳴無安居。獨有懶慢者，日高頭未梳。”白居易《贈元稹》：“自我從宦遊，七年在長安……一爲同心友，三及芳歲闌。花下鞍馬遊，雪中杯酒歡。衡門相逢迎，不具帶與冠。春風日高睡，秋月夜深看。”元稹《使東川·江樓月》：“嘉川驛望月，憶杓直、樂天、知退、拒非、順之數賢居近曲江，間夜多同步月。”元稹《使東川·郵亭月》：“於駱口驛見崔二十二題名處，數夜後於青山驛翫月，憶得崔生好持確論，每於宵話之中，常曰：‘人生畫務夜安，步月閑行，吾不與也！’言訖堅卧，他人雖千百其詞，難動摇矣！至是愴然，思此題，因有獻。”元稹《題李十一修行里居壁》：“雲闕朝迴塵騎合，杏花春盡曲江閑。憐君雖在城中住，不隔人家便是山。”據此，我們暫時編年於元稹任職校書郎期間，其中以元稹相對閑暇的貞元十九年最爲可能，地點在長安。根據白居易《贈元稹》“春風日高睡”之句，尤以貞元十九年春天最爲可能。

▲ 詠李花 (一)①

　　葦綃開萬朵 (二)②。

　　　　　　　　　　見《雲仙雜記·元白兩不相下》

［校記］

　　（一）詠李花：題名筆者根據《雲仙雜記》自擬，《元稹集》、《全唐詩續補》、《編年箋注》也作“詠李花”，可以採録。《雲仙雜記·元白兩不相下》：“元微之、白樂天兩不相下，一日同詠李花，微之先成，曰：‘葦綃開萬朵。’樂天乃服。綃，練也。葦，白而綃輕（《高隱外書》）。”《佩文齋廣群芳譜·李花》：“元稹：葦綃開萬朵。”《佩文齋廣群芳譜·高隱外書》：“元微之白樂天兩不相下，一日同詠李花，微之先成葦綃之句，樂天乃服。蓋葦綃，白而輕，一時所尚。”《説郛》引《雲仙雜記》，

《記纂淵海·李花》、《全芳備祖前集·李花》、《山堂肆考·李花》,文字基本相同,也見《格致鏡原·花類》、《花木鳥獸集類·李花》引用,均歸名於元稹。

(二)葦綃開萬朵:《全芳備祖前集·李花》、《山堂肆考·李花》、《格致鏡原·花類》、《花木鳥獸集類·李花》同,《記纂淵海·李花》誤作"葦綃間萬朵",語義不佳,不取。

[箋注]

① 詠李花:根據以上文獻,本句應該是元稹散佚詩文中的一句,但今存元稹詩文未見,故據補。 詠:用歌詩的文學樣式寫景抒情。儲光羲《詠山泉》:"山中有流水,借問不知名。映地爲天色,飛空作雨聲。"王昌齡《詠史》:"荷畚至洛陽,杖策遊北門。天下盡兵甲,豺狼滿中原。" 李:果木名,薔薇科,落葉小喬木。葉長橢圓形至橢圓倒卵形,花白色,果實圓形,果皮紫紅、青綠或黃綠。《詩·小雅·南山有臺》:"南山有杞,北山有李。"阮籍《詠懷十七首》一二:"夭夭桃李花,灼灼有輝光。"李時珍《本草綱目·李》:"李綠葉白花,樹能耐久,其種近百。其子大者如杯如卵,小者如彈如櫻……早則麥李、御李,四月熟;遲則晚李、冬李,十月、十一月熟;又有季春李,冬花春實也。"

② 葦綃:李花的別稱。唐無名氏《絕句》:"釣罷孤舟繫葦梢,酒開新瓮鮓開包。自從江浙爲漁父,二十餘年手不扠。"洪适《破核李》:"葦綃欹鼠穴,翠質臨蠐井。自破核不鑽,通行冠可整。" 開:花朵開放。沈約《早發定山》:"野棠開未落,山櫻發欲然。"韓愈《奉和虢州劉給事使君三堂新題二十一詠·花源》:"丁寧紅與紫,慎莫一時開!"萬朵:極言花朵之多。岑參《奉和杜相公發益昌》:"朝登劍閣雲隨馬,夜渡巴江雨洗兵。山花萬朵迎征蓋,川柳千條拂去旌。"李宣古《杜司空席上賦》:"紅燈初上月輪高,照見堂前萬朵桃。觱栗調清銀象管,琵琶聲亮紫檀槽。"

[編年]

　　未見《年譜》編年,《編年箋注》歸入"未編年詩"欄内,《年譜新編》編入"無法編年作品"欄内。

　　我們以爲,不見本句所在詩的全篇,確實難以編年,但兩句所在詩篇應該是元稹與白居易同在一地之作。如此,元稹出任外職的江陵、唐州、通州、虢州、越州、鄂州均應該排除在外。據此,祇有元稹白居易同在京城的時候才有可能:亦即貞元十九年至元和元年同在京城的校書郎任、元和十五年夏天至長慶元二年六月五日元稹任職祠部郎中知制誥任與中書舍人翰林承旨學士人以及工部侍郎任、工部侍郎同平章事任,而尤以校書郎任最爲可能,那時元稹與白居易都無所事事,有互相切磋文字的閑空與可能。詩歌的内容是詠李花,而李花是春天開放的花,因此本詩應該賦成於春天。

◎ 題李十一修行里居壁(一)①

　　雲闕朝迴塵騎合,杏花春盡曲江閑②。憐君雖在城中住,不隔人家便是山③。

録自《元氏長慶集》卷一七

[校記]

　　(一)題李十一修行里居壁:楊本、叢刊本、《古詩鏡·唐詩鏡》、《全詩》同,《萬首唐人絶句》作"題李十一修行里居壁",語義不通,筆誤所致,不改。《全詩》注作"題李十一修竹里居壁",唐代長安有"修行里"而無"修竹里",筆誤所致,不改。《石倉歷代詩選》作"題李十一浄業所",語義不同,遵從原本,不改。

［箋注］

①　題壁：謂將詩文題寫於壁上。宋之問《至端州驛見杜五審言沈三佺期閻五朝隱王二無競題壁慨然成詠》：“逐臣北地成嚴譴，謂到南中每相見。豈意南中岐路多，千山萬水分鄉縣。”王勃《普安建陰題壁》：“江漢深無極，梁岷不可攀。山川雲霧裏，遊子幾時還？”　李十一：即李建，字杓直，《舊唐書·李建傳》：“建字杓直，家素清貧，無舊業，與兄造、遘於荆南躬耕致養，嗜學力文。舉進士，選授秘書省校書郎。”白居易《寄李十一建》：“外事牽我形，外物誘我情。李君別來久，褊吝從中生。”白居易《同李十一醉憶元九》：“花時同醉破春愁，醉折花枝當酒籌。忽憶故人天際去，計程今日到梁州。”　修行里：即修行坊，長安城內一百〇九坊之一，地處城南，靠近曲江池。《長安志·修行坊（本名修華，武太后時避諱改修行坊，景雲元年復舊，後又改之，隋有通法寺，大業七年廢）》：“贈太子少保鄭宜尊宅、蒲州刺史杜從則宅、工部尚書李建宅、嶺南節度使胡証宅、崔州司馬楊收宅。”

②　“雲闕朝迴塵騎合”兩句：意謂上朝迴來，車騎在大街小巷奔馳，塵土四起，遠遠看去，騎從與塵土合在一處，難分彼此。杏花盛開，遊客如雲。杏花敗落，春天也跟著結束，遊人如織的曲江也就跟著冷落起來。　雲闕：宮闕，因其高大，故稱。劉歆《甘泉宮賦》：“雲闕蔚之巖巖，衆星接之皚皚。”鮑照《代陸平原君子有所思行》：“西上登雀臺，東下望雲闕。”　朝迴：上朝迴來。崔顥《霍將軍》：“長安甲第高入雲，誰家居住霍將軍？日晚朝迴擁賓從，路傍揖拜何紛紛！”王昌齡《青樓曲二首》二：“馳道楊花滿御溝，紅妝縵縮上青樓。金章紫綬千餘騎，夫婿朝迴初拜侯。”　塵騎：義近“塵鞍”，落滿塵土的馬鞍，亦代指車馬。韓愈《秋懷詩十一首》一〇：“迷復不計遠，爲君駐塵鞍。”沈遘《彭州使君郎中寄示懷舊之篇輒次韵奉酬》：“當日清談羞俗士，歸來白髮困塵鞍。”　杏花：杏樹所開的花，時間在春天。羊士諤《野望二首》一：“萋萋麥隴杏花風，好是行春野望中。”李商隱《評事翁寄

賜餳粥走筆爲答》:"粥香餳白杏花天,省對流鶯坐綺筵。"　春盡:春去,春天結束。孟浩然《清明日宴梅道士房》:"林臥愁春盡,開軒覽物華。忽逢青鳥使,邀入赤松家。"柳宗元《別舍弟宗一》:"桂嶺瘴來雲似墨,洞庭春盡水如天。"　曲江:即"曲江池",在今陝西省西安市東南,秦爲宜春苑,漢爲樂游原,有河水水流曲折,故稱。隋文帝以曲名不正,更名芙蓉園。唐復名曲江,開元中更加疏鑿,爲都人中和、上巳等盛節遊賞勝地。元稹《永貞二年正月二日上御丹鳳樓赦天下予與李公垂庾順之閑行曲江不及盛觀》:"春來饒夢慵朝起,不看千官擁御樓。却著閑行是忙事,數人同傍曲江頭。"白居易《答元八宗簡同遊曲江後明日見贈》:"長安千萬人,出門各有營。唯我與夫子,信馬悠悠行。"

③　憐:喜愛,愛羨,羨慕。《莊子·秋水》:"夔憐蚿,蚿憐蛇,蛇憐風,風憐目,目憐心。"鍾泰發微:"憐,愛羨也。"白居易《翫半開花贈皇甫郎中》:"人憐全盛日,我愛半開時。"　城中:城裏面。宋之問《奉使嵩山途經緱嶺》:"侵星發洛城,城中歌吹聲。畢景至緱嶺,嶺上烟霞生。"沈佺期《奉和聖製同皇太子遊慈恩寺應制》:"肅肅蓮花界,熒熒貝葉宮。金人來夢裏,白馬出城中。"　人家:他人之家。徐晶《送友人尉蜀中》:"故友漢中尉,請爲西蜀吟。人家多種橘,風土愛彈琴。"沈佺期《入少密溪》:"雲峰苔壁繞溪斜,江路香風夾岸花。樹密不言通鳥道,雞鳴始覺有人家。"

[編年]

《年譜》編年本詩於"癸未至乙酉爲校書郎所作其他詩"欄內,理由是:"李十一建住萬年縣修行坊(參閱白行簡《三夢記》)。"《編年箋注》編年:"元稹此詩作于任校書郎期間。見卞《譜》。"未見《年譜新編》編年本詩。

我們以爲,《年譜》關於"癸未至乙酉爲校書郎"的提法不够精確,元稹任職校書郎的時間起自貞元十九年癸未春天吏部乙科及第之後,終於元和元年丙戌春天元稹才識兼茂明於體用科及第之後拜職左拾遺之時。雖然在元和元年,元稹白居易爲參加制科考試,曾經自罷校書郎之職,但時間是在"元和初",並非"貞元末"。白居易《策林序》:"元和初,予罷校書郎,與元微之將應制舉,退居於上都華陽觀,閉戶累月,揣摩當代之事,構成策目七十五門。"因此把元和元年剔除在外是不合適的,作爲"年譜",這樣的叙述是不嚴格的。而且,李建居家長安修行坊,與編年本詩沒有直接的聯繫,所謂"參閱白行簡《三夢記》",其實祇是虛晃一槍,白行簡《三夢記》中也祇有"元和四年,河南元微之爲監察御史,奉使劍外瑜旬。予與仲兄樂天、隴西李杓直同遊曲江,詣慈恩佛舍,遍歷僧院,淹留移時。日已晚,同詣杓直修行里第,命酒對酌"云云,也祇是指明李建的住所在修行坊而已,同樣與本詩的編年沒有直接關係。而且時間一在貞元末,一在元和四年,難於吻合。這裏我們還要囉嗦一句,白行簡《三夢記》所云自己與白居易、李建同遊曲江之事,其實祇是元稹元和四年出使東川途中所作的《使東川·梁州夢》演變而來,其題注:"是夜宿漢川驛,夢與杓直、樂天同遊曲江,兼入慈恩寺諸院。倏然而寤,則遞乘及階,郵吏已傳呼報曉矣!"其實並沒有提及白行簡,疑出於後人之僞造,待考。

我們以爲,元稹早在貞元中期,就與李建在洛陽相識,但地點在洛陽不在長安,已經超出"修行坊"的範圍,姑且不論。李建貞元十四年進士及第,不久拜職校書郎,元稹《唐故中大夫尚書刑部侍郎上柱國隴西縣開國男贈工部尚書李公墓誌銘》:"(李)公即尚書第三子,諱建,字杓直,始以進士第二人試校秘書郎。"就是明證。元稹貞元十五年有《早春尋李校書》,詩題中的"李校書"就是李建。元稹貞元十九年吏部乙科及第,也拜職校書郎,兩人既是早就相識的朋友,現在又是同僚,關係自然非同一般。誠如白行簡《三夢記》所云,直到"元和四年",李建仍然居住在修行坊;《年譜》爲什麽僅僅把本詩限定在貞元十九年、二十年、二十一年？爲什麼不能是貞元十五年、貞元十六年、貞元十七年、貞元十八年？爲什麼不能是元和元年、元和二年、元和三年、元和四年？《年譜》没有把道理説清。貞元十五年、貞元十六年、貞元十七年、貞元十八年，元稹有《早春尋李校書》在，説明元稹與李建常常見面。而本詩云：“憐君雖在城中住，不隔人家便是山。”這是對李建住宅的由衷讚美，作爲朋友，同在長安，同職爲官，公事不多，因此這幫年輕的朋友常常張家李家聚會是少不了的。按照一般的慣例，老朋友的家，豈有才認識的時候不去拜訪，直到數年之後才去叨擾的道理？李建住家臨近曲江園，而春天遊覽曲江，是當時士人的風尚，元稹與李建早就相識，而白居易與元稹、與李建相識在貞元十九年春天，從此成爲密不可分的朋友。他們聚會地點之選，李建家自然是第一目標，本詩即應該賦成於這年的春天。而在元稹任職校書郎的四年間，貞元二十年春天元稹奔忙於長安洛陽之間，無暇顧及遊覽，有《貞元二十年正月二十五日自洛之京二月三日春社至華岳寺憩寶師院曾未逾月又復徂東再謁寶師因題四韵而已》爲證，而貞元二十一年，元稹《病減逢春期白二十二辛大不至十韵》所云“就日臨階坐，扶床履地行。問人知面瘦，祝鳥願身輕”的狀態，不能光顧李建的家。元和元年，元稹與白居易忙於準備制科考試，“閉門累月”，没有精力來到李建家。元和二年與三年，元稹守母親之喪，不適合前往李建之家。元和四年，元稹“三月七日”已經在前往東川按御的路途之上。元和五年的“三月二十四日”，元稹正在貶謫江陵的商山館驛之中。據此，我們以爲《年譜》、《編年箋注》編年本詩於“癸未至乙酉爲校書郎所作”、“作于任校書郎期間”過於籠統，而應該作於貞元十九年“春盡”之時，亦即貞元十九年三月之末。

◎ 西明寺牡丹^{(一)①}

花向琉璃地上生^(二)，光風炫轉紫雲英^{(三)②}。自從天女盤中見，直至今朝眼更明^{(四)③}。

録自《元氏長慶集》卷一六

［校記］

（一）西明寺牡丹：楊本、叢刊本、《萬首唐人絶句》、《萬首唐人絶句選》、《佩文齋詠物詩選》、《佩文齋廣群芳譜》、《分類字錦》、《全詩》同，《漁隱叢話》作“西明寺絶句”，《花木鳥獸集類》、《淵鑑類函》、《山堂肆考》、《全芳備祖》無題，遵從原本，不改。

（二）花向琉璃地上生：楊本、叢刊本、《萬首唐人絶句》、《萬首唐人絶句選》、《佩文齋詠物詩選》、《佩文齋廣群芳譜》、《全詩》、《漁隱叢話》、《花木鳥獸集類》、《淵鑑類函》、《山堂肆考》、《分類字錦》同，《全芳備祖》作“花向琉璃池上生”，遵從原本，不改。

（三）光風炫轉紫雲英：楊本、叢刊本、《萬首唐人絶句》、《萬首唐人絶句選》、《佩文齋詠物詩選》、《佩文齋廣群芳譜》、《全詩》、《漁隱叢話》、《分類字錦》同，《山堂肆考》、《淵鑑類函》、《花木鳥獸集類》作“光風婉轉紫雲霓”，《全芳備祖》作“光風宛轉紫雲英”，遵從原本，不改。

（四）直至今朝眼更明：楊本、叢刊本、《萬首唐人絶句》、《萬首唐人絶句選》、《佩文齋詠物詩選》、《佩文齋廣群芳譜》、《全芳備祖》、《全詩》、《漁隱叢話》同，《山堂肆考》、《淵鑑類函》、《花木鳥獸集類》作“直至今朝更眼明”，遵從原本，不改。

[箋注]

① 西明寺牡丹:白居易《西明寺牡丹花時憶元九》:"前年題名處,今日看花來。一作芸香吏,三見牡丹開。豈獨花堪惜,方知老暗催。何況尋花伴,東都去未迴。詎知紅芳側,春盡思悠哉?"白居易《重題西明寺牡丹(時元九在江陵)》:"往年君向東都去,曾嘆花時君未迴。今年况作江陵別,惆悵花前又獨來。只愁離別長如此,不道明年花不開。" 西明寺:寺名,在長安延康坊。《長安志·延康坊》:"西南隅西明寺(顯慶元年高宗爲孝敬太子病愈所立,大中六年改爲福壽寺),本隋尚書令越國公楊素宅(大業中素子玄感謀反,誅後没官。武德中爲萬春公主宅,貞觀中以賜濮王秦,秦薨後官市之立寺)。"元稹《尋西明寺僧不在》:"春來日日到西林,飛錫經行不可尋。蓮池舊是無波水,莫逐狂風起浪心!"溫庭筠《題西明寺僧院》:"曾識匡山遠法師,低松片石對前墀。爲尋名畫來過院,因訪閑人得看棋。" 牡丹:著名的觀賞植物,在唐代尤爲盛行。王建《長安春遊》:"不覺愁春去,何曾得日長?牡丹相次發,城裏又須忙。"白居易《買花》:"共道牡丹時,相隨買花去……一叢深色花,十户中人賦。"

② 琉璃:亦作"琉璃",一種有色半透明的玉石。《後漢書·大秦傳》:"土多金銀奇寶,有夜光璧、明月珠、駭雞犀、珊瑚、虎魄、琉璃、琅玕、朱丹、青碧。"陳標《僧院牡丹》:"琉璃地上開紅艷,碧落天頭散曉霞。應是向西無地種,不然争肯重蓮花?" 光風:雨止日出時的和風。《楚辭·招魂》:"光風轉蕙,氾崇蘭些。"王逸注:"光風,謂雨已日出而風,草木有光也。"權德輿《古樂府》:"光風滄蕩百花吐,樓上朝朝學歌舞。"也指月光照耀下的和風。葉適《潘廣度》:"光風自汎靈草碧,朗月豈受頑雲吞!" 炫轉:光彩轉動貌。元稹《連昌宮詞》:"樓上樓前盡朱翠,炫轉熒煌照天地。"蘇轍《陪毛君夜遊北園》:"雨練風柔雪不如,精神炫轉影扶疏。" 紫雲英:牡丹花名,唐代將牡丹花名叫做紫雲英的,僅見於元稹的詩篇,故無書證可舉,後代已有"紫雲英"

的名稱。高啓《乘魚橋》:"左招騎龍君,右携采鸞子。笑飡紫雲英,同歌蕊宫裏。"黄淮《簾前鳥》:"饑食紫雲英,渴飲瑶池水。"

③ 自從:介詞,表示時間的起點。陶潛《擬古九首》三:"自從分別來,門庭日荒蕪。"杜甫《韋諷録事宅觀曹將軍畫馬圖》:"自從獻寶朝河宗,無復射蛟江水中。" 天女:天上的神女。《魏書·序紀·聖武帝》:"歘見輜軿自天而下,既至,見美婦人……對曰:'我,天女也。'"王安石《宿定林示寶覺》:"天女穿林至,姮娥度隴來。" 直至:直到。王建《四望驛松》:"當初北澗別,直至此庭中。何意聞鞞耳,聽君枝上風!"韋皋《天池晚櫂》:"春暖魚拋水面綸,晚晴鷺立波心玉。扣舷歸載月黄昏,直至更深不假燭。" 今朝:今晨。《詩·小雅·白駒》:"縶之維之,以永今朝。"白居易《井底引銀瓶》:"瓶沉簪折知奈何,似妾今朝與君别。" 眼明:眼力好,看得清楚。白居易《初除尚書郎脱刺史緋》:"頭白喜抛黄草峽,眼明驚圻紫泥書。"陸游《新辟小園》二:"眼明身健殘年足,飯軟茶甘萬事忘。"

[編年]

《年譜》編年本詩於"丙戌以前在西京所作其他詩"欄内,理由是:"《全唐詩》卷四三二載白居易《西明寺牡丹花時憶元九》詩,卷四三七載白居易《重題西明寺牡丹(時元九在江陵)》詩,可見元白都喜到西明寺賞玩牡丹花。"《編年箋注》編年本詩"作于元和元年(806)以前。見下《譜》。"《年譜新編》編年於"丙戌以前在西京所作其他詩"欄内,没有説明理由。

我們以爲,《年譜》、《編年箋注》、《年譜新編》根據元稹"丙戌以前在西京"的概念來編年本詩,實在讓人不得要領,因爲元稹自貞元九年(793)回京參加明經考試之後,至元和元年丙戌(806),元稹基本上都在西京長安,前後有十三年的時間。而且,元和元年丙戌以後,元稹也基本在西京活動,直到元和四年(809)"五六月"之後前往東都分務東臺，《年譜》、《編年箋注》、《年譜新編》沒有列舉任何證據，又憑什麼斷定本詩一定作於元和元年丙戌之前？“元白都喜到西明寺賞玩牡丹花”，祇是本詩編年的前提而已，至於爲什麼編年“丙戌以前在西京所作”，還應該舉證直接的證據。

　　我們以爲，本詩不難編年。白居易《西明寺牡丹花時憶元九》：“前年題名處，今日看花來。一作芸香吏，三見牡丹開。”元稹白居易拜職“芸香吏”即校書郎在貞元十九年春天，以“三見牡丹開”計，白居易此詩作於貞元二十一年（805）牡丹花開放之時，逆推“三年”的“前年題名處”，應該是貞元十九年春夏牡丹花開放之時。當時元稹白居易吏部乙科考試及第，而與元稹一起撰寫《鶯鶯傳》、《鶯鶯歌》的李紳却落第南返，元稹、白居易分別有詩篇贈行，元稹《贈李二十牡丹花片因以餞行》：“鶯澀餘聲絮墮風，牡丹花盡葉成叢。可憐顏色經年別，收取朱欄一片紅。”白居易《看惲家牡丹花戲贈李二十》：“香勝燒蘭紅勝霞，城中最數令公家。人人散後君須看，歸到江南無此花。”以上所舉諸多文獻證明，本詩應該作於貞元十九年初夏牡丹花開放之時。

◎ 尋西明寺僧不在[①]

　　春來日日到西林，飛錫經行不可尋[②]。蓮池舊是無波水[(一)]，莫逐狂風起浪心[③]。

録自《元氏長慶集》卷一六

[校記]

　　（一）蓮池舊是無波水：楊本、叢刊本、《萬首唐人絶句》、《全詩》同，《記纂淵海》作“蓮花舊是無波水”，語義不順。遵從原本，不改。

［箋注］

① 西明寺僧：西明寺院中的僧人，其餘不詳。《年譜新編》："《唐會要》卷四八《寺》云：'西明寺：（在）延康坊。本隋越國公楊素宅，武德初，萬春公主居住。貞觀中，賜濮王泰，泰死，乃立爲寺。'日僧空海住西明寺，元稹所尋或即其人。"《年譜新編》所引錄，脫一"在"字。經過查閱，《舊唐書·日本國傳》確有"空海"的記載："開元初，又遣使來朝，因請儒士授經。詔四門助教趙玄默就鴻臚寺教之……其偏使朝臣仲滿，慕中國之風，因留不去，改姓名爲朝衡，仕歷左補闕、儀王友。衡留京師五十年，好書籍，放歸鄉，逗留不去……上元中，擢衡爲左散騎常侍、鎮南都護。貞元二十年，遣使來朝，留學生橘免勢、學問僧空海，元和元年日本國使判官高階真人上言：'前件學生，藝業稍成，願歸本國，便請與臣同歸。'從之。"查閱其餘文獻，記載則大同小異，未見有"日僧空海住西明寺"以及"與元稹相識"的記載。從本詩"飛錫經行不可尋"的描述來看，不可能是指以"學問"、"藝業"爲終極目的的"空海"。

② 春來：春天以來。包融《賦得岸花臨水發》："照灼如臨鏡，茸茸勝浣紗。春來武陵道，幾樹落仙家？"王維《桃源行》："當時只記入山深，青溪幾曲到雲林？春來遍是桃花水，不辨仙源何處尋？" 日日：每天。王維《皇甫岳雲溪雜題五首·蓮花塢》："日日采蓮去，洲長多暮歸。弄篙莫濺水，畏濕紅蓮衣。"李白《贈内》："三百六十日，日日醉如泥。雖爲李白婦，何異太常妻！" 西林：寺名，在江西省星子縣廬山之麓，與東林寺相對，晉太元中僧慧永建，後因以泛指寺院，本詩即是指後者。許渾《題蘇州虎丘寺僧院》："萬里高低門外路，百年榮辱夢中身。世間誰似西林客，一卧烟霞四十春？"李商隱《華師》："孤鶴不睡無雲心，衲衣筇杖來西林。院門晝鎖迴廊静，秋日當階柿葉陰。" 飛錫：佛教語，謂僧人等執錫杖飛空。據《釋氏要覽》卷下："今僧遊行，嘉稱飛錫。此因高僧隱峰遊五臺，出淮西，擲錫飛空而往也。

若西天得道僧,往來多是飛錫。"《文選·孫綽〈游天台山賦〉》:"王喬控鶴以沖天,應真飛錫以躡虛。"李周翰注:"應真,得真道之人,執錫杖而行於虛空,故云飛也。"佛教語,指僧人游方。冷朝陽《同張深秀才游華嚴寺》:"有僧飛錫到,留客話松間。"王安石《寄國清處謙》:"近有高僧飛錫去,更無餘事出山來。"佛教語,指游方僧。張說《襄州景空寺題融上人蘭若》:"何由侶飛錫,從此脫朝簪?"　經行:佛教語,謂旋繞往返或徑直來回於一定之地。佛教徒作此行動,爲防坐禪而欲睡眠,或爲養身療病,或表示敬意。義净《南海寄歸內法傳》卷三:"五天之地,道俗多作經行,直去直來,唯遵一路,隨時適性,勿居鬧處,一則痊痾,二能銷食。"李白《崇明寺佛頂尊勝陀羅尼幢頌序》:"以天下所立兹幢,多臨諸旗亭,喧囂湫隘,本非經行網繞之所。"王琦注:"經行,謂僧衆週幢循行,所以致其敬禮之心。"

　③ 蓮池:種蓮的池沼。任昉《詠池邊桃》:"聊逢賞者愛,栖趾傍蓮池。"崔元翰《雜言奉和聖製見自生藤》:"餘芳連桂樹,積潤傍蓮池。"本詩指佛地,佛教謂蓮池是極樂净土。李中《題廬山東寺遠大師影堂》:"入簾輕吹催香印,落石幽泉雜磬音。十八賢人消息斷,蓮池千載月沈沈。"皎然《送演上人之撫州觀使君叔》:"停船夜坐親孤月,把錫秋行入亂峰。便道須過大師寺,白蓮池上訪高蹤。"　無波:不起波瀾。《文子·上德》:"使人無渡河,可;使河無波,不可。"杜甫《泛江》:"方舟不用楫,極目總無波。"　狂風:猛烈的風。孟雲卿《行路難》:"君不見高山萬仞連蒼旻,天長地久成埃塵。君不見長松百尺多勁節,狂風暴雨終摧折。"杜甫《絕句漫興九首》九:"誰謂朝來不作意?狂風挽斷最長條。"　浪:波浪。左思《吳都賦》:"長鯨吞航,修鯢吐浪。"杜甫《鄭城西原送李判官兄等赴成都府》:"遠水非無浪,他山自有春。"詩人在這裏從"浪心"轉義至輕易之心,隨便之心,放蕩之心,放縱之心。《詩·邶風·終風》:"謔浪笑敖,中心是悼。"程俊英注:"浪,放蕩。"陸游《衰病》:"衰病不浪出,閉門烟雨中。"

［編年］

《年譜》編年本詩於"丙戌以前在西京所作其他詩"欄內,理由是:
"《唐會要》卷四十八《寺》云:'西明寺:(在)延康坊。'"《編年箋注》沒
有在本詩後面說明編年意見,但編列在貞元十二年,沒有說明理由。
《年譜新編》編年本詩於"丙戌以前在西京所作其他詩"欄內,引錄《唐
會要》"西明寺在延康坊"作爲理由。

看了《年譜》、《年譜新編》的編年結論,我們實在不明白,西明寺
在西京延康坊,這僅僅祇能說明本詩有可能作於元稹在長安之時,但
元稹在長安的年月正多,爲什麼一定祇是"丙戌以前在西京所作"?
《年譜》、《年譜新編》沒有舉證應該舉證的理由。而《編年箋注》編年
本詩於貞元十二年的理由又是什麼? 同樣沒有舉證他的證據。

我們以爲,本詩與《西明寺牡丹》一樣,同是描述春天的"牡丹",
地點又都是在"西明寺",應該是同期的前後之作,今將本詩與《西明
寺牡丹》一起編年於貞元十九年春夏牡丹花盛開之時。

◎ 古　寺(一)①

古寺春餘日半斜,竹風蕭爽勝人家②。花時不到有花
院,意在尋僧不在花③。

錄自《元氏長慶集》卷一六

［校記］

（一）古寺:本詩存世各本,包括楊本、叢刊本、《萬首唐人絕句》、
《佩文齋詠物詩選》、《全詩》,均未見異文。

［箋注］

① 古寺:年代久遠的寺院。王昌齡《東京府縣諸公與綦毋潛李頎相送至白馬寺宿》:"月明見古寺,林外登高樓。南風開長廊,夏夜如涼秋。"常建《題破山寺後禪院》:"清晨入古寺,初日照高林。竹徑通幽處,禪房花木深。"

② 春餘:春天將盡未盡之時。蕭繹《採蓮賦》:"夏始春餘,葉嫩花初。恐沾裳而淺笑,畏傾船而斂裾。"孟浩然《山中逢道士雲公》:"春餘草木繁,耕種滿田園。"　日半斜:猶斜日,傍晚時西斜的太陽。蕭綱《納涼》:"斜日晚駸駸,池塘生半陰。"皇甫曾《酬竇拾遺秋日見呈》:"孤城永巷時相見,衰柳閑門日半斜。欲送近臣朝魏闕,猶憐殘菊在陶家。"　竹風:竹間之風。杜甫《遠遊》:"竹風連野色,江沫擁春沙。"馮延巳《歸自謠》一:"何處笛? 深夜夢回情脈脈,竹風檐雨寒窗滴。"　蕭爽:猶蕭颯,風吹樹木的聲音。阮籍《首陽山賦》:"樹叢茂以傾倚兮,紛蕭爽而揚音。"蕭灑自然。周密《圖畫碑帖續鈔》:"伯時爲米芾作《山陰圖》,精神蕭爽,令人顧接不暇。"　人家:民家,民宅。《史記·六國年表序》:"《詩》《書》所以復見者,多藏人家,而史記獨藏周室,以故滅。"《朱子語類》卷九〇:"廣西賀州有一人家,共一大門,門裏有兩廊,皆是子房,如學舍僧房。"住户。杜牧《山行》:"遠上寒山石徑斜,白雲生處有人家。"余靖《晚至松門僧舍懷寄李太祝》:"蓼浦初聞雁,人家半在船。"

③ 花時:百花盛開的時節,常指春日。杜甫《遣遇》:"自喜遂生理,花時甘緼袍。"王安石《初夏即事》:"晴日暖風生麥氣,綠陰幽草勝花時。"　意在:目的所在。李白《聞李太尉大舉秦兵百萬出征東南懦夫請纓冀申一割之用半道病還留別金陵崔侍御十九韻》:"函谷絕飛鳥,武關擁連營。意在斬巨鰲,何論鱠長鯨!"權德輿《渭水》"呂叟年八十,皤然持釣鈎。意在靜天下,豈唯食營丘?"　尋僧:尋找佛僧。顧況《尋僧二首》一:"方丈玲瓏花竹閑,已將心印出人間。家家門外

長安道,何處相逢是寶山?"耿湋《尋覺公因寄李二端司空十四曙》:
"少年嘗昧道,無事日悠悠。及至悟生死,尋僧已白頭。"

[編年]

　　未見《年譜》編年本詩,《編年箋注》列入"未編年詩"欄内,《年譜新編》列入"無法編年作品"欄内。

　　我們以爲,本詩可以編年。白居易《常樂里閑居偶題十六韵兼寄劉十五公輿王十一起呂二炅呂四頲崔十八玄亮元九稹劉三十二敦質張十五仲元時爲校書郎》説出了元稹白居易拜受校書郎之後的實際景況:"帝都名利場,雞鳴無安居。獨有懶慢者,日高頭未梳。工拙性不同,進退迹遂殊。幸逢太平代,天子好文儒。小才難大用,典校在秘書。三旬兩入省,因得養頑疏……勿言無知已,躁静各有徒。蘭臺七八人,出處與之俱。"無所事事的他們,"三旬兩入省"的他們,到寺院尋找精神寄託,也就非常自然。本詩"意在尋僧不在花"詩句,不能不使人想起元稹的《尋西明寺僧不在》的詩篇。"古寺春餘日半斜",描述的是暮春景象,雖然本詩的"古寺"不一定就是西明寺,但本詩應該與《西明寺牡丹》、《尋西明寺僧不在》作於同時,亦即貞元十九年的暮春初夏,當時他們剛剛吏部乙科及第,剛剛拜受校書郎的官職。

◎ 伴僧行(一)①

　　春來求事百無成,因向愁中識道情②。花滿杏園千萬樹,幾人能伴老僧行③?

録自《元氏長慶集》卷一六

[校記]

（一）伴僧行：本詩存世各本，包括楊本、叢刊本、《萬首唐人絕句》、《全詩》，未見異文。

[箋注]

① 伴僧行：陪伴僧人散步，僧人常常需要"經行"，即旋繞往返，爲防坐禪而欲睡眠，或爲養身療病，或表示敬意。司空曙《早春遊慈恩南池》："新柳絲猶短，輕蘋葉未成。還如虎溪上，日暮伴僧行。"劉得仁《晚遊慈恩寺》："寺去幽居近，每来因採薇。伴僧行不困，臨水語忘歸。"

② 春來：春天以來。王績《初春》："春來日漸長，醉客喜年光。稍覺池亭好，偏宜酒甕香。"張九齡《答陸澧》："松葉堪爲酒，春來釀幾多？ 不辭山路遠，踏雪也相過。" 求事：追求事情的成功。白居易《南龍興寺殘雪》："吏人引從多乘轝，賓客逢迎少下堂。不擬人間更求事，些些疏懶亦何妨。"蘇頌《朝請大夫太子少傅致仕贈太子太保孫公行狀》："臣觀方今士人，趨進者多，廉讓者少，以善求事爲精神，以能訐人爲風采。" 無成：沒有成功，沒有成就。《左傳·昭公二十六年》："若其無成，君無辱焉！"杜甫《客居》："儒生老無成，臣子憂四藩。" 道情：道義，情理。韋莊《江上村居》："本無蹤迹戀柴扃，世亂須教識道情。"修道者超凡脫俗的情操。韋應物《酬閻員外陟》："讌集觀農暇，笙歌聽訟餘。雖蒙一言教，自愧道情疏。"指修道者的情誼。楊巨源《送李舍人歸蘭陵里》："家貧境勝心無累，名重官閑口不論。惟有道情常自足，啓期天地易知恩。"

③ 杏園：園名，當時著名的士人與市民遊集之地，也是唐代新科進士的賜宴之地，故址在今陝西省西安市郊大雁塔南。馮宿《酬白樂天劉夢得》："臨岐有愧傾三省，別酌無辭醉百杯。明歲杏園花下集，須知春色自東来（每春嘗接諸公杏園宴會）。"王建《寒食憶歸》："京中

曹局無多事,寒食貧兒要在家。遮莫杏園勝別處,亦須歸看傍村花。"
老僧:年老的和尚,資歷很深的僧人。韓愈《与孟简尚书书》:"潮州時,有一老僧號大顛,頗聰明,識道理。"陆游《夏夜泛舟书所见》:"山房猶復畏炎蒸,長掩柴門愧老僧。"

[編年]

　　《年譜》編年本詩於"丙戌以前在西京所作其他詩"欄內,編年的理由在全文引録本詩後云:"元稹在西京時,喜遊杏園。其《元和五年予官不了罰俸西歸三月六日至陝府與吳十一兄端公崔二十二院長思愴曩游因投五十韻》云:'小年閒愛春。'又云:'長安車馬……那言早春至。此時我獨遊,我遊有倫次。''凌晨過杏園……隨僧受遺施。'"《編年箋注》編年:"此詩作于元和元年(八〇六)以前。見卞《譜》。元稹在西京時,喜遊杏園。其《元和五年予官不了罰俸西歸三月六日至陝府與吳十一兄端公崔二十二院長思愴曩游因投五十韻》有'小年閒愛春','此時我獨遊,我遊有倫次','凌晨過杏園……隨僧受遺施'等語,此詩亦其佐證。"《年譜新編》編年本詩於"丙戌以前在西京所作其他詩"欄內,没有説明理由。

　　我們以爲,元稹喜遊杏園確是事實,恐怕唐代的士人與市民没有不喜歡在杏園欣賞大好春光的,但這與編年本詩於"丙戌以前在西京所作"没有直接的關係。真正能決定本詩編年的是元稹當時注意力集中在哪裏?白居易《代书诗一百韵寄微之》:"憶在貞元歲,初登典校司……疏狂屬年少,閒散爲官卑……有月多同賞,無杯不共持。秋風拂琴匣,夜月卷書帷。高上慈恩塔,幽尋皇子陂。唐昌玉蕊會,崇敬牡丹期(唐昌觀玉蕊,崇敬寺牡丹,花時多與微之有期)……往往遊三省,騰騰出九達。寒銷直城路,春到曲江池。"所謂"貞元歲",是在"初登典校司"之時,亦就是貞元十九年春天剛剛拜職校書郎之時,與本詩"春來"、"花滿杏園"一一相應。據此,我們以爲本詩即應該作於貞元十九年的春夏,與《西明寺牡丹》、《尋西明寺僧不在》、《古寺》諸詩作於同一時期。

◎ 定　僧①

落魄閑行不着家,遍尋春寺賞年華②。野僧偶向花前定(一),滿樹狂風滿樹花③。

録自《元氏長慶集》卷一六

[校記]

(一)野僧偶向花前定:叢刊本、《全詩》同,楊本、《萬首唐人絶句》、《全詩》注作"禪僧偶向花前定",語義不同。根據本詩詩意,應該遵從原本,不改。

[箋注]

① 定僧:坐禪入定的和尚。劉得仁《宿僧院》:"禪地無塵夜,焚香話所歸。樹搖幽鳥夢,螢入定僧衣。"孔平仲《孔氏談苑·定僧》:"有一定僧在山谷中,漢軍執之。"

② 落魄:放蕩不羈。《魏書·尒朱仲遠傳》:"大得財貨,以資酒色,落魄無行。"杜牧《遣懷》:"落魄江湖載酒行,楚腰纖細掌中輕。"閑行:漫步。錢起《奉陪使君十四叔晚憩大雲門寺》:"野寺千家外,閑行晚暫過。炎氛臨水盡,夕照傍林多。"秦系《耶溪書懷寄劉長卿員外》:"時人多笑樂幽栖,晚起閑行獨杖藜。雲色卷舒前後嶺,藥苗新舊兩三畦。"　不著家:經常不在家,經常不在平時居住之所。白居易《恨去年》:"老去唯躭酒,春來不著家。去年來校晚,不見洛陽花。"楊冠卿《代別張憲》:"老去安爲客?春來不著家。江湖遂良覿,身世入

539

長嗟。" 遍尋：到處尋找。張説《別灅湖》："涉趣皆留賞，無奇不遍尋。莫言山水間，幽意在鳴琴。"權德輿《酬趙尚書城南看花日晚先歸見寄》："杜城韋曲遍尋春，處處繁花滿目新。日暮歸鞍不相待，與君同是醉鄉人。" 春寺：春天景色中的寺院。杜甫《上牛頭寺》："花濃春寺静，竹細野池幽。何處鶯啼切？移時獨未休。"歐陽衮《南澗寺》："春寺無人亂鳥啼，藤蘿陰磴野僧迷。雲藏古壁遺龍象，草没香臺抱鹿麛。" 年華：這裏指謂春光。張嗣初《春色滿皇州》："何處年華好？皇州淑氣匀。韶陽潛應律，草木暗迎春。"唐彦謙《曲江春望》："杏艷桃嬌奪晚霞，樂遊無廟有年華。"

③ 野僧：山野僧人。張籍《贈王秘書》："賦來詩句無閑語，老去官班未在朝。身屈祇聞詞客説，家貧多見野僧招。"吴聿《觀林詩話》卷二："新成文刻在，往事野僧傳。"也爲僧人自謙之稱。皎然《七言戲題二首》一："時人不解野僧意，歸去溪頭作鳥群。" 花前：花草之前，花草之中。獨孤及《垂花塢醉後戲題》："紫蔓青條拂酒壺，落花時與竹風俱。歸時自負花前醉，笑向鰷魚問樂無？"崔敏童《宴城東莊》："一年始有一年春，百歲曾無百歲人。能向花前幾回醉？十千沽酒莫辭貧！" 滿樹：上上下下、裏裏外外都是。劉長卿《送子婿崔真甫李穆往揚州四首》二："半遅鶯滿樹，新年人獨還。落花逐流水，共到茱萸灣。"杜甫《過南鄰朱山人水亭》："相近竹參差，相過人不知。幽花欹滿樹，小水細通池。" 狂風：猛烈的風。李白《司馬將軍歌》："狂風吹古月，竊弄章華臺。北落明星動光彩，南征猛將如雲雷。"盧綸《同耿湋司空曙二拾遺題韋員外東齋花樹》："緑砌紅花樹，狂風獨未吹。光中疑有燄，密處似無枝。"

［編年］

未見《年譜》編年本詩，《編年箋注》列入"未編年詩"欄内，《年譜新編》列入"無法編年作品"欄内。

我們以爲,本詩不難編年。結合白居易《代書詩一百韵寄微之》以及《常樂里閑居偶題十六韵兼寄劉十五公與王十一起呂二炅呂四潁崔十八玄亮元九稹劉三十二敦質張十五仲元時爲校書郎》兩詩提供的情况,本詩應該是貞元十九年時的作品。本詩詩題"定僧",應該與《尋西明寺僧不在》、《伴僧行》爲同期的先後之作。本詩有"遍尋春寺賞年華"、"滿樹狂風滿樹花"之句,應該是春夏的詩篇。據此,本詩應該是貞元十九年春夏的作品。

◎ 觀心處①

滿坐喧喧笑語頻,獨憐方丈了無塵②。燈前便是觀心處⁽一⁾,要似觀心有幾人③?

録自《元氏長慶集》卷一六

[校記]

(一) 燈前便是觀心處:楊本、叢刊本、《全詩》同,《萬首唐人絕句》作"燈前便有觀心處",語義相類,遵從原本,不改。

[箋注]

① 觀心:觀察心性,佛教以心爲萬法的主體,無一事在心外,故觀心即能究明一切事(現象)理(本體)。施肩吾《題景上人山門》:"水有青蓮沙有金,老僧於此獨觀心。"蘇轍《諸子將築室以畫圖相示三首》三:"久爾觀心終未悟,偶然見道了無疑。"

② 滿坐:指在座所有的人。羅鄴《牡丹》:"歌鐘滿座爭歡賞,肯信流年鬢有華!"蘇軾《中秋月三首》二:"歌君別時曲,滿坐爲凄咽。"喧喧:形容聲音喧鬧。何遜《學古贈丘永嘉征還》:"結客葱河返,喧喧

動四鄰。"柳永《戚氏》:"正蟬吟敗葉,蛩響衰草,相應喧喧。"形容擾攘
紛雜。《晉書·張方傳》:"軍人喧喧,無復留意。"張鷟《朝野僉載》卷
一:"是以選人冗冗,甚於羊群;吏部喧喧,多於蟻聚。" 笑語:談笑,
說笑。賈島《喜雍陶至》:"今朝笑語同,幾日百憂中?"玩笑的話。韓
愈《許國公神道碑銘》:"公與人有畛域,不爲戲狎,人得一笑語,重於
金帛之賜。" 方丈:初指寺院,後指僧尼長老、住持的居室。《文選·
王巾〈頭陀寺碑文〉》:"宋大明五年,始立方丈茅茨,以庇經象。"張銑
注:"言立方丈之室,覆以茅茨之草,以置經象也。"歐陽詹《同諸公過
福先寺律院宣上人房》:"寂爾方丈内,瑩然虛白間。" 無塵:不著塵
埃,常表示超塵脫俗。崔櫓《蓮花》:"無人解把無塵袖,盛取殘香盡日
憐。"杜荀鶴《題戰島僧居》:"師愛無塵地,江心島上居。"

③ 燈前:佛燈之前。秦系《秋日送僧志幽歸山寺》:"禪室繩床在
翠微,松間荷笠一僧歸。磬聲寂歷宜秋夜,手冷燈前自衲衣。"白居易
《吹笙内人出家》:"新戒珠從衣裏得,初心蓮向火中生。道場夜半香
花冷,猶在燈前禮佛名。" 便是:即是,就是。干寶《搜神記》卷一六:
"客遂屈,乃作色曰:'鬼神,古今聖賢所共傳,君何得獨言無? 即僕便
是鬼。'"正是。元稹《哭子十首》三:"鐘聲欲絕東方動,便是尋常上學
時。" 要似:要像。皎然《偶然五首》五:"真隱須無矯,忘名要似愚。
只將兩條事,空却漢潛夫。"齊己《送譚三藏入京》:"阿闍梨與佛身同,
灌頂難施利濟功。持咒力須資運祚,度人心要似虛空。"

[編年]

未見《年譜》編年本詩,《編年箋注》列入"未編年詩"欄内,《年譜
新編》列入"無法編年作品"欄内。

我們以爲,結合白居易《代書詩一百韻寄微之》以及《常樂里閑居
偶題十六韻兼寄劉十五公輿王十一起呂二炅呂四潁崔十八玄亮元九
稹劉三十二敦質張十五仲元時爲校書郎》兩詩提供的情況,參讀元稹

《西明寺牡丹》、《尋西明寺不在》、《伴僧行》、《古寺》、《定僧》諸詩表述的內容，本詩應該是元稹上述諸詩爲同期先後之作，亦即貞元十九年春夏的詩篇。

◎ 贈李二十牡丹花片因以餞行(一)①

　　鶯澀餘聲絮墮風，牡丹花盡葉成叢②。可憐顏色經年別，收取朱欄一片紅(二)③。

録自《元氏長慶集》卷一七

［校記］

　　(一) 贈李二十牡丹花片因以餞行：原本作"贈李十二牡丹花片因以餞行"，楊本、叢刊本、《古詩鏡‧唐詩鏡》、《佩文齋詠物詩選》、《全詩》同，《萬首唐人絕句》作"贈李十二牡丹花片"，《全芳備祖》在"牡丹"分題下收入"七言絕句"，與他人牡丹詩篇一樣，都不標示題目。關於"李十二"，《唐人行第録》："余疑是李二十之倒錯，即紳也。"又云李紳"官位不同，稱謂自異，唯行序始終不易，故得易於考定，此其例也。"陳寅恪先生的懷疑可取，但更重要的證據是白居易有《看渾家牡丹花戲贈李二十》詩："香勝燒蘭紅勝霞，城中最數令公家。人人散後君須看，歸到江南無此花。"與元稹本詩所述如同一件事情，當時元稹、白居易都在西京，故兩人能够同時送別因落第而歸江南的李紳，故"李十二"應該是"李二十"的倒錯，並據以改正。

　　(二) 收取朱欄一片紅：楊本、叢刊本、《佩文齋詠物詩選》、《萬首唐人絕句》、《古詩鏡‧唐詩鏡》同，《全芳備祖》、《全詩》作"收取朱闌一片紅"，"欄"與"闌"基本義項相通，不改。

［箋注］

　　① 李二十：即元稹白居易的朋友李紳，行二十。白居易《遊城南留元九李二十晚歸》：“老遊春飲莫相違，不獨花稀人亦稀。更勸殘杯看日影，猶應趁得鼓聲歸。”白居易《編集拙詩成一十五卷因題卷末戲贈元九李二十》：“一篇長恨有風情，十首秦吟近正聲。每被老元偷格律，苦教短李伏歌行。” 牡丹：著名的觀賞植物，古無牡丹之名，統稱芍藥，後以木芍藥稱牡丹。至唐開元中盛于長安，看花買花，成爲時尚。歸仁《牡丹》：“三春堪惜牡丹奇，半倚朱欄欲綻時。天下更無花勝此，人間偏得貴相宜。”孫魴《題未開牡丹》：“青苞雖小葉雖疏，貴氣高情便有餘。渾未盛時猶若此，算應開日合何如？” 花片：飄落的花瓣。元稹《古艷詩二首》二：“深院無人草樹光，嬌鶯不語趁陰藏。等閑弄水浮花片，流出門前賺阮郎。”殷堯藩《吹笙歌》：“伶兒竹聲愁繞空，秦女泪濕燕支紅。玉桃花片落不住，三十六簧能喚風？” 餞行：設酒送行，本詩是元稹白居易兩人送別落第之後回歸江南的李紳。楊炯《送并州旻上人詩序》：“雞山法衆，餞行於素滻之濱；麟閣良朋，祖送於青門之外。”顧非熊《酬均州鄭使君見送歸茅山》：“餞行詩意厚，惜別獨筵重。解纜城邊柳，還舟海上峰。”

　　② 澀：説話、寫文章遲鈍、艱難、生硬，不流暢，這裏指黃鶯鳴叫的聲音不清脆。姚合《春晚雨中》：“迎風鶯語澀，帶雨蝶飛難。”陸龜蒙《春思》：“怨鶯新語澀，雙蝶鬥飛高。作簡名春恨，浮生百倍勞。”餘聲：遺留下的聲響。《文選·沈約〈冬節後至丞相第詣世子車中作〉》：“高車塵未滅，珠履故餘聲。”吕延濟注：“餘聲者，思昔時之履步，若在耳故也。”周賀《送李億東歸》：“和風澹蕩歸客，落日殷勤早鶯。灞上金尊未飲，燕歌已有餘聲。”也作未盡之聲解。崔元範《李尚書命妓歌餞有作奉酬》：“羊公留宴峴山亭，洛浦高歌五夜情。獨向柏臺爲老吏，可憐林木響餘聲。” 絮：稱白色易揚而輕柔似絮者。庾信《楊柳歌》：“獨憶飛絮鵝毛下，非復青絲馬尾垂。”温庭筠《菩薩蠻》：

"南園滿地堆輕絮,愁聞一霎清明雨。"這裏指柳絮,柳樹的種子,有白色絨毛,隨風飛散如飄絮,因以爲稱。庾肩吾《春日》:"桃紅柳絮白,照日復隨風。"杜甫《絕句漫興九首》五:"顛狂柳絮隨風舞,輕薄桃花逐水流。"　盡:竭盡,完,這裏指牡丹花的敗落。劉希夷《江南曲八首》七:"北堂紅草盛丰茸,南湖碧水照芙蓉。朝遊暮起金花盡,漸覺羅裳珠露濃。"劉長卿《晚春歸山居題窗前竹》:"溪上殘春黃鳥稀,辛夷花盡杏花飛。始憐幽竹山窗下,不改清陰待我歸。"

③ 可憐:可愛。《玉臺新詠·爲焦仲卿妻作》:"東家有賢女,自名秦羅敷。可憐體無比,阿母爲汝求。"杜甫《韋諷錄事宅觀曹將軍畫馬圖歌》:"可憐九馬爭神駿,顧視清高氣深穩。"可喜。王昌齡《蕭駙馬宅花燭》:"可憐今夜千門裏,銀漢星回一道通。"白居易《曲江早春》:"可憐春淺遊人少,好傍池邊下馬行。"可羨。岑參《衛節度赤驃馬歌》:"始知邊將真富貴,可憐人馬相輝光。"白居易《長恨歌》:"姊妹兄弟皆列土,可憐光彩生門戶。"　顏色:色彩,這裏指牡丹花的顏色。《有所思》:"洛陽城東桃李花,飛來飛去落誰家?幽閨女兒惜顏色,坐見落花長嘆息。"杜甫《花底》:"深知好顏色,莫作委泥沙。"　經年:經過一年的時間。王績《看釀酒》:"六月調神麴,正朝汲美泉。從來作春酒,未省不經年。"宋之問《登禪定寺閣》:"函谷青山外,昆池落日邊。東京楊柳陌,少別已經年。"　收取:收留。李賀《南園十三首》五:"男兒何不帶吳鉤?收取關山五十州。請君暫上淩烟閣,若箇書生萬戶侯?"取來收下。王建《題所賃宅牡丹花》:"且願風留著,惟愁日炙燋。可憐零落蕊,收取作香燒。"　朱欄:朱紅色的圍欄。李嘉佑《同皇甫冉登重元閣》:"高閣朱欄不厭遊,兼葭白水繞長洲。"王安石《金山寺》:"攝身淩蒼霞,同憑朱欄語。"　一片:數量詞,用於呈片狀或連接成片的景物。王之渙《涼州詞二首》一:"黃河遠上白雲間,一片孤城萬仞山。"陸游《春日遊鏡湖鄉人請賦山陰風物遂作四絕句》二:"東風忽送笙歌近,一片樓臺泛水來。"　紅:這裏借指紅色的花。

韓愈《花源》:"叮嚀紅與紫,慎莫一時開。"歐陽修《蝶戀花》:"泪眼問花花不語,亂紅飛過鞦韆去。"

[編年]

　　《年譜》元和元年"詩歌編年"欄内將本詩編入,理由是:"沈亞之《李紳傳》云:'元和元年……紳以進士及第還……'""李浚《慧山寺家山記》亦云:'至丙戌歲,擢第歸寧。'元詩云:'鶯澀餘聲絮墮風,牡丹花盡葉成叢。'與李紳元和元年'擢第歸寧'的時間相合。"《編年箋注》亦編年元和元年,理由是:"見下《譜》。"《年譜新編》編年元和元年,理由同《年譜》。

　　與元稹同時所作,還有白居易的《看渾家牡丹花戲贈李二十》,詩曰:"香勝燒蘭紅勝霞,城中最數令公家。人人散後君須看,歸到江南無此花。"從兩詩,特别是"人人散後君須看"、"可憐顔色經年别"的詩意看,似乎李紳不願看花,元稹白居易兩人極力勸解,希望李紳不要錯過這一欣賞牡丹花的大好時機,哪怕是在"人人散後"去看看也好,因爲"可憐顔色經年别",一年衹有一次機會。從李紳的這種不快心情,不像是元和元年元稹白居易制舉及第、李紳進士及第時候的歡快情調,而像是李紳落第南返的凄凉情景,因而我們可以斷定元稹白居易兩首詩篇寫作的時間,不應該在元和元年的暮春初夏時節。

　　從李紳的行蹤來看,貞元十七年冬、十八年春,李紳因韓愈的推薦而在長安應試(據韓愈《與祠部陸員外書》、《唐摭言·通榜》);十八年春天,李紳落第南返,"客于江浙"(據李紳《龍宫寺碑》);十八年秋冬,與元稹在靖安里作《鶯鶯傳》、《鶯鶯歌》,十九年春天,李紳在長安再次應試,再次落第,再次南返,元稹白居易以詩歌《贈李二十牡丹花片因以餞行》、《看渾家牡丹花戲贈李二十》送行勉勵;十九年七月,李紳在蘇州作《畫龍記》。

　　從元稹與白居易的行蹤來看,他們共同參加貞元十八年冬、十九年春的吏部考試,正在長安,正有時間送行;元稹白居易兩人自己吏部及第而自己的朋友李紳進士考試落第南返,也正該送行並予以鼓勵。因此我們認爲,本詩應該編年在貞元十九年內,具體時間應該是牡丹花開的春末夏初季節。

◎ 折枝花贈行⁽一⁾①

　　櫻桃花下送君時,一寸春心逐折枝②。別後相思最多處,千株萬片繞林垂③。

録自《元氏長慶集》卷一八

[校記]

　　(一)折枝花贈行:本詩存世各本,包括楊本、叢刊本、《記纂淵海》、《萬首唐人絕句》、《佩文齋廣群芳譜》、《全詩》諸本,未見異文。

[箋注]

　　① 折枝花:古人,包括唐人在內都有折花枝送別的習慣。劉禹錫《和樂天燕李周美中丞宅池上賞櫻桃花》:"櫻桃千萬枝,照耀如雪天……妖姬滿髻插,酒客折枝傳。"杜秋娘《金縷衣》:"勸君莫惜金縷衣,勸君惜取少年時。花開堪折直須折,莫待無花空折枝。" 贈行:臨別相贈。《漢書・段會宗傳》:"雖然,朋友以言贈行,敢不略意。"顏師古注:"贈行謂將別相贈也。"戴叔倫《妻亡後別妻弟》:"楊柳青青滿路垂,贈行惟折古松枝。停舟一對湘江哭,哭罷無言君自知。"

　　② 櫻桃:果木名,落葉喬木,品種很多,產於我國各地,以江蘇、安徽等省栽培較多。花白色而略帶紅暈,春日先葉開放,核果多爲紅色,味甜或帶酸。李時珍《本草綱目・櫻桃》:"櫻桃樹不甚高,春初開

白花，繁英如雪，葉團，有尖及細齒，結子一枝數十顆。"《史記·司馬
相如列傳》："樗棗楊梅，櫻桃蒲陶。"司馬貞索隱："張揖曰：'一名含
桃。'《呂氏春秋》：'爲鶯鳥所含，故曰含桃。'《爾雅》云爲荆桃也。"張
謂《春園家宴》："櫻桃解結垂檐子，楊柳能低入戶枝。"　一寸：指心，
古人謂心爲方寸之地，故稱。蘇軾《次韵答王鞏》："十年塵土窟，一寸
冰雪清。"也稱"方寸心"，也指心，因心處胸中方寸間，故稱。賈島《易
水懷古》："我嘆方寸心，誰論一時事？"　春心：春景所引發的意興或
情懷。《楚辭·招魂》："目極千里兮傷春心，魂兮歸來哀江南。"王逸
注："言湖澤博平，春時草短，望見千里，令人愁思而傷心也。"也指男
女之間相思愛慕的情懷。蕭繹《春別應令四首》一："花朝月夜動春
心，誰忍相思不相見？"本詩用的是前者。　折枝：折下的花枝，本詩
指代剛剛遠去的朋友。元稹《辛夷花問（韓員外）》："韓員外家好辛
夷，開時乞取三兩枝。折枝爲贈君莫惜，縱君不折風亦吹。"薛能《牡
丹四首》四："吟蜂遍坐無閑蕊，醉客曾偷有折枝。京國別來誰占翫？
此花光景屬吾詩。"

　　③"別後相思最多處"兩句：意謂分別之後，我仍然會時時思念
離去的朋友，爲了了却心頭的思念，我仍然會經常光顧我們分手時的
櫻桃林。　　相思：彼此想念，包括朋友間的思念與夫妻間的思念，後
多指男女相悦而無法接近所引起的想念。蘇武《留別妻》："生當復來
歸，死當長相思。"萬齊融《贈別江頭》："東南飛鳥處，言是故鄉天……
明歲潯陽水，相思寄採蓮。"

[編年]

　　《年譜》沒有編年本詩，《編年箋注》列入"未編年詩"，《年譜新編》
既沒有列入其"無法編年作品"，也沒有列入其他年份的編年詩文
之中。

　　我們以爲，本詩很更可能是元稹貞元十九年春末夏初送別李紳

之後思念李紳的詩篇,理由見《贈李二十牡丹花片因以餞行》。櫻桃花春季開放,而牡丹花也是初夏開放,兩者在時間上基本一致,而兩詩表達的思念朋友的情感也是一致的。《贈李二十牡丹花片因以餞行》賦成於在長安送別李紳之時,而本詩是送別李紳之後思念李紳之作。

◎ 夜　合^{(一)①}

綺樹滿朝陽,融融有露光^②。雨多疑濯錦,風散似分妝^③。葉密烟蒙火,枝低繡拂牆^④。更憐當暑見^(二),留詠日偏長^⑤。

錄自《元氏長慶集》卷一四

[校記]

(一) 夜合:楊本、叢刊本、《佩文齋詠物詩選》、《佩文齋廣群芳譜》、《全詩》同,《淵鑑類函》、《山堂肆考》、《全芳備祖》作"夜合花",語義相類,遵從原本,不改。

(二) 更憐當暑見:楊本、叢刊本、《佩文齋詠物詩選》、《佩文齋廣群芳譜》、《全詩》、《淵鑑類函》、《全芳備祖》同,《山堂肆考》作"更憐當曙見"語義不同,可備一說,不改。

[箋注]

① 夜合:合歡的別名。《太平御覽》卷九五八引周處《風土記》:"夜合,葉晨舒而暮合,一名合昏。"白居易《閨婦》:"斜憑繡床愁不動,紅綃帶緩綠鬟低。遼陽春盡無消息,夜合花前日又西。"唐無名氏《雜詞》:"捲簾相待無消息,夜合花前日又西。"愛新覺羅·弘曆《夜合用

549

元微之韵》：“乍可傲驕陽，如何羞月光？西池王母綬，南國美人妝。望去雲籠户，引來蝶過墻。紅芳屆三度，殘暑豈能長？”可以與本詩一併參讀。

② 綺樹：美麗茂盛的樹木。陳琳《宴會詩》：“玄鶴浮清泉，綺樹焕青葱。”江淹《四時賦》：“憶上國之綺樹，想金陵之蕙枝。” 朝陽：初升的太陽。李義府《宣正殿芝草》：“明王敦孝感，寶殿秀靈芝。色帶朝陽净，光涵雨露滋。”温庭筠《邊笳曲》：“嘶馬渡寒磧，朝陽照霜堡。”融融：明亮貌，熾盛貌。張繼《金谷園》：“綵樓歌館正融融，一騎星飛錦帳空。老盡名花春不管，年年啼鳥怨東風。”白居易《和錢員外答盧員外早春獨遊曲江見寄長句》：“春來有色暗融融，先到詩情酒思中。柳岸霏微裹塵雨，杏園潋蕩開花風。” 露光：露水珠反射出來的光耀。江總《答王筠早朝守建陽門開》：“御溝槐影出，仙掌露光晞。”劉禹錫《謝寶員外旬休早凉見示詩》：“風韵漸高梧葉動，露光初重槿花稀。”

③ 濯錦：成都一帶所産的織錦，以華美著稱，亦指漂洗這種織錦。元稹《感石榴二十韵》：“暗虹走繳繞，濯錦莫周遮。”段成式《酉陽雜俎·廣知》：“歷城北二里有蓮子湖，周環二十里，湖中多蓮花，紅綠間明，乍疑濯錦。” 分妝：對眼前的葦叢而言，夜合花猶如裝飾而成的另一個新娘子。温庭筠《和太常杜少卿東都修竹里有嘉蓮》：“春秋罷注直銅龍，舊宅嘉蓮照水紅……同心表瑞苟池上，半面分妝樂鏡中。” 分：分爲兩半。《列子·周穆王》：“役夫曰：‘人生百年，晝夜各分。’”張湛注：“分，半也。”陸游《秋夕虹橋舟中偶賦》：“楓落荷疏秋漸老，河傾斗轉夜將分。” 妝：妝飾。司馬相如《上林賦》：“靚妝刻飾，便嬛綽約。”《古詩十九首·青青河畔草》：“娥娥紅粉妝，纖纖出素手。”

④ 葉密：樹葉茂密。上官儀《春日》：“花輕蝶亂仙人杏，葉密鶯啼帝女桑。飛雲閣上春應至，明月樓中夜未央。”白居易《有木詩八

首》二：“有木名櫻桃，得地早滋茂。葉密獨承日，花繁偏受露。”　蒙：
覆蓋，遮蔽。《詩·鄘風·君子偕老》：“蒙彼縐絺，是紲袢也。”毛傳：
“蒙，覆也。”《左傳·昭公十三年》：“晉人執季孫意如，以幕蒙之。”
枝低：枝條低壓。杜甫《江畔獨步尋花七絕句》六：“黃四娘家花滿蹊，
千朵萬朵壓枝低。留連戲蝶時時舞，自在嬌鶯恰恰啼。”王涯《遊春詞
二首》二：“經過柳陌與桃蹊，尋逐春光著處迷。鳥度時時衝絮起，華
繁袞袞壓枝低。”　拂墙：花枝在風中輕拂院墙。崔元翰《雨中對後檐
叢竹》：“含風搖硯水，帶雨拂墙衣。乍似秋江上，漁家半掩扉。”許渾
《春早郡樓書事寄呈府中群公》：“兩鬢垂絲髮半霜，石城孤夢繞襄陽。
鴛鴻幕裏蓮披檻，虎豹營中柳拂墙。”

　　⑤憐：喜愛，疼愛。張九齡《庭梅詠》：“芳意何能早？孤榮亦自
危。更憐花蒂弱，不受歲寒移。”蔡希寂《陝中作》：“河水流城下，山雲
起路傍。更憐栖泊處，池館繞林篁。”　當：值，遇到。《易·繫辭》：
“《易》之興也，其當殷之末世，周之盛德邪？當文王與紂之事邪？”《韓
非子·説疑》：“若夫后稷、皋陶、伊尹、周公旦……如此臣者，雖當昏
亂之主尚可致功，況於顯明之主乎？”　暑：炎熱，炎熱的夏季。《易·
繫辭》：“寒往則暑來，暑往則寒來。”張炎《臺城路·送周方山之吳》：
“荷陰未暑，快料理歸程，再盟鷗鷺。”　詠：歌唱，曼聲長吟。孫綽《游
天台山賦》：“凝思幽巖，朗詠長川。”杜甫《過郭代公故宅》：“高詠寶劍
篇，神交付冥漠。”　日偏長：白日時間最長。許渾《南陵留別段氏兄
弟》：“爲酒遊山縣，留詩遍草堂。歸期秋未盡，離恨日偏長。”項斯《寄坐
夏僧》：“坐夏日偏長，知師在律堂。多因束帶熱，更憶剃頭凉。”這裏指
元稹與韋叢結婚的時間在夏季，夏季白日時間在一年中最長，故言。

[編年]

　　未見《年譜》編年本詩，《編年箋注》列入“未編年詩”，《年譜新編》
列入“無法編年作品”。

我們以爲本詩可以編年。元稹《感小株夜合》:"纖幹未盈把,高條纔過眉。不禁風苦動,偏受露先萎。不分秋同盡,深嗟小便衰。傷心落殘葉,猶識合昏期。"《感小株夜合》作於元稹妻子韋叢謝世之時,亦即元和四年七月九日之後不久。而本詩是元稹與韋叢結婚之時的詩篇,將自己的妻子比作美麗的夜合之花。從本詩"更憐當暑見"的詩句,知道元稹與韋叢結婚在夏季。元稹吏部乙科及第在貞元十九年的春天,其後與韋叢結婚,韓愈《監察御史元君妻京兆韋氏夫人墓誌銘》:"夫人於僕射爲季女,愛之,選婿得今御史河南元稹,稹時始以選校書秘書省中。"就已經非常清楚説明,元稹與韋叢結婚在吏部乙科及第之後,在拜職校書郎之後,計其時日,應該正是貞元十九年的夏天,本詩即作於其時。

● 閨　晚①

紅裙委磚階,玉爪劈朱橘(一)②。素臆光如研,明瞳艷凝溢③。調絃不成曲,學書徒弄筆④。夜色侵洞房,香烟透簾出(二)⑤。

録自《才調集》卷五

[校記]

(一)玉爪劈朱橘:叢刊本、《全詩》同,《元稹集》誤作"玉瓜劈朱橘",《編年箋注》不僅承襲其誤,而其特地"註釋":"玉瓜:以玉製成之瓜狀器物。"《年譜新編》引文同誤。玉爪在本詩中是指美人的指甲,正與"劈朱橘"自然連接。而玉瓜是傳説中的仙果名,與"玉爪"是風馬牛不相及的東西,更與"劈朱橘"無法連接,《年譜新編》引文同誤。《編年箋注》望文生義,都很不應該。關於"玉瓜",葛洪《抱朴子·袪惑》有明確的釋義："〔昆崙〕有珠玉樹,沙棠琅玕碧瑰之樹,玉李、玉瓜、玉桃,其實形如世間桃李,但爲光明洞徹而堅,須以玉井水洗之,便軟而可食。"均與《編年箋注》對"玉瓜"的解釋相去甚遠。

（二）香烟透簾出：叢刊本同,《全詩》作"春烟透簾出",語義不同,各備一説,不改。

［箋注］

①　閨晚："紅裙委磚階"八句不見於元稹詩文集内,但《才調集》卷五、《全唐詩》卷四二二收録,故據此補。婦女居室的夜晚。李益《紫騮馬》："爭場看鬬雞,白鼻紫騮嘶。漳水春閨晚,叢臺日向低。"閨：特指婦女的居室。曹植《雜詩六首》三："妾身守空閨,良人行從軍。自期三年歸,今已歷九春。"白居易《長恨歌》："楊家有女初長成,養在深閨人未識。"　晚：日暮,黃昏。《詩・齊風・東方未明》："不能辰夜,不夙則莫。"毛傳："莫,晚也。"王充《論衡・明雩》："暮者,晚也。"

②　紅裙：紅色裙子。萬楚《五日觀妓》："西施謾道浣春紗,碧玉今時鬬麗華。眉黛奪將萱草色,紅裙妒殺石榴花。"皇甫松《採蓮子》："菡萏香連十頃陂,小姑貪戲採蓮遲。晚來弄水船頭濕,更脱紅裙裹鴨兒。"　委：下垂,墜落。《世説新語・賢媛》："正值李梳頭,髮委藉地。"文瑩《玉壺清話》卷七："〔太祖〕望西北鳴弦發矢以定之,矢委處,謂左右曰：'即此乃朕之皇堂也。'"　磚階：磚砌的臺階。元稹《痁卧聞幕中諸公徵樂會飲因有戲呈三十韻》："夜燈然檞葉,凍雪墮塼階。壞壁虛缸倚,深爐小火埋。"元稹《雜憶五首》四："山榴似火葉相兼,亞拂塼階半拂檐。憶得雙文獨披掩,滿頭花草倚新簾。"　玉爪：形容美人的指甲,也指動物的指爪。杜甫《見王監兵馬使説近山有白黑二鷹羅者久取竟未能得王以爲毛骨有異他鷹恐臈後春生騫飛避暖勁翮思秋之甚眇不可見請余賦詩》："虞羅自各虛施巧,春雁同歸必見猜。萬

里寒空袛一日,金眸玉爪不凡材。"王庭珪《次題周公予趙逢源過瑤林洞中探酴醾》:"明朝地上拾落粉,草間點綴如遺妍。狂思玉爪搔背癢,不可妄得麻姑鞭。" 剒:割,割開。《文選·揚雄〈長楊賦〉》:"分剒單于,磔裂屬國。"李善注引韋昭曰:"剒,割也。"《尸子》卷下:"弓人剒筋,則知牛長少。" 朱橘:橘子,橘成熟後常呈紅色,故稱。傅玄《橘賦》:"詩人覩王雎而詠后妃之德,屈平見朱橘而申直臣之志。"張協《都蔗賦》:"清滋津於紫梨,流液豐於朱橘。"

③ 素:白色,無色。《詩·召南·羔羊》:"羔羊之皮,素絲五紽。"毛傳:"素,白也。"謝惠連《雪賦》:"皓鶴奪鮮,白鷳失素。" 臆:胸骨,胸。《文選·王粲〈登樓賦〉》:"氣交憤於胸臆。"李善注:"《説文》曰:'臆,胸也。'"孫光憲《浣溪沙》六:"翠袂半將遮粉臆,寶釵長欲墜香肩。" 硏:光滑貌。羅虯《比紅兒詩》九五:"君看紅兒學醉妝,誇裁宮褉硏裙長。誰能更把閑心力,比並當時武媚娘?"范成大《桂海虞衡志·志岩洞》:"曾公洞舊名冷水巖,山根石門硏然。" 明瞳:猶明眸。元稹《春六十韻》:"醉圓雙媚靨,波溢兩明瞳。"陳廷敬《筍廊二筆小引》:"予老而失學,欲繼爇燭之勤,而靈源翳塞,明瞳昏如。" 艷:光彩,光澤和顏色。江淹《麗色賦》:"有光有艷,如合如離。"王易從《臨高臺》:"汎艷春幌風,裴回秋户月。"照耀,閃耀。何晏《景福殿賦》:"開建陽則朱炎艷,啓金光則清風臻。"李嶠《二月奉教作》:"和風泛紫若,柔露濯青薇。日艷臨花影,霞翻入浪暉。" 凝:謂精力專注或注意力集中。張衡《思玄賦》:"默無爲以凝志兮,與仁義乎逍遙。"陸游《寄方瞳胡先生》:"形槁神彌天,心虛腦自凝。平生一酒楯,萬里兩行滕。" 溢:流露。《漢書·東方朔傳》:"方今公孫丞相兒大夫、董仲舒、夏侯始昌、司馬相如……司馬遷之倫,皆辯知閎達,溢於文辭。"顏師古注:"溢者,言其有餘也。"《文心雕龍·徵聖》:"夫子風采,溢於格言。"

④ 調絃:彈奏絃樂器。鮑照《學古》:"調絃俱起舞,爲我唱梁塵。

人生貴得意，懷願待君申。"顧況《李供奉彈箜篌歌》："夜静遂歌明月樓，起坐可憐能抱撮。大指調絃中指撥，腕頭花落舞衣裂。"　曲：樂曲，歌譜。《國語·周語》："使公卿至於列士獻詩，瞽獻曲，史獻書。"韋昭注："曲，樂曲也。"《宋史·樂志》："自後因舊曲創新聲，轉加流麗。"　學書：學習寫字。《南史·徐伯珍傳》："伯珍少孤貧，學書無紙，常以竹箭、箬葉、甘蕉及地上學書。"陸游《喜小兒輩到行在》："阿綱學書蚓滿幅，阿繪學語鶯囀木。截竹作馬走不休，小車駕羊聲陸續。"　弄筆：謂執筆寫字、爲文、作畫。王充《論衡·佚文》："天文人文，文豈徒調墨弄筆爲美麗之觀哉！"徐陵《玉臺新詠序》："於是燃脂暝寫，弄筆晨書。"

⑤　夜色：猶夜光。劉孝標《辯命論》："才非不傑也，主非不明也，而碎結綠之鴻輝，殘懸黎之夜色，抑尺之量有短哉？"王泠然《夜光篇》："遊人夜到汝陽間，夜色冥濛不解顏。誰家暗起寒山燒？因此明中得見山。"　洞房：幽深的内室，多指卧室、閨房。《楚辭·招魂》："姱容修態，絙洞房些。"沈亞之《賢良方正能直言極諫策》："市言唯恐田園陂地之不廣也，簪珥羽鈿之不侈也，洞房綺闥之不邃也。"特指新婚夫婦的卧室。朱慶餘《近試上張籍水部》："洞房昨夜停紅燭，待曉堂前拜舅姑。妝罷低聲問夫婿，畫眉深淺入時無？"　香烟：亦作"香烟"，焚香所生的烟。元稹《生春二十首》五："藥樹香烟重，天顏瑞氣融。"王寀《玉樓春》："風輕只覺香烟短，陰重不知天色晚。隔簾人語趁朝歸，旋整宿妝勻睡眼。"

［編年］

《年譜》編年本詩於元和五年，詩題下没有説明編年理由。《編年箋注》編年："……《閨晚》……諸詩，俱作于元和五年(八一○)。見下《譜》。"《年譜新編》編年本詩於貞元十九年"與韋叢結婚時""長安作"。

元稹悼亡韋叢詩《六年春遣懷八首》二："檢得舊書三四紙，高低闊狹粗成行。"説明韋叢雖然賢慧有餘,但顯然文化方面欠缺尚多,與本詩"調絃不成曲,學書徒弄筆"所云,"猶一家説也"。據此,本詩應該是元稹描述自己與妻子韋叢新婚燕爾的歡樂生活,此情此景,也與元稹《夢遊春七十韻》所言"一夢何足云,良時自婚娶。當年二紀初,嘉節三星度。朝舜玉珮迎,高松女蘿附。韋門正全盛,出入多歡裕。甲第泝清池,鳴騶引朱轂。廣樹舞荾蕤,長筵賓雜厝"情景一一相符,又與白居易《和夢遊春詩一百韻》所述"韋門女清貴,裴氏甥賢淑。羅扇夾花燈,金鞍攢繡轂。既傾南國貌,遂坦東床腹。劉阮心漸忘,潘揚意方睦。新修履信第,初食尚書禄"的景情前後相合。又據韓愈爲韋叢所撰墓誌,韋叢與元稹結婚在元稹拜職校書郎之後,也就是貞元十九年夏天之後,本詩即應該作于貞元十九年的夏天,地點在長安靖安坊元稹的祖宅之中。《年譜》、《編年箋注》的編年不妥,而《年譜新編》的編年大致可取。

■ 酬樂天常樂里閑居偶題十六韻見贈⁽一⁾①

據白居易《常樂里閑居偶題十六韻兼寄劉十五公
輿王十一起吕二炅吕四穎崔十八玄亮元九稹
劉三十二敦質張十五仲元時爲校書郎》

[校記]

(一)酬樂天常樂里閑居偶題十六韻見贈:元稹本佚失詩所據白居易《常樂里閑居偶題十六韻兼寄劉十五公輿王十一起吕二炅吕四穎崔十八玄亮元九稹劉三十二敦質張十五仲元時爲校書郎》,見《白氏長慶集》、《白香山詩集》、《全詩》、《全唐詩録》,其中《白氏長慶集》誤"元九稹"爲"元九稹",其他悉同。

［箋注］

①　酬樂天常樂里閑居偶題十六韵見贈：白居易《常樂里閑居偶題十六韵兼寄劉十五公輿王十一起吕二炅吕四潁崔十八玄亮元九積劉三十二敦質張十五仲元時爲校書郎》：“帝都名利場，雞鳴無安居。獨有懶慢者，日高頭未梳。工拙性不同，進退迹遂殊。幸逢太平代，天子好文儒。小才難大用，典校在秘書。三旬兩入省，因得養頑疏。茅屋四五間，一馬二僕夫。俸錢萬六千，月給亦有餘。既無衣食牽，亦少人事拘。遂使少年心，日日常晏如。勿言無知己，躁静各有徒。蘭臺七八人，出處與之俱。旬時阻談笑，旦夕望軒車。誰能讎校間，解帶卧吾廬？窗前有竹玩，門外有酒沽。何以待君子？數竿對一壺。”元積與白居易等人，同年登第，又同在秘書省任職校書郎，校書郎其實并没有多少特别緊要的事情可做，整日裏有大把的空閑時間，因此年輕的他們終日嬉戲也就在所難免。他們同在一起，白居易賦詩相贈，白居易詩題中提及的八個朋友，作爲詩人，也不會不賦詩回贈，元積自然更不能例外，可惜今天已經成爲無法尋找的元積佚失之詩，故據此補。這大約是元積與白居易間初次的唱和吧！借著開頭揭示元積白居易唱和之始的機會，我們在這裏對元積白居易之間數量不少的唱和佚失詩篇作幾點説明：一、在元積諸多的唱和朋友中，白居易毫無疑問應該是最重要的一個，也絶對是唱和詩篇最多的一個。但在今天能够看到的《元氏長慶集》中，存留與白居易唱和的詩篇並不是很多；但翻閲《白氏長慶集》，白居易與元積唱和或提及元積的詩篇明顯超過《元氏長慶集》的存留。原因無他，《白氏長慶集》保留完整而《元氏長慶集》散佚或散失太多，《元氏長慶集》原有一百卷，但北宋宣和年間劉麟父子整理散佚的元積詩文時，祇得六十卷。古人據此曾有“十存其六”的説法，據我們考證，實際應該是“十存其四”，雖然比例不一定可信，但元積有大量詩文佚失，則大致可以採信。二、白居易元和十二年冬《題詩屏風絶句序》：“前後辱微之寄示

之什,殆數百篇。"白居易大和二年《和微之詩二十三首序》:"況曩者唱酬,近來因繼,已十六卷,凡千餘首矣！其爲敵也,當今不見;其爲多也,從古未聞。所謂天下英雄,唯使君與操耳！"白居易大和五年《祭微之文》亦云:"嗚呼微之！貞元季年,始定交分。行止通塞,靡所不同。金石膠漆,未足爲喻。死生契闊者三十載,歌詩唱和者九百章。播於人間,今不復叙。"現存《元氏長慶集》中,元稹與白居易的唱和詩篇,僅四百一十一篇,所謂唱和,就是你唱我和,應該將"千餘首"、"九百章"折半計算,但仍然不滿半數,可見元稹與白居易的唱和詩篇,佚失者尚有數十篇。三、再舉一個具體的例子:如白居易《重到城七絕句》共有七首,但今天存留《元氏長慶集》的和篇卻祇有四首,而《和樂天高相宅》、《和樂天仇家酒》、《和樂天恒寂師》三首編集在《元氏長慶集》卷一九中,《和樂天劉家花》卻編集在《元氏長慶集》卷八中。這可以説明白居易《重到城七絕句》的其他三首詩篇,不是元稹棄而不和,而是元稹一起酬和之後,卻在唐末五代的戰亂中散失了,祇存留了部份詩文集。編序也已經散亂,前後顛顛倒倒處不止一處。四、又如元稹題詩閬州東寺壁而白居易題詩屏風的詩壇故事,《白氏長慶集》中見到白居易《題詩屏風絕句并序》與《答微之》詩,但《元氏長慶集》中卻祇有《閬州開元寺壁題樂天詩》,並無另外的"絕句""報答"白居易,顯然與白居易《答微之》題注"微之於閬州西寺手題予詩,予又以微之百篇題此屏上,各以絕句報答"不符,合理的解釋祇能是元稹那首"絕句"後來佚失了,拙稿即據此確鑿的根據而補以《酬樂天題詩屏風絕句見寄》。五、根據以上符合實際的情况,我們藉助《白氏長慶集》保留較爲完整的有利條件,凡《白氏長慶集》中提及與"元稹"有關内容的詩文而在《元氏長慶集》中没有對應酬和或原唱的,則作爲元稹已經佚失詩文的主要條件之一,再結合其他實際情况,力求盡可能真實地還原元稹佚失詩文的題目,并通過"校記"、"箋注"、"編年"的方式,補足元稹已經佚失詩文的缺失,還原元稹白居易

當年唱和的歷史本來面貌。而所列詩題，則根據白居易詩題而來，其
中一些佚失詩的詩題，一時難以確切還原，祇能"代擬"，特此説明。
六、我們之所以這樣做，是根據元稹白居易詩歌唱和實際作爲依據
的，其一是元和十二年十二月二日，白居易得知元稹没有收到自己歷
年寄給元稹的唱和詩篇以後，委託信使轉托果州刺史崔韶，重行寄出
自己的詩歌二十四篇，元稹也在接到白居易詩篇之後，一一次韵唱
和，事見元稹《酬樂天東南行詩一百韵序》。由此可知，元稹也好，白
居易也罷，都非常重視兩人之間的唱和詩篇，絶不會無緣無故地輕易
放棄。因此祇要是白居易寄贈元稹的詩歌，相信元稹會一一酬和。
其二是大和年間，白居易的《因繼集重序》表明，元稹曾經取白居易
"《長慶集》中詩未對答者五十七首追和之"，白居易不甘示弱，也"復
以近詩五十首寄去"，元稹"不踰月依韵盡和"，此類酬和一而再，再而
三，成爲元稹白居易酬唱的佳話。而他們酬唱的詩篇中，如《晨霞》、
《送劉道士遊天台》、《櫛沐寄道友》、《祝蒼華》、《我年三首》、《三月三
十日四十韵》諸多詩篇，其實不是元稹白居易之間指名道姓的唱和詩
篇，而他們却認認真真一一唱和。由此可見，他們之間没有指名道姓
的唱和詩篇尚且不肯輕易放過，再一再二再三的唱和，何況對白居易
直接提及"元稹"、"微之"、"元九"的詩篇，元稹自然是不會放過，一一
回酬。七、除元稹酬和白居易的諸多佚失詩篇外，拙稿當然還應該顧
及元稹與其他朋友，如楊巨源、劉禹錫、張籍、李德裕等人唱和的佚失
詩篇，即根據這裏列舉的理由標出元稹的佚失詩文，理由不再重複説
明。　　常樂里：坊名，據《兩京城坊考》，在長安朱雀門街東第五坊。
白居易《養竹記》："貞元十九年春，居易以拔萃選及第，授校書郎，始
於長安求假居處，得常樂里故關相國私第之東亭而處之。"白居易《哭
李三》："去年渭水曲，秋時訪我來。今年常樂里，春日哭君迴。"　　閑
居：安閑居家，無事可做。《史記·司馬相如列傳》："其進仕宦，未嘗
肯與公卿國家之事，稱病閑居，不慕官爵。"蘇軾《賜鎮江軍節度使充

集禧觀使韓絳赴闕詔》:"請老閑居,固非所望。"閑静的住所。孟浩然《宴鮑二宅》:"閑居枕清洛,左右接大野。"王建《寄蜀中薛濤校書》:"萬里橋邊女校書,琵琶花裏寄閑居。" 偶題:偶然而題。杜甫《偶題》:"文章千古事,得失寸心知。作者皆殊列,名聲豈浪垂?"王鋌《登越王樓見喬公詩偶題》:"雲架重樓出郡城,虹梁雅韵仲宣情。越王空置千年迹,丞相兼揚萬古名。"

[編年]

未見《元稹集》採録,也未見《年譜》、《編年箋注》、《年譜新編》採録與編年。

朱金城先生《白居易集箋校》編年白居易《常樂里閑居偶題十六韵兼寄劉十五公輿王十一起吕二炅吕四頴崔十八玄亮元九稹劉三十二敦質張十五仲元時爲校書郎》詩於貞元十九年。據白居易《養竹記》,白居易詩應該賦成於貞元十九年吏部乙科登第、拜職校書郎之後,元稹時與白居易同爲校書郎,同在長安,其酬和的佚失詩也應該在貞元十九年登第拜職之後。

◎ 贈樂天(一)①

等閑相見銷長日,也有閑時更學琴②。不是眼前無外物,不關心事不經心③。

録自《元氏長慶集》卷一七

[校記]

(一) 贈樂天:本詩存世各本,包括楊本、叢刊本、《萬首唐人絶句》、《全詩》諸本,未見異文。

[箋注]

① 贈:送給。《詩·鄭風·女曰雞鳴》:"知子之來之,雜佩以贈之。"鄭玄箋:"贈,送也。"韓愈《送張道士序》:"京師士大夫多爲詩以贈。"　樂天:即白居易,字樂天,元稹白居易相識於貞元十九年春天兩人吏部乙科及第之時,終元稹一生,白居易一直是元稹最真誠可信的朋友。白居易《祭微之文》:"嗚呼! 微之,貞元季年始定交分,行止通塞,靡所不同;金石膠漆,未足爲喻。死生契闊者三十載,歌詩唱和者九百章,播於人間。"元稹《酬樂天(時樂天攝尉,予爲拾遺)》:"昔作芸香侶,三載不暫離。逮兹忽相失,旦夕夢魂思。"

② 等閑:尋常,平常。賈島《古意》:"志士終夜心,良馬白日足。俱爲不等閑,誰是知音目?"輕易,隨便。白居易《新昌新居》:"等閑栽樹木,隨分占風烟。逸致因心得,幽期遇境牽。"無端,平白。劉禹錫《竹枝詞》:"瞿唐嘈嘈十二灘,此中道路古來難。長恨人心不如水,等閑平地起波瀾。"　相見:彼此會面。《禮記·曲禮》:"諸侯未及期相見曰遇。"蘇軾《和子由除夜之日省宿致齋三首》一:"江淮流落豈關天? 禁省相望亦偶然。等是新年未相見,此身應坐不歸田。"　銷:排遣,打發。杜荀鶴《題江山寺》:"遍遊銷一日,重到是何年?"曾鞏《本朝政要策·水災》:"而太祖開寶之間,常以霖雨之憂,出後宫以銷幽閉之感。"　長日:漫長的白天。張固《幽閑鼓吹》:"令狐相進李遠爲杭州,宣宗曰:'比聞李遠詩云:"長日唯銷一局棋。"豈可以臨郡哉!'"徐璣《春日游張提舉園池》:"山城依曲渚,古渡入修林。長日多飛絮,遊人愛綠陰。"　閑時:空閑的時候。岑參《郡齋南池招楊轔》:"閑時耐相訪,正有床頭錢。"曾鞏《學舍記》:"得其閑時,挾書以學。"　琴:樂器名,指古琴,傳爲神農創製,琴身爲狹長形,木質音箱,面板外側有十三徽,底板穿"龍池"、"鳳沼"二孔,供出音之用。上古作五弦,至周增爲七弦。《詩·小雅·鹿鳴》:"我有嘉賓,鼓瑟鼓琴。"王維《竹里館》:"獨坐幽篁裏,彈琴復長嘯。深林人不知,明月來相照。"

③ 眼前：目下，現時。李白《携妓登梁王栖霞山孟氏桃園中》："梁王已去明月在，黄鸝愁醉啼春風。分明感激眼前事，莫惜醉卧桃園東。"蘇軾《次韵參寥寄少游》："巖栖木石已旛然，交舊何人慰眼前？" 外物：指外界的人或事物。《梁書·陶弘景傳》："雖在朱門，閉影不交外物，唯以披閲爲務。"陸游《感懷》："一窗修燈下，超然傲羲軒。外物自變遷，内景常默存。" 不關：不牽涉，不涉及。陸雲《謝平原内史表》："片言隻字，不關其問；事蹤筆迹，皆可推校。"司空圖《偶書五首》一："鶯也解啼花也發，不關心事最堪憎。" 心事：心中所思念或期望的事。劉皂《長門怨三首》三："旁人未必知心事，一面殘妝空泪痕。"心情，情懷。高適《閑居》："柳色驚心事，春風厭索居。"蘇軾《寄餾合刷瓶與子由》："老人心事日摧頹，宿火通紅手自焙。" 經心：縈心，煩心。葛洪《抱朴子·崇教》："貴遊子弟，生乎深宫之中，長乎婦人之手，憂懼之勞，未常經心。"《世説新語·賢媛》："汝何以都不復進？爲是塵務經心，天分有限？"留心，著意。陶弘景《冥通記》卷一："凡好書畫、人間雜伎，經心即能。"杜甫《春日江村五首》三："種竹交加翠，栽桃爛熳紅。經心石鏡月，到面雪山風。"

[編年]

　　《年譜》編年本詩於"癸未至乙酉爲校書郎所作其他詩"欄内，理由是："詩云：'等閑相見銷長日，也有閑時更學琴。'（參閲白居易《代書》：'秋風拂琴匣。'）"《編年箋注》編年："此詩作于任校書郎期間。見下《譜》。"《年譜新編》在"癸未至乙酉爲校書郎所作其他詩"欄下本詩題之後全文引述本詩，然後得出結論："疑是校書郎時詩。"

　　我們以爲，本詩確實是元稹校書郎期間的詩篇，元稹與白居易都有詩篇描寫他們在校書郎任嬉戲遊樂的情景，其中包括"學琴"之類的娛樂活動。白居易《代書詩一百韵寄微之》："憶在貞元歲，初登典校司。身名同日授，心事一言知。肺腑都無隔，形骸兩不羈。疏狂屬年少，閑散爲官卑。分定金蘭契，言通藥石規。交賢方汲汲，友直每偲偲。有月多同賞，無杯不共持。秋風拂琴匣，夜月卷書帷。高上慈恩塔，幽尋皇子陂。唐昌玉蕊會，崇敬牡丹期。"元稹《酬翰林白學士代書一百韵》："昔歲俱充賦，同年遇有司。八人稱迥拔，兩郡濫相知……還醇憑酎酒，運智託圍棋。情會招車胤，閑行覓戴逵。僧餐月燈閣，釀宴劫灰池（予與樂天、杓直、拒非輩，多于月燈閣閑遊，又嘗與秘省同官釀宴昆明池）。勝概爭先到，篇章競出奇。輸贏論破的，點竄肯容絲？山岫當街翠，墙花拂面枝（昔予賦詩云：'爲見墙頭拂面花。'時唯樂天知此）。鶯聲愛嬌小，燕翼酕逶迤。彎爲逢車緩，鞭緣趁伴施。密携長上樂，偷宿静坊姬。僻性慵朝起，新晴助晚嬉。相歡常滿目，別處鮮開眉。翰墨題名盡，光陰聽話移（樂天每與于游從，無不書名屋壁。又嘗於新昌宅説《一枝花話》，自寅至巳，猶未畢詞也）。綠袍因醉典，烏帽逆風遺。暗插輕籌箸，仍提小屈卮（予有篾箕草籌筯小盞酒胡之輩，當時嘗在書囊，以供飲備）。"

　　但是，元稹這類歡樂而無所事事的生活，主要發生在貞元十九年。貞元二十年，元稹頻繁來往於長安洛陽之間，《貞元二十年正月二十五日自洛之京二月三日春社至華岳寺憩寶師院曾未逾月又復徂東再謁寶師因題四韵而已》、《貞元二十年五月十四日夜宿天壇石幢側十五日得螯屋馬逢少府書知予遠上天壇因以長句見贈篇末仍云靈溪試爲訪金丹因於壇上還贈》、《天壇歸》、《西還》、《與太白同之東洛至櫟陽太白染疾駐行予九月二十五日至華嶽寺雪後望山》諸篇即是明證。貞元二十一年春天，元稹因病卧床，行動十分不便。病好之後，又常常在洛陽韋夏卿丈人處，與分娩的妻子韋叢厮守。元和元年，元稹與白居易一起辭去校書郎的官職，一心一意在華陽觀準備制科考試。白居易《策林序》："元和初，予罷校書郎，與元微之將應制舉，退居於上都華陽觀，閉户累月，揣摩當代之事，構成策目七十五門。"有鑒於此，我們以爲本詩應該作於貞元十九年，地點在長安。以情理計,應該在元稹白居易相識不久,亦即兩人春天及第和授職校書郎之後,時當夏日,終日無所事事的詩人,才有"等閑相見銷長日,也有閑時更學琴"的閑空,才有"不是眼前無外物,不關心事不經心"的牢騷。

■ 酬樂天首夏同諸校正遊開元觀因宿玩月（一）①

據白居易《首夏同諸校正遊開元觀因宿玩月》

［校記］

（一）酬樂天首夏同諸校正遊開元觀因宿玩月:元稹本佚失詩所據白居易《首夏同諸校正遊開元觀因宿玩月》,見《白氏長慶集》、《古詩鏡·唐詩鏡》、《石倉歷史代詩選》、《白香山詩集》、《全詩》,未見異文。

［箋注］

① 酬樂天首夏同諸校正遊開元觀因宿玩月:白居易《首夏同諸校正遊開元觀因宿玩月》:"我與二三子,策名在京師。官小無職事,閑於爲客時。沉沉道觀中,心賞期在茲。到門車馬迴,入院巾杖隨。清和四月初,樹木正華滋。風清寒葉影,鳥戀殘花枝。向夕天又晴,東南餘霞披。置酒西廊下,待月杯行遲。須臾金魄生,若與吾徒期。光華一照耀,殿角相參差。終夜清景前,笑歌不知疲。長安名利地,此興幾人知?"據白居易《常樂里閑居偶題十六韻兼寄劉十五公與王十一起呂二炅呂四穎崔十八玄亮元九稹劉三十二敦質張十五仲元時爲校書郎》,其中就有白居易、元稹、王起、崔玄亮同科及第者在內。白居易《代書詩一百韻寄微之》:"憶在貞元歲,初登典校司。身名同

日授，心事一言知（貞元中與微之同登科第，俱授秘書省校書郎，始相識也）。肺腑都無隔，形骸兩不羈。疏狂屬年少，閑散爲官卑。分定金蘭契，言通藥石規。交賢方汲汲，友直每偲偲。有月多同賞，無杯不共持。秋風拂琴匣，夜月卷書帷。高上慈恩塔，幽尋皇子陂。唐昌玉蕊會，崇敬牡丹期（唐昌觀玉蕊、崇敬寺牡丹，花時多與微之有期）。笑勸迂辛酒，閑吟短李詩（辛大立度，性迂嗜酒。李二十紳，體短能詩，故當時有‘迂辛’‘短李’之號）。儒風愛敦質，佛理賞玄師（劉三十二敦質，有儒風。庾七玄師，談佛理有可賞者）。度日曾無悶，通宵靡不爲。雙聲聯律句，八面對宮棋（雙聲聯句，八面宮棋，皆當時事）。”據此，白居易《首夏同諸校正遊開元觀因宿玩月》所述，元稹必在其中，而酬和白居易所唱，元稹也在所必然，可惜元稹本酬和之篇已經佚失。據以上文獻材料，補入佚失詩篇之列。　　首夏：始夏，初夏，指農曆四月。謝靈運《游赤石進帆海》：“首夏猶清和，芳草亦未歇。”魏徵《暮秋言懷》：“首夏別京輔，杪秋滯三河。”　校正：校書、正字二官名的連稱。白居易《歲暮寄微之三首》三：“龍鍾校正騎驢日，顦顇通江司馬時。若並如今是全活，紆朱拖紫且開眉。”《新唐書·百官志》：“善狀之外有二十七最……十曰讎校精審，明於刊定，爲校正之最。”開元觀：在長安朱雀門街西第一街道德坊。“開元觀：本隋秦王浩宅，武后朝置永昌縣，神龍元年縣廢，遂爲長寧公主宅。景雲元年，置道士觀。開元五年，金仙公主居之，改爲女冠觀。十年，改爲開元觀。”元稹《開元觀閑居酬吳士矩侍御三十韵》：“靜習狂心盡，幽居道氣添。神編啓黃簡，秘籙捧朱籤。”薛逢《社日遊開元觀》：“松柏當軒蔓桂籬，古壇衰草暮風吹。荒凉院宇無人到，寂寞烟霞只自知。”　玩月：賞月。元稹《酬樂天八月十五夜禁中獨直玩月見寄》：“一年秋半月偏深，況就烟霄極賞心。金鳳臺前波漾漾，玉鉤簾下影沉沉。”白居易《華陽觀中八月十五日夜招友玩月》：“人道秋中明月好，欲邀同賞意如何？華陽洞裏秋壇上，今夜清光此處多。”

［編年］

未見《元稹集》採録，也未見《年譜》、《編年箋注》、《年譜新編》採録與編年。

朱金城先生《白居易集箋校》編年白居易詩於永貞元年。我們以爲，一、白居易詩題"首夏"，而永貞元年始於八月，并無"首夏"，不當在永貞元年。二、據白居易《養竹記》，白居易貞元十九年春天吏部乙科登第，拜職校書郎，白居易詩應該賦成於貞元十九年"首夏"，元稹時與白居易同爲校書郎，同在長安，元稹酬和的佚失詩也應該在貞元十九年登第拜職之後的"首夏"，地點在長安，元稹新任校書郎之職。

◎ 靖安窮居^{(一)①}

喧静不由居遠近，大都車馬就權門^②。野人住處無名利，草满空階樹满園^③。

録自《元氏長慶集》卷一七

［校記］

（一）靖安窮居：本詩存世各本，包括楊本、叢刊本、《萬首唐人絶句》、《古詩鏡·唐詩鏡》、《全詩》諸本，未見異文。

［箋注］

① 靖安：唐代長安由宮城、皇城和外廓城組成。其中位於北部中央的宮城是皇帝以及皇族居住和處理朝政的地方，緊挨宮城之南的皇城是李唐各個衙門所在，外廓城從東、西、南三面拱衛宮城與皇城，是一般官僚與百姓的住宅區，也是長安城的商業區。城内大街南北十一條，東西十四條，外廓城被這些大街分隔成一百零九個坊區，外加一個曲江

園區，其中之一即是靖安坊。《長安志·靖安坊》："西南隅崇敬尼寺（本僧寺，隋文帝所立，大業中廢。龍朔二年高宗爲長安、定安公主宅，薨後改立爲尼寺），寺東樂府（隋置），咸宜公主宅（玄宗女，再降崔嵩）、韓國正穆公主廟（《禮閣新儀》曰：德宗女，自唐安公主追册，貞元十七年祔廟）、太子賓客崔倫宅、門下侍郎同中書門下平章事武元衡宅、尚書吏部侍郎韓愈宅、刑部侍郎劉伯芻宅、郴州司馬李宗閔宅。"根據現有材料，《長安志》缺元稹住宅的記載：在靖安坊的西北隅，有一幢房子是隋代皇帝賜給當時的兵部尚書、平昌郡公元巖的。西院内牡丹數叢，北亭前辛夷兩株，迎著縷縷微風，如在起舞，似在歌唱。由北而來的一條小溪，曲曲折折，穿過東西兩院，向南流淌著，發出歡快的吟唱。而大門内的一棵古槐直撲雲天，夏日裏它那繁茂的枝葉遮天蔽日，蓋住了大半個庭院。樹梢枝頭的喜鵲捉對成雙，它們生兒育女，日夜過著那無憂無慮的生活；樹叢深處的黄鸝三五成群，它們此起彼伏，競相唱起了動聽悦耳的歌曲。它，就是元稹當時的家。白居易《夢與李七庾三十三同訪元九》："同過靖安里，下馬尋元九。元九正獨坐，見我笑開口。"殷堯藩《經靖安里》："巷底蕭蕭絶市塵，供愁疏雨打黄昏。悠然一曲泉明調，淺立閑愁輕閉門。" 窮居：謂隱居不仕。《孟子·盡心》："君子所性，雖大行不加焉！雖窮居不損焉！"韓愈《復志賦》："進既不獲其志願兮，退將遁而窮居。"也用作士人自謙之詞。錢起《苦雨憶皇甫冉》："凉雨門巷深，窮居成習静。獨吟愁霖雨，更使秋思永。"方干《冬日》："燒火掩關坐，窮居客訪稀。凍雲愁暮色，寒日淡斜暉。"

②喧静：嘈雜吵鬧與寂静無聲。韋應物《贈琮公》："山僧一相訪，吏案正盈前。出處似殊致，喧静兩皆禪。"白居易《答劉戒之早秋別墅見寄》："避地鳥擇木，升朝魚在池。城中與山下，喧静暗相思。"不由：猶不容。竇鞏《新營別墅寄家兄》："懶性如今成野人，行藏由興不由身。莫驚此度歸來晚，買得西山正值春。"李德裕《離平泉馬上作》："黑山永破和親虜，烏嶺全阬跋扈臣。自是功高臨盡處，禍來明

滅不由人。” 遠近：遠方和近處。《易・繫辭》：“其受命也如響，無有遠近幽深，遂知來物。”《後漢書・劉虞傳》：“虞雖爲上公，天性節約，敝衣繩履，食無兼肉，遠近豪俊夙僭奢者莫不改操而歸心焉！” 大都：古代王畿週邊公的采地。《周禮・地官・載師》：“以小都之田任縣地，以大都之田任畺地。”鄭玄注：“大都，公之采地，王子弟所食邑也。”泛稱都邑之大者。《左傳・隱公元年》：“先王之制：大都不過參國之一；中，五之一；小，九之一。”這裏指長安，元稹居住在長安的靖安坊，雖然在“大都”，但卻是個冷僻之地，殷堯藩《經靖安里》已經充分説明。更主要的是元稹當時僅僅是一個微不足道的校書郎，自然更加無人光顧。車馬：車和馬，古代陸上的主要交通工具，這裏指衆多士人拜訪達官權貴的車馬。沈佺期《臨高臺》：“高臺臨廣陌，車馬紛相續。回首思舊鄉，雲山亂心曲。”袁恕己《詠屏風》：“山對彈琴客，溪留垂釣人。請看車馬客，行處有風塵。” 就：主動親近。《孟子・梁惠王》：“望之不似人君，就之而不見所畏焉！”孟浩然《過故人莊》：“待到重陽日，還來就菊花。” 權門：權貴，豪門。《東觀漢記・陽球傳》：“於是權門惶怖股慄，莫不雀目鼠步。”劉得仁《贈敬晊助教二首》二：“街西靜觀求居處，不到權門到寺頻。禁掖人知連狀薦，國庠官滿一家貧。”

③ 野人：庶人，平民。《論語・先進》：“先進於禮樂，野人也；後進於禮樂，君子也。”劉寶楠正義：“野人者，凡民未有爵禄之稱也。”白居易《訪陳二》：“出去爲朝客，歸來是野人。兩餐聊過日，一榻足容身。”士人自謙之稱。杜甫《贈李白》：“野人對羶腥，蔬食常不飽。”仇兆鰲注：“野人，公自謂也。”錢起《過裴長官新亭》：“茅屋多新意，芳林昨試移。野人知石路，戲鳥認花枝。” 住處：居住的處所。《論語・雍也》：“非公事，未嘗至於偃之室也。”皇侃疏：“若非常公税之事，則不嘗無事至偃住處也。”王維《田家》：“住處名愚谷，何煩問是非？”名利：名位與利禄，名聲與利益。《尹文子・大道》：“故曰禮義成君子，君子未必須禮義，名利治小人，小人不可無名利。”《後漢書・種暠

傳》：“其有進趣名利，皆不與交通。”韓愈《復志賦》：“惟名利之都府
兮，羌衆人之所馳。”　草滿：長滿野草。杜甫《城上》：“草滿巴西綠，
空城白日長。風吹花片片，春動水茫茫。”杜牧《洛陽》：“侯門草滿
宜寒兔，洛浦沙深下塞鴻。疑有女娥西望處，上陽烟樹正秋風。”
空階：很少有人光顧的臺階。岑參《題三會寺蒼頡造字臺》：“野寺
荒臺晚，寒天古木悲。空階有鳥迹，猶似造書時。”皇甫冉《病中對
石竹花》：“散點空階下，閑凝細雨中。那能久相伴？嗟爾殢秋風。”
滿園：滿園都是。韋應物《園亭覽物》：“積雨時物變，夏綠滿園新。
殘花已落實，高笋半成筠。”杜甫《蕭八明府堤處覓桃栽一作實》：
“奉乞桃栽一百根，春前爲送浣花村。河陽縣裏雖無數，濯錦江邊
未滿園。”

［編年］

　　《年譜》編年本詩於“丙戌以前在西京所作其他詩”欄內，理由是：
“詩云：‘野人住處無名利，草滿空階樹滿園。’（參閱白居易《代書》：
‘樹依興善老，草傍靖安衰［微之宅在静安坊西，近興善寺］。’）”《編年
箋注》編年：“此詩……作于元和元年(八〇六)以前。見下《譜》。”《年
譜新編》引述本詩之後編年：“元稹以‘野人’自稱，説明其時猶未爲
官，故詩當作於貞元十九年前。”

　　《年譜》、《編年箋注》編年本詩於“丙戌以前在西京所作”，究竟
“以前”到什麽時候？元稹十五歲已經回到西京，從“十五歲”的“癸
酉”到“丙戌”前的“二十七歲”，前後有十四年之多，祇有下限而没有
上限，讓人成“丈二和尚”。《年譜新編》編年理由對“野人”的解釋難
以自圓，元稹《幽栖》同樣自稱“野人”，《年譜新編》却將其編年貞元二
十年，而貞元二十年元稹已經拜職校書郎，已經“爲官”，自相矛盾之
説，不攻自破。其實“野人”在這裏的含義，祇是“士人自謙之稱”，元
稹《貞元二十年五月十四日夜宿天壇石幢側十五日得螫屋馬逢少府

書知予遠上天壇因以長句見贈篇末仍云靈溪試爲訪金丹因於壇上還贈》:"野人性僻窮深僻,芸署官閑不似官。"就已經回答了這個問題。元稹《劉二十八以文石枕見贈仍題絕句以將厚意因持壁州鞭酬謝兼廣爲四韵》:"枕截文瓊珠綴篇,野人酬贈壁州鞭。用長時節君須策,泥醉風雲我要眠。"此詩作於江陵時期,元稹已經先後歷職校書郎、河南尉、左拾遺、監察御史、江陵士曹參軍,但元稹仍然自稱"野人",不知《年譜新編》又作何等解釋?

我們以爲,從《貞元二十年五月十四日夜宿天壇石幢側十五日得蟄屋馬逢少府書知予遠上天壇因以長句見贈篇末仍云靈溪試爲訪金丹因於壇上還贈》"野人性僻窮深僻,芸署官閑不似官"可以推定,本詩應該作於元稹拜職校書郎期間,是對拜職之後無所事事的不滿。而白居易《常樂里閑居偶題十六韵兼寄劉十五公輿王十一起呂二炅呂四頴崔十八玄亮元九稹劉三十二敦質張十五仲元時爲校書郎》:"小才難大用,典校在秘書。三旬兩入省,因得養頑疏。"發泄了同樣的牢騷與不滿。元稹白居易等人拜職校書郎起自貞元十九年春天,終於元和元年春天。而元和元年春天,元稹與白居易已經辭去校書郎之職,可以排除在外。在其餘的三年中,我們以爲以貞元十九年最爲可能:元稹、白居易能够在吏部乙科中及第,開始的時候內心充滿了期待,但事實却給了他們一頭冷水,一月祇需兩次入省,其餘時間沒有"官事"可辦,因而詩人在失望之餘寫下本詩,表達自己的不滿。而貞元二十年、二十一年,他們已經見怪不怪,習以爲常,而且元稹爲了探望住在洛陽履信里的妻子韋叢,經常穿梭長安洛陽之間,也就顧不得發泄這樣的牢騷。本詩有"草滿空階"之句,計其時日,應該以貞元十九年夏天最爲可能。

◎ 幽　棲(一)①

　　野人自愛幽棲所，近對長松遠是山②。盡日望雲心不繫，有時看月夜方閑③。壺中天地乾坤外，夢裏身名旦暮間④。遼海若思千歲鶴，且留城市會飛還⑤。

録自《元氏長慶集》卷一六

［校記］

　　（一）幽棲：本詩存世各本，包括楊本、叢刊本、《全詩》，未見異文。

［箋注］

　　① 幽棲：幽僻的棲止之處。王昌齡《過華陰》：“東峰始含景，了了見松雪。羈人感幽棲，窅映轉奇絕。”范仲淹《與孫元規書》：“肺疾未愈，賴此幽棲。江山照人，本無他望，以此爲多。”

　　② 自愛：自己喜愛。劉長卿《聽彈琴》：“古調雖自愛，今人多不彈。”蘇軾《東坡》：“莫嫌犖確坡頭路，自愛鏗然曳杖聲。”　長松：高大的松樹。王維《過乘如禪師蕭居士嵩丘蘭若》：“迸水定侵香案濕，雨花應共石床平。深洞長松何所有？儼然天竺古先生。”李白《峴山懷古》：“弄珠見遊女，醉酒懷山公。感嘆發秋興，長松鳴夜風。”　山：地面上由土石構成的隆起部分。《荀子·勸學》：“積土成山，風雨興焉！”《文心雕龍·神思》：“登山則情滿於山，觀海則意溢於海。”這裏指位於長安之南的終南山。

　　③ 盡日：猶終日，整天。《淮南子·氾論訓》：“盡日極慮而無益於治，勞形竭智而無補於主。”鄭璧《奉和陸魯望白菊》：“白艷輕明帶露痕，始知佳色重難群。終朝疑笑梁王雪，盡日慵飛蜀帝魂。”　望

571

雲：仰望白雲，謂仰慕君王。語出《史記·五帝本紀》："帝堯者，放勛。其仁如天，其知如神。就之如日，望之如雲。"駱賓王《夏日游德州贈高四序》："因仰長安而就日，赴帝鄉以望雲。"謂企求自由。《文選·陶潛〈始作鎮軍參軍經曲阿作〉》："望雲慚高鳥，臨水愧遊魚。"李善注："言魚鳥咸得其所，而己獨違其性也。" 繫：拴縛。韓愈《獨釣四首》一："聊取誇兒女，榆條繫從鞍。"楊萬里《紅錦帶花》："何曾繫住春歸腳？只解長縈客恨眉。" 有時：有時候，表示間或不定。《周禮·考工記序》："天有時以生，有時以殺；草木有時以生，有時以死。"張喬《滕王閣》："疊浪有時有，閑雲無日無。" 看月：眺望明月。盧綸《陪中書李紓舍人夜泛東池》："看月復聽琴，移舟出樹陰。夜村機杼急，秋水芰荷深。" 閑：閑暇。《史記·呂不韋列傳》："華陽夫人以爲然，承太子閑，從容言子楚質於趙者絕賢，來往者皆稱譽之。"韓愈《把酒》："擾擾馳名者，誰能一日閑？"悠閑。《文心雕龍·雜文》："夫文小易周，思閑可贍。"詹鍈義證："閑，悠閑。"韋莊《謁金門》一："閑抱琵琶尋舊曲，遠山眉黛綠。"

④ 壺中天地乾坤外：典出葛洪《神仙傳·壺公》："壺公者，不知其姓名……汝南費長房爲市掾時，忽見公從遠方來，入市賣藥，人莫識之。其賣藥口不二價，治百病皆愈。語賣藥者曰：'服此藥，必吐出某物，某日當愈！'皆如其言。得錢日收數萬，而隨施與市道貧乏飢凍者，所留者甚少。常懸一空壺於坐上，日入之後，公輒轉足跳入壺中，人莫知所在，唯長房於樓上見之，知其非常人也。長房乃日日自掃除公座前地，及供饌物，公受而不謝。如此積久，長房不懈，亦不敢有所求。公知長房篤信，語長房曰：'至暮無人時更來！'長房如其言而往，公語長房曰：'卿見我跳入壺中時，卿便隨我跳，自當得入！'長房承公言，爲試展足，不覺已入。既入之後，不復見壺，但見樓觀五色，重門閣道，見公左右侍者數十人。公語長房曰：'我，仙人也！忝天曹職所統，供事不勤，以此見謫，暫還人間耳！卿可教，故得見我！'長房不

坐，頓首自陳：'肉人無知積劫，厚幸謬見哀愍，猶如剖棺布氣，生枯起朽，但見臭穢頑弊，不任驅使。若見憐念，百生之厚幸也！'公曰：'審爾大佳，勿語人也！'公後詣長房於樓上，曰：'我有少酒，汝相共飲之！酒在樓下。'長房遣人取之，不能舉，益至數十人，莫能得上。長房白公，公乃自下，以一指提上，與長房共飲之。酒器不過如蟀，大飲之，至旦不盡。公告長房曰：'我某日當去，卿能去否？'長房曰：'思去之心，不可復言，惟欲令親屬不覺，不知當作何計？'公曰：'易耳！'乃取一青竹杖與長房，戒之曰：'卿以竹歸家，使稱病，後日即以此竹杖置臥處，嘿然便来！'長房如公所言，而家人見此竹，是長房死了，哭泣殯之。長房隨公去，恍惚不知何所之。公獨留之於群虎中，虎磨牙，張口欲噬長房，長房不懼。明日又内長房石室中，頭上有大石，方數丈，茅繩懸之。諸蛇並往嚙繩欲斷，而長房自若。公往撰之曰：'子可教矣！'乃命噉溷溷，臭惡非常，中有蟲長寸許，長房色難之，公乃嘆謝遣之，曰：'子不得仙也！今以子爲地上主者，可壽數百餘歲，爲傳封符一卷，付之曰：'帶此可舉諸鬼神，嘗爲使者，可以治病消灾！'長房憂不能到家，公以竹杖與之曰：'但騎此到家耳！'長房辭去騎杖，忽然如睡，已到家。家人謂之鬼，具述前事，乃發視棺中，惟一竹杖，乃信之。長房以所騎竹杖投葛陂中，視之乃青龍耳！長房自謂去家一日，推之已一年矣！"　壺中：道家語，與天地義同。宋之問《送田道士使蜀投龍》："人隔壺中地，龍遊洞裏天。贈言回馭日，圖畫彼山川。"王維《贈焦道士》："海上遊三島，淮南預八公。坐知千里外，跳向一壺中。"乾坤：稱天地。《易•説卦》："乾爲天……坤爲地。"班固《典引》："經緯乾坤，出入三光。"　夢裏身名旦暮間：典出沈既濟《枕中記》：盧生在邯鄲客店遇道士吕翁，生自嘆窮困，翁探囊中枕授之曰："枕此當令子榮適如意。"時主人正蒸黃粱，生夢入枕中，享盡富貴榮華。及醒，黃粱尚未熟，怪曰："豈其夢寐耶？"翁笑曰："人世之事亦猶是矣！"後因以"黃粱夢"喻虛幻的事和不能實現的欲望。張耒《山下》："古來擾擾今何有？一熟黄粱夢已回。"范成大《邯鄲道》："困來也作黄粱夢，不夢封侯夢石湖。" 身名：身體和名譽。《列子·説符》："仁義使我身名並全。"曹植《求自試表》："墳土未乾，而身名並滅。"聲譽，名望。謝靈運《遊山》："身名竟誰辨？圖史終磨滅。"白居易《妻初授邑號告身》："倚得身名便慵墯，日高猶睡緑窗中。" 旦暮：早晚，喻短時間内。《莊子·齊物論》："已乎，已乎！旦暮得此，其所由以生乎！"《史記·魏公子列傳》："吾攻趙旦暮且下，而諸侯敢救者，已拔趙，必移兵先擊之。"

　　⑤ "遼海若思千歲鶴"兩句：事見陶潛《搜神後記》：遼東人丁令威，學道後化鶴歸遼，徘徊空中，遲遲不去，落城門華表柱上。時有少年，舉弓欲射之，鶴乃飛，徘徊空中而言曰："有鳥有鳥丁令威，去家千年今始歸。城郭如故人民非，何不學仙塚纍纍？"庾信《和宇文内史春日遊山》："道士封君達，仙人丁令威。煮丹於此地，居然未肯歸。"劉禹錫《遙和白賓客分司初到洛中戲呈馮尹》："冥鴻何所慕？遼鶴乍飛迴？"後用以比喻人世的變遷。蘇軾《和移居》："我豈丁令威，千歲復還兹？" 遼海：遼東，泛指遼河以東沿海地區。《魏書·庫莫奚傳》："及開遼海，置戍和龍，諸夷震懼，各獻方物。"賈至《燕歌行》："隋家昔爲天下宰，窮兵黷武征遼海。"

[編年]

　　未見《年譜》編年本詩，《編年箋注》列入"未編年詩"，《年譜新編》編年本詩於貞元二十年，理由是："詩云：'遼海若思千歲鶴，且留城市會飛還。'遊王屋山時作。"

　　我們無法苟同《年譜新編》的編年理由，因爲從本詩詩意看，詩人描述的是自己在長安的"幽栖"之地，亦即靖安里的祖居之地，與王屋山没有什麼聯繫。另外，《年譜新編》大概也忘記自己在編年《靖安窮居》之後説過的話："元稹以'野人'自稱，説明其時猶未爲官，故詩當作於貞元十九年前。"而本詩同樣自稱"野人"，《年譜新編》却又將其編年貞元二十年,而貞元二十年元稹已經拜職校書郎,已經"爲官",《年譜新編》究竟讓我們相信哪一個? 建議《年譜新編》先自己想清楚了,再來啓發讀者。我們以爲,本詩應該與《靖安窮居》作於同時,亦即貞元十九年夏天,兩詩爲同期先後之作。

◎ 封　書①

鶴臺南望白雲關,城市猶存暫一還⁽⁻⁾②。書出步虛三百韵,蕊珠文字在人間③。

録自《元氏長慶集》卷一七

[校記]

（一）城市猶存暫一還:楊本、叢刊本、《萬首唐人絶句》、《古詩境·唐詩境》、《全詩》、《淵鑒類函》同,盧校宋本作"城市猶存望一還",語義不佳,不改。

[箋注]

① 封書:封緘物,多指信件、文書、奏章等。李商隱《酬令狐郎中見寄》:"封來江渺渺,信去雨冥冥。"司馬光《答彭寂朝議書》:"雖市廛畎畝之民,皆得直上封言事。"

② 鶴臺:仙鶴停留之高處。《蜀中廣記·神仙記》:"《方輿勝覽》:白鶴山在邛州城西八里。常璩曰:臨邛名山曰四明,亦曰群羊,即今之白鶴也。漢胡安嘗於山中乘白鶴仙去,弟子即其處爲白鶴臺,司馬相如從胡安先生授《易》於此。"李賢《明一統志》:"白鶴臺在白鶴山,漢胡安嘗於山中乘白鶴仙去,弟子即其處爲臺,宋綬詩:'不知白鶴幾回來? 山下空存白鶴臺。'"本詩指丁令威化鶴至遼東時所停息

575

的華表。蘇拯《經鶴臺》：“築臺非謂賢，獨聚乘軒鶴。六馬不能馭，九皋欲何託？” 白雲：喻歸隱。陶弘景《詔問山中何所有賦詩以答》：“山中何所有？嶺上多白雲。只可自怡悅，不堪持寄君。”錢起《藍田溪與漁者宿》：“更憐垂綸叟，靜若沙上鷺。一論白雲心，千里滄州趣。” 城市：人口集中、工商業發達、居民以非農業人口爲主的地區，通常是周圍地區的政治、經濟、文化中心。《韓非子·愛臣》：“是故大臣之祿雖大，不得藉威城市。”蘇軾《許州西湖》：“但恐城市歡，不知田野愴……誰知萬里客，湖上獨長想。” 還：返回。陶潛《歸去來辭》：“雲無心以出岫，鳥倦飛而知還。”王安石《泊船瓜洲》：“京口瓜洲一水間，鍾山秖隔數重山。春風又綠江南岸，明月何時照我還？”

③ 步虛：道士唱經禮贊。李白《題隨州紫陽先生壁》：“喘息飡妙氣，步虛吟真聲。”王琦注引《異苑》：“陳思王遊山，忽聞空裏誦經聲，清遠遒亮，解音者則而寫之，爲神仙聲。道士效之，作步虛聲。”施肩吾《聞山中步虛聲》：“何人步虛南峰頂？鶴唳九天霜月冷。”道教唱經禮贊之詞。王建《贈王處士》：“道士寫將行氣法，家童授與步虛詞。”文瑩《玉壺清話》卷八：“公以母老，急於進用，因乾明聖節，進《內道場醮步虛》十首，中有：‘玉堂臣老非仙骨，猶在丹臺望泰階。’上悉其意，俾參大政。”指道家傳說中神仙的淩空步行。《漢武帝內傳》：“可以步虛，可以隱形。長生久視，還白留青。” 蕊珠：即蕊珠宮。錢起《暇日覽舊詩因以題詠》：“筐篋靜開難似此，蕊珠春色海中山。”周邦彥《汴都賦》：“蕊珠、廣寒，黃帝之宮，榮光休氣，朧朧往來。” 人間：塵世，世俗社會。崔顥《七夕》：“長安城中月如練，家家此夜持針綫。仙裙玉佩空自知，天上人間不相見。”李頎《送盧逸人》：“洛陽爲此別，携手更何時？不復人間見，祇應海上期。”

[編年]

未見《年譜》、《年譜新編》提及本詩，《編年箋注》編年：“……《封書》作于貞元二十年(八〇四)。"没有説明編年理由。

我們以爲,本詩所言,乃是丁令威的成仙之後重歸故里的故事,與《幽栖》所述相同,應該是同期的作品。而《幽栖》作於貞元十九年夏天,故本詩亦應該作于貞元十九年夏天,地點在長安。

▲ **崔徽歌**(崔徽,河中府娟也。裴敬中以興元幕使蒲州,與徽相從累月。敬中使還^(一),崔以不得從爲恨,因而成疾。有丘夏善寫人形,徽托寫真,寄敬中曰:'崔徽一旦不及畫中人,且爲郎死,發狂卒。第八句缺。)①

崔徽本不是娟家,教歌按舞娟家長②。使君知有不自由,坐在頭時立在掌③。有客有客名丘夏,善寫儀容得艷姿^{(二)④}。爲徽持此謝敬中^(三),以死報郎爲終始^{(四)⑤}。

録自《全詩》卷四二三

[校記]

(一)敬中使還:原本作"敬中便還",疑爲"敬中使還",徑改,録以備考。

(二)善寫儀容得艷姿:原本作"善寫儀容得忩把","忩把"語義難通,據程毅中先生校改。

(三)爲徽持此謝敬中:《類説·崔徽》同,程毅中先生校作"爲徽持此寄敬中",語義不同,不改。

(四)以死報郎爲終始:原本作"以死報郎爲□□",程毅中先生據《緑窗新話》校補。

［箋注］

① 崔徽:河中府娼妓,其故事除本詩序文叙述外,又有《綠窗新話·崔徽私會裴敬中》轉引《麗情集》:"崔徽,蒲妓也。裴敬中爲梁使蒲,一見爲動,相從累月。敬中言旋,徽不得去,怨抑不能自支。後數月,敬中密友東川白知退至蒲。有丘夏善寫人形,知退爲徽致意於夏,果得絶筆。徽持書謂知退曰:'爲妾謝敬中,崔徽一旦不及卷中人,徽且爲郎死矣!'明日發狂,自是移疾,不復舊時形容而卒。"《類説·崔徽》所引與《麗情集》同。羅虬《比紅兒詩》五六:"一首長歌萬恨來,惹愁漂泊水難迴。崔徽有底多頭面,費得微之爾許才!"洪适《垂絲海棠》:"脉脉似崔徽,朝朝長著地。誰能解倒懸? 扶起雲鬟墜。"從羅虬的"一首長歌"之句,看來《崔徽歌》這首"長歌"的詩句肯定很多,遺漏的詩句肯定也不少,本篇據補。 河中府:李唐州郡之一,府治今山西永濟,曾名蒲州。《元和郡縣志》:"河中府,今爲河中節度使理所……管河中府、絳州、晉州、慈州、隰州……武德元年罷郡置蒲州……開元元年五月改爲河中府。"盧綸《河中府崇福寺看花》:"聞道山花如火紅,平明登寺已經風。老僧無見亦無説,應與看人心不同。"皎然《賦得吳王送女潮歌送李判官之河中府》:"見説吳王送女時,行宮直到荆溪口。溪上千年送女潮,爲感吳王至今有。" 興元:山南西道府治所在地,即今陝西漢中市。《元和郡縣志》:"興元府,今爲山南西道節度使理所……武德元年又改爲褒州,二十年又爲梁州,興元元年因德宗遷幸,改爲興元府。"歐陽詹《益昌行序》:"貞元年中,天子以工部郎中、興元少尹吳興陸公長源牧利州。"劉禹錫《送國子令狐博士赴興元覲省》:"相門才子高陽族,學省清資五品官。諫院過時榮棣萼,謝庭歸去踏芝蘭。" 寫真:畫人的真容。顏之推《顏氏家訓·雜藝》:"武烈太子偏能寫真,坐上賓客,隨宜點染,即成數人,以問童孺,皆知姓名矣!"白居易《自題寫真》:"蒲柳質易朽,麋鹿心難馴。何事赤墀上,五年爲侍臣?"

②　娼家：原指以歌舞爲業的人家，後謂妓院。盧照鄰《長安古意》："俱邀俠客芙蓉劍，共宿娼家桃李蹊。"劉希夷《公子行》："此日邀遊邀美女，此時歌舞入娼家。娼家美女鬱金香，飛來飛去公子旁。"　教歌：按譜唱歌。王建《宮詞一百首》五二："別宣教歌不出房，一聲一遍奏君王。再三博士留殘拍，索向宣徽作徹章。"杜牧《宮人塚》："盡是離宮院中女，苑墻城外塚纍纍。少年入内教歌舞，不識君王到老時。"　按舞：按樂起舞。花蕊夫人《宮詞》三〇："重教按舞桃花下，只踏殘紅作地裀。"劉克莊《賀新郎・生日》："安得春鶯雪兒輩，輕拍紅牙按舞？"

③　使君：尊稱奉命出使的人。《漢書・王訢傳》："使君顓殺生之柄，威震郡國。"顏師古注："爲使者，故謂之使君。"《後漢書・寇恂傳》："使君建節銜命，以臨四方。"　自由：由自己作主，不受限制和拘束。《玉臺新詠・古詩〈爲焦仲卿妻作〉》："吾意久懷忿，汝豈得自由？"劉商《胡笳十八拍》七："寸步東西豈自由？偷生乞死非情願！"立在掌：此處借用漢成帝趙皇后之典故。《漢書・孝成趙皇后傳》："孝成趙皇后，本長安宮人……學歌舞，號曰飛燕。"鮑照《代朗月行》："鬒奪衛女迅，體絕飛燕先。"李白《清平調》："借問漢宮誰得似？可憐飛燕倚新妝。"

④　有：助詞，無義，作名詞詞頭。《詩・召南・摽有梅》："摽有梅，其實七兮。"酈道元《水經注・伊水》："南望過於三塗，北瞻望於有河。"　客：對人的客氣稱呼。潘岳《秋興賦序》："偃息不過茅屋茂林之下，談話不過農夫田父之客。"王安石《集句詩・移桃花》："山前邂逅武陵客，水際仿佛秦人逃。"　儀容：儀表，容貌。《東觀漢記・明帝紀》："臣望顏色儀容，類似先帝。"元稹《酬樂天得稹所寄紵絲布白輕庸製成衣服以詩報之》："唯愁書到炎凉變，忽見詩來意緒濃。春草綠茸雲色白，想君騎馬好儀容。"　艶姿：艶美的風姿。《三國志・華歆傳》："且美貌者不待華采以崇好，艶姿者不待文綺以致愛。"孟郊《巫山曲》："輕紅流烟濕艶姿，行雲飛去明星稀。"

⑤ 謝：辭別。《玉臺新詠·古詩爲焦仲卿妻作》："往昔初陽歲，謝家來貴門。"盧綸《送元昱尉義興》："去矣謝親愛，知予髮已華。" 郎：舊時婦女對丈夫或情人的稱呼。《世說新語·賢媛》："郗嘉賓喪，婦兄弟欲迎妹還，終不肯歸。曰：'生縱不得與郗郎同室，死寧不同穴！'"李商隱《留贈畏之三首》二："待得郎來月已低，寒暄不道醉如泥。" 終始：從開頭到結局，事物發生演變的全過程。《禮記·大學》："物有本末，事有終始，知所先後，則近道矣！"楊惲《報孫會宗書》："然竊恨足下不深惟其終始，而猥隨俗之毀譽也。"引申爲有始有終。賀蘭進明《行路難五首》五："人生結交在終始，莫以升沈中路分。"李咸用《論交》："易得笑言友，難逢終始人。"

［編年］

《年譜》編年本詩於元和十五年，理由是《麗情集》提及了白行簡，因而據此推論："白行簡於元和九年至元和十二年九月爲劍南東川節度使盧坦掌書記，他爲東川使蒲州，當在這一段時間内。元和十四年春，行簡與元稹會於峽州，但匆匆三日，或無暇談論崔徽之事。十五年以後，行簡、元稹同在西京，談文論藝之時，很可能説到崔徽，元稹寫了這首'長歌'。"《編年箋注》編年："此詩作于元和十五年，詳卜《譜》。"《年譜新編》也編年本詩於元和十五年，題下沒有説明編年理由。

我們以爲，一、《年譜》、《編年箋注》、《年譜新編》過於依賴《麗情集》所言的白行簡使蒲以及代崔徽爲信使的情節，其實這個記載自相矛盾之處不少。《麗情集》插入的情節，爲本詩詩序所無，如無其他佐證，我們以爲難以採信。興元與東川雖然相鄰，但互不相屬。尤其是裴敬中與白行簡爲"密友"以及白行簡"使蒲"的叙述，除個别文獻轉輾抄録外，不見其他文獻的其他記載，大爲可疑，應該是傳奇故事中常見的虛構情節。本詩序云"徽托寫真"，而《麗情集》却云"知退爲徽致意於夏”,記載不一,何者爲是?《紺珠集·卷中人》、《佩文齋書畫譜·崔徽》、《説郛·卷中人》、《山西通志·雜誌》却作“自寫其真”,並未提及白行簡代勞之事:“裴敬中爲察官,奉使蒲中,與崔徽相從。敬中回,徽以不得從爲恨,久之成疾,自寫其真,以寄裴曰:‘崔徽一旦不如卷中人矣!’”“徽托寫真”與“自寫其真”表述大致相通,而也與“知退爲徽致意於夏”大相徑庭,前後矛盾,難以爲信。白行簡因兄長白居易的關係,爲元稹朋友,白行簡與崔徽之冤屈無關,且有爲崔徽伸張怨恨之舉,元稹沒有理由也沒有必要特意隱去白行簡的名字。羅虬《比紅兒詩》既然稱《崔徽歌》爲“長歌”,故元稹本詩顯然是一篇篇幅較長的詩歌,而《麗情集》却將本詩分析爲二首,與“長歌”的體例明顯不符。《編年箋注》承他人之説,認爲《全詩》“誤連”二首“作一首”,似誤。從本詩前四句與後四句的內容來看,顯然不相連貫,很可能是首尾兩端,中間有較多的遺漏,程毅中先生、陳尚君先生兩人所補六句就是明證。《麗情集》可能連本詩的全篇也沒有見過,却急急忙忙在那兒編造有白行簡參與的故事,其可信度可想而知。在沒有其他證據的情況下,不能够僅僅憑此靠不住的孤證來編年本詩。《年譜》、《編年箋注》、《年譜新編》隨意相信《麗情集》之説,草率有餘,嚴謹不足。二、元稹本詩及白行簡《崔徽傳》的情節與《鶯鶯傳》的故事極其相似,它又與元稹的《筝》、《恨妝成》、《代九九》、《古決絶詞三首》六篇詩歌的思想傾向比較一致,都是詩人爲被棄的婦女代鳴不平,都是詩人強烈譴責負心郎們的無情無義,它應該是《鶯鶯傳》撰寫之後寫成的姐妹之作。三、據學術界戴望舒、李宗爲等先生的研究成果,公認貞元末年、元和初年是唐代傳奇的興盛時期。我們考定:貞元十八年九月,元稹作傳奇名篇《鶯鶯傳》,李紳因《鶯鶯傳》而賦歌《鶯鶯歌》,並且形成了一人賦歌一人作傳的熱潮。元稹貞元十九年吏部乙科及第,李紳元和元年進士及第,同年元稹制科及第,可能都與他們創作的《鶯鶯傳》、《鶯鶯歌》有關。白行簡因其兄白居易的關係,與元稹相識，他們根據崔徽的悲慘故事，在貞元十九年或稍後，分別創作了《崔徽歌》與《崔徽傳》。在貞元乙酉，亦即貞元二十一年，元稹與白行簡的《李娃歌》與《李娃傳》又接著問世。稍後，亦即元和元年，白居易與陳鴻在鳌屋創作了《長恨歌》與《長恨歌傳》。因爲白行簡的《崔徽傳》與《李娃歌》，白行簡也得以在元和二年進士及第。

順便説一句，據李宗爲先生《唐人傳奇》考定，蔣防的《霍小玉傳》也在元和四年前後問世。作爲傳奇的優秀作品之一，也造成深遠而廣泛的影響。我們以爲也許因爲這一點，長慶年間得到了元稹、李紳的賞識，成爲翰林學士，揚名一時。

據此，我們以爲撰寫本詩的具體時間應該在貞元末年，亦即在貞元十九年、二十年至二十一年間，今暫時編列在貞元十九年，撰寫的地點在長安，時元稹與白居易一起擔任校書郎之職，白行簡大約在這個時候通過兄長白居易結識元稹。

▲ 又崔徽歌^{(一)①}

眼明正似琉璃瓶，心蕩秋水橫波清②。

見施元之等《注東坡先生詩》卷一五《百步洪》注引
據陳尚君《全唐詩續補》轉録

［校記］

（一）崔徽歌：據《蘇東坡詩》卷一五《百步洪》注引：“元微之《崔徽歌》：‘眼明正似琉璃瓶，心蕩秋水橫波清。’”兩句應該是元稹《崔徽歌》中的詩句。《全唐詩續補》、《編年箋注》同，未見《元稹集》收録。

［箋注］

① 崔徽歌:根據施元之等《注東坡先生詩》卷一五《百步洪》注引等材料,據補。蘇軾《章質夫寄惠崔徽真》:"玉釵半脱雲垂耳,亭亭芙蓉在秋水。當時薄命一酸辛,千古華堂奉君子。水邊何處無麗人?近前試看丞相嗔。不如丹青不解語,世間言語元非真。知君被惱更愁絶,卷贈老夫驚老拙。爲君援筆賦梅花,未害廣平心似鐵。"秦觀《崔徽》:"蒲中有女號崔徽,輕似南山翡翠兒。使君當日最寵愛,坐中對客常擁持。一見裴郎心似醉,夜解羅衣與門吏。西門寺裏樂未央,樂府至今歌翡翠。"毛滂《調笑令·崔徽》:"城月,冷羅襪。郎睡不知鸞帳揭。香凄翠被燈明滅,花困釵橫時節。河橋楊柳催行色,愁黛有人描得。"

② 眼明:眼力好,看得清楚。白居易《初除尚書郎脱刺史緋》:"頭白喜抛黄草峽,眼明驚坼紫泥書。"陸游《新辟小園》二:"眼明身健殘年足,飯軟茶甘萬事忘。" 琉璃:一種有色半透明的玉石。《後漢書·大秦傳》:"土多金銀奇寶、有夜光璧、明月珠、駭雞犀、珊瑚、虎魄、琉璃、琅玕、朱丹、青碧。"戴埴《鼠璞·琉璃》:"琉璃,自然之物,彩澤光潤踰於衆玉,其色不常。" 心蕩:心跳不安。《左傳·莊公四年》:"楚武王荆尸,授師孑焉以伐隨。將齊,入告夫人鄧曼曰:'余心蕩。'"劉晝《新論·清神》:"神躁則心蕩,心蕩則形傷。" 秋水:比喻明澈的眼波。杜甫《徐卿二子歌》"大兒九齡色清澈,秋水爲神玉爲骨。小兒五歲氣食牛,滿堂賓客皆回頭。"李賀《唐兒歌》:"頭玉磽磽眉刷翠,杜郎生得真男子。骨重神寒天廟器,一雙瞳人剪秋水。" 橫波:比喻女子眼神流動,如水橫流。《文選·傅毅〈舞賦〉》:"眉連娟以增繞兮,目流睇而橫波。"李善注:"橫波,言目邪視,如水之橫流也。"歐陽修《蝶戀花》一:"酒力融融香汗透,春嬌入眼橫波溜。"借指婦女之目。庾信《擬詠懷二十七首》七:"纖腰減束素,別泪損橫波。"張碧《古意》:"手持紈扇獨含情,秋風吹落橫波血。" 清:潔净,純潔。《文

心雕龍・宗經》："一則情深而不詭,二則風清而不雜。"白居易《相和歌辭・反白頭吟》："火不熱真玉,蠅不點清冰。"眼睛明亮,黑白分明。丘光庭《兼明書・美目清兮》："清者,目中黑白分明,如水之清也。"王安石《贈寶覺》："今朝忽相見,眸子清炯炯。"

[編年]

《年譜》、《編年箋注》、《年譜新編》均編年元稹《崔徽歌》於元和十五年。

我們以爲,本句應該採錄。又據詩題,應該是元稹《崔徽歌》中的佚文,故應該與元稹《崔徽歌》的其他佚句一起列編貞元末年,暫列貞元十九年,元稹時任校書郎之職,在長安。

▲ 又崔徽歌(一)①

吏感徽心關鎖開②。

見任淵《山谷詩注》卷九《出禮部試院王才元
惠梅花三種皆妙絕戲答三首》注引

[校記]

(一)又崔徽歌:《元稹集》、《全唐詩續補》、《編年箋注》同,均無異文。其中的"又"字是筆者所加,以與採錄《崔徽歌》的其他佚句有所區別。

[箋注]

① 崔徽歌:據任淵《山谷詩注》卷九《出禮部試院王才元惠梅花三種皆妙絕戲答三首》注引補。　崔徽:中唐女妓,元稹白行簡的《崔

徽歌》、《崔徽傳》之後，後代歌詠甚多。如蘇軾《和趙郎中見戲（趙以徐伎不如東武，詩中見戲云：‘只有當時燕子樓。’）》一：“燕子人亡三百秋，卷簾那復似揚州？西行未必能勝此，空唱崔徽上白樓。”又如陳師道《送晁無咎出守蒲中》：“一麾出守自多奇，四十專城古亦稀。解榻坐談無我輩，鋪筵踏舞欠崔徽（元稹《崔徽歌序》曰：‘蒲女崔徽善舞，有容豔。裴敬中嘗使蒲，徽一見爲動。敬中使罷言旋，徽不得從，狂累月。’樂天詩：‘妓筵勉力爲君鋪。’又曰：‘只是堂前欠一人。’退之詩：‘豔姬踏筵舞。’）。”《山谷詩注》卷九《出禮部試院王才元惠梅花三種皆妙絕戲答三首》在“舍人梅塢無關鎖，携酒俗人來未曾”句下有任淵注：“元稹《崔徽歌》曰：‘吏感徽心關鎖開。’”程毅中先生據此補此句，此句意謂門吏被崔徽的誠心所感動，爲她與裴敬中的幽會提供方便，這大概是崔徽與裴敬中交往的一個故事情節吧！

　　② 吏：官府中的胥吏或差役。《玉臺新詠·古詩〈爲焦仲卿妻作〉》：“君既爲府吏，守節情不移。”杜甫《石壕吏》：“暮投石壕村，有吏夜捉人。” 感：感動。《書·大禹謨》：“至誠感神，矧兹有苗。”王灼《碧雞漫志》卷一：“故曰正得失，動天地，感鬼神，莫近於詩。” 心：思想、意念、感情的通稱。《易·繫辭》：“二人同心，其利斷金。”杜甫《秋興八首》一：“叢菊兩開他日淚，孤舟一繫故園心。” 關鎖：門鎖。韓翃《題僧房》：“披衣聞客至，關鎖此時開。鳴磬夕陽盡，捲簾秋色來。”林寬《送昇道靖恭相公分司》：“星沈關鎖冷，雞唱驛燈殘。誰似二賓客，門閑嵩洛寒？” 開：開啓，打開。東方朔《非有先生論》：“開內藏，振貧窮，存耆老，恤孤獨。”謝惠連《擣衣》：“盈篋自余手，幽緘候君開。”

［編年］

　　《年譜》、《編年箋注》、《年譜新編》意見一致，均編年《崔徽歌》於元和十五年。

我們以爲，元稹《崔徽歌》賦成於貞元後期，亦即元稹與白居易、白行簡兄弟相識之後的貞元十九年至貞元二十一年間，今暫時列編於貞元十九年，地點在西京，元稹時任校書郎之職。理由我們在前面的《崔徽歌》佚句編年時已經詳細論及，此不重複。

▲ 又崔徽歌^{(一)①}

舞態低迷誤招拍^{(二)②}。

見陳元龍《片玉集注》卷八《蝶戀花》二注引，

據冀勤《元稹集》轉録

[校記]

（一）又崔徽歌：《元稹集》有題目，名"崔徽詩"，《全唐詩續補》、《編年箋注》無題目，不見異文。"崔徽詩"非原詩之題，易生歧義，今改爲"崔徽歌"，前加"又"字，以與《崔徽歌》的其他散句有所區分。

（二）舞態低迷誤招拍：《元稹集》、《全唐詩續補》、《編年箋注》不見異文。

[箋注]

① 崔徽歌：據陳元龍《片玉集注》卷八《蝶戀花》二注引等材料補。　崔徽：元稹詩《崔徽歌》詩篇中的女主人公。《錦繡萬花谷前集·崔徽》也有類如記載："崔徽，河中娼也。裴敬中以興元幕使河中，與徽相從累月。敬中歸，情懷怨抑。後東川幕白知退歸，徽乃寫真奉書謂知退曰：'爲妾謂敬中，崔徽一旦不及卷中人，且爲郎死矣！'元稹爲作《歌》（元集）。"秦觀《崔徽》："翡翠，好容止。誰使庸奴輕點綴？裴郎一見心如醉，笑裏偷傳深意。羅衣深夜與門吏，暗結城西幽會。"毛滂《調

笑令·崔徽》："珠樹陰中翡翠兒,莫論生小被雞欺。鸞鵲樓高蕩春思,秋瓶眢碧雙琉璃。御酥寫肌花作骨,燕釵橫玉雲堆髮。使梁年少斷腸人,凌波襪冷重城月。"陸佃《依韻和雙頭芍藥十六首》一："品格由來自出群,就中相並轉驚人。且同藥使求民瘼,終與花王秉國均。李廣無雙空自老,崔徽有兩竟誰真?因君覼寄和詩看,始信人間別有春。"王之望《戲景思》二："顏色傾城藝更精,愛卿長是説卿卿。卷中昔日崔徽貌,重見應憐太瘦生。"汪砢玉《珊瑚網·落花圖咏》："崔徽自寫鏡中真,洛水誰傳賦裏神?節序推移比彈指,鉛華狼藉又辭春。紅顏仙脱三生骨,紫陌香消一丈塵。繞樹百回心語口,明年勾管是何人?"

② 舞態:舞蹈的姿態。戎昱《開元觀陪杜大夫中元日觀樂》："今朝歡稱玉京天,況值關東俗理年。舞態疑迴紫陽女,歌聲似過綵雲仙。"盧綸《倫開府席上賦得詠美人名解愁》："嚬眉乍欲語,斂笑又低頭。舞態兼些醉,歌聲似帶羞。" 低迷:神志模糊,昏昏沉沉。嵇康《養生論》："夜分而坐,則低迷思寝;內懷殷憂,則達旦不瞑。"戴孚《廣異記·楚寔》："著作佐郎楚寔,大曆中疫癘篤重,四十日,低迷不知人。" 誤:不是故意地,不慎。《後漢書·梁鴻傳》："曾誤遺火延及它舍,鴻乃尋訪燒者,問所去失,悉以豕償之。"韓愈《瘞硯銘》："役者劉胤誤墜之地,毀焉!乃匣歸埋於京師。" 招:招致,惹。《書·大禹謨》："滿招損,謙受益。"朱灣《詠玉》："歌玉屢招疑,終朝省復思。"拍:樂曲的篇章單位,猶首。戎昱《聽杜山人彈胡笳》："座中爲我奏此曲,滿堂蕭飀如窮邊。第一第二拍,淚盡蛾眉沒蕃客。"李肇《唐國史補》卷上："王維畫品妙絕……人有畫《奏樂圖》,維孰視而笑。或問其故,維曰:'此是《霓裳羽衣曲》卷三疊第一拍。'"指樂曲的拍子。沈括《夢溪筆談·樂律》："今時杖鼓,常時只是打拍,鮮有專門獨奏之妙。"

[編年]

《年譜》、《編年箋注》、《年譜新編》均編年元稹《崔徽歌》於元和十五年。

　　我們以爲，本句應該採録。又據詩題，應該是元稹《崔徽歌》中的佚文，故應該與元稹《崔徽歌》的其他佚句一起列編貞元末年，暫列貞元十九年，元稹時任校書郎之職，在長安。

▲ 又崔徽歌^(一)

　　冷蜂寒蝶尚未來^{(二)①}。

見鄭元佐《朱淑真〈斷腸集〉注》卷二《春歸》注引，
據冀勤《元稹集》轉録

[校記]

　　（一）山茶花：《元稹集》、《全唐詩續補》同，鄭元佐《朱淑真〈斷腸集〉注》卷二《窗西桃花盛開》注引，題作《山茶》。“山茶花”、“山茶”均非原有詩篇之詩題，屬於後人所加。“山茶花”、“山茶”非原詩之題，易生歧義，今改爲“崔徽歌”，前加“又”字，以與《崔徽歌》的其他散句有所區分。

　　（二）冷蜂寒蝶尚未來：《元稹集》、《全唐詩續補》同，鄭元佐《朱淑真〈斷腸集〉注》卷三引作“冷蝶寒蜂尚未來”，各備一說，録以備考。

[箋注]

　　① 崔徽歌：據鄭元佐《朱淑真〈斷腸集〉注》卷二《春歸》注引等材料補録。　　冷：寒冷。庾信《山中》：“澗暗泉偏冷，巖深桂絶香。”杜荀鶴《懷紫閣隱者》：“焚香賦詩罷，星月冷遙天。”　　蜂：膜翅類昆蟲，多有毒刺，喜群居，種類甚多。宋之問《芳樹》：“啼鳥弄花疏，遊蜂飲香遍。歎息春風起，飄零君不見。”賀蘭進明《行路難五首》三：“君不見芳樹枝，春花落盡蜂不窺。君不見梁上泥，秋風始高燕不栖。”　　寒：

指寒冷的季節。《易・繫辭》:"寒往則暑來,暑往則寒來,寒暑相推而成歲焉!"駱賓王《陪潤州薛司空丹徒桂明府遊招隱寺》:"綠竹寒天筍,紅蕉臘月花。金繩倘留客,爲繫日光斜。"　蝶:蝴蝶。謝朓《和王主簿怨情》:"花叢亂數蝶,風簾入雙燕。"溫庭筠《訴衷情》:"柳弱蝶交飛,依依。"　尚:副詞,猶,還。《孟子・滕文公》:"今吾尚病,病癒,我且往見。"王安石《明妃曲》:"低佪顧影無顏色,尚得君王不自持。"未:不。《淮南子・天文訓》:"〔太白〕當出而不出,未當入而入,天下偃兵。"林逋《書孤山隱居壁》:"山木未深猿鳥少,此生猶擬別移居。"來:回來,返回。韋應物《送王卿》:"別酌春林啼鳥稀,雙旌背日晚風吹。卻憶回來花已盡,東郊立馬望城池。"韓愈《琴操・別鵠操》:"雄鵠銜枝來,雌鵠啄泥歸。巢成不生子,大義當乖離。"

[編年]

　　未見《年譜》編年,《編年箋注》歸入"未編年詩"欄內,《年譜新編》編入"無法編年作品"欄內。

　　我們以爲,不見兩句所在詩的全篇,難以編年。《全唐詩續補》認爲:"以上三句,《元氏長慶集》不收,似皆《崔徽歌》佚文。"似可採信。據此與元稹《崔徽歌》一起編年在貞元末年,亦即在貞元十九年、二十年至二十一年間,今暫時編列在貞元十九年,撰寫的地點在長安,元稹時任校書郎之職。

▲ 又崔徽歌 (一)

鳳凰寶釵爲郎戴①。

　　　　　　　　見陳元龍《片玉集注》卷二《秋蕊香》注引,
　　　　　　　　據冀勤《元稹集》轉錄

［校記］

（一）又崔徽歌：《元稹集》、《全唐詩續補》、《編年箋注》同，也不見異文。本句屬於散句，不見詩題。今以"崔徽歌"爲詩題，前加"又"字，以與《崔徽歌》的其他散句有所區分。

［箋注］

① 崔徽歌：據陳元龍《片玉集注》卷二《秋蕊香》注引補録。　鳳凰："鳳皇"，古代傳説中的百鳥之王，雄的叫鳳，雌的叫凰，通稱爲鳳或鳳凰，常用來象徵瑞應。蘇郁《步虛詞》："十二樓藏玉堞中，鳳凰雙宿碧芙蓉。流霞淺酌誰同醉？今夜笙歌第幾重？"杜牧《讀韓杜集》："杜詩韓集愁來讀，似倩麻姑癢處抓。天外鳳凰誰得髓？無人解合續弦膠。"　寶釵：首飾名，用金銀珠寶製作的雙股簪子。何遜《詠照鏡》："寶釵若可間，金鈿畏相逼。"李賀《少年樂》："陸郎倚醉牽羅袂，奪得寶釵金翡翠。"　爲：介詞，爲了，表示目的。《史記·貨殖列傳》："天下熙熙，皆爲利來；天下攘攘，皆爲利往。"杜甫《示從孫濟》："所來爲宗族，亦不爲盤飧。"　郎：青少年男子的通稱。《三國志·周瑜傳》："時瑜年二十四，吳中皆呼爲周郎。"杜甫《少年行》："馬上誰家白面郎，臨軒下馬坐人床？"舊時婦女對丈夫或情人的稱呼。劉義慶《世説新語·賢媛》："郗嘉賓喪，婦兄弟欲迎妹還，終不肯歸。曰：'生縱不得與郗郎同室，死寧不同穴！'"李商隱《留贈畏之三首》二："待得郎來月已低，寒暄不道醉如泥。"　戴：把東西加在頭上或用頭頂著。《孟子·梁惠王》："頒白者不負戴於道路矣！"《莊子·讓王》："於是夫負妻戴，携子以入於海，終身不反也。"

［編年］

《年譜》、《編年箋注》、《年譜新編》的編年意見相同，均編年於"元和十五年”。

　　我們以爲,本句應該採録,但不見本句所在詩的全篇,故難以編年。《全唐詩續補》認爲本句“似皆《崔徽歌》佚文”,似可採信。據此與元稹《崔徽歌》一起編年在貞元末年,今暫時編列在貞元十九年,撰寫的地點在長安,元稹時任校書郎之職。

▲ 又崔徽歌[(一)][①]

鳳釵亂折金鈿碎[②]。

見陳元龍《片玉集注》卷二《憶舊遊》注引,
據冀勤《元稹集》轉録

[校記]

　　(一)鳳釵亂折金鈿碎:《元稹集》、《全唐詩續補》、《編年箋注》均不見異文。本句屬於散句,不見詩題,今以“崔徽歌”爲詩題,前加“又”字,以與《崔徽歌》的其他散句有所區分。

[箋注]

　　① 崔徽歌:據陳元龍《片玉集注》卷二《憶舊遊》注引等材料補録。　　又崔徽歌:《崔徽歌》原本應該是一篇,本書稿將《崔徽歌》與其餘六個《又崔徽歌》分作七篇,實在是不得已之舉。因爲這七篇是斷句殘篇,肯定不是全篇,又不知是否前後相連,次序如何,所以難於用省略號將其前後連接,祇能將一篇作爲七篇,特此説明。

　　② 鳳釵:釵的一種,婦女的首飾,釵頭作鳳形,故名。李洞《贈人内供奉僧》:“因逢夏日西明講,不覺宮人拔鳳釵。”馬縞《中華古今注·釵子》:“始皇又金銀作鳳頭,以玳瑁爲脚,號曰鳳釵。”　　亂:無秩

序,混亂。《逸周書·武稱》:"岠嵮伐夷,並小奪亂。"朱右曾校釋:"百事失紀曰亂。"韓愈《南山詩》:"或亂若抽筝,或嶪若注灸。" 折:折斷,摘取。《古詩十九首·庭中有奇樹》:"攀條折其榮,將以遺所思。"韓愈《利劍》:"使我心腐劍鋒折,決雲中斷開青天。"曲折,彎。《淮南子·覽冥訓》:"河九折注於海,而流不絶者,昆侖之輸也。"司馬相如《子虛賦》:"橫流逆折,轉騰澈洌。" 金鈿:指嵌有金花的婦人首飾。徐陵《玉臺新詠序》:"反插金鈿,橫抽寶樹。"韋莊《清平樂》:"妝成不整金鈿,含羞待月鞦韆。" 碎:完整的東西破成零片零塊,碎裂。《史記·廉頗藺相如列傳》:"大王必欲急臣,臣頭今與璧俱碎於柱矣!"韓愈《南山詩》:"或浮若波濤,或碎若鋤耰。"破析。范仲淹《說春秋序》:"吾輩方扣聖門,宜循師道,碎屬詞比事之教,洞尊王黜霸之經,由此登泰山而知高,入宗廟而見美,升堂覩奧,必有人焉!"

[編年]

　　《年譜》、《編年箋注》、《年譜新編》的編年意見相同,均編年於"元和十五年"。

　　我們以爲,本句應該採録,但不見本句所在詩的全篇,確實難以編年。《全唐詩續補》認爲本句"似皆《崔徽歌》佚文",似可採信。據此與元稹《崔徽歌》一起編年在貞元末年,今暫時編列在貞元十九年,撰寫的地點在長安,元稹時任校書郎之職。

● 八月十四日夜玩月(一)①

　　猶欠一宵輪未滿,紫霞紅襯碧雲端②。誰能喚得姮娥下,引向堂前子細看③?

録自楊本《元氏長慶集》集外詩

[校記]

（一）八月十四日夜玩月：本詩存世各本，包括《全詩》在內，未見異文。

[箋注]

① 八月十四日夜玩月：“猶欠一宵輪未滿”四句不見於元稹詩文集內，但《歲時雜詠》卷二九、《全唐詩》卷四二三收錄，據補。　玩月：賞月。沈佺期《和元舍人萬頃臨池翫月戲爲新體》：“春風搖碧樹，秋霧卷丹臺。復有相宜夕，池清月正開。”韋應物《月下會徐十一草堂》：“暫輟觀書夜，還題玩月詩。”

② 一宵：一夜。董思恭《守歲二首》一：“寒辭去冬雪，暖帶入春風……共歡新故歲，迎送一宵中。”元稹《古決絕詞三首》三：“夜夜相抱眠，幽懷尚沈結。那堪一年事，長遣一宵說？”　輪：指月亮。庾信《望月》：“蓂新半壁上，桂滿獨輪斜。”韓愈《和崔舍人詠月二十韻》：“過隅驚桂側，當午覺輪停。”　紫霞：紫色雲霞，道家謂神仙乘紫霞而行。《文選·陸機〈前緩聲歌〉》：“獻酬既已周，輕舉乘紫霞。”劉良注：“衆仙會畢，乘霞而去。”李白《古風》三〇：“至人洞玄象，高舉淩紫霞。”　碧雲：青雲，碧空中的雲。《文選·江淹〈雜體詩·效惠休“別怨”〉》：“日暮碧雲合，佳人殊未來。”張銑注：“碧雲，青雲也。”戴叔倫《夏日登鶴岩偶成》：“願借老僧雙白鶴，碧雲深處共翺翔。”

③ 姮娥：神話中的月中女神。《淮南子·覽冥訓》：“羿請不死之藥於西王母，姮娥竊以奔月。”高誘注：“姮娥，羿妻，羿請不死之藥於西王母。未及服之，姮娥盜食之。得仙，奔入月中，爲月精也。”晏幾道《鷓鴣天》：“姮娥已有慇勤約，留著蟾宮第一枝。”姮，本作“恒”，俗作“姮”，漢代因避文帝劉恒諱，改稱常娥，通作嫦娥。借指月亮。王安石《試院中五絕句》三：“咫尺淹留可奈何，東西虛共一姮娥。”　堂

前：正房前面。漢代無名氏《艷歌行》：“翩翩堂前燕，冬藏夏來見。”杜甫《又呈吳郎》：“堂前撲棗任西鄰，無食無兒一婦人。”正廳之前。朱慶餘《近試上張籍水部》：“洞房昨夜停紅燭，待曉堂前拜舅姑。” 子細：認真，細緻，細心。李德裕《續得高文端賊中事宜四狀》：“昨日高文端到宅辭臣，因數細問得賊中事宜。”楊萬里《又題寺後竹亭》：“壁間題字知誰句？醉把殘燈子細看。”

[編年]

未見《年譜》提及本詩，《編年箋注》將本詩列入“未編年詩”欄内，《年譜新編》列入“無法編年作品”欄内。

我們以爲，本詩編年不太容易，但大致可以框定其爲元稹拜職校書郎時的作品。元稹《酬翰林白學士代書一百韵》就透露了其中的消息：“僧餐月燈閣，釀宴劫灰池。勝概爭先到，篇章競出奇（予與樂天、杓直、拒非輩多於月燈閣閑遊，又嘗與秘省同官釀宴昆明池）。”本詩即是“競出奇”的“篇章”之一。據此，本詩應該作於貞元十九年至貞元二十一年間的八月十四日夜，今暫時編年本詩於貞元十九年八月十四日夜。

◎ 酬樂天秋興見贈本句云莫怪獨吟秋興苦比君校近二毛年(一)①

勸君休作悲秋賦，白髮如星也任垂②。畢竟百年同是夢，長年何異少何爲(二)③？

錄自《元氏長慶集》卷一六

[校記]

（一）酬樂天秋興見贈本句云莫怪獨吟秋興苦比君校近二毛年：蘭雪堂本、叢刊本、《萬首唐人絕句》、《全詩》同，楊本"君"字迷漫不清，僅供參考，白居易原唱是最重要也最直接的依據。元稹所引白居易原唱兩句，原唱作"莫怪獨吟秋思苦，比君校近二毛年"，語義相近，不作改正。白居易原唱詩題《白香山詩集》作"秋雨中贈元九"，馬本《白氏長慶集》作"大雨中贈元九"，錄以備考。

（二）長年何異少何爲：蘭雪堂本、叢刊本、《萬首唐人絕句》、《全詩》同，楊本"年"字迷漫不清，僅供參考。

[箋注]

① 酬樂天秋興見贈本句云莫怪獨吟秋興苦比君校近二毛年：白居易原唱是《秋雨中贈元九》："不堪紅葉青苔地，又是凉風暮雨天。莫怪獨吟秋思苦，比君校近二毛年。" 秋興：秋日的情懷和興會。孟浩然《奉先張明府休沐還鄉海亭宴集》："何以發秋興？陰蟲鳴夜階。"胡曾《詠史詩·西園》："高情公子多秋興，更領詩人入醉鄉。"指本有某種感慨，於秋日而發。潘岳《秋興賦序》："僕野人也，偃息不過茅屋茂林之下，談話不過農夫田父之客。攝官承乏，猥厠朝列，匪遑底寧，譬猶池魚籠鳥有江湖山藪之思。於是染翰操紙，慨然而賦。於時秋也，以秋興命篇。" 見贈：贈送給我，這是詩人之間常見的酬唱活動之一。盧綸《酬李益端公夜宴見贈》："戚戚一西東，十年今始同。可憐歌酒夜，相對兩衰翁。"司空曙《酬李端校書見贈》："綠槐垂穗乳烏飛，忽憶山中獨未歸。青鏡流年看髮變，白雲芳草與心違。" 二毛年：潘岳《秋興賦序》："余春秋三十有二，始見二毛"。後因以"二毛"指三十餘歲。庾信《哀江南賦序》："信年始二毛，即逢喪亂。"倪璠注："以滕王逌序'己亥，年六十七歲'逆數之，逢亂之歲，子山時年三十

595

有六。"

②悲秋：面對蕭瑟秋景而傷惑，語出《楚辭·九辯》："悲哉！秋之爲氣也。蕭瑟兮，草木搖落而變衰。"杜甫《登高》："萬里悲秋常作客，百年多病獨登臺。"白居易《早秋曲江感懷》："離離暑雲散，嫋嫋凉風起……去歲此悲秋，今秋復來此。"　賦：吟誦或創作詩歌。《左傳·文公十三年》："鄭伯與公宴於棐，子家賦《鴻雁》。"《漢書·藝文志》："傳曰：'不歌而誦謂之賦，登高能賦可以爲大夫。'"　白髮：白頭髮，亦指老年。《漢書·五行志》："白髮，衰年之象，體尊性弱，難理易亂。"李白《秋浦歌十七首》一五："白髮三千丈，緣愁似個長。"

③畢竟：到底，終歸。許渾《聞開江宋相公申錫下世二首》一："畢竟成功何處是？五湖雲月一帆開。"辛棄疾《菩薩蠻·書江西造口壁》："青山遮不住，畢竟東流去。"　百年：指人壽百歲。《禮記·曲禮》："百年曰期。"陳澔集説："人壽以百年爲期，故曰期。"徐幹《中論·夭壽》："顏淵時有百年之人，今寧復知其姓名也？"也作一生，終身解。陶潛《擬古九首》二："不學狂馳子，直在百年中。"元稹《遣悲懷三首》三："閑坐悲君亦自悲，百年都是幾多時？"　長年：整年，長期。寒山《詩三百三首》八二："夏天將作衫，冬天將作被。冬夏遞互用，長年只這是。"王安石《招約之職方並示正甫書記》："欲往無舟梁，長年寄心目。"　何異：用反問的語氣表示與某物某事没有兩樣。賈誼《鵩鳥賦》："夫禍之與福兮，何異糾纆？"張協《七命》："今公子違世陸沉，避地獨竄……愁洽百年，苦溢千歲，何異促鱗之遊汀濘，短羽之栖翳薈！"

[編年]

《年譜》編年本詩於元和元年，其下云："白居易原唱爲：《秋雨中贈元九》。"《編年箋注》編年："元稹此詩作于元和元年（八〇六），時任左拾遺。見卞《譜》。"《年譜新編》編年本詩於"辛巳、壬午"，亦即貞元十七年或者貞元十八年。理由是："白居易原唱爲《秋雨中贈元九》。
'二毛'指三十二歲，潘岳《秋興賦序》云：'余春秋三十有二，始見二
毛。'白氏既云'近二毛'，則其時應爲三十或三十一歲。本年，白居易
三十一歲，其詩當作於本年或稍前。元詩同。"如果按照《年譜新編》
編年意見，編年本詩於白居易"三十或三十一歲"時，亦即貞元十七
年、十八年，但那時元稹與白居易還没有相識，他們又怎麽唱和呢？

　我們以爲，所謂"二毛"是指人頭上萌生白髮，與黑髮相間，形成
"二毛"。白髮出現的時間本來是因人而異，不可過分拘泥。潘岳因
爲喪妻，故白髮早生。他人則不儘然，從上引材料得知，有三十二歲、
三十三歲的。白居易《與元九書》："二十已來，晝課賦，夜課書，閑又
課詩，不遑寢息矣！以至於口舌成瘡，手肘成胝，既壯而膚革不豐盈，
未老而齒髮早衰白，瞥瞥然如飛蠅垂珠在眸子中也，動以萬數，蓋以
苦學力文所致。"白居易的"二毛年"估計也不會太晚，但"校近二毛
年"究竟在何時呢？還應該結合白居易與元稹的情況來考慮：元稹白
居易相識於貞元十九年春季兩人吏部乙科及第之後，同時授職校書
郎，都在長安，本詩即應該作於貞元十九年的秋天，當時白居易剛剛
三十二歲，而元稹二十五歲。

◎ 送劉太白（太白居從善坊）^{(一)①}

　洛陽大底居人少，從善坊西最寂寥②。想得劉君獨騎
馬^(二)，古堤秋樹隔中橋^{(三)③}。

録自《元氏長慶集》卷一六

[校記]

　（一）送劉太白（太白居從善坊）：楊本、叢刊本、《全詩》同，《萬首

唐人絕句》詩題同，但無題注。

（二）想得劉君獨騎馬：楊本、叢刊本、《全詩》同，《萬首唐人絕句》、《全詩》注作"想到劉君獨騎馬"，語義相似，不改。

（三）古堤秋樹隔中橋：原本作"古堤愁樹隔中橋"，楊本、叢刊本、《全詩》同，語義不通，據《萬首唐人絕句》、《全詩》注改。

［箋注］

① 劉太白：元稹與白居易的朋友，白居易有《常樂里閑居偶題十六韵兼寄劉十五公輿王十一起呂二炅呂四頴崔十八玄亮元九稹劉三十二敦質張十五仲元時爲校書郎》詩："帝都名利場，雞鳴無安居。獨有懶慢者，日高頭未梳。工拙性不同，進退迹遂殊。幸逢太平代，天子好文儒。小才難大用，典校在秘書。三旬初入省，因得養頑疏。茅屋四五間，一馬二僕夫。俸錢萬六千，月給亦有餘。既無衣食牽，亦少人事拘。遂使少年心，日日常晏如。勿言無知己，躁静各有徒。蘭臺七八人，出處與之俱。句時阻談笑，旦夕望軒車。誰能雠校閑，解帶卧吾廬？窗前有竹翫，門外有酒沽。何以待君子？數竿對一壺。"其中的"劉三十二敦質"就是劉太白，元稹白居易與劉太白均是校書郎時結識的朋友。白居易另有《哭劉敦質》："小樹兩株柏，新土三尺墳。蒼蒼白露草，此地哭劉君。哭君豈無辭？辭云君子人。如何天不吊，窮悴至終身？愚者多貴壽，賢者獨賤迍。龍亢彼無悔，螻屈此不伸。哭罷持此辭，吾將詰羲文。"據朱金城《白居易集箋校》考定，白居易此詩作於貞元二十年。元稹另有《與太白同之東洛至櫟陽太白染疾駐行予九月二十五日至華嶽寺雪後望山》："共作洛陽千里伴，老劉因疾駐行軒。"又《和樂天夢亡友劉太白同遊二首》也有句云："閑坐思量小來事，只應元是夢中游。"知元稹這位朋友應該是洛陽人，病故較早。另皇甫湜有《答劉敦質書》，文長不録，請參閱。　從善坊：東都洛陽的坊名之一，《舊唐書·地理志》："洛陽：武德四年權治大理

寺,貞觀元年徙治金墉城,六年移治都内之毓德坊,垂拱四年分置永昌縣,天授三年又分置來廷縣,治于都内之從善坊。"權德輿《奏孝子劉敦儒狀》:"孝子劉敦儒,年四十九(曾祖子元,祖況父浹,住東都從善坊)。"

② 大底:大抵,大都。《史記・佞幸列傳》:"自是之後,内寵嬖臣大底外戚之家。"羅隱《聽琵琶》:"大底曲中皆有恨,滿樓人自不知君。"也作"大抵",大都,表示總括一般的情況。《史記・太史公自序》:"《詩》三百篇,大抵賢聖發憤之所爲作也。"　居人:居民。《後漢書・光武帝紀》:"〔建武二十二年〕九月戊辰……地震裂,賜郡中居人壓死者棺錢,人三千。"《舊唐書・食貨志》:"贊請稅京師居人屋宅。"居人少:洛陽是唐代東都,熱鬧非凡,人口應該不少,《舊唐書・地理志》:"洛陽……天寶領縣二十六,户十九萬四千七百四十六,口一百一十八萬三千九十三。"這裏是與長安相比較而言,其實也不相上下,也許在詩人的直觀感覺上,長安要比洛陽熱鬧許多,"長安……天寶領縣二十三,户三十六萬二千九百二十一,口一百九十六萬七千一百。"　寂寥:空曠,遼闊,冷落,蕭條,稀疏,稀少。王維《登河北城樓作》:"寂寥天地暮,心與廣川閑。"蘇軾《乞賑濟浙西七州狀》:"熙寧中饑疫,人死大半,至今城市寂寥。"

③ 騎馬:乘馬。李頎《送劉方平》:"別離斗酒心相許,落日青郊半微雨。請君騎馬望西陵,爲我殷勤吊魏武。"包何《江上田家》:"市井誰相識?漁樵夜始歸。不須騎馬問,恐畏狎鷗飛。"　古堤:年代久遠的河堤。劉禹錫《酬浙東李侍郎越州春晚即事長句》:"青油畫卷臨高閣,紅旆晴翻繞古堤。明日漢庭徵舊德,老人爭出若耶溪。"白居易《和李相公留守題漕上新橋六韵》:"選石鋪新路,安橋壓古堤。似從銀漢下,落傍玉川西。"　秋樹:秋天的樹木。姚崇《秋夜望月》:"明月有餘鑒,羈人殊未安。桂含秋樹晚,波入夜池寒。"戎昱《秋望興慶宮》:"隨風秋樹葉,對月老宮人。萬事如桑海,悲來欲慟神。"　中橋:

洛陽的橋梁之一，橫跨在洛水之上，《舊唐書·高宗紀》："永淳元年……五月壬寅，置東都苑總監，自丙午連日澍雨，洛水溢壞，天津及中橋、立德、弘教、景行諸坊溺居民千餘家。"《舊唐書·禮儀志》："（則天垂拱四年）十二月，則天親拜洛受圖，爲壇于洛水之北、中橋之左。皇太子皆從，內外文武百寮、蠻夷酋長各依方位而立。珍禽奇獸並列於壇前，文物鹵簿，自有唐已來未有如此之盛者也！"

［編年］

未見《年譜》對本詩的編年，想來是疏忽導致的遺漏。《編年箋注》未明確本詩編年，夾在貞元十八年與貞元十九年之間："此據周相錄考證，作於貞元十九年（八〇三）前。"但我們未見《年譜新編》在"貞元十九年"或"貞元十九年前"對本詩的編年，不知《編年箋注》的"此據周相錄考證"云云所據何本？ 本人曾在《寧夏大學學報》二〇〇一年第六期發表《元稹詩文編年新說—〈年譜〉疏誤商榷》，編年本詩於貞元十九年，其後出版的《編年箋注》不知是否是與本人是"所見略同"的巧合？

我們以爲，白居易有《常樂里閑居偶題十六韵兼寄劉十五公輿王十一起呂二炅呂四潁崔十八玄亮元九稹劉三十二敦質張十五仲方時爲校書郎》詩，又有《哭劉敦質》詩，據朱金城先生《白居易集箋校》考證，前詩作於貞元十九年，後詩作於貞元二十年。貞元二十年，元稹因妻子韋叢暫住洛陽履信坊而頻繁來往於長安洛陽之間，元稹另有《與太白同之東洛至櫟陽太白染疾駐行予九月二十五日至華嶽寺雪後望山》詩，詩題有"太白染疾駐行"的話，估計即是劉敦質得病謝世之前夕，《與太白同之東洛至櫟陽太白染疾駐行予九月二十五日至華嶽寺雪後望山》至遲應作於貞元二十年冬天。元稹、白居易、劉敦質因貞元十九年春天同年及第又同授職校書郎而相識，第二年劉敦質即告別人世，而詩云"秋樹"，因此本詩當作於貞元十九年或者貞元二

十年的秋天。根據劉太白"獨騎馬"之情態,身體情況尚可,故以貞元
十九年秋天爲是。

　　多嚕蘇一句,《編年箋注》提出周相錄所云"此據周相錄考證,作
於貞元十九年(八〇三)前"的結論,我們以爲肯定是錯誤的。根據現
有資料,劉太白與元稹、白居易在貞元十九年春天之後因同在秘書省
任職校書郎而相識,此前未見元稹、白居易與劉太白相識的佐證,不
知《編年箋注》與《年譜新編》對這個"前"字又作如何解釋?

◎ 夏陽亭臨望寄河陽侍御堯(一)①

　　望遠音書絶,臨川意緒長(二)②。殷勤眼前水,千里到
河陽③。

録自《元氏長慶集》卷一五

[校記]

　　(一)夏陽亭臨望寄河陽侍御堯:楊本、叢刊本、《全詩》同,《萬首
唐人絶句》、《唐詩品彙》作"夏陽亭臨望",表達方式不同,不改。

　　(二)臨川意緒長:楊本、叢刊本、《萬首唐人絶句》、《全詩》同,
《唐詩品彙》作"臨行意緒長",語義不同,各備一説,不改。

[箋注]

　　① 夏陽:即夏陽縣,《元和郡縣志·同州》:"夏陽縣(西南至州一
百三十里)古有莘國,漢郃陽縣之地。武德三年分郃陽於此置河西
縣,在河之西,因以爲名。又割同州之郃陽、韓城二縣於今縣理置西
韓州,取古韓國爲名也。以河東有韓州,故此加'西'。貞觀八年廢西
韓州,以縣屬同州,乾元三年改爲夏陽縣。縣南有莘城,即古莘國,文

王妃太姒即此國之女也。"元稹《夏陽縣令陸翰妻河南元氏墓誌銘》："嗚呼！享年三十有一，歿世於夏陽縣之私第，是唐之貞元二十年十二月之初五日也，冬十月十有四日葬於河南洛陽之清風郡平樂里之北邙原。"元稹《論當州朝邑等三縣代納夏陽韓城兩縣率錢狀》："右准元和十三年敕，緣夏陽、韓城兩縣殘破，量減逃戶率稅。" 亭：秦漢時鄉以下、里以上的行政機構。《漢書·百官公卿表》："大率十里一亭，亭有長。十亭一鄉，鄉有三老、有秩、嗇夫、遊徼。"秦漢亭所設的供旅客宿食的處所，後指驛亭。《漢書·高帝紀》："及壯，試吏，爲泗上亭長。"顏師古注："亭謂停留行旅宿食之館。"杜甫《巴西驛亭觀江漲呈竇十五使君》："孤亭凌噴薄，萬井逼春容。" 臨望：謂登高遠望。宋玉《高唐賦》："高矣！顯矣！臨望遠矣！"劉向《新序·刺奢》："紂爲鹿臺，七年而成，其大三里，高千丈，臨望雲雨。" 寄：托人遞送。杜甫《述懷》："自寄一封書，今已十月後。"陸游《南窗睡起》："閑情賦罷憑誰寄？悵望壺天白玉京。"這裏指詩人憑藉河水寄託自己的思念。河陽：《元和郡縣志·河南府》："河陽縣（西南至府八十里）……本周司寇蘇忿生之邑，後爲晉邑，在漢爲河陽縣，屬河內……武德四年平王世充後，割屬河南府。"王宏《從軍行》："十五學劍北擊胡，羌歌燕築送城隅。城隅路接伊川驛，河陽渡頭邯鄲陌。"宋之問《河陽》："昔日河陽縣，氛氳香氣多。曹娘嬌態盡，春樹不堪過。" 侍御：唐代稱殿中侍御史、監察御史爲侍御，後世因沿襲此稱。李白《贈韋侍御黃裳二首》一："太華生長松，亭亭凌霜雪。天與百尺高，豈爲微飚折！"王琦注引《因話錄》："御史臺三院，一曰臺院，其僚曰侍御史，衆呼爲端公；二曰殿院，其僚曰殿中侍御史，衆呼爲侍御；三曰察院，其僚曰監察御史，衆呼亦曰侍御。"元稹《獨夜傷懷贈呈張侍御》："寡鶴連天叫，寒雛徹夜驚。秖應張侍御，潛會我心情。" 堯：姓，北魏有堯暄，《魏書·堯暄傳》："堯暄，字辟邪，上黨長子人也。本名鍾葵，後賜爲暄。"這裏的堯侍御，應該是元稹的朋友或者是元稹朋友的朋友，其餘不詳。

②　望遠:眺望遠方。鄭愔《奉和春日幸望春宮》:"晨蹕淩高轉翠
旌,春樓望遠背朱城。忽排花上遊天苑,却坐雲邊看帝京。"王維《和
使君五郎西樓望遠思歸》:"高樓望所思,目極情未畢。枕上見千里,
窗中窺萬室。"　音書:音訊,書信。沈佺期《塞北二首》一:"形影隨魚
貫,音書在雁群。歸來拜天子,凱樂助南薰。"宋之問《渡漢江》:"嶺外
音書斷,經冬復歷春。近鄉情更怯,不敢問來人。"　臨川:面對川流。
潘岳《秋興賦》:"臨川感流以嘆逝兮,登山懷遠而悼近。"杜甫《水檻》:
"臨川視萬里,何必欄檻爲?"　意緒:心意,情緒。王融《詠琵琶》:"絲
中傳意緒,花裏寄春情。"徐鉉《柳枝辭》一二:"唯有美人多意緒,解依
芳態畫雙眉。"猶思路。柳宗元《辨文子》:"凡孟管輩數家,皆見剽竊,
嶢然而出其類,其意緒文辭又牙相抵而不合。"

③　殷勤:情意深厚。朱放《題竹林寺》:"歲月人間促,烟霞此地
多。殷勤竹林寺,能得幾迴過?"權德輿《酬陸三十二參浙東見寄》:
"驄馬別已久,鯉魚來自烹。殷勤故人意,怊悵中林情。"　眼前:眼睛
面前,跟前。沈約《和左丞庾杲之病》:"待漏終不溢,囂喧滿眼前。"杜
甫《草堂》:"眼前列杻械,背後吹笙竽。"　千里:路途遙遠。李白《早
發白帝城》:"朝辭白帝彩雲間,千里江陵一日還。兩岸猿聲啼不盡,
輕舟已過萬重山。"韋應物《送令狐岫宰恩陽》:"大雪天地閉,群山夜
來晴。居家猶苦寒,子有千里行。"河陽在洛陽附近,黄河之北岸,而
夏陽縣在黄河之西。從夏陽縣到河陽,具體路程雖然難以確數,但應
該不足"千里",今稱有"千里"之遠,屬於詩歌常用的誇張手法。

[編年]

《年譜》編年本詩於貞元十六年,理由是:"夏陽縣屬同州,元稹大
姐(陸翰妻)住在夏陽縣。元稹奔走於西京與河中府之間,經過同州,
可能至夏陽縣看姐,而作此詩。"《編年箋注》編年:"此詩作于貞元十
六年(八〇〇),其時元稹仕于河中府,其大姐(陸翰妻)住在夏陽縣,

元稹奔走于西京與河中府之間,經過同州,可能至夏陽縣看姐,而作此詩。見下《譜》。"未見《年譜新編》編年本詩,貞元十七年條下也沒有"詩編年"的欄目,但據其譜文"約於本年至同州夏陽縣,探望大姐,登夏陽亭懷'河陽侍御堯'"的敘述,應該是編年本詩於本年。

我們以爲,《年譜》表述"夏陽縣屬同州,元稹大姐(陸翰妻)住在夏陽縣"并沒有錯,《編年箋注》認爲"其大姐(陸翰妻)住在夏陽縣"也沒有錯。但《年譜》、《編年箋注》、《年譜新編》都根據《鶯鶯傳》的虛構故事情節,認爲貞元十六年或貞元十五年元稹在河中府,并揣摩元稹"可能"到夏陽縣探望大姐,而《年譜新編》在沒有列舉證據的情況下竟然斷言元稹貞元十五年到夏陽縣"探望大姐",都是令人難以信服的推論,不可相信。

那末元稹究竟於何時來到夏陽縣?何時賦詠本詩?要回答這個問題,不能依靠虛構的傳奇《鶯鶯傳》,也不能依靠想當然的"可能"來揣摩,而必須有可信的文獻依據。元稹《酬樂天重寄別》:"却報君侯聽苦辭,老頭拋我欲何之?武牢關外雖分手,不似如今衰白時。"元稹提及的"武牢關外"與白居易"分手"的史實,一直沒有引起學界的注意,更沒有看到任何研究元稹的學術著作的表述,今借此篇幅,論述如下:元稹白居易吏部乙科及第在貞元十九年的春天,兩人相識。白居易在同年秋冬之季遊許昌,看望去年剛剛任職許昌縣令的叔叔白季軫,有白居易《許昌縣令新廳壁記》可證:"去年春,叔父自徐州士曹掾選署厥邑令……先是,邑居不修,屋壁無紀,前賢姓字湮泯無聞。而今而後,請居厥位者編其年月名氏,自叔父始。時貞元十九年冬十月一日記。"而元稹大姐當時還健在夏陽縣,病故於貞元二十年十二月初五,有元稹《夏陽縣令陸翰妻河南元氏墓誌銘》爲證:"嗚呼!享年三十有一,歾世於夏陽縣之私第,是唐之貞元二十年十二月之初五日也。冬十月十有四日,葬於河南洛陽之清風郡平樂里之北邙原。"結合本詩所言元稹白居易曾經在武牢關外分手的史實,根據元稹白居易此後沒有再在武牢關外分手的經歷,可以斷定元稹白居易在貞元十九年冬天曾經結伴同行,自長安東行經由洛陽,至武牢關外分手,元稹經由洛陽、河陽之後,在回程長安中北上夏陽縣看望當時還健在人世的大姐。而白居易則南下許昌縣,探望在那裏任職縣令的叔父白季軫。這大約是元稹白居易相識之後的第一次分手,故元稹印象深刻,二十年後記憶還如此清晰。眾所周知,武牢關在許昌縣西北,據《舊唐書‧武宗紀》會昌五年的記載,那裏是李世民擒獲王世充、竇建德之地。羅隱《武牢關》:"楚人曾此限封疆,不見清陰六里長。一壑暮聲何怨望? 數峰秋勢自顛狂。"吳融《武牢關遇雨》:"深春關路迥,暮雨細霏霏。帶霧昏河浪,和塵重客衣。"元稹在回程中來到夏陽縣看望大姐,登上夏陽亭,懷念剛剛在河陽縣結識的朋友堯侍御,賦有本詩,時間應該是貞元十九年的冬天,地點在夏陽縣。

貞元二十年甲申(804) 二十六歲

◎ 陪韋尚書丈歸履信宅因贈韋氏兄弟^{(一)①}

紫垣騘騎入華居,公子文衣護錦輿②。眠閣書生復何事,也騎羸馬從尚書③?

錄自《元氏長慶集》卷一七

[校記]

(一)陪韋尚書丈歸履信宅因贈韋氏兄弟:楊本、叢刊本、《全詩》同,《萬首唐人絕句》作"陪韋尚書文歸履信宅",語義相類,不改。

[箋注]

① 韋尚書:即韋夏卿,韋叢的父親,元稹的岳丈,當時檢校工部尚書任職東都留守,故稱"尚書"。《舊唐書·韋夏卿傳》:"韋夏卿,字雲客,杜陵人……出爲常州刺史,夏卿深于儒術,所至招禮通經之士。時處士竇群寓於郡界,夏卿以其所著史論薦之于朝,遂爲門人。改蘇州刺史,貞元末徐州張建封卒,初授夏卿徐州行軍司馬,尋授徐泗濠節度使。夏卿未至,建封子愔爲軍人立爲留後,因授旄鉞。徵夏卿爲吏部侍郎,轉京兆尹、太子賓客,檢校工部尚書東都留守,遷太子少保,卒時年六十四,贈左僕射。夏卿有風韵,善談謔,與人同處終年,而喜慍不形于色。撫孤侄恩逾己子,早有時稱。其所與游辟之賓佐,皆一時名士。爲政務通適,不喜改作。始在東都,傾心辟士,頗得才彦,其後多至卿相,世謂之知人。"呂温《故太子少保贈尚書左僕射京

兆韋府君神道碑》:"以元和元年正月十二日薨於東都履信里之私第，享年六十有四，寵贈尚書左僕射……即以是年五月二十一日，合葬於萬年縣高平鄉少陵原禮也。"　丈:對長輩的尊稱。《大戴禮記·本命》:"丈者，長也。"杜甫《奉贈李八丈判官》:"我丈時英特，宗枝神堯後。"吳坰《五總志》:"端顏春秋高，故以丈事之。"這裏應該作岳父解。趙翼《陔餘叢考·丈人》:"至婦翁曰岳丈，曰泰山，其說紛紛不一。或曰晉樂廣爲衛玠妻父，岳丈蓋'樂丈'之訛也。《釋常談》則曰:因泰山有丈人峰故也。"　履信宅:韋夏卿任職東都留守時居住的宅院，在洛陽履信坊。《唐兩京城坊考·履信坊》:"太子少保韋夏卿宅。"白居易《和夢遊春詩一百韻》:"既傾南國貌，遂坦東床腹。劉阮心漸忘，潘楊意方睦。新修履信第，初食尚書禄。"白居易《自問》:"依仁臺廢悲風晚，履信池荒宿草春(晦叔亭臺在依仁，微之池館在履信)。自問老身騎馬出，洛陽城裏覓何人?"　韋氏兄弟:韋叢的兄弟們，所隨者，當爲九人之中的數人，具體不詳。吕温《故太子少保贈尚書左僕射京兆韋府君神道碑》:"有子九人:長曰元貿，前常州義興縣尉;次曰轂，前邠州司倉;次曰璋，鄉貢進士，能修祠立誠，克家致美，茂揚風訓，休有令聞;其次某某等，皆殊資異識，登於童齒慶善之餘也。"《編年箋注》注云:"指韋元質等。""韋元質"應爲"韋元貿"之筆誤。

②　紫垣:星座名，常借指皇宫。令狐楚《發潭州日寄李甯常侍》:"君今侍紫垣，我已墮青天。"楊億《梁舍人奉使巴中》:"紫垣遣使非常例，應有星文動九霄。"　驄騎:駕馭車馬的騎士。《後漢書·樊宏傳》:"帝聞之，常敕驄騎臨朝乃告，勿令豫到。"《新唐書·李林甫傳》:"林甫自見結怨者衆，憂刺客竊發，其出入，廣驄騎，先驅百步，傳呼呵衛，金吾爲清道，公卿辟易趨走。"　華居:華麗的居所。王禹偁《李氏園亭記》:"侯幼讀《春秋》，故戰必尚計而不尚力;晚好道術，故處必務實而不務華居。"汪應辰《桐源書院記》:"且書院者，讀書之處也。凡人讀書於書院，人所共知讀書之處。人或未盡知也，豈徒華居廣廈、

明窗净几之謂哉！是心即書室也。” 公子：尊稱富貴人家的子弟。《史記·貨殖列傳》：“游閑公子，飾冠劍，連車騎，亦爲富貴容也。”蘇軾《王定國真贊》：“雍容委蛇者，貴介之公子，而短小精悍者，遊俠之徒也。” 文衣：華美的服裝。《史記·孔子世家》：“於是選齊國中女子好者八十人，皆衣文衣而舞《康樂》。”《晉書·惠帝紀》：“穎府有九錫之儀，陳留王送貂蟬文衣鶡尾。” 錦輿：華美的車子。魏了翁《送徐校書知處州》：“中道忽回薄，珪符下玉京。彤幨曜白日，錦輿上頭行。”許棐《寄趙倉》：“麾節交迎出帝城，滿朝皆羨錦輿榮。一州暫輟春風暖，八郡同瞻霽月明。”

③ 眠：睡覺。《列子·周穆王》：“〔古莽之國〕其民不食不衣而多眠，五旬一覺。”《後漢書·第五倫傳》：“吾子有疾，雖不省視而竟夕不眠。”這裏指校書郎並無多少事情可做，無事假眠是經常的事，故稱“眠閣書生”。《編年箋注》注云：“時任秘書省校書郎，夜直秘閣，故云。”恐怕是想當然的揣想而已。白居易《常樂里閑居偶題十六韵兼寄劉十五公輿王十一起呂二炅呂四潁崔十八玄亮元九稹劉三十二敦質張十五仲元時爲校書郎》：“小才難大用，典校在秘書。三旬兩入省，因得養頑疏。”白天都可以不經常到職，又怎麼還需要夜直秘書省？本詩指代元稹。 閣：指古代的國家藏書樓，屬秘書監。《文選·王儉〈褚淵碑文〉》：“贊道槐庭，司文天閣。”李善注引《三輔故事》：“天禄閣在大殿北，以藏秘書。”張銑注：“任於天禄之閣也。天禄，書閣名。”《文選·陸機〈謝平原内史表〉》：“入朝九載，歷官有六，身登三閣，官成兩宮。”李善注引《晉令》：“秘書郎掌中外三閣經書。”書生：讀書人，古時多指儒生。《東觀漢記·趙孝傳》：“〔孝〕常白衣步擔，嘗從長安來過直，上郵亭，但稱書生，寄止於亭門塾。”韓愈《與鄂州柳中丞書》：“閣下，書生也。《詩》、《書》、《禮》、《樂》是習，仁義是修，法度是束。” 何事：爲何，何故。皇甫冉《寄鄭二侍御歸新鄭無礙寺所居》：“何事休官早，歸來作鄭人？雲山隨伴侶，伏臘見鄉親。”耿

韋《晚登虔州即事寄李侍御》:"章溪與貢水,何事會波瀾? 萬里歸人少,孤舟行路難。" 羸馬:瘦弱困憊的馬。常建《客有自燕而歸哀其老而贈之》:"羸馬朝自燕,一身爲二連。憶親拜孤塚,移葬雙陵前。"李嘉祐《廣陵送林宰》:"春景生雲物,風潮斂雪痕。長吟策羸馬,青楚入關門。" 尚書:官名,始置於戰國時,或稱掌書,尚即執掌之義。秦爲少府屬官,漢武帝提高皇權,因尚書在皇帝左右辦事,掌管文書奏章,地位逐漸重要。漢成帝時設尚書五人,開始分曹辦事。東漢時正式成爲協助皇帝處理政務的官員,從此三公權力大大削弱。魏晉以後,尚書事務益繁。隋代始分六部,唐代更確定六部爲吏、戶、禮、兵、刑、工。從隋唐開始,中央首要機關分爲三省,尚書省即其中之一,職權益重。這裏指韋夏卿所拜受的"檢校工部尚書",是榮銜亦即榮譽性質的官職,並非實職。

[編年]

《年譜》編年本詩於貞元十九年,没有列舉理由,但有譜文"住履信坊"説明。《編年箋注》編年:"元稹此詩作於貞元十九年(八〇三)。本年元稹中書判拔萃科第四等,署秘書省校書郎,與韋夏卿小女韋叢結婚。十月,韋夏卿爲東都留守、東都畿汝都防禦使,元稹、韋叢從韋夏卿赴東都,住履信坊。見下《譜》。"《年譜新編》編年本詩於貞元十九年"洛陽作",理由是:"元稹與韋氏一家赴東都,韋叢當與之同行。"

我們以爲《年譜》在這裏的編年過於粗疏。貞元十九年夏天元稹與韋叢結婚,《舊唐書·德宗紀》:(貞元十九年)"冬十月乙未,以太子賓客韋夏卿爲東都留守、東都畿汝都防禦使。"《舊唐書·憲宗紀》:(貞元二十一年)"十二月丙申朔,庚子,以東都留守韋夏卿爲太子少保,以兵部尚書王紹爲東都留守……元和元年春正月丙寅朔……丁丑,太子少保韋夏卿卒。"詩稱韋夏卿爲"尚書",當是韋夏卿爲東都留守期間所作,即貞元十九年十月至永貞元年十二月這兩年多的時間内，不應祇是局限於貞元十九年之内。何況貞元十九年韋夏卿在東都留守任僅僅祇有兩個月。本詩流露一股志得意滿的情態，應是韋夏卿初拜東都留守時的作品，約貞元十九年十月至二十年年初的作品，今暫時編排在貞元二十年年初。韋夏卿爲了照顧收入不多的元稹小夫妻的生活，讓韋叢住在東都洛陽自己的住宅履信宅那兒，元稹則有機會來往於西京與東都之間。而《編年箋注》所云"元稹、韋叢從韋夏卿赴東都，住履信坊"是不確切的，而《年譜新編》所謂"元稹與韋氏一家赴東都，韋叢當與之同行"同樣是不對的。事實是韋叢長住洛陽履信坊，與父親韋夏卿隔院居住，而元稹仍然在西京任職校書郎，不過時時前往洛陽探望懷孕的妻子而已，元稹不可能置自己在西京的校書郎職務於不顧，自説自話長期住在東都韋夏卿家中與妻子團聚，元稹《貞元二十年正月二十五日自洛之京二月三日春社至華嶽寺憩寶師院曾未逾月又復徂東再謁寶師因題四韻而巳》："山前古寺臨長道，來往淹留爲愛山。雙燕營巢始西別，百花成子又東還。"就是最有力的證據，"雙燕營巢"、"百花成子"云云，明言元稹韋叢因結婚懷孕營建小家庭於洛陽，但又因履職校書郎之責又不得不"西別"與"東還"，來來回回不停地奔波於長安洛陽之間。

◎ 戴光弓（韋評事見贈也）①

潞府筋角勁（一），戴光因合成②。因君懷膽氣（二），贈我定交情③。不擬閑穿葉，那能枉始生④？唯調一隻箭，飛入破聊城⑤。

録自《元氏長慶集》卷一四

［校記］

（一）潞府筋角勁：楊本、叢刊本、《全詩》同，《佩文齋詠物詩選》作“潞府筋膠勁”，語義不同，各備一説，不改。

（二）因君懷膽氣：楊本、叢刊本、《全詩》同，《佩文齋詠物詩選》作“知君懷膽氣”，語義不同，各備一説，不改。

［箋注］

① 戴光：精於造弓之工匠的人名。《佩文韵府·戴光弓》：“元稹詩：‘潞府筋角勁，戴光因合成。’注：‘弓工名。’”《分類字錦·戴光弓》：“元稹《戴光弓》詩：‘潞府筋角勁，戴光因合成。’案：‘戴光，工名。’” 弓：射箭或打彈的器械，在近似弧形的有彈性的木條兩端之間繫著堅韌的弦，搭上箭或彈丸，用力拉開弦，猛然放手，借弦和弓背的彈力把箭或彈丸射出。弓把稱弣，弓梢稱弰，兩端架弦處稱峻，弣兩旁曲處稱弓淵，亦稱隈。《説文·弓部》：“弓，以近窮遠，象形，古者揮作弓。”王筠句讀：“《唐書·宰相世系表》：少昊第五子揮始製弓矢，賜姓張氏；宋忠以揮爲黄帝臣；《廣韵》以揮爲軒轅第五子。孫卿子云倕作弓。墨子云羿作弓。説各不同。”曹植《七啓》：“插忘歸之矢，秉繁弱之弓。”韓愈《元和聖德詩》：“汝張汝弓，汝鼓汝鼓。” 評事：職官名，漢置廷尉平，與廷尉正、廷尉監同掌決斷疑獄。魏晉改稱評，隋改爲評事，屬大理寺。《隋書·百官志》：“大理寺丞改爲勾檢官，增正員爲六人，分判獄事。置司直十六人，降爲從六品，後加至二十人。又置評事四十八人，掌頗同司直，正九品。”高承《事物紀原·評事》：“漢宣帝地節三年，初置廷尉左右評。魏晉無左右，直曰評。隋煬帝始曰評事。” 見贈：贈送給我。張九齡《酬宋使君見贈之作》：“時來不自意，宿昔謬樞衡。翊聖負明主，妨賢媿友生。”李適《答宋十一崖口五渡見贈》：“聞君訪遠山，躋險造幽絶。渺然青雲境，觀奇彌年月。”

②"潞府筋角勁"兩句：《藝文類聚·軍器部》："《列女傳》曰：晉平公使工爲弓，三年乃成，射不穿一札，公怒，將殺工。其妻見公曰：'妾之夫造此弓，亦勞矣！幹生泰山之阿，一日三覩陰三覩陽，傅以燕牛之角，纏以荊麋之筋，糊以河魚之膠。此四者天下之選也，而不穿一札，是君不能射也。妾聞射之道，左手如拒石，右手如附支。右手發箭，左手不知。'公以其儀而穿七札，弓工立得出，賜金三鎰。" 潞府：即潞州。《元和郡縣志·河東道》："潞州：今爲澤潞節度使理所……管潞州、澤州、邢州、洺州、磁州……《禹貢》：冀州之域，殷時爲黎國，春秋時屬晉，又兼有潞子之國……周武帝建德七年，於襄垣縣置潞州，上黨郡屬焉！隋開皇十年罷，郡自襄垣縣復移潞州於壺關，即今州是也，州得名因潞子之國……開元七年以玄宗歷試，嘗在此州置大都督府。"王昌齡《潞府客亭寄崔鳳童》："蕭條郡城閉，旅館空寒烟。秋月對愁客，山鐘搖暮天。"韓翃《送客之潞府》："官柳青青匹馬嘶，迴風暮雨入銅鞮。佳期別在春山裏，應是人薄五葉齊。" 合成：由幾個部分合併成一個整體。《顏氏家訓·音辭》："《韵集》以成、仍、宏、登合成兩韵，爲、奇、益、石分作四章。"合力而成。元稹《永福寺石壁法華經記》："又安知夫六萬九千之文，刻石永永，因衆性合成，獨不能爲千萬劫含藏之不朽耶？"

③ 君：對對方的尊稱，猶言您。嚴維《酬諸公宿鏡水宅》："僂兔低頭向府中，貴將藜藿與君同。陽雁叫霜來枕上，寒山映月在湖中。"元稹《與楊十二李三早入永壽寺看牡丹》："繁華有時節，安得保全盛？色見盡浮榮，希君了真性。" 膽氣：膽量和勇氣。《後漢書·光武帝紀》："諸將既經累捷，膽氣益壯，無不一當百。"張説《破陳樂詞二首》二："少年膽氣凌雲，共許驍雄出群。匹馬城西挑戰，單刀薊北從軍。"交情：人們在相互交往中建立起來的感情。《史記·汲鄭列傳》："一死一生，乃知交情。一貧一富，乃知交態。一貴一賤，交情乃見。"皎然《春夜與諸同宴呈陸郎中》："南國宴佳賓，交情老倍親。"

④ "不擬閑穿葉"兩句：此處用養由基百步穿楊的典故。《史記·周本紀》："楚有養由基者，善射者也。去柳葉百步而射之，百發而百中之。左右觀者數千人，皆曰善射。"後因以"百步穿楊"形容射術非常高明。李涉《看射柳枝》："萬人齊看翻金勒，百步穿楊逐箭空。"陳善《捫虱新話·文貴精工》："大抵文以精故工，以工故傳遠。三折肱始爲良醫，百步穿楊始名善射。"

⑤ "唯調一隻箭"兩句：此處用魯仲連的典故，《太平御覽·箭》："《魯連子》曰：燕伐齊，取七十餘城，唯莒與即墨不下。齊田單以即墨破燕軍，殺燕將軍騎劫，復齊城，唯聊城不下。燕將守城數月，魯仲連乃爲書約之，於矢以射城中，遺燕將軍書……"《戰國策·齊策》："燕將曰：'敬聞命矣！'因罷兵倒轞而去，故解齊國之圍，救百姓之死，仲連之説也。"戰國時齊人魯仲連，喜爲人排難解紛，高蹈不仕。曹植《與楊德祖書》："劉生之辯，未若田氏，今之仲連，求之不難。"《文選·謝靈運〈述祖德詩二首〉一》："弘高犒晉師，仲連却秦軍。"李善注引《史記》："魯仲連，齊人也。趙孝成王時，秦使白起圍趙，魏王使將軍新垣衍説趙，尊秦昭王爲帝，仲連責而歸之。新垣衍起，再拜請出，秦將聞之，爲却十五里。"王僧達《答顏延年》："長卿冠華陽，仲連擅海陰。" 調：協調，使協調。《詩·小雅·車攻》："決拾既佽，弓矢既調。"鄭玄箋："調謂弓强弱與矢輕重相得。"《楚辭·東方朔〈七諫·謬諫〉》："不論世而高舉兮，恐操行之不調。"王逸注："調，和也，言人不論世之貪濁，而高舉清白之行，恐不和於俗而見憎於衆也。" 聊城：地名，即今山東聊城，戰國時期屬齊國。劉長卿《送盧侍御赴河北》："莫學仲連逃海上，田單空愧取聊城。"楊巨源《佚句》："三刀夢益州，一箭取聊城。"

［編年］

未見《年譜》提及本詩，《編年箋注》編年："周相録考證此詩作于元和六年(八一一)。"但周相録《年譜新編》元和六年譜文以及"詩編年"欄内未見提及本詩,其"庚寅至甲午在江陵府所作其他詩"欄内也未見其提及本詩。

我們以爲,在元稹衆多相識的親友中,詩題之下注文中提及的"韋評事",有兩種可能:其一是韋夏卿的諸多兒子中的一個,亦即元稹《陪韋尚書丈歸履信宅因贈韋氏兄弟》"紫垣騘騎入華居,公子文衣護錦輿"中的"兄弟"與"公子"中的一員。其二是韋夏卿從兄弟韋丹後人中的一個,韋丹在江陵城東有田莊"通德湖",他後代中的一支或數支生活在那裏,《新唐書・韋丹傳》:"韋丹字文明……子宙……宙弟岫……"《北夢瑣言・韋宙相足穀翁》:"唐相國韋公宙善治生,江陵府東有別業,良田美産,最號膏腴,而積稻如坻,皆爲滯穗。大中初除廣州節度使,宣宗以番禺珠翠之地,垂貪泉之戒,京兆從容奏對曰:'江陵莊積穀尚有七十堆,固無所貪。'宣皇曰:'此可謂之足穀翁也!'"元稹貶任江陵士曹參軍期間,曾經到過那兒,元稹《陪諸公遊故江西韋大夫通德湖舊居有感題四韵兼呈李六侍御即韋大夫舊寮也》就是其中的證據之一。不過從親疏關係來看,前者更合情理也更有可能以名弓相贈。據此,本詩應該與《陪韋尚書丈歸履信宅因贈韋氏兄弟》作於同時,亦即貞元二十年年初,地點在洛陽履信坊韋夏卿的私人住宅之中,元稹時任校書郎之職。

● 曹十九舞緑鈿⁽一⁾①

　　急管清弄頻,舞衣纏攬結②。含情獨摇手,雙袖參差列③。騕褭柳牽絲,炫轉風迴雪④。凝眄嬌不移,往往度繁節⑤。

録自《才調集》卷五

［校記］

（一）曹十九舞緑鈿：本詩存世各本，包括叢刊本、《全詩》在内，未見異文。

［箋注］

① 曹十九舞緑鈿："急管清弄頻"八句，不見於劉本《元氏長慶集》，但《才調集》卷五、《全唐詩》卷四二二收録，據補。　曹十九：服務於韋夏卿家的女藝人，元稹《追昔遊》"謝傅堂前音樂和，狗兒吹笛膽娘歌。花園欲盛千場飲，水閣初成百度過。醉摘櫻桃投小玉，懶梳叢鬢舞曹婆。再來門館唯相吊，風落秋池紅葉多"中的"曹婆"即是其人，"十九"應該是其在姐妹或師姐師妹中的排序。婆一般指年老的婦女，但有時也稱還算年輕的女性，如妻子，陸游《老學庵筆記》卷六："吏勋封考，三婆兩嫂。"舊時也指某些職業婦女，陶宗儀《輟耕録·三姑六婆》："六婆者，牙婆、媒婆、師婆、虔婆、藥婆、穩婆也。""曹婆"者，舞婆也。　緑鈿：《才調集補注》卷五："宋邦綏注：教坊曲名有《緑鈿子》，以此曲爲節拍而舞。"《説郛》卷七八載有唐人崔令欽《教坊記·曲名》："……緑鈿子……"　鈿：用金、銀、玉、貝等製成的花朵狀的首飾。劉孝威《採蓮曲》："露花時濕釧，風莖乍拂鈿。"

② 急管：節奏急速的管樂。鮑照《代白紵曲二首》一："古稱渌水今白紵，催絃急管爲君舞。"杜甫《夜聞觱篥》："積雪飛霜此夜寒，孤燈急管復風湍。"　清弄：清雅的樂曲。劉敬叔《異苑》卷一："乘磯山下臨清川，昔有漁父宿於川，夜半聞水中有弦歌之音，宮商和暢，清弄諧密。"韓淲《南庵聽琴》："霜晴隨意到南庵，近有溪流遠看山。小醉情懷聽別鶴，數聲清弄入幽閑。"　攬結：採摘繫結。《晉書·五行志》："安帝隆安中，百姓忽作《懊憹》之歌，其曲曰：'草生可攬結，女兒可攬擷。'"陸龜蒙《書帶草賦》："弱可攬結，勻能布護。"收取。李白《望五

老峰》:"九江秀色可攬結,吾將此地巢雲松。"

③含情:懷著感情,懷著深情。王粲《公宴詩》:"今日不極歡,含情欲待誰?"白居易《長恨歌》:"含情凝睇謝君王,一別音容兩眇茫。"搖手:猶動彈。《漢書·孝成許皇后》:"若竟寧前與黃龍前,豈相放哉?家吏不曉,今壹受詔如此,且使妾搖手不得。"揮手示別。蕭綱《春江曲》:"誰知堤上人,拭泪空搖手!"疑這裏是《綠鈿子》中一個舞蹈動作。 雙袖:雙臂的衣袖,寬大而柔長,與常人的衣袖不同。韓翃《贈王隨》:"青雲自致晚應遙,朱邸新婚樂事饒。飲罷更憐雙袖舞,試來偏愛五花驕。"白居易《劉蘇州寄釀酒糯米李浙東寄楊柳枝舞衫偶因嘗酒試衫輒成長句寄謝之》:"柳枝謾蹋試雙袖,桑落初香嘗一杯。金屑醅濃吳米釀,銀泥衫穩越娃裁。" 參差:不齊貌。張衡《西京賦》:"華嶽峩峩,岡巒參差。"孟郊《旅行》:"野梅參差發,旅榜逍遙歸。"

④騞裊:同"騞裊",元稹《酬樂天東南行詩一百韵》:"疾奔凌騞裊,高唱軋吳歈。"梅堯臣《同諸韓及孫曼叔晚游西湖三首》三:"翠色蜻蜓立菱蕊,青絲騞裊秫城根。" 牽絲:猶牽引細絲。梁鍠《詠木老人》:"刻木牽絲作老翁,鷄皮鶴髮與真同。須臾弄罷寂無事,還似人生一夢中。"韓琦《夏暑北塘》:"一夕輕雲卷怒雷,回塘經雨絕纖埃。蓮房倒盞揮人飲,柳幄牽絲待席開。" 炫轉:光彩轉動貌。元稹《西明寺牡丹》:"花向琉璃地上生,光風炫轉紫雲英。自從天女盤中見,直至今朝眼更明。"白居易《裴常侍以題薔薇架十八韵見示因廣爲三十韵以和之》:"根動彤雲湧,枝搖赤羽翔。九微燈炫轉,七寶帳熒煌。" 迴雪:雪迴旋飛舞貌,比喻女子舞姿的輕盈優美。《藝文類聚》卷四三引張衡《舞賦》:"裾似飛鷰,袖如迴雪。"白居易《楊柳枝二十韵》:"身輕委迴雪,羅薄透凝脂。"

⑤凝:謂精力專注或注意力集中。《莊子·逍遙遊》:"藐姑射之山,有神人居焉……乘雲氣,御飛龍,而遊乎四海之外;其神凝,使物

不疵癘，而年穀熟。"張衡《思玄賦》："默無爲以凝志兮，與仁義乎逍
遙。"　眄：眷顧。《南史‧陸厥傳》："時有會稽虞炎以文學與沈約俱
爲文惠太子所遇，意眄殊常，官至驍騎將軍。"溫憲《集賢直院官程修
己墓誌》："其孤以憲辱公之眄，因泣血請銘。"　嬌：輕柔。王安石《崇
政殿詳定幕次偶題》："嬌雲漠漠護層軒，嫩水濺濺不見源。"李清照
《玉燭新》："風嬌雨秀，好亂插繁華盈首。"　移：變動，改變。《莊子‧
秋水》："物之生也，若驟若馳。無動而不變，無時而不移。"《後漢書‧
荀彧傳》："彧復備陳得失，用移臣議。"　往往：常常。《史記‧十二諸
侯年表序》："及如荀卿、孟子、公孫固、韓非之徒，各往往捃摭《春秋》
之文以著書，不可勝紀。"曹唐《劉晨阮肇遊天台》："往往雞鳴巖下月，
時時犬吠洞中春。"處處。《管子‧度地》："令下貧守之，往往而爲界，
可以毋敗。"《魏書‧堯暄傳》："初，暄使徐州，見州城樓觀，嫌其華盛，
乃令往往毀撤，由是後更損落。"　繁節：繁密的音節。曹毗《夜聽擣
衣詩》："清風流繁節，迴飆灑微吟。"顏延之《赭白馬賦》："捷趫夫之敏
手，促華鼓之繁節。"

［編年］

　　《年譜》編年本詩於元和五年，沒有説明編年理由。《編年箋注》
編年："《曹十九舞綠鈿》……諸詩，俱作于元和五年（八一〇）。見下
《譜》。"《年譜新編》列入"無法編年作品"欄內。

　　本詩是元稹夫婦在洛陽履信坊韋夏卿的住宅中欣賞曹十九歌舞
情景的再現。元稹與韋叢結婚在貞元十九年，當時韋夏卿任職太子
賓客。據《舊唐書‧德宗紀》："（貞元十九年）冬十月乙未，以太子賓
客韋夏卿爲東都留守、東都畿汝都防禦使。"元稹夫婦入住洛陽的履
信坊，過著朝歌夜舞的生活。元稹《夢遊春七十韻》："韋門正全盛，出
入多歡裕。甲第漲清池，鳴騶引朱輅。廣榭舞萋萋，長筵賓雜厝。"白
居易《和夢遊春詩一百韻》："新修履信第，初食尚書祿。九醖備聖賢，

八珍窮水陸。秦家重蕭史，彥輔憐衛叔。朝饌饋獨盤，夜醙傾百斛。親賓盛輝赫，妓樂紛曄煜。"但好景不長，韋夏卿在元和元年正月病故，《舊唐書·憲宗紀》記載云："元和元年春正月丙寅朔……丁丑，太子少保韋夏卿卒。"而元稹夫婦欣賞曹十九的歌舞正在韋夏卿任職東都留守任時期，亦即貞元十九年十月乙未至元和元年正月丁丑之間。而貞元二十一年元稹曾經大病，連下床活動都非常困難，有元稹自己的《病減逢春期白二十二辛大不至十韵》"病與窮陰退，春從血氣生。寒膚漸舒展，陽脉乍虛盈。就日臨階坐，扶床履地行。問人知面瘦，祝鳥願身輕"爲證，故本詩以作於貞元二十年最爲可能，大約與《陪韋尚書丈歸履信宅因贈韋氏兄弟》"紫垣騶騎入華居，公子文衣護錦輿。眠閣書生復何事？也騎羸馬從尚書"作於同時，亦即貞元二十年年初，地點在洛陽履信坊韋夏卿的家中，元稹時任校書郎之職。

◎ 雪後宿同軌店上法護寺鐘樓望月^{(一)①}

滿山殘雪滿山風，野寺無門院院空②。烟火漸稀孤店静，月明深夜古樓中③。

録自《元氏長慶集》卷一七

[校記]

（一）雪後宿同軌店上法護寺鐘樓望月：本詩存世各本，包括楊本、叢刊本、《萬首唐人絶句》、《石倉歷代詩選》、《佩文齋詠物詩選》、《全詩》諸本，未見異文。

[箋注]

① 同軌店：地名，在洛陽之西宜陽附近。《舊唐書·地理志》：

"永寧:隋熊耳縣所治,義寧二年置永寧縣,治永固城,屬宜陽郡。武德元年改屬熊州,三年移治同軌城,改屬函州。"歐陽忞《輿地廣記》卷五:"永寧縣本漢宜陽澠池……後周置黃櫨、同軌、永昌三城以備齊。"法護寺:寺院名,在同軌店,其餘不詳。　鐘樓:懸挂大鐘的樓。杜甫《暮登四安寺鐘樓寄裴十迪》:"暮倚高樓對雪峰,僧來不語自鳴鐘。孤城返照紅將斂,近市浮烟翠且重。"段成式《酉陽雜俎續集·寺塔記》:"寺之制度,鐘樓在東。"　鐘:梵語意譯,佛寺懸挂的鐘,多用作報時、報警、集合的信號。庾信《陪駕幸終南山和宇文内史》:"戍樓鳴夕鼓,山寺響晨鐘。"王勃《净慧寺碑》:"九乳仙鐘,獨鳴霜雪。"　望月:仰望月亮。姚崇《秋夜望月》:"明月有餘鑒,羈人殊未安。桂含秋樹晚,波入夜池寒。"崔國輔《王昭君》:"一回望月一回悲,望月月移人不移。何時得見漢朝使,爲妾傳書斬畫師?"

②　滿山:漫山遍野。崔國輔《從軍行》:"刀光照塞月,陣色明如晝。傳聞賊滿山,已共前鋒鬭。"儲光羲《山居貽裴十二迪》:"落葉滿山砌,蒼烟理竹扉。遠懷青冥士,書劍常相依。"　殘雪:尚未化盡的雪。杜審言《大酺》:"梅花落處疑殘雪,柳葉開時任好風。"于良史《冬日野望寄李贊府》:"風兼殘雪起,河帶斷冰流。"　野寺:野外廟宇。韋應物《酬令狐司録善福精舍見贈》:"野寺望山雪,空齋對竹床。"蘇軾《遊杭州山》:"山平村塢迷,野寺鐘相答。"　無門:沒有門户。孟郊《秋懷十五首》四:"秋至老更貧,破屋無門扉。一片月落床,四壁風入衣。"元稹《通州丁溪館夜别李景信三首》二:"山深虎横館無門,夜集巴兒扣空木。"　空:岑寂,幽静。周賀《贈厲玄侍御》:"關分河漢秋鐘絶,露滴獼猴夜嶽空。"李煜《搗練子·秋閨》:"深院静,小庭空,斷續寒砧斷續風。"

③　烟火:指炊烟。《史記·律書》:"天下殷富,粟至十餘錢,鳴鷄吠狗,烟火萬里,可謂和樂者乎?"陸游《詹仲信以山水二軸爲壽固辭不可乃各作一絶句謝之·雪山》:"雪崦梅村一徑斜,茆檐烟火兩三家。"　孤店:孤單無鄰的旅店。戎昱《過商山》:"雨暗商山過客稀,路

傍孤店閉柴扉。卸鞍良久茅檐下，待得主人樵採歸。”張喬《望巫山》：“溪疊雲深轉谷遲，暝投孤店草蟲悲。愁連遠水波濤夜，夢斷空山雨電時。” 月明：月光明朗。張九齡《耒陽溪夜行》：“乘夕棹歸舟，緣源路轉幽。月明看嶺樹，風静聽溪流。”白居易《崔十八新池》：“見底月明夜，無波風定時。忽看不似水，一泊稀琉璃。” 深夜：指半夜以後。《宋書·顏延之傳》：“慌若迷途失偶，壓如深夜徹燭。”韋應物《答崔都水》：“深夜竹亭雪，孤燈案上書。不遇無爲法，誰復得閑居？” 古樓：年深月久位於城墙或土臺上的建築物。《爾雅·釋宫》：“四方而高曰臺，狹而修曲曰樓。”邢昺疏：“凡臺上有屋狹長而屈曲者曰樓。”戴復古《水陸寺》：“長沙沙上寺，突兀古樓臺。四面水光合，一邊山影來。”

［編年］

　　未見《年譜》編年本詩。《編年箋注》編年：“《雪後宿同軌店上法護寺鐘樓望月》作于貞元二十年（八〇四）。”没有説明理由。《年譜新編》編年本詩於貞元二十年“九月末”，引述《通典》、《太平寰宇記》、《資治通鑑》證明“同軌店”的原址所在，但没有涉及爲何編年本詩於本年“九月末”的理由。

　　我們在本詩“同軌店”的箋注中已經證明同軌店在洛陽之西，亦即處於東都至西京的大道之旁，但地理位置的確定還不能説就是正確編年本詩，時間的確定或大致確定才是編年詩文的最主要因素。元稹在校書郎任内，因岳丈韋夏卿轉任東都留守，移元稹與韋叢的小家庭於東都履信坊，故元稹這一時期頻繁來往於兩京之間。其中如元稹《貞元二十年正月二十五日自洛之京二月三日春社至華岳寺憩寶師院曾未逾月又復徂東再謁寶師因題四韻而已》表明，元稹在貞元二十年正月二十五日之後、二月三日前後曾經經由同軌店，而本詩又云：“滿山殘雪滿山風。”景色與節令相符，我們以爲本詩即作於貞元二十年二月三日前後數日、或二月之末前後數日元稹途經“同軌店”

之時,據"殘雪",以前者較爲可能。

◎ 貞元二十年正月二十五日自洛之京二月
　三日春社至華嶽寺憩寶師院曾未逾月又
　復徂東再謁寶師因題四韵而已⁽⁻⁾①

　　山前古寺臨長道,來往淹留爲愛山②。雙燕營巢始西
別,百花成子又東還③。暝驅羸馬頻看堠⁽⁻⁾,曉聽鳴雞欲度
關⁽三⁾④。羞見寶師無外役,竹窗依舊老身閑⑤。

録自《元氏長慶集》卷一六

[校記]

　　(一)貞元二十年正月二十五日自洛之京二月三日春社至華嶽
寺憩寶師院曾未逾月又復徂東再謁寶師因題四韵而已:楊本、叢刊
本、《全詩》作"華嶽寺",而將本詩詩題作爲題注。《歲時雜詠》作"社
日題華嶽寺",也將本詩詩題作爲題注。

　　(二)暝驅羸馬頻看堠:叢刊本、《全詩》同,楊本作"暝驅羸馬頻
看堠","暝"字解釋不通,而"暝驅"與"曉聽"對舉,楊本有誤,不從不
改。《歲時雜詠》作"暝駈羸馬頻看候","候"字解釋不通,應該是刊刻
之誤。

　　(三)曉聽鳴雞欲度關:蘭雪堂本、叢刊本、《歲時雜詠》、《全詩》
同,楊本作"晚聽鳴雞欲度關","雞鳴"應該在早晨,并與上句照應,
"晚聽"不通,不從不改。

[箋注]

　　① 春社:古時於春耕前(周用甲日,後多於立春後第五個戊日)

祭祀土神,以祈豐收,謂之春社。《禮記·明堂位》:"是故,夏礿、秋嘗、冬烝、春社、秋省,而遂大蠟,天子之祭也。"鄭玄注:"春田祭社。"王駕《社日》:"桑柘影斜春社散,家家扶得醉人歸。"史達祖《雙雙燕·詠燕》:"過春社了,度簾幕中間,去年塵冷。"《歲時雜詠》將本詩作爲"春社"之時是錯誤的,因爲這首詩並不是作於"春社"之時,而是作於本年的二月底,因此《歲時雜詠》將題目改爲"社日題華嶽寺"也是錯誤的。另外,本詩在《歲時雜詠》中沒有標明作者,而前一首是權德輿的《社日兼春分端居有懷》,按照《歲時雜詠》的體例,似乎應該是屬於權德輿的作品,這肯定是搞錯了的。 華嶽寺:岑參《出關經華嶽寺訪法華雲公》:"野寺聊解鞍,偶見法華僧。開門對西嶽,石壁青棱層。"元稹《與太白同之東洛至櫟陽太白染疾駐行予九月二十五日至華嶽寺雪後望山》:"共作洛陽千里伴,老劉因疾駐行軒。今朝獨自山前立,雪滿三峰倚寺門。"知華嶽寺應該在華山附近,所出之關當爲潼關。 憩:休息,歇息。《舊唐書·劉總傳》:"每公退,則憩於道場。"《舊五代史·張廷蘊傳》:"軍至上黨,日已暝矣!憩軍方定,廷蘊首率勁兵百餘輩,逾洫坎城而上。" 寶師:華嶽寺的主持僧,元稹在華岳寺的朋友。 院:指寺院,佛寺。元稹《寺院新竹》:"寶地琉璃坼,紫苞琅玕踴。亭亭巧於削,一一大如拱。"何元上《所居寺院涼夜書情呈上呂和叔溫郎中》:"庾公念病宜清暑,遣向僧家占上方。月光似水衣裳濕,松氣如秋枕簟涼。" 逾月:謂時間超過一個月。蔡邕《述行賦》:"延熹二年秋,霖雨逾月。"李建勳《送人詩》:"相見未逾月,堪悲遠別離。" 徂:往,去。《詩·豳風·東山》:"我徂東山,慆慆不歸。"鄭玄箋:"我往之東山,既久勞矣!"韓愈《河之水二首寄子侄老成》二:"我徂京師,不遠其還。" 謁:晉見,拜見。《史記·范雎蔡澤列傳》:"唯雎亦得謁,雎請爲君見於張君。"劉希夷《謁漢世祖廟》:"春陵氣初發,漸臺首未傳。列營百萬衆,持國十八年。"

　　② 古寺:年代久遠的佛院。劉商《秋蟬聲》:"蕭條旅舍客心驚,

斷續僧房靜又清。借問蟬聲何所爲？人家古寺兩般聲。"朱放《送張山人》："知君住處足風烟，古寺荒村在眼前。便欲移家逐君去，唯愁未有買山錢。"　長道：大道，遠路。《詩·魯頌·泮水》："順彼長道，屈此群醜。"朱熹集傳："長道，猶大道也。"《古詩十九首·回車駕言邁》："回車駕言邁，悠悠涉長道。"　來往：来去，往返。宋玉《神女賦》："精交接以來往兮，心凱康以樂歡。"李白《大猎賦》："大章按步以來往，夸父振策而奔走。"　淹留：羈留，逗留。《楚辭·離騷》："時繽紛其變易兮，又何可以淹留？"曹丕《燕歌行》："慊慊思歸戀故鄉，君何淹留寄他方？"

③ 雙燕：成雙的燕子。崔湜《同李員外春閨》："落日啼連夜，孤燈坐徹明。捲簾雙燕入，披幌百花驚。"張謂《延平門高齋亭子應岐王教》："昨夜蒲萄初上架，今朝楊柳半垂堤。片片仙雲來渡水，雙雙燕子共銜泥。"這裏借指元稹與韋叢。　營巢：築巢。《宋史·樂志》："伊鵲營巢，珍禽攸處。"杜牧《村舍燕》："漢宮一百四十五，多下珠簾閉瑣窗。何處營巢夏將半，茅簷烟裏語雙雙？"　西別：別西向東。蔡希寂《陝中作》："西別秦關近，東行陝服長。川原餘讓畔，歌吹憶遺棠。"錢起《送李四擢第歸覲省》："馬蹄西別輕，樹色東看好。行塵忽不見，惆悵青門道。"這裏指元稹與韋叢貞元十九年結婚之後，接著韋叢之父韋夏卿改任東都，《舊唐書·德宗紀》："(貞元十九年)冬十月乙未，以太子賓客韋夏卿爲東都留守、東都畿汝都防禦使。"元稹與韋叢接受韋夏卿的資助，在洛陽履信宅別立小院，時間應該在貞元十九年十月之後、同年年底之前，至第二年，亦即貞元二十年正月二十五日，元稹匆匆回西京，履行校書郎的職責。從此在西京任職校書郎的元稹經常來往於西京與東都洛陽之間，"西別"與"東還"反復交替，而本詩詩題所示，應該衹是其中的一次而已。　百花：亦作"百華"，各種花。庾信《忽見檳榔》："綠房千子熟，紫穗百花開。"張説《過蜀道山》："我行春三月，山中百花開。披林入峭蒨，攀磴陟崔嵬。"　成子：

意謂開花結子。殷遙《春晚山行》:"寂歷青山晚,山行趣不稀。野花成子落,江燕引雛飛。"崔曙《古意》:"綠筍總成竹,紅花亦成子。能當此時好,獨自幽閨裏。"這裏借喻元稹與韋叢有了自己的孩子。請讀者注意:元稹貞元十九年春天吏部乙科及第,授職校書郎,夏天與韋叢結婚,至貞元二十年二月,韋叢生下了自己的孩子,元稹得到喜信,"不逾月"又匆匆"東還"。計其時日,元稹與韋叢結婚的時間,大致應該是貞元十九年的四月,這也從一個側面駁斥了"張生就是元稹自寓"中張生與元稹結婚時間相同的謬論。 東還:自東而西。岑參《敬酬李判官使院即事見呈》:"飲硯時見鳥,卷簾晴對山。新詩吟未足,昨夜夢東還。"李商隱《東還》:"自有仙才自不知,十年長夢採華芝。秋風動地黃雲暮,歸去嵩陽尋舊師。"這裏指元稹自洛陽西歸長安,從東而還。

④ 暝:日暮,夜晚。《玉臺新詠‧古詩爲焦仲卿妻作》:"晻晻日欲暝,愁思出門啼。"韓愈《病鴟》:"朝餐輟魚肉,暝宿防狐貍。" 羸:衰病,瘦弱,困憊,這裏指衰病、瘦弱、困憊的馬,也隱含詩人自己的疲憊。《國語‧魯語》:"饑饉薦降,民羸幾卒。"韋昭注:"羸,病也。"司空圖《河上》:"慘慘日將暮,驅羸獨到莊。" 堠:又稱"堠子",古時築在路旁用以分界或計里數的土壇。每五里築單堠,十里築雙堠。《北史‧韋孝寬傳》:"先是,路側一里置一土堠,經雨頹毀,每須修之。自孝寬臨州,乃勒部內,當堠處植槐樹代之。既免修復,行旅又得庇蔭。"韓愈《路旁堠》:"堆堆路旁堠,一雙復一隻。" 曉:明亮,特指天亮。《説文‧日部》:"曉,明也。從日,堯聲。"段玉裁注:"俗云天曉是也。"《莊子‧天地》:"冥冥之中,獨見曉焉!"《世説新語‧文學》:"真長延之上坐,清言彌日,因留宿至曉。" 鳴雞:啼鳴的雄雞,雄雞啼鳴。張衡《西京賦》:"右有隴坻之隘,隔閡華戎,岐、梁、汧、雍,陳寶鳴雞在焉!"韓偓《故都》:"掩鼻計成終不覺,馮驩無路敦鳴雞。" 關:特指函谷關或潼關,這裏特指潼關。馬縞《中華古今注‧關塞》:"關者,

長安之關門也，函谷、潼關之屬也。"賈誼《過秦論》："秦人開關延敵，九國之師逡遁而不敢進。"潘岳《西征賦》："漢六葉而拓畿，縣弘農而遠關。"

⑤ 外役：謂在外服役。《左傳·昭公二十年》："寡君之下臣，君之牧圉也。若不獲扞外役，是不有寡君也。"馬戴《寄廣州楊參軍》："身方脱野服，冠未繫朝簪。足恣平生賞，無虞外役侵。"　竹窗：以竹子爲主要材料製造成的窗户，或指外有竹林的窗子。韋應物《酬秦徵君徐少府春日見寄》："朗詠竹窗静，野情花遲深。那能有餘興，不作剡溪尋？"盧綸《宿澄上人院》："竹窗聞遠水，月出似溪中。香覆經年火，幡飄後夜風。"　依舊：照舊。《南史·梁昭明太子統傳》："天監元年十一月，立爲皇太子。時年幼，依舊居内。"趙璜《題七夕圖》："明年七月重相見，依舊高懸織女圖。"　老身：老人，老人的自稱。劉長卿《送王司馬秩滿西歸》："同官歲歲先辭滿，唯有青山伴老身。"白居易《讀鄂公傳》："高卧深居不見人，功名抖擻似灰塵。唯留一部清商樂，月下風前伴老身。"　閑：閑暇。《楚辭·九歌·湘君》："交不忠兮怨長，期不信兮告余以不閑。"王逸注："閑，暇也。"韓愈《把酒》："擾擾馳名者，誰能一日閑？"

［編年］

《年譜》編年本詩於貞元二十年，有譜文"正月，自東都赴西京。二月，行至華州，游華嶽寺。三月，由西京赴東都，再游華嶽寺"加以説明。《編年箋注》僅僅採録本詩，但没有對本詩明確編年。《年譜新編》没有對本詩編年，但有譜文"正月，自洛陽回長安。二月，至華州，游華嶽寺。三月，自長安赴洛陽，再游華嶽寺"説明。但《年譜》、《年譜新編》"三月"云云，結合"曾未逾月"，計算有誤，應以"二月"爲宜。

我們以爲，本詩的編年，詩人在詩題或者説詩序裏已經作了明確的説明，亦即二月三日春社之後没有"逾月""再游華嶽寺"，應該仍然在二月之中，時在月底，而不應該是《年譜》認定的"三月"。

◎ 志堅師①

　　嵩山老僧披破衲⁽一⁾，七十八年三十臘②。靈武朝天遼海征，宇宙曾行三四匝③。初因怏怏剃却頭，便繞嵩山寂師塔④。淮西未返半年前，已見淮西陣雲合⑤。

録自《元氏長慶集》卷二六

[校記]

　　（一）嵩山老僧披破衲：蘭雪堂本、叢刊本、《全詩》同，宋蜀本作"嵩山老僧披舊衲"，楊本作"嵩山老僧披□衲"，各備一説，不改。

[箋注]

　　① 志堅師：一名法號"志堅"的僧人，據本詩所述，他曾經是一名久經戰陣的將領，參與李唐的重大戰役，後來半路出家爲僧，其餘不詳。根據詩中"七十八年三十臘"之語，這位僧人活了七十八歲，當了三十年的和尚，當時在嵩山爲僧。

　　② 嵩山：山名，在河南省登封縣北，爲五嶽之中嶽，古稱外方、太室，又名崇高、嵩高，其峰有三：東爲太室山，中爲峻極山，西爲少室山。少室山北麓有少林寺，爲佛教禪宗和少林派拳術的發源地，後魏太和二十年建，隋文帝改名陟岵，唐復名少林，寺西有塔林及唐宋以來的磚石墓塔二百多座。寺右有面壁石，西北有面壁庵，相傳即達摩面壁九年處。宋之問《下山歌》："下嵩山兮多所思，携佳人兮步遲遲。"白居易《八月十五日夜同諸客玩月》："嵩山表裏千重雪，洛水高低兩顆珠。" 老僧：年老的和尚。韓愈《與孟簡尚書書》："潮州時，有

一老僧號大顛,頗聰明,識道理。"陸游《夏夜泛舟書所見》:"山房猶復
畏炎蒸,長掩柴門愧老僧。"　衲:補,縫綴。《廣雅·釋詁四》:"繕、
緻、衲……補也。"王念孫疏證:"衲者,《釋言》云:'紩,納也。'納與衲
通,亦作內,今俗語猶謂破布相連處爲衲頭。"陸游《懷昔》:"朝冠挂了
方無事,却愛山僧百衲衣。"也指僧衣,因其常用許多碎布拼綴而成,
故稱。白居易《贈僧·自遠禪師》:"自出家來長自在,緣身一衲一繩
床。"　七十八年:時間用語。釋覺範《雲庵和尚生辰燒香偈》:"法身
散失無尋處,因緣時節屬今朝。不用追求全體露,七十八年彈指過。"
李光《跋閻立本列帝圖》:"偶建安僧靈機善畫人物,尤工,傳神,因使
摹得。之後有富公序跋,距今纔七十八年。"這裏指志堅師的年齡。
三十臘:這裏指志堅師出家爲僧的年月。佛教戒律規定比丘受戒後
每年夏季三個月安居一處,修習教義,稱一臘。亦特指僧侶受戒後的
歲數或泛指年齡。賈島《贈僧》:"初過石橋年尚少,久辭天柱臘應
高。"《景德傳燈錄·智巖禪師》:"壽七十有八,臘三十有九。"

　　③ 靈武:地名,唐肅宗即位之地。《元和郡縣志·靈州》:"今爲
靈武節度使理所(管靈州、會州、鹽州,管縣十)。《禹貢》:雍州之域,
春秋及戰國屬秦,秦並天下,爲北地郡……後魏太武帝平赫連昌,置
薄骨律鎮,後改置靈州,以州在河渚之中,水上下未嘗陷没,故號靈
州。周置總管府,隋大業元年罷府爲靈州,三年又改爲靈武郡。武德
元年又改爲靈州,仍置總管,七年改爲都督府,開元二十一年於邊境
置節度使以遏四夷,靈州常爲朔方節度理所。"劉長卿《送史判官奏事
之靈武兼寄巴西親故》:"中州日紛梗,天地何時泰?獨有西歸心,遙
懸夕陽外。"杜甫《惜別行送向卿進奉端午御衣之上都》:"肅宗昔在靈
武城,指揮猛將收咸京。向公泣血灑行殿,佐佑卿相乾坤平。"　朝
天:朝見天子。王維《聞逆賊凝碧池作樂》:"萬户傷心生野烟,百僚何
日再朝天?"張孝祥《蝶戀花》:"待得政成民按堵,朝天衣袂翩翩舉。"
《新唐書·肅宗紀》:"(天寶)十五載,玄宗避賊,行至馬嵬,父老遮道

請留太子討賊，玄宗許之，遣壽王瑁及內侍高力士諭太子，太子乃還。六月丁酉，至渭北便橋，橋絕，募水濱居民得三千餘人，涉而濟。遇潼關散卒，以爲賊，與戰，多傷，既而覺之，收其餘以涉，後軍多没者。夕次永壽縣，吏民稍持牛酒來獻……辛丑，次平凉郡，得牧馬牛羊，兵始振……七月辛酉，至於靈武。壬戌，裴冕等請皇太子即皇帝位。甲子，即皇帝位於靈武，尊皇帝曰上皇天帝，大赦，改元至德。"衆多朝臣得訊，紛紛前來投奔，杜甫就是其中之一，有《喜達行在所三首》紀實述情。估計本詩的主人公志堅師，也是在這個時候抵達靈武朝天，追隨唐肅宗前後。　遼海：遼東，泛指遼河以東沿海地區。賈至《燕歌行》："隋家昔爲天下宰，窮兵黷武征遼海。"杜甫《後出塞五首》四："雲帆轉遼海，秔稻來東吳。"仇兆鰲注："《北史·來護兒傳》：'遼東之役，護兒率樓船指滄海，入自浿水。'時護兒從江都進兵，則當出成山大洋，轉登萊，向遼海也。"李唐初年，也曾東征遼海，這裏借喻唐肅宗、唐代宗時期李唐與外族之間的戰爭，唐代詩人在詩歌中多有涉及，借喻當時的戰爭。盧象《雜詩二首》一："死生遼海戰，雨雪薊門行。諸將封侯盡，論功獨不成。"鄭錫《出塞》："關山落葉秋，掩泪望營州。遼海雲沙暮，幽燕旌旆愁。"　宇宙：天地。《淮南子·原道訓》："橫四維而含陰陽，紘宇宙而章三光。"高誘注："四方上下曰宇，古往今來曰宙，以喻天地。"韓愈《苦寒》："凶飆攪宇宙，鋩刃甚割砭。"　匝：周，圈。《東觀漢紀·明德馬皇后傳》："〔后〕爲四起大髻，但以髮成尚有餘，繞髻三匝。"胡珵《蒼梧雜誌·望闕亭》："故鄉也恐難歸去，百匝千遭繞郡城。"

④　怏怏：不服氣或悶悶不樂的神情。《史記·絳侯周勃世家》："景帝以目送之，曰：'此怏怏者非少主臣也！'"王昌齡《大梁途中作》："怏怏步長道，客行渺無端。"　剃頭：指落髮出家。元稹《盧頭陀詩》："盧師深話出家由，剃盡心花始剃頭。"項斯《寄坐夏僧》："坐夏日偏長，知師在律堂。多因束帶熱，更憶剃頭涼。"　塔："佛塔"的簡稱，佛

塔起源於印度，梵語爲“窣堵坡”（stūpa），晉宋譯經時造爲“塔”字，用以收藏舍利，後亦用於收藏經卷、佛像、法器，莊嚴佛寺等。《魏書·釋老志》：“弟子收奉，置之寶瓶，竭香花，致敬慕，建宮宇，謂爲‘塔’，塔亦胡言，猶宗廟也。”杜甫《江畔獨步尋花七絕句》五：“黃師塔前江水東，春光懶困倚微風。”仇兆鰲注：“蜀人呼僧爲師，葬所爲塔。”寂：佛教謂寂滅常静之道。牟融《理惑論》：“太素未起，太始未生，乾坤肇興，其微不可握，其纖不可入。佛悉彌綸其廣大之外，剖析其寂；窈妙之內，靡不紀之，故其經卷以萬計。”《文選·王中〈頭陀寺碑文〉》：“因斯而談，則栖遑大千，無爲之寂不撓；焚燎堅林，不盡之靈無歇，大矣哉！”李善注引僧肇《維摩經注》：“寂，謂寂滅常静之道。”

⑤ 淮西未返半年前：《舊唐書·德宗紀》：（貞元十五年）“八月壬申朔……丙午……吳少誠謀逆漸甚，陷臨潁，進圍許州……丙辰制：‘吳少誠非次擢用，授以節旄，秩居端揆之榮，任總列城之重。期申報效，奉我典章，而秉心匪彝，自底不類。兇狡成性，扇構多端，擅動甲兵，暴越封壤。壽州茶園，輒縱凌奪；唐州詔使，僭搆殺傷。干犯國章，罪在無赦。’”這是淮西叛亂的開始。　返：猶反，違背，違反，這裏指吳少誠的謀逆。王充《論衡·案書》：“言多怪，頗與孔子‘不語怪力’相違返也。”《敦煌變文集·父母恩重經講經文》：“爲人爭不審思量？豈合將心返父娘？”　陣雲：濃重厚積形似戰陣的雲，古人以爲是戰爭之兆。何遜《學古三首》一：“陣雲橫塞起，赤日下城圓。”高適《燕歌行》：“殺氣三時作陣雲，寒聲一夜傳刁斗。”

［編年］

　　未見《年譜》編年本詩，《編年箋注》列入“未編年詩”，《年譜新編》列入“無法編年作品”。

　　我們以爲，本詩可以編年。詩中提及的淮西叛亂，事在貞元十五年八月吳少誠的叛亂。詩中又云：“嵩山老僧披破衲……便繞嵩山寂師塔。"嵩山在河南洛陽附近，貞元二十年前後，元稹因妻子韋叢居住洛陽，頻繁來往於洛陽與長安之間，可證的詩歌不少，如《貞元二十年正月二十五日自洛之京二月三日春社至華岳寺憩寶師院曾未逾月又復徂東再謁寶師因題四韵而已》、《貞元二十年五月十四日夜宿天壇石幢側十五日得鼇屋馬逢少府書知予遠上天壇因以長句見贈篇末仍云靈溪試爲訪金丹因於壇上還贈》；貞元二十年前後，元稹與僧人的接觸也很多，如貞元十九年的《尋西明寺僧不在》、《古寺》、《伴僧行》、《定僧》、《觀心處》等。此詩又與貞元十一年所作《智度師二首》如出一轍，其一："四十年前馬上飛，功名藏盡擁禪衣。石榴園下擒生處，獨自閒行獨自歸。"其二："三陷思明三突圍，鐵衣拋盡納禪衣。天津橋上無人識，閒凭欄杆望落暉。"今暫定本詩於貞元二十年，以春天最爲可能，元稹在校書郎任，地點應該是洛陽與長安之間的嵩山。

◎ 早　歸①

春静曉風微，凌晨帶酒歸②。遠山籠宿霧，高樹影朝暉③。飲馬魚驚水，穿花露滴衣④。嬌鶯似相惱，含囀傍人飛(一)⑤。

録自《元氏長慶集》卷一四

[校記]

（一）含囀傍人飛：楊本、叢刊本、《佩文齋詠物詩選》、《全詩》同，《石倉歷代詩選》作"含轉傍人飛"，"轉"通"囀"，語義相通，不改。

[箋注]

①早歸：凌晨踏上歸程。韓偓《早歸》："去是黃昏後，歸當朦朧時。扷衣吟宿醉，風露動相思。"宋祁《行香》："朱華通奏見晨暉，内寺

傳薰得早歸。私舍不應勞薄澣,天花仍在凈名衣。"這是詩人從洛陽
履信坊丈人韋夏卿家中,亦即妻子韋叢處回歸西京,既爲回到長安靖
安坊家,更爲到秘書省官署履職。

　　②　静:寂静,無聲。《楚辭·九章·懷沙》:"晌兮杳杳,孔静幽
默。"王逸注:"野甚清凈,漠無人聲。"王籍《入若耶溪》:"蟬噪林逾静,
鳥鳴山更幽。"　　曉風:拂曉時刻的風。張謂《讌鄭伯璵宅》:"正月風
光好,逢君上客稀。曉風催鳥囀,春雪帶花飛。"張繼《明德宮》:"碧瓦
朱楹白晝閑,金衣寶扇曉風寒。摩雲觀閣高如許,長對河流出斷山。"
凌晨:迫近天亮的時光,清晨,清早。徐敞《白露爲霜》:"入夜飛清景,
凌晨積素光。"杜甫《自京赴奉先縣詠懷五百字》:"凌晨過驪山,御榻
在嶵嵬。"　　帶酒:猶醉酒。李嘉祐《送冷朝陽及第東歸江寧》:"高第
由佳句,諸生似者稀。長安帶酒別,建業候潮歸。"李端《山中寄苗員
外》:"千尋楚水橫琴望,萬里秦城帶酒思。聞説潘安方寓直,與君相
見漸難期。"　　歸:返回。蘇頲《送吏部李侍郎東歸得歸字》:"泉溜含
風急,山烟帶日微。茂曹今去矣! 人物喜東歸。"韓愈《送李六協律歸
荆南》:"早日羈遊所,春風送客歸。"

　　③　遠山:遠處的山峰。謝靈運《登臨海嶠與從弟惠連》:"杪秋尋
遠山,山遠行不近。"白居易《晚望》:"獨在高亭上,西南望遠山。"
籠:籠罩,遮掩。賈思勰《齊民要術·脯臘》:"脯成,置虚静庫中,著烟
氣則味苦,紙袋籠而懸之。"秦觀《沁園春·春思》:"宿靄迷空,膩雲籠
日,晝景漸長。"　　宿霧:夜霧。陶潛《詠貧士》:"朝霞開宿霧,衆鳥相
與飛。"白居易《酬鄭侍御多雨春空過詩三十韻》:"慘淡陰烟白,空濛
宿霧黄。"　　高樹:高大的樹木。陳子昂《春夜別友人二首》一:"明月
隱高樹,長河没曉天。悠悠洛陽道,此會在何年?"韋應物《過扶風精
舍舊居簡朝宗巨川兄弟》:"佛刹出高樹,晨光閭井中。年深念陳迹,
迨此獨忡忡。"　　朝暉:早晨的陽光。陸機《日出東南隅行》:"扶桑升
朝暉,照此高臺端。"王安石《永昭陵》:"神闕淡朝暉,蒼蒼露未晞。"

④ "飲馬魚驚水"兩句：意謂馬匹飲水，驚動了小溪裏的魚兒，而慌忙逃跑的魚兒又攪動了原本緩慢流淌的溪水。騎馬穿越於花樹之間，早晨的露珠紛紛滴落下來，弄濕了自己的衣裳。 飲馬：給馬喝水。《左傳·襄公十七年》："衛孫蒯田于曹隧，飲馬于重丘，毀其瓶。"崔融《擬古》："飲馬臨濁河，濁河深不測。河水日東注，河源乃西極。"穿花：穿越花樹密佈的路徑。杜甫《曲江二首》："穿花蛺蝶深深見，點水蜻蜓款款飛。傳語風光共流轉，暫時相賞莫相違！"劉禹錫《同樂天和微之深春二十首》一："何處深春好？春深萬乘家。宮門皆映柳，輦路盡穿花。" 滴衣：露水滴在衣服之上。孟郊《巫山曲》："輕紅流烟濕艷姿，行雲飛去明星稀。目極魂斷望不見，猿啼三聲淚滴衣。"任翻《宿巾子山禪寺》："絶頂新秋生夜凉，鶴翻松露滴衣裳。前峰月映半江水，僧在翠微開竹房。"

⑤ 嬌鶯：艷麗的黄鶯。薛稷《春日登樓野望》："野外烟初合，樓前花正飛。嬌鶯弄新響，斜日散餘暉。"元稹《古艷詩二首》二："深院無人草樹光，嬌鶯不語趁陰藏。等閑弄水浮花片，流出門前賺阮郎。"相：表示一方對另一方有所施爲。《史記·魯仲連鄒陽列傳》："臣聞明月之珠，夜光之璧，以闇投人於道路，人無不按劍相眄者。"杜甫《送高三十五書記》："驚風吹鴻鵠，不得相追隨。" 惱：怨恨，發怒。《百喻經·共相怨害喻》："用惱於彼，竟未害他。"盧仝《寄男抱孫》："任汝惱弟妹，任汝惱姨舅。" 囀：鳥鳴。蕭紀《曉思》："晨禽爭學囀，朝花亂欲開。"温庭筠《題柳》："羌管一聲何處曲？流鶯百囀最高枝。" 傍人：緊貼著人的前面或後面，左面或右面飛翔。劉希夷《代秦女贈行人》："今朝喜鵲傍人飛，應是狂夫走馬歸。遙想行歌共遊樂，迎前含笑著春夜。"沈佺期《雜詩三首》一："落葉驚秋婦，高砧促暝機。蜘蛛尋月度，螢火傍人飛。"

［編年］

　　未見《年譜》編年本詩,《編年箋注》列入“未編年詩”,《年譜新編》列入“無法編年作品”。

　　我們以爲,本詩可以編年。本詩云:“春靜曉風微,凌晨帶酒歸。”説明詩人是在某年的春天回歸家鄉或任職之地。考元稹一生,春天出行之後又回歸家鄉或任職之地的情況有二:一是元和九年春天,元稹前往潭州拜訪湖南觀察使張正甫,然後在三月三十日之前回到江陵。但潭州與江陵之間,有水路相通,元稹《放言五首》有“莫將心事厭長沙,雲到何方不是家? 酒熟餔糟學漁父,飯來開口似神鴉”之句,而神鴉是指巴陵附近逐舟覓食的烏鴉。杜甫《過洞庭湖》:“護堤盤古木,迎棹舞神鴉。”仇兆鰲注:“《岳陽風土記》:‘巴陵鴉甚多,土人謂之神鴉,無敢弋者。’……吳江周篆曰:‘神烏在岳州南三十里,群烏飛舞舟上。或撒以碎肉,或撒以荳粒;食葷者接肉,食素者接荳,無不巧中。如不投以食,則隨舟數十里,衆烏以翼沾泥水,污船而去,此其神也。’”這説明元稹回程江陵,走的是水路,因此元和九年春天可以排除。南方的交通以水路爲主,而北方的交通以車與馬爲主,本詩“飲馬魚驚水,穿花露滴衣”云云,説明此事應該發生在北方。而貞元二十年的春天,元稹從洛陽西歸長安,有詩人自己的《貞元二十年正月二十五日自洛之京二月三日春社至華岳寺懇靈師院曾未逾月又復徂東再謁靈師因題四韻而已》可證,本詩即是元稹探望妻子兒女之後再度返回長安,即作於元稹自洛陽回歸長安途中,具體時間應該是三月初。當時元稹探望妻子韋叢之後,要趕回長安完成“三旬兩入省”的差事,因此急急忙忙趕路,一路之上,帶醉騎馬,起早摸黑趕路。但在洛陽看到妻子與兒女,詩人欣喜不已,這種心情也流露在本詩的字裏行間。

■ 酬樂天曲江憶元九^{(一)①}

據白居易《曲江憶元九》

[校記]

（一）酬樂天曲江憶元九：元稹本佚失詩所據白居易《曲江憶元九》，見《白氏長慶集》、《萬首唐人絕句》、《白香山詩集》、《全詩》、《全唐詩録》，不見異文。

[箋注]

① 酬樂天曲江憶元九：白居易《曲江憶元九》：“春來無伴閑遊少，行樂三分減二分。何況今朝杏園裏，閑人逢盡不逢君。”不見元稹有酬唱詩篇，據補。　曲江：即“曲江池”，唐時爲都人中和、上巳等盛節遊賞勝地，在今陝西省西安市東南。武元衡《和楊弘微春日曲江南望》：“遲景靄悠悠，傷春南陌頭。暄風一澹蕩，遐思及殷憂。”羊士諤《亂後曲江》：“憶昔曾遊曲水濱，春來長有探春人。遊春人静空地在，直至春深不似春。”　憶：思念，想念。盧綸《晚到盩厔耆老家》：“數年何處客？近日幾家存？冒雨看禾黍，逢人憶子孫。”李益《嘉禾寺見亡友王七題壁》：“今日憶君處，憶君君豈知！空餘暗塵字，讀罷泪仍垂。”　元九：元稹的行第，所謂“行第”就是唐宋之時兄弟之間排行的次序。楊伯巖《臆乘·行第》：“前輩以第行稱，多見之詩。少陵稱謫仙爲十二……劉禹錫謂元稹爲元九。”趙翼《拜袁揖趙哭蔣圖》：“居易名先元九齊，晚更劉郎觴詠繼。”據岑仲勉先生《唐人行第録·自序》考證，白居易有親兄弟四人，但白居易卻被人稱爲白二十二，這是把父親以及堂兄弟的兒子都排序在内；又如韓愈，祖父名下有孫子八

人,但韓愈卻被人稱爲韓十八,這是把曾祖名下的曾孫都排序在内。元稹在父親元寬名下雖然衹有兄弟四人,但從曾祖名下排序,排行爲"元九"就一點也不奇怪了。對此,明代陶宗儀《説郛》有更爲詳盡的説明:"行第:前輩以第行稱,多見之詩:少陵稱謫仙爲十二,鄭虔爲鄭十八,嚴武爲嚴八,鄭賁爲鄭十八,蘇傒爲蘇四,張建封爲張十三,唐診爲唐十五,裴虬爲裴二,李衡爲十一;文公稱王涯爲王二十,李建爲李十一,李程爲李二十六,崔立之爲崔二十六,張署爲張十一,熊籍爲熊十八,李正封爲李二十八,馮宿爲馮十七,侯喜爲侯十一;柳州稱韓文公爲韓十八;劉禹錫謂元稹爲元九;又韋蘇州稱李澹爲李十九,歐陽瞻稱徐晦爲徐十八,錢起稱李勸爲李四,李勉爲李七;嚴武、高適俱稱少陵爲杜二,樂天稱劉敦質爲劉三十二,李文略爲李二十,王質夫爲王十八,崔元亮爲崔十八;李義山稱杜勝爲杜二十七,李潘爲李十七,趙滂爲趙十五,令狐綯爲令狐八;高適稱張旭爲張九;陳子昂稱王無競爲王二,韋虚乙爲韋五,趙真固爲趙六,李崇嗣爲李三,儲光義稱王維爲王十三,皇甫冉稱柳柳州爲柳八,鄭堪爲鄭三;孟浩然稱張千容爲張八;王摩詰稱韋穆爲韋十八;山谷稱東坡爲蘇二;后山稱少游爲秦七;少游稱后山爲陳三,山谷爲黄九。"在我們這本拙稿中,"元九"之稱呼將屢屢出現在詩稿中,故在這裏作一介紹,此後不再重複。

[編年]

未見《元稹集》採録,也未見《年譜》、《編年箋注》、《年譜新編》採録與編年。

朱金城先生《白居易集箋校》編年白居易詩於貞元十九年至貞元二十年。元稹白居易登第拜職校書郎在貞元十九年春天,白居易詩"春來無伴閑遊少"之句表明,白居易詩不應該賦成於貞元十九年元白等人剛剛及第歡天喜地遊街慶賀之時,而貞元二十年,元稹爲探望借居岳丈韋夏卿家的妻子韋叢,常常奔波於長安洛陽之間,其《貞元二十年正月二十五日自洛之京二月三日春社至華岳寺憩寳師院曾未逾月又復徂東再謁寳師因題四韵而已》就是明證。因元稹常常不在長安,故白居易有"無伴"之嘆。據此,白居易詩應該賦成於貞元二十年的春天,元稹已經佚失的酬和詩篇,應該賦成於白居易詩之後,時間也應該在貞元二十年的春天,地點在長安,元稹時任校書郎之職。

● 壓墙花^{(一)①}

　　野性大都迷里巷,愛將高樹記人家②。春來偏認平陽宅,爲見墙頭拂面花③。

録自《才調集》卷五

[校記]

　　(一)壓墙花:本詩存世各本,包括叢刊本、《全詩》、《全唐詩録》諸本,均未見異文。

[箋注]

　　① 壓墙花:"野性大都迷里巷"四句,不見於劉本《元氏長慶集》,但《才調集》卷五、《全唐詩録》卷六七、《全唐詩》卷四二二收録,據補。此篇不見於《元氏長慶集》,但據元稹《酬翰林白學士代書一百韵》所云:"山岫當街翠,墙花拂面枝"句下注:"昔予賦詩云:'爲見墙頭拂面花。'時唯樂天知此。"因此可以肯定本詩應該是元稹的作品。壓墙花是指依倚圍墙墙頭或由内而外或由外而裏的花枝,白居易《題郡中荔枝詩十八韵兼寄楊萬州八使君》:"素華春漠漠,丹實夏煌煌。葉捧低垂户,枝擎重壓墙。"李群玉《人日梅花病中作》:"去年今日湘南寺,獨把寒梅愁斷腸。今年此日江邊宅,卧見瓊枝低壓墙。"

② "野性大都迷里巷"兩句:意謂自己具備愛好大自然的品性,故而喜愛到處隨意而行,常常會在都市衆多而又相似的大街小巷裏迷失遊玩的目標,這時唯一能够解决的辦法就是尋找與目標關聯的高大而又有特色的高樹作爲參照物。 野性:指喜愛自然、樂居田野的性情。韜光《謝白樂天招》:"山僧野性好林泉,每向岩阿倚石眠。"陸游《野性》:"野性從來與世疏,俗塵自不到吾廬。" 大都:原指古代王畿週邊公的采地。《周禮·地官·載師》:"以小都之田任縣地,以大都之田任畺地。"鄭玄注:"大都,公之采地,王子弟所食邑也。"也泛稱都邑之大者。《左傳·隱公元年》:"先王之制:大都不過參國之一,中,五之一,小,九之一。"這裏借指京城長安。 里巷:猶街巷。《漢書·五行志》:"京師郡國民聚會里巷阡陌,設張博具,歌舞祠西王母。"蘇洵《蘇氏族譜亭記》:"其輿馬赫奕,婢妾靚麗,足以蕩惑里巷之小人。" 高樹:高大的樹木。陳子昂《春夜別友人二首》一:"明月隱高樹,長河没曉天。悠悠洛陽道,此會在何年?"韋應物《過扶風精舍舊居簡朝宗巨川兄弟》:"佛刹出高樹,晨光閒井中。年深念陳迹,追此獨忡忡。" 人家:他人之家。蘇頲《經三泉路作》:"三月松作花,春行日漸睎。竹障山鳥路,藤蔓野人家。"賀知章《望人家桃李花》:"山源夜雨度仙家,朝發東園桃李花……南陌青樓十二重,春風桃李爲誰容?"

③ 平陽宅:指平陽公主的住宅。平陽公主是唐高祖李淵之女,柴紹之妻。隋大業十三年(617)紹從李淵在太原舉兵反隋,她回家散財招兵得七萬人,親率師與李世民會於渭北,時稱"娘子軍",建唐後封爲平陽公主。平陽公主故世之後,平陽宅又移作別的公主的住宅。上官儀《高密長公主挽歌》:"霜處華芙落,風前銀燭侵。寂寞平陽宅,月冷洞房深。"白居易《新樂府·兩朱閣》:"憶昨平陽宅初置,吞并平人幾家地?仙去雙雙作梵宫,漸恐人間盡爲寺。"詩篇中常常代稱權貴人家。 爲見墻頭拂面花:元稹《酬翰林白學士代書一百韵》有句

云：“山岫當街翠，墙花拂面枝。”句下注：“昔予賦詩云：‘爲見墙頭拂面花。’時唯樂天知此。”源頭即在本詩。　墙頭：圍墙的上端。于鵠《題美人》：“秦女窺人不解羞，攀花趁蝶出墙頭。”歐陽修《齋宮感事寄原甫學士》：“曾向齋宮詠麥秋，緑陰佳樹覆墙頭。”　拂：輕輕地掠過，輕輕地飄過。王昌齡《送高三之桂林》：“嶺上梅花侵雪暗，歸時還拂桂花香。”韋莊《浣溪沙》：“緑樹藏鶯鶯正啼，柳絲斜拂白銅堤。”

［編年］

《年譜》編年本詩於“元稹爲校書郎時”，理由是：本詩有“爲見墙頭拂面花”之句，而《酬代書詩》自注：‘爲見墙頭拂面花。’時唯樂天知此。《編年箋注》沒有對本詩具體編年，也沒有説明理由，僅僅編排在《題李十一修行里居壁》（《編年箋注》編年於“任校書郎期間”）之後、《永貞二年正月二日上御丹鳳樓赦天下予與李公垂庾順之閑行曲江不及盛觀》（《編年箋注》編年於“永貞二年”——亦即元和元年）之前，沒有習見的“見卞《譜》”字樣。又因爲本詩《編年箋注》沒有一個字的注釋，無從考究其編年的意見及理由。《年譜新編》編年本詩於“癸未至乙酉爲校書郎所作其他詩”，理由如《年譜》所述。

我們以爲，元稹《酬翰林白學士代書詩一百韵》詩云：“昔歲俱充賦，同年遇有司。八人稱迥拔，兩郡濫相知。”又云：“山岫當街翠，墙花拂面枝。”而句下注：“昔予賦詩云：‘爲見墙頭拂面花。’時唯樂天知此。”本詩所述，與白居易《代書詩一百韵寄微之》：“憶在貞元歲，初登典校司……幾時曾暫別？何處不相隨？”與元稹《酬翰林白學士代書詩一百韵》“昔歲俱充賦，同年遇有司……苟務形骸達，渾將性命摧”所云一一吻合，據此，知本詩應該作於元稹與白居易相識之後，亦即貞元十九年春天兩人同年登第並同拜校書郎之後。而元和元年元稹白居易制科及第之後，元稹官拜左拾遺，白居易出任盩厔縣尉，兩人不在一地，左拾遺的官職也並不清閑，已經不會也不可能如本詩所云如此清閑而到處游山逛水。因此本詩的下限應該是元稹白居易罷職校書郎居華陽觀撰制《策林》七十五篇之前。

　　本詩寫作的上限起元稹白居易任職校書郎在貞元十九年春天，下限至元稹白居易元和元年自求罷職校書郎之前。而本詩云："春來偏認平陽宅，爲見墻頭拂面花。"元稹《酬翰林白學士代書詩一百韵》："山岫當街翠，墙花拂面枝。"白居易《代書詩一百韵寄微之》亦曰："岸草烟鋪地，園花雪壓枝。"所述都是春天景色，知本詩應該作於春天。貞元十九年元稹白居易及第並相識已經在春天之後，元和元年春天兩人在華陽觀忙於準備考試事宜，都應該排除。因此本詩應該作於貞元二十年、貞元二十一年兩個春天中的一個春天。根據貞元二十一年元稹《病減逢春期白二十二辛大不至十韵》"就日臨階坐，扶床履地行。問人知面瘦，祝鳥願身輕"的情況，本詩不可能作於貞元二十一年。雖然元稹貞元二十年馬不停蹄奔走於長安洛陽之間，但在長安，仍然有較多的閑空與白居易等人閑遊，故本詩應該編年於貞元二十年春天較爲合適，地點在西京。

◎ 貞元二十年五月十四日夜宿天壇石幢側十五日得蟄屋馬逢少府書知予遠上天壇因以長句見贈篇末仍云靈溪試爲訪金丹因於壇上還贈^{(一)①}

　　野人性僻窮深僻，芸署官閑不似官②。萬里洞中朝玉帝（上有洞，周視萬里）(二)，九光霞外宿天壇③。洪漣浩渺東溟曙，白日低回上境寒④。因爲南昌檢仙籍，馬君家世奉還丹⑤。

録自《元氏長慶集》卷一六

[校記]

（一）貞元二十年五月十四日夜宿天壇石幢側十五日得鰲屋馬逢少府書知予遠上天壇因以長句見贈篇末仍云靈溪試爲訪金丹因於壇上還贈：《佩文齊詠物詩選》同，楊本、叢刊本、《全詩》作“天壇上境”，將本詩詩題作爲題注，《山西通志》作“天壇上境”，無題注。

（二）上有洞，周視萬里：原本作“上有洞，周萬里”，楊本、叢刊本、《全詩》同，《山西通志》無此注文，《佩文齊詠物詩選》作“上有洞，周視萬里”，更合原來詩意，據改。

[箋注]

① 天壇：封建帝王祭天的高臺。《宋書·禮志》：“光武建武中，不立北郊，故後地之祇常配食天壇。”《南齊書·禮志》：“郊爲天壇。”這裏指王屋山的絕頂，相傳爲黃帝禮天處。杜甫《昔遊》：“王喬下天壇，微月映皓鶴。”仇兆鰲注：“王屋山絕頂曰天壇……《地志》：王屋山絕頂曰天壇，縣東南六里，《王喬傳》或云即古仙人王子喬也。《列仙傳》：王子喬，周靈王太子晉也，好吹笙作鳳鳴，游伊洛間，道士浮丘公接上山三十餘年。後來於山下告桓良曰：‘告我家，七月七日待我緱氏山頭。’果乘白鶴，駐山頭望之不得到，舉手謝時人而去。”《山西通志》卷一七〇：“天壇在王屋山絕頂，爲仙靈朝會之所。李濂《記》云：由紫微宮西上，至憩息亭，登一天門、南天門、觀軒轅、黃帝御愛松憩換衣亭，中爲玉皇殿。又上爲虛皇觀，有軒轅廟、真君祠，乃陟三級瑤臺，瑤臺下多古今石刻。夜宿上方院，觀天燈，遠火如流星，上下明滅，杳無定迹。北天門古松十數株，環列成行，皆千百年物。每歲諸元會日，五更初輒聞仙鐘自遠洞中發聲，悠揚清婉可聽。唐李白詩：‘願隨夫子天壇上，閑與仙人掃落花。’元稹《夜宿天壇石幢側詩》：‘萬里洞中朝玉帝，九光霞外宿天壇。’” 石幢：古代祠廟中刻有經文、圖像或題名的大石柱，有座有蓋，狀如塔。

岑參《酬暢當嵩山尋麻道士見寄》："陰洞石幢微有字,古檀松樹半無枝。煩君遠示青囊錄,願得相從一問師。"陸龜蒙《憶襲美洞庭觀步奉和次韵》："水鳥行沙嶼,山僧禮石幢。已甘三秀味,誰念百牢腔?"盩厔:這裹是縣名,《元和郡縣志·京兆府》:"盩厔縣(畿東北至府一百三十里):漢舊縣,武帝置,屬右扶風。山曲曰盩,水曲曰厔。後漢省,晉復立,武德三年屬稷州,貞觀元年廢稷州,復屬雍州,天寶中改名宜壽,後復名盩厔。"白居易元和元年登制科第後,曾任盩厔縣尉。耿湋《屏居盩厔》:"縣城寒寂寞,峰樹遠參差。自笑無謀者,祇應道在斯。"白居易《寄題盩厔廳前雙松》:"憶昨爲吏日,折腰多苦辛。歸家不自適,無計慰心神。"　馬逢:元稹《送東川馬逢侍御使回十韵》:"風水荆門闊,文章蜀地豪。眼青賓禮重,眉白衆情高。思勇曾吞筆,投虛慣用刀。詞鋒倚天劍,學海駕雲濤。南郡傳紗帳,東方讓錦袍。旋吟新樂府,便續古離騷。"知馬逢有詩名於當時。兩《唐書》無傳,《唐才子傳》云:"馬逢,關中人。貞元五年盧頊榜進士,佐鎮戎幕府。嘗從軍出塞得詩名,篇篇警策,有集今傳。"《唐才子傳》過於簡略,在傅璇琮先生主編《唐才子傳校箋》中,吳汝煜先生有較多補充考證,請參閱。　少府:即縣尉,白居易此後也曾擔任此職。洪邁《容齋隨筆·贊公少公》:"唐人呼縣令爲明府,丞爲贊府,尉爲少府。"武元衡《夜坐聞雨寄嚴十少府》:"多負雲霄志,生涯歲序侵。風翻涼葉亂,雨滴洞房深。"張籍《贈姚合少府》:"病來辭赤縣,案上有丹經。爲客燒茶竈,教兒掃竹亭。"　長句:指七言古詩,後兼指七言律詩。杜甫《蘇端薛復筵簡薛華醉歌》:"近來海內爲長句,汝與山東李白好。"黃庭堅《贈高子勉四首》二:"張侯海內長句,晁子廟中雅歌。高郎少加筆力,我知三傑同科。"　靈溪試爲訪金丹:馬逢原唱今存僅此一句,餘皆無從查考。金丹,古代方士煉金石爲丹藥,認爲服之可以長生不老。從中可見馬逢的喜好,這在唐代士人中比較常見,不足爲怪。

②野人:士人自謙之稱,這裹是元稹的自稱。杜甫《贈李白》:"野

人對膻腥，蔬食常不飽。"仇兆鰲注："野人，公自謂也。"白居易《訪陳二》："出去爲朝客，歸來是野人。" 性僻：性情喜好。僻，通"癖"。杜甫《江上值水如海勢聊短述》："爲人性僻耽佳句，語不驚人死不休。老去詩篇渾漫興，春來花鳥莫深愁。"羅鄴《山陽貽友人》："性僻多將雲水便，山陽酒病動經年。行遲暖陌花攔馬，睡重春江雨打船。" 深僻：幽深偏僻。康駢《劇談録·嚴史君遇終南山隱者》："計其道路，去京不啻五六百里，然而林岫深僻，風景明麗。"曾鞏《請西北擇將東南益兵札子》："然今東南之隅，地方萬里，有山海江湖險絶之勢，溪洞林麓深僻之虞。" 芸署：秘書省的別稱。王季友《山中贈十四秘書兄》："出山秘芸署，山木已再春。"亦作"芸香署"。蘇舜欽《留别原叔八丈》："既出芸香署，又下金華席。" 官閑：官事清閑。韋應物《送元倉曹歸廣陵》："官閑得去住，告别戀音徽。舊國應無業，他鄉到是歸。"戴叔倫《客中言懷》："白髮照烏紗，逢人只自嗟。官閑如致仕，客久似無家。"

③ 萬里洞：詩人原注："上有洞，周視萬里。"故言"萬里洞"。玉帝：即玉皇。陶弘景《真靈位業圖》："玉帝居玉清三元宫第一中位。"王維《金屑泉》："翠鳳翊文螭，羽節朝玉帝。" 九光：五光十色，形容光芒色彩絢爛。《海内十洲記·昆侖》："碧玉之堂，瓊華之室，紫翠丹室，錦雲燭日，朱霞九光。"又作四射的光芒、絢爛的光芒解。《開元占經》卷五引《尚書緯·考靈曜》："日照四極九光。"葛洪《抱朴子·至理》："懷重規于絳宫，潛九光於洞冥。" 霞外：雲外，高遠之處。崔湜《江樓夕望》："楚山霞外斷，漢水月中平。"楊萬里《雪巢賦》："赤城兮霞外，天臺兮雲表。"也謂與世隔絶，遠離塵俗。宋之問《答田徵君》："傳聞潁陽人，霞外漱靈液。"

④ 洪漣：巨浪。晉代木華《海賦》："噏波則洪漣踧踖，吹瀟則百川倒流。"劉禹錫《有獺吟》："關關黄金鸒，大翅搖江烟。下見盈尋魚，投身擘洪漣。" 浩渺：水面曠遠。許渾《鄭秀才東歸憑達家書》："愁泛楚江吟浩渺，憶歸吴岫夢嵯峨。"陸游《入蜀記》卷三："江面浩渺，白浪如

山,所乘二千斛舟,搖兀掀舞,纔如一葉。"也作廣大遼闊、宏大解。李益《送歸中丞使新羅册立吊祭》:"浩渺風來遠,虛明鳥去遲。"　東溟:東海。顏延之《車駕幸京口侍遊蒜山作》:"元天高北列,日觀臨東溟。"李白《古風》一一:"黄河走東溟,白日落西海。"　白日:太陽,陽光。《楚辭·九辯》:"白日晼晚其將入兮,明月銷鑠而减毀。"韓愈《洞庭湖阻風贈張十一署》:"雲外有白日,寒光自悠悠。"　低回:徘徊,流連。李益《遊子吟》:"女羞夫壻薄,客耻主人賤。遭遇同衆流,低回媿相見。"　上境:仙境。元稹《大雲寺二十韵》:"聽經神變見,説偈鳥紛紜。上境光猶在,深谿暗不分。"李中《寄楊先生》:"仙翁別後無信,應共烟霞卜鄰……浮生日月自急,上境鶯花正春。"這裏指天壇。

　　⑤ 仙籍:神仙之鄉,亦形容清幽之境。孟郊《游韋七洞庭別業》:"崆峒非凡鄉,蓬瀛在仙籍。"也指仙人的名籍。李商隱《重過聖女祠》:"玉郎會此通仙籍,憶向天階問紫芝。"古以科舉及第爲登仙,因稱及第者的資格與名姓籍貫爲仙籍。李滄《及第後宴曲江》:"紫毫粉壁題仙籍,柳色簫聲拂御樓。"　家世:謂世代相傳的門第或家族的世系。《史記·蒙恬列傳》:"始皇二十六年,蒙恬因家世得爲秦將,攻齊,大破之,拜爲内史。"范成大《送洪内翰北使二首》二:"單于若問公家世,説與麟麟畫老臣。"引申指先代、前世。《南史·到漑傳》:"蔣山有延賢寺,漑家世所立,漑得禄俸皆充二寺。"　還丹:道家合九轉丹與朱砂再次提煉而成的仙丹,自稱服後可以即刻成仙。葛洪《抱朴子·金丹》:"若取九轉之丹,内神鼎中,夏至之後,爆之鼎,熱,内朱兒一斤於蓋下,伏伺之。候日精照之,須臾,翕然俱起,煌煌煇煇,神光五色,即化爲還丹。取而服之一刀圭,即白日昇天。"段成式《酉陽雜俎續集·支諾皋》:"可求還丹,取此水和而服之,即時换骨上賓。"

[編年]

　　《年譜》編年本詩於貞元二十年,有譜文"又由東都赴西京。五月,遊天壇"説明,但其列舉的證據僅僅是本詩詩題或稱詩序的文字,並没有其他證據。《編年箋注》編年本詩:"貞元二十年(八〇四),元稹任校書郎,五月由東都洛陽赴西京長安,游王屋山,作此詩。見下《譜》。"《年譜新編》編年本詩於貞元二十年,没有説明理由,但有譜文"五月,游王屋山天壇"説明,不過也衹是引述本詩序言或稱詩題而已。

我們以爲,有元稹的詩題或稱詩序,本詩編年應該没有多少問題。但我們認爲仍然可以進一步細化:元稹五月十五日得到馬逢的贈詩,元稹"因於壇上還贈",計其時日,元稹酬詩應該在五月十五日、十六日間。

◎ 西　還^{(一)①}

悠悠洛陽夢,欝欝灞陵樹^②。落日正西歸,逢君又東去^③。

録自《元氏長慶集》卷五

[校記]

(一)西還:本詩存世各本,包括楊本、叢刊本、《萬首唐人絶句》、《萬首唐人絶句選》、《唐詩品彙》、《全詩》諸本,未見異文。

[箋注]

① 西還:自東而西回歸自己原來曾經生活過、工作過的目的地。陳子昂《落第西還别魏四憬》:"轉蓬方不定,落羽自驚弦。山水一爲别,歡娛復幾年?"祖詠《夕次圃田店》:"前路入鄭郊,尚經百餘里……西還不遑宿,中夜渡涇水。"這裏所説的"西還",是指詩人從洛陽西歸長安。當時元稹的妻子韋叢還居住在洛陽韋夏卿的家中,故詩人不時前往洛陽探望韋叢。

② 悠悠:思念貌,憂思貌。《詩·邶風·終風》:"莫往莫來,悠悠

我思。"鄭玄箋："言我思其如是,心悠悠然。"喬知之《定情篇》："去時恩灼灼,去罷心悠悠。"　洛陽夢:思念洛陽的夢寐。劉長卿《金陵西泊舟臨江樓》："迢迢洛陽夢,獨臥清川樓。異鄉共如此,孤帆難久遊。"于慎行《思歸集句》："雲暗雙龍闕,花明綺陌春。悠悠洛陽夢,莫作未歸人。"這裏指元稹與韋叢之間剪不斷理還亂的思念與憂思。鬱鬱:有多種解釋,但以描寫樹木爲主。其一是茂盛貌。劉向《九嘆·湣命》："冥冥深林兮,樹木鬱鬱。"《古詩十九首·青青河畔草》:"青青河畔草,鬱鬱園中柳。"李善注："鬱鬱,茂盛也。"其二是繁多貌。《玉臺新詠·古詩爲焦仲卿妻作》："從人四五百,鬱鬱登郡門。"蘇軾《中山松醪寄雄守王引進》："鬱鬱蒼髯千歲姿,肯來杯酒作兒嬉?"其三是煙氣升騰貌。葛洪《神仙傳·巫炎》："武帝出見子都於渭橋,其頭上鬱鬱紫氣高丈餘。"其四是幽暗貌。柳宗元《亡妻弘農楊氏志》:"佳城鬱鬱,閉白日兮!"　灞陵:古地名,本作霸陵,故址在今陝西省西安市東,漢文帝葬於此,故稱。三國魏改名霸城,北周建德二年廢。庾信《哀江南賦》："豈知灞陵夜獵,猶是故時將軍。"李白《憶秦娥》:"秦樓月,年年柳色,灞陵傷別。"

③ 落日:夕陽,亦指夕照。謝靈運《廬陵王墓下作》："曉月發雲陽,落日次朱方。"杜甫《後出塞五首》二:"落日照大旗,馬鳴風蕭蕭。"西歸:義同"西還"。元稹《桐孫詩序》："元和五年,予貶掾江陵。三月二十四日,宿曾峰館。山月曉時,見桐花滿地,因有八韵寄白翰林詩。當時草蹩,未暇紀題。及今六年,詔許西歸……"元稹另有《西歸絕句十二首》,所述都是元和十年元稹自江陵西歸京城之事,但與本詩所述"西歸"不是同一回事。　君:元稹的朋友,但不詳何人,待考。東去:向東而去。宋之問《留別之望舍弟》："同氣有三人,分飛在此晨。西馳巴嶺徼,東去洛陽濱。"李頎《送王昌齡》:"漕水東去遠,送君多暮情。淹留野寺出,向背孤山明。"

[編年]

《年譜》元和五年"詩編年"條下將本詩編入"元稹回西京時作"，理由是："詩云'……'元和元年元稹以母喪解河南縣尉還西京時，恐不能作此詩(《誨侄等書》云：'謫棄河南，泣血西歸。')似元和五年元稹爲監察御史分務東臺'罰俸西歸'時作。"《編年箋注》編年："此詩是作者元和五年(八一〇)從東臺罰俸召回西京時作。"理由是："詳卜《譜》。"《年譜新編》引述本詩後曰："是元和五年罰俸西歸時口吻。"編入"元稹西歸途中所作詩"。

《年譜》、《編年箋注》、《年譜新編》的編年理由令人難於接受。這首詩歌祗有短短四句，是詩人從洛陽返回長安時在灞陵遇見一位朋友的應酬之作。詩意明白如話，不必我們饒舌。元稹一生來往於長安洛陽之間的次數甚多，除了《年譜》上面引述的兩次而外，還有貞元二十年間的多次往還，有元稹《貞元二十年正月二十五日自洛之京二月三日春社至華岳寺憩寶師院曾未逾月又復徂東再謁寶師因題四韵而已》、《天壇上境》兩詩的序言爲證，後詩序曰："貞元二十年五月十四日夜宿天壇石幢側，十五日得蝥屋馬逢少府書，知予遠上天壇，因以長句見贈。篇末仍云：靈溪試爲訪金丹，因於壇上還贈。"在元稹從浙東觀察使任奉詔回京時，在洛陽與白居易相聚之後，也曾戀戀不捨告別白居易從灞陵回京，當然那是詩人最後一次從洛陽回京。既然如此，《年譜》那種舍此即彼的編年方法肯定是有問題的。且元稹元和五年"罰俸西歸"時在敷水驛遭到宦官的毒打，内心的感受同"泣血西歸"也相差無幾，不太可能寫出《西還》這樣心態平和的詩篇。青年時期是人生的多夢季節，對政治前程的厚望，對未來生活的憧憬，對榮宗耀祖的嚮往，還有對獨自留在東都的妻子的思念……從"悠悠洛陽夢"的詩意來看，我們比較傾向於是元稹貞元二十年間的作品。

▲ 小有洞天^{(一)①}

小有洞天周萬里^②。

據《海録碎事·九光霞》

［校記］

（一）小有洞天：本句所據《海録碎事·九光霞》，爲僅見，無其他文獻可以參校。

［箋注］

① 小有洞天：《海録碎事·九光霞》：“‘萬里洞中朝玉帝，九光霞外宿天壇。’元微之詩：‘小有洞天周萬里。’”“萬里洞中朝玉帝，九光霞外宿天壇”兩句，見元稹《貞元二十年五月十四日夜宿天壇石幢側十五日得盩厔馬逢少府書知予遠上天壇因以長句見贈篇末仍云靈溪試爲訪金丹因於壇上還贈》：“野人性僻窮深僻，芸署官閑不似官。萬里洞中朝玉帝，九光霞外宿天壇。洪溓浩渺東溟曙，白日低回上境寒。因爲南昌檢仙籍，馬君家世奉還丹。”而其“小有洞天周萬里”，不見元稹詩篇中有此詩句，也不見唐代或古代其他詩人詩篇中有此詩句。此句疑是元稹《貞元二十年五月十四日夜宿天壇石幢側十五日得盩厔馬逢少府書知予遠上天壇因以長句見贈篇末仍云靈溪試爲訪金丹因於壇上還贈》詩注“上有洞，周萬里”、“上有洞，周視萬里”之另一版本，但細細玩味“上有洞，周萬里”或“上有洞，周視萬里”與“小有洞天周萬里”兩句，語義不完全相同，在没有版本依據的前提下，暫時將“小有洞天周萬里”看成是元稹已經散佚的殘句，據補，等待智者他日的破解。《禹貢錐指·王屋山》：“王屋山在濟源縣西北，山有三重，

其狀如屋,與山西垣曲、陽城二縣接境。《隋志》:‘王屋縣有王屋山。’《括地志》云:‘山在縣北十里。’《元和志》云:在縣北十五里,周一百三十里,高三十里。今濟源縣西有王屋,故城隋唐縣也。分漢垣縣地置,元省入濟源。《河南通志》云:山在濟源縣西八十里,形如王者車蓋,故名。其絕頂曰天壇,蓋濟水發源之處。按:天壇在縣西北百二十里,王屋山之北山峰突兀,其東曰日精,西曰月華,絕頂有石壇,名清虛小有洞天。李濂《遊王屋山記》云:天壇,世人謂之西頂,上有黑龍洞,洞前有太乙池,即濟水發源處也。”

② 小有洞天:《玉芝堂談薈・華山神燈》:“太行山即道書清虛小有洞天,東曰日精,西曰月華。且出五色影,夜則天燈出現,司馬承禎得道之所。”“上有洞天”與“小有洞天”的區別也許就在這裏。 洞天:道教稱神仙的居處,意謂洞中別有天地,後常泛指風景勝地。錢起《過瑞龍觀道士》:“不知誰氏子,鍊魄家洞天? 鶴待成丹日,人尋種杏田。”顧況《悲歌六首》六:“軒轅黃帝初得仙,鼎湖一去三千年。周流三十六洞天,洞中日月星辰聯。” 周:環繞。《左傳・成公二年》:“齊師敗績,逐之,三周華不注。”《新唐書・鑊沙傳》:“〔婆羅吸摩補羅〕縣地四千里,山周其外。” 萬里:一萬里,極言距離之遠。李端《江上逢司空曙》:“共爾鬡年故,相逢萬里餘。新春兩行淚,故國一封書。”楊凝《送客往洞庭》:“九江歸路遠,萬里客舟還。若過巴江水,湘東滿碧烟。”

[編年]

《元稹集》未採録,《年譜》、《編年箋注》、《年譜新編》沒有採録與編年。

我們以爲,本句應該是元稹遊歷王屋山天壇時所作之句,與《貞元二十年五月十四日夜宿天壇石幢側十五日得蓍屋馬逢少府書知予遠上天壇因以長句見贈篇末仍云靈溪試爲訪金丹因於壇上還贈》、

《天壇歸》賦作於同時,亦即貞元二十年五月十五日至二十日間,地點在王屋山天壇,元稹時任校書郎,時常往來於長安與洛陽之間。

◎ 天壇歸⁽一⁾①

爲結區中累,因辭洞裏花②。還來舊城郭,烟火萬人家③。

録自《元氏長慶集》卷一五

[校記]

(一)天壇歸:本詩存世各本,包括楊本、叢刊本、《萬首唐人絕句》、《全詩》諸本,未見異文。

[箋注]

① 天壇:王屋山的絕頂爲天壇,而王屋山在王屋縣:《元和郡縣志·河南府》:"王屋縣(畿東南至府一百里),本周時召康公之采邑,漢爲垣縣地,後魏獻文帝分垣縣置長平縣,周明帝改爲王屋縣,因山爲名。仍于縣置王屋郡,天和元年又爲西懷州,隋開皇三年改爲邵州,大業三年廢邵州,以縣屬懷州,顯慶二年割屬河南府。王屋山在縣北十五里,周迴一百三十里,高三十里。"戎昱《寄許鍊師》:"掃石焚香禮碧空,露華偏濕蕊珠宮。如何説得天壇上,萬里無雲月正中?"李益《長社竇明府宅夜送王屋道士常究子》:"天壇臨月近,洞水出山長。海嶠年年别,丘陵徒自傷。"

② 區中:人世間。《史記·司馬相如列傳》:"迫區中之隘陜兮,舒節出乎北垠。"王昌齡《裴六書堂》:"窗下長嘯客,區中無遺想。"花:這裏借指花宫,亦即指佛寺。李頎《宿瑩公禪房聞梵》:"花宫仙梵遠微微,月隱高城鐘漏稀。"李白《秋夜宿龍門香山寺奉寄王方城十七

丈》："玉斗横網户，銀河耿花宫。"

③ "還來舊城郭"兩句：這裏用遼東丁令威得仙化鶴歸故里的故事。説遼東人丁令威，學道後化鶴歸遼，徘徊空中而言曰："有鳥有鳥丁令威，去家千年今始歸。"武元衡《和楊三舍人晚秋與崔二舍人張秘監苗考功同遊昊天觀時中書寓直不得陪随因追往年曾與舊僚聯遊此觀紀題在壁已有淪亡書事感懷輒以呈寄兼呈東省三給事之作楊君見徵鄙詞因以繼和》："化藥秦方士，偷桃漢侍臣。玉笙王子駕，遼鶴令威身。"元積《代曲江老人百韵》："阮郎迷里巷，遼鶴記城闍。虚過休明代，旋爲朽病身。" 還來：歸來，回來。杜甫《課小豎鋤斫舍北果林枝蔓荒穢净訖移床三首》三："籬弱門何向？沙虚岸只摧。日斜魚更食，客散鳥還來。"顧況《題元陽觀舊讀書房贈李範》："此觀十年遊，此房千里宿。還来舊窗下，更取君書讀。" 城郭：城墙，城指内城的墙，郭指外城的墙。齊己《題贈湘西龍安寺利禪師》："南祖衣盂曾禮謁，東林泉月舊經過。閑來松外看城郭，一片紅塵隔逝波。"也泛指城市。處默《聖果寺》："古木叢青靄，遙天浸白波。下方城郭近，鐘磬雜笙歌。" 烟火：原指火和烟，本詩指炊烟，亦泛指人烟。孟雲卿《寒食》："二月江南花滿枝，他鄉寒食遠堪悲。貧居往往無烟火，不獨明朝爲子推。"陸游《詹仲信以山水二軸爲壽固辭不可乃各作一絶句謝之‧雪山》："雪崦梅村一徑斜，茆檐烟火兩三家。眼明見此幽栖地，却恨吾廬已太奢。" 人家：民家，民宅。李嘉祐《夜聞江南人家賽神因題即事》："南方淫祀古風俗，楚嫗解唱迎神曲。鎗鎗銅鼓蘆葉深，寂寂瓊筵江水緑。"錢起《夜泊鸚鵡洲》："月照溪邊一罩蓬，夜聞清唱有微風。小樓深巷敲方響，水國人家在處同。"

[編年]

　　《年譜》編年本詩於貞元二十年，没有説明理由。《編年箋注》編年："此詩作於貞元二十年（八〇四），元積時爲校書郎。見下《譜》。"

《年譜新編》亦編年貞元二十年,也沒有說明理由。

我們以爲,本詩應該是《貞元二十年五月十四日夜宿天壇石幢側十五日得螯屋馬逢少府書知予遠上天壇因以長句見贈篇末仍雲靈溪試爲訪金丹因於壇上還贈》的後續詩篇,應該作於元稹結束王屋山之行回歸長安之時,時間應該在五月十五日、十六日之後,本月二十日回歸長安之前。

◎ 與太白同之東洛至櫟陽太白染疾駐行予九月二十五日至華嶽寺雪後望山^①

共作洛陽千里伴,老劉因疾駐行軒^②。今朝獨自山前立,雪滿三峰倚寺門^{(一)③}。

録自《元氏長慶集》卷一六

[校記]

(一)雪滿三峰倚寺門:楊本、叢刊本、《全詩》同,《萬首唐人絕句》作"雪滿山峰倚寺門",語義不同,不改。

[箋注]

① 太白:即劉敦質,字太白,行三十二,元稹白居易校書郎任的同事,謝世較早。白居易《常樂里閑居偶題十六韵兼寄劉十五公興王十一起吕二炅吕四潁崔十八玄亮元九稹劉三十二敦質張十五仲元時爲校書郎》:"勿言無知己,躁静各有徒。蘭臺七八人,出處與之俱。"白居易《過劉三十二故宅》:"不見劉君來近遠,門前兩度滿枝花。朝來惆悵宣平過,柳巷當頭第一家。" 東洛:指洛陽,漢唐時以洛陽爲東都,故稱。韓愈《縣齋有懷》:"求官去東洛,犯雪過西華。"錢仲聯集

釋引王元啓曰：“公於貞元十六年冬及明年冬，自洛再往京師。”唐庚《有所嘆二首》一：“近逃臺鼎居東洛，聞道衣冠滿北軍。” 櫟陽：長安領二十三縣之一，在長安東北一百里處。《元和郡縣志》卷二：“櫟陽縣（畿西南至府一百里）：本秦舊縣，獻公自雍徙居焉！屬左馮翊。項羽立司馬欣爲塞王，亦都之。按高帝既葬太上皇于櫟陽之萬年陵，遂分櫟陽置萬年縣以爲陵邑，理櫟陽城中，故櫟陽城亦名萬年城。後漢省櫟陽入萬年，後魏宣武帝又分置廣陽縣，周明帝省萬年入廣陽，更於長安城中別置萬年縣，廣陽仍屬馮翊郡。隋開皇三年，罷郡，廣陽縣屬雍州。武德元年又改爲櫟陽縣。”韋應物《謝櫟陽令歸西郊贈別諸友生》：“結髮仕州縣，蹉跎在文墨。徒有排雲心，何由生羽翼？”武元衡《至櫟陽崇道寺聞嚴十少府趨侍》：“雲連萬木夕沈沈，草色泉聲古院深。聞說羊車趨盛府，何言瓊樹在東林！” 染疾：患病。薛用弱《集異記補編·李楚賓》：“母嘗染疾，晝常無苦，至夜即發。”《龍學文集》卷一四《紫微撰西齋話記共三十五事》：“參政趙侍郎安仁言：故兵部員外郎直史館陳充，淳化中嘗染疾，一日恍惚若夢中被人召至一府署中。” 駐行：義同“駐行軒”、“駐行車”、“駐行舟”，停止前進。李益《中橋北送穆質兄弟應制戲贈蕭二策》：“洛水橋邊雁影疏，陸機兄弟駐行車。欲陳漢帝登封草，猶待蕭郎寄內書。”徐鉉《憶新淦觴池寄孟賓于員外》：“往年淦水駐行軒，引得清流似月圓。自有谿光還碧甃，不勞人力遞金船。” 駐：車馬停止。《漢書·韓延壽傳》：“今旦明府早駕，久駐未出。”宋之問《上巳泛舟昆明池宗主簿席序》：“主稱未醉，惟見馬駐浮雲。”停留。班昭《東征賦》：“悵容與而久駐兮，忘日夕而將昏。”寒山《詩》一三四：“駐梭如有思，擎梭似無力。” 九月二十五日：這裏應該是貞元二十年九月二十五日，不久劉太白病故。 華嶽寺：寺名，在華山附近。駱賓王《秋日餞陸道士陳文林》：“青牛遊華嶽，赤馬走吳宮。玉柱離鴻怨，金罍浮蟻空。”王建《華嶽廟二首》二：“自移西嶽門長鎖，一箇行人一遍開。上廟參天今見在，夜頭風起覺神來。"

② 千里：洛陽與長安之間的距離接近千里，"千里"云云是概計其數，古人詩歌爲字數所限，常常如此。《舊唐書·地理志》："河南府……在西京之東八百五十里。"崔信明《送金竟陵入蜀》："金門去蜀道，玉壘望長安。豈言千里遠，方尋九折難！"陳子良《入蜀秋夜宿江渚》："山陰黑斷磧，月影素寒流。故鄉千里外，何以慰羈愁？" 行軒：古時指高貴者所乘的車，這裏是尊稱劉太白的車。張籍《懷別》："僕人驅行軒，低昂出我門。離堂無留客，席上唯琴樽。"陳通方《金谷園懷古》："戲蝶香中起，流鶯暗處喧。徒聞施錦帳，此地擁行軒。"

③ 今朝：今晨。《詩·小雅·白駒》："縶之維之，以永今朝。"今日。白居易《井底引銀瓶》："瓶沉簪折知奈何，似妾今朝與君別。"獨自：自己一個人，單獨。齊己《懷洞庭》："中宵滿湖月，獨自在僧樓。"王安石《梅花》："墻角數枝梅，凌寒獨自開。" 三峰：三個山峰，這裏指華山之蓮花、毛女、松檜三個山峰，與元稹的行蹤一一切合。崔顥《行經華山》："岧嶢太華俯咸京，天外三峰削不成。武帝祠前雲欲散，仙人掌上雨初晴。"陶翰《望太華贈盧司倉》："行吏到西華，乃觀三峰壯。" 倚：憑靠。《論語·衛靈公》："立則見其參於前也，在輿則見其倚於衡也。"杜甫《佳人》："天寒翠袖薄，日暮倚修竹。"憑藉，仗恃，依賴。《史記·魏其武安侯列傳》："及魏其侯失勢，亦欲倚灌夫引繩批根生平慕之後棄之者。"李白《扶風豪士歌》："作人不倚將軍勢，飲酒豈顧尚書期！"

[編年]

　　未見《年譜》對本詩編年，不明緣故。《編年箋注》僅僅採録本詩，也沒有編年，不明就裏。《年譜新編》編年本詩於貞元二十年，但沒有説明理由。

　　我們以爲，本詩詩題所示具體日期爲"九月二十五日"，而元稹白

653

居易與劉太白相識於貞元十九年春天任職秘書省校書郎之時,而白
居易《哭劉敦質》,朱金城先生《白居易箋校》考定作於貞元二十年,又
從本詩流露的資訊來看,劉太白已經無法隨同元稹回到自己的家鄉
洛陽,祇能停留在半路上養病,病體已經相當嚴重,估計不久劉太白
就辭別家人朋友病故。我們以爲,本詩應該作於貞元二十年九月二
十五日,不同於《年譜》的没有編年,也不同於《編年箋注》、《年譜新
編》祇籠統編年貞元二十年。

◎ 野狐泉柳林①

　　去日野狐泉上柳,紫牙初綻拂眉低②。秋來寥落驚風
雨,葉滿空林蹋作泥(一)③。

録自《元氏長慶集》卷一六

[校記]

　　(一)葉滿空林蹋作泥:蘭雪堂本、叢刊本、《萬首唐人絶句》、《全
詩》同,楊本作"葉□空林蹋作泥",刊刻之誤,不從不改。

[箋注]

　　① 野狐泉:地名,在潼關之西,在今陝西華陰市境内。《資治通
鑑》:"(廣明元年)十二月庚辰朔……壬午旦,賊夾攻潼關,關上兵皆
潰,師會自殺。承範變服帥餘衆脱走,至野狐泉,遇奉天援兵二千繼
至,承範曰:'汝來晚矣!'"《陝西通志·華州》:"野狐泉,在潼關西泉,
在道傍店後坡下……廣明元年冬,黄巢攻潼關,關土民皆潰,張承範
變服率餘衆脱走至野狐泉。"　柳林:柳樹林。許渾《泛五雲溪》:"魚
傾荷葉露,蟬噪柳林風。"晁補之《閻子常携琴入村》:"薛老村西十里

地,旱日燎原無柳林。"

② 去日:已過去的歲月。王維《伊州歌》:"清風明月苦相思,蕩子從戎十載餘。征人去日殷勤囑,歸雁來時數附書。"杜甫《成都府》:"但逢新人民,未卜見故鄉。大江東流去,遊子去日長。" 紫牙:同"紫芽",即柳芽或茶芽,初出之時顏色呈淡紫色。張籍《茶嶺》:"紫芽連白蕊,初向嶺頭生。自看家人摘,尋常觸露行。"元稹《貶江陵途中寄樂天杓直杓直以員外郎判鹽鐵樂天以拾遺在翰林》:"想到江陵無一事,酒杯書卷綴新文。紫芽嫩茗和枝采,朱橘香苞數瓣分。" 綻:花蕾或葉芽開放。庾信《杏花》:"春色方盈野,枝枝綻翠英。"張元幹《念奴嬌》:"暮雲千里,桂華初綻寒玉。"

③ 秋來:秋天以來。張諤《九日》:"秋來林下不知春,一種佳遊事也均。絳葉從朝飛盡夜,黃花開日未成旬。"王維《相思》:"紅豆生南國,秋來發幾枝?願君多采擷,此物最相思。" 寥落:稀疏,稀少。谷神子《博異志·崔無隱》:"漸暮,遇寥落三兩家,乃欲寄宿耳!"衰落,衰敗。陶潛《和胡西曹示顧賊曹》:"悠悠待秋稼,寥落將賒遲。"風雨:風和雨,颮風下雨。干寶《搜神記》卷一四:"王悲思之,遣往視覓,天輒風雨,嶺震雲晦,往者莫至。"蘇軾《次韵黃魯直見贈古風二首》一:"嘉穀卧風雨,稂莠登我場。" 空林:木葉落盡的樹林。綦毋潛《冬夜寓居寄儲太祝》:"奈何離居夜,巢鳥悲空林。愁坐至月上,復聞南鄰砧。"章八元《新安江行》:"古戍懸魚網,空林露鳥巢。雪晴山脊見,沙淺浪痕交。"

[編年]

　　未見《年譜》編年本詩。《編年箋注》編年:"此詩……作于貞元二十年(八〇四)。"《年譜新編》據《南部新書》、《資治通鑑》、《太平廣記》以及元稹《貞元二十年正月二十五日自洛之京二月三日春社至華嶽寺懇寶師院曾未逾月又復徂東再謁寶師因題四韵而已》四條材料,編年本詩於貞元二十年"九月末"。

我們以爲,《年譜》遺漏本詩編年是疏忽,《編年箋注》編年本詩"作於貞元二十年"是籠統。而《年譜新編》據《資治通鑑》考定"野狐泉"的地理位置,應該肯定;但地點的考定,祇是編年的第一步,並非是最關鍵的一步。《年譜新編》所引元稹詩篇,與編年本詩於"九月末"没有必然的聯繫,仍然有粗疏之處。所引元稹詩題中的"貞元二十年正月二十五日自洛之京二月三日春社至華嶽寺"是本詩前兩句"去日野狐泉上柳,紫牙初綻拂眉低"描寫的依據所在,揭示的節令是初春時分,但那祇是回憶之筆,僅僅依據回憶的詩句仍然無法編年本詩於本年"九月末"。編年本詩於"九月末"的關鍵之篇是元稹的另一篇詩歌《與太白同之東洛至櫟陽太白染疾駐予九月二十五日至華嶽寺雪後望山》:"共作洛陽千里伴,老劉因疾駐行軒。今朝獨自山前立,雪滿三峰倚寺門。"與本詩的後面兩句"秋來寥落驚風雨,葉滿空林蹋作泥"相映成趣:白雪積滿山峰,景致頗爲壯觀,令人留步觀望;山下秋風瑟瑟,秋雨瀝瀝,柳葉飄落地下,行人過後,成了塵土。所示景象,確實應該是"九月末",亦即初冬景象,地點都在華嶽寺附近,兩詩應該是前後之作。

◎ 恭王故太妃挽歌詞二首(校書郎時作)(一)①

燕姞貽天夢,梁王盡孝思②。雖從魏詔葬,得用漢藩儀(二)③。曙月殘光斂,寒簫度曲遲④。平生奉恩地(三),哀挽欲何之⑤?

文衛羅新壙,仙娥掩暝山⑥。雪雲埋隴合,簫鼓望城還⑦。寒樹風難静,霜郊夜更閑(四)⑧。哀榮深孝嗣,儀表在河間⑨。

录自《元氏長慶集》卷八

656

［校記］

（一）恭王故太妃挽歌詞二首（校書郎時作）：楊本、叢刊本、《全詩》同，《英華》詩題同，但下無題注。

（二）得用漢藩儀：楊本、叢刊本、《全詩》同，錢校、《英華》作“得用漢官儀”，語義不同，各備一説。

（三）平生奉恩地：楊本、叢刊本、《全詩》同，《英華》作“平生逢恩地”，語義不同，各備一説。

（四）霜郊夜更閑：楊本、《全詩》同，《英華》作“霜郊夜更寒”，語義不同，各備一説。

［箋注］

① 恭王：《舊唐書·肅宗代宗諸子》：“恭王通，代宗第十八子，大曆十年封。”元稹《授王承迪等刺史王府司馬制》：“莒王府司馬王承迪、恭王府諮議參軍賜緋魚袋王承慶等……承迪可守普州刺史，承慶可莒王府司馬兼侍御史。”　故：死亡。《漢書·蘇武傳》：“單于召會武官屬，前以降及物故，凡隨武還者九人。”顏師古注：“物故，謂死也，言其同於鬼物而故也。”上官儀《故北平公挽歌》：“木落園林曠，庭虛風露寒。北里清音絶，南陔芳草殘。”　太妃：三國魏以來尊稱諸王之母爲太妃。《晉書·汝南王亮傳》：“太妃，嘗有小疾，被於洛水。”《舊唐書·憲宗紀》：“甲子，郇王母王昭儀……衡王母閻昭訓等，各以其王，並爲太妃。”疑這位太妃與元稹家族或元稹的舅族有某種關係，故元稹特地作挽歌以哀悼之。　挽歌：挽柩者所唱哀悼死者的歌，後泛指對死者悼念的詩歌或哀嘆舊事物滅亡的文辭。《後漢書·五行志》：“挽歌，執紼相偶和之者。”王應麟《困學紀聞·評詩》：“《左傳》有《虞殯》，《莊子》有《紼謳》，挽歌非始於田橫之客。”

② 燕姞貽天夢：此用“燕夢徵蘭”的典故。《左傳·宣公三年》：

"初，鄭文公有賤妾曰燕姞，夢天使與己蘭，曰：'余爲伯鯈，余，而祖也。以是爲而子，以蘭有國香，人服媚之如是。'既而文公見之，與之蘭而御之，辭曰：'妾不才，幸而有子。將不信，敢徵蘭乎？'公曰：'諾。'生穆公，名之曰蘭。"後以"燕夢徵蘭"爲婦人懷孕生男之典。元稹《王承宗母吳氏封齊國太夫人制》："〔吳氏〕魯文在手，燕夢徵蘭，道以匡夫，仁而訓子……宜受進封之恩，用表貫霜之節。可封齊國太夫人。"蔣防《至人無夢》："化蝶誠知幻，徵蘭匪契真。抱玄雖解帶，守一自離塵。" 貽：贈送，給予。《詩·邶風·靜女》："靜女其孌，貽我彤管。"曹植《朔風詩》："子好芳草，豈忘爾貽！繁華將茂，秋霜悴之。"天夢：上天之夢。崔塗《續紀漢武（讀〈漢武內傳〉）》："分明三鳥下儲胥，一覺鈞天夢不如。爭那白頭方士到，茂陵紅葉已蕭疏。"金君卿《挽仁宗皇帝詞》五："億萬民靈四百州，銜恩哀慕幾時休？惜回長夜鈞天夢，歸侍仙都泰帝遊。" 梁王盡孝思：典出梁武帝蕭衍《孝思賦》："念過隙之倏忽，悲逝川之不停。踐霜露而悽愴，懷燧穀而涕零。仲由念枯魚而永慕，吾丘感風樹而長悲。雖一志而捨生，奉二親而何期？至如獻歲發揮，春日載陽。木散百華，草列眾芳。對樂時而無歡，乃觸目而感傷。朱明啓節，白日朝臨。木低甘果，樹接清陰。不娛悅於懷抱，唯罔極而纏心。寒冰已結，寒條已折。旅雁鳴而哀哀，朔風鼓而烈烈。無一息而緩念，與四時而長切。兼葭蒼蒼，白露爲霜。涼氣入衣，淒風動裳。心無迫而自切，情不觸而獨傷。靈蛇銜珠以酬志，慈烏返哺以報親。在蟲鳥其猶爾，況三才之令人！" 梁王：指漢梁孝王劉武。謝惠連《雪賦》："歲將暮，時既昏，寒風積，愁雲繁，梁王不悅，遊於兔園。迺置旨酒，命賓友，召鄒生，延枚叟。相如末至，居客之右。"劉禹錫《酬令狐相公寄賀遷拜之什》："白首青衫誰比數？相憐只是有梁王。"盡：達到極限。《呂氏春秋·明理》："五帝三皇之於樂，盡之矣！"高誘注："盡，極。"高適《別馮判官》："關山唯一道，雨雪盡三邊。"孝思：孝親之思。《詩·大雅·下武》："永言孝思，孝思維則。"毛傳："則其先人也。"鄭玄箋："長我孝心之所思,所思者其維則三后之所行,子孫以順祖考爲孝。"《魏書·趙琰傳》："年餘耳順,而孝思彌篤。"

③ "雖從魏詔葬"兩句:意謂安葬恭王太妃的喪事雖然遵從魏武帝的薄葬遺詔,但一切仍然一絲不苟按照漢代諸王安葬太妃的莊重禮儀進行。典見《樂府詩集·銅雀臺》:"《鄴都故事》曰:魏武帝遺命諸子曰:'吾死之後,葬於鄴之西崗上,與西門豹祠相近。無藏金玉珠寶,餘香可分諸夫人,不命祭吾。妾與伎人,皆著銅雀臺,臺上施六尺床,下繐帳,朝晡上酒脯粻糒之屬。每月朝十五,輒向帳前作伎,汝等時登臺,望吾西陵墓田。'故陸機《弔魏武帝文》曰:'揮清絃而獨奏,薦脯糒而誰嘗? 悼繐帳之冥漠,怨西陵之茫茫。登雀臺而群悲,佇美目其何望?'"　藩:指封建王朝的侯國或屬國、屬地。《後漢書·明帝紀》:"〔永平五年〕,驃騎將軍東平王蒼罷歸藩。"司馬光《溫公續詩話》:"龐穎公籍甚喜爲詩,雖臨邊典藩,文案委積,日不廢三兩篇,以此爲適。"　儀:儀式,禮節。《左傳·昭公五年》:"是儀也,不可謂禮。禮所以守其國,行其政令,無失其民者也。"《宋史·儀衛志》:"文謂之儀,武謂之衛。一以明制度,示等威;一以慎出入,遠危疑也。"

④ 曙月:曉月。王維《過沈居士山居哭之》:"曙月孤鶯囀,空山五柳春。"鄭絪《初日照露盤賦》:"焜以相鮮,若曙月之臨朝鏡。"　殘光:殘留的光輝。王建《長門燭》:"秋夜床前蠟燭微,銅壺滴盡曉鐘遲。殘光欲滅還吹著,年少宮人未睡時。"楊萬里《月中炬火發仙山驛小睡射亭》三:"月輪已落尚殘光,一似西山没夕陽。次第長庚都落去,日華猶未出扶桑。"　籥:一種竹製管樂器,古代的籥用許多竹管編成,有底;後代的籥祇用一根竹管做成,不封底,直吹,也叫洞簫。韓愈《梁國惠康公主挽歌二首》二:"秦地吹簫女,湘波鼓瑟妃。"《舊唐書·音樂志》:"漢世有洞簫,又有管,長尺圍寸而併漆之。"　度曲:按曲譜歌唱。張衡《西京賦》:"度曲未終,雲起雪飛。"杜甫《數陪李梓州泛江有女樂在諸舫戲爲艷曲二首贈李》二:"翠眉縈度曲,雲鬢儼

成行。”

⑤ 平生：一生，此生，有生以來。《陳書·徐陵傳》：“歲月如流，平生幾何？晨看旅雁，心赴江淮。昏望牽牛，情馳揚越。”韓愈《遣興聯句》：“平生無百歲，歧路有四方。” 奉恩：奉呈慈愛。王昌齡《長信秋詞五首》四：“真成薄命久尋思，夢見君王覺後疑。火照西宮知夜飲，分明複道奉恩時。”錢起《送陳供奉恩勅放歸覲省》：“得意今如此，清光不可攀。臣心堯日下，鄉思楚雲間。” 哀挽：悲痛地挽著喪車。杜甫《故武衛將軍挽詞三首》三：“哀挽青門去，新阡絳水遙。”仇兆鰲注：“哀挽，挽喪車而哀慟也。”劉言史《北原情》：“城中人不絕，哀挽相次行。” 之：往，至。《漢書·高后紀》：“足下不急之國守藩，乃爲上將將兵留此，爲諸大臣所疑。”顏師古注：“之，往也。”韓愈《上考功崔虞部書》：“其行道爲學既已大成，而又之死不倦。”

⑥ 文衛：儀仗警衛。許敬宗《奉和元日應制》：“武帳臨光宅，文衛象鉤陳。”楊思玄《奉和聖製過溫湯》：“風威肅文衛，日彩鏡雕輿。” 壙：墓穴。《管子·立政》：“脩生則有軒冕穀祿田宅之分，死則有棺槨絞衾壙壟之度。”曹鄴《始皇陵下作》：“纍纍壙中物，多於養生具。” 仙娥：仙女。駱賓王《代女道士王靈妃贈道士李榮》：“臺前鏡影伴仙娥，樓上簫聲隨鳳史。”劉滄《經麻姑山》：“一自仙娥歸碧落，幾年春雨洗紅蘭。” 暝山：義近“丘山”，墳墓。《文選·張載〈七哀〉》：“昔爲萬乘君，今爲丘山土。”李善注：“《方言》曰：塚大者爲丘。”

⑦ 雪雲：降雪的陰雲。杜甫《奉觀嚴鄭公廳事岷山沱江畫圖十韻》：“雪雲虛點綴，沙草得微茫。”范成大《次韻孫長文泊姑蘇館》：“聞道扁舟春共載，雪雲雖冷不相干。” 隴：通“壟”，墳墩，墳墓。《墨子·節葬》：“葬埋必厚，衣衾必多，文繡必繁，丘隴必巨。”孫詒讓間詁：“《禮記·曲禮》鄭注云：‘丘，壟也。壟，塚也。隴，壟之假字。’《淮南子·說林訓》云：‘或謂塚，或謂隴，名異實同也。’” 簫鼓：簫與鼓，泛指樂奏。江淹《別賦》：“琴羽張兮簫鼓陳，燕趙歌兮傷美人。”張孝

祥《水調歌頭·桂林集句》："家種黃柑丹荔，戶拾明珠翠羽，簫鼓夜沈沈。"　城：都邑四周的牆垣，一般分兩重，裏面的叫城，外面的叫郭。城字單用時，多包含城與郭。城、郭對舉時衹指城。《孟子·公孫丑》："三里之城，七里之郭，環而攻之而不勝。"韓愈《春雪》："城險疑懸布，砧寒未擣綃。"這裏指長安京城。

⑧ 寒樹：寒天的樹木，冷清凋殘的樹林。江淹《雜體詩·劉太尉傷亂》："千里何蕭條，白日隱寒樹？"韋應物《送崔叔清游越》："遠水帶寒樹，閶門望去舟。"　霜郊：佈滿寒霜的城郊荒野。溫庭筠《唐莊恪太子挽歌詞二首》二："塵陌都人恨，霜郊賵馬悲。唯餘埋璧地，烟草近丹墀。"宋祁《秋霽二首》二："烟沼雙魚樂，霜郊一鶚心。此時靈運唱，無復答愁霖。"

⑨ 哀榮：《論語·子張》："其生也榮，其死也哀。"何晏集解："故能生則榮顯，死則哀痛。"後因指生前死後皆蒙受榮寵。杜甫《八哀詩·贈左僕射鄭國公嚴公武》："匡汲俄寵辱，衛霍竟哀榮。"特指死後的榮譽。《隸釋·漢廣漢屬國侯李翊碑》："終而有禮，哀榮兼殊。"《魏書·元澄傳》："〔詔〕諡曰文宣王……百官會赴千餘人，莫不歔欷，當時以爲哀榮之極。"　嗣：子孫，後代。《晉書·王濬傳》："昔漢高定業，求樂毅之嗣。"韓愈《祭十二郎文》："吾兄之盛德而夭其嗣乎！"儀表：人的外表，指容貌、姿態、風度等。《詩·衛風·碩人》："碩人其頎。"鄭玄箋："言莊姜儀表長麗俊好，頎頎然。"沈約《豫章文憲王碑》："公德惟民望，位冠朝首。儀表瑰雄，風神秀傑。"準則，法式，楷模。《管子·形勢》："法度者，萬民之儀表也；禮義者，尊卑之儀表也。"蔡絛《鐵圍山叢談》卷三："司空、僕射，實百僚之儀表也，奈何與黥卒坐對！"　河間：指漢代河間獻王劉德，好收集天下善本，曾對當時文化作出貢獻。任昉《齊竟陵文宣王行狀》："陳農所未究，河間所未輯。"杜甫《別李義》："子建文章壯，河間經術存。"這裏借喻恭王，美化恭王。

［編年］

《年譜》編年本詩於"癸未至乙酉爲校書郎所作其他詩"欄內,理由是:"題下注:'校書郎時作。'"《編年箋注》編年:"此詩作于貞元十九年(八〇三)至貞元二十一期間,元稹時在校書郎任。"《年譜新編》編年本詩於"癸未至乙酉爲校書郎所作其他詩"欄內,理由是:"題下注云:'校書郎時作。'"

我們以爲,有題注"校書郎時作"爲證,本詩無疑應該作於元稹校書郎期間,亦即貞元十九年三月至元和元年間。詩云:"雪雲埋隴合,簫鼓望城還。寒樹風難静,霜郊夜更閑。"本詩應該作於冬天,據此元和元年可以排除,亦即貞元十九年至貞元二十一年之冬天。今暫時編排本詩在貞元二十年的冬天,地點在長安。

貞元二十一年乙酉(805) 二十七歲

◎ 病減逢春期白二十二辛大不至十韵(校書郎時作)①

病與窮陰退，春從血氣生②。寒膚漸舒展，陽脈乍虛盈③。就日臨階坐，扶床履地行④。問人知面瘦，祝鳥願身輕⑤。風暖牽詩興，時新變齒聲⑥。饑饞看藥忌，閑悶點書名⁽一⁾⑦。舊雪依深竹，微和動早萌⑧。推遷悲往事，疏數辯交情⑨。琴待稽中散，杯思阮步兵⑩。世間除却病，何者不營營⑪？

録自《元氏長慶集》卷一〇

[校記]

(一)閑悶點書名：宋蜀本、蘭雪堂本、叢刊本、錢校、《古詩鏡·唐詩鏡》、《全詩》同，楊本作"閑閔點書名"，語義不佳，不改。

[箋注]

① 病減逢春期白二十二辛大不至十韵：關於本詩，《古詩鏡·唐詩鏡》評云："拈出真趣，非爲客語，故佳。" 病減：病情見輕。杜甫《復愁十二首》一二："病減詩仍拙，吟多意有餘。莫看江總老，猶被賞時魚。"曾鞏《冬曉書懷》："長簾高褰掃落葉，短机背立吹殘燈。昔時氣銳過奔浪，今日病減真無蠅。" 逢春：遇到春天，亦即春天來了。

宋之問《答李司戶藥》：“遠方来下客，軺軒攝使臣。弄琴宜在夜，傾酒貴逢春。”張説《嶺南送使》：“秋雁逢春返，流人何日歸？將余去國泪，灑子入鄉衣。” 期：邀約，約定。《詩·鄘風·桑中》：“期我乎桑中，要我乎上宮，送我乎淇之上矣！”《史記·留侯世家》：“與老人期，後，何也？” 白二十二：即白居易，二十二是白居易在白氏家族中的排行，唐人詩文中常見。但請讀者注意，元稹稱白居易爲白二十二的，現存元稹詩文中僅此一處。而白居易在自己的詩文中稱元稹爲元九的則比比皆是，多達五十八處。原因何在？有待智者破解。裴度《白二十二侍郎有雙鶴留在洛下予西園多野水長松可以栖息遂以詩請之》：“聞君有雙鶴，羈旅洛城東。未放歸仙去，何如乞老翁？”韓愈《同水部張員外籍曲江春遊寄白二十二舍人》：“漠漠輕陰晚自開，青天白日暎樓臺。曲江水滿花千樹，有底忙時不肯來？” 辛大：即辛丘度，在其家族同輩中排行第一，故稱“大”，元稹、白居易校書郎任的同事。白居易《代書詩一百韻寄微之》：“笑勸迂辛酒，閑吟短李詩（辛大丘度，性迂嗜酒。李二十紳，體短能詩，故當時有‘迂辛短李’之號）。”《大唐傳載》：“元和十五年，辛丘度、丘紓、杜元穎同時爲拾遺令史，分直故事，每自吟曰：‘出身三十年，髮白衣仍碧。日暮倚朱門，從朱汗袍赤。’因爲之奏章服焉！”《唐會要》卷五五：“十五年十月，諫議大夫鄭覃、崔郾、右補闕辛丘度、左拾遺韋瓘、温會於閣中奏事，諫以上宴樂過度。上曰：‘朕有所闕，臣下能犯顏直諫，豈非忠耶？’宰臣等皆拜舞賀上。”長慶年間，白居易有《辛丘度可工部員外郎李石可左補闕李仍叔可右補闕三人同制》文涉及辛丘度，文云：“敕：朝散大夫、右補闕、内供奉、飛騎尉辛丘度等……又言丘度介潔静專，不交勢利，宜加推獎，以勸其徒。況久次者轉遷，後来者登進，皆適所用，平章可之，可依前件。”這是我們所能夠知道辛丘度大概情況。 不至：不到。《禮記·坊記》：“以此坊民，婦猶有不至者。”劉義慶《世説新語·方正》：“君與家君期日中，日中不至，則是無信。”

②窮陰:指冬盡年終之時。《文選·鮑照〈舞鶴賦〉》:"於是窮陰殺節,急景凋年。"李善注:"《禮記》曰:'季冬之月,日窮於次。'《神農本草經》曰:'秋冬爲陰。'"白居易《歲晚旅望》:"向晚蒼蒼南北望,窮陰旅思兩無邊。"　血氣:血液和氣息,指人和動物體內維持生命活動的兩種要素。《管子·禁藏》:"宮室足以避燥濕,食飲足以和血氣。"《禮記·三年問》:"凡生天地之間者,有血氣之屬,必有知;有知之屬,莫不知愛其類。"指元氣,精力。《左傳·襄公二十一年》:"方暑,闕地,下冰而床焉! 重繭衣裘,鮮食而寢。楚子使醫視之,復曰:'瘠則甚矣! 而血氣未動。'"《漢書·宣帝紀》:"耆老之人,髮齒墮落,血氣衰微。"

③寒膚:指因受寒凍而攣縮的皮膚。蒲壽宬《聞蟬》:"閉息含真抱葉枯,春風將盡蛻寒膚。綠槐忽作仙人嘯,長曳一聲山日晡。"趙孟堅《戰城南》:"漢兵麈戰城南窟,雪深馬僵漢城没。凍指控絃指斷折,寒膚著鐵膚皸裂。"　舒展:伸展,展開。賈思勰《齊民要術·養牛馬驢騾》:"十日一放,令其陸梁舒展,令馬硬實也。"杜牧《上河陽李尚書書》:"復使儒生舒展胸臆,得以誨導壯健不學之徒。"　陽脈:中醫學名詞,指經脈中的陽經,其中包括手足三陽經、督脈、陽維脈、陽蹻脈等。《靈樞經·脈度》:"氣之不得無行也,如水之流,如日月之行,不休,故陰脈榮其藏,陽脈榮其府。"中醫學名詞,指脈象性質,凡屬浮、大、數、動、滑者,謂之"陽脈"。《醫宗金鑒·張仲景〈傷寒論·辨脈法〉》:"凡脈大、浮、數、動、滑,此名陽也……凡陰病見陽脈者生,陽病見陰脈者死。"注:"見陽脈,謂見陽熱脈也。陽熱脈,即浮、大、數、動、滑類也。"　虛盈:空和滿。荀悅《申鑒·俗嫌》:"故喜怒哀樂思慮必得其中,所以養神也。寒暄虛盈消息必得其中,所以養神也。"張九齡《上姚令公書》:"至於合如市道,廉公之門客虛盈;勢比雀羅,廷尉之交情貴賤。"

④就日:原比喻對天子的崇仰或思慕,語出《史記·五帝本紀》:

"帝堯者，放勳。其仁如天，其知如神。就之如日，望之如雲。"司馬貞索隱："如日之照臨，人咸依就之，若葵藿傾心以向日也。"駱賓王《夏日游德州贈高四詩序》："固仰長安而就日，赴帝鄉以望雲。"李德裕《奉和聖製南郊禮畢詩》："三臣皆就日，萬國望如雲。"這裏指病人坐在陽光之下取暖。　臨階：靠近臺階。盧照鄰《臨階竹》："封霜連錦砌，防露拂瑤階。聊將儀鳳質，暫與俗人諧。"杜甫《少年行》："馬上誰家薄媚郎？臨階下馬坐人床。不通姓氏粗豪甚，指點銀瓶索酒嘗。"扶床：謂年幼扶床學步。《玉臺新詠·古詩〈爲焦仲卿妻作〉》："新婦初來時，小姑始扶床。今日被驅遣，小姑如我長。"韓愈《河南府法曹參軍盧府君夫人苗氏墓誌銘》："累累外孫，有攜有嬰，扶床坐膝，嬉戲讙爭。"本詩是指詩人病後無力，扶床試行，與小兒學步扶床不同。履地：在地上行走。元稹《樂府古題·出門行》"其兄因獻璞，再刖不履地。門戶親戚疏，匡床妻妾棄。"司馬光《辭提舉修實録札子》："日近又患左足腫痛，不能履地，日甚一日，未有痊癒之期。"

⑤ "問人知面瘦"兩句：意謂病後詢問別人，知道最大變化是面孔瘦了不少；而自己的最大心願則是能够身輕如鳥，可以自由行走。問人：向人詢問。張諤《九日》："絳葉從朝飛著夜，黃花開日未成旬。將曛陌樹頻驚鳥，半醉歸途數問人。"劉長卿《送崔載華張起之閩中》："不識閩中路，遥知別後心。猨聲入嶺切，鳥道問人深。"　面瘦：面容消瘦。白居易《謫居》："面瘦頭斑四十四，遠謫江州爲郡吏。逢時棄置從不才，未老衰羸爲何事？"蘇軾《陳公弼傳》："爲人清勁寡欲，長不逾中人，面瘦黑目，光如冰平。"　祝鳥：祝願自己如鳥那樣輕捷。李嶠《扈從還洛呈侍從群官》："行存名嶽禮，遞問高年疾。祝鳥既開羅，調人更張瑟。"　祝：祝禱。《公羊傳·襄公二十九年》："諸爲君者皆輕死爲勇，飲食必祝曰：'天苟有吳國，尚速有悔於予身。'"何休注："祝，因祭祝也。"段成式《酉陽雜俎續集·支動》："有書生住鄧州，嘗遊郡南，數月不返。其家詣卜者占之，卜者視卦，曰：'甚異，吾未能

了,可重祝。'祝畢,拂龜改灼。"　身輕:身健如飛。王諲《長信怨》:
"飛燕倚身輕,争人巧笑名。生君棄妾意,增妾怨君情。"杜甫《送蔡希
曾都尉還隴右因寄高三十五書記》:"身輕一鳥過,槍急萬人呼。"

　　⑥　詩興:作詩、吟詩的興致或情緒。孫逖《和左司張員外自洛使
入京中路先赴長安逢立春日贈韋侍御等諸公》:"二陝聽風謡,三秦望
形勝。此中暌益友,是日多詩興。"韋應物《夜偶詩客操公作》:"驚禽
翻暗葉,流水注幽叢。多謝非玄度,聊將詩興同。"　時新:應時而鮮
美的東西,猶時髦。鮑照《代少年時至衰老行》:"好酒多芳氣,餚味厭
時新。"元稹《離思五首》三:"紅羅著壓逐時新,杏子花紗嫩麴塵。"
賣聲:商販爲推銷自己商品的吆喝聲。陳藻《夜宿延平水東二首》一:
"晚向溪西岸上行,溪東一帶水爲城。兩山相距能多少?聽盡傍邊叫
賣聲。"劉克莊《即事十首》五:"瓜菓踞拳祝,睺羅撲賣聲。粵人重巧
夕,燈火到天明。"

　　⑦　"饑饞看藥忌"兩句:意謂病後雖然又饑餓又饞嘴,但想到喝
藥的滋味,馬上就忌口,對食物失去了興趣。閑悶而又無事,祇好隨
便拿幾本書來看看。　饑饞:又饑餓又饞嘴。白居易《寄胡餅與楊萬
州》:"胡麻餅樣學京都,麵脆油香新出爐。寄與饑饞楊大使,嘗看得
似輔興無?"義近"饑困",飢餓困頓,饑通"飢"。荀悦《漢紀·武帝
紀》:"遣博士分循天下,吏民有能救饑困者,具舉以聞。"　閑悶:閑悶
而又無所事事。元稹《遣行十首》一〇:"羌婦梳頭緊,蕃牛護尾驚。
憐君閑悶極,只傍白江行。"《容齋五筆·先公詩詞》:"樂天憶杭州梅
花,三年閑悶,在餘杭曾爲梅花醉幾場。"　書名:各種書籍的名稱。
王建《村居即事》:"休看小字大書名,向日持經眼却明。時過無心求
富貴,身閑不夢見公卿。"盧象《贈鄭虔》:"書名會粹才偏逸,酒號屠蘇
味更醇。"

　　⑧　舊雪:去年冬天殘留下來没有融化的雪。杜審言《經行嵐
州》:"北地春光晚,邊城氣候寒。往來花不發,新舊雪仍殘。"劉長卿

667

《臥病喜田九見寄》："庭陰殘舊雪,柳色帶新年。寂寞深村裏,唯君相訪偏。" 深竹:茂密的竹林。劉長卿《集梁耿開元寺所居院》："花雨晴天落,松風終日來。路經深竹過,門向遠山開。"李白《夜泛洞庭尋裴侍御清酌》："抱琴出深竹,爲我彈鵾雞。曲盡酒亦傾,北窗醉如泥。" 微和:輕微的暖氣。陶潛《擬古九首》七:"日暮天無雲,春風扇微和。"元積《和樂天早春見寄》："雨香雲澹覺微和,誰送春聲入棹歌?" 早萌:最早萌發的草木之芽。歐陽修《和原父揚州六題·時會堂二首》一:"積雪猶封蒙頂樹,驚雷未發建溪春。中州地暖萌芽早,入貢宜先百物新。"

⑨ 推遷:推移變遷。駱賓王《螢火賦》："委性命兮幽玄,任物理兮推遷。"陸游《自嘲》："歲月推遷萬事非,放翁可笑白頭痴。" 往事:過去的事情。《史記·太史公自序》："此人皆意有所鬱結,不得通其道也,故述往事,思來者。"劉長卿《南楚懷古》："往事那堪問? 此心徒自勞!" 疏數:指親疏。韓愈《唐故朝散大夫尚書庫部郎中鄭君墓誌銘》："君天性和樂,居家事人,與待交遊,初持一心,未嘗變節有所緩急曲直薄厚疏數也。"元積《告祀曾祖文》："其餘未廟祀者,各奉家傳,疏數每異。" 交情:人們在相互交往中建立起來的感情。《史記·汲鄭列傳》："一死一生,乃知交情。一貧一富,乃知交態。一貴一賤,交情乃見。"皎然《春夜與諸同宴呈陸郎中》："南國宴佳賓,交情老倍親。"

⑩ 嵇中散:即嵇康,善琴,曾官拜中散大夫,故稱"嵇中散",竹林七賢之一,與阮籍並稱"嵇阮",兩人詩文齊名,皆以嗜酒、孤高不阿著稱。《晉書·嵇康傳》："嵇康字叔夜,譙國銍人也……與魏宗室婚,拜中散大夫……蓋其胸懷所寄,以高契難期,每思郢質,所與神交者,惟陳留阮籍、河內山濤,豫其流者,河內向秀、沛國劉伶、籍兄子咸、琅邪王戎,遂爲竹林之遊,世所謂竹林七賢也……帝既昵聽信會,遂並害之。康將刑東市,太學生三千人請以爲師,弗許。康顧視日影,索琴

彈之曰：‘昔袁孝尼嘗從吾學《廣陵散》，吾每靳固之，《廣陵散》於今絕矣！’時年四十，海內之士莫不痛之，帝尋悟而恨焉！　初，康嘗遊乎洛西，暮宿華陽亭，引琴而彈。夜分忽有客詣之，稱是古人，與康共談音律，辭致清辯，因索琴彈之，而爲《廣陵散》，聲調絕倫，遂以授康，仍誓不傳人，亦不言其姓字。”《文心雕龍·時序》：“於時正始餘風，篇體清澹，而嵇、阮、應、繆，並馳文路矣！”杜甫《有懷台州鄭十八司戶》：“夫子嵇阮流，更被時俗惡。”　阮步兵：即阮籍，曾爲步兵校尉，以好酒聞名後世。《晉書·阮籍傳》：“阮籍字嗣宗，陳留尉氏人也……籍聞步兵廚營人善釀，有貯酒三百斛，乃求爲步兵校尉……雖去佐職，恒遊府內，朝宴必與焉！會帝讓九錫，公卿將勸進，使籍爲其辭。籍沉醉忘作，臨詣府使取之，見籍方據按醉眠，使者以告，籍便書按使寫之，無所改竄，辭甚清壯，爲時所重……鄰家少婦有美色，當壚沽酒，籍嘗詣飲，醉便臥其側，籍既不自嫌，其夫察之亦不疑也。”李商隱《亂石》：“虎踞龍蹲縱復橫，星光漸減雨痕生。不須併礙東西路，哭殺廚頭阮步兵。”聶夷中《飲酒樂》：“我願東海水，盡向杯中流。安得阮步兵，同入醉鄉遊？”

⑪　世間：人世間，世界上。陶潛《飲酒二十首》三：“有飲不肯飲，但顧世間名。”裴鉶《崑崙奴》：“其警如神，其猛如虎，即曹州孟海之犬也，世間非老奴不能斃此犬耳！”　除却：除去，表示所說的不算在內。顧況《李供奉彈箜篌歌》：“除却天上化下來，若向人間實難得。”曹唐《哭陷邊許兵馬使》：“除却陰符與兵法，更無一物在儀床。”　何者：哪一個，用於疑問。《後漢書·鮮卑傳》：“夫萬民之飢與遠蠻之不討，何者爲大？”顧況《送行歌》：“送行人，歌一曲，何者爲泥何者玉？”　營營：勞而不知休息，忙碌貌。《莊子·庚桑楚》：“全汝形，抱汝生，無使汝思慮營營。”鍾泰發微：“營營，勞而不知休息貌。”范仲淹《與韓魏公書》：“吾輩須日夜營營，以備將來。”

［編年］

《年譜》、《年譜新編》編年本詩於"癸未至乙酉爲校書郎所作其他詩"，亦即編年於貞元十九年、二十年、二十一年，理由是："題下注：'校書郎時作。'"《編年箋注》編年："據題注知此詩作于貞元二十年（八〇四）至二十一年間。見下《譜》。"《年譜》并沒有排除貞元十九年，不知《編年箋注》的"見下《譜》"又該如何理解？

本詩詩題注："校書郎時作。"應該作于貞元十九、二十、二十一年，嚴格來說還應該包括元和元年。本詩又云："舊雪依深竹，微和動早萌。"明顯是早春天氣。而元稹貞元十八年冬參加吏部乙科的考試，貞元十九年正月入場考試，二月放榜，四月送吏部授職校書郎。據此，貞元十九年早春早已成爲過去，應該排除。元和元年，元稹白居易"元和初""罷校書郎"而準備參加制科考試，白居易的《策林序》有明確的說明。據此，元和元年也應該排除在外。而餘下的貞元二十年、二十一年中，應該是本詩可能的賦詠時間。但應該說明，根據"舊雪依深竹，微和動早萌"的表述，本詩應該作於兩年中的早春，而不是《年譜》、《年譜新編》籠統含糊的"癸未至乙酉爲校書郎所作其他詩"，也不是《編年箋注》斷言的"貞元二十年（八〇四）至二十一年間"。我們以爲，貞元二十一年的早春最爲可能，因爲貞元二十年的早春，元稹奔波於長安洛陽之間，有元稹的《貞元二十年正月二十五日自洛之京二月三日春社至華嶽寺憩寶師院曾未逾月又復徂東再謁寶師因題四韵而已》詩篇可證，從詩中可見，元稹根本不像如本詩所述"扶床履地行"之人。據此，本詩應該賦成於貞元二十一年早春，地點在長安，元稹時任校書郎之職。

◎ 晴　日 ^{(一)①}

多病苦虛羸，晴明强展眉②。讀書心緒少，閑卧日長時③。

錄自《元氏長慶集》卷一五

[校記]

（一）晴日：本詩存世各本，包括楊本、叢刊本、《萬首唐人絕句》、《全詩》諸本，未見異文。

[箋注]

① 晴日：晴天。蘇頲《奉和春日幸望春宫應制》：“東望望春春可憐，更逢晴日柳含烟。”賀朝《孤興》：“晴日暖珠箔，夭桃色正新。紅粉青鏡中，娟娟可憐嚬。”

② 多病：經常生病。祖詠《汝墳別業》：“失路農爲業，移家到汝墳。獨愁常廢卷，多病久離群。”劉長卿《送裴二十一》：“多病長無事，開筵暫送君。正愁帆帶雨，莫望水連雲。”　苦：苦於，困於。杜甫《逃難》：“疏布纏枯骨，奔走苦不暖。”曾鞏《謝雨文》：“前歲苦飢，去歲苦盜。”　虛羸：虛弱。陶弘景《冥通記》卷一：“夫作道士，皆須知長生之要……爾今四體虛羸，神精惛塞，真期未可立待。”張籍《學仙》：“虛羸生疾疹，壽命多夭傷。身殁懼人見，夜埋山谷傍。”　晴明：晴朗，明朗。宋之問《雨從箕山來》：“晴明西峰日，綠縟南溪樹。”張旭《山行留客》：“山光物態弄春輝，莫爲輕陰便擬歸。縱使晴明無雨色，入雲深處亦沾衣。”　强：强迫，勉强。《史記·汲鄭列傳》：“上以爲淮陽，楚地之郊，乃召拜黯爲淮陽太守。黯伏謝不受印，詔數强予，然後奉詔。”蔣防《霍小玉傳》：“生起，請玉唱歌。初不肯，母固强之。發聲清

671

亮,曲度精奇。" 展眉:謂因喜悦而眉開。元稹《遣悲懷三首》三:"唯將終夜長開眼,報答平生未展眉。"葉適《贈蔣知縣》:"長官況自清如水,説與邦人共展眉。"

③ 讀書:閲讀書籍,誦讀書籍。《禮記·文王世子》:"秋學禮,執禮者詔之;冬讀書,典書者詔之。"韓愈《感二鳥賦序》:"讀書著文,自七歲至今,凡二十二年。" 心緒:心思,心情。孫萬壽《遠戍江南寄京邑親友》:"心緒亂如麻,空懷疇昔時。"歐陽修《與孫威敏公書》:"昨日范公宅得書,以埋銘見託。哀苦中無心緒作文字,然范公之德之才,豈易稱述!" 閑卧:無所事事爲消磨時間而卧床休息。蘇頲《山驛閑卧即事》:"息燕歸檐静,飛花落院閑。不愁愁自著,誰道憶鄉關?"權德輿《田家即事》:"閑卧藜床對落暉,翛然便覺世情非。漠漠稻花資旅食,青青荷葉製儒衣。" 日長:白日越來越長。杜甫《春遠》:"蕭蕭花絮晚,菲菲紅素輕。日長惟鳥雀,春遠獨柴荆。"賈至《西亭春望》:"日長風煖柳青青,北雁歸飛入窅冥。岳陽城上聞吹笛,能使春心滿洞庭。"

[編年]

未見《年譜》對本詩編年,《編年箋注》列入"未編年詩"欄内,未見《年譜新編》編年本詩,也未見其列入"無法編年作品"。

我們以爲,根據元稹生平,其生病的時間大約有三:貞元二十一年春天在長安時,元和八年秋天在江陵時,元和十年夏天在通州時。本詩云:"閑卧日長時。"意即白日的時間越來越長,應該是指春天的時序。元稹《病减逢春期白二十二辛大不至十韻》:"就日臨階坐,扶床履地行。問人知面瘦,祝鳥願身輕……饑饑看藥忌,閑悶點書名。"兩者所詠如一,應該是同時所作。而元稹《病减逢春期白二十二辛大不至十韻》作于貞元二十一年早春,故編年本詩於同時。

◎春　病[①]

病來閑卧久，因見静時心[②]。殘月曉窗迥[(一)]，落花幽院深[③]。望山移坐榻，行藥步墻陰[④]。車馬門前度，遥聞哀苦吟[⑤]。

録自《元氏長慶集》卷一四

［校記］

（一）殘月曉窗迥：楊本、叢刊本、《全詩》、《古詩鏡·唐詩鏡》同，“迥”與“深”相應。《石倉歷代詩選》作“殘月曉窗迴”，語義與“深”不通，不改。

［箋注］

① 春病：春季發生之病。王涣《惆悵》：“夜寒春病不勝懷，玉瘦花啼萬事乖。”白居易《自問》：“老慵難發遣，春病易滋生。”

② 病來：自生病以來。盧綸《長安疾後首秋夜即事》：“清風刻漏傳三殿，甲第歌鐘樂五侯。楚客病来鄉思苦，寂寥燈下不深愁。”李端《病後遊青龍寺》：“病來形貌穢，齋沐入東林。境静聞神遠，身羸向道深。”　閑卧：無所事事，輾轉卧床。羊士諤《齋中詠懷》：“無心唯有白雲知，閑卧高齋夢蝶時。不覺東風過寒食，雨來萱草出巴籬。”白居易《臨池閑卧》：“小竹圍庭匝，平池與砌連。閑多臨水坐，老愛向陽眠。”　静時：安静之時，平静之時。李紳《蘇州不住遥望武丘報恩兩寺》：“秋山古寺東西遠，竹院松門悵望同。幽鳥静時侵徑月，野烟消處滿林風。”宋祁《公會亭》二：“吏罷得休沐，襟懷蕭散中。静時飛蝶夢，閑處上皇風。”

③ 殘月：謂將落的月亮。白居易《客中月》："曉隨殘月行，夕與新月宿。"柳永《雨霖鈴》："今宵酒醒何處？楊柳岸、曉風殘月。" 曉窗：拂曉之時，窗戶之前。王建《春詞》："良人朝早半夜起，櫻桃如珠露如水。下堂把火送郎回，移枕重眠曉窗裏。"元稹《元和五年予官不了罰俸西歸三月六日至陝府與吳十一兄端公崔二十二院長思憶曩遊因投五十韵》："小年閑愛春，認得春風意。未有花草時，先釀曉窗睡。" 迥：指僻遠的地方。鮑照《蒜山被始興王命作》："升嶠眺日軒，臨迥望滄洲。"李商隱《行次西郊作一百韵》："常恐值荒迥，此輩還射人。"指歷時久。何景明《立秋寄獻吉》："夜迥商風至，天空大火流。" 落花：開始敗落已經掉落在地的花。魚玄機《賣殘牡丹》："臨風興嘆落花頻，芳意潛消又一春。應爲價高人不問，却緣香甚蝶難親。"皎然《晚春尋桃源觀》："細草擁壇人迹絶，落花沈硐水流香。山深有雨寒猶在，松老無風韵亦長。" 幽院：幽靜的庭院。崔涯《竹》："須招野客爲鄰住，看引山禽入郭來。幽院獨驚秋氣早，小門深向緑陰開。"李煜《病中書事》："病身堅固道情深，宴坐清香思自任。月照静居唯擣藥，門扃幽院只來禽。"

④ 望山：眺望山景。韋應物《晚出灃上贈崔都水》："臨流一舒嘯，望山意轉延。隔林分落景，餘霞明遠川。"錢起《藍田溪雜詠二十二首·登臺》："望山登春臺，目盡趣難極。晚景下平阡，花際霞峰色。" 榻：狹長而矮的坐卧用具。《後漢書·徐稺傳》："(陳)蕃在郡不接賓客，唯稺來特設一榻，去則縣之。"杜甫《贈李十五丈別》："山深水增波，解榻秋露懸。" 行藥：魏晉南北朝士大夫，喜服一種烈性藥(五石散)以養生，服藥後漫步以散發藥性，謂之"行藥"。《北史·邢巒傳》："孝文因行藥至司空府南，見巒宅，謂巒曰：'朝行藥至此，見卿宅乃住。'"延至唐代，餘風猶存，錢起《藍田溪雜詠二十二首·板橋》："有時行藥來，喜遇歸山客。"也作因病服藥之後，漫步以散發藥性。鮑照《行藥至城東橋》，劉良題注："照因疾服藥，行而宣導之。"杜甫

《風疾舟中伏枕書懷三十六韵奉呈湖南親友》：“轉蓬憂悄悄，行藥病涔涔。” 墻陰：墙根附近太陽照不到的地方。岑參《題山寺僧房》：“窗影搖群木，墻陰載一峰。野爐風自爇，山碓水能舂。”何頻瑜《墻陰殘雪》：“積雪還因地，墻陰久尚殘。影添斜月白，光借夕陽寒。”

⑤ 車馬：車和馬，古代陸上的主要交通工具，這裏指活動於城池之内大街小巷的富人乘坐的馬車。韋莊《長安春》：“長安二月多香塵，六街車馬聲轔轔。家家樓上如花人，千枝萬枝紅艷新。”徐夤《放榜日》：“喧喧車馬欲朝天，人探東堂榜已懸。萬里便隨金鸑鷟，三臺仍借玉連錢。” 門前：這裏指臨街的大門之前。王績《在京思故園見鄉人問》：“旅泊多年歲，老去不知迴。忽逢門前客，道發故鄉來。”張九齡《和韋尚書答梓州兄南亭宴集》：“棠棣聞餘興，烏衣有舊遊。門前杜城陌，池上曲江流。” 遙聞：聽到的聲音模糊不清不夠確切似乎是遠處傳來。元稹《元和五年予官不了罰俸西歸三月六日至陝府與吳十一兄端公崔二十二院長思愴曩遊因投五十韵》：“傾蓋吟短章，書空憶難字。遙聞公主笑，近被王孫戲。”白居易《宅西有流水墻下構小樓臨玩之時頗有幽趣因命歌酒聊以自娛獨醉獨吟偶題五絶句》四：“霓裳奏罷唱梁州，紅袖斜翻翠黛愁。應是遙聞勝近聽，行人欲過盡迴頭。” 哀苦：悲哀痛苦。鮑照《擬行路難十八首》六：“聲音哀苦鳴不息，羽毛憔悴似人髡。”王禹偁《酬處才上人》：“秦皇漢帝又雜霸，只以威刑取天下。蒼生哀苦不自知，願甚深願慈航慈。”

[編年]

　　未見《年譜》編年本詩，《編年箋注》將本詩列入“未編年詩”，《年譜新編》列入“無法編年作品”。

　　本詩所云與元稹《病減逢春期白二十二辛大不至十韵》、《晴日》的詩意類似，“閑卧”云云，兩者何其相似！應該作於同一時期。元稹

《病減逢春期白二十二辛大不至十韵》：“就日臨階坐，扶床履地行。”其《晴日》：“多病苦虛羸，晴明强展眉。”而本詩有“病來閑卧久”之句，又有“望山移坐榻，行藥步墻陰”之言，似乎病情已好轉，應是《病減逢春期白二十二辛大不至十韵》《晴日》的續篇，而詩題曰“春病”，應該作於貞元二十一年的春天。

◎ 酬哥舒大少府寄同年科第①

前年科第偏年少，未解知羞最愛狂②。九陌爭馳好鞍馬，八人同着綵衣裳⁽一⁾（同年科第：宏詞吕二炅、王十一起，拔萃白二十二居易，平判李十一復禮、吕四穎⁽二⁾、哥舒大恒⁽三⁾、崔十八玄亮逮不肖，八人皆奉榮養）③。自言行樂朝朝是，豈料浮生漸漸忙④！賴得官閑且疏散，到君花下憶諸郎⑤。

录自《元氏長慶集》卷一六

[校記]

（一）八人同着綵衣裳：《全詩》同，楊本、叢刊本、《唐詩紀事》作“八人同看綵衣裳”，語義不佳，不改。

（二）吕四穎：原本作“吕四頻”，楊本、叢刊本、《唐詩紀事》同，據《元和姓纂》《唐人行第録》改。

（三）哥舒大恒：原本作“哥舒大煩”，叢刊本、《全詩》同，名字爲“煩”較爲罕見，疑有誤，據《登科記考》改。《唐詩紀事》作“歌舒大垣”，僅備一説，不改。

[箋注]

① 哥舒大：元稹、白居易貞元十九年吏部乙科的同年，哥舒是複

姓,唐代突騎施有哥舒部,世居安西,亦以部落名爲姓氏。唐有名將哥舒翰,見《舊唐書》本傳、《通志·氏族》。大,指此人在家族兄弟中的排行爲第一。根據唐代的習俗,朋友之間往往以行第相稱,陶宗儀《說郛》:"行第:前輩以第行稱,多見之詩。少陵稱謫仙爲十二……柳州稱韓文公爲韓十八,劉禹錫謂元稹爲元九……"所謂"行第"就是兄弟之間排行的次序,據岑仲勉先生《唐人行第錄·自序》考證,白居易有親兄弟四人,但白居易却被人稱爲白二十二,這是把父親以及堂兄弟的兒子都排序在内;又如韓愈祖父名下有孫子八人,但韓愈却被人稱爲韓十八,這是把曾祖名下的曾孫都排序在内。元稹雖然祇是親兄弟四人,但從曾祖名下排序,却排行爲"元九"。　　少府:縣尉的別稱。白居易《戲題新栽薔薇時尉盩厔》:"少府無妻春寂寞,花開將爾當夫人。"趙彦衛《雲麓漫抄》卷二:"唐人則以明府稱縣令……既稱令爲明府,尉遂曰少府。"　　同年科第:古代科舉考試同科登第者互稱"同年"。李端《卧病寄閻案》:"縱憶同年友,無人可寄書。"白居易《和元九與吕二同宿話舊感贈》:"見君新贈吕君詩,憶得同年行樂時。爭入杏園齊馬首,潛過柳曲鬥蛾眉。八人雲散俱遊宦,七度花開盡别離。聞道秋娘猶且在,至今時復問微之。"請參閲。

　　② 前年:在唐人詩文中,較多的是作去年的前一年解,兹舉數例於後:權德輿《省中春晚忽憶江南舊居戲書所懷因寄兩浙親故雜言》:"前年冠獬豸,戎府隨賓介。去年簪進賢,贊導法宫前。今兹戴武弁,謬列金門彦。"韓愈《歸彭城》:"前年關中旱,閭井多死饑(貞元十四年冬京師饑)。去歲東郡水(貞元十五年秋,鄭滑大水),生民爲流屍。"白居易《西明寺牡丹花時憶元九》:"前年題名處,今日看花來。一作芸香吏,三見牡丹開。"　　科第:指科舉考試。韓愈《寄崔二十六立之》:"連年收科第,若摘頷底髭。"葉適《安人張氏墓誌銘》:"嗟夫! 夫人之教博士,豈科第而已,蓋又有名節之訓焉!"科考及第。羅隱《裴庶子除太僕卿因賀》:"秩隨科第臨時貴,官逐簪裾到處清。"　　年少:

年輕。《戰國策·趙策》："寡人年少,蒞國之日淺,未嘗得聞社稷之長計。"韓愈《論淮西事宜狀》:"恐其年少,未能理事。"元稹是八個及第同年中最年輕的一個。　　羞:難爲情,慚愧。班婕妤《搗素賦》:"弱態含羞,妖風靡麗。"辛棄疾《水龍吟·登建康賞心亭》:"求田問舍,怕應羞見,劉郎才氣。"　　狂:放蕩,狂放。《晉書·五行志》:"惠帝元康中,貴遊子弟相與爲散髮裸身之飲,對弄婢妾……其後遂有二胡之亂,此又失在狂也。"劉知幾《史通·史官建置》:"嗣宗沈湎麯糵,酒徒之狂者也。"

③"九陌爭馳好鞍馬"兩句:唐代新進士在衆人的簇擁下,穿著彩色衣服,於大街上跨馬遊行,以示榮耀,成爲當時的一種時尚。九陌:原指漢代長安城中的九條大道。《三輔黃圖·長安八街九陌》:"《三輔舊事》云:長安城中八街九陌。"後代泛指都城大道和繁華鬧市。駱賓王《帝京篇》:"三條九陌麗城隅,萬戶千門平旦開。"萬俟詠《三臺·清明應制》:"好時代,朝野多歡,遍九陌太平簫鼓。"　　鞍馬:馬和鞍子。古樂府《木蘭詩》:"願爲市鞍馬,從此替爺征。"殷堯藩《上巳日贈都上人》:"鞍馬皆爭麗,笙歌盡鬥奢。"　　八人:八人同年及第,此後聯繫甚多,除呂二炅、呂四穎兄弟之外,其餘五人,亦即白居易、王起、李復禮、哥舒恒、崔玄亮與元稹聯繫密切,經常出現在元稹的詩文之中,敬請讀者注意。徐松《登科記考》在貞元十九年條下"博學宏詞科"兩人,亦即呂炅、王起;拔萃科六人,亦即白居易、李復禮、呂穎、哥舒恒、元稹、崔玄亮。所據即是元稹本詩《酬哥舒大少府寄同年科第》之注文:"同年科第:宏詞:呂二炅、王十一起;拔萃:白二十二居易、平判李十一復禮、呂四頻、哥舒大煩、崔十八玄亮逮不肖,八人皆奉榮養。"八人排列次序也據元稹本詩,唯崔玄亮排名最後,是根據白居易"爲是蓬萊最後仙"及崔玄亮"應笑蓬萊最後仙"而推得。徐松《登科記考》在貞元十六年條下又云:"進士十九人":陳權、吳丹、鄭俞、白居易、戴叔倫、李□、王鑑、杜元穎、陳昌言、陸□、崔玄亮。所據

即白居易《得湖州崔十八使君書喜與杭越鄰郡因成長句代賀兼寄微之》:"三郡何因此結緣? 貞元科第忝同年。故情歡喜開書後,舊事思量在眼前。越國封疆吞碧海,杭城樓閣入青烟。吳興卑小君應屈,爲是蓬萊最後仙(貞元初同登科,崔君名最在後,當時崔自詠云:'人間不會雲間事,應笑蓬萊最後仙)。'"兩者是重複的,誤計的,前者有元積本詩之根據,也符合"八人"之限數,後者明言"十九人",徐松登錄十一人,顯然與元積本詩不相符合。　宏詞:亦作"宏辭",制科名目之一,始于唐,宋、金等朝亦相沿。制科,科舉時代臨時設置的考試科目。《新唐書‧選舉志》:"凡試判登科謂之'入等',甚拙者謂之'藍縷'。"《舊唐書‧劉禹錫傳》:"劉禹錫,字夢得,彭城人。祖雲,父漵,仕歷州縣令佐,世以儒學稱。禹錫貞元九年擢進士第,又登宏辭科。"《舊唐書‧裴度傳》:"貞元五年進士擢第,登宏辭科。"　拔萃:唐代考選科目之一。《新唐書‧選舉志》:"選未滿而試文三篇,謂之宏辭,試判三條,謂之拔萃,中者即授官。"韓愈《中大夫陝府左司馬李公墓誌銘》:"其後比以書判拔萃,選爲萬年尉。"　不肖:自謙之稱。《戰國策‧齊策》:"今齊王甚憎張儀,儀之所在,必舉兵而伐之。故儀願乞不肖身而之梁。"韓愈《上考功崔虞部書》:"愈不肖,行能誠無可取。"榮養:在唐代,士人一旦及第,就可以按規定領取官方的供養。胡端敏《謝恩疏》:"更敕有司,月給食米,歲撥人夫,榮養終身,臣之感激,何可言喻!"獨孤及《酬梁二十宋中所贈兼留別梁少府》:"愛君如金錫,昆弟皆茂異。奕赫連絲衣,榮養能錫類。"徐夤《贈楊著作》:"藻麗熒煌冠士林,白華榮養有曾參。十年去里荆門改,八歲能詩相座吟。"

④ 自言:自己以爲,自己表白。崔顥《邯鄲宮人怨》:"邯鄲陌上三月春,暮行逢見一婦人。自言鄉里本燕趙,少小隨家西入秦。"　行樂:消遣娛樂,遊戲取樂。楊惲《報孫會宗書》:"人生行樂耳,須富貴何時?"杜甫《宿昔》:"宮中行樂秘,少有外人知。"　朝朝:天天,每天。干寶《搜神記》卷一三:"始皇時童謠曰:'城門有血,城當陷沒爲湖。'

有嫗聞之,朝朝往窺。"孟浩然《留別王維》:"寂寂竟何待? 朝朝空自歸。" 豈料:哪裏料到。劉長卿《江州重別薛六柳八二員外》:"生涯豈料承優詔? 世事空知學醉歌。江上月明胡雁過,淮南木落楚山多。"岑參《赴嘉州過城固縣尋永安超禪師房》:"門外不須催五馬,林中且聽演三車。豈料巴川多勝事,爲君書此報京華。" 浮生:語本《莊子·刻意》:"其生若浮,其死若休。"以人生在世,虛浮不定,因稱人生爲"浮生"。鮑照《答客》:"浮生急馳電,物道險弦絲。"杜甫《暮春題瀼西新賃草屋五首》四:"壯年學書劍,他日委泥沙。事主非無祿,浮生即有涯。" 漸漸:逐漸。荀悦《漢紀·武帝紀》:"廣僞死,漸漸騰而上馬,抱胡兒而鞭馬南馳。"張籍《早春病中》:"更憐晴日色,漸漸暖貧居。"

⑤ 官閑:官事清閑。元稹《天壇上境》:"野人性僻窮深僻,芸署官閑不似官。"黃庭堅《次韻答邢敦夫》:"雨作枕簟秋,官閑省中睡。"疏散:閑散,放達不羈。謝靈運《過白岸亭》:"榮悴迭去來,窮通成休戚。未若長疏散,萬事恒抱樸。"皎然《雜興六首》六:"疏散遂吾性,栖山更無機。" 諸郎:這裏指年輕子弟,亦即上面提及的除詩人以外的其餘七人。元稹《連昌宮詞》:"力士傳呼覓念奴,念奴潛伴諸郎宿。"辛棄疾《鷓鴣天·讀淵明詩不能去手戲作小詞以送之》:"若教王謝諸郎在,未抵柴桑陌上塵。"

[編年]

《年譜》貞元二十年"詩編年"欄內將元稹《酬哥舒大少府寄同年科第》詩編入,理由是:"詩云:'前年科第偏年少。''前年科第'指貞元十九年吏部考試。"後據"貞元十九年"的"前年"繫於貞元二十年。《編年箋注》編年本詩云:"元稹此詩作於貞元二十年。見下《譜》。"《年譜新編》編年本詩於貞元二十一年,理由是:"前年科第偏年少。""前年"指貞元十九年。

我們以爲,據元稹白居易對"前年"詞的習慣用法,參照本詩所引證的"前年"書證,這裏的"前年"應該是"去年的上一年"的意思,因此我們認爲此詩作於貞元二十一年元稹校書郎任内較爲符合實際。本詩有"到君花下憶諸郎"之句,應該是春天的詩。我們的編年結論發表在《北方論叢》二〇〇〇年第六期,題目是《關於元稹詩文的繫年》,不知出版於二〇〇四年十一月的《年譜新編》看到没有? 但願《年譜新編》的編年意見與拙稿意見的相同是一種偶然的巧合吧!

■ 酬樂天西明寺牡丹花時見憶⁽一⁾①

據白居易《西明寺牡丹花時憶元九》

[校記]

(一) **酬樂天西明寺牡丹花時見憶**:元稹本佚失詩所據白居易《西明寺牡丹花時憶元九》,見《白氏長慶集》、《白香山詩集》、《佩文齋廣群芳譜》、《全詩》同,未見異文。

[箋注]

① **酬樂天西明寺牡丹花時見憶**:白居易《西明寺牡丹花時憶元九》:"前年題名處,今日看花來。一作芸香吏,三見牡丹開。豈獨花堪惜,方知老暗催。何况尋花伴,東都去未回。詎知紅芳側,春盡思悠哉!"未見元稹酬和之篇,據補。元稹貞元十九年吏部乙科登第之後與韋叢結婚。《舊唐書・德宗紀》:"(貞元十九年)冬十月乙未,以太子賓客韋夏卿爲東都留守、東都畿汝都防禦使。"爲了照顧元稹這個小家庭比較貧困的生活,韋夏卿在東都履信里另闢小院,供元稹與韋叢居住,所以元稹在供職校書郎之餘,也常常前往洛陽與韋叢團

聚,故白居易詩有"何況尋花伴,東都去未回"之感嘆。　西明寺:在長安朱雀門街西第三街延康坊西南隅,是唐人賞玩牡丹之地。《長安志·延康坊》:"西南隅西明寺:顯慶元年高宗爲孝敬太子病愈所立。大中六年改爲福壽寺。"《陝西通志·西安府鄠縣》:"西明寺:在縣西南二十里,唐顯慶三年爲玄奘法師建。《酉陽雜俎》云:'孫思邈隱終南石室,與宣律互參玄旨於此。"元稹《西明寺牡丹》:"花向琉璃地上生,光風炫轉紫雲英。自從天女盤中見,直至今朝眼更明。"白居易《重題西明寺牡丹》:"往年君向東都去,曾嘆花時君未回。今年況作江陵別,惆悵花前又獨來。"　牡丹:著名的觀賞植物,古無牡丹之名,統稱芍藥,後以木芍藥稱牡丹。至唐開元中盛於長安,至宋在中州以洛陽爲冠,在蜀以天彭爲冠。群花品中,牡丹第一,芍藥第二,故世謂牡丹爲花王,芍藥爲花相。劉禹錫《賞牡丹》:"庭前芍藥妖無格,池上芙蕖净少情。唯有牡丹真國色,花開時節動京城。"元稹《牡丹二首》一:"簇蕊風頻壞,裁紅雨更新。眼看吹落地,便別一年春。"　花時:百花盛開的时节,常指春日。杜甫《遣遇》:"奈何黠吏徒,漁奪成逋逃。自喜遂生理,花時甘緼袍。"王安石《初夏即事》:"石梁茅屋有彎碕,流水濺濺度兩陂。晴日暖風生麥氣,綠陰幽草勝花時。"　見憶:被思念。劉禹錫《酬樂天小臺晚坐見憶》:"小臺堪遠望,獨上清秋時。有酒無人勸,看山祇自知。"元稹《酬樂天見憶兼傷仲遠》:"死別重泉閟,生離萬里賒。瘴侵新病骨,夢到故人家。"

[編年]

　　未見《元稹集》採録,也未見《年譜》、《編年箋注》、《年譜新編》採録與編年。

　　朱金城先生《白居易集箋校》編年白居易詩於永貞元年。元稹白居易登第拜職校書郎在貞元十九年,從"前年題名處,今日看花來。一作芸香吏,三見牡丹開"之句可知,白居易詩應該賦成於貞元二十一年,而不是永貞元年。因牡丹花之"花時"應該在春夏間,元稹《牡丹二首》"眼看吹落地,便別一年春"就是明證。據《舊唐書·順宗紀》,永貞元年始於貞元二十一年八月五日之後,故白居易《西明寺牡丹花時憶元九》應該賦成於貞元二十一年春夏間。元稹這一時期頻繁來往於長安洛陽之間,故白居易的詩篇,不等白居易寄出,元稹就已經返回長安看到,酬和也就是順理成章之事。元稹本佚失詩也應該賦成於貞元二十一年春夏間,地點在長安,元稹時任校書郎。

◎ 永貞曆(是歲秋八月,太上改元永貞, 傳位今皇帝)^{(一)①}

　　象魏纔頒曆,龍鑣已御天②。猶看後元曆,新署永貞年③。半歲光陰在,三朝禮數遷④。無因書簡册,空得詠詩篇⑤。

録自《元氏長慶集》卷四

[校記]

　　(一)永貞曆:楊本、叢刊本、《全詩》作"貞元曆",根據詩篇内容,本詩祇涉及唐順宗與唐憲宗,没有涉及"貞元曆",不改。《全詩》注作"永貞曆",據改。

[箋注]

　　① 永貞曆:《舊唐書·順宗紀》:"八月丁酉朔,庚子,詔:'……宜令皇太子即皇帝位,朕稱太上皇,居興慶宫,制稱誥。'辛丑,誥:'……宜以今月九日册皇帝于宣政殿……宜改貞元二十一年爲永貞元

年……’詔立良娣王氏爲太上皇后，良媛董氏爲太上皇德妃。”《新唐書·順宗紀》：“永貞元年八月庚子，立皇太子爲皇帝，自稱曰太上皇。辛丑，改元，降死罪以下，立良娣王氏爲太上皇后。元和元年正月皇帝率群臣上尊號曰應乾聖壽太上皇。是月崩於咸寧殿，年四十六，謚曰至德大聖大安孝皇帝。”從兩條歷史記載可知，順宗於貞元二十一年八月四日被迫讓位李純，第二日亦即五日才宣佈改元永貞元年，五日之後李純即正式登上皇帝寶座，是爲唐憲宗。新皇帝登位之次年，常常有改元之舉措，而本詩題注“太上改元永貞”六字，順宗直到作了“太上”才匆匆改元，擁有自己的年號，其同情悲傷之情已意在言外。太上：太上皇。干寶《晉紀總論》：“至乃易天子以太上之號，而有免官之謠。”吳兢《貞觀政要·論忠義》：“臣等昔受命太上，委質東宮。”改元：君主改用新年號紀年，年號以一爲元，故稱“改元”。改元之制始于戰國秦惠王，歷代相承，體制各異：有新君即位於次年改用新年號，如漢武帝于即位次年改元建元；有一帝在位屢次更換年號，如漢宣帝曾改元本始、地節、元康、神爵、五鳳、甘露、黃龍諸名；有一年之中改元多次，如漢中平六年獻帝即位改元光熹，張讓段珪誅後改元昭甯，董卓又改元永漢；有新君即位後立即改元，如三國蜀後主繼位未逾月即改元建興，有新君即位後多年才改元；如五代後梁末帝公元九一三年即位，至公元九一五年始改元；有實行一帝一元制，中途皆不改元，如明清兩代。唐順宗的改元，在中國歷史上可謂是一個特例，幸請注意。李益《大禮畢皇帝御丹鳳門改元建中大赦》：“大明曈曈天地分，六龍負日升天門。鳳凰飛來銜帝籙，言我萬代金皇孫。”武元衡《奉酬淮南中書相公見寄并序》：“皇帝改元之二年，余與趙公同制入輔，並爲黃門侍郎。” 傳位：謂傳授帝王權位。杜甫《哀王孫》：“竊聞天子已傳位，聖德北服南單于。”陸游《孝宗皇帝挽詞》：“欲頒傳位詔，猶索未明衣。”

② 象魏：古代天子、諸侯宮門外的一對高建築，亦叫“闕”或

“觀”，爲懸示教令的地方。《周禮·天官·太宰》：“正月之吉，始和，布治于邦國都鄙，乃縣治象之法于象魏，使萬民觀治象，挾日而斂之。”鄭玄注引鄭司農曰：“象魏，闕也。”賈公彦疏：“鄭司農云：‘象魏，闕也’者，周公謂之象魏，雉門之外，兩觀闕高魏魏然，孔子謂之觀。”楊炯《少室少姨廟碑》：“太微營室，明堂布政之宮；白獸蒼龍，象魏懸書之法。”　頒曆：頒佈下年新曆。劉長卿《歲日見新曆因寄都官裴郎中》：“青陽振蟄初頒曆，白首銜冤欲問天。”田錫《謝賜曆日》：“伏以堯帝授時之典，周官頒曆之儀，君命先春感嶺梅而盡拆，王正告朔催江柳以俱新。”　龍鑣：這裏指皇帝的車駕，借指皇帝，這裏借喻唐憲宗。劉禹錫《文宗元聖昭獻孝皇帝挽歌三首》三：“享國十五載，升天千萬年。龍鑣仙路遠，騎吹禮容全。”馮惟訥《華陽先生登樓不復下贈呈》：“臥待三芝秀，坐對百神朝。銜書必青鳥，佳客信龍鑣。”　御天：控御天道，統治天下。《易·乾》：“時乘六龍以御天。”孔穎達疏：“乾之爲德，以依時乘駕六爻之陽氣，以控御於天體。”黃滔《景陽井賦》：“御天失措，且四方之大何從；没地無慚，顧九仞之深可匿。”這裏暗喻唐憲宗登位執掌朝政。

　　③“猶看後元曆”兩句：後元就是即將改元的永貞曆，意謂唐順宗直到自己被迫讓位之後，才有了自己的年號，意在弦外，不言自明。署：書寫。《漢書·鄭當時傳》：“翟公大署其門曰：‘一死一生，乃知交情；一貧一富，乃知交態；一貴一賤，交情乃見。’”顏師古注：“署謂書之。”曹唐《漢武帝於宮中宴西王母》：“長生碧字期親署，延壽丹泉許細看。”

　　④“半歲光陰在”兩句：考唐代半年之内而三朝君主更迭者，僅僅德宗、順宗、憲宗而已，而唐代紀元在不到一年的時間内匆匆三次改元：貞元二十一年八月五日，改貞元二十一年爲永貞元年，同月九日傳位李純，第二年正月二日再改爲元和。“禮數”雖然周全無可挑剔，但氣氛却憂悶得讓人窒息。詩人題注亦曰：“是歲秋八月，太上改

元永貞，傳位今皇帝。"這首詩顯然寫于憲宗登位之後改元元和之前。詩中更流露了半年之内三朝君主相繼，順宗改元永貞之日，已是讓位憲宗之時的感嘆。錢謙益極力讚譽爲"諷刺深婉"，"詩之最有味者"，又曰："永貞二年正月朔旦爲丙寅，是月甲申順宗卒，相去十(九)日。'後元'謂永貞二年正月二日以後即改元和，曆名永貞，止元旦一日，爲不父其父也。'無因書簡册'，謂自此記注但書元和，惟此曆獨存永貞二年空名耳！十七卷中有《永貞二年赦》絶句一篇，可以匯觀其意。"所謂的《永貞二年赦》，就是元稹的《永貞二年正月二日上御丹鳳樓赦天下予與李公垂庾順之閑行曲江不及盛觀》詩，錢謙益記錯了詩題而已。　半歲：半年。韓愈《奉酬振武胡十二丈大夫》："傾朝共羨寵光頻，半歲遷騰作虎臣。戎旃暫停辭社樹，里門先下敬鄉人。"白居易《泛溢水》："到官行半歲，今日方一遊。此地來何暮？可以寫吾憂。"本詩是指貞元二十一年八月五日第二年正月二日，時歷半年不到，匆匆三次改元。　光陰：時間，歲月。《顏氏家訓·勉學》："光陰可惜，譬諸流水。"韓偓《青春》："光陰負我難相偶，情緒牽人不自由。"高正臣《晦日置酒林亭》："柳翠含烟葉，梅芳帶雪花。光陰不相借，遲遲落景斜。"　三朝：指前後三代君主統治的時期。李德裕《離平泉馬上作》："十年紫殿掌洪鈞，出入三朝一品身。"李遠《贈寫御容李長史》："三朝供奉無人敵，始覺僧繇浪得名。"　禮數：猶禮節。杜甫《哭韋大夫之晉》："丈人叨禮數，文律早周旋。"仇兆鰲注："禮數、周旋，相契之情。"朱熹《與魏元履書》："一請猶是禮數；若又再請，則無謂矣！"

⑤ "無因書簡册"兩句：詩人感嘆自己僅僅衹是一名微不足道的校書郎，位低人微言輕，没有權力也没有可能在史册中記載歷史，發表是是非非的評價，但却可以在自己的詩篇裏發表感嘆，留給時人與後人評說。　無因：無所憑藉，没有機緣。《楚辭·遠遊》："質菲薄而無因兮，焉託乘而上浮？"謝惠連《雪賦》："怨年歲之易暮，傷後會之無因。"　簡册：特指史籍。劉知幾《史通·叙事》："夫以吳徵魯賦，禹計

塗山,持彼往事,用爲今説,置於文章則可,施於簡册則否矣!"《舊唐書·楊發傳》:"發與都官郎中盧摶獻議曰……歷檢國史,並無改造重題之文,若故事有之,無不書於簡册。" 詩篇:詩的總稱。杜甫《江上值水如海勢聊短述》:"老去詩篇渾漫與,春來花鳥莫深愁。"王建《贈盧汀諫議》:"青蛾不得在床前,空室焚香獨自眠。功證詩篇離景象,藥成官位屬神仙。"

[編年]

《年譜》編年本詩於"順宗貞元二十一年 憲宗永貞元年",僅僅過録題下注"是歲秋八月,太上改元永貞,傳位今皇帝"作爲理由,但没有説明具體時間。《編年箋注》編年本詩:"此詩作于永貞元年(八○五),元稹時爲校書郎。詳下《譜》。"《年譜新編》引用題下注以及錢謙益的評語之後編年於元和元年,却又編録在《永貞二年正月二日上御丹鳳樓赦天下予與李公垂庚順之閑行曲江不及盛觀》之前,意即應該作於永貞元年正月一日或者二日之時。

我們以爲,《年譜》"順宗貞元二十一年 憲宗永貞元年"的提法是錯誤的,應該是"德宗貞元二十一年 順宗永貞元年"。本詩詩題一作"貞元曆",一作"永貞曆",《編年箋注》没有標示,有失疏漏。從詩篇原意揣摩,"永貞曆"似乎更合乎詩人本意。《年譜新編》編年本詩於元和元年,我們無法領悟,不知理由何在。

我們以爲,本詩作年不難確定,亦即德宗貞元二十一年或者説永貞元年的八月五日決定改元永貞之時。《舊唐書·順宗紀》與《新唐書·順宗紀》爲我們提供了清楚不過的證據。

◎ 韋居守晚歲常言退休之志因署其居曰大隱洞命予賦詩因贈絶句(一)①

謝公潛有東山意，已向朱門啓洞門②。大隱猶疑戀朝市，不如名作罷歸園③。

録自《元氏長慶集》卷一七

［校記］

（一）韋居守晚歲常言退休之志因署其居曰大隱洞命予賦詩因贈絶句：楊本、叢刊本、《全詩》同，《佩文韵府》祇引後面兩句，且題作"韋居守大隱洞詩"。《霏雪録》引録本詩，題曰"韋居守晚年常有退休之志因署其居曰大隱洞"，《萬首唐人絶句》作"韋居守晚歲常言退休之志因署其居曰大隱洞命予賦詩"，意義不同，不改。

［箋注］

① 韋居守：即韋夏卿，時爲東都留守，故稱。居守是官名，留守的别稱。《新唐書・韋夏卿傳》："夏卿性通簡，好古，有遠韵，談説多聞。晚歲將罷歸，署其居曰大隱洞。與齊映、穆贊、贊弟員友善，雖同游終年，不見其喜愠。撫孤侄恩逾己子，爲政務通理，不甚作條教。所辟士如路隋、張賈、李景儉等，至宰相達官，故世稱知人。"韓愈《送温處士赴河陽軍序》："自居守河南尹以及百事之執事，與吾輩二縣之大夫，政有所不通，事有所可疑，奚所諮而處焉？"按，此"居守"謂東都留守鄭餘慶。皇甫枚《三水小牘・王公直》："既發囊，唯有人左臂，若新支解焉！群吏乃反接，送于居守。" 晚歲：晚年。杜甫《羌村三首》二："晚歲迫偷生，還家少歡趣。"葉適《高令人墓誌銘》："晚歲，三子始

育,始有宅居。"　常言:平常説話。高適《玉真公主歌二首》一:"常言龍德本天仙,誰謂仙人每學仙? 更道玄元指李日,多於王母種桃年。"曹鄴《代羅敷誚使君》:"常言愛嵩山,別妾向東京。朝來見人説,却知在石城。"　退休:辭職休息。武元衡《酬李十一尚書西亭暇日書懷見寄十二韵之作》:"時景屢遷易,兹言期退休。"司空圖《華下》:"久無書去干時貴,時有僧來自故鄉。不用名山訪真訣,退休便是養生方。"大隱洞:韋夏卿任職東都留守時洛陽履信坊私家花園内的一處遊覽之地。《新唐書・韋夏卿傳》:"晚歲將罷歸,署其居曰大隱洞。"《河南志・履信坊》:"本恭儉坊,避武太后曾祖名改。唐……又有……唐太子少保韋夏卿宅,宅有大隱洞。"

② 謝公:歷史上稱爲的"謝公"有多個,如謝靈運、謝朓,這裏指謝安,他後來歸隱東山,與後面的"東山意"相呼應。李白《示金陵子》:"謝公正要東山妓,携手林泉處處行。"辛棄疾《水調歌頭・送施聖與樞密帥隆興》:"試問東山風月,更著中年絲竹,留得謝公否?"東山意:謂退隱的心願。陳子昂《題居延古城贈喬十二知之》:"聞君東山意,宿習紫芝榮。"賈至《贈裴九侍御昌江草堂彈琴》:"沉吟東山意,欲去芳歲晚。"　朱門:紅漆大門,指貴族豪富之家。葛洪《抱朴子・嘉遯》:"背朝華於朱門,保恬寂乎蓬户。"杜甫《自京赴奉先縣詠懷五百字》:"朱門酒肉臭,路有凍死骨。"　洞門:常常指通向園林之門。王維《酬郭給事》:"洞門高閣靄餘輝,桃李陰陰柳絮飛。禁裏疏鐘官舍晚,省中啼鳥吏人稀。"杜甫《大雲寺贊公房四首》一:"心在水精域,衣霑春雨時。洞門盡徐步,深院果幽期。"這裏指大隱洞之門。

③ 大隱:指身居朝市而志在玄遠的人。王康琚《反招隱詩》:"小隱隱陵藪,大隱隱朝市。伯夷竄首陽,老聃伏柱史。"白居易《中隱》:"大隱住朝市,小隱入丘樊。丘樊太冷落,朝市太囂誼。不如作中隱,隱在留司官。"　朝市:指朝廷。陶潛《讀山海經十三首》一二:"巖巖顯朝市,帝者慎用才。"《顔氏家訓・勉學》:"及離亂之後,朝市遷革,

銓衡選舉,非復曩者之親。"王利器集解:"朝市,猶言朝廷。" 不如:.
比不上。《易‧屯》:"君子幾不如舍,往吝。"《顏氏家訓‧勉學》:"諺
曰:'積財千萬,不如薄伎在身。'" 罷歸:辭職或免官歸裏。謝朓《休
沐重還丹陽道中》:"薄遊弟從昔,思閑願罷歸。"張九齡《酬宋使君見
贈之作》:"翊聖負明主,妨賢媿友生。罷歸猶右職,待罪尚南荊。"

[編年]

　　《年譜》編年本詩於貞元十九年,沒有説明理由。《編年箋注》沒
有對本詩作編年説明,但緊緊列在《陪韋尚書丈歸履信宅因贈韋氏兄
弟》之後,即認爲兩詩是同時之作,而且本詩所在頁碼的書眉也是"貞
元十九年(八〇三)",應該視本詩爲貞元十九年之作。《年譜新編》編
年本詩在貞元十九年"洛陽作",沒有説明理由。

　　我們以爲,本詩雖然是元稹的作品,但詩中流露的情緒應該是韋
夏卿的情感。從韋夏卿準備歸隱的打算來看,似乎應該是其留守任
後期的光景,應該是韋夏卿改官太子少保前夕的作品,大約是永貞元
年,以唐憲宗於永貞元年八月即位之後最爲可能。在流行"一朝天子
一朝臣"的當時,韋夏卿已預感到自己不再可能留任東都留守,故而
暗暗有"東山意"的萌生。本詩與《陪韋尚書丈歸履信宅因贈韋氏兄
弟》不是同時之作,《年譜》、《編年箋注》、《年譜新編》將兩詩編爲同時
之作是錯誤的。

▲ 李娃行 (一)①

鬢鬟峨峨高一尺,門前立地看春風②。

見《許彥周詩話》,據《詩人玉屑》卷一七轉録

［校記］

　　（一）李娃行：《元稹集》同，《全唐詩·元稹卷》也已經歸名元稹。《詩人玉屑》卷一七：“詩人寫人物態度，至不可移易。元微之《李娃行》云：‘髻鬟峨峨高一尺，門前立地看春風。’此定是娼婦。退之《華山女》詩云：‘洗粧拭面著冠帔，白咽紅頰長眉青。’此定是女道士。東坡作《芙蓉城》詩，亦用‘長眉青’三字云：‘中有一人長眉青，炯如微雲淡疏星。’便有神仙風度(《許彥周詩話》)。”此外，《漁隱叢話後集》卷二四、《唐宋詩醇·昌黎韓愈詩》、《說郛·許彥周詩話》同。

［箋注］

　　① 李娃行：未見《元氏長慶集》録刊，但諸多文獻，如《詩人玉屑》、《漁隱叢話後集》、《唐宋詩醇·昌黎韓愈詩》、《說郛·許彥周詩話》、《全詩》等均採録零星詩句，今據補。　　李娃：白行簡傳奇名篇《李娃傳》的女主人公，今將《李娃傳》録以備考，以資更好理解白行簡以文、元稹以詩所傳佈的李娃故事，擴展今已散佚，祇見少數殘句的元稹的《李娃行》故事情節：“汧國夫人李娃，長安之倡女也。節行瓌奇，有足稱者，故監察御史白行簡爲傳述。天寶中，有常州刺史滎陽公者，略其名字不書，時望甚重，家徒甚殷。知命之年，有一子，始弱冠矣！雋朗有詞藻，迥然不群，深爲時輩推伏。其父愛而器之，曰：‘此吾家千里駒也！’應鄉賦秀才舉，將行，乃盛其服玩車馬之飾，計其京師薪儲之費，謂之曰：‘吾觀爾之才，當一戰而霸。今備二載之用，且豐爾之給，將爲其志也。’生亦自負，視上第如指掌。自毗陵發，月餘抵長安，居于布政里。嘗遊東市還，自平康東門入，將訪友于西南。至鳴珂曲，見一宅，門庭不甚廣，而室宇嚴邃。闔一扉，有娃方凭一雙鬟青衣立，妖姿要妙，絶代未有。生忽見之，不覺停驂久之，徘徊不能去。乃詐墜鞭于地，候其從者，敕取之。累眄于娃，娃回眸凝睇，情甚

相慕,竟不敢措辭而去。生自爾意若有失,乃密徵其友遊長安之熟者,以訊之。友曰:'此倷邪女李氏宅也。'曰:'娃可求乎?'對曰:'李氏頗贍,前與通之者多貴戚豪族,所得甚廣,非累百萬,不能動其志也。'生曰:'苟患其不諧,雖百萬,何惜!'他日,乃潔其衣服,盛賓從而往,扣其門。俄有侍兒啓扃,生曰:'此誰之第耶?'侍兒不答,馳走大呼曰:'前時遺策郎也!'娃大悅曰:'爾姑止之,吾當整粧易服而出。'生聞之私喜。乃引至蕭墻間,見一姥垂白上僂,即娃母也。生跪拜前致詞曰:'聞茲地有隙院,願稅以居,信乎?'姥曰:'懼其淺陋湫隘,不足以辱長者所處,安敢言直耶?'延生于遲賓之館,館宇甚麗。與生偶坐,因曰:'某有女嬌小,技藝薄劣,欣見賓客,願將見之。'乃命娃出,明眸皓腕,舉步艷冶。生遽驚起,莫敢仰視。與之拜畢,叙寒燠,觸類妍媚,目所未覩。復坐,烹茶斟酒,器用甚潔。久之日暮,鼓聲四動,姥訪其居遠近,生紿之曰:'在延平門外數里。'冀其遠而見留也。姥曰:'鼓已發矣!當速歸,無犯禁!'生曰:'幸接歡笑,不知日之云夕,道里遼闊,城內又無親戚,將若之何?'娃曰:'不見責僻陋,方將居之,宿何害焉?'生數目姥,姥曰:'唯,唯!'生乃召其家僮,持雙縑,請以備一宵之饌。娃笑而止之曰:'賓主之儀,且不然也。今夕之費,願以貧窶之家隨其粗糲以進之,其餘以俟他辰。'固辭,終不許。俄徙坐西堂,帷幔簾榻,煥然奪目,粧奩衾枕,亦皆侈麗。乃張燭進饌,品味甚盛。徹饌,姥起。生娃談話方切,詼諧調笑無所不至,生曰:'前偶過卿門,遇卿適在屏間。厥後心常勤念,雖寢與食,未嘗或捨。'娃答曰:'我心亦如之!'生曰:'今之來,非直求居而已,願償平生之志,但未知命也若何?'言未終,姥至,詢其故,具以告。姥笑曰:'男女之際,大欲存焉!情苟相得,雖父母命不能制也!女子固陋,曷足以薦君子之枕席?'生遂下階,拜而謝之曰:'願以己爲廝養!'姥遂目之爲郎,飲酬而散。及旦,盡徙其囊橐,因家于李之第。自是生屏迹戢身,不復與親知相聞。日會倡優儕類,狎戲遊宴,囊中盡空,乃鬻駿乘,及其家僮

歲餘,資財僕馬蕩然。邇來姥意漸怠,娃情彌篤。他日,娃謂生曰:
'與郎相知一年,尚無孕嗣。常聞竹林神者,報應如響,將致薦酹求
之,可乎?'生不知其計,大喜,乃質衣于肆,以備牢禮,與娃同謁祠宇
而禱祝焉!信宿而返,策驢而後。至里北門,娃謂生曰:'此東轉小曲
中,某之姨宅也。將憩而覲之,可乎?'生如其言前行,不逾百步,果見
一車門,窺其際,甚弘敞。其青衣自車後止之曰:'至矣!'生下驢,適
有一人出訪曰:'誰?'曰:'李娃也。'乃入告,俄有一嫗至,年可四十
餘,與生相迎曰:'吾甥來否?'娃下車,嫗迎訪之曰:'何久疏絕?'相視
而笑。娃引生拜之。既見,遂偕入西戟門偏院中,有山亭,竹樹蔥蒨,
池榭幽絕,生謂娃曰:'此姨之私第耶?'笑而不答,以他語對。俄獻茶
果,甚珍奇。食頃,有一人控大宛,汗流馳至,曰:'姥遇暴疾頗甚,殆
不識人,宜速歸!'娃謂姨曰:'方寸亂矣!某騎而前去,當令返乘,便
與郎偕來!'生擬隨之,其姨與侍兒偶語,以手揮之,令生止于戶外,
曰:'姥且歿矣!當與某議喪事以濟其急,奈何遽相隨而去?'乃止,共
計其凶儀齋祭之用。日晚。乘不至。姨言曰:'無復命,何也? 郎驟
往覘之,某當繼至。'生遂往,至舊宅,門扃鑰甚密,以泥緘之。生大
駭,詰其鄰人,鄰人曰:'李本稅此而居,約已周矣! 第主自收,姥徙
居,而且再宿矣!'徵'徙何處',曰:'不詳其所。'生將馳赴宣陽以詰其
姨,日已晚矣! 計程不能達。乃弛其裝服,質饌而食,賃榻而寢。生
恚怒方甚,自昏達旦,目不交睫。質明,乃策蹇而去。既至,連扣其
扉,食頃,無人應。生大呼數四,有宦者徐出,生遽訪之:'姨氏在乎?'
曰:'無之。'生曰:'昨暮在此,何故匿之?'訪其誰氏之第,曰:'此崔尚
書第,昨者有一人稅此院,云迎中表之遠至者,未暮去矣!'生惶惑發
狂,罔知所措,因返訪布政舊邸,邸主哀而進膳。生怨懟,絕食三日,
遘疾甚篤,旬餘愈甚。邸主懼其不起,徙之于凶肆之中。綿綴移時,
合肆之人共傷嘆而互飼之。後稍愈,杖而能起。由是凶肆日假之令
執繐帷,獲其直以自給。累月,漸復壯,每聽其哀歌,自嘆不及逝者,

輒嗚咽流涕，不能自止。歸則效之。生，聰敏者也。無何，曲盡其妙，雖長安無有倫比。初，二肆之備凶器者，互爭勝負。其東肆車轝皆奇麗，殆不敵，唯哀挽劣焉！其東肆長知生妙絕，乃醵錢二萬索顧焉！其黨耆舊，共較其所能者，陰教生新聲而相讚和。累旬，人莫知之。其二肆長相謂曰：'我欲各閱所備之器于天門街，以較優劣，不勝者罰直五萬，以備酒饌之用，可乎？'二肆許諾，乃邀立符契，署以保証，然後閱之。士女大和會，聚至數萬。于是里胥告于賊曹，賊曹聞于京尹。四方之士，盡赴趨焉！巷無居人。自旦閱之，及亭午，歷舉輦轝威儀之具，西肆皆不勝，師有慚色。乃置層榻于南隅。有長髯者。擁鐸而進。翊衛數人。於是奮髯揚眉，扼腕頓顙而登，乃歌《白馬》之詞，恃其夙勝，顧眄左右，旁若無人，齊聲讚揚之，自以爲獨步一時，不可得而屈也。有頃，東肆長于北隅上設連榻，有烏巾少年，左右五六人，秉翣而至，即生也。整衣服，俯仰甚徐，申喉發調，容若不勝，乃歌《薤露》之章，舉聲清越，響振林木，曲度未終，聞歔欷掩泣。西肆長爲衆所誚，益慚耻，密置所輸之直于前，乃潛遁焉！四座愕眙，莫之測也。先是，天子方下詔，俾外方之牧，歲一至闕下，謂之入計，時也適遇生之父在京師，與同列者易服章，竊往觀焉！有老豎，即生乳母婿也，見生之舉措辭氣，將認之而未敢，乃泫然流涕。生父驚而詰之。因告曰：'歌者之貌，酷似郎之亡子。'父曰：'吾子以多財爲盜所害，奚至是耶？'言訖，亦泣。及歸，豎問馳往，訪于同黨，曰：'向歌者誰？若斯之妙歟？'皆曰：'某氏之子。'徵其名，且易見之矣！豎凜然大驚，徐往，迫而察之。生見豎色動，回翔將匿于衆中。豎遂持其袂曰：'豈非某乎？'相持而泣，遂載以歸。至其室，父責曰：'志行若此，汙辱吾門，何施面目，復相見也？'乃徒行出，至曲江西杏園東，去其衣服，以馬鞭鞭之數百。生不勝其苦而斃，父棄之而去。其師命相狎暱者陰随之，歸告同黨，共加傷歎，令二人齎葦席瘞焉！至則心下微溫，舉之良久，氣稍通。因共荷而歸，以葦筒灌勺飲，經宿乃活。月餘，手足不能自

舉。其楚撻之處，皆潰爛，穢甚。同輩患之，一夕，棄于道周。行路咸
傷之，往往投其餘食，得以充腸。十旬，方杖策而起。被布裘，裘有百
結。襤褸如懸鶉。持一破甌，巡于閭里，以乞食爲事。自秋徂冬，夜
入于糞壤窟室，晝則周遊廛肆。一旦大雪，生爲凍餒所驅，冒雪而出，
乞食之聲甚苦，聞見者莫不悽惻。時雪方甚，人家外戶多不發。至安
邑東門，循理垣北轉第七八，有一門獨啓左扉，即娃之第也。生不知
之，遂連聲疾呼‘饑凍之甚’，音響悽切，所不忍聽。娃自閤中聞之，謂
侍兒曰：‘此必生也！我辨其音矣！’連步而出，見生枯瘠疥厲，殆非人
狀。娃意感焉！乃謂曰：‘豈非某郎也？’生憤懣絕倒，口不能言，頷頤
而已。娃前抱其頸，以繡襦擁而歸于西廂。失聲長慟曰：‘令子一朝
及此，我之罪也！’絕而復蘇。姥大駭。奔至。曰：‘何也？’娃曰：‘某
郎。’姥遽曰：‘當逐之，奈何令至此？’娃斂容却睇，曰：‘不然！此良家
子也。當昔驅高車，持金裝，至某之室，不逾期而蕩盡。且互設詭計，
捨而逐之，殆非人！令其失志，不得齒于人倫。父子之道，天性也。
使其情絕，殺而棄之，又困躓若此，天下之人盡知爲某也。生親戚滿
朝，一旦當權者熟察其本末，禍將及矣！況欺天負人，鬼神不祐，無自
貽其殃也！某爲姥子，殆今有二十歲矣！計其貲，不啻直千金。今姥
年六十餘，願計二十年衣食之用以贖身，當與此子別卜所詣。所詣非
遙，晨昏得以溫清，某願足矣！’姥度其志不可奪，因許之。給姥之餘，
有百金，北隅因五家稅一隙院。乃與生沐浴，易其衣服，爲湯粥，通其
腸，次以酥乳潤其臟。旬餘，方薦水陸之饌。頭巾履襪，皆取珍異者
衣之。未數月，肌膚稍腴。卒歲，平愈如初。異時，娃謂生曰：‘體已
康矣！志已壯矣！淵思寂慮，默想曩昔之藝業，可溫習乎？’生思之
曰：‘十得二三耳！’娃命車出遊，生騎而從。至旗亭南偏門鬻墳典之
肆，令生揀而市之，計費百金，盡載以歸。因令生斥棄百慮以志學，俾
夜作晝，孜孜矻矻。娃常偶坐，宵分乃寐。伺其疲倦，即諭之綴詩賦。
二歲而業大就，海內文籍，莫不該覽。生謂娃曰：‘可策名試藝矣！’娃

曰:'未也,且令精熟,以俟百戰。'更一年,曰:'可行矣!'於是遂一上
登甲科,聲振禮闈。雖前輩見其文,罔不斂衽敬羨,願友之而不可得。
娃曰:'未也!今秀士苟獲擢一科第,則自謂可以取中朝之顯職,擅天
下之美名,子行穢迹鄙,不侔于他士,當礱淬利器以求再捷,方可以連
衡多士,爭霸群英。'生由是益自勤苦,聲價彌甚。其年,遇大比,詔徵
四方之雋,生應直言極諫科,策名第一,授成都府參軍。三事以降,皆
其友也。將之官,娃謂生曰:'今之復子本軀,某不相負也。願以殘
年,歸養老姥。君當結媛鼎族,以奉蒸嘗,中外婚媾,無自黷也。勉思
自愛,某從此去矣!'生泣曰:'子若棄我,當自剄以就死!'娃固辭不
從,生勤請彌懇,娃曰:'送子涉江,至于劍門,當令我回!'生許諾。月
餘,至劍門。未及發而除書至,生父由常州詔入,拜成都尹,兼劍南採
訪使,浹辰,父到,生因投刺,謁于郵亭。父不敢認,見其祖父官諱,方
大驚,命登階,撫背慟哭移時,曰:'吾與爾父子如初!'因詰其由,具陳
其本末。大奇之,詰娃安在,曰:'送某至此,當令復還!'父曰:'不
可!'翌日,命駕與生先之成都,留娃于劍門,築別館以處之。明日,命
媒氏通二姓之好,備六禮以迎之,遂如秦晉之偶。娃既備禮,歲時伏
臘,婦道甚修,治家嚴整,極爲親所眷。向後數歲,生父母偕歿,持孝
甚至。有靈芝產于倚廬,一穗三秀。本道上聞,又有白燕數十,巢其
層甍。天子異之,寵錫加等。終制,累遷清顯之任。十年間,至數郡。
娃封汧國夫人,有四子,皆爲大官,其卑者猶爲太原尹。弟兄姻媾皆
甲門,內外隆盛,莫之與京。嗟乎!倡蕩之姬,節行如是,雖古先烈女
不能逾也!焉得不爲之歎息哉!予伯祖嘗牧晉州,轉戶部,爲水陸運
使,三任皆與生爲代,故暗詳其事。貞元中,予與隴西公佐話婦人操
烈之品格,因遂述汧國之事。公佐拊掌竦聽,命予爲傳。乃握管濡
翰,疏而存之。時乙亥(乙酉)歲秋八月,太原白行簡云。"除了"乙亥"
是"乙酉"之誤外,《李娃傳》開頭的"故監察御史白行簡"云云也是後
來之陳翰編集刊行時據統一體例所加,不可拘泥。   行:古詩的一種

696

體裁。王灼《碧雞漫志》卷一:"古詩或名曰樂府,謂詩之可歌也。故樂府中有歌有謠,有吟有引,有行有曲。"姜夔《白石詩話》:"體如行書曰行,放情曰歌,兼之曰歌行。"

　② 髻鬟:古時婦女髮式,將頭髮環曲束於頂。孟浩然《美人分香》:"艷色本傾城,分香更有情。髻鬟垂欲解,眉黛拂能輕。"岑參《醉戲竇子美人》:"朱脣一點桃花殷,宿妝嬌羞偏髻鬟。細看只似陽臺女,醉著莫許歸巫山。" 峨峨:高貌。司馬相如《上林賦》:"九嵕巀嶭,南山峨峨。"韋應物《擬古詩十二首》三:"峨峨高山巔,浼浼青川流。" 門前:大門之前,大門之內。戴叔倫《題黃司直園》:"爲憶去年梅,凌寒特地來。門前空臘盡,渾未有花開。"李端《閨情》:"月落星稀天欲明,孤燈未滅夢難成。披衣更向門前望,不忿朝來鵲喜聲。" 立地:站立著。曹松《夏雲》:"一天分萬態,立地看忘回。欲結暑宵雨,先聞江上雷。"宋代無名氏《步蟾宮》:"夜深著緉小鞋兒,斜靠著屏風立地。" 春風:春天的風。楊凝《柳絮》:"河畔多楊柳,追遊盡狹斜。春風一回送,亂入莫愁家。"司空曙《新柳》"全欺芳蕙晚,似妒寒梅疾。撩亂發青條,春風來幾日?"

[編年]

　《年譜》編年《李娃行》於元和十四年,理由是:"陳寅恪、戴望舒等認爲白行簡《李娃傳》與元稹《李娃行》係同時作。孝萱案:《汧國夫人傳》中隻字未提《李娃行》,如果他們一起寫作,怎會不予以敘述,而却聲明是得到李公佐的鼓勵呢? 應該是撰傳在前,作詩在後,所以白行簡《汧國夫人傳》中不能預言元稹作《李娃行》的事。"《編年箋注》元和十四年編年:"本年八月,白行簡在李公佐鼓勵下撰《汧國夫人傳》(《李娃傳》)。稍後,元稹作《李娃行》。"《年譜新編》同意《年譜》意見,也編年《李娃行》於元和十四年。

　戴望舒先生《讀李娃傳》認爲:"《李娃傳》是否真是這一年寫的?

697

白行簡是否有可能在這個時候寫《李娃傳》？我們的回答是否定的：因爲那時以古文筆法寫小說的風氣尚未大開，白行簡和其兄居易丁父憂，居喪於襄陽，決無認識那鼓勵他寫小說的李公佐的可能，說這二十歲的白行簡會獨開風氣之先，背了居喪之禮而會友縱談而寫起小說來，恐怕是不可能的事……我認爲'乙亥'二字，是一個繕寫或刊刻的錯誤，或多半是《異聞集》編者的誤改。"李宗爲先生《唐人傳奇》據戴望舒《小說戲曲論集·讀李娃傳》認爲："卞孝萱先生據陳翰妄加之言來考訂原作的創作年代，適足爲之引入歧途。戴望舒先生以爲'乙亥'是'乙酉'的誤改，論證甚明，且與這一團體中人創作傳奇的時間相合，看來十分可靠。因此，《李娃傳》的實際創作年代是貞元二十一年（同年八月改爲永貞元年）。"

我們同意戴望舒、李宗爲兩位先生的論證，同時認爲：一、《李娃傳》末尾有"時乙亥歲秋八月，太原白行簡云"云云，考元稹、白行簡在世之年，祇有唯一的一個"乙亥歲"，那就是貞元十一年，亦即公元七九五年。而元稹與白居易相識在貞元十九年，亦即公元八〇三年，"乙亥歲"時元稹與白居易、白行簡兄弟尚未相識，又如何可能在一起撰作《李娃傳》與《李娃行》？二、而貞元十八年九月，在長安靖安里第，元稹與李紳一起創作了唐傳奇名篇《鶯鶯傳》、《鶯鶯歌》，開創了同一故事，由兩人分別以傳文與詩歌共同傳唱的先例，爲《李娃傳》與《李娃行》的誕生樹立了可以模仿的榜樣。三、貞元二十一年八月，亦即永貞元年八月，元稹在校書郎任，與已經相識并同在長安的白居易、白行簡兄弟交往密切，有了共同創作《李娃傳》、《李娃行》時間、地點上的可能。元稹《酬翰林白學士代書一百韵》有"光陰聽話移"的描述，並在其下自注云："又嘗於新昌宅説《一枝花話》，自寅至巳猶未畢詞也。""新昌宅"即白居易宅，元稹常常光顧，白居易之胞弟白行簡更不會缺席，這是白行簡創作《李娃傳》、元稹創作《李娃行》的由來。而元稹《酬翰林白學士代書一百韵》撰成於元和五年十月十五日之後一二天，關於《一枝花話》，是回憶性文字。這也從一個側面證明了《年譜》、《編年箋注》、《年譜新編》關於《李娃傳》、《李娃行》創作於元和十四年説的難以成立。四、根據元稹、李紳在同一地點同一時間創作鶯鶯故事的先例，白行簡與元稹的《李娃傳》、《李娃行》也應該是同時所作，亦即貞元二十一年八月。而據《舊唐書·順宗紀》，這年的八月五日，已經改元永貞元年，因此確切地説，年號已經是永貞元年，具體時間是永貞元年八月，地點在長安，元稹時任校書郎之職。五、白行簡《李娃傳》確實沒有提及元稹的《李娃行》，最大的可能是白行簡《李娃傳》寫作在前，流行在前，而元稹的《李娃行》寫作在後，流行在後。但時間不會距離太遠，應該是同年所作，絶對不會延誤至元和十四年之時。時間過去了十四年之久，元稹已經以"元才子"名重於當時，已經没有必要如當時的士子一般爲吸引時人的眼球而撰作《李娃行》以求取科舉的功名。六、白居易元和五年有《論元稹第三狀》涉及李公佐："元稹守官正直，人所共知。自授御史已來，舉奏不避權勢。只如奏李公佐等之事，多是朝廷親情，人誰無私，因以挾恨，或假公議，將報私嫌，遂使誣謗之聲，上聞天聽。臣恐元稹左降已後，凡在位者每欲舉事，先以元稹爲戒，無人肯爲陛下當官執法，無人肯爲陛下嫉惡繩愆。内外權貴親黨，縱橫有大過大罪者，必相容隱而已，陛下從此無由得知，其不可者一也。"或此李公佐，非彼李公佐也未可知，附録在此，僅供參考。

▲ 又李娃行(一)①

平常不是堆珠玉，難得門前暫徘徊②。

　　　　　　　　見任淵《後山詩注》卷二《徐氏閑軒》注引，
　　　　　　　　據戴望舒先生輯録

[校記]

（一）李娃行：《元稹集》同，《全唐詩續補》、《編年箋注》没有採録。 又李娃行：其中的"又"字是筆者所加，以與《李娃行》的其他佚句有所區别。

[箋注]

① 李娃行：未見《元氏長慶集》録刊，但諸多文獻，如《詩人玉屑》、《漁隱叢話後集》、《唐宋詩醇·昌黎韓愈詩》、《説郛·許彦周詩話》等均採録零星詩句，今據補。 李娃：白行簡傳奇《李娃行》中的女主人公，當然也是元稹《李娃行》詩篇中的女主人公。《直齋書録解題·元稹長慶集六十卷》："唐宰相河南元稹微之撰。《中興書目》止四十八卷，又有《逸詩》二卷。稹嘗自彙其詩爲十體，其末爲艷詩，暈眉約鬢，匹配色澤，劇婦人之怪艷者。今世所傳《李娃》、《鶯鶯》、《夢遊春》、《古决絶句》、《贈雙文》、《示楊瓊》諸詩，皆不見於六十卷中，意館中所謂'逸詩'者，即其艷體者邪?"《後村集·詩話》："鄭畋，名相。父亞，亦名卿。或爲《李娃傳》，誣亞爲元和畋爲元和之子。小説因謂畋與盧攜並相不咸，攜訴畋身出倡妓。按畋與攜皆李翱甥，畋母，攜姨母也，安得如娃傳及小説所云? 唐人挾私忿，騰虚謗，良可發千載一笑!" 行：古詩的一種體裁。劉復《長歌行》："淮南木落秋雲飛，楚宫商歌今正悲。青春白日不與我，當壚舉酒勸君持。"白居易《琵琶引序》："感斯人言，是夕始覺有遷謫意。因爲長句歌以贈之，凡六百一十二言，命曰《琵琶行》。"

② 平常：平時，往常。謝靈運《發歸瀨三瀑布望兩溪》："退尋平常事，安知巢穴難?"張齊賢《洛陽搢紳舊聞記·白萬州遇劍客》："大凡人平常厚貌深衷，未易輕信。" 不是：表否定判斷。張鷟《朝野僉載》卷五："是汝書，即注是，以字押；不是，即注非，亦以字押。"蘇軾

《寄子由》:"吏曹不是尊賢事,誰把前言語化工?"　珠玉:珍珠和玉,泛指珠寶。《莊子·讓王》:"事之以珠玉而不受。"李白《大獵賦》:"六宮斥其珠玉。"　難得:很少。張謂《杜侍御送貢物戲贈》:"疲馬山中愁日晚,孤舟江上畏春寒。由來此貨稱難得,多恐君王不忍看。"杜甫《又示兩兒》:"長葛書難得,江州涕不禁。團圓思弟妹,行坐白頭吟。"門前:大門之前,大門之內。元稹《杏園》:"浩浩長安車馬塵,狂風吹送每年春。門前本是虛空界,何事栽花誤世人?"白居易《秋居書懷》:"門前少賓客,階下多松竹。秋景下西牆,涼風入東屋。"　徘徊:往返迴旋,來回走動。李端《瘦馬行》:"城傍牧馬驅未過,一馬徘徊起還臥。眼中有淚皮有瘡,骨毛焦瘦令人傷。"羊士諤《和竇吏部雪中寓直》:"瑞花飄朔雪,灝氣滿南宮。迢遞層城掩,徘徊午夜中。"

[編年]

　　《年譜》、《編年箋注》、《年譜新編》的意見相同,均編年元和十四年。

　　我們同意李宗爲、戴望舒兩位先生的論證,認爲白行簡《李娃傳》作於貞元二十一年八月,亦即永貞元年八月,元稹的《李娃行》作於同年稍後,地點在長安,元稹時任校書郎之職。

▲ 又李娃行^{(一)①}

玉顏婷婷階下立②。

見任淵《後山詩注》卷二《黃梅五首》三注引,
據程毅中先生輯錄

[校記]

（一）李娃行：《元稹集》同，《全唐詩續補》、《編年箋注》沒有採錄。　又李娃行：其中的"又"字是筆者所加，以與《李娃行》的其他佚句有所區別。

[箋注]

① 李娃行：未見《元氏長慶集》錄刊，但諸多文獻，如《詩人玉屑》、《漁隱叢話後集》、《唐宋詩醇·昌黎韓愈詩》、《說郛·許彥周詩話》等均採錄零星詩句，今據補。　李娃：白行簡《李娃行》、元稹《李娃行》中的女主人公。鄒之麟《義俠傳總論·李娃》："娃之濯淖泥滓，仁心爲質，豈非所謂蟬蛻者乎？士不困辱不激，不激事不成。假令鄭子能自竪建顯當世，則娃幾與蘄王夫人媲美矣！"瞿佑《李娃念舊》："故人一別負佳期，飢火燒腸凍不知。須念往年行樂處，寶鞍三墮曲江池。"　行：古詩的一種體裁。駱賓王《棹歌行》："寫月塗黃罷，凌波拾翠通。鏡花搖芰日，衣麝入荷風。"吳少微《怨歌行》："城南有怨婦，含情傍芳叢。自謂二八時，歌舞入漢宮。"

② 玉顏：形容美麗的容貌，多指美女。宋玉《神女賦》："貌豐盈以莊姝兮，苞溫潤之玉顏。"王昌齡《長信秋詞五首》三："玉顏不及寒鴉色，猶帶昭陽日影來。"　婷婷：亦即"亭亭"，明亮美好貌。沈約《麗人賦》："亭亭似月，嬿婉如春。"鮑溶《倚瑟行》："明珠爲日紅亭亭，水銀爲河玉爲星。"　階：臺階。《書·大禹謨》："帝乃誕敷文德，舞干羽於兩階。"李白《菩薩蠻》："玉階空佇立，宿鳥歸飛急。"　立：站立。《左傳·成公二年》："綦毋張喪車，從韓厥曰：'請寓乘！'從左右，皆肘之，使立於後。"《史記·項羽本紀》："噲遂入，披帷西嚮立。"

[編年]

《年譜》、《編年箋注》、《年譜新編》的意見相同,均編年元和十四年。

我們同意李宗爲、戴望舒兩位先生的論證,認爲白行簡《李娃傳》作於貞元二十一年八月,亦即永貞元年八月,元稹的《李娃行》作於同年稍後,地點在長安,元稹時任校書郎之職。

◎ 夏陽縣令陸翰妻河南元氏墓誌銘①

予陸氏姊(一),事父母以孝聞,事姑如事母,善伯仲以悌達(二),事夫如事兄(三),睦族以惠和,煦下以慈愛,四者謂之吉德。然而不壽也(四)②,嗚呼!享年三十有五(五),殁世於夏陽縣之私第③。是唐之貞元二十年十二月之初五日也(六),冬十月十有四日,歸窆於河南洛陽之清風鄉平樂里之北邙原(七),從祖姑兆。太上永貞之元年(八),歲乙酉,朔旦景申,辰在己酉,須時順也④。

始祖有魏昭成皇帝(九),後嗣失國(一〇),今稱河南洛陽人焉⑤!六代祖諱巖(一一),在周爲内史大夫,以諫廢(一二)。在隋爲兵部尚書、昌平公,以忠進(一三)⑥。古君子曰(一四):"忠之後必復。"降五世而生我皇考府君,府君諱某,以四教垂子孫,孝先之,儉次之,學次之,政成之⑦。當乾元廣德之間,郡國多事,由雲陽、昭應尉,馮翊、狗氏長,遷于殿中侍御史。或未環歲,或未浹時⑧。而五命自天,非夫公不來則人不蘇,公不遷則善不聲,何是之速也!董方書草奏議者凡八轉(一五)⑨。其在比部郎中也,宗人得罪,有不察夫玉與珉類而不雜者(一六),

屈我府君爲虢州別駕，累遷舒王府長史，至則懸車息休宴如也（一七）⑩。嘗著《百葉書要》，以萃群言。秘牒一開，則萬卷皆廢。由是懼夫百氏之徒（一八），一歸於我囿，所不樂也，故世莫得傳焉⑪！嗚呼聖德大業至矣（一九）！不峻其位，不流其化，時哉！時哉⑫！

我外祖睦州刺史滎陽鄭公諱濟（二〇），官族甲天下⑬。我太夫人聖善儀六姻（二一），訓子婦以憫默（二二），罰婢僕傭保以莊屬爲鞭笞（二三），用至於兒稚不能夏楚而嚘嚘於他門（二四）⑭。肆我伯姊，穆其嚴風，柔以慈旨，於人爲克肖矣（二五）⑮！生十四年，遂歸於吳郡陸翰（二六）。翰，國朝左侍極兼右相敦信之玄孫（二七）、臨汝令泌之元子（二八）。魏出也，魏之先文貞，有匡君之大德⑯。

翰少孤，事親以至行立，釋褐太平主簿，我姊由是而歸之（二九）⑰。逮陸君之宰夏陽也，事姑垂二十年矣！姑愛之若慈母，婦敬之若嚴君。雖母兄之饋，不授於姑則不至，而況於私其財乎⑱！閨門之內，未嘗以往復之言聞婢僕，而況於相色乎⑲？及魏夫人之沈痼也（三〇），夫人亦不利行作有年矣（三一）！然而藥不嘗於口則不進，衣不出於手則不獻⑳。冬之夜、夏之日，環侍其側者周二三歲（三二）。衣不釋體，倦不形色，曾不以己之疾爲瘉矣㉑！嗚呼！曾閔之養其親也（三三），方於此何如？吾不知也㉒！至於陸君之在疚也，克哀敬以終養之（三四），舊疾暴加，不數日而釁作（三五）。陸君廜職他縣，至則無及矣㉓！將訣之際，子號女泣，問其遺訓，則曰：“吾幼也辭家（三六），報親日短，今則已矣！不見吾親（三七），親乎！親乎！”西望而絕㉔。

痛夫！孝於親，敬於姑，順於夫，友於兄弟。辭世之日，母不獲撫，夫不及決，兄不得臨，弟不得侍，天乎淑善，反以爲罪乎㉕？二女曰燕曰迎，兩男師道、嶠。夫人兄沂兄秬(三八)，弟積弟稹，或游遠，或守官，或歸養，皆不克會葬㉖。陸君先是職于使，又不克董喪。從父季真以二子襄事(三九)，禮也㉗。後尊夫有命于小子稹曰(四〇)："吾大懼夫馨香之行莫熾于後，爾其識之！"是用銜恤隕涕，篆銘于壙㉘。銘曰：

嗚呼！有唐陸氏孝夫人元氏之墓㉙。

錄自《元氏長慶集》卷五八

［校記］

（一）予陸氏姊：原本作"陸氏姊"，楊本、叢刊本同，據宋蜀本、盧校、《全文》補。

（二）善伯仲以悌達：原本作"善伯以悌"，楊本、叢刊本作"善伯以悌□"，據宋蜀本、盧校、《全文》改。

（三）事夫如事兄：原本作"順如事兄"，楊本作"□□□事兄"，叢刊本作"□事兄"，據宋蜀本、盧校、《全文》改。

（四）然而不壽也：楊本、叢刊本同，宋蜀本、《全文》作"然而不貴不壽夭也"，各備一說，不改。

（五）享年三十有五：原本作"享年三十有一"，本文云："逮陸君之宰夏陽也，事姑垂二十年矣！"據此推算，元稹大姐應該在十一二歲時就出嫁陸翰，這不太可能，不取。楊本、叢刊本作"享年三十有□"，宋蜀本、盧校、《全文》作"享年三十有五"，據改。

（六）是唐之貞元二十年十二月之初五日也：原本作"是唐之貞元二十五年十二月之初五日也"，楊本、叢刊本同，宋蜀本、《全文》作"是歲有唐之貞元二十年十二月之初五日也"。貞元年號祇有二十一年，"貞元二十五年"肯定有誤，或者是"貞元二十年"，或者是"貞元十五年"。如果是貞元十五年，元稹當時二十一歲，正在夏陽縣附近的西河縣與楊巨源一起游宦，有元稹自己的《贈別楊員外巨源》爲證："憶昔西河縣下時，青山顥頜宦名卑。揄揚陶令緣求酒，結託蕭娘只在詩。"或者在離開夏陽縣不遠的洛陽李著作家中與管兒戀愛，有元稹自己《仁風李著作園醉後寄李十》："朧明春月照花枝，花下鶯聲是管兒。却笑西京李員外，五更騎馬趁朝時。"而本文有"將訣之際，子號女泣，問其遺訓，則曰：'吾幼也辭家，報親日短，今則已矣！不見吾親，親乎，親乎！'西望而絕。痛夫！孝于親，敬于姑，順于夫，友于兄弟。辭世之日母不獲撫，夫不及訣，兄不得臨，弟不得侍。天乎！淑善反以爲罪乎？……夫人兄沂兄袒，弟積弟積，或遠遊，或守官，或歸養，皆不克會葬"之記載，不符元稹當時的情況。而貞元二十年，元稹二十六歲，正在校書郎任上，與"守官"的情況符合，貞元二十年的冬天、貞元二十一年的春天，元稹正在病中，有《病減逢春期白二十二辛大不至十韵》爲證："病與窮陰退，春從血氣生。寒膚漸舒展，陽脈乍虛盈。就日臨階坐，扶床履地行。問人知面瘦，祝鳥願身輕。"其時元稹兄妹的母親健在人世，這與"歸養"的景況也頗相符。而如果是貞元十五年，以元稹大姐"享年三十有五"推算，其母鄭氏必須在十一歲時就生下她的女兒，亦即元稹的大姐，這是不太可能發生的事情。而如果是貞元二十年，鄭氏已經十六歲，根據古代婚姻習俗，年齡方面就不成任何問題。關於"十二月之初五日"病故，而第二年"冬十月十有四日"安葬，如非特殊的原因，在家中等待安葬的時間不會長達十個月。但本文中的一段話應該引起我們的注意："夫人兄沂兄袒，弟積弟積，或游遠，或守官，或歸養，皆不克會葬。陸君先是職於使，又不克董喪。"原來是丈夫不在家，兄弟也不能前來，故不得不停柩在家，等待丈夫回來"董喪"，等待兄弟前來會葬。而這一等就是十個月，時間已經到了第二年，亦即永貞元年的十月十四日。本文："是唐之貞元二十年十二月之初五日也,冬十月十有四日,歸窆於河南洛陽之清風鄉平樂里之北邙原,從祖姑兆。太上永貞之元年,歲乙酉,朔旦景申,辰在己酉,須時順也。"這段文字表述了三個內容:一、元稹大姐病故於"貞元二十年十二月之初五日";二、而"冬十月十有四日,歸窆於河南洛陽之清風鄉平樂里之北邙原,從祖姑兆",是其安葬的時間,病故在"十二月之初五日",而"歸窆"亦即安葬反而在"冬十月十有四日",顯然"十二月"是指"貞元二十年",而"冬十月"不應該是"貞元二十年",而應該是"貞元二十年"的次年,亦即貞元二十一年。三、而"太上永貞之元年,歲乙酉,朔旦景申,辰在己酉,須時順也"一句,說的仍然是元稹大姐的安葬時間:"歲乙酉"就是"貞元二十一年"或"永貞之元年"的干支,唐順宗改元永貞之時,已經是他讓位之日,故稱"太上";"朔旦景申"就是《舊唐書·憲宗紀》記載的永貞元年"冬十月丙申朔",亦即永貞元年十月初一;"辰在己酉"就是永貞元年十月十四日。《編年箋注》:"己酉:十月初四。"誤,十月初四的干支應該是"己亥"而不是"己酉"。另外,《編年箋注》對"冬十月十有四日"一句的理解也是錯誤的:"有"在這裏通"又",用於整數與零數之間。《易·繫辭》:"乾之策,二百一十有六;坤之策,百四十有四,凡三百有六十。"韓愈《元和聖德詩序》:"輒依古作四言《元和聖德詩》一篇,凡千有二十四字。"故"冬十月十有四日"就是十月十四日,而不是十月四日。

　　(七)歸窆於河南洛陽之清風鄉平樂里之北邙原:原本、楊本、叢刊本作"葬於河南洛陽之清風郡平樂里之北邙原",據宋蜀本、盧校、《全文》改。

　　(八)太上永貞之元年:原本作"上永貞之元年",楊本、叢刊本同,"上"字無論上讀還是下讀,語義都難通,故據《全文》改。因元稹撰寫本文之時,年號雖然還是"永貞",但唐順宗已經被迫退位,成爲"太上皇",故言"太上"。

（九）始祖有魏昭成皇帝：楊本、叢刊本同，宋蜀本、盧校、《全文》作"我繫祖有魏昭成皇帝"，語義相類，不改。

（一〇）後嗣失國：原本作"後失國"，楊本、叢刊本同，據宋蜀本、盧校、《全文》補。

（一一）六代祖諱巖：原本誤作"六代祖諱嚴"，楊本、叢刊本、《全文》同誤，今據《舊唐書·元稹傳》、《新唐書·元稹傳》、《隋書·元巖傳》、《北史·元巖傳》等史書改。《元稹集》、《編年箋注》均失校。

（一二）以諫廢：原本作"以諫"，楊本、叢刊本同，據宋蜀本、盧校、《全文》補。

（一三）以忠進：原本作"中"，楊本、叢刊本作"中□"，據宋蜀本、盧校、《全文》改。

（一四）古君子曰：楊本、叢刊本、《全文》作"君子曰"，語義相類，不改。

（一五）董方書草奏議者凡八轉：原本作"董芳書奏議者凡八人"，楊本、叢刊本同，《全文》作"董方書奏議者凡八人"，僅備一說。據宋蜀本、盧校改，

（一六）有不察夫玉與珉類而不雜者：楊本、《全文》同，叢刊本作"有不察夫玉與珉類而不雜□"，宋蜀本、盧校作"有不察夫玉與珉類而不雜用"，語義不佳，且原本不誤，不改。

（一七）至則懸車息休宴如也：楊本、叢刊本作"至則懸車息□宴如也"，宋蜀本、盧校、《全文》作"至則懸車息宴浩如也"，各備一說。

（一八）由是懼夫百氏之徒：宋蜀本同，楊本作"由懼夫百氏之徒"，叢刊本、《全文》作"由□懼夫百氏之徒"，語義不佳，不改。

（一九）嗚呼聖德大業至矣：原本作"□業至矣"，楊本同，叢刊本作"□□業至矣"，據宋蜀本、盧校、《全文》改。

（二〇）我外祖睦州刺史滎陽鄭公諱濟：原本作"我外祖睦陽鄭公諱濟"，楊本、叢刊本同，據宋蜀本、盧校、《全文》補。

（二一）我太夫人聖善儀六姻：原本作“我太夫人聖善六姻”，楊本、叢刊本同，據宋蜀本、《全文》改。

（二二）訓子婦以憫默：原本作“咸重焉以憫默”，楊本、叢刊本作“□□□以憫默”，據《全文》改，宋蜀本、盧校作“諸子婦”，語義不同，各備一説。

（二三）罰婢僕傭保以莊厲爲鞭笞：原本作“罰婢僕傭保以莊勵爲鞭笞”，楊本、叢刊本同，據宋蜀本、盧校、《全文》改。

（二四）用至於兒稚不能夏楚而嗃嗃於他門：楊本、叢刊本作“用至於兒稚不能□楚而嗃嗃他於門”，宋蜀本、盧校、《全文》作“用至於兒稚不能名夏楚而嗃嗃於他門”，各備一説，不改。

（二五）於人爲克肖矣：楊本、叢刊本作“於人□□□矣”，宋蜀本、盧校、《全文》作“於人有加矣”，各備一説，不改。

（二六）遂歸於吳郡陸翰：宋蜀本、《全文》同，楊本、叢刊本作“遂歸於靈郡陸翰”。《明一統志·嘉興府》：“唐陸敦信，嘉興人，高宗朝拜左侍極檢校左相，封嘉興縣子。子齊望，官至秘書少監。齊望之後曰侃，以蔭補溧陽尉，民懷其惠而祠之。”又《舊唐書·陸德明傳》載陸氏爲“蘇州吳人”，而“子敦信，龍朔中官至左侍極同東西臺三品”。據此，作“靈郡”者誤。

（二七）國朝左侍極兼右相敦信之玄孫：原本作“國朝左侍極兼宰相信之玄孫”，楊本、叢刊本同，據宋蜀本、盧校、《全文》改。《新唐書·高宗紀》：“（麟德）二年二月……戊辰，左侍極陸敦信檢校右相。”《舊唐書·高宗紀》：“麟德三年……夏四月……庚午，左侍極、檢校右相、嘉興子陸敦信緣老病乞辭。”據此，作“陸信”者誤。

（二八）臨汝令泌之元子：原本作“臨汝令秘之元子”，楊本、叢刊本同，據宋蜀本、盧校、《全文》改。

（二九）我姊由是而歸之：《全文》同，楊本、叢刊本作“我姊由是歸而之”，語義不通，不從不改。

（三〇）及魏夫人之沈痼也：原本作"及太夫人之沈痼也"，楊本、叢刊本、《全文》同，宋蜀本、盧校作"及魏夫人之沈痼也"，兩者含義不同，鄭氏雖然曾經携帶元稹、元稹投奔女兒女婿，但時間僅僅三四年，且當時鄭氏身體尚健，這裏應該指陸翰的母親魏氏，據改。

（三一）夫人亦不利行作有年矣：原本作"夫人亦不利行有年矣"，楊本、叢刊本同，據宋蜀本、《全文》改。

（三二）環侍其側者周二三歲：原本作"環侍其側者二三歲"，楊本、叢刊本同，據宋蜀本、《全文》補。

（三三）曾閔之養其親也：原本作"閔之養其親也"，楊本、叢刊本、《全文》同，據宋蜀本、盧校改。

（三四）克哀敬以終養之：楊本、宋蜀本、盧校、《全文》作"克哀敬以終之"，叢刊本作"克哀敬以終□之"，語義不同，不從不改。

（三五）不數日而釁作：原本作"不數日而不作"，楊本、叢刊本作"不數日而亹作"，語義均不佳，據宋蜀本、盧校、《全文》改。

（三六）吾幼也辭家：宋蜀本、《全文》同，楊本、叢刊本作"吾幼也辭□"，僅備一説。

（三七）不見吾親：叢刊本、宋蜀本、錢校、《全文》同，楊本作"不見我親"，聯繫上文"吾幼也辭家"，不從不改，僅備一説。

（三八）夫人兄沂兄秬：楊本、叢刊本、《全文》同，盧本作"夫人兄沶兄秬"。我們以爲兄弟四人中獨獨元沂的名字與其他兄弟有別，這不符合我國古代漢文化取名的慣例，估計是文獻傳抄之誤。朱金城先生在《白居易集箋校·唐河南元府君夫人滎陽鄭氏墓誌銘》的"校"記中説過："'沂'，宋本、那波本、《文粹》、《英華》、盧校俱作'沶'。城按：元稹《夏陽縣令陸翰妻河南元氏墓誌銘》、《新唐書·宰相世系表》亦俱作'沶'。"而我們從元秬的名字，根據《詩經·生民》"誕降嘉種，維秬維秠"之句，推測"沂"、"沶"或許就是"秠"之誤。秠是良種黑黍，一般中有兩顆米；秬是黑黍；積是積儲穀物；稹是草木叢生。祇有這樣兄弟四人的名字意義密切相連,構成完整的意群。但我們至今也沒有確鑿的證據,祇好等待日後新出土文物的破解。

(三九)**從父季真以二子襄事**:楊本、叢刊本、宋蜀本、盧本、《全文》作"從父季□以二子襄事",各備一說,錄以備考。

(四○)**後尊夫有命于小子積曰**:楊本、叢刊本作"□尊夫有命于小子積曰",宋蜀本、盧本、《全文》作"我尊夫人有命于小子積曰"。兩者的語義完全不同,後者的"夫人"應該指元積大姐,但當他的大姐謝世之時,她的丈夫陸翰和她的兄與弟均不在跟前,如何"有命"? 而前者是指陸翰,事後請求元積補寫這篇墓誌銘,合情合理,可從。

[箋注]

① 夏陽:縣名,在同州境內。《舊唐書‧地理志》:"同州……夏陽:武德三年分郃陽於此置河西縣,乾元三年復爲夏陽。"岑參《送崔主簿赴夏陽》:"常愛夏陽縣,往年曾再過。縣中饒白鳥,郭外是黃河。"元積《夏陽亭臨望寄河陽侍御堯》:"望遠音書絕,臨川意緒長。殷勤眼前水,千里到河陽。"　縣令:一縣之行政長官,周有縣正,掌縣之政令,春秋時縣邑之長稱宰、尹、公、大夫,其職同。秦漢縣萬戶以上者稱令,不及萬戶者稱長,晉隋因之,唐時縣置令,縣有赤、畿、望、緊、上、中、下七等,不分令長。李白《贈臨洺縣令皓弟(時被訟停官)》:"陶令去彭澤,茫然太古心。大音自成曲,但奏無弦琴。"權德輿《送從翁赴任長子縣令》:"家風本鉅儒,吏職化雙鳧。啓事才方愜,臨人政自殊。"　陸翰:人名,事迹詳見本文。白居易《唐河南元府君夫人榮陽鄭氏墓誌銘》:"夫人有四子二女,長曰沂,蔡州汝陽尉。次曰秬,京兆府萬年縣尉。次曰積,同州韋城尉。次曰積,河南縣尉。長女適吳郡陸翰,翰爲監察御史。次爲比丘尼,名真一。二女不幸,皆先夫人歿。"　墓誌銘:放在墓裏刻有死者事迹的石刻,一般包括志和銘兩部分,志多用散文,敘述死者姓氏、生平等,銘是韵文,用於對死

者的讚揚、悼念。李華《故翰林學士李君墓誌》:"嗚呼！姑孰東南，青山北址，有唐高士李白之墓。"獨孤及《唐故特進太子少保鄭國李公墓誌銘并序》:"少保諱遵，皇唐太祖景帝七世孫也。祖瑜，鄭州刺史，追贈太常卿。烈考日暈，官至太僕，贈太子太師揚州都督。"

② 事：侍奉，供奉。《孟子·梁惠王》:"是故明君制民之産，必使仰足以事父母，俯足以畜妻子。"《漢書·丁姬傳》:"孝子事亡如事存。" 姑：丈夫的母親，婆婆。韓愈《扶風郡夫人墓誌銘（夫人，馬暢之妻）》:"夫人適年若干，入門而媼御皆喜，既饋而公姑交賀。"趙彥衛《雲麓漫抄》卷五:"婦謂夫之父曰舅，夫之母曰姑。" 悌達：敬愛和順。令狐楚《賀南郊表》:"伏惟皇帝陛下光膺大寶，茂對上元，盡誠信以奉先，極婉愉而致養，孝光夷貊，悌達神明，方將告成功，敷顯號。"王讜《唐語林·補遺》:"〔和政公主〕奉今上以悌達，事韋妃如所生，繇是特爲肅宗之所賞愛。" 睦族：和睦親族。語出《書·堯典》:"克明俊德，以親九族，九族既睦，平章百姓。"元稹《代李中丞謝官表》:"雖牽絲入仕，或因瑣碎之文，而執簡當朝，實由睦族而致。" 惠和：仁愛和順。《左傳·昭公四年》:"紂作淫虐，文王惠和，殷是以隕，周是以興，夫豈争諸侯！"《後漢書·和熹鄧皇后》:"政非惠和，不圖於心；制非舊典，不訪於朝。" 煦：溫暖。韓愈《南山詩》:"無風自飄簸，融液煦柔茂。"王禹偁《送柴侍御赴闕序》:"煦而爲陽春，散而爲霖雨。"恩惠。李隆基《誡勵宗室詔》:"堂侄餘慶，承煦紹宗，行淹祚洽。" 慈愛：仁慈愛人，多指上對下或父母對子女的愛憐。《後漢書·寇榮傳》:"臣聞天地之於萬物也好生，帝王之於萬人也慈愛。"《北齊書·封隆之傳》:"孝琬七歲而孤，獨爲隆之所鞠養，慈愛甚篤。" 吉德：美德，高尚的品德。《左傳·文公十八年》:"孝敬忠信爲吉德，盜賊藏奸爲凶德。"徐幹《中論·法象》:"君子感凶德之如彼，見吉德之如此，故立必磬折，坐必抱鼓。" 壽：年壽，壽限。張楚《與達奚侍郎書》:"然則同時郎官及餘親故，自僕貶黜之後，亡者三十餘人，皆負聲華，豈無

知已？不與年壽相次,殁於泉肩。”白居易《贈杓直》:“世路重位禄,栖栖者孔宣。人情愛年壽,夭死者顔淵。”

③ 享年:敬辭,稱死者活的壽數。孫逖《東都留守韋虚心神道碑》:“享年七十,以開元二十九年某月日,遘疾薨於東都寧仁里之私第。皇帝悼焉！贈揚州大都督府印綬,賻物一百五十匹、米粟一百五十石,賜謚曰貞。”李軫《泗州刺史李君神道碑》:“以其年九月二十九日,薨於終南山居,享年七十有三,有子六人……”　殁世:去世。李德裕《欹器賦并序》:“今者公已殁世,余又放逐,忽睹兹器,凄然懷舊,固追爲此賦。”皮日休《劉棗强碑》:“已夫先生……位既過於趙壹兮,才又逾於禰衡。既當時之有道兮,非殁世而無名。嗚呼！襄陽之西,墳高三尺而不樹者,其先生之故塋。”　私第:指舊時官員私人所置的住所。《後漢書·賈復傳》:“復爲人剛毅方直,多大節。既還私第,闔門養威重。”《宋書·彭城王義康傳》:“鞠恭慄悚,若墮谿壑,有何心顔而安斯寵？輒解所職,待罪私第。”

④ 歸窆:歸葬,窆,下葬。白居易《唐故虢州刺史贈禮部尚書崔公墓誌銘》:“用大葬之禮,歸窆於磁州昭義縣磁邑鄉北原。”楊憑《唐故銀青光禄大夫使持節蔚州諸軍事行蔚州刺史兼御史中丞馬公墓誌銘并序》:“以其年七月十日歸窆於關中少陵原,祔其先塋,合光妃之墓,禮也。”　祖姑:丈夫的祖母。《禮記·喪服小記》:“婦祔於祖姑,祖姑有三人,則祔於親者。”鄭玄注:“謂舅之母死,而又有繼母二人也。親者,謂舅所生。”祔,附祭。舅,丈夫的父親。韋公肅《鄭餘慶私廟配祔議》:“禮祔于祖姑,祖姑有三人,則各祔舅之所生,如其禮意,三人皆夫人也。”

⑤ 始祖:有世系可考的最初的祖先。《儀禮·喪服》:“諸侯及其大祖,天子及其始祖之所自出。”鄭玄注:“始祖者,感神靈而生,若稷契也。”《禮記·大傳》:“諸侯及其大祖。”孫希旦集解:“始封之君,謂之大祖,得姓之祖,謂之始祖。”　昭成皇帝:《魏書·帝紀·序紀》:

"昭成皇帝諱什翼犍立,平文之次子也。生而奇偉,寬仁大度,喜怒不形於色。身長八尺,隆準龍顏,立髮委地,臥則乳垂至席。烈帝臨崩顧命曰:'必迎立什翼犍,社稷可安!'烈帝崩,帝弟孤乃自詣鄴奉迎,與帝俱還,事在《孤》傳。十一月,帝即位於繁畤之北,時年十九,稱建國元年。"據《古今姓氏書辯證》等文獻,什翼犍第六子力真,力真之子意勁爲彭城公,已不在帝位,即所謂'後嗣失國'。其後爲敷州刺史元禎、隋平昌公元巖、隋北平太守元弘、唐魏州刺史義端、岐州參軍延景、南頓丞元棐、比部郎中元寬、唐穆宗宰相元稹。"據此可知:這個家族爲鮮卑族原姓爲拓跋氏,建魏之後才改姓爲元,北周年間又復姓拓跋,到了隋代又改爲元姓。自後魏孝文帝遷都洛陽,他們家族就世世代代在洛陽定居,故元姓之人皆自號洛陽人。而昭成皇帝,也就成了元稹一族的"始祖"。   後嗣:後代,子孫。《書·伊訓》:"敷求哲人,俾輔於爾後嗣。"元稹《告贈皇祖祖妣文》:"公實能德,延於後嗣。"失國:喪失國家的統治權。《國語·晉語》:"得國常於喪,失國常於喪。"韓愈《順宗實錄》:"楚王失國亡走,一言善而復其國。"

　　⑥ "六代祖諱巖"五句:據《隋書·元巖傳》,元巖在周朝拜職內史大夫,救助冒死苦諫的京兆郡丞樂運,後來昏庸的宣帝要誅殺忠臣烏丸軌,元巖"不肯署詔","帝怒,使閹豎搏其面,遂廢於家"。隋文帝楊堅即位,拜元巖爲"平昌郡公",後來又"拜巖爲益州總管長史",輔助"蜀王秀鎮益州",臨行,楊堅面告:"公,宰相大器,今屈輔我兒,如曹參相齊之意也。""及巖到官,法令明肅,吏民稱焉!蜀王性好奢侈,嘗欲取獠口以爲閹人,又欲生剖死囚取膽爲藥。巖皆不奉教,排閤切諫,王輒謝而止。憚巖爲人,每循法度,蜀中獄訟,巖所裁斷,莫不悅服。其有得罪者,相謂曰:'平昌公與吾罪,吾何怨焉!'上甚嘉之,賞賜優洽。十三年卒官,上悼惜久之。益州父老莫不隕涕,於今思之。巖卒之後,蜀王竟行其志,漸致非法造渾天儀、司南車、記里鼓,凡所被服擬于天子。又共妃出獵,以彈彈人。多捕山獠,以充宦者,獠佐

無能諫止。"及楊秀得罪被廢,楊堅感嘆:"元巖若在,吾兒豈有是乎!"
内史:西周始置,協助天子管理爵禄、廢置等政務,春秋時沿置。《左
傳·襄公十年》:"使周内史選其族嗣,納諸霍人,禮也。"杜預注:"内
史,掌爵禄廢置者。"《孔子家語·執轡》:"古者天子以内史爲左右
手。"官名,隋文帝改中書省爲内史省,置内史監、令各一員,隋煬帝改
爲内書省,唐高祖武德初復爲内史省,三年改爲中書省,後亦用以稱
中書省的官員。皇甫冉《韋中丞西廳海榴》:"海花争讓候榴花,犯雪
先開内史家。"　大夫:據《隋書·元巖傳》,本文應該是"中大夫"之
誤,中大夫是古代官名,周王室及諸侯各國卿以下有上大夫、中大夫、
下大夫。《荀子·大略》:"上大夫、中大夫、下大夫,吉事尚尊,喪事尚
親。"漢官名,備顧問應對。《史記·張釋之馮唐列傳》:"文帝由是奇
釋之,拜爲中大夫。"　兵部尚書:《隋書·百官志》:"兵部尚書統兵
部、職方侍郎各二人,駕部、庫部侍郎各一人。"《隋書·高祖紀》:"開
皇元年二月……昌國縣公元巖爲兵部尚書。"

　　⑦ 忠:忠誠無私,盡心竭力。《左傳·成公九年》:"無私,忠也。"
《國語·周語》:"言忠必及意,言信必及身。"韋昭注:"出自心意爲
忠。"特指事上忠誠。《書·伊訓》:"居上克明,爲下克忠。"孔傳:"事
上竭誠也。"《荀子·大略》:"虞舜、孝己,孝,而親不愛;比干、子胥,
忠,而君不用。"　復:恢復,康復。《史記·孟嘗君列傳》:"王召孟嘗
君而復其相位。"曾鞏《初夏有感》:"自然感疾憊形體,後日雖復應伶
俜。"　世:父子相承爲世,因以指一代。《周禮·秋官·大行人》:"凡
諸侯之邦交,歲相問也,殷相聘也,世相朝也。"鄭玄注:"父死子立曰
世。"《新唐書·袁朗傳》:"自滂至朗凡十二世,其間位司徒、司空者四
世。"　孝:孝順,善事父母。《左傳·隱公三年》:"君義、臣行、父慈、
子孝、兄愛、弟敬,所謂六順也。"《舊唐書·李德武妻裴氏傳》:"性婉
順有容德,事父母以孝聞。"謂孝道。《書·文侯之命》:"汝肇刑文武,
用會紹乃辟,追孝于前文人。"孔穎達疏:"追行孝道於前世文德之

人。"《孝經·庶人》:"自天子至於庶人,孝無終始,而患不及者,未之有也。"李隆基注:"始自天子,終於庶人,尊卑雖殊,孝道同致。"對尊親敬老等善德的通稱。《孝經·天子》:"愛親者不敢惡於人,敬親者不敢慢於人,愛敬盡於事親,而德教加於百姓,形於四海,蓋天子之孝也。"《漢書·賈山傳》:"故以天子之尊,尊養三老,視孝也。" 儉:節儉,節省。《易·小過》:"君子以行過乎恭,喪過乎哀,用過乎儉。"蘇軾《謝除兩職守禮部尚書表》:"儉者,謂約己費省,不傷民財。" 學:學習。《詩·周頌·敬之》:"日就月將,學有緝熙于光明。"鄭玄箋:"且欲學於有光明之光明者,謂賢中之賢也。"陸游《示子通》:"汝果欲學詩,工夫在詩外。" 政:政治,政事。《書·洪範》:"八政:一曰食,二曰貨,三曰祀,四曰司空,五曰司徒,六曰司寇,七曰賓,八曰師。"孔穎達疏:"曰八政者,人主施教於民有八事也。"韓愈《唐故檢校尚書左僕射右龍武軍統軍劉公墓誌銘》:"元和七年,得疾,視政不時。" 政:做官一任爲一政。《太平廣記》卷三〇三引戴孚《廣異記·劉可大》:"劉君明年當進士及第,歷官七政。"職務。《國語·晉語》:"棄政而役,非其任也。"韋昭注:"政,猶職也。"《續資治通鑑·宋孝宗乾道五年》:"比年以來,往往差下待闕數政,除授猥雜,賢否混淆,何以清流品? 何以厚風俗?"

⑧ 乾元廣德:年號之名。乾元是唐肅宗的年號,起公元七五八年,至公元七六〇年;廣德是唐代宗的年號,起公元七六三年,至公元七六四年。所謂"乾元廣德之間",亦即指安史之亂期間。李華《雲母泉詩序》:"乾元初,公貶清江丞。"李白《泛沔州城南郎官湖序》:"乾元歲秋八月,白遷於夜郎,遇故人尚書郎張謂出使夏口沔州牧。"韋應物《廣德中洛陽作》:"生長太平日,不知太平歡。今還洛陽中,感此方苦酸。"錢起《廣德初鑾駕出關後登高愁望二首》一:"長安不可望,望處邊愁起。輦轂混戎夷,山河空表裏。" 郡國:郡和國的並稱,漢初兼采封建及郡縣之制,分天下爲郡與國,郡直屬中央,國分封諸王、侯、

封王之國稱王國,封侯之國稱侯國。南北朝仍沿郡、國並置之制,至隋始廢國存郡,後亦以"郡國"泛指地方行政區劃,本文借指安禄山等地方藩鎮爲所欲爲,對抗李唐王室。《史記·酷吏列傳》:"上乃拜成爲關都尉,歲餘,關東吏隸郡國出入關者,號曰'寧見乳虎,無值寧成之怒。'"《顏氏家訓·勉學》:"夫學者貴能博聞也,郡國山川、官位姓族、衣服飲食、器皿制度,皆欲根尋,得其原本。"　雲陽:地名,唐代有兩處,一指京兆府的二十三屬縣之一,《元和郡縣志·京兆府》:"管縣二十三:萬年、長安、昭應、三原、醴泉、奉天、奉先、富平、雲陽、咸陽、渭南、藍田、興平、高陵、櫟陽、涇陽、美原、華原、同官、鄠、盩厔、武功、好畤。"故地即秦雲陽邑,漢時改縣,屬左馮翊。《文選·潘岳〈西征賦〉》:"面終南而背雲陽,跨平原而連嶓冢。"李善注:"《漢書》左馮翊有雲陽縣。"另一個指丹陽縣,即今江蘇省丹陽市。《元和郡縣志·潤州》:"丹陽縣本舊雲陽縣,秦時望氣者云有王氣,故鑿之以敗其勢,截其直道,使之阿曲,故曰曲阿。武德五年曾於縣置簡州,八年廢,天寶元年改爲丹陽縣。"《文選·謝靈運〈廬陵王墓下作〉》:"曉月發雲陽,落日次朱方。"李善注引《越絶書》:"曲阿爲雲陽縣。"李白《丁都護歌》:"雲陽上征去,兩岸饒商賈。"從"天寶元年改爲丹陽縣"來看,本文的"雲陽縣"應該指京兆府的二十三屬縣之一。　昭應:縣名,與雲陽縣同屬京兆府,也是京兆府二十三屬縣之一。耿湋《晚次昭應》:"落日向林路,東風吹麥隴。藤草蔓古渠,牛羊下荒塚。"白居易《權攝昭應早秋書事寄元拾遺兼呈李司録》:"夏閏秋候早,七月風騷騷。渭川烟景晚,驪山宮殿高。"　馮翊:縣名,在同州。《元和郡縣志·同州》:"管縣七:馮翊、朝邑、韓城、白水、夏陽、澄城、郃陽……馮翊縣,本漢臨晉縣,故大荔戎城,秦獲之更名。舊説秦築高壘以臨晉國,故曰臨晉。晉武帝改爲大荔縣,後魏改爲華陰,西魏改爲武鄉,置郡,開皇初郡廢,大業三年改爲馮翊縣,馮輔也,翊佐也,義取輔佐京師。"猗氏:縣名,在河中府。《元和郡縣志·河中府》:"管縣八:河東、河西、臨晉、猗氏、虞鄉、寶鼎、解、永樂……猗氏縣，本漢舊縣，即猗頓之所居也。東魏恭帝二年改猗氏爲桑泉縣，周明帝復改桑泉爲猗氏縣，屬汾陰郡，隋開皇三年罷郡屬蒲州。” 　殿中侍御史：官名。《舊唐書·職官志》：“御史臺……殿中侍御史，掌殿廷供奉之儀式。”張九齡《授杜暹等侍御史制》：“朝議郎、行殿中侍御史杜暹，禮樂之器，直方效節；通直郎、殿中侍御史內供奉馮宗，文儒之業，堅正在心；咸以清公，副兹望實，風霜既肅，臺閣推美。”賈至《授裴綜起居郎制》：“殿中侍御史裴綜，緒業清純，言行敦敏，俾之直筆，庶勖厥官，可行起居郎。” 　環歲：周歲，滿一年。元稹《授柏耆尚書兵部員外郎制》：“夫南憲右掖，至於中臺，我朝之極選也。俾爾環歲之內，周歷兹任，豈無意焉！”孟棨《本事詩·情感》：“宅左有賣餅者，妻纖白明媚。王一見屬目，厚遺其夫，取之。寵惜逾等，環歲因問之：‘汝復憶餅師否？’” 　浹時：一季，形容爲時不長。《列子·黃帝》：“今女居先生之門，曾未浹時，而懟憾者再三。”楊炎《靈武受命宮頌并序》：“翌日也，數百里衣裳會；兼旬也，數千里朝貢會；逾月也，天下兵車會；浹時也，四方戎狄會。”

　　⑨ 五命：五次命令。《左傳·襄公十三年》：“楚子疾，告大夫曰：‘……大夫擇焉！’莫對，及五命，乃許。”楊伯峻注：“五次命令，大夫始許之。”孫逖《陳情表》：“九儀謂一命受職，再命受服，三命受位，四命受器，五命賜則，六命賜官，七命賜國，八命作牧，九命作伯。”這裏應該指元寬自雲陽尉至殿中侍御史的五次遷轉。 　蘇：蘇醒，復活。《左傳·宣公八年》：“晉人獲秦諜，殺諸絳市，六日而蘇。”杜甫《寒雨朝行視園樹》：“林香出實垂將盡，葉蒂辭枝不重蘇。”蘇息，恢復。《書·仲虺之誥》：“徯予後，後來蘇。”孔傳：“待我君來，其可蘇息。”杜甫《江漢》：“落日心猶壯，秋風病欲蘇。” 　聳：表露，振作。孟郊《送盧汀侍御歸天德幕》：“清溪徒聳誚，白璧自招賢。”《朱子語類》卷一〇：“看文字須大段著精彩看，聳起精神，樹起筋骨，不要困。” 　方書：官

府的文書，案牘。《史記·張丞相列傳》：“張丞相蒼者，陽武人也，好書律曆，秦時爲御史，主柱下方書。”裴駰集解引如淳曰：“方，版也，謂書事在版上者也……或曰四方文書。”陳子昂《上殤高氏墓誌銘》：“八歲始教方書，受甲子，已知孝悌之道，詩禮之規，宛邱府君鍾愛之。”　奏議：文體名，古代臣下上奏帝王的各類文字的統稱，包括表、奏、疏、議、上書、封事等。曹丕《典論·論文》：“蓋奏議宜雅，書論宜理，銘誄尚實，詩賦欲麗。”姚鼐《古文辭類纂序目》：“奏議類者，蓋唐虞三代聖賢陳説其君之辭……漢以來有表、奏、疏、議、上書、封事之異名，其實一類。”　轉：變化，改變。《莊子·田子方》：“獨有一丈夫，儒服而立乎公門，公即召而問以國事，千轉萬變而不窮。”王昌齡《過華陰》：“鷁人感幽栖，宦映轉奇絶。”

　　⑩宗人：同族之人。《史記·田敬仲完世家》：“襄子使其兄弟宗人盡爲齊都邑大夫，與三晉通使，且以有齊國。”《舊唐書·李益傳》：“李益，肅宗朝宰相揆之族子，登進士第，長爲歌詩。貞元末，與宗人李賀齊名。”　瑉：似玉的美石。《荀子·法行》：“故雖有瑉之雕雕，不若玉之章章。”《漢書·司馬相如傳》：“其石則赤玉玫瑰，琳瑉昆吾。”顏師古注引張揖曰：“琳，玉也；瑉，石之次玉者也。”鮑照《見賣玉器者詩序》：“見賣玉器者，或人欲買，疑其是瑉，不肯成市。”　虢州：州郡名。《元和郡縣志·河南道》：“虢州……周初爲虢國……武德元年改爲虢州。”岑參《虢州送鄭興宗弟歸扶風別廬》：“佐郡已三載，豈能長後時？出關少親友，賴汝常相隨。”　別駕：都督府或州郡主官的屬官，本文是指州刺史的僚屬，在其他僚屬之上，品級據上州、中州、下州分別爲“從四品下”、“正五品下”、“從五品上”。耿湋《送張侍御赴郴州別駕》：“佐郡人難料，分襟日復斜。一帆隨遠水，百口過長沙。”司空曙《龍池寺望月寄韋使君閶別駕》：“清光此夜中，萬古望應同。當野山沈霧，低城樹有風。”　長史：官名，秦置，漢相國、丞相，後漢太尉、司徒、司空、將軍府各有長史。其後爲郡府官，掌兵馬。唐制，上

州刺史別駕之下，有長史一人，從五品。宋之問《渡吳江別王長史》：
"倚櫂望茲川，銷魂獨黯然。鄉連江北樹，雲斷日南天。"駱賓王《春晚
從李長史遊開道林故山》："幽尋極幽壑，春望陟春臺。雲光栖斷樹，
霞影入仙杯。" 懸車：指隱居不仕。《後漢書·陳寔傳》："時三公每
缺，議者歸之，累見徵命，遂不起，閉門懸車，栖遲養老。"韋應物《送郗
詹事》："聖朝列群彥，穆穆佐休明。君子獨知止，懸車守國程。" 息
休：休息。李白《商山四皓》："雲窗拂青靄，石壁橫翠色。龍虎方戰
爭，於焉自休息。"《宋史·樂志》："天地閉藏，農且息休。" 宴如：猶
安然，安定平静貌。《三國志·朱然傳》："將士皆失色，然宴如而無恐
意。"杜甫《贈李八秘書別三十韵》："寇盜方歸順，乾坤欲宴如。"

⑪ "嘗著《百葉書要》"兩句：猶言通讀百世諸子百家之文獻，彙
集其要點精華。《百葉書要》，元積《唐故朝議郎侍御史內供奉鹽鐵轉
運河陰留後河南元君墓誌銘》作"百葉書抄"，估計是傳抄之誤。 百
葉：猶百世。《三國志·高堂隆傳》："〔秦〕自謂本枝百葉，永垂洪暉，
豈寤二世而滅，社稷崩圮哉？"《五禮通考·宗廟制度》："有功百代而
不遷，親盡七葉而當毀。或以太祖代淺，廟數非備，更於昭穆之上，遠
立合遷之君。曲從七廟之文，深乖迭毀之制，皇家千齡啓旦，百葉重
光……" 要：綱要，要點。《商君書·農戰》："故其治國也，察要而已
矣！"韓愈《進學解》："記事者必提其要，纂言者必鉤其玄。" 秘牒：秘
要的册籍。李嶠《攀龍臺碑》："凡三十卷，名曰《古今兵要》，制高秦
肆，事軼魯門，可以刻秘牒而昇廟堂，可以藏名山而懸日月。"顧起元
《客座贅語·藏書》："司馬家書目尤多秘牒，有東坡先生《論語解》鈔
本四卷。" 百氏：猶言諸子百家。《漢書·叙傳》："緯六經，綴道綱，
總百氏，贊篇章。"韓愈《讀儀禮》："百氏雜家，尚有可取，況聖人之制
度邪！" 囿：聚集。《莊子·則陽》："湯得其司御門尹登恒爲之傅之，
從師而不囿。"成玄英疏："囿，聚也。"韓愈《南山詩》："吾聞京城南，茲
維群山囿。" 傳：傳揚，流布，傳播。《墨子·所染》："此五君者所染

當,故霸諸侯,功名傳於後世。"蘇軾《石鐘山記》:"士大夫終不肯以小舟夜泊絕壁之下,故莫能知,而漁工水師雖知而不能言,此世所以不傳也。"

⑫ 聖德:猶言至高無上的道德,一般用於古之稱聖人者,也用以稱帝德。《後漢書·李固傳》:"四海欣然,歸服聖德。"杜甫《哀王孫》:"竊聞天子已傳位,聖德北服南單于。"　大業:謂高深的學業。《漢書·董仲舒傳贊》:"仲舒遭漢承秦滅學之後,六經離析,下帷發憤,潛心大業,令後學者有所統壹,爲群儒首。"義近"修業",學習知識,鑽研學問。《後漢書·蔡邕傳》:"修業思真,棄此焉如?静以俟命,不斁不渝。"　峻:提升,提高。韓愈《劉統軍碑》:"既長事官,峻之大夫,其償未塞,僕射以都。"王讜《唐語林·補遺》:"皆因權倖,漸峻官名。開元元年,改左右僕射爲左右丞相,是官號之不正也。"

⑬ 外祖:母之父,俗稱外公。《漢書·楊惲傳》:"惲母,司馬遷女也。惲始讀外祖《太史公記》,頗爲《春秋》。"《南史·傅昭傳》:"昭六歲而孤,哀毀如成人,爲外祖所養。"　睦州:州郡名,在今浙江省境内。《舊唐書·地理志》:"睦州:隋遂安郡,武德四年平汪華,改爲睦州……舊領縣三:雉山、遂安、桐廬。"劉長卿《却歸睦州至七里灘下作》:"南歸猶謫宦,獨上子陵灘。江樹臨洲晚,沙禽對水寒。"李嘉祐《入睦州分水路憶劉長卿》:"建德潮已盡,新安江又分。回看嚴子瀨,朗詠謝安文。"　滎陽:縣名,在今河南鄭州之西。《舊唐書·地理志》:"滎陽:隋縣,天授二年分置武泰縣,隸洛州,又改滎陽爲武泰,萬歲通天元年復爲滎陽。"　官族:官宦世家。《晉書·索靖傳》:"索靖字幼安,敦煌人也。累世官族,父湛,北地太守。"獨孤及《唐故虢州弘農縣令天水趙府君墓誌》:"若言行才業、官族歲月,非銘無以示後裔也,故著於石。"

⑭ 聖善:聰明賢良。《詩·邶風·凱風》:"母氏聖善,我無令人。"毛傳:"聖,叡也。"鄭玄箋:"叡作聖,令,善也,母乃有叡知之善

德。”專用以稱頌母德。元稹《祭翰林白學士太夫人文》：“太夫人族茂簪纓，仁深聖善。”父母的代稱。張說《鄎國長公主神道碑》：“免懷之歲，天奪聖善。”彭乘《續墨客揮犀·豐城老人生子》：“東坡即席戲作八句，其警聯云：‘聖善方當而立歲，迺翁已及古稀年。’” 六姻：猶六親。劉長卿《別李氏女子》：“臨歧方教誨，所貴和六姻。”杜光庭《都監將軍周天醮詞》：“九玄七祖，同霑洪澤，六姻九族，咸沐玄慈。” 子婦：兒子與兒媳婦。《禮記·內則》：“子婦孝者敬者，父母舅姑之命，勿逆勿怠。”孔穎達疏：“子孝於父母，婦敬於舅姑。”指兒媳婦。《後漢書·何進傳》：“張讓子婦，太后之妹也。” 憫默：因憂傷而沉默。江淹《哀千里賦》：“既而悄愴成憂，憫默自憐。”白居易《琵琶引序》：“遂命酒，使快彈數曲，曲罷憫默。” 婢僕：謂男女奴僕。《顏氏家訓·後娶》：“況夫婦之義，曉夕移之，婢僕求容，助相說引，積年累月，安有孝子乎？”《新五代史·王殷傳》：“及爲刺史，政事有小失，母責之，殷即取杖授婢僕，自笞於母前。” 傭保：雇工。《後漢書·張酺傳》：“盜徒皆飢寒傭保，何足窮其法乎！”陳亮《酌古論·封常清》：“及下令募兵，所得者皆市井傭保，可聚而不可用。” 莊厲：義近“莊嚴”，莊重而嚴肅。《百喻經·子死欲停置家中喻》：“生死道異，當速莊嚴致於遠處而殯葬之。”《朱子語類》卷八七：“人不可以不莊嚴，所謂君子莊敬日强，安肆日偷。” 鞭笞：鞭打、杖擊。《韓非子·外儲說》：“使王良操左革而叱咤之，使造父操右革而鞭笞之，馬不能行十里，共故也。”元稹《唐故朝議郎侍御史內供奉鹽鐵轉運河陰留後河南元君墓誌銘》：“教諸子無鞭笞之責，而亦不至於不令。” 夏楚：古代學校兩種體罰越禮犯規者的用具，後亦泛指體罰學童的工具。《禮記·學記》：“夏、楚二物，收其威也。”鄭玄注：“夏，榎也；楚，荊也，二者所以撲撻犯禮者。”泛指用棍棒等進行體罰，多用於對未成年者。《續資治通鑑·宋理宗紹定四年》：“后性莊嚴，頗達古今。金主已立爲太子，有過，尚切責之；及即位，始免夏楚。” 嘺嘺：噑叫聲。《南齊書·五行志》：“永元中,童謠云:'野豬雖嗃嗃,馬子空閭渠。'"柳開《桂州延齡寺西峰僧咸整新堂銘并序》:"惟整焦然坐一室,足不踐山下寸地,況入豪貴汚賤之門,嗃嗃如狗鼠諂竊哉!"

⑮ 肆:迨,及至。韓愈《順宗实录》:"惟皇天佑命烈祖,誕受方國,九聖儲祉,萬邦咸休。肆予一人,獲纘丕業,嚴恭守位,不遑暇逸。"岳珂《桯史·周益公降官》:"惟光宗興念於元僚,亦屢分於閫寄;肆陛下曲憐其末路,爰俾遂於里居。"　伯姊:大姐。《诗·邶風·泉水》:"問我諸姑,遂及伯姊。"高亨注:"伯姊,大姐。"柳宗元《亡姊崔氏夫人墓志盖石文》:"我伯姊之葬,良人博陵崔氏爲之誌。"　穆:恭敬。《楚辭·九歌·東皇太一》:"吉日兮辰良,穆將愉兮上皇。"王逸注:"穆,敬也。"李希仲《東皇太一词》:"吉日初齋戒,靈巫穆上皇。"　嚴風:寒風。袁淑《效古》:"四面各千里,從橫起嚴風。"李世民《出猎》:"長烟晦落景,灌木振嚴風。"這裏比喻嚴厲的管教作風。　慈旨:慈母的教诲。元稹《诲侄等书》:"憶得初讀書時,感慈旨一言之嘆,遂志于學。"夏侯孜《唐懿宗元昭皇太后謚册文》:"宸儀雖閟,慈旨長存。莫追蘭殿之晨昏,空感椒塗之霜露。"　克肖:相似,繼承前人。韓愈《平淮西碑》:"天以唐克肖其德,聖子神孫繼繼承承於千萬年。"杜牧《趙真齡除右散騎常侍制》:"爾爲令嗣,克肖素風。好學頗專,樹善不倦。凡曰賢彦,無不與遊。"

⑯ 歸:古代謂女子出嫁。《易·漸》:"女歸,吉。"孔穎達疏:"女人……以夫爲家,故謂嫁曰歸也。"《詩·周南·桃夭》:"之子於歸,宜其室家。"　國朝:指本朝。韓愈《薦士》:"國朝盛文章,子昂始高蹈。"舒元輿《八月五日中部官舍讀唐曆天寶已來追愴故事》:"將尋國朝事,静讀柳芳曆。八月日之五,開卷忽感激。"　敦信:唐初大儒陸德明之子。《舊唐書·陸德明傳》:"陸德明,蘇州吳人也……太宗徵爲秦府文學館學士,命中山王承乾從其受業,尋補太學博士……子敦信,龍朔中官至左侍極同東西臺三品。"　元子:天子和諸侯的嫡長

723

子。《詩·魯頌·閟宮》:"王曰叔父,建爾元子,俾侯於魯。"朱熹集傳:"叔父,周公也。元子,魯公伯禽也。"《儀禮·士冠禮》:"天子之元子猶士也。"鄭玄注:"元子,世子也。"泛指長子。陳子昂《唐故循州司馬申國公高君墓誌》:"公則駙馬之元子也,含章丹穴,籍寵黃扉,承禮訓於公庭,盡儀刑於士則。"耿湋《春日書情寄元校書伯和相國元子》:"友朋漢相府,兄弟謝家詩。律合聲雖應,勞歌調自悲。" 文貞:魏夫人祖先唐初重臣魏徵病故後朝廷賜封的謚號。《舊唐書·魏徵傳》:"及病篤,輿駕再幸其第,撫之流涕,問所欲言,徵曰:'嫠不恤緯而憂宗周之亡。'後數日,太宗夜夢徵若平生,及旦而奏徵薨,時年六十四。太宗親臨慟哭,廢朝五日,贈司空、相州都督,謚曰文貞。" 匡君:匡輔君主。《國語·晉語》:"今無忌智不能匡君,使至於難,仁不能救,勇不能死,敢辱君朝以忝韓宗。"《史記·范雎蔡澤列傳》:"今臣羈旅之臣也,交疏於王,而所願陳者皆匡君之事。" 大德:謂品德高尚。《管子·立政》:"君之所慎者四,一曰大德不至仁,不可以授國柄。"尹知章注:"德雖大而仁不至,或包藏禍心,故不可授國柄。"大節。《論語·子張》:"大德不逾閑,小德出入可也。"朱熹注:"大德小德,猶言大節小節。"

⑰ 孤:幼年喪父或父母雙亡。《後漢書·韓棱傳》:"棱四歲而孤,養母弟以孝友稱。"韓愈《胡良公墓神道碑》:"公早孤,能自勸學,立節概。"這裏指陸翰的父親病故,而其母健在人世,故有"姑愛之若慈母,婦敬之若嚴君"之下文。 行立:行走站立。劉肅《大唐新語·識量》:"長安中,(張)說修《三教珠英》,當時學士亦高卑懸隔,至於行立前後,不以品秩爲限也。"《舊唐書·憲宗紀》:"如有朝堂相吊慰及跪拜,待漏行立失序,笑語諠譁,入衙入閣,執笏不端,行立遲慢……每犯奪一月俸。" 釋褐:脱去平民衣服,喻始任官職。揚雄《解嘲》:"夫上世之士,或解縛而相,或釋褐而傅。"《周書·李基傳》:"大統十年,〔李基〕釋褐員外散騎常侍。" 太平:縣名,屬於絳州,地當今山西

省襄汾西北。《元和郡縣志·絳州》："管縣九：正平、太平、萬泉、曲沃、翼城、聞喜、絳、稷山、龍門……太平縣本漢臨汾縣地，屬河東郡，後魏太武帝於今縣東北二十七里太平故關城置泰平縣，屬平陽郡，周改泰平爲太平，因關名。隋開皇三年罷郡，改屬晉州，十年改屬絳州。"除此而外，宣州屬下也有太平縣，《元和郡縣志·宣州》："管縣十：宣城、南陵、涇、當塗、溧陽、溧水、寧國、廣德、太平、旌德……太平縣本涇縣地，天寶四年宣城郡太守李和上奏，割涇縣西南十四鄉置。"交州屬下也有太平縣，今在越南人民共和國境內。《元和郡縣志·交州》："管縣八：宋平、武平、平道、太平、南定、朱鳶、交趾、龍編……太平縣本扶嚴夷地，隋開皇十年分武平置隆平縣，開元元年改名太平。"從元稹大姐後來居留夏陽縣的情況來看，當以絳州的太平縣爲是。

主簿：官名，漢代中央及郡縣官署多置之，其職責爲主管文書，辦理事務。至魏晉時漸爲將帥重臣的主要僚屬，參與機要，總領府事。此後各中央官署及州縣雖仍置主簿，但任職漸輕，唐宋時皆以主簿爲初事之官。李頎《送劉主簿歸金壇》："縣郭舟人飲，津亭漁者歌。茅山有仙洞，羨爾再經過。"劉長卿《江樓送太康郭主簿赴嶺南》："萬里孤舟向南越，蒼梧雲中暮帆滅。樹色應無江北秋，天涯尚見淮陽月。"

⑱ 慈母：古謂父嚴母慈，故稱母爲慈母。《戰國策·秦策》："夫以曾參之賢與母之信也，而三人疑之，則慈母不能信也。"孟郊《遊子吟》："慈母手中綫，遊子身上衣。"古稱撫育自己成長的庶母爲慈母。《儀禮·喪服》："慈母如母。傳曰：慈母者何也？傳曰：妾之無子者，妾子之無母者，父命妾曰：女以爲子；命子曰：女以爲母。若是，則生養之，終其身如母，死則喪之三年如母。"《後漢書·清河孝王慶傳》："蓋庶子慈母，尚有終身之恩，豈若嫡後事正義明哉！"　嚴君：父母之稱。《易·家人》："家人有嚴君焉！父母之謂也。"《後漢書·張湛傳》："矜嚴好禮，動止有則，居處幽室，必自修整，雖遇妻子，若嚴君焉！"張說《唐故涼州長史元君石柱銘》："公孝友純深，風標峻起，門無

雜客，家有嚴君。" 饋：贈送。《論語·鄉黨》："康子饋藥，拜而受之。"韓愈《南溪始泛三首》二："饋我籠中瓜，勸我此淹留。"

⑲ "閨門之內"三句：意謂在家庭之內，從來也沒有爲了一件事情在婆媳之間反反復復以語言相爭，更不要說爲此而臉紅了。 閨門：婦女所居住的內室之門，借指家庭。《禮記·樂記》："在閨門之內，父子兄弟同聽之則莫不和親。"《周書·秦族傳》："〔秦族〕與弟榮先，復相友愛，閨門之中，怡怡如也。"

⑳ 沈痼：積久難治的病。劉楨《贈五官中郎將四首》二："余嬰沈痼疾，竄身清漳濱。"《南齊書·褚淵傳》："叨職未久，首歲便嬰疾篤，爾來沈痼，頻經危殆，彌深憂震。" 行作：勞作，作爲。《商君書·墾令》："聲服無通於百縣，則民行作不顧，休居不聽。休居不聽，則氣不淫；行作不顧，則意必壹。"王充《論衡·辨祟》："起動、移徙、祭祀、喪葬、行作、入官、嫁娶，不擇吉日，不避歲月，觸鬼逢神，忌時相害……如實論之，乃妄言也。"

㉑ 環侍：猶叢立。杜牧《晚晴賦》："竹林外裹兮，十萬丈夫，甲刃樅樅，密陣而環侍。"蔡襄《慈竹賦》："豈有懷於本根兮，何千竿蓊然而環侍。"圍繞陪侍。洪邁《夷堅三志辛·張淵侍妾》："嘗盛具延客，〔侍妾〕皆環侍執樂。" 瘉：病，引申爲災難。《詩·小雅·正月》："父母生我，胡俾我瘉。"毛傳："瘉，病也。"高亨注："瘉，病也，指受災難。"楊廣《季秋觀海》："孟軻叙遊聖，枚乘説瘉疾。逖聽乃前聞，臨深驗兹日。"

㉒ 曾閔：曾參與閔損（閔子騫）的並稱，皆孔子弟子，以有孝行著稱。蔡邕《陳留太守胡公碑》："孝於二親，養色寧意，蒸蒸雍雍，雖曾、閔、顏、萊，無以尚也。"元積《陽城驛》："昔公孝父母，行與曾閔儔。"養親：奉養父母。《莊子·養生主》："可以保身，可以全生，可以養親，可以盡年。"陸游《老學庵筆記》卷三："張魏公作都督，欲辟之入幕，元受力辭曰：'盡言方養親，使得一神丹，可以長年，必持之以遺老母，不

以獻公也。’”

㉓痁：久病，疾病。《釋名·釋疾病》：“痁，久也，久在體中也。”韓愈《祭郴州李使君文》：“辱問訊之綢繆，恒飽飢而愈痁。”　哀敬：悲痛莊敬。《荀子·禮論》：“故喪禮者無他焉！明死生之義，送以哀敬而終周藏。”江淹《雜體詩·效袁淑〈從駕〉》：“宮廟禮哀敬，紛邑道嚴玄。”　終養：奉養親人。《詩·小雅·蓼莪序》：“蓼莪，刺幽王也。民人勞苦，孝子不得終養爾！”鄭玄箋：“不得終養者，二親病亡之時，時在役所不得見也。”李密《陳情表》：“臣密今年四十有四，祖母劉今年九十有六，是臣盡節於陛下之日長，而報養劉之日短也。烏鳥私情，願乞終養。”　釁：徵兆，迹象。《國語·魯語》：“善有章，雖賤，賞也；惡有釁，雖貴，罰也。”韋昭注：“釁，兆也。”《三國志·陸遜傳》：“臣每遠惟戰國存亡之符，近覽劉氏傾覆之釁，考之典籍，驗之行事。中夜撫枕，臨餐忘食。昔匈奴未滅，去病辭館，漢道未純，賈生哀泣……”縻職：被職務牽制束縛。劉敞《與運使郎中啓》六：“右某縻職有常，趨風無所。”李劉《代回湖南曹漕》：“某縻職雄官，馳神燕夏。”

㉔訣：將遠離或久別而告別，多指生死告別。《史記·孫子吳起列傳》：“〔吳起〕與其母訣，齧臂而盟曰：‘起不爲卿相，不復入衛。’”鮑照《代東門行》：“涕零心斷絕，將去復還訣。”　號：哭，大聲哭。《易·夬》：“上六，無號，終有凶。”孔穎達疏：“君子道長，小人必凶，非號咷所免，故禁其號咷，曰：無號，終有凶也。”《列子·黃帝》：“帝登假，百姓號之，二百餘年不輟。”　泣：無聲流淚或低聲而哭。《易·屯》：“得敵，或鼓或罷，或泣或歌。”蘇軾《前赤壁賦》：“舞幽壑之潛蛟，泣孤舟之嫠婦。”　遺訓：前人留下或死者生前所説的有教育意義的話。《國語·周語》：“賦事行刑，必問於遺訓，而咨於故實。”韋昭注：“遺訓，先王之教也。”曹植《與吳季重書》：“鑽仲父之遺訓，覽老氏之要言。”辭家：離別家園。《後漢書·上成公傳》：“其初行久而不還，後歸，語其家云：‘我已得仙。’因辭家而去。”陸機《爲顧彦先贈婦》：“辭家遠行

遊,悠悠三千里。" 報:回贈,回報。《詩·衛風·木瓜》:"投我以木瓜,報之以瓊琚,匪報也,永以爲好也。"韓愈《答張徹》:"辱贈不知報,我歌爾其聆。" 西望而絶:眼望西方,絶望而死。因元稹與大姐的家在長安,而夏陽縣在長安之東,故言。 絶:死亡。韓愈《祭柳子厚文》:"嗟嗟子厚!今也則亡。臨絶之音,一何琅琅!"李皋《祭李賓客文》:"臨絶又告,丁寧心耳。所録既到,酸慘啓書。"

㉕ 辭世:逝世,去世。韓愈《祭虞部張員外文》:"儵忽逮今,二十餘歲,存皆衰白,半亦辭世。"清晝《蘇州支硎山報恩寺大和尚碑》:"示疾之日,驕陽久愆,嘉苗若燎。辭世之夕,風號雨暴,天地慘黷,亦我法陵遲之變也。" 決:通"訣",辭別,如別。《史記·外戚世家》:"姊去我西時,與我決於傳舍中。"洪邁《夷堅丙志·王八郎》:"吾與汝不可復合,今日當決之。" 淑善:善良,賢慧善良。嵇康《管蔡論》:"頑凶不容於明世,則管蔡無取私於父兄,而見任必以忠良,則二叔故爲淑善矣!"葉適《林伯和墓誌銘》:"宜人尤淑善,聽夫子所爲,家事貧而理,賓友往來,門内和樂。"

㉖ 遊遠:即"遠遊",謂到遠方遊歷。《論語·里仁》:"子曰:'父母在,不遠遊。游必有方。'"杜甫《季秋江村》:"遠遊雖寂寞,難見此山川。" 守官:官職在身,不能擅離。王維《送張舍人佐江州同薛璩十韵》:"束帶趨承明,守官唯謁者。清晨聽銀蚪,薄暮辭金馬。"李白《寄從弟宣州長史昭》:"爾佐宣州郡,守官清且閑。常誇雲月好,邀我敬亭山。" 歸養:回家奉養父母。《史記·魏公子列傳》:"父子俱在軍中,父歸;兄弟俱在軍中,兄歸;獨子無兄弟,歸養。"白居易《三教論衡》:"〔仲尼〕自衛反魯之時,曾參或歸養於家,不從門人之列。"回家休養。《後漢書·劉愷傳》:"〔愷〕稱病上書致仕,有詔優許焉!加賜錢三十萬,以千石禄歸養。"秦觀《送劉承議解職歸養》:"征馬蕭蕭柳外鳴,議郎歸養洛陽城。" 會葬:參加葬禮,會合送葬。《後漢書·楊賜傳》:"公卿已下會葬。"蘇軾《司馬温公神道碑》:"四方來會葬者,蓋數萬人。"

㉗ 董喪：主持喪事。《讀禮通考·喪儀節·通論》：“或曰溫公之甍也，伊川先生董喪事焉！”　從父：父親的兄弟，即伯父或叔父。《三國志·諸葛亮傳》：“亮早孤，從父玄爲袁術所署豫章太守。”韓愈《四門博士周況妻韓氏墓誌銘》：“開封從父弟愈，於時爲博士。”　襄事：成事，語出《左傳·定公十五年》：“葬定公，雨，不克襄事。”杜預注：“雨而成事，若汲汲於欲葬。”後因以稱下葬。秦觀《李狀元墓誌銘》：“初君襄事期迫，不暇納幽堂之銘，逮夫人祔葬，始鑱銘而納之。”

㉘ 尊：稱呼對方的敬詞。李承嗣《造像記》：“維大周長安三年九月十五日，隴西李承嗣爲尊親造阿樂□像一鋪，鐫鏤莊嚴，即日成就。”歐陽修《與梅聖俞書》：“久不承問，不審尊體何似？”　馨香：散播很遠的香氣。《國語·周語》：“其德足以昭其馨香，其惠足以同其民人。”韋昭注：“馨香，芳馨之升聞者也。”《古詩十九首·庭中有奇樹》：“馨香盈懷袖，路遠莫致之。”這裏以“馨香”借喻元稹大姐高尚的婦德。　銜恤：含哀，心懷憂傷。《詩·小雅·蓼莪》：“無父何怙？無母何恃？出則銜恤，入則靡至。”鄭玄箋：“恤，憂也。”張説《唐贈丹州刺史先府君碑》：“小子銜恤，非曰能文。”　隕涕：流泪。《漢書·元后傳》：“行道之人爲之隕涕，況於陛下，時登高遠望，獨不慚於延陵乎！”韓愈《祭鄭夫人文》：“感傷懷歸，隕涕薰心。”　篆銘：用篆字所刻的銘文。《梁書·劉之遴傳》：“有篆銘云：‘秦容成侯適楚之歲造。’”蘇頲《太清觀鐘銘》：“徹於千界，揚我巨唐之聲；懸於億劫，齊我巨唐之算：安可不篆銘於銑者哉？”　壙：墓穴。李賀《感諷五首》四：“月午樹無影，一山唯白曉。漆炬迎新人，幽壙螢擾擾。”元稹《夢井》：“忽憶咸陽原，荒田萬餘頃。土厚壙亦深，埋魂在深埂。”

㉙ 嗚呼：嘆詞，表示悲傷。李邕《葉有道碑并序》：“嗚呼！天不持久，人將復歸？頽年迫於斯頤，遠志屈於摧落。”獨孤及《唐故衢州司士參軍李府君墓誌銘并序》：“嗚呼哀哉！公殁後十有二載，從父弟涵以宗室柱石爲御史大夫，按節江東，痛仁兄生不登公侯卿大夫之

位,殁不備逾月外姻至之禮……" 有:助詞,無義,作名詞詞頭。《詩·召南·摽有梅》:"摽有梅,其實七兮。"酈道元《水經注·伊水》:"南望過於三塗,北瞻望於有河。"

[編年]

《年譜》編年本文於貞元二十一年,亦即永貞元年,理由是:"《姐志》云:'冬十月十有四日,葬於河南洛陽之清風鄉平樂里之北邙原,從祖姑兆。太上永貞之元年歲乙酉,朔旦景申,辰在己酉,須時順也。'又云:'夫人兄沂、兄秬、弟積、弟稹,或游遠,或守官,或歸養,皆不克會葬。陸君先是職于使,又不克董喪。從父季廣以二子襄事,禮也。我尊夫人有命于小子稹曰:"吾大懼夫馨香之行莫熾于後,爾其識之!"'"《年譜》所云"我尊夫人有命于小子稹曰",顯然是誤讀了元稹本文,應該是"尊夫"陸翰,而不是"尊夫人"元稹大姐。《編年箋注》編年:"據文中'冬十月十有四日,葬於河南洛陽之清風鄉平樂里之北邙原,從祖姑兆上。永貞之元年歲乙酉,朔旦景申,辰在己酉,須時順也'等語,知此墓誌銘撰于永貞元年(八〇五)。作者時在長安,任秘書省校書郎。""從祖姑兆上"是病句,不通,屬於校勘失誤。《年譜新編》編年本文於貞元二十一年(永貞元年),有譜文"十月,大姐葬洛陽,元稹奉母命爲撰墓誌"説明。説明的理由中,除了"從祖姑兆上"的錯誤之外,又將"我尊夫人有命于小子稹曰"中的"夫人"誤讀爲元稹母親鄭氏,作出"元稹奉母命爲撰墓誌"錯誤結論,不知讀者有沒有見過稱自己親身母親爲"夫人"的荒唐事情? 也不知《年譜新編》又如何解釋本文開頭提及的"太夫人"?

我們已經在本文"校記"中論證"貞元二十五年"是"貞元二十年"之刊誤,接着又解釋了元稹大姐病故於貞元二十年"十二月之初五日",卻直到貞元二十一年"冬十月十有四日"才安葬的原因。據此,本文毫無疑問應該編年貞元二十一年,亦即永貞元年。《年譜》、《編年箋注》的編年大致沒有錯，《年譜新編》進一步編年二十一年（永貞元年）更沒有錯。祇是，根據本文提供的信息，本文還可以進一步編年：元稹大姐安葬在永貞元年"冬十月十有四日"，其撰寫本文應該在此前數日。

　　關於元稹當時的官職，確實是校書郎，時間框定在貞元二十一年十月，不可能有異議。但撰寫本文的地點，我們以爲應該在夏陽縣陸翰的私第，並且護送大姐的靈柩前往"河南洛陽之清風鄉平樂里之北邙原"安葬。夏陽縣離開長安不遠，而且元稹在校書郎期間，頻繁來往於長安與洛陽之間，探望住在洛陽履信坊岳丈韋夏卿家中的韋叢，有元稹衆多詩篇《陪韋尚書丈歸履信宅因贈韋氏兄弟》、《貞元二十年正月二十五日自洛之京二月三日春社至華岳寺愬寶師院曾未逾月又復徂東再謁寶師因題四韵而已》、《貞元二十年五月十四日夜宿天壇石幢側十五日得螯屋馬逢少府書知予遠上天壇因以長句見贈篇末仍云靈溪試爲訪金丹因於壇上還贈》、《與太白同之東洛至櫟陽太白染疾駐行予九月二十五日至華嶽寺雪後望山》、《韋居守晚歲常言退休之志因署其居曰大隱洞命予賦詩因贈絕句》爲證。其中《贈咸陽少府蕭郎》更是元稹與"咸陽少府蕭郎"一起安葬元稹大姐之後，從洛陽一起返回長安和咸陽之時，作於半路分手時分，可以作爲本文撰寫地點在夏陽縣陸翰的私第，亦即元稹大姐夫家的無言證據。

◎ 贈咸陽少府蕭郎(一)①

　　莫怪逢君泪每盈，仲由多感有深情②。陸家幼女託良婿，阮氏諸房無外生③。顧我自傷爲弟拙，念渠能繼事姑名④。別時何處最腸斷？日暮渭陽驅馬行⑤。

録自《元氏長慶集》卷一七

[校記]

（一）贈咸陽少府蕭郎：本詩存世各本，包括楊本、叢刊本、《全詩》在內，未見異文。

[箋注]

① 贈：送給。李乂《招諭有懷贈同行人》："遠遊冒艱阻，深入勞存諭。春去辭國門，秋還在邊戍。"元稹《和樂天贈樊著作》："人人異所見，各各私所偏。以是曰褒貶，不如都無焉！" 咸陽：地名，京兆府屬縣。《元和郡縣志·京兆府》："咸陽縣……本秦舊縣也，孝公十二年于渭北城咸陽，自汧隴徙都焉！秦自孝公、惠文、悼武、昭襄、莊襄王、始皇、胡亥並都之。始皇二十六年，初并天下，收天下兵，聚之咸陽，鑄以爲鍾鐻、金人十二，各重千石，置庭中。徙天下豪富于咸陽十二萬户，每破諸侯，做其宮室作之咸陽北阪上，以所得諸侯美人、鐘鼓充之。咸陽之旁二百里内，宮觀二百七十，土木皆被綈繡，宮人不移樂不改縣，窮年忘歸，猶不能遍至。胡亥時，天下叛秦，漢元年，秦王子嬰降漢，項羽引兵西屠咸陽，殺子嬰，燒秦宮，室火三月不滅。及漢興，以爲渭城縣，屬右扶風。按秦咸陽在今縣東二十二里，漢渭城縣亦理于此。符堅時，改爲咸陽郡，後魏移咸陽縣于涇水北，今涇陽縣理是也。隋開皇九年，改涇陽爲咸陽，大業三年廢，入涇陽縣城，本杜郵也。武德元年置白起堡，二年置縣，又加營築焉！山南曰陽，水北曰陽，縣在北山之南，渭水之北，故曰咸陽。"王無競《北使長城》："秦世築長城，長城無極已……一旦咸陽宮，翻爲漢朝市。"沈佺期《咸陽覽古》："咸陽秦帝居，千載坐盈虛。版築林光盡，壇場雷聽疏。" 少府：縣尉的別稱。張九齡《送韋城李少府》："送客南昌尉，離亭西候春。野花看欲盡，林鳥聽猶新。"王勃《白下驛餞唐少府》："下驛窮交日，昌亭旅食年。相知何用早？懷抱即依然。" 蕭郎：尤袤《全唐詩

話·崔郊》:唐代崔郊之姑有一婢女,後賣給連帥,郊十分思慕她,因贈之以詩曰:"公子王孫逐後塵,綠珠垂泪滴羅巾。侯門一入深如海,從此蕭郎是路人。"後因以"蕭郎"指美好的男子或女子愛戀的男子。于鵠《題美人》:"胸前空戴宜男草,嫁得蕭郎愛遠遊。"張孝祥《浣溪沙》:"冉冉幽香解鈿囊。蘭橈烟雨暗春江。十分清瘦爲蕭郎。"這裏的"蕭郎"是指元稹外甥女陸迎的丈夫,但不一定是蕭姓,時任咸陽少府,其餘不詳。"蕭郎"在這裏是用典,並非確指。而《編年箋注》斷言"蕭郎"爲蕭姓:"此陸家幼女殆指其姐之幼女,亦即蕭某之妻。良婿即指蕭某。"我們以爲缺乏證據。

　②　莫怪:不要奇怪,不要責怪。駱賓王《憶蜀地佳人》:"東西吳蜀關山遠,魚來雁去兩難聞。莫怪常有千行泪,只爲陽臺一片雲。"李嘉祐《送盧員外往饒州》:"早霜蘆葉變,寒雨石榴新。莫怪諳風土,三年作逐臣。"　仲由:春秋魯國卞(今山東泗水)人,字子路,一字季路,孔子的學生,性爽直勇敢。《史記·衛康叔世家》:"欒甯將飲酒,炙未熟,聞亂,使告仲由。"裴駰集解引服虔曰:"季路爲孔氏邑宰,故告之。"司馬光《又和游吳氏園二首》一:"臨風高詠足爲樂,有勇方知笑仲由。"這裏詩人以"仲由"自寓。　多感:謂易傷感,多感觸。杜牧《初春有感寄歙州邢員外》:"聞君亦多感,何處倚闌干?"陸游《浪迹》:"山川慘淡秋多感,燈火青熒夜少眠。"　深情:謂感情深沉。《莊子·列御寇》:"人者厚貌深情。故有貌願而益,有長若不肖。"指隱藏很深的真情。《舊唐書·段秀實傳》:"守人臣之大節,見元惡之深情。"深厚的感情。杜甫《羌村三首》三:"請爲父老歌,艱難愧深情。"

　③　陸家:這裏指元稹大姐的夫家,元稹大姐夫爲吳郡陸翰,曾任夏陽縣令。元稹《夏陽縣令陸翰妻河南元氏墓誌銘》:"(大姐)生十四年,遂歸於吳郡陸翰。翰,國朝左侍極兼宰相敦信之玄孫,臨汝令泌之元子,魏出也。魏之先文貞,有匡君之大德。翰少孤,事親以至行立,釋褐太平主簿,我姊由是而歸之。逮陸君之宰夏陽也,事姑垂二

十年矣!" 幼女:年紀小的女兒。《儀禮·喪服》:"夫死,妻穉,子幼。"鄭玄注:"子幼,謂年十五已下。"《禮記·曲禮》:"人生十年曰幼,學。"元稹《夏陽縣令陸翰妻河南元氏墓誌銘》:"二女:曰燕,曰迎。兩男:師道、(師)嶠。"看來這位幼女,應該是陸迎。 婿:女婿,女兒的丈夫。《禮記·昏義》:"婿執雁人,揖讓升堂,再拜奠雁,蓋親受之於父母也。"陸德明釋文:"婿……女之夫也。"吳曾《能改齋漫録·神仙鬼怪》:"公婿楊侍郎察夢與公對飲,七行而罷。楊公起,視庭下奏樂人擁從,皆紙人也。寤而告其夫人,因曰:'我必棄世。'未幾果薨。"丈夫,夫婿。《後漢書·耿秉傳》:"漢貴將獨有奉車都尉,天子姊婿,爵爲通侯,當先降之。"白居易《楊六尚書新授東川節度使代妻戲賀兄嫂二絶》二:"金花銀椀饒兄用,罨畫羅衣盡嫂裁。覓得黔婁爲妹婿,可能空寄蜀茶來?" 阮氏:漢明帝永平五年,會稽郡剡縣劉晨、阮肇共入天台山采藥,遇兩麗質仙女,被邀至家中,並招爲婿。阮郎本指阮肇,後亦借指與麗人結緣之男子。劉長卿《過白鶴觀尋岑秀才不遇》:"不知方外客,何事鎖空房? 應向桃源裏,教他喚阮郎。"韋莊《河內別村業閑題》:"阮氏清風竹巷深,滿溪松竹似山陰。門當谷路多樵客,地帶河聲足水禽。"這裏借指陸氏。 外生:外甥。《世説新語·排調》:"桓豹奴是王丹陽外生,形似其舅,桓甚諱之。"蘇軾《與外生柳閎》:"展如外生:人來得書,知奉太夫人康寧,新婦外孫各無恙。"請注意:元稹的大姐與陸翰結婚"垂二十年",有二男二女,這明明就是元稹的"外生",爲什麼還説"阮氏諸房無外生"? 這是當著詩人的"外甥女婿""蕭郎"之面説事,元稹在這裏委婉道及,至今没有讓陸師道、陸師嶠看到自己的"外生",希望早日能夠讓他們實現這個願望。這是當著詩人的"外甥女婿""蕭郎"之面説事,元稹在這裏委婉道及,至今没有讓大姐的兩個兒子陸師道、陸師嶠看到自己的"外生",亦即元稹大姐的兩個女兒至今没有子女,希望"蕭郎"早日能夠讓陸師道、陸師嶠他們實現這個願望,看到自己姐姐或妹妹生育自己的子女,亦即

“外生”。

④ 顧我:看自己。王維《飯覆釜山僧》:“果從雲峰裏,顧我蓬蒿
居。藉草飯松屑,焚香看道書。”王昌齡《詠史》:“天下盡兵甲,豺狼滿
中原。明夷方遘患,顧我徒崩犇。”　自傷:自我傷感。《史記·蘇秦
列傳》:“蘇秦聞之而慚自傷,乃閉室不出。”《後漢書·應奉傳》:“及黨
事起,奉乃慨然以疾自退。追湣屈原,因以自傷,著《感騷》三十篇,數
萬言。”　爲弟拙:沒有盡到做弟弟的義務。元稹《夏陽縣令陸翰妻河
南元氏墓誌銘》:“(大姐)將訣之際,子號女泣,問其遺訓,則曰:‘吾幼
也辭家,報親日短,今則已矣!不見吾親,親乎,親乎!’西望而絕。痛
夫孝於親,敬於姑,順於夫,友於兄弟,辭世之日,母不獲撫,夫不及
決,兄不得臨,弟不得侍,天乎淑善,反以爲罪乎!二女曰燕曰迎,兩
男師道(師)嶠,夫人兄沂、兄秬、弟積、弟稹,或遊遠,或守官,或歸養,
皆不克會葬。”其實,元稹在大姐謝世之前一年,亦即貞元十九年的秋
冬之季,曾經與剛剛相識的白居易結伴東行,在武牢關外分手,白居
易前往許昌,看望去年剛剛任職許昌縣令的叔叔白季軫,有白居易
《許昌縣令新廳壁記》可證。而元稹大姐當時在夏陽縣,病故於貞元
二十年十二月初五,當時還健在人世。元稹《酬樂天重寄別》:“却報
君侯聽苦辭,老頭抛我欲何之?武牢關外雖分手,不似如今衰白時。”
結合此詩所言元稹白居易曾經在武牢關外分手的史實,根據元稹白
居易此後沒有再在武牢關外分手的經歷,可以斷定元稹白居易在貞
元十九年曾經結伴同行,自長安東行經由洛陽,至武牢關外分手,元
稹北上夏陽縣看望大姐,而白居易南下許昌縣探望在那裏任職縣令
的叔父白季軫。武牢關在許昌縣西北,有《舊唐書·武宗紀》會昌五
年十月的記載爲證,有劉禹錫《答樂天見憶》、張祜《宿武牢關》詩篇爲
證。關於元稹白居易的這次東行,專門研究元稹行蹤的《年譜》、《編
年箋注》、《年譜新編》都沒有涉及,有關研究白居易行蹤的諸多學術
著作也沒有涉及,幸請讀者留意。　拙:笨拙,遲鈍。葛洪《抱朴子·

行品》：“每動作而受嗤，言發口而違理者，拙人也。”韓愈《爲裴相公讓官表》：“知事君以道，無憚殺身；慕當官而行，不求利己。人以爲拙，臣行不疑。”　渠：他，她，它。《三國志·趙達傳》：“滕如期往，至，乃陽求索書，驚言失之，云：‘女婿昨來，必是渠所竊。’”寒山《詩》六三：“蚊子叮鐵牛，無渠下觜處。”這裏的“渠”，既是指能够繼承母親“事姑”優良傳統的大姐，也希望是能够繼承大姐“事姑”好傳統的陸迎她們。　事：侍奉，供奉。《孟子·梁惠王》：“是故明君制民之産，必使仰足以事父母，俯足以畜妻子。”鮑照《代昇天行》：“從師入遠岳，結友事仙靈。”元稹《夏陽縣令陸翰妻河南元氏墓誌銘》：“逮陸君之宰夏陽也，事姑垂二十年矣！姑愛之若慈母，婦敬之若嚴君。雖母兄之饋，不授於姑則不至，而況於私其財乎！閨門之内，未嘗以往復之言聞婢僕，而況於相色乎！及魏夫人之沈痼也，夫人亦不利行有年矣！然而藥不嘗於口則不進，衣不出於手則不獻，冬之夜、夏之日，環侍其側者周二三歲，衣不釋體，倦不形色，曾不以己之疾爲瘉矣！嗚呼！曾閔之養其親也，方於此，何如吾不知也！”　姑：丈夫的母親，婆婆。于濆《宮怨》：“父兄未許人，畏妾事姑舅。”曹鄴《怨歌行》：“官田贈倡婦，留妾侍舅姑。舅姑皆已死，庭花半是蕪。”　名：名聲，名譽。《易·乾》：“不成乎名，遯世無悶。”孔穎達疏：“不成乎名者，言自隱黜，不成就令名，使人知也。”杜甫《偶題》：“文章千古事，得失寸心知。作者皆殊列，名聲豈浪垂？”

⑤　別時：分別的時候。蘇頲《春晚送瑕丘田少府還任因寄洛中鏡上人》：“聞道還沂上，因聲寄洛濱。別時花欲盡，歸處酒應春。”盧象《八月十五日象自江東止田園移莊慶會未幾歸汶上小弟幼妹尤嗟其別兼賦是詩三首》二：“念昔別時小，未知疏與親。今來識離恨，掩淚方殷勤。”　何處：哪里，什麽地方。李崇嗣《寒食》：“普天皆滅焰，匝地盡藏烟。不知何處火，來就客心然？”張紘《閨怨》：“去年離別雁初歸，今夜裁縫螢已飛。征客近來音信斷，不知何處寄寒衣？”　腸斷：形容極度悲痛。沈佺期《折楊柳》：“白花飛歷亂，黃鳥思參差。妾

自肝腸斷,傍人那得知?"王維《聞裴秀才迪吟詩因戲贈》:"猿吟一何
苦!愁朝復悲夕。莫作巫峽聲,腸斷秋江客。"　日暮:傍晚,天色晚。
《六韜·少衆》:"我無深草,又無隘路,敵人已至,不適日暮。"杜牧《金
谷園》:"日暮東風怨啼鳥,落花猶似墮樓人。"　渭陽:《詩·秦風·渭
陽》:"我送舅氏,曰至渭陽。"朱熹集傳:"舅氏,秦康公之舅,晉公子重
耳也。出亡在外,穆公召而納之。時康公爲太子,送之渭陽而作此
詩。"後因以"渭陽"爲表示甥舅情誼之典。杜甫《奉送卿二翁統節度
鎮軍還江陵》:"寒空巫峽曙,落日渭陽情。"舅父的代稱。李匡乂《資
暇集·渭陽》:"徵舅氏事,必用渭陽,前輩名公,往往亦然。"孫光憲
《北夢瑣言》卷四:"唐畢相諴,家本寒微,其渭陽爲太湖縣伍伯。"　驅
馬:策馬奔馳。《詩·鄘風·載馳》:"驅馬悠悠,言至於漕。"陸機《飲
馬長城窟行》:"驅馬陟陰山,山高馬不前。"

[編年]

　　《年譜》編年本詩於元和四年"元稹分務東臺時作",理由是:"詩
云:'別時何處最腸斷?日暮渭陽驅馬行。'疑是貶河南縣尉或分務東
臺前作。"《編年箋注》編年:"卞《譜》繫此詩于元和四年(八〇九),疑
是貶河南縣尉或分務東臺前作。"未見《年譜新編》編年本詩。

　　《年譜》既説本詩是元和四年"元稹分務東臺時作",又説"疑是貶
河南縣尉或分務東臺前作",兩者一在西京,一在東都,是矛盾的;一
在"前",一在"時",是抵牾的。《年譜》自己都沒有搞明白,自然更讓
人無所適從。《編年箋注》在"渭陽"下注云:"此處用'渭陽'典,既切
元稹舅氏身份,又切咸陽之地。"似乎元稹賦詠本詩的地點在咸陽。
其實,"咸陽少府"祇是"蕭郎"當時的官職,與元稹賦詠本詩的地點没
有必然的聯繫。

　　我們以爲,本詩應該作於貞元二十一年十月十四日元稹大姐安
葬之後。元稹《夏陽縣令陸翰妻河南元氏墓誌銘》:"嗚呼!享年三十

有五,殁世於夏陽縣之私第,是唐之貞元二十年十二月之初五日也。(貞元二十一年)冬十月十有四日,葬於河南洛陽之清風郡平樂里之北邙原,從祖姑兆。太上永貞之元年歲乙酉,朔旦景申,辰在己酉,須時順也。"也就是説,元稹大姐病故於貞元二十年十二月初五,安葬在第二年的十月十四日,這年的八月五日貞元改號,"十月十四日"時,年號已經是"永貞",唐順宗已經淪爲"太上皇",故"墓誌銘"中涉及"太上"與"永貞"。元稹《夏陽縣令陸翰妻河南元氏墓誌銘》又云:"夫人兄沂、兄秬、弟積、弟稹,或游遠,或守官,或歸養,皆不克會葬。陸君先是職于使,又不克董喪。從父季真以二子襄事,禮也。後尊夫有命于小子稹曰:'吾大懼夫馨香之行莫熾于後,爾其識之!'是用衛恤隕涕,篆銘于壙銘。"當元稹爲大姐"篆銘于壙銘"之時,前時没有參加臨終訣别的女兒陸迎以及"咸陽少府蕭郎"等人,這時都應該會集在"河南洛陽之清風郡平樂里之北邙原",以補足没有與母親、岳母訣别的遺憾。而本詩,即是元稹與"咸陽少府蕭郎"一起"篆銘于壙銘"之後分别時所作,地點就在洛陽的"清風郡平樂里之北邙原",時間應該在永貞元年十月十四日之後不久。

◎ 送林復夢赴韋令辟(一)①

蜀路危於劍,憐君自坦途②。幾回曾啖炙,千里遠銜珠③。野性便荒飲,時風忌酒徒④。相門多禮讓,前後莫相逾⑤!

録自《元氏長慶集》卷一四

[校記]

(一)送林復夢赴韋令辟:本詩存世各本,包括楊本、叢刊本、《全詩》諸本,未見異文。

［箋注］

①　林復夢：即林蘊，元稹的朋友。《新唐書·林蘊傳》："林蘊字復夢，泉州莆田人……蘊世通經，西川節度使韋皋辟推官。劉闢反，蘊曉以逆順，不聽。復遺書切諫，闢怒，械於獄，且殺之。將就刑，大呼曰：'危邦不入，亂邦不居，得死爲幸矣！'闢惜其直，陰戒刑人抽劍磨其頸以脅服之。蘊叱曰：'死即死，我頸豈頑奴砥石邪！'闢知不可服，舍之，斥爲唐昌尉。及闢敗，蘊名重京師。"林蘊《上安邑李相公安邊書》："愚嘗出國，西抵于涇原，歷鳳翔，過邠寧，此三鎮得不爲右臂之大藩乎！自畫藩維、擁旄鉞者殆數十百人，惟故李司空抱玉曾封章上聞請復河湟，事亦旋寢，功竟不立。爾來因循，誰復尸之故？朝受命而夕寢行，日貴富而月驕慢，跨廣衢而羅甲第，指長河而固胤嗣，士卒窮年不離饑寒，以月繫時，力供主將，死則已矣！賞終不及，如棄鳥獸，附於藪壤，故死者飲恨于地下，生者吞聲于邊上。五十餘年無收尺土之功者，豈朝廷不以爲慮乎！命將不得其人乎！"從中可見林蘊之政見，元稹與林蘊爲友，亦可見元稹之政見。歐陽詹《與林蘊同之蜀途次嘉陵江認得越鳥聲呈林林亦閩中人也》："正是閩中越鳥聲，幾回留聽暗沾纓。傷心激念君深淺，共有離鄉萬里情。"可以作爲林蘊入川途中的一則趣聞。　韋令：即韋皋，西川節度使。《舊唐書·德宗紀》：貞元十七年"冬十月，加韋皋檢校司徒、中書令，封南康郡王，賞破吐蕃功也。"《舊唐書·憲宗紀》：永貞元年八月"癸丑，劍南西川節度使、檢校太尉、中書令、南康郡王韋皋薨。"武元衡《西川使宅有韋令公時孔雀存焉暇日與諸公同翫座中兼故府賓妓興嗟久之因賦此詩用廣其意》："荀令昔居此，故巢留越禽。動搖金翠尾，飛舞碧梧陰。"元稹《和李校書新題樂府十二首·蠻子朝》："益州大將韋令公，頃實遭時定汧隴。自居劇鎮無他績，幸得蠻來固恩寵。"　辟：徵召，薦舉。《漢書·鮑宣傳》："大司馬衛將軍王商辟宣，薦爲議郎，後以病去。"《舊唐書·韋思謙傳》："古者取人，必先採鄉曲之譽，然後辟於州郡；

州郡有聲,然後辟於五府;才著五府,然後昇之天朝。"

② 蜀路:蜀地的道路。楊炯《送梓州周司功》:"舉杯聊勸酒,破涕暫爲歡。別後風清夜,思君蜀路難。"張説《蜀路二首》一:"雲埃夜澄廓,山日曉晴鮮。葉落蒼江岸,鴻飛白露天。"這裏既指前往西川的道路,也喻在西川的政治仕路,即林復夢自己後來説的"危邦不入,亂邦不居"。 坦塗:亦作"坦塗",平坦的道路。《莊子·秋水》:"明乎坦塗,故生而不説,死而不禍,知終始之不可故也。"韓愈《寄盧仝》:"往年弄筆嘲同異,怪辭驚衆謗不已。近來自説尋坦塗,猶上虛空跨綠駬。"這裏有雙重含義,既是指蜀路的自然之險,更是指西川的政治之危。元稹不幸而言中,林復夢後來的遭遇充分説明元稹的擔憂完全不是杞人憂天之談,而這,是建立在元稹對西川韋皋及其屬下清醒的認識之上,上舉元稹《和李校書新題樂府十二首·蠻子朝》就很能夠説明問題。自然,作爲朋友,元稹對林復夢爲人的瞭解也十分深刻,林蘊的《上安邑李相公安邊書》可以作爲有力的旁證。

③ 啖炙:狼吞虎咽貌。黃庭堅《跋雙林心王銘》:"若解雙林,此篇則以讀《論語》如啖炙,自知味矣!不識心而云解《論語》章句,吾不信也!後世雖有作者。不易吾言矣!"吕南公《中山感懷》:"題門辱皇甫,啖炙煩周顗。積漸近攀援,依稀召訾毀。" 銜珠:相傳曾有鶴爲獵人所射,噲參醫其瘡,愈而放之,後鶴夜到門外,參執燭視之,見鶴雌雄至,各銜明珠以報參。又隋侯出行,見大蛇被傷中斷,疑其靈異,使人以藥封之,蛇乃能走。歲餘,蛇銜明珠以報。事見《淮南子·覽冥訓》漢高誘注、晉干寶《搜神記》卷二〇,詩文中常用爲報恩之典。張説《端午三殿侍宴應制探得魚字》:"今日傷蛇意,銜珠遂闕如。"盧仝《觀放魚歌》:"或如鶯擲梭,或如蛇銜珠。"

④ 野性:喜愛自然,樂居田野的性情。丘爲《渡漢江》:"蘆洲隱遙嶂,露日映孤城。自顧疏野性,難忘鷗鳥情。"錢起《幽居春暮書懷》:"自哂鄙夫多野性,貧居數畝半村端。谿雲雜雨來茅屋,山雀將

雛到藥欄。"　荒飲:狂飲。《北齊書·王紘傳》:"紘對曰:'亦有大樂,
亦有大苦。'帝曰:'何爲大苦?'紘曰:'長夜荒飲不寤,亡國破家,身死
名滅,所謂大苦。'帝默然。"楊簡《慈湖詩傳》卷一三:"戰戰兢兢如履
薄冰,恐懼謹戒如此,則必不荒飲亂政矣!《毛詩序》謂是詩刺幽王
也,鄭云刺厲王。"　時風:當時或當代的社會風氣。韋應物《答故人
見諭》:"時風重書札,物情敦貨遺。"姚合《使兩浙贈羅隱》:"平日時風
好涕流,讒書雖盛一名休。寰區嘆屈瞻天問,夷貊聞詩過海求。"　酒
徒:嗜酒的人。《韓非子·詭使》:"今死士之孤飢餓乞於道,而優笑酒
徒之屬乘車衣絲。"韋應物《酒肆行》:"長安酒徒空擾擾,路傍過去那
得知?"

　　⑤　相門:宰相之家,因韋皋帶有"中書令"的榮銜,故稱。李白
《送岑徵君歸鳴皋山》:"岑公相門子,雅望歸安石。奕世皆夔龍,中台
竟三拆。"劉禹錫《送李友路秀才赴舉》:"誰憐相門子,不語望秋山?"
禮讓:守禮謙讓。《論語·里仁》:"能以禮讓爲國乎? 何有? 不能以
禮讓爲國,如禮何?"邢昺疏:"禮節民心,讓則不爭。"葛洪《抱朴子·
詰鮑》:"衣食既足,禮讓以興。"　前後:表示時間的先後,即從開始到
結束的一段時間。《史記·魯仲連鄒陽列傳》:"趙孝成王時,而秦王
使白起破趙長平之軍前後四十餘萬,秦兵遂東圍邯鄲。"韓愈《論佛骨
表》:"惟梁武帝在位四十八年,前後三度施佛。"　逾:越過。《詩·鄭
風·將仲子》:"將仲子兮,無逾我墻。"韓愈《劉生詩》:"越女一笑三年
留,南逾橫嶺入炎洲。"

[編年]

　　《年譜》編年本詩於貞元二十一年,理由是:"詩云:'蜀路危於
劍。'"《編年箋注》引述韋皋爲中書令的起止時間後認爲:"當作於貞
元十七年十月以後,永貞元年八月以前,見下《譜》。"《年譜新編》編
年:"貞元十七年十月以後,永貞元年八月以前。"

我們以爲，詩題稱韋臯爲"韋令"，賦詠本詩的起止時間確實應該是貞元十七年十月以後，永貞元年八月以前。但從本詩詩意看，根據元稹與林蘊的生活軌迹，元稹應該是在京師送別林蘊的。元稹這一時段的生平可以概括如下：貞元八年至十九年春(公元七九二年至公元八〇三年春)，十五歲明經及第，揭褐入仕，曾在西河縣任職小吏。十七歲在洛陽與藝伎管兒戀愛。貞元十八年九月，撰作傳奇名篇《鶯鶯傳》。貞元十九年春至元和元年四月(公元八〇三年春至公元八〇六年五月)，秘書省校書郎，二十五歲登吏部乙科第，識白居易，娶妻韋叢。元稹在京城的時間起於貞元十八年九月，而永貞元年八月韋臯病故，這一時段應該是元稹送林蘊赴蜀的時間，我們還以爲本詩的賦詠時間應該在元稹校書郎任上，亦即起自貞元十九年春，終於永貞元年八月較爲合適。這樣，範圍比《年譜》、《編年箋注》、《年譜新編》有所縮小，時段也更加明確。以情理計，應該在前期較爲合適，故今暫時編年本詩於貞元二十年。

◎ 送復夢赴韋令幕(一)①

世上如今重檢身(二)，吾徒耽酒作狂人(三)②。西曹舊事多持法(四)，慎莫吐他丞相茵(五)③。

錄自《元氏長慶集》卷一六

[校記]

(一) 送復夢赴韋令幕：楊本、叢刊本、《萬首唐人絕句》、《全詩》同，《福建通志》轉引《閩川名士傳》："林蘊，仕不稱意，縱酒自適，多忤時政。白居易以詩戒之曰：'……'"《天中記》、《全閩詩話》基本相似，均將本詩歸屬白居易名下。今據《元氏長慶集》收入而《白氏長慶集》

不載,歸屬本詩於元稹名下。

（二）世上如今重檢身：楊本、叢刊本、《萬首唐人絕句》、《福建通志》、《天中記》、《全閩詩話》同,《全詩》作"世上於今重檢身",語義相類,不改。

（三）吾徒耽酒作狂人：楊本、叢刊本、《萬首唐人絕句》、《全詩》同,《福建通志》、《全閩詩話》、《天中記》作"吾儕恃酒似狂人",語義相類,不改。

（四）西曹舊事多持法：楊本、叢刊本、《萬首唐人絕句》、《全詩》同,《福建通志》、《全閩詩話》、《天中記》作"西曹舊日多持論",語義相類,不改。

（五）慎莫吐他丞相茵：楊本、《萬首唐人絕句》、《全詩》、《全閩詩話》同,叢刊本作"慎莫吐佗丞相茵",《全詩》注作"切莫吐他丞相茵",《福建通志》、《天中記》作"慎莫吐他丞相裀",語義相類,不改。

［箋注］

① 復夢:即林蘊。《福建通志》卷四四:"林蘊字復夢,披六子,貞元四年以明經及第。西川節度使韋皋辟爲推官,皋卒,劉闢代之,有反謀。蘊曉以順逆,不聽,欲殺之,惜其才,命行刑者以刀磨其頸以脅之,蘊叱曰:'死則死,我頸豈頑奴礪石耶?'闢知不可屈,釋之。闢敗,蘊名重京師。李吉甫、李絳、武元衡爲相。蘊貽書言安邊事甚悉,置不用。滄景帥程權辟掌書記,權上四州請吏,而軍中挾權拒命,不得出。蘊爲開陳大義,衆始釋然。遷禮部員外郎,出爲邵州刺史卒。"歐陽詹《蜀門與林蘊分路後屢有山川似閩中因寄林蘊蘊亦閩人也》:"村步如延壽,川原似福平。無人相共識,獨自故鄉情(延壽,蘊之別墅;福平,余之別墅)。"　韋令:即韋皋,中唐時期重臣,新、舊《唐書》有傳。《舊唐書·韋皋傳》:"韋皋,字城武,京兆人……貞元元年拜檢校户部尚書兼成都尹、御史大夫、劍南西川節度使……十一年九月,加

統押近界諸蠻西山八國兼雲南安撫等使。十二年二月，就加同中書門下平章事……是歲十月，遣使獻論莽熱于朝，德宗數而釋之，賜第於崇仁里，皋以功加檢校司徒兼中書令，封南康郡王。順宗即位，加檢校太尉。順宗久疾，不能臨朝聽政……皋乃遣支度副使劉闢使於京師，闢私謁王叔文曰：'太尉使致誠於足下，若能致某都領劍南三川，必有以相酬；如不留意，亦有以奉報。'叔文大怒，將斬闢以徇，韋執誼固止之，闢乃私去。皋知王叔文人情不附，又知與韋執誼有隙，自以大臣可議社稷大計，乃上表請皇太子監國……是歲暴疾，卒時年六十一，贈太師，廢朝五日。皋在蜀二十一年，重賦斂以事月進，卒致蜀土虛竭，時論非之。"

② 世上：人世間。《戰國策·秦策》："人生世上，勢位富貴，蓋可忽乎哉？"陸游《冬夜讀史有感》："世上閑愁千萬斛，不教一點上眉端。"　如今：現在。《史記·項羽本紀》："樊噲曰：'大行不顧細謹，大禮不辭小讓。如今人方爲刀俎，我爲魚肉，何辭爲？'"杜甫《泛江》："故國流清渭，如今花正多。"　檢身：檢點自身。杜甫《毒熱寄簡崔評事十六弟》："蘊藉異時輩，檢身非苟求。"《舊唐書·賈耽傳》："雖不能以安危大計啓沃於人主，而常以檢身屬行以律人。"　吾徒：猶我輩。班固《答賓戲》："孔終篇於西狩，聲盈塞於天淵，真吾徒之師表也。"伍喬《龍潭張道者》："他年功就期飛去，應笑吾徒多苦吟。"　耽酒：謂極好飲酒。《魏書·裴叔業傳》："〔柳遠〕性粗疏無拘檢，時人或謂之'柳癲'。好彈琴，耽酒，時有文詠。"陸游《晚泊松滋渡口》："生涯落魄惟耽酒，客路蒼茫自詠詩。"　狂人：放誕不羈的人。《史記·滑稽列傳》："時詔賜之食於前。飯已，盡懷其餘肉持去，衣盡污。數賜縑帛，擔揭而去。徒用所賜錢帛，取少婦於長安中好女。率取婦一歲所者即棄去，更取婦。所賜錢財盡索之於女子，人主左右諸郎半呼之'狂人'。"李白《廬山謠寄盧侍御虛舟》："我本楚狂人，鳳歌笑孔丘。"

③ 西曹：古官名，太尉的屬官，執掌府中署用吏屬之事。《漢

書·丙吉傳》:"吉馭吏耆酒,數逋蕩,嘗從吉出,醉歐丞相車上。西曹主吏白欲斥之,吉曰:'以醉飽之失去士,使此人將復何所容?西曹地忍之,此不過污丞相車茵耳!'"這大約就是本詩的出典所在。而這裏所謂的西曹,則用作刑部的別稱。韋應物《答劉西曹(時爲京兆功曹)》:"公館夜云寂,微凉群樹秋。西曹得時彥,華月共淹留。"耿湋《朝下寄韓舍人》:"侍臣鳴佩出西曹,鸞殿分階翊彩旄。"　舊事:舊例,以前的典章制度。《漢書·禮樂志》:"大氐皆因秦舊事焉!"葉適《中奉大夫太常少卿直秘閣致仕薛公墓誌銘》:"按舊事,率年及六十者行之,余亦預往。"　持法:執法。《漢書·黃霸傳》:"會宣帝即位,在民間時知百姓苦吏急也,聞霸持法平,召以爲廷尉正。"岑參《餞王崟判官赴襄陽道》:"害群應自懾,持法固須平。"　慎莫:謹慎小心,千萬不要。寒山《詩三百三首》二〇七:"慎莫因循過,且令三毒祛。菩薩即煩惱,盡令無有餘。"陸龜蒙《黃金二首》二:"平分從滿篋,醉擲任成堆。慎莫持千萬,明明買禍胎。"　茵:車墊子。《詩·秦風·小戎》:"文茵暢轂,駕我騏駵。"鄭玄箋:"茵,車席也。"襯墊,褥子。《儀禮·既夕禮》:"加茵,用疏布。"鄭玄注:"茵,所以藉棺者。"賈公彥疏:"加茵者謂以茵加於抗席之上。"

[編年]

　　《年譜》引述韋皋爲中書令的起止時間之後云:"當作於貞元十七年十月後,永貞元年八月前。"《編年箋注》沒有編年,也没有任何説明,但緊跟《送林復夢赴韋令辟》之後,也可以視爲本詩與《送林復夢赴韋令辟》爲同時之作。《年譜新編》編年同上詩,引述《新唐書·林藴傳》以及韋皋起止中書令的《舊唐書·德宗紀》、《舊唐書·憲宗紀》作爲理由。

　　我們以爲本詩確實與《送林復夢赴韋令辟》爲同時之作,理由見上,這裏就不再重複。

元和元年丙戌（806） 二十八歲

◎ 永貞二年正月二日上御丹鳳樓赦天下予
與李公垂庾順之閑行曲江不及盛觀^{(一)①}

春來饒夢慵朝起，不看千官擁御樓②。却着閑行是忙
事，數人同傍曲江頭③。

録自《元氏長慶集》一七

［校記］

（一）永貞二年正月二日上御丹鳳樓赦天下予與李公垂庾順之
閑行曲江不及盛觀：楊本、叢刊本、《全詩》同，《萬首唐人絕句》作"永
真二年正月二日上御丹鳳樓赦天下予與李公垂庾順之間行曲江不及
盛觀"，"永真"是刊刻之誤，不從不改。"間"、"閑"相通，不改也可。

［箋注］

① 永貞二年正月二日：唐憲宗在這一天改元元和，所以所謂的
"永貞二年"其實祇有正月一日這一天，正月二日已經是元和元年了。
元和元年正月二日，憲宗御丹樓接受群臣對自己登位的慶賀，歡慶鎮
壓永貞革新的勝利，大赦天下，并改元元和，預示新局面的開始。積
明知史實如此，却仍然如此標題，用意不言自明。《唐大詔令集·改
元元和赦》："且因體元之始，覃此維新之澤。上報於君父，下念於蒼
生。頒慶紀年，鴻恩斯洽。可大赦天下，改永貞二年爲元和元年。"元
積的態度與"擁御樓"的千官絕然相反，竟然與李紳、庾敬休一起"閑

746

行曲江"，對此大典根本不感興趣不予理會，故意把"閑行曲江"看得比改元大赦更爲重要的"忙事"。並公然直書"永貞二年"，吟詩編集以示紀念。清人錢謙益評云："正月二日乃宣元和改元赦也，故書以示譏，所謂吾不欲觀之矣!"　上：君主，皇帝。《國語·齊語》："於子之鄉，有不慈於父母……不用上令者，有則以告。"韋昭注："上，君長也。"韓愈《試大理評事王君墓誌銘》："上初即位，以四科募天下士。"這裏指新登帝位不久的唐憲宗。　御：指皇帝臨幸至某處。《漢書·王商傳》："天子親御前殿，召公卿議。"韓愈《論佛骨表》："今聞陛下令群僧迎佛骨於鳳翔，御樓以觀，舁入大内。"　丹鳳樓：據《長安志》記載，即大明宮南面正中丹鳳門上面的城樓。楊巨源《元日含元殿下立仗丹鳳樓門下宣赦相公稱賀二首》一："天垂台耀掃欃槍，壽獻香山祝聖明。丹鳳樓前歌九奏，金雞竿竿下鼓千聲。"殷堯藩《春遊》："明日城東看杏花，叮嚀童子蚤將車。路從丹鳳樓前過，酒向金魚舘裏賒。"赦天下：封建王朝改元之時，同時會大赦天下，這幾乎已經成爲慣例。徐陵《陳武帝即位詔》："可大赦天下，改梁太平二年爲永定元年。賜民爵二級，文武二等。鰥寡孤獨不能自存者，人穀五斛。逋租宿債，皆勿復收。"韓愈《元和聖德詩》"日正當午，幸丹鳳門。大赦天下，滌濯剗磢。"請注意，韓愈的態度與元稹、李紳、庾敬休並不相同。筆者還要提醒讀者注意：這段時間一直與元稹影影不離的白居易又在哪裏? 白居易這時没有與元稹一起閑行曲江，也許是隨同"千官"一起"擁御樓"，參加了改元元和的盛典；或者獨自一人在華陽觀埋頭讀書，白居易《策林序》："元和初，予罷校書郎，與元微之將應制舉，退居於上都華陽觀，閉户累月，揣摩當代之事，構成策目七十五門。"白居易與元稹政治態度之不完全相同，於此也可見一斑。　李公垂：即李紳，公垂是他的表字。他們兩人曾在貞元十八年九月共同創作《鶯鶯傳》與《鶯鶯歌》，李紳又是元稹岳丈韋夏卿的"知遇"，兩人毫無疑問是交情深厚的朋友。元稹《和李校書新題樂府十二首序》："余友李公垂睍余樂府新題二十首，雅有所謂，不虛爲文，余取其病時之尤急者，列而和之，蓋十二而已。”殷堯藩《金陵上李公垂侍郎》：“海國微茫散曉暾，鬱葱佳氣滿乾坤。六朝空據長江險，一統今歸聖代尊。”　庚順之：即庚敬休，順之是他的表字，是元稹的遠房親戚。元稹《臺中鞫獄憶開元觀舊事呈損之兼贈周兄四十韵》：“憶在開元館，食柏練玉顔。疏慵日高卧，自謂輕人寰。李生隔墻住，隔墻如隔山。怪我久不識，先來問驕頑。十過乃一往，遂成相往還。以我文章卷，文章甚斑斕。因言辛庚輩，亦願放嬴屩。既回數子顧，輾轉相連攀。”其中的“辛庚輩”，即包括庚敬休。元和四年元稹按御東川，有《使東川·清明日》詩，也提到與庚敬休在京城的歡遊的情景，序曰：“行至漢上，憶與樂天、知退、杓直、拒非、順之輩同遊。”詩曰：“常年寒食好風輕，觸處相隨取次行。今日清明漢江上，一身騎馬縣官迎。”　曲江：即曲江池，在今陝西省西安市東南。開元中更加疏鑿，爲都人中和、上巳等盛節遊賞勝地。羊士諤《亂後曲江》：“憶昔曾遊曲水濱，春來長有探春人。遊春人靜空地在，直至春深不似春。”楊巨源《長安春遊》：“鳳城春報曲江頭，上客年年是勝遊。日暖雲山當廣陌，天清絲管在高樓。”　不及：趕不上，來不及。《史記·項羽本紀》：“長史欣恐，還走其軍，不敢出故道。趙高果使人追之，不及。”陳子昂《爲喬補闕論突厥表》：“使良時一過，匈虜復興，則萬代爲患，雖後悔之亦不及矣！”　盛觀：猶壯觀。康駢《劇談録·曲江》：“池中備綵舟數隻，唯宰相三使、北省官與翰林學士登焉！每歲傾動皇州，以爲盛觀。”蔡絛《鐵圍山叢談》卷四：“金明池，始太宗，以存武備，且爲國朝一盛觀也。”

②春來：自開春以來。王績《初春》：“春來日漸長，醉客喜年光。稍覺池亭好，偏宜酒瓮香。”崔日用《餞唐永昌》：“洛陽桴鼓今不鳴，朝野咸推重太平。冬至冰霜俱怨別，春來花鳥若爲情！”　饒：這裏作衆多、多解。鮑照《擬古八首》五：“海岱饒壯士，蒙泗多宿儒。”柳宗元《田家三首》三：“古道饒蒺藜，縈回古城曲。”　饒夢：多夢，亦即詩人

對政治的憧憬與追求之夢。杜甫《寄岳州賈司馬六丈巴州嚴八使君兩閣老五十韵》:"親故行稀少,兵戈動接連。他鄉饒夢寐,失侶自迍邅。"蘇轍《次韵王適東軒即事三首》一:"新竹依墙未出尋,墙東桃李却成林。池塘草長初饒夢,村落鶯啼恰稱心。"　不看千官擁御樓:改元大典是封建王朝的重大盛典,所有官員以能參加慶典爲榮,無故不參加者一般都要受到追究。　千官:衆多的官員。李嶠《奉和聖製幸韋嗣立山莊應制》:"萬騎千官擁帝車,八龍三馬訪仙家。鳳皇原上開青壁,鸚鵡杯中弄紫霞。"盧象《駕幸溫泉》:"細草終朝隨步輦,垂楊幾處繞行宮。千官扈從驪山北,萬國來朝渭水東。"這裏應該是指有資格參加慶典的所有官員。"千官"中,不知是否包括白居易,待考。御樓:重大慶祝活動中皇帝登臨面向臣民的高大樓宇。張説《奉和聖製春中興慶宮酺宴應制》:"御樓橫廣路,天樂下重闈。鸞鳳調歌曲,虹霓動舞衣。"和凝《宮詞百首》四:"日和風暖御樓時,萬姓齊瞻八彩眉。瑞氣祥烟籠細仗,閤門宣赦四方知。"

　　③"却著閑行是忙事"兩句:重大慶典與數人閑行對比,竟然把後者遠遠放在前者之上,詩人對慶典,對鎮壓永貞革新的不滿,昭然若揭。元積在對革新成員表示贊許與同情的同時,元積對憲宗鎮壓革新的行爲則表示了明顯的不滿:貞元二十一年八月,李純(即後來登位的憲宗)在藩鎮韋皋、裴均、嚴綬和宦官頭目俱文珍等人的支持下,逼迫其父順宗禪位,自己登上了帝位,殺戮了革新派成員王叔文、王伾,貶放了其他的革新派成員劉禹錫、柳宗元、韋執誼等人。李景儉因守喪在家,呂溫因出使吐蕃未還,兩人雖暫時倖免貶逐,但不久也被貶放外地。第二年正月二日即改元元和,憲宗這一天欣登御樓,接受群臣對自己登位的慶賀,歡慶鎮壓永貞革新的勝利。正是在這樣的時刻,元積寫出了本詩,面對歡慶鎮壓革新勝利的改元盛典,元積態度冷淡;明明知道紀元已改元元和,却偏偏仍然以"永貞二年"標其題,此時吟詩以表明自己的政治態度,以後編集以紀念這段使詩人

夢牽魂繞的歷史事件。更加可貴的是元稹這種贊許同情革新的態度不是一時的衝動，而是始終如一前後一致的：與《永貞二年》同時還有《永貞曆》、《順宗至德大聖大安孝皇帝挽歌詞三首》詩，對支持革新的順宗表示了極大的傾慕之情，對其謝世表示了無比的惋惜之意。閑行：漫步。張籍《与賈岛闲游》："城中車馬應無數，能解閑行有幾人？"白居易《魏王堤》："花寒懶發鳥慵啼，信馬閑行到日西。" 曲江頭：即曲江池，在今陕西省西安市東南，秦为宜春苑，汉为乐游原，有河水水流曲折，故稱。白居易《立秋日登樂遊園》："獨行獨語曲江頭，回馬遲遲上樂遊。蕭颯凉風與衰鬢，誰教計會一時秋？"元稹《使東川·梁州夢》："夢君同繞曲江頭，也向慈恩院院遊。亭吏呼人排去馬，忽驚身在古梁州。"

［編年］

《年譜》編年本詩於元和元年，没有具體賦詩時日，也没有説明理由。《編年箋注》編年："作於永貞二年（亦即元和元年——八〇六）。見下《譜》。"《年譜新編》亦編年本詩於元和元年。

我們以爲，元稹詩題已經清楚無誤地表示本詩作於永貞二年正月二日，亦即元和元年正月二日，而且，《舊唐書·憲宗紀》亦清楚無誤地表明："元和元年春正月丙寅朔，皇帝率群臣于興慶宮奉上太上皇尊號曰應乾聖壽太上皇。丁卯，御含光殿，受朝賀，禮畢御丹鳳樓，大赦天下，改元曰元和。"《年譜》、《編年箋注》、《年譜新編》都不難具體到此年的正月二日，不應該含糊其詞。

● 策林七十五篇 ^{(一)①}

據白居易《策林序》

[校記]

（一）策林七十五篇：見於《白氏長慶集》，又見於《全文》白居易卷，文字大致相同。

[箋注]

① 策林七十五篇：白居易有《策林》七十五篇，一般的讀者均認爲這是白居易的作品。其實不然，它們既是白居易的作品，同時也應該是元稹的作品，它們反映的既是白居易的思想，同時也是元稹的思想。理由如下：一、元和元年，元稹白居易特地辭去了校書郎的工作，在長安的華陽觀認真準備，白居易《代書詩一百韻寄微之》：“光景嗟虛擲，雲霄竊暗窺。攻文朝矻矻，講學夜孜孜。策目穿如札（時與微之結集策略之目，其數至十百），毫鋒銳若錐（時與微之各有纖鋒細管筆，携以就試，相顧輒笑，目爲毫錐）。繁張獲鳥網，堅守釣魚坻（謂自冬至夏頻改試期，竟與微之堅待制試也）。並受夔龍薦，齊陳晁董詞。萬言經濟略，三道太平基。取第爭無敵，專場戰不疲。輔車排勝陣，掎角搴降旗（並謂同輔席共筆研）。”元稹《酬翰林白學士代書一百韻》：“寢食都忘倦，園廬遂絶窺。勞神甘戚戚，攻短過孜孜。葉怯穿楊箭，囊藏透穎錐。”他們閉户累月反復切磋，擬定了一個又一個在考試中可能出現的試題，經過他們討論之後分題一一寫出答卷。經過一個多月忘寢廢食的認真準備，他們終於共同製成《策林》七十五篇。二、白居易《策林序》：“元和初予罷校書郎，與元微之將應制舉，退居

於上都華陽觀,揣摩當代之事,構成《策林》七十五篇。"白居易的這幾句話,與他自己《代書詩一百韵寄微之》中的"時與微之結集策略之目,其數至百十"互相印證:現存《策林》七十五篇雖數目與"其數至百十"有異,但"其數至百十"顯然是個約數,不能過分作真;《策林》七十五篇雖放在《白氏長慶集》中,但實際是元稹與白居易一起討論共同撰作的成果。三、《策林》所表述的基本觀點,元稹在此後的詩文中都曾一再重申復述過。例如:《策林·不勞而理(在順人心立教)》和《才識兼茂明於體用策》都主張君王要以"百姓之心爲心";《策林·致和平復雍熙(在念今而思古也)》和《連昌宮詞》均稱許"姚宋之嘉謀";《策林·號令(令一則行,推誠則化)》與《論追制表》都反對"朝令夕改";《策林·辨水旱之灾,明存救之術》與《旱灾自咎》詩不僅思想相同,而且連詞句、語氣都相類;《策林·議鹽法之弊(論鹽商之幸)》和《估客樂》一脉相承,都抨擊商人重利盤剥百姓、騙民營取私利、逃税蠹害國家;《策林·請行賞罰以勸舉賢》與《議舉縣令狀》都竭力主張"舉賢應賞"、"謬舉連坐";《策林·使百職修皇綱振(在乎革慎默之俗)》猛烈抨擊官吏的"慎默之道",此與《叙詩寄樂天書》某些章節的文字基本相同;再如《策林·議兵(用舍、逆順、興亡)》、《策林·銷兵數(省軍費,在斷招募,除虚名)》、《策林·復府兵置屯田(分兵權,存戒備,助軍食)》與元稹歷來的"銷兵"主張完全一致;《策林·議文章(碑碣詞賦)》、《策林·采詩(以補察時政)》的文學主張與元稹在《樂府古題》、《新樂府·驃國樂》中所表述的主張基本相同;《策林·納諫(上封章,廣視聽)》與《才識兼茂明於體用策》都指出天子也衹是一個不能自聰、自明、自聖的平常人等。四、宋人洪邁、俞文豹也作如是觀,洪邁《容齋隨筆·元白制科》:"元白習制科,其書後分爲四卷,命曰《策林》。其策頭策項各二道,策尾三道,此外曰美謙遜、塞人望、教必成、不勞而理、風行澆樸、復雍熙、感人心之類,凡七十五門。言所應對者百不用其一二,備載于文集云。"俞文豹《吹劍録外集》:"樂天同元稹編制科策林七十五門。"據此,元稹白居易共同切磋的《策林》七十五篇,應是他們兩人的共同思考和共同勞動的成果。雖然元稹在世之時,也沒有把《策林》七十五篇放入自己的《元氏長慶集》一百卷中,但我們今天研讀元稹的詩文,却毫無疑問應該把《策林》七十五篇納入自己的視野之中。元和元年,元稹才二十八歲,但他與白居易一起撰制的《策林》七十五篇,是元稹白居易政治、軍事、經濟、文化、教育諸多思想的閃光點,這在古代詩人中並不多見,尤其是如元稹白居易這樣年輕舉子更是鳳毛麟角,思想的閃光點,在古代詩人中尤爲可貴,不容我們輕易放過。五、退一步說,元稹與白居易在元和元年之初共同辭去校書郎的職務,一心一意在長安華陽觀認真準備策林,是大家公認的事實,白居易有《策林》七十五篇存世,元稹不會祇是陪白居易讀書,而自己沒有一篇策文寫成。《舊唐書·憲宗紀》:"(元和元年四月)丙午,命宰臣監試制舉人於尚書省,以制舉人先朝所徵,不欲親試也。"據干支推算,丙午應該是四月十三日。元稹白居易的策林應該撰成於"元和初"至四月十三日間,也就是白居易與元稹自己所說的"累月"間。從"四月十三日"逆推"累月"至"元和初",時間應該有一百天以上。在這時間長達一百天的時段裏,每天一篇策文,無論是白居易,還是有"元才子"之稱的元稹,都應該是可以做到的,何況是處於制科考試前夕的高度緊張狀態。按照常理,元稹寫成的策文數目,大致應該與白居易的《策林》七十五篇大致相當。　　策:古代考試取士,以問題令應試者對答謂策。《漢書·杜欽傳》:"其夏,上(成帝)盡召直言之士詣白虎殿對策,策曰:'天地之道何貴? 王者之法何如? "六經"之義何上? 人之行何先? 取人之術何以? 當世之治何務? 各以經對。'"韓愈《唐故秘書少監贈絳州刺史獨孤府君墓誌銘》:"元和元年,對詔策,拜右拾遺。"　　林:衆多貌。《莊子·天運》:"故若混逐叢生,林樂而無形。"郭慶藩集釋引郭嵩燾曰:"林樂者,相與群樂之,五音繁會,不辨聲之所從出,故曰無形。"陳鼓應今注:"林樂,喻衆樂齊奏。"《後漢書·儒林傳序》:"今但録其能通經名家者,以爲儒林篇。"

[編年]

未見《元稹集》收録與説明,也未見《年譜》、《編年箋注》、《年譜新編》收録與編年《策林》七十五篇,將《策林》七十五篇的著作權完完全全歸屬於白居易;或者是根本忽視元稹在元和元年年初"累月"間,撰成大致與白居易"七十五篇"策文相當策文的事實。

關於白居易《策林》七十五篇,朱金城先生也將《策林》七十五篇著作權完完全全歸屬於白居易,其《白居易集箋校》編年《策林》七十五篇於元和元年。我們根據《策林序》所言"閉户累月",所謂累月就是多月,接連幾月。左思《蜀都賦》:"合樽促席,引滿相罰。樂飲今夕,一醉累月。"杜甫《送人從軍》:"今君渡沙磧,累月斷人烟。"據《舊唐書·憲宗紀》,元稹白居易的制科考試是四月十三日進行。元稹白居易的策林應該撰成於"元和初"至四月十三日間,也就是白居易與元稹自己所説的"累月"間,地點在長安的華陽觀,元稹與白居易都已經辭去了校書郎的職務。

◎ 才識兼茂明於體用策一道(校書郎時,應制考,入三次等,充敕頭,授左拾遺)(一)①

問(二):皇帝若曰:"朕觀古之王者,授命君人(三),兢兢業業,承天順地。靡不思賢能以濟其理,求讜直以聞其過②。故禹拜昌言而嘉猷罔伏,漢徵極諫而文學稍進。匡時濟俗,罔不率繇。厥後相循(四),有名無實③。而又設以科條,增求茂異,捨斥己之至言(五),進無用之虛文,指切著明,罕稱於代④。

茲朕所以嘆息鬱悼，思索其真，是用發懇惻之誠，咨體用之要，庶乎言之可行，行之不倦，上獲其益，下輸其情，君臣之間，驩然相與，子大夫得不勉思朕言而發明之^{(六)⑤}。我國家光宅四海，年將二百，十聖弘化，萬邦懷仁^(七)。三王之禮靡不講，六代之樂罔不舉，浸澤於下，升中於天⑥。周漢已遠，莫斯爲盛。自禍階漏壞，兵宿中原。生人困竭，耗其太半⑦。農戰非古，衣食罕儲。念茲疲氓^(八)，遠乖富庶^(九)。督耕植之業，而人無戀本之心；峻榷酤之科，而下有重斂之困⑧。舉何方而可以復其盛？用何道而可以濟其艱？既往之失，何者宜懲？將來之虞，何者當戒⑨？昔主父懲患於晁錯而用推恩，夷吾致霸於齊桓而行寓令。精求古人之意^(一〇)，啓迪來哲之懷。睠慈洽聞^(一一)，固所詳究⑩。又執契之道，垂衣不言。委之於下，則人用其私；專之於上，則下無其效⑪。漢元優游於儒學^(一二)，盛業竟衰；光武責課於公卿^(一三)，峻政非美。二途取捨，未獲所從⑫。予心浩然，益所疑惑。子大夫熟究其旨，屬之於篇，興自朕躬，無悼後害。"^{(一四)⑬}

　　對^(一五)：臣方病近古之策不行，而陛下幸及之^(一六)，是天下人人之福也，微臣其敢忍意而不言乎⑭？且臣聞之，古者以言賦納，豈虛美哉？蓋用之也。是以益贊禹而班師，說復王而作命，斯皆用言之大略也⑮。洎漢文帝羞不若堯舜^(一七)，始以策求士，乃天下郡國有賢良之貢入焉！塞詔者，晁錯而已⑯。至武帝，然後董仲舒出^(一八)，然而卒不能選用條對，施之天下⑰。夫用其策不棄其人，以其利於時也；得其人而棄其策，又何爲乎？若此則徒設試言之科，而不得用言之實矣⑱！降及魏、晉，朝成而暮敗之不暇，又惡足言其策哉⑲？

我唐列聖君臨，策天下之士者多矣！異時莫不光揚其名聲，寵綏其爵祿，然而曾不聞天下之人曰："某日天子降某問，得某士，行某策，濟某功。"⑳抑不知直言之詔屢下，而直言之士不出耶？亦不知直言之士屢出，而直言之策不用耶㉑？

今陛下肇臨海內，務切黎元，求斥己之至言，責著明之確論，實命說代言之盛意也，微臣何足以奉之（一九）㉒？然臣所以上愚對，皆以指病陳術而爲典要（二○），不以舉凡體論而飾文詞（二一）。事苟便人，雖繁必獻；言苟諧理（二二），雖鄙必書。固不足以副陛下懇惻之誠，庶可以盡微臣體用之目耳（二三）㉓！伏願陛下以臣此策委之有司，苟或可觀，施之天下，使天下之人曰："惜哉！漢文雖以策求士，迨我明天子然後能以策濟人。"則臣始終之願畢矣㉔！如或言不適用，策不便時，則臣有瞽聖欺天之罪，將寘於典刑，陛下固不得而宥之矣！亦臣之所甘心焉（二四）㉕！

臣伏讀聖策（二五），乃見陛下悼禮樂之寖微（二六），恤黎人之重困，責復盛濟艱之術，酌推恩寓令之宜。斯皆當今之急病也，微臣敢不別白而書之㉖？昔我高祖武皇帝撥去亂政，我太宗文皇帝韔櫜干戈，被之以仁風，潤之以膏露，戢天下之役而天下之人安，省天下之刑而天下之人壽，通天下之志而天下之氣和，摠天下之衆而天下之衆理（二七）㉗。理，故敬讓之節著；和，故歡愛之化行（二八）。是以革三王之所因，兼六代之盡美（二九）。稱至德者，舉文皇以代堯舜，豈異事哉！有誠信以將之也（三○）㉘。明皇帝即位，實號中興，方其任姚、宋而右賢能也（三一），雖禹湯文武之俗不能過焉（三二）㉙！四十年間，刑罰不試，人用滋植，四海大和。於是奉升中告禪之儀（三三），則封泰山而秩嵩華；念歲巡時邁之典^(三四)，則去咸鎬而朝洛陽㉚。禮既畢行，物亦隨耗。天寶之後，徭戍漸興^(三五)，氣盛而微，理固然也！曩時之乳哺而有之者，一朝爲兵殲之㉛。兵興以來，至今爲梗。兵興則户減，户減則地荒，地荒則賦重，賦重則人貧，人貧則逋役逃征之罪多，而權宜之法用矣^(三六)㉜！

　　今陛下躬親本務，首問群儒，念禮樂之不興，嘆昇平之未復^(三七)，斯誠天下之人將絶復完之日也！微臣何幸而對揚之㉝！微臣以爲將欲興禮樂，在先富黎人^(三八)；將欲富黎人，在先息兵革^(三九)㉞。息兵革之術，臣請略言之^(四〇)：夫古所謂銷兵革者，非謂幅裂其旗章，銷鑠其鋒刃而已也^(四一)㉟。蓋誠信著於上，則忠孝行於下；敬讓立於內^(四二)，則夷狄和於外。夷狄和，則邊鄙之兵息；敬讓立，則爭奪之患銷㊱。爭奪之患銷^(四三)，則和順之心作；和順之心作，而禮樂之道興矣！此先王修政、戢兵^(四四)、興禮樂、富黎人之大略也㊲！

　　陛下必欲責臣以詳究之術，臣又請指事以明之：夫食力之不充^(四五)，雖神農設教^(四六)，天下不能無餒殍之人矣㊳！是以古之不農而食之者四而已矣：吏有斷獄之明則食之^(四七)，軍有臨敵之勇則食之，工有便人之巧則食之，商有通物之智則食之^(四八)。是四者，率皆明者、勇者、巧者、智者之事也，百天下之人無一二焉㊴！苟不能於此者，不農則不得食，不織則不得衣。人之情，衣食迫於中^(四九)，則作業興於外，是以游食者恒寡，而務本者恒多。豈強之哉？彼易圖而此難及也^(五〇)㊵！

　　今之事則不然，吏理無考課之明，卒伍廢簡稽之實，百貨極淫巧之工，列肆盡兼并之賈㊶。加以依浮圖者無去華絶俗之貞[五一]，而有抗役逃刑之寵；假戎服者無超乘挽强之勇[五二]，而有横擊詬吏之驕。是以十天下之人，九爲游食㊷。惷朴愚謹不能自遷者[五三]，而後依於農。此又非他，彼逸而易安，此勞而難處也㊸！是以惰游之户歲增[五四]，而耕桑之賦愈重，曩時之十室共輸而猶不給者[五五]，今且聚之於一夫矣[五六]㊹！雖有慈惠之長、仁隱之吏，尚不能存，若慘斷擊搏之[五七]，則將轉移於溝壑矣㊺！今之課吏者，以賦斂無逋負爲上。以臣觀之，足陛下之賦者，誠所以害陛下之人耳㊻！若然，則農桑之賦既如彼[五八]，惰遊之衆又如此。耕桑之賦重，則戀本之心薄；惰遊之户衆，則富庶之道廢[五九]。此必然之理也㊼！

今陛下誠能明考課之法，減冗食之徒，絶雕蟲不急之功[六〇]，罷商賈兼并之業，潔浮圖之行，峻簡稽之書[六一]，薄農桑之徭[六二]，興耕戰之術，則惰游之户盡歸，而戀本之心固矣！戀本之心固，則富庶之教興矣[六三]！而貞觀開元之盛復矣㊽！若此，則既往之失由前，將來之虞由後，在陛下懲之、戒之、慎之、久之而已[六四]㊾。至於主父偃乘七國并吞之後[六五]，將分裂而矯推恩[六六]；管夷吾當諸侯争奪之時，先詐力而行寓令[六七]，皆一時之權術也，豈可謂明白四達，與日月齊明於聖朝哉[六八]㊿？臣雖賤庸，尚不敢陳王道於帝皇之日，况權術乎！此臣之所甚羞也[六九]，故不及詳究言之[七〇](51)。

臣伏讀聖策，又見陛下以爲執契則群下用情[七一]，躬親則庶官無黨[七二]，以漢元尚儒學而衰盛業[七三]，謂光武課吏職而昧通方(52)。以臣思之，皆不然也。夫委之於下而用其情，蓋考績之科廢而清濁之流濫也；尚儒術而衰盛業，蓋章句之學興而經緯之文喪也。課吏職而昧通方,蓋苛察之法行而會計之期速也^⑤。臣請條列而言之:夫神農之斲耒耜教耕檽^(七四),所以墾良田而殖嘉穀也,然而不能過稂莠之滋焉!其所以待之者^(七五),芟夷錢(古田器)鎛(田器)之而已^(七六)^⑤。唐堯之闢朝廷宅百揆^(七七),而所以殖舜禹而種皋陶也^(七八),又不能過共工驩兜之逆焉^(七九)!其所以過之者^(八〇),放棄殛誅之而已^⑤。神農不以稂莠滋而廢耒耜之用,故能存用器之方;唐堯不以四罪進而奪舜禹之任,故能終任賢之道。若此,則陛下之所任顧何如耳!豈可謂任之必不可哉^⑤?

　　至於考績之科廢^(八一),章句之學興,經緯之道喪,會計之期速,皆當今之極弊也。幸陛下問及漢元光武之事^(八二),臣請遽數以終之^(八三)^⑤:今國家之所謂興儒術者,豈不以有通經文字之科乎?其所謂通經者,又不過於覆射數字^(八四);明義者,纔至於辨析章條^(八五)^⑤。是以中第者歲盈百數,而通經之士蔑然,以是為通經,通經固若是乎^(八六)!至於工文自試者,則不過於雕詞鏤句之才^(八七),搜摘絕離之學^⑤。苟或出於此者,則公卿可坐致,郎署可俯求。崇樹風聲,不由殿最。連科者進速,累捷者位高,拱嘿因循者為清流^(八八),行法蒞官者為俗吏^(八九)。以是為儒術,儒術又若是乎哉^(九〇)^⑤?其所謂課吏職者,豈不以朝廷有遷次進拔之用乎?臣竊觀今之備朝選而不由文字者^(九一),百無一二焉!夫施眾綱而加一禽,尚不能得,況張一目以羅萬品!而望其飛者、走者、大者、小者盡出乎其間,其可得乎哉^⑤?以此察群吏,群吏又可察乎^(九二)?苟或不可察,又可任之而絕其私乎哉?此所以陛下將執契而嘆用情,念垂衣而懼不理,蓋臣所謂課察之道不明也^⑥。

　　陛下誠能使禮部以兩科求士，凡自《唐禮》、《六典》、《律令》，及國家制度之書者用^(九三)，至於"九經"、"歷代史"，能專其一者，悉得謂之學士^⑥。以環貫大義而與道合符者爲上第，口習文理者次之，其詩賦判論以文自試者，皆得謂之文士^⑥。以經緯今古、理中是非者爲上第，藻繢雅麗者次之。凡自布衣達於未在朝省者^(九四)，悉得以兩科求士^⑥。禮部第其高下，歸之吏部而寵秩之。若此，則儒術之道興而經緯之文盛矣^⑥！吏部罷書、判、身、言之選，設三式以任人：一曰挍能之式^(九五)。每歲以朝右崇重者一人，與吏部郎挍天下群吏之理最在第一至第三者^(九六)，挍定日據其功狀而登進之。牧宰字人之官，藉之爲理者則上賞行焉！若此，則遷次之道明，而遲速之分定矣^(九七)^⑥！二曰任賢之式。每歲內自僕射至於群有司之正長，外至於廉問節制者，各舉備朝選者一人，外自牧守內至于百執事之立於朝者，各舉吏郡縣者一人，因其所舉而授任之，辨其考績而賞罰之。不舉賢爲不察，舉不賢爲不精^(九八)，不精與不察之罪同。若此，則保任之法行^(九九)，而賢不肖之位殊矣^⑥！三曰叙常之式。其有業不通於學，才不應於文，政不登於最，行不加於人^(一〇〇)，則限以停年課資之格而役任之。若此，則叙用之典恒^(一〇一)，而尺寸之才無所棄矣^⑥！

　　兩科立則群材遂，三式行則庶官當。陛下乃執左契以御之^(一〇二)，總樞極以正之^(一〇三)^⑩。委庶官如心目之運支體，豈支體運而無效於心目乎？察群材如明鏡之形美惡，豈美惡形而逃隱於明鏡乎^(一〇四)^⑪？然後陛下闢四門，使可言之路通；明四目，以天下之目視；達四聰，以天下之耳聽。不私其心，以百姓心爲心^(一○五)⑫。端拱巖廊，高居宸極^(一○六)。以冕旒自蔽，而秋毫必察；以黈纊塞耳，而聲響必聞^(一○七)。則彼漢元章句之儒，光武督責之術，又惡足爲陛下言之哉^(一○八)⑬！

且臣聞之：聖人在上，人不夭札。若臣者，生未及壯，戴陛下爲君，仁壽歡康，未始有極，何忽自苦墮肝膽而言天下之事乎⑭？臣以爲國家兵興以來^(一○九)，天下之人慘怛悲愁五十年矣^(一一○)！自陛下即位之後^(一一一)，戴白之老莫不泣血而話開元之政，臣恐此輩不及見陛下功成理定之化，而先飲恨於窮泉^(一一二)⑮。此臣之所以汲汲於心者^(一一三)，陛下能不憐察其意乎？謹對(元和元年四月二十八日)⑯。

錄自《元氏長慶集》卷二八

[校記]

（一）才識兼茂明於體用策一道(校書郎時，應制考，入三次等，充敕頭，授左拾遺)：楊本、叢刊本同，《英華》作"才識兼茂明於體用策(元和元年四月二十八日)"，《全文》作"對才識兼茂明於體用策"，後無題注，《增注唐策》作"元稹賢良策(本傳：元和元年應制舉才識兼茂明於體用科，登第十八人，稹第一)"，《文章辨體彙選》作"才識兼茂明於體用策"，題後無"策問"文字，《歷代名臣奏議》作"舉才識兼茂明於體用對策"，題後亦無"策問"文字，本文將"元和元年四月二十八日"附于全文之末。各備一說，不改。又《新唐書·藝文志》有《元和制策》三卷，元稹、獨孤郁、白居易。"疑即是元稹、獨孤郁、白居易三人之參加制舉考試時的策文，對元稹來說，亦即本文，清人徐松曾收入《登科記考》之中。

（二）問：原本無，楊本、叢刊本、《唐大詔令集》、《登科記考》同，《全文》作"問曰"，據《白氏長慶集》、《英華》改。

（三）授命君人：楊本、叢刊本同，《白氏長慶集》、《英華》、《册府元龜》、《增注唐策》、《登科記考》、《全文》作“受命君人”，兩字有相通之處。《唐大詔令集》作“君人受命”，各備一説，不改

（四）厥後相循：《白氏長慶集》、《唐大詔令集》、《英華》、《增注唐策》、《登科記考》、《全文》同，楊本、叢刊本作“厥後杞循”，語義不通，不從不改。

（五）捨斥己之至言：原本作“捨斥己之至諫”，楊本、叢刊本、《唐大詔令集》同，《英華》、《增注唐策》、《全文》作“捨斥己之至論”，據《白氏長慶集》、《登科記考》改。

（六）子大夫得不勉思朕言而發明之：楊本、叢刊本、《唐大詔令集》同，《白氏長慶集》、《英華》、《增注唐策》、《登科記考》、《全文》作“子大夫得不勉思朕言而茂明之”，各備一説，不改。

（七）萬邦懷仁：楊本、叢刊本、《白氏長慶集》、《唐大詔令集》、《登科記考》、《全文》同，《英華》、《增注唐策》作“萬方懷仁”，各備一説，不改。

（八）念茲疲氓：原本作“念慈疲氓”，語義不佳，《增注唐策》作“念彼疲甿”，據楊本、叢刊本、《白氏長慶集》、《英華》、《登科記考》、《全文》改。《唐大詔令集》作“茲念疲甿”，各備一説。

（九）遠乖富庶：《白氏長慶集》、《唐大詔令集》、《增注唐策》同，楊本、叢刊本作“遂乖富貴”，《英華》、《登科記考》、《全文》作“未遂富庶”，各備一説，不改。

（一〇）精求古人之意：叢刊本、《白氏長慶集》、《唐大詔令集》、《英華》、《增注唐策》、《登科記考》、《全文》同，楊本作“精采古人之意”，各備一説，不改。

（一一）眷茲洽聞：原本作“眷慈洽聞”，楊本作“眷慈合聞”，《唐大詔令集》作“睿茲洽聞”，叢刊本作“眷茲合聞”，據《白氏長慶集》、《英華》、《增注唐策》、《登科記考》、《全文》改。

（一二）漢元優游於儒學：《白氏長慶集》、《全文》同，楊本、叢刊本作"漢元憂游於儒學"，《英華》、《增注唐策》作"漢元優游於儒術"，《唐大詔令集》、《登科記考》作"元帝優游於儒學"，各備一說，不改。

（一三）光武責課於公卿：叢刊本、《白氏長慶集》、《唐大詔令集》、《英華》、《增注唐策》、《登科記考》、《全文》同，楊本作"光武貴課於公卿"，刊刻之誤，不從不改。

（一四）無悼後害：楊本、叢刊本、《白氏長慶集》、《唐大詔令集》、《登科記考》、《增注唐策》、《全文》同，《英華》作"毋悼後害"，語義相類，不改。

（一五）對：原本無，《登科記考》同，《增注唐策》作"對曰"，據楊本、叢刊本、盧校、《英華》、《文章辨體彙選》、《全文》改。

（一六）而陛下幸及之：楊本、叢刊本、《歷代名臣奏議》、《全文》同，《英華》、《增注唐策》、《文章辨體彙選》、《登科記考》作"而陛下言及之"，各備一說，不改。

（一七）洎漢文帝羞不若堯舜：叢刊本、《文章辨體彙選》、《歷代名臣奏議》、《登科記考》、《全文》同，《英華》作"洎乎漢文帝羞不若堯舜"，《增注唐策》作"洎漢文帝之德不若堯舜"，各備一說，不改。楊本作"泊漢文帝羞不若堯舜"，刊刻之誤，不從不改。

（一八）至武帝，然後董仲舒出：楊本、叢刊本、《歷代名臣奏議》、《全文》同，《英華》、《文章辨體彙選》、《增注唐策》、《登科記考》作"至武帝時，董仲舒出"，各備一說，不改。

（一九）微臣何足以奉之：《英華》、《文章辨體彙選》、《增注唐策》、《登科記考》同，楊本、叢刊本、《歷代名臣奏議》作"微臣何足以奉承之"，《全文》作"微臣何足以承之"。

（二〇）皆以指病陳術而爲典要：《文章辨體彙選》、《全文》、《登科記考》同，楊本、《歷代名臣奏議》作"皆以指病陳術爲典要"，《增注唐策》作"皆指病陳術而爲要典"，各備一說，不改。

（二一）不以舉凡體論而飾文詞：《文章辨體彙選》、《登科記考》、《全文》同，楊本、《歷代名臣奏議》、《增注唐策》作"不以舉凡體論而飾詞"，各備一説，不改。

（二二）言苟諧理：《英華》、《文章辨體彙選》、《全文》同，楊本、叢刊本、《歷代名臣奏議》、《增注唐策》、《登科記考》作"言苟詣理"，各備一説，不改。

（二三）庶可以盡微臣體用之目耳：《全文》同，叢刊本、《歷代名臣奏議》作"庶可盡微臣體用之目"，《英華》、《文章辨體彙選》、《增注唐策》、《登科記考》作"庶可以盡微臣之獻替耳"，楊本作"庶可以盡微臣體用之目"，各備一説，不改。

（二四）亦臣之所甘心焉：原本作"亦臣之所甘心"，《英華》、《文章辨體彙選》同，據楊本、叢刊本、《歷代名臣奏議》、《登科記考》、《全文》補。《增注唐策》作"所甘心焉"，疑有脱漏。

（二五）臣伏讀聖策：原本作"伏讀聖策"，《英華》、《歷代名臣奏議》、《文章辨體彙選》同，據楊本、叢刊本、《增注唐策》、《登科記考》、《全文》補。

（二六）乃見陛下悼禮樂之寖微：《全文》同，楊本、叢刊本、《英華》、《歷代名臣奏議》、《文章辨體彙選》、《登科記考》作"乃見陛下念禮樂之寖微"，《增注唐策》作"乃見陛下念禮樂之久寖"，各備一説，不改。

（二七）揔天下之衆而天下之衆理：《英華》、《文章辨體彙選》、《增注唐策》、《登科記考》、《全文》同，楊本、叢刊本、《歷代名臣奏議》"揔天下之賢而天下之衆理"，各備一説，不改。

（二八）故歡愛之化行：《英華》、《文章辨體彙選》、《登科記考》、《全文》同，楊本、叢刊本、《歷代名臣奏議》作"故歡愛之教行"，《增注唐策》作"而勸愛之化行"，各備一説，不改。

（二九）兼六代之盡美：楊本、叢刊本、《歷代名臣奏議》、《全文》

同,《英華》、《文章辨體彙選》、《登科記考》作"兼六代之所舉",《增注唐策》作"兼六代之至德",各備一説,不改。

（三〇）有誠信以將之也:楊本、叢刊本、《增注唐策》、《歷代名臣奏議》、《全文》同,《英華》、《文章辨體彙選》、《登科記考》作"誠有物以將之也",各備一説,不改。

（三一）方其任姚、宋而右賢能也:楊本、叢刊本、《歷代名臣奏議》、《增注唐策》、《登科記考》、《全文》同,《英華》、《文章辨體彙選》作"方其任姚宋而召賢能也",各備一説,不改。

（三二）雖禹湯文武之俗不能過焉:原本作"雖禹湯文武之俗不能舉焉",叢刊本、《全文》同,《增注唐策》作"雖禹湯文武之俗不能進焉",據楊本、《英華》、《文章辨體彙選》、《歷代名臣奏議》、《登科記考》改。

（三三）於是奉升中告禪之儀:叢刊本、《增注唐策》、《全文》同,楊本、《英華》、《歷代名臣奏議》、《文章辨體彙選》、《登科記考》作"於是舉昇中告禪之儀",各備一説,不改。

（三四）念歲巡時邁之典:楊本、叢刊本、《歷代名臣奏議》、《全文》同,《英華》、《文章辨體彙選》、《登科記考》作"舉東巡西狩之典",《增注唐策》作"舉巡守之典",各備一説,不改。

（三五）徭戍漸興:原本作"徭戍作興",叢刊本、《全文》同,《文章辨體彙選》、《增注唐策》、《登科記考》作"徭戍聿興",據楊本、《英華》、《歷代名臣奏議》改。

（三六）而權宜之法用矣:叢刊本、《英華》、《文章辨體彙選》、《全文》同,楊本、《增注唐策》、《登科記考》作"而權管權宜之法用矣",《歷代名臣奏議》作"而榷管權宜之法用矣",各備一説,不改。

（三七）嘆昇平之未復:叢刊本、《英華》、《文章辨體彙選》、《增注唐策》、《登科記考》、《全文》同,楊本、《歷代名臣奏議》作"慮昇平之未復",各備一説,不改。

（三八）在先富黎人：叢刊本、《全文》同，楊本、《歷代名臣奏議》作“必在富黎人”，《英華》、《文章辨體彙選》、《登科記考》作“必先富黎人”，《增注唐策》脱此句及下句“將欲富黎人”，各備一説，不改。

（三九）在先息兵革：叢刊本、《全文》同，楊本、《歷代名臣奏議》作“必在息兵革”，《英華》、《文章辨體彙選》、《增注唐策》、《登科記考》作“必先息兵革”，各備一説，不改。

（四〇）臣請略言之：叢刊本、《全文》同，楊本、《英華》、《文章辨體彙選》、《歷代名臣奏議》、《增注唐策》、《登科記考》作“臣請兩言之”，各備一説，不改。

（四一）銷鑠其鋒刃而已也：叢刊本、《英華》、《文章辨體彙選》、《增注唐策》、《登科記考》、《全文》同，楊本、《歷代名臣奏議》作“鍊鑠其鋒刃而已也”，各備一説，不改。

（四二）敬讓立於内：叢刊本、《英華》、《文章辨體彙選》、《增注唐策》、《登科記考》、《全文》同，“敬讓”與下文相接。楊本、《歷代名臣奏議》作“富壽立於内”，各備一説，不改。

（四三）爭奪之患銷：叢刊本、《英華》、《歷代名臣奏議》、《文章辨體彙選》、《增注唐策》、《登科記考》、《全文》同，楊本無此句，僅録以備考。

（四四）戢兵：原本“輯兵”，叢刊本、《全文》同，據楊本、《英華》、《歷代名臣奏議》、《文章辨體彙選》、《增注唐策》、《登科記考》改。

（四五）夫食力之不充：原本作“夫食力之不克”，叢刊本、《英華》、《全文》同，據楊本、《歷代名臣奏議》、《文章辨體彙選》、《增注唐策》、《登科記考》改。

（四六）雖神農設教：叢刊本、《英華》、《文章辨體彙選》、《登科記考》、《全文》同，楊本、《歷代名臣奏議》、《增注唐策》作“雖神農教”，各備一説，不改。

（四七）吏有斷獄之明則食之：叢刊本、《英華》、《歷代名臣奏

議》、《文章辨體彙選》、《增注唐策》、《登科記考》、《全文》同，楊本作
"吏有斷察之明則食之"，各備一說，不改。

（四八）商有通物之智則食之：叢刊本、《英華》、《歷代名臣奏
議》、《文章辨體彙選》、《增注唐策》、《登科記考》、《全文》同，楊本作
"商有通物之志則食之"，各備一說，不改。

（四九）衣食迫於中：叢刊本、《英華》、《歷代名臣奏議》、《文章辨
體彙選》、《增注唐策》、《登科記考》、《全文》同，楊本作"迫食於中"，各
備一說，不改。

（五〇）彼易圖而此難及也：叢刊本、《英華》、《歷代名臣奏議》、
《文章辨體彙選》、《增注唐策》、《登科記考》、《全文》同，楊本作"彼易
安而此難及也"，各備一說，不改。

（五一）加以依浮圖者無去華絕俗之貞：叢刊本、《英華》、《歷代
名臣奏議》、《文章辨體彙選》、《登科記考》、《全文》同，楊本作"加以依
浮圖者無去華絕俗之真"，《增注唐策》作"加以依浮圖者無去華絕俗
之正"，各備一說，不改。

（五二）假戎服者無超乘挽強之勇：原本作"戎服者無超乘挽強
之勇"，叢刊本、《英華》、《文章辨體彙選》同，據楊本、《歷代名臣奏
議》、《增注唐策》、《登科記考》、《全文》補。

（五三）惷朴愚謹不能自遷者：楊本、叢刊本、《歷代名臣奏議》、
《全文》同，《英華》、《文章辨體彙選》、《增注唐策》、《登科記考》作"惷
朴愚鈍不能自遷者"，各備一說，不改。

（五四）是以惰游之户歲增：原本作"以惰游之户藏富"，叢刊本、
《歷代名臣奏議》、《全文》同，《英華》、《文章辨體彙選》、《增注唐策》、
《登科記考》作"以惰游之户歲轉增"，據楊本改。

（五五）曩時之十室共輸而猶不給者：原本作"曩時之十室共耕
而猶不給者"，叢刊本、《增注唐策》同，《全文》作"曩時之十室共耕而
有不給者"，據楊本、《英華》、《歷代名臣奏議》、《文章辨體彙選》、《登

科記考》改。

（五六）今且聚之於一夫矣：楊本、叢刊本、《歷代名臣奏議》、《全文》同，《英華》、《文章辨體彙選》、《增注唐策》、《登科記考》作"今且數家一夫矣"，各備一説，不改。

（五七）若慘斷擊搏之：叢刊本、《歷代名臣奏議》、《文章辨體彙選》、《增注唐策》、《登科記考》同，楊本、叢刊本、《英華》、《全文》作"若慘斷擊搏之"，各備一説，不改。

（五八）則農桑之賦既如彼：叢刊本、《英華》、《文章辨體彙選》、《登科記考》、《全文》同，楊本、《歷代名臣奏議》作"則農桑之賦既如是"，《增注唐策》作"則農桑之税既如是"，各備一説，不改。

（五九）則富庶之道廢：叢刊本、《增注唐策》、《全文》同，楊本、《英華》、《歷代名臣奏議》、《文章辨體彙選》、《登科記考》作"則富庶之道乖"，各備一説，不改。

（六〇）絶雕蟲不急之功：叢刊本、《英華》、《文章辨體彙選》、《登科記考》、《全文》同，楊本、《歷代名臣奏議》、《增注唐策》作"絶雕蟲不急之工"，各備一説，不改。

（六一）峻簡稽之書：叢刊本、《英華》、《歷代名臣奏議》、《文章辨體彙選》、《增注唐策》、《登科記考》、《全文》同，楊本作"陵簡稽之書"，刊刻之誤，不從不改。

（六二）薄農桑之徭：叢刊本、《英華》、《文章辨體彙選》、《全文》同，楊本、《歷代名臣奏議》、《增注唐策》、《登科記考》作"薄農桑之征"，各備一説，不改。

（六三）則富庶之教興矣：楊本、叢刊本、《全文》同，《歷代名臣奏議》作"則富庶之教興"，《英華》、《文章辨體彙選》、《增注唐策》、《登科記考》作"則富庶之道興矣"，各備一説，不改。

（六四）在陛下懲之、戒之、慎之、久之而已：原本作"在陛下悠悠懲之、戒之、慎之、久之而已"，叢刊本同，《英華》、《文章辨體彙選》、

《登科記考》、《全文》作"在陛下悠久、戒之、慎之而已"，《增注唐策》作"安在陛下懲之、誡之、慎之而已乎"，據楊本、《歷代名臣奏議》改。

（六五）至於主父偃乘七國并吞之後：原本作"至於主父偃乘七圖并吞之後"，據楊本、叢刊本、《英華》、《歷代名臣奏議》、《文章辨體彙選》、《增注唐策》、《登科記考》改。

（六六）將分裂而矯推恩：楊本、叢刊本、《歷代名臣奏議》同，《英華》、《文章辨體彙選》、《登科記考》、《全文》作"謀分裂而矯推恩"，《增注唐策》作"謀分裂而請推恩"，各備一說，不改。

（六七）先詐力而行寓令：原本作"先詐力而行寓今"，據楊本、叢刊本、《英華》、《歷代名臣奏議》、《文章辨體彙選》、《增注唐策》、《登科記考》、《全文》改。

（六八）與日月齊明於聖朝哉：叢刊本、《英華》、《文章辨體彙選》、《登科記考》、《全文》同，楊本、《歷代名臣奏議》作"若日月而懸於聖朝哉"，《增注唐策》作"與日月而明於聖朝哉"，各備一說，不改。

（六九）此臣之所甚羞也：叢刊本、《英華》、《文章辨體彙選》、《增注唐策》、《登科記考》、《全文》同，楊本、《歷代名臣奏議》作"此臣之所以甚羞也"，各備一說，不改。

（七〇）故不及詳究言之：叢刊本、《英華》、《歷代名臣奏議》、《文章辨體彙選》、《登科記考》、《全文》同，楊本作"故不及而詳究言之"，《增注唐策》作"故不遑詳及而言之"，各備一說，不改。

（七一）又見陛下以爲執契則群下用情：叢刊本、《英華》、《歷代名臣奏議》、《文章辨體彙選》、《增注唐策》、《登科記考》、《全文》同，楊本作"又見能下以爲執契則郡下用情"，刊刻之誤，不從不改。

（七二）躬親則庶官無黨：叢刊本、《英華》、《歷代名臣奏議》、《文章辨體彙選》、《登科記考》、《全文》同，楊本作"躬庶官無黨"，《增注唐策》作"任下則庶官無當"，語義不佳，不從不改。

（七三）以漢元尚儒學而衰盛業：原本作"以漢元尚學而衰盛

業”，叢刊本、《文章辨體彙選》同，據楊本、《英華》、《歷代名臣奏議》、《增注唐策》、《登科記考》、《全文》改。

（七四）夫神農之斲未耜教耕耨：叢刊本、《英華》、《文章辨體彙選》、《登科記考》、《全文》同，楊本、《歷代名臣奏議》、《增注唐策》作“夫神農之斲未耜教鬪耨”，各備一説，不改。

（七五）其所以待之者：楊本、叢刊本、《歷代名臣奏議》同，《英華》、《增注唐策》、《文章辨體彙選》、《登科記考》、《全文》作“其所以遏之者”，各備一説，不改。

（七六）芟夷錢鎛之而已：原本作“芟夷錢鎛之而已”，楊本、叢刊本、《歷代名臣奏議》、《全文》作“芟夷之而已”，據《英華》、《文章辨體彙選》、《增注唐策》、《登科記考》改。

（七七）唐堯之闢朝廷宅百揆：叢刊本、《英華》、《增注唐策》、《文章辨體彙選》、《登科記考》、《全文》同，楊本、《歷代名臣奏議》作“堯之闢朝廷擇百揆”，各備一説，不改。

（七八）而所以殖舜禹而種皋陶也：原本作“亦所以植禹舜而種皋陶也”，叢刊本、《英華》、《文章辨體彙選》、《增注唐策》、《登科記考》、《全文》同，據楊本、《歷代名臣奏議》改。

（七九）又不能遏共工驩兜之逆焉：叢刊本、《英華》、《文章辨體彙選》、《登科記考》、《全文》同，楊本、《歷代名臣奏議》作“而不能遏共工驩兜之逆焉”，《增注唐策》作“又不能辨共工驩兜之逆焉”，各備一説，不改。

（八〇）其所以遏之者：《英華》、《文章辨體彙選》、《登科記考》、《全文》同，楊本、叢刊本、《歷代名臣奏議》、《增注唐策》作“其所以辨之者”，各備一説，不改。

（八一）至於考績之科廢：楊本、叢刊本、《歷代名臣奏議》、《文章辨體彙選》、《增注唐策》、《登科記考》、《全文》同，《英華》作“至於考績之課廢”，各備一説，不改。

（八二）幸陛下問及漢元光武之事：原本作"幸陛下反漢元光武之事"，叢刊本、《英華》、《文章辨體彙選》、《全文》同，楊本作"幸陛下反漢元之事"，《登科記考》作"漢元光武之事"，《歷代名臣奏議》作"幸陛下及漢元之事"，據《增注唐策》改。

（八三）臣請遽數以終之：原本作"臣遽數以終之"，《文章辨體彙選》、《登科記考》、《全文》同，《英華》作"臣遽數而終之"，叢刊本、《歷代名臣奏議》作"臣請據數以終之"，《增注唐策》作"臣請據數而終之"，各備一說，據楊本改。

（八四）又不過於覆射數字：《全文》同，楊本、叢刊本、《歷代名臣奏議》作"不過於覆射數字"，《英華》、《增注唐策》、《文章辨體彙選》、《登科記考》作"又不出於覆射數字"，各備一說，不改。

（八五）纔至於辨析章條：叢刊本、《歷代名臣奏議》、《全文》同，楊本作"讒至於辨析章條"，《英華》、《登科記考》作"材至於辨析章條"，《文章辨體彙選》作"材至於辨□章條"，刊刻之誤。《增注唐策》作"纔至辨析章條"，各備一說，不改。

（八六）以是爲通經，通經固若是乎：原本作"以是爲通經，固若是乎"，《英華》、《文章辨體彙選》、《全文》同，《登科記考》作"以是爲通經，通經固若是乎哉"，據楊本、叢刊本、《歷代名臣奏議》、《增注唐策》補改。

（八七）則不過於雕詞鏤句之才：《英華》、《文章辨體彙選》、《登科記考》、《全文》同，楊本、叢刊本、《歷代名臣奏議》、《增注唐策》作"又不過於雕詞鏤句之才"，各備一說，不改。

（八八）拱嘿因循者爲清流：《英華》、《文章辨體彙選》、《登科記考》、《全文》同，楊本、叢刊本、《歷代名臣奏議》作"擴嘿因循者爲清流"，《增注唐策》作"虛嘿因循者爲清流"，各備一說，不改。

（八九）行法范官者爲俗吏：《英華》、《歷代名臣奏議》、《文章辨體彙選》、《增注唐策》、《登科記考》、《全文》同，楊本、叢刊本作"行法薀官爲俗吏”,各備一説,不改。

（九〇）以是爲儒術，儒術又若是乎哉：原本作“以是爲儒術，又若是乎哉”，《英華》、《文章辨體彙選》、《全文》同，據楊本、叢刊本、《歷代名臣奏議》、《增注唐策》、《登科記考》補改。

（九一）臣竊觀今之備朝選而不由文字者：《英華》、《文章辨體彙選》、《登科記考》、《全文》同，楊本、叢刊本、《歷代名臣奏議》作“臣切觀今之備朝選而不由文字者”，《增注唐策》作“臣竊觀今之朝選而不由文字者”，各備一説，不改。

（九二）群吏又可察乎：《英華》、《文章辨體彙選》、《登科記考》、《全文》同，楊本、叢刊本、《歷代名臣奏議》、《增注唐策》作“群吏又可察乎哉”，各備一説，不改。

（九三）及國家制度之書者用：《英華》、《文章辨體彙選》、《增注唐策》、《登科記考》、《全文》同，楊本、叢刊本、《歷代名臣奏議》作“凡國之制度之書者用”，語義不佳，不從不改。

（九四）凡自布衣達於未在朝省者：《全文》同，楊本、《英華》、《文章辨體彙選》、《登科記考》作“凡自布衣達於未隸在朝省者”，盧校、叢刊本、《歷代名臣奏議》作“凡自布衣達於未隸在朝者”，《增注唐策》作“凡自布衣達於未隸於朝者”，各備一説，不改。

（九五）一曰挍能之式：楊本、叢刊本、《英華》、《文章辨體彙選》、《歷代名臣奏議》、《增注唐策》、《登科記考》、《全文》作“一曰校能之式”，“挍”字不誤，不改。

（九六）與吏部郎挍天下群吏之理最在第一至第三者：原本作“與禮部郎挍天下群吏之理最在第一至第三者”，《英華》、《文章辨體彙選》、《登科記考》、《全文》同，據楊本、叢刊本、《歷代名臣奏議》、《增注唐策》改。

（九七）而遲速之分定矣：本句之下，楊本、叢刊本、《歷代名臣奏議》有：“二曰紀功之式，每歲群吏之理最在第四者，籍而書之，滿歲，吏部會集而授署之。若此,則殿最之道存而清濁之流異矣!"同時下文"三式"就成了"四式",相應的序號也隨之變化。《英華》、《文章辨體彙選》、《增注唐策》、《登科記考》、《全文》無,僅錄以備考。

(九八) **舉不賢爲不精**:《英華》、《文章辨體彙選》、《增注唐策》、《登科記考》、《全文》同,楊本、叢刊本、《歷代名臣奏議》無,錄以備考。

(九九) **則保任之法行**:原本作"保任之法行",《英華》、《文章辨體彙選》、《增注唐策》、《登科記考》、《全文》同,據楊本、叢刊本、《歷代名臣奏議》補。

(一〇〇) **行不加於人**:原本作"行不知於人",《英華》、《文章辨體彙選》、《登科記考》、《全文》同,據楊本、叢刊本、《歷代名臣奏議》、《增注唐策》改。

(一〇一) **則叙用之典恒**:《全文》同,楊本、叢刊本、《歷代名臣奏議》作"則叙用之式恒",《英華》、《文章辨體彙選》、《登科記考》作"則敷用之典恒",《增注唐策》作"則式用之叙常",各備一説,不改。

(一〇二) **陛下乃執左契以御之**:《英華》、《文章辨體彙選》、《登科記考》、《全文》同,楊本、盧校、叢刊本、《歷代名臣奏議》作"陛下又執左契以御之",《增注唐策》作"陛下執左契以御之",各備一説,不改。

(一〇三) **總樞極以正之**:《英華》、《文章辨體彙選》、《增注唐策》、《登科記考》、《全文》同,楊本、盧校、叢刊本、《歷代名臣奏議》作"握樞以正之",各備一説,不改。

(一〇四) **豈美惡形而逃隱於明鏡乎**:《全文》同,楊本、叢刊本、《英華》、《文章辨體彙選》、《歷代名臣奏議》、《登科記考》作"豈美惡形而逃隱於明鑑乎",《增注唐策》作"是美惡無逃隱於明鏡乎",各備一説,不改。

(一〇五) **不私其心,以百姓心爲心**:楊本、叢刊本、《歷代名臣奏議》、《全文》同,《英華》、《文章辨體彙選》、《登科記考》作"不私其言,以爲好惡”，各備一説，不改。

（一〇六）高居宸極：《英華》、《文章辨體彙選》、《登科記考》、《全文》同，楊本、叢刊本、《歷代名臣奏議》作“高居深視”，各備一説，不改。

（一〇七）而聲響必聞：《英華》、《文章辨體彙選》、《全文》同，楊本、叢刊本、《歷代名臣奏議》、《增注唐策》作“而芥動必聞”，《登科記考》作“而芥蒂必聞”，各備一説，不改。

（一〇八）又惡足爲陛下言之哉：《英華》同，楊本、叢刊本、《歷代名臣奏議》作“又惡足繁爲陛下言之哉”，《增注唐策》、《登科記考》作“又烏足繁爲陛下言之哉”，《文章辨體彙選》、《全文》作“又惡足爲陛下言之哉”，各備一説，不改。

（一〇九）臣以爲國家兵興以來：《英華》、《文章辨體彙選》、《全文》同，楊本、叢刊本、《歷代名臣奏議》、《增注唐策》作“誠以國家兵興以來”，《登科記考》作“誠以爲國家兵興以來”，各備一説，不改。

（一一〇）天下之人慘怛悲愁五十年矣：《歷代名臣奏議》、《文章辨體彙選》、《增注唐策》、《登科記考》、《全文》同，楊本、叢刊本、《英華》作“天下之人懵怛悲愁五十年矣”，各備一説，不改。

（一一一）自陛下即位之後：《歷代名臣奏議》、《文章辨體彙選》、《增注唐策》、《全文》同，楊本、叢刊本、《英華》、《登科記考》作“自陛下陟位之後”，各備一説，不改。

（一一二）而先飲恨於窮泉：《英華》、《文章辨體彙選》、《登科記考》、《全文》同，楊本、叢刊本、《歷代名臣奏議》作“而先没恨於窮泉”，《增注唐策》無上句以及本句，僅録以備考。

（一一三）此臣之所以汲汲於心者：《英華》、《文章辨體彙選》、《登科記考》、《全文》同，楊本、盧校作“此臣之所以汲汲於私心者”，叢刊本、《歷代名臣奏議》、《增注唐策》作“此臣之所以汲汲於私心也”，各備一説，不改。

[箋注]

① 才識兼茂明於體用策：元稹元和元年制科及第，名列第一，同時及第十八人，除元稹本文之外，宋代《英華》、清代徐松《登科記考》中還存有韋處厚、獨孤郁、白居易、羅讓四人的對策之文，四人的文章雖長，但有興趣的讀者，應該參閱，以便加深自己對元稹本文的理解。限於本文稿篇幅的限制，今略去韋處厚、獨孤郁、羅讓三人之策文，僅留存白居易的策文，留給讀者就便與元稹的策文比較，自定優劣。元稹、白居易策文的策目悉同，故略而不録，白居易策文曰："對：臣聞漢文帝時，賈誼上疏云：可爲痛哭者一，可爲流涕者二，可爲長太息者三。是時漢興四十載，萬方大理，四海太和，而賈誼非不見之。所以過言者，以爲辭不切，志不激，則不能廻君聽，感君心，而發憤於至理也。是以雖盛時也，賈誼過言而無愧；雖過言也，文帝容之而不非。故臣不失忠，君不失聖，書之史策，以爲美談。然臣觀自兹以來，天下之理，未曾有髣髴於文帝時者。激切之言，又未有髣髴於賈誼疏者。豈非君之明聖不侔於文帝，臣之忠讜不追於賈誼乎？不然，何喪亂之時愈多，而公直之言愈少也？今陛下思禹之昌言而拜之，念漢之極諫而徵之，病虛文之無用者，奬至言之斥已者，詢臣以可行之策，示臣以不倦之意，懇惻鬱悼，發於至誠，真聖王思至理求過言之明旨也。斯則陛下之道已弘於前代，臣之才誠劣於古人，輒欲過言，以裨陛下明德萬分之一也。裨之者非敢謂言之必可行也，體用之必可明也。且欲使後代知陛下踐祚之後，有朴直敢言之臣出焉！無俾文帝、賈誼專美於漢代，然後退而俯伏以待罪戾焉！臣誠所甘心也。謹以過言，昧死上對。伏惟陛下賜臣之策有思興禮樂之道，念救疲甿之方，別懲往戒來之宜，審推恩寓令之要。至矣哉！陛下之念及於此，此實萬葉之福也，豈惟一代人受其賜而已哉！臣聞疲病之作，有因緣矣！救療之方，有次第矣！臣請爲陛下究因緣、陳次第而言之：臣聞太宗以神武之姿，撥天下之亂。玄宗以聖文之德，致天下之肥。當二宗之時，利

無不興，弊無不革。遠無不服，近無不和。貞觀之功既成，而大樂作焉！雖六代之盡美，無不舉也。開元之理既定，而盛禮興焉！雖三王之明備，無不講也。禮行，故上下輯睦；樂達，故內外和平。所以兵偃而萬邦懷仁，刑清而兆民自化。動植之類，咸煦嫗而自遂焉！雖成、康、文、景之理，無以出於此矣！洎天寶以降，政教浸微，寇既荐興，兵亦繼起。兵以遏寇，寇生於兵。兵寇相仍，迨五十載。賦征由是而重，人力由是而罷。下無安心，雖日督農桑之課，而生業不固。上無定費，雖日峻筦榷之法，而歲計不充。日剥月朘，以至於耗竭其半矣！此臣所謂疲病之因緣者也，豈不然乎？由是觀之，蓋人疲由乎稅重，稅重由乎軍興，軍興由乎寇生，寇生由乎政缺。然則未修政教而望寇戎之銷，未銷寇戎而望兵革之息，雖太宗不能也。未息兵革而求征徭之省，未省征徭而望黎庶之安，雖玄宗不能也。何則？事有所必然，雖常人足以致；勢有所不可，雖聖哲不能為。伏惟陛下，將欲安黎元，先念省征徭；將欲省征徭，先念息兵革；將欲息兵革，先念銷寇戎；將欲銷寇戎，先念修政教。何者？若政教修，則下無詐偽暴悖之心，而寇戎所由銷矣！寇戎銷，則境無興發攻守之役，而兵革所由息矣！兵革息，則國無餽餉飛輓之費，而征徭所由省矣！征徭省，則人無流亡轉徙之憂，而黎庶所由安矣！臣竊觀今天下之寇，雖已盡銷，伏願陛下不以易銷而自息。今天下之兵雖未盡散，伏願陛下不以難散而自疑。無自息之心。則政教日肅；無自疑之意。則誠信日明。故政教肅，則暴亂革心；誠信明，則獷驁歸命。革心，則天下將萌之寇，不遏而自銷；歸命，則天下已聚之兵，不散而自息。然後重斂可以日減，疲甿可以日安，富庶可以日滋，困竭可以日補。日安則和悅之氣積，日富則廉讓之風行，因其廉讓而示之以禮，則禮易行矣！乘其和悅而鼓之以樂，則樂易達矣！舉斯方而可以復其盛，用斯道而可以濟其難。懲既往之失，莫先於誠不明而政不修；戒將來之虞，莫大於寇不銷而兵不革。此臣所謂救療之次第者也，豈不然乎？若齊行寓令之法以霸諸侯，漢用推恩之謀以懲七國。施之今日，臣恐非宜。何者？且今萬方一統，四海一家，無鄰國可傾，非夷吾用權之時也。雖欲寓令，令將何所寓耶？今除國建郡，置守罷侯，無爵土可疏，非主父矯弊之日也。雖欲推恩，恩將何所推耶？但陛下期貞觀之功，弘開元之理，必能光二宗而福萬葉矣！何區區齊漢之法而足爲陛下慕哉！精究之端，倪實在於此矣！又蒙陛下賜臣之問，有執契垂衣之道，委下專上之宜，敦儒學而業衰，責課實而政失者，此皆政化之所急，今古之所疑，而陛下幸念之，臣有以知天下之理興矣！夫執契之道，垂衣不言者，蓋已成之化，非謀始之謂也。委之於下者，言王者之理，厖其司、分其務而已，非謂政無小大悉委之於下也。專之於上者，言王者之道，秉其樞、執其要而已，非謂事無巨細悉專於上也。漢元優游於儒學，而盛業竟衰者，非儒之過也，學之不得其道也。光武責課於公卿，而峻政非美者，非考課之累也，責之不得其要也。臣請爲陛下別白而明之：夫垂衣不言者，豈不謂無爲之道乎？臣聞無爲而理者，其舜也歟！舜之理道，臣粗知之矣！始則懃於修已，勞於求賢，明察其刑，明慎其賞，外序百揆，內勤萬幾，昃食宵衣，念其不息之道。夫如是，豈非大有爲者乎？終則安於恭已，逸於得賢，明刑至於無刑，明賞至於無賞，百職不戒而舉，萬事不勞而成，端拱凝旒，立於無過之地。夫如是，豈非真無爲乎？故臣以謂無爲者非無所爲也，必先爲而後致無爲也。《老子》曰：‘無爲而無所不爲。’蓋謂是矣！夫委下而用私，專上而無效者，此由非所宜委而委之也，非所宜專而專之也。臣請以君臣之道明之：臣聞上下異位，君臣殊道，蓋大者簡者，君道也；小者繁者，臣道也。臣道者，百職小而衆，萬事細而繁，誠非人君一聰所能遍察，一明所能周鑒也。故人君之道，但擇其人而任之，舉其要而執之焉已矣！昔九臣各掌其事，而唐堯秉其功以帝天下；十亂各效其能，而周武總其理以王天下。三傑各宜其力，而漢高兼其用以取天下。三君者不能爲一焉，但執要任人而已，亦猶心之於四肢九竅百體也，不能爲一焉！然而寢食起居言語視聽皆以心爲主也。故臣以爲，君得君之道，雖專之於上，而下自有以展其效矣！臣得臣之道，雖委之於下，而人亦無以用其私矣！由此而言，光武督責而政未甚美者，非他，昧君臣之道於小大繁簡之際也。元帝優游而業以浸衰者，非他，昧無爲之道於始終勞逸之間也。二途俱失，較然可知。陛下但舉中而行之，則無所惑也！臣伏以聖策首章曰：上獲其益，下輸其誠。其末章則又曰：興自朕躬，無悼後害，此誠陛下思酌下言，樂聞上失，勤勤懇懇，慮臣輩有所隱情者也，臣敢不再竭狂直以副天心之萬一焉！臣聞古先聖王之理也，制欲於未萌，除害於未兆，故靜無敗事，動有成功。自非聖王，則異於是。莫不欲逞其始，悔追於終，政失於前，功補於後。利害之效，可略而言。且如軍暴而後戢之，兵亂而後遏之，善則善矣，不若防其微，杜其漸，使不至於暴亂也。官邪而後責之，吏奸而後誅之，懲則懲矣，不若審其才，得其人，使不至於奸邪也。人餒而後食之，凍而後衣之，惠則惠矣，不若輕其徭，薄其稅，使不至於凍餒也。舉一知十，不其然乎？今陛下初嗣祖宗，新臨蒸庶，承多虞之運，當鼎盛之年，此誠制欲於未萌，除害於未兆之時也。伏願陛下，敬惜其時，重慎於事，既往者且追救於弊後，將來者宜早防於事先。夫然，保邦恒在於未危，恭已常居於無過。三五之道，夫豈遠哉！臣生也，幸得爲唐人，當陛下臨御之時，覩陛下昇平之始，則是臣朝聞而夕死足矣！而況充才識之貢，承體用之問者乎！今所以極千慮昧萬死，當盛時獻過言者，此誠微臣喜朝聞甘夕死之志也。不然，何輕肆狂瞽，不避斧鑕，若此之容易焉？伏惟少垂意而覽之，則臣生死幸甚！謹對。” 才識兼茂明於體用：李唐時制舉科名之一，除“才識兼茂明於體用”之外，還有“臨難不顧徇節寧邦”、“長才廣度沈迹下僚”、“賢良方正能直言極諫”等名目。制舉是唐代科舉取士制度之一，除地方貢舉外，由皇帝親自詔試於殿廷稱爲“制舉科”，簡稱“制舉”或“制科”。《新唐書·選舉志》：“唐制，取士之科，多因隋舊，然其大要有三：由學館者曰生徒，由州縣者曰鄉貢，皆升於有司而進退之……其天子自詔者曰制舉，所以待非常之才焉！"蘇軾《上富丞相書》："軾也，西南之匹夫，求斗升之祿而至於京師。翰林歐陽公不知其不肖，使與於制舉之末，而發其倡狂之論。"　三次等：制舉考試及第的先後名次，但第一等、第一次等、第二等、第二次等、第三等均不輕易授人，故元稹儘管以第一名及第，也祇能入第三次等。《唐大詔令集·元和元年·放制舉人敕》："構大廈者必總於群材，成大川者必資於百穀，故思理之主求賢罔遺。所以昭宣令圖，廣大前緒，觀文緝化，其在茲乎！朕以寡昧，獲奉丕業。虛己問政，實始於茲。考言求益，敢不祇若？故命左右輔弼洎有位之臣會於中臺，必究其論，緘密以獻，省自朕躬。果獲賢能，副於饑渴。才識兼茂明於體用科人第三次等：元稹、韋惇；第四等：獨孤郁、白居易、曹京伯、韋慶復；第四次等：崔韶、羅讓、元修、薛存慶、韋珩、（崔瑨）；第五上等：蕭俛、李蟠、沈傳師、柴宿。達於吏理可使從政科第五上等：陳岵、（蕭睦）等。咸以待問之美，觀光而來。詢以三道之要，復於九變之選，得失之間粲然可觀。宜膺德茂之典，式葉言揚之舉。其第三次等人委中書門下優與處分。第四等、（第四次等）、第五上等中書門下即與處分。"元稹這次制科考試，能夠以第一名的成績及第，對元稹的仕途無疑是至關重要的，關於"其第三次等人委中書門下優與處分。第四等、第四次等、第五上等中書門下即與處分"的任用政策，就充分説明了這一點。另外據我們考證：其中的"崔韶"應該是"崔韶"之誤，徑改；而及第十八人，名單卻祇有十六人，又遺漏了崔瑨、蕭睦兩人。元稹《紀懷贈李六户曹崔二十功曹五十韵》詩題中的"崔二十功曹"，岑仲勉《唐人行第録》認爲："名未詳。"其實就是元稹的制科同年崔瑨，他們元和元年同登"才識兼茂明於體用科"，元和五年又恰恰在江陵相會。不久，崔瑨從江陵轉任嶺南，元稹有多篇詩歌送行，《送嶺南崔侍御》、《送崔侍御之嶺南二十韵》就是其中的兩篇。詩題中的"崔侍御"，並非學術界此前誤認爲的崔二十二韶，而是崔二十珰。"崔二十二"詔,據元稹《元和五年予官不了罰俸西歸三月六日至陝府與吳十一兄端公崔二十二院長思愴曩遊因投五十韵》提供的證據,元和五年在陝府,三月六日元稹曾經與其在那兒相會。兩個"崔"並非一人,但都是元稹白居易的制科同年。據白居易《商山路有感序》,崔二十二詔病故於長慶二年之前,而崔二十珰,據《舊唐書·崔珰傳》,大和、會昌年間還在人間:"(大和)六年十二月出爲江陵尹、御史大夫、荆南節度使。""會昌中遷銀青光禄大夫,檢校吏部尚書、興元尹,充山南西道節度使。"幸請讀者注意辨別。　敕頭:即狀元,科舉時代稱殿試第一名爲狀元。唐制,舉人赴京應禮部試者皆須投狀,因稱居首者爲狀頭,故有狀元之稱。王定保《唐摭言·謝恩》:"狀元已下,到主司宅門下馬,綴行而立,斂名紙通呈。"《稱謂録·狀元》引洪皓《松漠紀聞續》:"金人科舉至秋盡,集諸路舉人於燕,名曰會試。凡六人取一榜,首曰敕頭,亦曰狀元。"元稹之所以能夠在如此關鍵的考試中寫出如此精彩的對策,在科舉競争場中奪得頭籌,是與他考試前的認真準備分不開的。白居易《策林序》:"元和初,予罷校書郎,與元微之將應制舉,退居於上都華陽觀,閉户累月,揣摩當代之事,構成策目七十五門。及微之首登科,予次焉! 凡有應對者,百不用其一二,其餘自以精力所致,不能棄捐,次而集之,分爲四卷,命曰《策林》云耳!"而白居易與元稹在《策林》中所表述的基本觀點,在元稹此後的詩文中都曾一再重申復述過。例如:《策林·不勞而理(在順人心立教)》和《才識兼茂明於體用策》都主張君王要以"百姓之心爲心";《策林·納諫(上封章,廣視聽)》與《才識兼茂明於體用策》都指出天子也衹是一個不能自聰、自明、自聖的平常人;《策林·致和平復雍熙(在念今而思古也)》和《連昌宮詞》均稱許"姚宋之嘉謀";《策林·號令(令一則行,推誠則化)》與《論追制表》都反對"朝令夕改";《策林·辨水旱之灾,明存救之術》與《旱灾自咎》詩不僅思想相同,而且連詞句、語氣都相類;《策林·議鹽法之弊(論鹽商之幸)》和《估客樂》一脈相承,都抨擊商人重利盤剥百姓、騙民營取私利、逃税蠹害國家;《策林·請行賞罰以勸舉賢》與《議舉縣令狀》都竭力主張"舉賢應賞"、"謬舉連坐";《策林·使百職修皇綱振(在乎革慎默之俗)》都猛烈抨擊官吏的"慎默之道",此與《叙詩寄樂天書》某些章節的文字基本相同;再如《策林·議兵(用舍、逆順、興亡)》、《策林·銷兵數(省軍費,在斷招募,除虚名)》、《策林·復府兵置屯田(分兵權,存戒備,助軍食)》與元稹歷來的"銷兵"主張完全一致;《策林·議文章(碑碣詞賦)》、《策林·采詩(以補察時政)》的文學主張與元稹在《樂府古題》、《新樂府·驃國樂》中所表述的主張基本相同……對此,白居易《代書詩一百韵寄微之》詩注也承認:"時與微之結集策略之目,其數至百十。"宋人洪邁《容齋隨筆·元白制科》認爲:"元白習制科,其書後分爲四卷,命曰《策林》。"宋代俞文豹《吹劍録外集》也作如是觀:"樂天同元稹編制科《策林》七十五門。"據此,白居易的七十五篇策林,雖然歸在白居易名下,實際上是合作性質,是元稹白居易兩人的共同思考和共同勞動的成果。《策林》的著作權應該歸屬於兩人。

　　② 問:即問策,策問。漢以來試士,以政事、經義等設問寫在簡策上使之條對,後稱試士的考題爲策問。晁良貞《應文可經邦科對策》:"問:三雄鼎立,四海瓜分,魏氏獨跨於中原,孫劉割據於南土……詳諸史傳,所行事迹,咸請縷陳。"王昂《對沈謀秘略科策第一道》:"問:西自臨洮,東洎滄海,延袤萬里,控扼三邊……今欲悉罷軍城,委之牧宰。敬達嘉話,將獻吾君。"　授命:接受天命,授,通"受"。白居易《高芳穎等四人各贈刺史制》:"况捐軀之魂,死節之骨,見危授命,朕甚憫之。"元稹《加裴度鎮州四面招討使制》:"當元翼授命之初,乘田布雪冤之忿,舉毛拾芥,其易可知。兼用恩威,尚存招致。"　君人:爲人之君,統治百姓。《左傳·隱公三年》:"君人者,將禍是務去,而速之,無乃不可乎?"楊若虛《應知合孫吳運籌決勝科對策》:"穰苴進於晏子,韓信用自蕭何,是以君人勞於求才,逸於任使,舍人求勝,

臣以爲難。” **兢兢業業**:謹慎戒懼貌。《書·皋陶謨》:“兢兢業業,一日二日萬幾。”孔傳:“兢兢,戒慎;業業,危懼。”《漢書·元帝紀》:“今朕獲保宗廟,兢兢業業,匪敢解怠。”顏師古注:“兢兢,慎也;業業,危也。” **承天**:承奉天道。《易·坤》:“至哉坤元,萬物資生,乃順承天。”《後漢書·郎顗傳》:“夫求賢者上以承天,下以爲人。” **順地**:遵循地理之所宜。《漢書·宣帝紀》:“協寧百姓,承天順地。調序四時,獲蒙嘉瑞。”《漢書·晁錯傳》:“臣聞五帝神聖……動静上配天,下順地,中得人。” **賢能**:有德行有才能的人。《荀子·成相》:“主之孽,讒人達,賢能遁逃國乃蹶。”《三國志·常林傳》:“鄙郡表裏山河,土廣民殷,又多賢能,惟所擇用。” **理**:治理,整理。《易·繫辭》:“理財正辭,禁民爲非曰義。”《淮南子·原道訓》:“夫能理三苗、朝羽民……其惟心行者乎!”高誘注:“理,治也。” **讜直**:正直,亦指正直的人。陸贄《奉天請數對群臣兼許令論事狀》:“有犯顏讜直者,獎而親之;有利口讒佞者,疎而斥之。”王安石《興賢》:“不有忌諱,則讜直之路開矣!不邇小人,則讒諛者自遠矣!”

③ **昌言**:善言,正當的言論。《書·皋陶謨》:“禹拜昌言曰:‘俞!’”孔穎達疏:“禹乃拜受其當理之言。”《舊唐書·葉法善傳》:“公以理國之法,數奏昌言。” **嘉猷**:治國的好規劃。《書·君陳》:“爾有嘉謀嘉猷,則入告爾後於内,爾乃順之於外。”孔傳:“汝有善謀善道則入告汝君於内。”蔡沈集傳:“言切於事謂之謀,言合於道謂之猷。”《文選·王融〈永明九年策秀才文〉》:“寤寐嘉猷,延佇忠實。”李周翰注:“嘉,善;猷,道也。” **極諫**:盡力規勸,古多用於臣下對君主。《韓非子·外儲説》:“桓公問置吏於管仲,管仲曰:‘……犯顏極諫,臣不如東郭牙,請立以爲諫臣。’”陳子昂《諫靈駕入京書》:“明王不惡切直之言以納忠,烈士不憚死亡之誅以極諫。” **文學**:指儒家學説。《韓非子·六反》:“學道立方,離法之民也,而世尊之曰文學之士。”《史記·李斯列傳》:“臣請諸有文學《詩》《書》百家語者,蠲除去之。” **匡時濟**

俗:匡正時世,挽救時局。葛洪《抱朴子·嘉遁》:"進有攸往之利,退無濡尾之累,明哲以保身,宣化以濟俗。"吳兢《貞觀政要·尊敬師傅》:"多才多藝,道著於匡時;允文允武,功成於纂祀。"　有名無實:謂空有名義、名聲而沒有實際。語本《國語·晉語》:"叔向見韓宣子,宣子憂貧,叔向賀之,宣子曰:'吾有卿之名,而無其實,無以從二三子,吾是以憂,子賀我何故?'"《文選·陸機〈五等諸侯論〉》:"逮及中葉,忌其失節,割削宗子,有名無實,天下曠然,復襲亡秦之軌矣!"呂向注:"有名無實,謂有王侯之名,實無其國矣!"

④ 科條:專案,科目。王充《論衡·正說》:"其立篇也,種類相從,科條相附。"劉知幾《史通·題目》:"夫戰爭方殷,雄雌未決,則有不奉正朔,自相君長,必國史爲傳,宜別立科條。"　茂異:才德出衆,亦指才德出衆的人。《漢書·公孫弘卜式兒寬傳贊》:"孝宣承統,纂修洪業。亦講論六藝,招選茂異。"韓愈《省試學生代齋郎議》:"自非天姿茂異……則不可得而齒乎國學矣!"　至言:最高超的言論,極其高明的言論。《莊子·天地》:"是故高言不止於衆人之心,至言不出,俗言勝也。"蘇軾《策總叙》:"臣聞有意而言,意盡而言止者,天下之至言也。"　虛文:空洞的文字,空話。《漢書·谷永傳》:"書陳於前,陛下委棄不納,而更使方正對策,背可懼之大異,問不急之常論,廢承天之至言,角無用之虛文。"賈島《送僧》:"出家從丱歲,解論造玄門。不惜揮談柄,誰能聽至言?"　指切:指摘,指責。《東觀漢記·崔駰傳》:"駰爲主簿,前後奏記數十,指切長短,憲不能容。"李郃《請旌劉賁直言疏》:"謂賁指切左右,畏近臣銜怒,變興非常,朝野惴息,誠恐忠良道窮,綱紀遂絕,季漢之亂復興於今。"

⑤ 鬱悼:鬱抑憂傷。《漢書·元帝紀》:"夙夜兢兢,不通大變,深惟鬱悼,未知其序。"《唐大詔令集·復尚書省故事制》:"雖詔書屢下,以申賑恤。而朝典未舉,猶深欝悼。"　思索:思考探求。《荀子·勸學》:"故誦數以貫之,思索以通之。"楊倞注:"思求其意也。"王充《論

衡·異虛》:"高宗恐駭,側身而行道,思索先王之政。" 懇惻:誠懇痛切。蔡邕《上封事陳政要七事》:"又元和故事,復申先典,前後制書,推心懇惻。"曹操《手書答朱靈》:"來書懇惻,多引咎過,未必如所云也。" 體用:本體和作用,語本《參同契》卷下:"春夏據內體……秋冬當外用。"周必大《二老堂雜誌·告詞用上語》:"制云:朕自東朝之歸,方知南面之樂,宜時懿戚,同此體用。" 子大夫:古代國君對大夫、士或臣下的美稱。《國語·越語》:"大夫種進對曰:'……今君王既栖於會稽之上,然後乃求謀,無乃後乎?'句踐曰:'苟得聞子大夫之言,何後之有?'"劉徹《賢良詔》:"朕之不敏,不能遠德,此子大夫之所覩聞也。"

⑥ 國家:古代諸侯的封地稱國,大夫的封地稱家,也以國家爲國的通稱。《易·繫辭》:"君子安而不忘危,存而不忘亡,治而不忘亂,是以身安而國家可保也。"《孟子·離婁》:"人有恆言,皆曰天下國家,天下之本在國,國之本在家,家之本在身。"趙岐注:"國謂諸侯之國,家謂卿大夫也。" 光宅:廣有。《書·堯典序》:"昔在帝堯,聰明文思,光宅天下。"曾運乾正讀:"光,猶廣也。宅,宅而有之也。"《南齊書·高帝紀》:"猥以寡德,光宅四海。" 四海:猶言天下,全國各處。李嶠《扈從還洛呈侍從群官》:"四海帝王家,兩都周漢室。觀風昔來幸,御氣今旋蹕。"張說《唐封泰山樂章·凱安》:"烈祖順三靈,文宗威四海。黃鉞誅群盜,朱旗掃多罪。" 年將二百:李唐自武德元年,亦即公元六一八年建國,至此元和元年,亦即公元八〇六年,確實已經快二百年了。 十聖:這裏指李唐唐高祖至唐順宗的十位皇帝,他們依次是:唐高祖李淵、唐太宗李世民、唐高宗李治、唐中宗李顯、唐睿宗李旦、唐玄宗李隆基、唐肅宗李亨、唐代宗李豫、唐德宗李適、唐順宗李誦,唐憲宗剛剛登位未滿一年,還沒有來得及上尊號,且本文撰寫在憲宗朝,故不應計算在內,武則天雖然稱帝二十年,但按照當時的正統觀念,也不會計算在內。 弘化:弘揚德化。《書·周官》:"貳

公弘化,寅亮天地,弼予一人。"王儉《褚淵碑文》:"爰降詔書,敦還攝任。固請移歲,表奏相望。事不我與,屈己弘化。"　萬邦:所有諸侯封國,後引申爲天下,全國。《詩·大雅·文王》:"儀刑文王,萬邦作孚。"鄭玄箋:"儀法文王之事,則天下咸信而順之。"白居易《賀雨》:"遂下罪己詔,殷勤告萬邦。"　懷仁:歸服於仁德。《禮記·禮器》:"君子有禮,則外諧而内無怨,故物無不懷仁。"元稹《爲嚴司空謝招討使表》:"陛下威加四海,德被萬方……百蠻述職,九有懷仁。"　三王:指夏、商、周三代之君,有多種説法:一、夏禹、商湯、周武王。《穀梁傳·隱公八年》:"盟詛不及三王。"范寧注:"三王,謂夏、殷、周也。夏后有鈞臺之享,商湯有景亳之命,周武有盟津之會。"二、夏禹、商湯、周文王。《孟子·告子》:"五霸者,三王之罪人也。"趙岐注:"三王,夏禹、商湯、周文王是也。"三、商湯、周文王、周武王。《尸子》卷下:"湯復於湯丘,文王幽於羑里,武王羈於王門,越王栖於會稽,秦穆公敗於崤塞,齊桓公遇賊,晉文公出走,故三王資於辱,而五霸得於困也。"六代:也有多種説法:一、指黄帝、唐、虞、夏、殷、周。《晉書·樂志》:"周始二《南》,《風》兼六代。昔黄帝作《雲門》,堯作《咸池》,舜作《大韶》,禹作《大夏》,殷作《大濩》,周作《大武》,所謂因前王之禮,設俯仰之容,和順積中,《英華》發外。"任昉《天監三年策秀才文》一:"因六代之樂,宮判始辨。"二、指唐、虞、夏、殷、周、漢。《資治通鑑·魏明帝景初元年》:"然歷六代而考績之法不著,闕七聖而課試之文不垂。"胡三省注:"六代,唐、虞、夏、商、周、漢。"三、指夏、殷、周、秦、漢、魏。曹冏有《六代論》,論夏、殷、周、秦、漢、魏興衰之由。《南齊書·高祖十二王傳論》:"若夫六代之興亡,曹冏論之當矣!"

⑦ 周漢:周代與漢代的並稱,它們的前期歷來被認爲是封建時代值得讚揚的朝代。陸機《漢高祖功臣頌》:"指明周漢,銓時論道。"李嶠《扈從還洛呈侍從群官》:"四海帝王家,兩都周漢室。"　禍階:謂禍之所從來,階,階梯,喻憑藉或途徑。《三國志·文德郭皇后傳》:

“桀奔南巢，禍階末喜。”《周書·皇后傳論》：“是以周納狄後，富辰謂之禍階。” 中原：地區名，廣義指整個黃河流域，狹義指今河南一帶。諸葛亮《出師表》：“當獎帥三軍，北定中原。”《文選·謝靈運〈述祖德〉》：“中原昔喪亂，喪亂豈解已。”李善注：“中原，謂洛陽也。” 生人：猶人民，民衆。《墨子·兼愛》：“是以老而無子者有所得終其壽，連獨無兄弟者有所雜於生人之間。”白居易《初加朝散大夫又轉上柱國》：“柱國勛成私自問，有何功德及生人？” 困竭：困難到極點。白居易《才識兼茂明於體用科策一道》：“革心則天下將萌之寇不遏而自銷，歸命則天下已聚之兵不散而自息。然後重斂可日減，疲甿可日安，富庶可日滋，困竭可日補。”夏竦《謝授三司使表》：“又念全齊舊壤，連歲薦饑，賊盜縱橫，公私困竭。”

⑧ 農戰：商鞅等先秦諸子的經濟、軍事思想和政策，重視農業和戰爭，主張兩者結合。《商君書·農戰》：“國待農戰而安，主待農戰而尊。”《漢書·東方朔傳》：“朔上書陳農戰强國之計，因自訟獨不得大官，欲求試用。”指屯田。何承天《安邊論》：“因民所居，並修農戰。無動衆之勞，有扞衛之實。” 疲甿：亦作“疲甿”，疲困之民。韋應物《遊瑯琊山寺》“物累誠可遣，疲甿終未忘。”顧非熊《送信州盧員外兼寄薛員外》：“疲甿復何幸？前政已殘聲。” 耕植：耕田種植。《史記·律書》：“牛者，耕植種萬物也。”陶潛《歸去來兮辭序》：“余家貧，耕植不足以自給。” 榷酤：亦作“榷沽”，漢以後歷代政府所實行的酒專賣制度，也泛指一切管制酒業取得酒利的措施。天漢三年（前98），始榷酒酤，壟斷酒的産銷。後歷代沿之，或由政府設店專賣，或對酤戶及酤肆加徵酒稅，或將榷酒錢勻配，按畝徵收等等，用以增加政府財政收入。《漢書·武帝紀》：“〔天漢〕三年春二月……初榷酒酤。”顏師古注引韋昭曰：“謂禁民酤釀，獨官開置，如道路設木爲榷，獨取利也。”周煇《清波雜誌》卷六：“榷酤創始於漢，至今賴以佐國用。” 重斂：猶苛稅。《管子·法禁》：“以重斂爲忠，以遂忿爲勇者，聖王之禁也。”《後

漢書·賈琮傳》：“時黃巾新破，兵凶之後，郡縣重斂，因緣生奸。”

⑨ 方：方法，方略。《左傳·昭公三十年》：“彼出則歸，彼歸則出，楚必道敝。亟肄以罷之，多方以誤之……必大克之。”《三國志·陸遜傳》：“〔孫桓〕爲備所圍，求救於遜，遜曰：‘未可。’……及方略大施，備果奔潰。桓後見遜曰：‘前實怨不見救，定至今日，乃知調度自有方耳！’” 道：方法，途徑。《商君書·更法》：“治世不一道，便國不必法古。”王得臣《麈史·治家》：“潞州有一農夫，五世同居，太宗討并州，過其舍，召其長，訊之曰：‘若何道而至此？’其長對曰：‘臣無他，惟忍耳！’太宗以爲然。” 失：錯誤，失誤。《商君書·靳令》：“邪臣有得志，有功者日退，此謂失。”《漢書·路溫舒傳》：“臣聞秦有十失。”懲：鑒戒。《韓非子·難》：“不誅過，則民不懲而易爲非，此亂之本也。”王安石《上仁宗皇帝言事書》：“臣願陛下鑒漢唐五代之所以亂亡，懲晉武苟且因循之禍，明詔大臣，思所以陶成天下之才。” 虞：憂慮，憂患。《國語·晉語》：“衛文公有邢狄之虞，不能禮焉！”韓愈《與鳳翔邢尚書書》：“戎狄棄甲而遠遁，朝廷高枕而無虞。” 戒：防備，警戒，鑒戒。《詩大序》：“言之者無罪，聞之者足以戒。”《新唐書·康承訓傳》：“可師恃勝不戒，弘立以兵襲之，可師不克陣而潰。”

⑩ 主父：漢齊王相主父偃的省稱。《漢書·公孫弘等傳贊》：“上方欲用文武，求之如弗及，始以蒲輪迎枚生，見主父而嘆息。”左思《詠史八首》七：“主父宦不達，骨肉還相薄。”主父偃建議漢武帝削弱諸侯割據勢力，一舉而兩得，見《前漢書·主父偃傳》：“主父偃，齊國臨菑人也，學長短縱橫術……願陛下令諸侯得推恩分子弟，以地侯之。彼人人喜得所願，上以德施實分其國，必稍自銷弱矣！” 晁錯：西漢著名的政治家，力主削藩，漢景帝採納其建議，後來“吳楚七國俱反，以誅錯爲名”，晁錯最後被殺。白居易《贈友五首》一：“周漢德下衰，王風始不競。又從斬晁錯，諸侯益强盛。”吳筠《覽古十四首》九：“晁錯抱遠策，爲君納良規。削彼諸侯權，永用得所宜。” 推恩：帝王對臣

屬推廣封贈,以示恩典。白居易《與王承宗詔》:"在法雖有推恩,相時亦恐非便。"曾慥《高齋漫録》:"外家有合推恩,乞疏示姓名,即降處分。"　夷吾致霸於齊桓而行寓令:《春秋戰國異辭·齊桓公》:"桓公曰:'民居定矣! 事已成矣! 吾欲從事於天下諸侯,其可乎?'……管子對曰:'作內政而寓軍令焉! 爲高子之里,爲國子之里,爲公里。三分齊國以爲三軍,擇其賢民使爲里君,鄉有行伍卒長,則其制令且以田獵,因以賞罰,則百姓通於軍事矣!'桓公曰:'善!'"　夷吾:春秋時期著名的政治家管仲,名夷吾。李白《陳情贈友人》:"鮑生薦夷吾,一舉置齊相。斯人無良朋,豈有青雲望?"高適《真定即事奉贈韋使君二十八韻》:"方伯恩彌重,蒼生詠已蘇。郡稱廉叔度,朝議管夷吾。"齊桓:即春秋時期齊國的國君,史稱齊桓公。李善夷《責漢水辭序》:"春秋僖公四年,齊桓公合諸侯之師,盟於召陵,責楚之苞茅不入。"周曇《春秋戰國門·齊桓公》:"三往何勞萬乘君? 五來方見一微臣。微臣傲爵能輕主,霸主如何敢傲人!"　寓令:謂寄軍令於內政,祇在暗中加強軍事力量。白居易《才識兼茂明於體用科策一道》:"若齊行寓令之法,以霸諸侯;漢用推恩之謀,以懲七國。施之今日,臣恐非宜。"義同"寄政",謂把軍令寄寓在庶政之中。《國語·齊語》:"君若欲速得志於天下諸侯,則事可以隱令,可以寄政……作內政而寄軍令焉!"韋昭注:"寄,託也。匿軍令,託於國政,若有征伐,鄰國不知。"　古人:古時的人。《書·益稷》:"予欲觀古人之象。"韓愈《復志賦》:"考古人之所佩兮,閱時俗之所服。"　來哲:後世智慧卓越的人。《文選·班固〈幽通賦〉》:"若胤彭而偕老兮,訴來哲而通情。"呂延濟注:"若得續彭祖之年,俱老聃之壽,當告之來哲與之通情。"蘇頲《夜發三泉即事》:"京坻有歲饒,亭障無邊孽。歸奏丹墀左,騫能俟來哲。"　洽聞:多聞博識。《史記·儒林列傳》:"其令禮官勸學,講議洽聞興禮,以爲天下先。"楊炯《從甥梁錡墓誌銘》:"鄭玄殫見,覽萬卷之八千;班固洽聞,涉五經之四部。"

⑪ 執契：謂把握契機。李世民《執契静三邊》：“執契静三邊，持衡臨萬姓。”《舊唐書・劉蕡傳》：“可以執契而居簡，無爲而不宰。”垂衣：謂定衣服之制，示天下以禮，後用以稱頌帝王無爲而治，常常作“垂衣裳”。《易・繫辭》：“黄帝堯舜垂衣裳而天下治，蓋取諸乾坤。”韓康伯注：“垂衣裳以辨貴賤，乾尊坤卑之義也。”王充《論衡・自然》：“垂衣裳者，垂拱無爲也。”亦省作“垂衣”、“垂裳”。徐陵《勸進元帝表》：“無爲稱於華鳥，至治表於垂衣。”高適《古歌行》：“天子垂衣方晏如，廟堂拱手無餘議。”　私：與“公”相對，私情，私心，屬於個人的。《書・周官》：“以公滅私，民其允懷。”孔傳：“從政以公平滅私情，則民其信歸之。”《韓非子・大體》：“不以智累心，不以私累己。”　效：貢獻，進獻。《禮記・曲禮》：“效馬效羊者右牽之，效犬者左牽之。”《史記・樗里子甘茂列傳》：“因效金三百斤，曰：‘秦兵苟退，請必言子於衛君，使子爲南面。’”盡心盡力地服務。《韓非子・三守》：“群臣持禄養交，行私道而不效公忠，此謂明劫。”韓愈《答柳柳州食蝦蟆》：“雖蒙勾踐禮，竟不聞報效。”

⑫ “漢元優遊於儒學”兩句：《前漢書・元帝紀》：漢元帝劉奭“八歲立爲太子，壯大柔仁好儒，見宣帝所用多文法吏，以刑名繩下”，感慨頗深。及其即位，任用儒生，帝業竟然衰敗。《前漢書・元帝紀》又云：“贊曰：臣外祖兄弟爲元帝侍中，語臣曰：元帝多材藝，善史書，鼓琴瑟，吹洞簫，自度曲，被歌聲，分刌節度，窮極幼眇。少而好儒，及即位，徵用儒生，委之以政，貢薛韋匡迭爲宰相。而上牽制文義，優遊不斷，孝宣之業衰焉！然寬弘盡下，出於恭儉，號令温雅，有古之風烈。”優遊：謂悠閑地居其中。《後漢書・班固傳》：“則將軍養志和神，優遊廟堂，光名宣於當世，遺烈著於無窮。”楊素《贈薛播州十四首》七：“栖遲茂陵下，優游滄海曲。”　儒學：儒家學説，儒家經學。《史記・老子韓非列傳》：“世之學老子者絀儒學，儒學亦絀老子。”韓愈《唐故河南令張君墓誌銘》：“皇考諱郇，以儒學進，官至侍御史。”　盛業：盛大的

功業。劉孝標《辯命論》："而商臣之惡，盛業光於後嗣。"杜甫《上韋左相二十韻》："盛業今如此，傳經固絕倫。" "光武責課於公卿"兩句：漢光武劉秀是東漢的開國之君，躬好吏事。《後漢書·賈復傳》："復爲人剛毅，方直多大節，既還私第，闔門養威重。朱祐等薦復宜爲宰相，帝方以吏事責三公，故功臣並不用。是時列侯，唯高密、固始、膠東三侯，與公卿參議國家大事，恩遇甚厚。"《後漢書·朱浮傳》："而光武明帝躬好吏事，亦以課覈三公，其人或失而其禮稍薄，至有誅斥詰辱之累，任職責過，一至於此！追感賈生之論，不亦篤乎！朱浮議諷苛察，欲速之弊然矣！焉得長者之言哉！" 責課：責成考核。李炎《加尊號後郊天赦文》："除盜懲奸，在去其枝葉，校功責課，必削其根本。"曾鞏《代皇子免延安郡王第二表》："伏遇皇帝陛下新一代之彝章，革千年之流弊。方循名而責課，以官方而任人。" 公卿：三公九卿的簡稱。《論語·子罕》："出則事公卿，入則事父兄。"《後漢書·陳寵傳》："及竇憲爲大將軍征匈奴，公卿以下及郡國無不遣吏子弟奉獻遺者。"泛指高官。荀悅《漢紀·昭帝紀》："始元元年春二月，黃鵠下建章宮太液池中，公卿上壽。"元稹《祭禮部庾侍郎太夫人文》："公卿委累，賢彥駢繁。" 峻政：苛政。《後漢書·循吏傳序》："故朱浮數上諫書，箴切峻政。"白居易《才識兼茂明於體用科策一道》："光武責課於公卿而峻政非美者，非考課之累之也，責之不得其要也。"

⑬浩然：廣大壯闊貌。《淮南子·要略》："誠通其志，浩然可以大觀矣！"李白《日出入行》："囊括大塊，浩然與溟涬同科。" 疑惑：迷惑，不理解。《後漢書·張衡傳》："親履艱難者知下情，備經險易者達物僞。故能一貫萬機，靡所疑惑，百揆允當，庶績咸熙。"劉知幾《史通·論贊》："夫論者所以辯疑惑，釋凝滯。" 熟究：仔細研究。鄭獬《論臣寮極言得失疏》："講貫其可者，則熟究而行之；不可，則罷之；有疑焉！則廣詢而後決之。群言得而眾事舉，此應天之實也。"梅堯臣《鬼火後》："言未畢，余遽辨曰：'爾不熟究吾旨耶？吾豈忽而不知？'"

屬：撰寫，纂輯。葛洪《抱朴子·行品》：“口不能吐片奇，筆不能屬半句。”林逋《錢塘仙尉謝詠物樓成寄題一韵》：“若向湖濱屬佳句，莫忘秋水落芙蕖。”　“興自朕躬”兩句：意謂本題由我親自提出，你們不必瞻前顧後，就大膽發表意見吧！　朕躬：我，我身，多用於天子自稱。《書·湯誥》：“爾有善，朕弗敢蔽；罪當朕躬，弗敢自赦。”潘勖《册魏公九錫文》：“曰惟祖惟父，股肱先正，其孰恤朕躬。”　後害：猶後患。《漢書·董仲舒傳》：“乃其不正不直，不忠不極，枉於執事，書之不泄，興於朕躬，毋悼後害。”《後漢書·來歷傳》：“京、豐懼有後害，妄造虚無，構讒太子及東宫官屬。”

⑭ 對：奏對，對策，文體的一種。《漢書·公孫弘傳》：“策奏，天子擢弘對爲第一。”《文心雕龍·議對》：“觀晁錯之對，證驗古今，辭裁以辨，事通而贍，超升高第，信有徵矣！”　近古：指距今不遠的古代，與遠古相對而言。《韓非子·五蠹》：“近古之世，桀紂暴亂，而湯武征伐。”元稹《和樂天贈樊著作》：“如何至近古，史氏爲閑官？”　微臣：卑賤之臣，常用作謙詞。《後漢書·崔琦傳》：“微臣司戚，敢告在斯。”《宋書·彭城王義康傳》：“臣草莽微臣，竊不自揆，敢抱葵藿傾陽之心，仰慕《周易》匪躬之志。”

⑮ 賦納：謂普遍採納，賦，通“敷”。《左傳·僖公二十七年》：“《夏書》曰：‘賦納以言，明試以功，車服以庸。’”楊伯峻注：“賦爲‘敷’之借字，遍也。”沈諒《對賢良方正策》：“則考績以庸，取人必才，賦納獻可，聲度言狀，庶存兹矣！”　虚美：即“虚言”，空話，假話。《史記·遊俠列傳》：“由此觀之，‘竊鉤者誅，竊國者侯，侯之門仁義存’，非虚言也。”李咸用《猛虎行》：“猛虎不怯敵，烈士無虚言。”　是以益贊禹而班師：意謂益作爲大禹的大臣，在苗民逆命之時，極力説服大禹放棄武力，採用“修德致遠”的辦法，最終叛亂得以平息。《書·大禹謨》：“三旬，苗民逆命，益贊于禹曰：‘惟德動天，無遠弗届。’”孔傳：“益以此義佐禹，欲其修德致遠，滿招損，謙受益，時乃天道。”　贊：輔

佐，説明。《書·大禹謨》：“益贊于禹曰：‘惟德動天，無遠弗屆。’”孔傳：“贊，佐。”潘岳《夏侯常侍誄》：“内贊兩宫，外宰黎烝。” 班師：調回軍隊。《書·大禹謨》：“禹拜昌言曰：‘俞！班師振旅。’”蔡沈《集傳》：“班，還。”《晉書·宣帝紀》：“軍次丹口，遇雨，班師。” 説復王而作命：意謂傅説爲了商朝大業，進諫商王。《尚書·説命》：“説復于王曰：‘惟木從繩則正，后從諫則聖。（孔傳：‘言木以繩直君，以諫明后。’）克聖，臣不命其承。’（孔傳：‘君能受諫，則臣不待命其承意而諫之。’）疇敢不祇，若王之休命（孔傳：‘言王如此，誰敢不敬順王之美命而諫者乎？’）。” 大略：大概，大要。《孟子·滕文公》：“此其大略也，若夫潤澤之，則在君與子矣！”趙岐注：“略，要也。”蘇軾《上張安道養生訣論》：“其妙處非言語文字所能形容，然可道其大略。”

⑯ 漢文帝：即劉恒，公元前一七九年至公元前一五七年在位，計二十二年，年號分别是“前元”、“後元”。《蕭氏續後漢書》：“漢文帝寬仁玄默，有賢聖之風。”李白《巴陵贈賈舍人》：“賈生西望憶京華，湘浦南遷莫怨嗟！聖主恩深漢文帝，憐君不遣到長沙。” 以策求士：通過策問發現人才，提拔人才。李華《臨溮縣令廳壁記》：“承顔勤恤老幼而休息之，損有餘補不足而煦育之，人諭其心，則不勞而理矣！古之求士者觀諸其家，知乃爲政。”梁蕭《送張三十昆季西上序》：“今年，上求士於四方，揚州牧扶風公嘗得叔爲門閭之賓，因以充選。” 郡國：郡和國的並稱，漢初，兼采封建及郡縣之制，分天下爲郡與國，郡直屬中央，國分封諸王、侯，封王之國稱王國，封侯之國稱侯國。南北朝仍沿郡、國並置之制，至隋始廢國存郡，後亦以“郡國”泛指地方行政區劃。《史記·酷吏列傳》：“上乃拜成爲關都尉，歲餘，關東吏隸郡國出入關者，號曰‘寧見乳虎，無值寧成之怒。’”元稹《夏陽縣令陸翰妻河南元氏墓誌銘》：“當乾元、廣德之間，郡國多事。” 塞：堵塞，填塞。《詩·豳風·七月》：“穹窒熏鼠，塞向墐户。”《新唐書·朱敬則傳》：“塞羅織之妄源，掃朋黨之險迹。”

⑰　武帝：即漢武帝劉徹，公元前一四〇年至公元前八七年在位，前後計五十四年，是西漢歷史上作出重要貢獻的皇帝之一。劉希夷《公子行》：“傾國傾城漢武帝，爲雲爲雨楚襄王。古來容光人所羨，況復今日遥相見。”崔國輔《七夕》：“閣下陳書籍，閨中曝綺羅。遥思漢武帝，青鳥幾時過？”　董仲舒：西漢大儒，在我國哲學史上佔有重要的地位。《漢書·董仲舒傳》：“董仲舒，廣川人也。少治《春秋》，孝景時爲博士，下帷講誦，弟子傳以久次相授業，或莫見其面。蓋三年不窺園，其精如此。進退容止，非禮不行，學士皆師尊之。武帝即位，舉賢良文學之士前後百數，而仲舒以賢良對策焉！”羅隱《董仲舒》：“灾變儒生不合聞，謾將刀筆指乾坤。偶然留得陰陽術，閉却南門又北門。”　條對：謂逐條對答天子的垂詢。《漢書·梅福傳》：“後去官歸壽春，數因縣道上言變事，求假軺傳，詣行在所條對急政，輒報罷。”顏師古注：“條對者，一一條録而對之。”蘇軾《張文定公墓誌銘》：“公既草制書，又條對所問數千言，夜半與制書皆上。”也指條對的文章及其內容。劉禹錫《唐故中書侍郎平章事韋公集紀》：“漢庭以賢良文學徵有道之士，公孫弘條對第一。”

⑱　夫：助詞，用於句首，表發端。《左傳·隱公四年》：“夫兵，猶火；弗戢，將自焚也。”班固《東都賦》：“夫大漢之開元也，奮布衣以登皇位。”　時：時代，時世。《墨子·兼愛》：“吾非與之並世同時，親聞其聲，見其色也。”白居易《與元九書》：“始知文章合爲時而著，歌詩合爲事而作。”　何爲：幹什麼，做什麼，用於詢問。《後漢書·齊武王縯傳》：“〔劉稷〕聞更始立，怒曰：‘本起兵圖大事者，伯升兄弟也，今更始何爲者邪？’”韓愈《汴泗交流贈張僕射》：“新秋朝涼未見日，公早結束來何爲？”　徒設：虛設。王儉《答王浚問》：“禮有倫序，義無徒設。”蕭衍《求讜言詔》：“肺石空陳，懸鐘徒設。”　言：借指書，著作，文章。賈誼《過秦論》：“於是廢先王之道，燔百家之言，以愚黔首。”《北史·王誼傳》：“〔誼〕少有大志，便弓馬，博覽群言。”也指古代臣對君的呈文。

《三國志·先主傳》：“先主上言漢帝曰：‘臣以具臣之才，荷上將之任，董督三軍，奉辭於外。’”干寶《搜神記》卷五：“王莽居攝，劉京上言。”

⑲ 降：表示從過去某時直到現在的一段時期。韓愈《董公行狀》：“在宰相位凡五年，所奏於上前者，皆二帝三王之道，由秦漢以降，未嘗言。”周輝《清波別志》卷下：“漢魏以降，有大駕、法駕、小駕之儀。” 惡：疑問代詞，相當於“何”、“安”、“怎麼”。張九齡《大唐金紫光禄大夫忠憲公裴公碑銘》：“物惡有滿而不溢、高而不危者哉？”趙與時《賓退錄》卷二：“唐虞事業誰能繼？湯武功夫世莫傳。時既不同人又易，仲尼惡得不潸然！”

⑳ 列聖：指歷代帝王，諸皇帝。《文選·左思〈魏都賦〉》：“且魏地者……列聖之遺塵。”李善注：“魏地，畢昴之分野，虞舜及禹所都之地。”元積《顏峴右贊善大夫》：“列聖念功，訪求太師之後。” 君臨：為君而主宰。曹植《責躬》：“受禪於漢，君臨萬邦。”《舊唐書·高祖紀》：“朕受命君臨，志存刷蕩。” 光揚：發揚光大，榮寵襃揚。班固《典引》：“光揚大漢，軼聲前代。”元積《謝恩賜告身衣服並借馬狀》：“皆非朽陋之才，宜受光揚之賜。” 寵綏：指帝王對各地或臣屬進行撫綏。《書·泰誓》：“天佑下民，作之君，作之師，惟其克相上帝，寵綏四方。”《舊五代史·唐莊宗紀》：“朕夙荷丕基，乍平偽室，非不欲寵綏四海，協和萬邦。”

㉑ 抑：連詞，但是，然而，表示轉折。《左傳·襄公二十三年》：“多則多矣！抑君似鼠。”韓愈《送許郢州序》：“愈雖不敢私其大恩，抑不可不謂之知己。” 直言：直言敢諫。《後漢書·譙玄傳》：“平帝元始元年，日食，又詔公卿舉敦樸直言。”《後漢紀·靈帝紀》：“夏五月壬辰，晦，日有蝕之，詔公卿舉直言。”

㉒ 肇：始，開始。《後漢書·班固傳》：“且夫建武之元，天地革命，四海之內，更造夫婦，肇有父子，君臣初建，人倫寔始，斯乃虞羲氏之所以基皇德也。”蔡絛《鐵圍山叢談》卷一：“太祖皇帝應天順人，肇

有四海,受禪行八年矣!」　海內:國境之內,全國,古謂我國疆土四面臨海,故稱。《孟子‧梁惠王》:“海內之地,方千里者九。”焦循正義:“古者內有九洲,外有四海……此海內,即指四海之內。”《史記‧貨殖列傳》:“漢興,海內爲一。”　黎元:即黎民。董仲舒《春秋繁露‧五行變救》:“救之者,省宮室,去雕文,舉孝弟,恤黎元。”潘岳《關中詩》:“哀此黎元,無罪無辜。”　至言:直言,真實的話。《史記‧商君列傳》:“貌言,華也;至言,實也。”白居易《才識兼茂明於體用科策》:“捨斥己之至言,進無用之虛文。”　確論:精當確切的言論。《魏書‧李謐傳》:“而先儒不能考其當否,便各是所習,卒相非毀,豈達士之確論哉?”姚寬《西溪叢語》卷上:“觀古今諸家海潮之説者多矣……源殊派異,無所適從。索隱探微,宜伸確論。”　命説代言:這裏借用殷高宗信任傅説,命傅説代替自己“攝政”的故事。《尚書‧説命》:“高宗夢得説,使百工營求諸野,得諸傅巖,作《説命》三篇……爰立作相,王置諸其左右,命之曰:‘朝夕納誨,以輔台德。若金,用汝作礪。若濟巨川,用汝作舟楫。’”　盛意:猶盛情。《孔叢子‧對魏王》:“子高曰:‘然,此誠君之盛意也。’”元稹《獻事表》:“自是言事者惟懼乎言不直、諫不極,不能激文皇之盛意。”

㉓愚:自稱之謙詞。《史記‧孟嘗君列傳》:“愚不知所謂也。”諸葛亮《前出師表》:“愚以爲宮中之事,事無大小,悉以咨之,然後施行,必能裨補闕漏,有所廣益。”　典要:經常不變的準則、標準。《易‧繫辭》:“變動不居,周流六虛,上下無常,剛柔相易,不可爲典要。”韓康伯注:“不可立定準也。”孔穎達疏:“上下所易皆不同,是不可爲典常要會也。”崔沔《對重試一道》:“言有聲韵,蓋其浮飾;策之次序,固非典要。”　舉凡:列舉其大要。孫逖《應賢良方正科對策》:“況實繁有衆,急景不留,聊舉凡以見意,豈遽數而周物?”元稹《鎮圭賦》:“夫衆色不可以雜施,依方面之正者惟五;群山不可以咸寫,選域中之大者有四。盡舉凡而得一,故相傳而莫二。”　便人:有利於人。宋玉《風

賦》:"發明耳目,寧體便人,此所謂大王之雄風也。"李華《贈禮部尚書孝公崔沔集序》:"在魏州,屬雨水敗稼,乃弛禁便人,先行後聞,活者萬計。" 諧理:和諧合理。唐代無名氏《請删定法書奏》:"律令之有難解者,就文訓釋;格敕之有繁雜者,隨事删除。止要諧理省文,兼且直書易會。"吕陶《和孔毅甫州名五首》二:"自爲宜老佚,窮通有定數。舒卷猶古帙,深思已諧理。"

㉔ 伏:敬詞,古時臣對君奏言多用之,常常與"願"、"奉"、"知"連用。曹植《獻璧表》:"臣聞玉不隱瑕,臣不隱情,伏知所進非和氏之璞。"獨孤及《謝濠州刺史表》:"臣伏奉今年五月一日敕,授臣使持節濠州諸軍事、濠州刺史。" 有司:官吏,古代設官分職,各有專司,故稱。元結《春陵行》:"軍國多所需,切責在有司。有司臨郡縣,刑法競欲施。"韓愈《赴江陵途中寄贈王二十補闕李十一拾遺李二十六員外翰林三學士》:"上憐民無食,征賦半已休。有司恤經費,未免煩徵求。" 明天子:聖明的天子。陳子昂《答洛陽主人》:"主人亦何問?旅客非悠悠。方謁明天子,清宴奉良籌。"王彦輔《增注杜工部詩序》:"時洪宋八葉,明天子之在御,政和紀元之三襈下元日序。" 明:聖明,明智,明察。諸葛亮《前出師表》:"恐託付不效,以傷先帝之明。"吳兢《貞觀政要·論君道》:"君之所以明者,兼聽也。"

㉕ 適用:謂適合使用。《逸周書·大戒》:"謀和適用,覆以觀之,上明仁義,援貢有備。"《晉書·職官志序》:"及秦變周官,漢遵嬴舊,或隨時適用,或因務遷革,霸王之典,義在於斯。" 瞽:猶"瞽説",胡説,亦指不明事理的言論。《漢書·谷永傳》:"此欲以政事過差丞相父子,中尚書宦官,檻塞大異,皆瞽説欺天者也。"班彪《王命論》:"距逐鹿之瞽説,審神器之有授。" 聖:古之王天下者,亦爲對於帝王或太后的極稱。《吕氏春秋·求人》:"古之有天下者七十二聖。"《史記·秦始皇本紀》:"秦聖臨國,始定刑名,顯陳舊章。" 欺天:蒙蔽聖上,欺騙上天。陸贄《賜吐蕃將書》:"欺天罔神,莫大於此!凡曰通

好,貴於推誠。將垂百代之名,豈顧一時之利!"柳宗元《賀中書門下誅淄青逆賊李師道狀》:"逞豺聲以欺天,恣狼心而犯上。"　典刑:常刑。《書·舜典》:"象以典刑。"孔傳:"象,法也。法用常刑,用不越法。"曹操《選軍中典獄令》:"其選明達法理者,使持典刑。"　宥:寬恕,赦免。《書·舜典》:"流宥五刑。"孔傳:"宥,寬也,以流放之法寬五刑。"《左傳·成公三年》:"二國圖其社稷,而求紓其民,各懲其忿,以相宥也,兩釋纍囚,以成其好。"杜預注:"宥,赦也。"

㉖ 聖策:對皇帝謀略或策書的尊稱。《漢書·元后傳》:"孝成皇帝深惟宗廟之重,稱述陛下至德以承天序,聖策深遠,恩德至厚。"曹植《責躬》:"仰齒金璽,俯執聖策。皇恩過隆,祗承怵惕。"　禮樂:禮節和音樂,古代帝王常用興禮樂爲手段以求達到尊卑有序遠近和合的統治目的。《禮記·樂記》:"樂也者,情之不可變者也;禮也者,理之不可易者也。樂統同,禮辨異。禮樂之説,管乎人情矣!"孔穎達疏:"樂主和同,則遠近皆合;禮主恭敬,則貴賤有序。"《呂氏春秋·孟夏》:"乃命樂師習合禮樂。"高誘注:"禮所以經國家,定社稷,利人民;樂所以移風易俗,蕩人之邪,存人之正性。"　寖微:逐漸衰微。《漢書·董仲舒傳》:"故朕垂問乎天人之應,上嘉唐虞,下悼桀紂,寖微寖滅寖明寖昌之道,虛心以改。"秦觀《賀蘇禮部啓》:"竊以大儒之出處,實爲當世之重輕。三仁去而商寖微,二老歸而周始大。"　別白:分辨明白。《漢書·董仲舒傳》:"辭不別白,指不分明,此臣淺陋之罪也。"李綱《論君子小人札子》:"誠能別白邪正,使君子小人不至混淆,然後天下可爲。"

㉗ 高祖:開國之君的廟號。《漢書·高帝紀》:"高祖,沛豐邑中陽里人也。"顏師古注引張晏曰:"《禮》諡法無'高',以爲功最高而爲漢帝之太祖,故特起名焉!"《新唐書·高祖紀》:"貞觀三年,太上皇徙居大安宮。九年五月,崩於垂拱前殿,年七十一,諡曰太武,廟號高祖。"歷史上列代都有皇帝被稱爲"高祖",如漢高祖、宋高祖等,這裏

指唐高祖李淵，公元六一八年至公元六二六年在位，前後九年，年號"武德"。張說《大明舞》："早望春雨，雲披大風。溥天來祭，高祖之功。"邢巨《應文辭雅麗科對策》："唐興百有餘載，高祖以武功定鼎，紐天綱於八紘；太宗以睿聖握符，纂天光於三象。" 武皇帝：李淵病故之後被謚爲大武皇帝，故稱。《舊唐書·高祖紀》："（武德）九年五月庚子……崩於太安宮之垂拱前殿，年七十，群臣上謚曰大武皇帝，廟號高祖，十月庚寅葬於獻陵。"韋應物《逢楊開府》："少事武皇帝，無賴恃恩私。身作里中橫，家藏亡命兒。" 亂政：腐敗的政治，暴政。《韓非子·難》："法敗而政亂，以亂政治敗民，未見其可也。"李德裕《賀廢毀諸寺德音表》："東漢楚王英始盛桑門之饌，淪於左道。桓帝更增犀蓋之飾，歸於亂政。"這裏指隋代的暴政。 太宗：即唐太宗李世民，公元六二七年至公元六四九年在位，年號"貞觀"，李世民在位期間，政治清明，史稱"貞觀之治"。韓愈《永貞行》："國家功高德且厚，天位未許庸夫干。嗣皇卓犖信英主，文如太宗武高祖。"張籍《董公詩》"在朝四十年，天下誦其功。相我明天子，政成如太宗。" 文皇帝：《舊唐書·太宗紀》：（貞觀二十三年五月）"己巳，上崩於含風殿，年五十二……六月甲戌朔，殯於太極殿。八月丙子，百寮上謚曰文皇帝，廟號太宗。庚寅，葬昭陵。"顏真卿《請復七聖謚號狀》："謹按舊制，宜上高祖爲武皇帝，太宗爲文皇帝，高宗爲天皇大帝，中宗爲孝和皇帝，睿宗爲聖真皇帝。"胡交《修洛陽宮記》："惟是洛宅，雖不獲奉萬乘之駕、建諸夏之本，而文皇帝顧瞻歷覽，眷此舊邦，肇新東都，作對咸秦，乃以貞觀六年，名洛陽宮。" 韔囊：謂藏閉武器。《後漢書·馬融傳》："臣聞昔命師於韔囊，偃伯於靈臺，或人嘉而稱焉！"李賢注："韔以藏箭，囊以藏弓。"柳宗元《遊南亭夜還叙志七十韻》："永遁刀筆吏，寧期簿書曹。中興遂群物，裂壤分韔囊。" 仁風：形容恩澤如風之流布，舊時多用以頌揚帝王或地方長官的德政。潘岳《爲賈謐作贈陸機》："大晉統天，仁風遐揚。"《後漢書·章帝紀》："功烈光於四海，仁風行於千載。" 膏露：猶甘露，謂其沾溉惠物。《漢書·董仲舒傳》："伊欲風流而令行，刑輕而奸改，百姓和樂，政事宣昭，何修何飭而膏露降，百穀登。"元稹《競渡》："隨時布膏露，稱物施厚恩。" 戢：收斂，止息。《詩·小雅·鴛鴦》："鴛鴦在梁，戢其左翼。"鄭玄箋："戢，斂也。"《陳書·虞寄傳》："願將軍少戢雷霆。" 摠：同"總"，統領，率領。《左傳·僖公七年》："若摠其罪人以臨之，鄭有辭矣！"杜預注："摠，將領也。"楊衒之《洛陽伽藍記·寶光寺》："普泰末，雍西剌史隴西王爾朱天光摠士馬於此寺。"

㉘ 敬讓：恭敬謙讓。《禮記·經解》："是故隆禮由禮，謂之有方之士；不隆禮，不由禮，謂之無方之民，敬讓之道也。"《漢書·元帝紀》："蓋聞明王之治國也，明好惡而定去就，崇敬讓而民興行，故法設而民不犯，令施而民從。" 歡愛：歡悅喜愛。阮籍《詠懷》二："猗靡情歡愛，千載不相忘。"李白《白頭吟》："茂陵妹子皆見求，文君歡愛從此畢。" 誠信：真誠，真誠之心。《北齊書·堯雄傳》："雄雖武將，而性質寬厚，治民頗有誠信。"《新唐書·曹華傳》："華雖出戎伍，而動必由禮，愛重士大夫，不以貴倨人，至厮豎必待以誠信，人以爲難。"

㉙ 明皇帝：即唐玄宗李隆基，公元七一二年至公元七五六年在位，年號"開元"、"天寶"，史稱"明皇"、"唐明皇"。李隆基在位期間，是李唐，也是中國封建社會由盛轉衰的轉折時期，值得注意。《舊唐書·李絳傳》："明皇乘思理之初，亦勵精聽納，故當時名賢在位，左右前後皆尚忠正，是以君臣交泰，內外寧謐。"《舊唐書·代宗紀》："史臣曰……及天寶之亂也，天子不能守兩都，諸侯不能安九牧，是知有天下者，治道其可忽乎？明皇之失馭也，則祿山暴起於幽陵。至德之失馭也，則思明再陷於河洛。大曆之失馭也，則懷恩鄉導於犬戎。" 中興：中途振興，轉衰爲盛。《詩·大雅·烝民序》："任賢使能，周室中興焉！"王觀國《學林·中興》："中興者，在一世之間，因王道衰而有能復興者，斯謂之中興。" 姚宋：指唐玄宗時期兩位著名的賢相，兩人

先後輔助唐玄宗治理李唐，成就了"開元之治"，而"開元之治"是中國封建社會發展的頂峰。姚崇病没於開元前期的開元九年，宋璟病故於開元後期的開元二十五年，兩人對"開元之治"的貢獻是不言而喻的。李涉《題溫泉》："能使時平四十春，開元聖主得賢臣。當時姚宋並燕許，盡是驪山從駕人。"張蠙《言懷》："不將高蓋竟烟塵，自向蓬茅認此身。唐祖本來成大業，豈非姚宋是平人！" 右：古代崇右，故以右爲上，爲貴，爲高。《管子·七法》："春秋角試，以練精鋭爲右。"尹知章注："右，上也。"《史記·廉頗藺相如列傳》："既罷歸國，以相如功大，拜爲上卿，位在廉頗之右。"司馬貞索隱："王劭按：董勛《答禮》曰'職高者名録在上，於人爲右；職卑者名録在下，於人爲左，是以謂下遷爲左'。"張守節正義："秦漢以前，用右爲上。" 賢能：有德行有才能的人。《荀子·成相》："主之孽，讒人達，賢能遁逃國乃蹶。"《三國志·常林傳》："鄙郡表裏山河，土廣民殷，又多賢能，惟所擇用。" 禹湯：夏禹和商湯，被後代視爲賢明君主的典範。《左傳·莊公十一年》："禹湯罪己，其興也勃焉！桀紂罪人，其亡也忽焉！"《晉書·安帝紀》："自頃國難之後，人物雕殘，常所供奉，猶不改舊，豈所以視人如傷，禹湯歸過之誠哉！" 文武：周文王與周武王，也是後代人們心目中的賢明君主的典範。《詩·大雅·江漢》："文武受命，召公維翰。"鄭玄箋："昔文王、武王受命，召康公爲之楨榦之臣以正天下。"《禮記·中庸》："仲尼祖述堯舜，憲章文武。"

㉚ 四十年間：李隆基延和元年，亦即公元七一二年登位，《舊唐書·睿宗紀》："（延和元年）八月庚子，帝傳位於皇太子，自稱太上皇帝……皇帝每日受朝於武德殿……甲辰，大赦天下，改元爲先天。"至天寶十五載，亦即公元七五六年退位，《舊唐書·玄宗紀》："（天寶十五載八月）癸巳，靈武使至，始知皇太子即位……己亥，上皇臨軒册肅宗，命宰臣韋見素、房琯使靈武，册命曰：'朕稱太上皇，軍國大事先取皇帝處分，後奏朕知。'"《舊唐書·肅宗紀》："（天寶十五載七月）是月

甲子，上即皇帝位於靈武……即日奏其事於上皇……八月壬午……癸巳，上所奉表始達成都。丁酉，上皇遜稱誥，遣左相韋見素、文部尚書房琯、門下侍郎崔渙等奉册書赴靈武。”連頭帶尾前後相計，李隆基在位四十五年，舉其成數，故曰“四十年間”。而《編年箋注》：“四十年間：玄宗在位共四十二年，此舉其成數。”計算有誤。　　刑罰：刑指肉刑、死刑，罰指以金錢贖罪，後泛指依照法律對違法者實行的强制處分。《史記·呂太后本紀》：“刑罰罕用，罪人是希。”《舊唐書·韋湊傳》：“善善者，懸爵賞以勸之也；惡惡者，設刑罰以懲之也。”　　滋植：培植。《淮南子·主術訓》：“務修田疇，滋植桑麻。”猶繁茂。玄奘《大唐西域記·擲枳陀國》：“土稱沃壤，稼穡滋植。”　　大和：亦作“太和”，謂太平。《文選·顏延之〈宋文皇帝元皇后哀策文〉》：“太和既融，收華委世。”李善注：“太和，謂太平也。”陸贄《貞元九年冬至大禮大赦制》：“思與海内同臻大和。”　　升中：古帝王祭天上告成功。《禮記·禮器》：“是故因天事天，因地事地，因名山升中於天。”鄭玄注：“升，上也。中，猶成也。謂巡守至於方嶽，燔柴，祭天，告以諸侯之成功也。”後以“升中”指祭天。陸倕《石闕銘》：“類帝禋宗，光有神器。升中以祀群望，攝袂而朝諸夏。”《舊唐書·裴守真傳》：“况升中大事，華夷畢集，九服仰垂拱之安，百蠻懷率舞之慶。”　　禪：古代帝王祭祀土地山川。《管子·地數》：“封于泰山，禪于梁父，封禪之王，七十二家。”《史記·衛將軍驃騎列傳》：“封狼居胥山，禪於姑衍，登臨翰海。”張守節正義：“祭地曰禪。”　　封泰山而秩嵩華：唐玄宗在位期間，頻繁進行祭祀天地的儀式，分別封海内五嶽爲王：《舊唐書·玄宗紀》：“（先天元年）九月……癸丑，封華嶽神爲金天王。”《舊唐書·玄宗紀》：“（先天元年）十二月庚寅朔，大赦天下，改元爲開元。”《舊唐書·玄宗紀》：“（開元元年十一月）封泰山神爲天齊王，禮秩加三公一等，近山十里禁其樵採。”《舊唐書·玄宗紀》：“（天寶）五載春正月……乙亥……封中嶽爲中天王，南嶽爲司天王，北嶽爲安天王。”《編年箋注》：“開元元年(七一三)封華嶽神爲金天王。"封華嶽神事在九月,而改元開元事在先天元年的十二月,標示有誤。《編年箋注》又云:"天寶五載(七四六),封嵩山爲中天王。"過録時漏掉南嶽和北嶽。　秩:官職,品位。《左傳·文公六年》:"委之常秩。"杜預注:"常秩,官司之常職。"《晉書·卞敦傳》:"竟以畏懦貶秩三等。"韓愈《雪後寄崔二十六丞公》:"秩卑俸薄食口衆,豈有酒食開客顔?"指授職。王安石《張慎修等改官》:"秩以省寺之官。"　歲巡時邁之典:《禮記·王制》:"天子五年一巡守。"鄭氏注:"天子以海内爲家,時一巡省之。五年者,虞夏之制也,周則十二歲一巡守。"宇文鼎《東都置太廟議》:"若歲巡時邁,自依三公攝祭,庶不遺承襲之典。"　咸鎬:咸陽和鎬京,咸陽是秦國的京城,鎬京是西周的都城,都在唐都長安附近,這裏指代長安。《詩·小雅·魚藻》:"王在在鎬,豈樂飲酒?"朱熹集傳:"王何在乎? 在乎鎬京也。"《吕氏春秋·疑似》:"周宅酆鎬,近戎人。"沈佺期《咸陽覽古》:"咸陽秦帝居,千載坐盈虚。"王翰《飲馬長城窟行》:"秦王築城何太愚? 天實亡秦非北胡。一朝禍起蕭墻内。渭水咸陽不復都。"　朝洛陽:李唐初期,包括開元年間,李唐皇帝常常每年冬季到洛陽,百官跟隨前往,在洛陽料理國家大事。沈佺期《奉和洛陽翫雪應制》:"周王甲子旦,漢后德陽宫。灑瑞天庭裏,驚春御苑中。"王昌齡《放歌行》:"南渡洛陽津,西望十二樓。明堂坐天子,月朔朝諸侯。"

㉛ 徭戍:謂服勞役與戍守邊疆。崔融《拔四鎮議》:"其在高宗,勵精爲政,不欲廣地,務其安人;徭戍繁數,用度減耗,復命有司拔四鎮。"李華《弔古戰場文》:"吾聞夫齊魏徭戍,荆韓召募。"　曩時:往時,以前。賈誼《過秦論》:"深謀遠慮,行軍用兵之道,非及曩時之士也。"葉夢得《石林燕語》卷七:"諸帥府復得與家俱行,無復曩時之患矣!"　乳哺:哺育,養育。《法苑珠林》卷六:"時有羅刹婦,名曰鑪神。見兒不污,念言福子,遂於空中接取洗持,將往雪山,乳哺畜養,猶如己子。"蘇軾《異鵲》:"雲此方乳哺,甚畏鳶與蛇。"

㉜ 兵興:戰爭頻發。元結《喻舊部曲》:"與之一桮酒,喻使燒戎服。兵興向十年,所見堪嘆哭。"徐鉉《和明上人除夜見寄》:"酌酒圍爐久,愁襟默自增。長年逢歲暮,多病見兵興。"本文是指安史之亂。 逋:逃竄,逃亡。《左傳·僖公十五年》:"六年其逋,逃歸其國。"杜預注:"逋,亡也。"韓愈《劉統軍碑》:"蔡卒幸喪,圍我許郛;新師不牢,勠勸將逋。" 權宜:謂暫時適宜的措施。《後漢書·西羌傳論》:"計日用之權宜,忘經世之遠略。"《北史·齊煬王憲傳》:"此乃亂時權宜,非經國之術。"

㉝ 躬親:親自,親身從事。語本《詩·小雅·節南山》:"弗躬弗親,庶民弗信。"葛洪《抱朴子·用刑》:"逮於軒轅,聖德尤高。而躬親征伐,至於百戰。" 本務:根本事務。《吕氏春秋·孝行》:"夫孝,三皇五帝之本務,而萬事之大紀也。"晁錯《論貴粟疏》:"粟者,王者大用,政之本務。" 昇平:太平。《後漢紀·靈帝紀》:"一宜蠲除,則災變可消,昇平可致也。"王昌齡《放歌行》:"昇平貴論道,文墨將何求?"對揚:面君奏對。《魏書·儒林傳序》:"州舉茂異,郡貢孝廉,對揚王庭,每年逾衆。"《資治通鑑·陳宣帝太建八年》:"平生言論,無所不道,今者對揚,何得乃爾反覆?"胡三省注:"對揚,本於傅説、召虎。對,答也;揚,稱也,後人遂以面對敷奏爲對揚。"

㉞ 黎人:黎民。《魏書·天象志》:"自八年至十一年,黎人阻饑,且仍歲灾旱。"《舊五代史·郭崇韜傳》:"甲胄生蟣虱,黎人困輸輓。"兵革:指戰爭。《陳書·虞寄傳》:"且兵革已後,民皆厭亂。"蘇軾《策略》:"國家無大兵革幾百年矣!"

㉟ 略言:簡略而言。王師乾《王右軍祠堂碑》:"盛哉茂族,其昭昭乎!繫德象賢,爲海内之冠冕,國史家諜,可略言焉……"白居易《策林·決壅蔽》:"臣聞國家之患,患在臣之壅蔽也;壅蔽之生,生於君之好欲也。蓋欲見於此,則壅生於彼。壅生於彼,則亂作其間。歷代有之,可略言耳……" 兵革:兵器和甲胄的總稱,泛指武器軍備。

《禮記·禮運》：“冕弁兵革，藏於私家，非禮也，是謂脅君。”鄭玄注：“兵革，君之武衛及軍器也。”孔穎達疏：“是國家防衛之器。”陳亮《酌古論·封常清》：“古之善用兵者，士卒雖精，兵革雖銳，其勢雖足以扼敵人之喉而蹈敵人之膺，而未嘗敢輕也。” 幅裂：謂如布幅的撕裂。應劭《風俗通序》：“今王室大壞，九州幅裂。”《後漢書·南匈奴傳論》：“後王莽陵篡，擾動戎夷，續以更始之亂，方夏幅裂。”李賢注：“更始無道，擾亂方内，諸夏如布帛之裂也。” 旗章：具有區别名分標誌的旗幟。《禮記·月令》：“〔季夏之月〕命婦官染采……以爲旗章，以别貴賤等級之度。”鄭玄注：“旗章，旌旗及章識也。”劉向《説苑·指武》：“《太公兵法》曰：‘……分爲五選，異其旗章，勿使冒亂。’” 銷鑠：熔化。劉孝威《塘上行苦辛篇》：“黄金坐銷鑠，白玉遂淄磷。”李白《長歌行》：“金石猶銷鑠，風霜無久質。” 鋒刃：刀劍等的尖端和刃口，借指兵器。《書·費誓》：“備乃弓矢，鍛乃戈矛，礪乃鋒刃。”曹丕《禁復私仇詔》：“民之存者，非流亡之孤，則鋒刃之餘，當相親愛。”

㊱ 忠孝：忠於君國，孝于父母。《孝經·開宗明義》：“終於立身。”鄭玄注：“忠孝道著，乃能揚名榮親，故曰終於立身也。”韓愈《潮州請置鄉校牒》：“人吏目不識鄉飲酒之禮，或未嘗聞《鹿鳴》之歌，忠孝之行不勸，亦縣之恥也。” 敬讓：恭敬謙讓。《禮記·經解》：“是故隆禮由禮，謂之有方之士；不隆禮，不由禮，謂之無方之民：敬讓之道也。”《漢書·元帝紀》：“蓋聞明王之治國也，明好惡而定去就，崇敬讓而民興行，故法設而民不犯，令施而民從。” 夷狄：古稱東方部族爲夷，北方部族爲狄，常用以泛稱除華夏族以外的各族。柳宗元《唐鐃歌鼓吹曲十二篇·李靖滅高昌爲高昌第十一》：“臣靖執長纓，智勇伏囚拘。文皇南面坐，夷狄千群趨。”元稹《塞馬》：“夷狄寢烽候，關河無戰聲。何由當陣面？從爾四蹄輕。” 邊鄙：邊疆，邊遠的地方。《國語·吳語》：“夫吳之邊鄙遠者，罷而未至。”陳子昂《爲喬補闕論突厥表》：“則千載之後，邊鄙無虞，中國之人，得安枕而臥。” 爭奪：爭鬥

奪取。《禮記·禮運》:"争奪相殺,謂之人患。"李紳《贈毛仙翁》:"九州争奪無時休,八駿垂頭避豺虎。"

㊲ 和順:和睦順從,和睦融洽。《管子·形勢解》:"父母不失其常,則子孫和順。"陸贄《李納檢校右僕射平章事制》:"李納稟性端厚,執心寬簡,通變適用,和順積中。"　先王:指上古賢明君王。《易·比》:"先王以建萬國,親諸侯。"《孝經·開宗明義》:"先王有至德要道,以順天下,民用和睦。"李隆基注:"先代聖德之主,能順天下人心,行此至要之化。"　修政:修明政教。《管子·大匡》:"公内修政而勸民,可以信於諸侯矣!"岳珂《桯史·歲星之祥》:"然禦戎上策,莫先自治,願修政以應天道。"治理,統治。《史記·孫子吴起列傳》:"夏桀之居,左河濟,右泰華,伊闕在其南,羊腸在其北。修政不仁,湯放之。殷紂之國……修政不德,武王殺之。"　戢兵:息兵,停止軍事行動。《左傳·宣公十二年》:"夫武,禁暴、戢兵、保大、定功、安民、和衆、豐財者也。"薛稷《奉和送金城公主適西蕃應制》:"天道寧殊俗,慈仁乃戢兵。"

㊳ 詳究:詳細探究。《三國志·韋曜傳》:"又見劉熙所作《釋名》,信多佳者,然物類衆多,難得詳究,故時有得失。"權德輿《魏國公貞元十道録序》:"貫穿切劘,靡不詳究。"　神農:傳説中的太古帝王名,始教民爲耒耜,務農業,故稱神農氏。又傳他曾嘗百草,發現藥材,教人治病,也稱炎帝,謂以火德王。《易·繫辭》:"包犧氏没,神農氏作,斲木爲耜,揉木爲耒;耒耨之利,以教天下。"《淮南子·主術訓》:"昔者,神農之治天下也,神不馳於胸中,智不出於四域,懷其仁誠之心,甘雨時降,五穀蕃植。"謂土神,後世稱司農事之官爲神農。《禮記·月令》:"〔季夏之月〕毋發令而待,以妨神農之事也。"鄭玄注:"土神稱曰神農者,以其主於稼穡。"《吕氏春秋·季夏紀》:"無發令而干時,以妨神農之事;水潦盛昌,命神農將巡功,舉大事則有天殃。"高誘注:"昔炎帝神農能殖嘉穀,神而化之,號爲神農,後世因名其官爲

神農。” 設教：實施教化。《易·觀》：“聖人以神道設教，而天下服矣！”《晉書·刑法志》：“古人有言：‘善爲政者，看人設教。’” 餒殍：餓殍。陸贄《興元二年改爲貞元元年正月一日大赦天下制》：“去歲旱蝗，兩河爲甚。人流不息，師出靡居。加之以徵求，因之以荒饉。困窮餒殍，轉死丘墟。”《舊唐書·憲宗紀》：“內乏口食，外牽王徭，豈惟轉輸之虞，慮有餒殍之患。”

㊴ 斷獄：審理和判決案件。《墨子·尚賢》：“君有難則不死，出亡則不從；使斷獄則不中，分財則不均。”《漢書·文帝紀贊》：“斷獄數百，幾致刑措。” 臨敵：面對敵人。孔融《薦禰衡表》：“解疑釋結，臨敵有餘。”皮日休《漢斬丁公論》：“丁公臨敵，捨敵無殺，誠惻隱之仁者。” 便人：熟習其事的人。《禮記·表記》：“唯欲行之浮於名也，故自謂便人。”鄭玄注：“亦言其謙也，辟仁聖之名，云自便習於此事之人耳！”有利於人。宋玉《風賦》：“發明耳目，寧體便人，此所謂大王之雄風也。” 通物：謂通曉物理人情。嵇康《釋私論》：“物情順通，故大道無違；越名任心，故是非無措也。是故言君子，則以無措爲主，以通物爲美。”葉適《沈元誠墓誌銘》：“君閔而懋之，通物以性，成身以行，應事以理。” 明：聖明，明智，明察。諸葛亮《前出師表》：“恐託付不效，以傷先帝之明。”吳兢《貞觀政要·論君道》：“君之所以明者，兼聽也。” 勇：勇敢，勇猛。《論語·爲政》：“見義不爲，無勇也。”《三國志·龐德傳》：“每戰，常陷陳却敵，勇冠騰軍。” 巧：機巧，靈巧。《文心雕龍·辨騷》：“中巧者獵其艷辭，吟諷者銜其山川。”曾鞏《刑部郎中張府君神道碑》：“其使吳越，吳越匠巧天下，未嘗致一器一物。” 智：智慧，聰明。賈誼《治安策》：“凡人之智，能見已然，不能見將然。”江淹《詣建平王上書》：“魯連之智，辭祿而不返；接輿之賢，行歌而忘歸。”

㊵ 衣食迫於中：意謂吃飯難以爲繼，穿衣難以遮體。高適《薊門行五首》二：“漢家能用武，開拓窮異域。戍卒厭糠覈，降胡飽衣食。”

杜甫《客夜》：“計拙無衣食，途窮仗友生。老妻書數紙，應悉未歸情。”
遊食：遊手好閑，不勞而食。《荀子·成相》：“臣下職，莫遊食。”楊倞
注：“遊食謂不勤於事，素飡遊手也。”謂居處不定，到處謀食。《管
子·治國》：“凡爲國之急者，必先禁末作文巧，末作文巧禁則民無所
遊食。”　務本：指務農。《管子·禁藏》：“故先慎於己而後彼，官亦慎
內而後外，民亦務本而去末。”《漢書·文帝紀》：“農，天下之大本也，
民所恃以生也。而民或不務本而事末，故生不遂。”

　　④ 考課：按一定標準考核官吏優劣，分別等差，決定升降賞罰，
謂之“考課”。《三國志·夏侯玄傳》：“自長以上，考課遷用，轉以能
升。”《舊唐書·職官志》：“凡考課之法有四善：一曰德義有聞，二曰清
慎明著，三曰公平可稱，四曰恪勤匪懈。善狀之外，有二十七最。”
簡稽：查核，考察。《周禮·夏官·大司馬》：“簡稽鄉民，以用邦國。”
鄭玄注：“簡謂比數之，稽猶計也。”元稹《楊嗣復授尚書兵部郎中制》：
“爾其試守兹任，爲予簡稽，苟能修明，旋議超陟。”　淫巧：謂過於精
巧而無益的技藝與製品。桓寬《鹽鐵論·本議》：“有山海之貨而民不
足於財者，不務民用而淫巧衆也。”浮華纖巧。《文心雕龍·體性》：
“雅麗黼黻，淫巧朱紫。”　列肆：謂成列的商鋪。《史記·平準書》：
“今弘羊令吏坐市列肆，販物求利。”張説《城南亭作》：“北堂珍重琥珀
酒，庭前列肆茱萸席。”　兼併：併吞，指土地侵並，或經濟侵佔。《墨
子·天志》：“今天下之諸侯，將猶皆侵淩攻伐兼併。”晁錯《論貴粟
疏》：“此商人所以兼併農人，農人所以流亡者也。”

　　④ 浮圖：亦作“浮屠”，佛教語，梵語 Buddha 的音譯，佛陀，佛。
《後漢書·天竺傳》：“其人弱於月氏，修浮圖道，不殺伐，遂以成俗。”
李賢注：“浮圖，即佛也。”《後漢紀·明帝紀》：“浮屠者，佛也。西域天
竺有佛道焉！佛者，漢言覺，將悟群生也。”　絶俗：超出世俗，棄絶塵
俗。《莊子·盜跖》：“今夫此人以爲與己同時而生，同鄉而處者，以爲
夫絶俗過世之士焉！”成玄英疏：“猶將己爲超絶流俗，過越世人。”《後

漢書·劉陶傳》:"皆履正清平,貞高絶俗。" 抗役逃刑:不服徭役,不受刑法制裁。《後漢書·黨錮列傳》:"事不辭難,罪不逃刑,臣之節也。"《後漢書·巴肅傳》:"肅曰:'爲人臣者,有謀不敢隱,有罪不逃刑。既不隱其謀矣!又敢逃其刑乎?'遂被害,刺史賈琮刊石立銘以記之。" 戎服:軍服。《漢書·匈奴傳》:"是以文帝中年,赫然發憤,遂躬戎服,親御鞍馬。"《朱子語類》卷九一:"隋煬帝遊幸,令群臣皆以戎服從。" 超乘:跳躍上車。《左傳·僖公三十三年》:"左右免胄而下,超乘者三百乘。"楊伯峻注:"超乘者,畢沅《吕氏春秋新校正》云:'蓋既下而即躍以上車,示其有勇。'超,《説文》云:'跳也。'畢説可信。"虞羽客《結客少年場行》:"蒙輪恒顧敵,超乘忽爭先。"形容勇猛敏捷。王充《論衡·無形》:"凡可冀者,以老翁變爲嬰兒,其次,白髮復黑,齒落復生,身氣丁强,超乘不衰,乃可貴也。" 横擊:攔腰攻擊。《左傳·僖公二十八年》:"欒枝使輿曳柴而爲遁,楚師馳之,原軫、却溱以中軍公族横擊之。"《宋書·薛安都傳》:"賊陣東南猶堅,安都横擊陷之,賊遂大潰。"惡毒攻擊。《後漢書·馮衍傳》:"衆强之黨,横擊於外;百僚之臣,貪殘於内。" 詬:羞辱。《荀子·解蔽》:"案强鉗而利口,厚顔而忍詬,無正而恣睢,妄辨而幾利。"司馬遷《報任少卿書》:"行莫醜於辱先,詬莫大於宫刑。"辱駡,駡詈。《左傳·哀公八年》:"八年春,宋公伐曹,將還,褚師子肥殿。曹人詬之,不行。"杜預注:"詬,詈辱也。"葉適《中奉大夫太常少卿直秘閣致仕薛公墓誌銘》:"太守所遣卒詬於庭,公囚之。守怒,罷。"

㊸ 憃樸:義近"鄙朴",粗俗質樸。劉知幾《史通·雜述》:"然皆言多鄙樸,事罕圓備,終不能成其不刊,永播來葉。"李白《任城縣廳壁記》:"君子以才雄自高,小人則鄙朴難治。" 愚謹:義近"謹謹",勤懇不懈貌,謹,通"勤"。權德輿《盧相公謝中書侍郎表》:"蓋謹謹誠懼,人之常分,而訏謨教化,宜擇全才。"文同《試秘書省校書郎趙君墓誌銘》:"而君常入諸父行,謹謹就業,未始略邀嬉。" 依:依附,托身。

韓愈《鄭公神道碑文》："公諱儋,少依母家隴西李氏。"吳曾《能改齋漫錄‧證因大師》："婁道者,漣水人,生有奇相,右手中指凡七節。父母異之,令出家,依文殊院。"

㊹惰遊:遊手好閑。《禮記‧玉藻》："垂綏五寸,惰遊之士也。"韓愈《送惠師》："吾嫉惰遊者,憐子愚且諄。"　耕桑:種田與養蠶,亦泛指從事農業。楊惲《報孫會宗書》："身率妻子,戮力耕桑。"韓愈《和盧郎中云夫寄示盤谷子歌》："行抽手版付丞相,不待彈劾還耕桑。"輸:交出,獻納。《左傳‧襄公九年》："魏絳請施捨,輸積聚以貸,自公以下,苟有積者,盡出之。"杜預注："輸,盡也。"郭象《睽車志》卷三:"好事者爭往求觀,人輸百錢,乃爲啓龕。"　給:供給,供養。《莊子‧讓王》："回有郭外之田五十畝,足以給飦粥。"《戰國策‧秦策》："寡人之國貧,恐不能給也。"

㊺慈惠:猶仁愛。徐幹《中論‧譴交》:"鄉有大夫,必有聰明慈惠之人,使各掌其鄉之政教禁令。"韓愈《順宗實錄》:"皇太子某睿哲溫文,寬和慈惠。"　仁隱:仁愛惻隱。陳子昂《爲人陳情表》:"伏惟陛下仁隱自天,孝思在物,哀臣孤苦,降鑒幽冥。"元稹《王進岌可冀州刺史制》:"兵興已來,習爲奮武之地。非勇毅仁隱之者,不能兼牧其甿。"　擊搏:謂以嚴刑峻法治理。司空圖《題東漢傳後》:"苟厲鋒氣,果於擊搏,道不能化,力不能制,是將濟時重困,故元禮之徒,終致鉤黨之禍。"《續資治通鑒‧宋神宗元豐元年》:"(蔡)確以擊搏進,吳充素惡其爲人。"　溝壑:借指野死之處或困厄之境。《孟子‧滕文公》:"志士不忘在溝壑,勇士不忘喪其元。"趙岐注:"君子固窮,故常念死無棺槨沒溝壑而不恨也。"陳子昂《爲將軍程處弼謝放流表》:"收骸溝壑,返魄幽泉。"

㊻課吏:考核官吏的政績。《漢書‧京房傳》:"房奏考功課吏法。"元稹《授蕭祐兵部郎中制》:"課吏陟明,誕若攸職。"　賦斂:田賦,稅收。《左傳‧成公十八年》:"薄賦斂,宥罪戾。"柳宗元《捕蛇者

説》:"孰知賦斂之毒,有甚是蛇者乎!"徵收賦税。《史記·滑稽列傳》:"鄴三老、廷掾常歲賦斂百姓,收取其錢得數百萬。"王安石《何處難忘酒二首》一:"賦斂中原困,干戈四海愁。" 逋負:拖欠,短少。方勺《泊宅編》卷九:"福州一農家子張生,幼時父使持錢三千入山市斧柯,遇村人有爲逋負所迫欲自經者,惻然盡以所齎贈之。"王禹偁《監察御史朱府君墓誌銘》:"鹽鐵奏秦州銀坑冶,比多逋負,未入之數,不減萬計,請擇朝臣以主之。"

⑰ 戀本:留戀本土。《文選·潘岳〈在懷縣作〉一》:"寵辱易不驚,戀本難爲思。"李善注:"君子樂其所自生,禮不忘其本。"《晉書·荀勖傳》:"又分割郡縣,人心戀本,必用嗷嗷。" 富庶:《論語·子路》:"冉有曰:'既庶矣!又何加焉?'曰:'富之。'"後因以"富庶"指物資豐富,人口衆多,亦單指物產豐富。韓愈《酬裴十六功曹巡府西驛途中見寄》:"四海日富庶,道途隘蹄輪。"樊宗師《蜀綿州越王樓詩》:"地財無叢厚,人室安取豐?既乏富庶能,千萬慚文翁。"

⑱ 冗食:亦作"宂食",吃閑飯,亦指坐食官禄的人。《資治通鑑·漢桓帝延熹八年》:"冗食空宫。"胡三省注:"無事而食,謂之冗食。"陸贄《策問賢良方正能直言極諫科制》:"朕屢延卿士,詢訪謀猷,至乃減冗食之徒,罷不急之務。" 雕蟲:比喻從事不足道的小技藝,常指寫作詩文辭賦。《文心雕龍·詮賦》:"雖讀千賦,愈惑體要。遂使繁華損枝,膏腴害骨,無貴風軌,莫益勸戒。此揚子所以追悔於雕蟲,貽誚於霧縠者也。"李賀《南園十三首》六:"尋章摘句老雕蟲,曉月當簾挂玉弓。" 耕戰:指農耕與戰争,古代重視農耕和戰争,並主張兩者相結合。《商君書·慎法》:"故吾教令:民之欲利者非耕不得,避害者非戰不免。境内之民,莫不先務耕戰,而後得其所樂。"《史記·范雎蔡澤列傳》:"吳起爲楚悼王立法……禁遊客之民,精耕戰之士。"貞觀:唐太宗李世民在位之日,政治清明,史稱"貞觀之治"。皮日休《文中子碑》:"惜乎德與命乖,不及睹吾唐受命而歿。苟唐得而用之,

貞觀之治,不在於房、杜、褚、魏、矣!"尹洙《進貞觀十二事表》:"伏望陛下留神覽觀,詳而思之,勤而行之,則貞觀之治不難企及。" 開元:唐玄宗李隆基執掌朝政四十五年,前期大有作爲,李唐因此而中興,史稱"開元之治"。石介《牛僧孺論》:"唐文宗皇帝既承父兄奢弊之餘而踐阼,孜孜政道,有意貞觀開元之治。"徐積《節孝集·語録》:"若明皇,則中才之君,可與爲善,可與爲惡者也。故姚宋在而成開元之治,姚宋亡而致天寶之亂也。"

㊽ 既往:以往,過去。《書·太甲》:"既往背師保之訓,弗克於厥初,尚賴匡救之德,圖惟厥終。"左思《魏都賦》:"揆既往之前迹,即將來之後轍。" 失:錯誤,失誤。《漢書·路温舒傳》:"臣聞秦有十失。"韓愈《黃陵廟碑》:"以余考之,璞與王逸,俱失也。" 虞:憂慮,憂患。《國語·晉語》:"衛文公有邢狄之虞,不能禮焉!"韓愈《與鳳翔邢尚書書》:"戎狄棄甲而遠遁,朝廷高枕而無虞。" 懲:懲罰。《荀子·王制》:"故奸言、奸説、奸事、奸能、遁逃反側之民,職而教之,須而待之,勉之以慶賞,懲之以刑罰,安職則畜,不安職則棄。"《漢書·董仲舒傳》:"殷人執五刑以督奸,傷肌膚以懲惡。" 戒:防備,警戒,鑒戒。《易·萃》:"君子以除戎器,戒不虞。"孔穎達疏:"修治戎器,以戒備不虞也。"《詩大序》:"言之者無罪,聞之者足以戒。" 慎:謹慎,慎重。《易·頤》:"君子以慎言語,節飲食。"孔穎達疏:"故君子觀此頤象,以謹慎言語,裁節飲食。"杜甫《鄭典設自施州歸》:"名賢慎所出,不肯妄行役。" 久:耐久,持久。《吕氏春秋·誣徒》:"爲之而苦矣! 奚待不肖者! 雖賢者猶不能久。"歐陽修《富貴貧賤説》:"居富貴而能守者,周公也。在貧賤而能久者,顏回也。"

㊾ 七國:指漢景帝時吳、楚、趙、膠西、濟南、菑川、膠東七個諸侯國,因於公元前一四五年同時發動武裝叛亂,史稱"七國之亂"。《史記·袁盎晁錯傳列》:"吳楚七國果反,以誅錯爲名。"潘岳《西征賦》:"成七國之稱亂,翻助逆以誅錯。" 分裂:分割,割裂,使整體的事物

分開。《史記·項羽本紀論》：“三年，遂將五諸侯滅秦，分裂天下，而封王侯。”《隋書·北狄傳·西突厥》：“處羅不朝，恃强大耳！臣請以計弱之，分裂其國，即易制也。”本文指主父偃建議皇上採取令各國諸侯推恩，以各國的土地分封其子弟，從而削弱各國勢力的辦法。“管夷吾當諸侯爭奪之時”兩句：意謂管夷吾建議齊桓公採用“三分齊國以爲三軍”的辦法，削弱諸侯的力量。管夷吾：即管仲（？—前645）名夷吾，字仲，春秋初期政治家，潁上人。由鮑叔牙推薦，被齊桓公任命爲卿，尊稱“仲父”。在齊國推行改革，從此國力大增，使齊國成爲春秋時代第一個霸主。有《管子》八十六篇傳世，有人認爲内多後人依託之作。高適《眞定即事奉贈韋使君二十八韵》：“方伯恩彌重，蒼生詠已蘇。郡稱廉叔度，朝議管夷吾。”周曇《春秋戰國門·管仲》：“美酒濃馨客要沽，門深誰敢强提壺？苟非賢主詢賢士，肯信沽人畏子獹？”　諸侯：古代帝王所分封的各國君主，在其統轄區域内，世代掌握軍政大權，但按禮要服從王命，定期向帝王朝貢述職，並有出軍賦和服役的義務。《史記·五帝本紀》：“於是軒轅乃習用干戈，以征不享，諸侯咸來賓從。”高承《事物紀原·諸侯》：“《帝王世紀》曰：女媧未有諸侯，有共工氏任智刑以强霸而不王，炎帝世，乃有諸侯，風沙氏叛，炎帝修德，風沙之民自攻其君，則建侯分土自炎帝始也。”　爭奪：爭鬥奪取，爭著奪取。《荀子·性惡》：“今人之性，生而有好利焉！順是，故爭奪生而辭讓亡焉！”葛洪《抱朴子·行品》：“好爭奪而無猒，專醜正而害直者，惡人也。”　詐力：欺詐與暴力。《史記·秦始皇本紀》：“秦王懷貪鄙之心，行自奮之智，不信功臣，不親士民，廢王道，立私權，禁文書而酷刑法，先詐力而後仁義。”《晉書·宣帝紀》：“劉備以詐力虜劉璋，蜀人未附而遠爭江陵，此機不可失也。”　寓令：謂寄軍令於内政，衹在暗中加强軍事力量。白居易《才識兼茂明於體用科策一道》：“若齊行寓令之法，以霸諸侯；漢用推恩之謀，以懲七國。施之今日，臣恐非宜。”參見“寄政”，謂把軍令寄寓在庶政之中。《國語·

齊語》:“君若欲速得志於天下諸侯,則事可以隱令,可以寄政……作內政而寄軍令焉。”韋昭注:“寄,託也。匿軍令,託於國政,若有征伐,鄰國不知。”　權術:權謀,手段。《尹文子·大道》:“奇者,權術是也;以權術用兵,萬物所不能敵。”葉適《寶謨閣待制知隆興府徐公墓誌銘》:“三代聖王,有至誠而無權術。”　四達:謂風行天下。《禮記·樂禮》:“周道四達,禮樂交通。”孔穎達疏:“周之道德,四方通達。”《隋書·音樂志》:“皇道四達,禮樂成。”　聖朝:封建時代尊稱本朝,亦作爲皇帝的代稱。李密《陳情事表》:“逮奉聖期,沐浴清化。”岑參《寄左省杜拾遺》:“聖朝無闕事,自覺諫書稀。”

(51) 賤庸:卑微平庸。崔行先《臘日謝賜口脂紅雪等狀》:“顧惟賤庸,承此恩造,隕越無地,惶悚失圖,縱知死所,豈答元造!”蘇舜欽《應制科上省使葉道卿書》:“某觀前古之士,欻然奮起於賤庸之地,建名樹勛,風采表於當世者,未始不由上官鉅公推引而能至也。”　王道:儒家提出的一種以仁義治天下的政治主張,與霸道相對。《書·洪範》:“無偏無黨,王道蕩蕩。”《史記·十二諸侯年表》:“孔子明王道,干七十餘君,莫能用。”　帝皇:天子,皇帝。張衡《西京賦》:“方今聖上,同天號於帝皇,掩四海而爲家。”《後漢書·南蠻西南夷傳序》:“女聞之,以爲帝皇下令,不可違信,因請行。帝不得已,乃以女配槃瓠。”

(52) 伏讀:謂恭敬地閱讀,“伏”爲表敬之詞。《孔叢子·雜訓》:“子思在魯,使以書如衛問子上,子上北面再拜,受書伏讀。”後世作臣下閱讀帝王詔書。張説《詞標文苑科策》:“伏讀聖旨,乃知天情之所在焉!”獨孤及《爲李給事讓起復尚書左丞兼御史大夫第七表》:“伏讀詔書,感懼交集。仰戴聖造,若蚊負山。”　群下:泛指僚屬或群臣。《莊子·漁父》:“群下荒怠,功美不有,爵禄不持。”《漢書·王莽傳》:“群下較然輸忠,黎庶昭然感德。臣誠輸忠,民誠感德,則於王事何有?”　用情:以真實的感情相待。《禮記·祭義》:“教民相愛,上下用情,禮之至也。”《史記·仲尼弟子列傳》:“上好信,則民莫敢不用情。”

裴駰集解引孔安國曰:"情,實也,言民化上各以實應。" 庶官:百官,多指一般官員。《書·周官》:"推賢讓能,庶官乃和。"曹植《與楊德祖書》:"采庶官之實録,辨時俗之得失。" 無黨:不結黨,不徇私。《書·洪範》:"無偏無黨,王道蕩蕩;無黨無偏,王道平平。"《左傳·僖公九年》:"亡人無黨,有黨必有讎。" 吏職:官吏的職責。《宋書·良吏傳序》:"高祖起自匹庶,知民事艱難,及登庸作宰,留心吏職。"《舊唐書·吕諲傳》:"諲性謹守,勤於吏職,雖同僚追賞,而塊然視事,不離案簿。" 通方:指通曉爲政之道。葉適《定山瓜步石跋三堡塢狀》:"伏乞朝廷速賜選擇總練通方老於智謀之士,前來建康,糾剔某妄作疏漏之失。"共通的道理。《後漢書·王充王符等傳論》:"數子之言當世失得皆究矣!然多謬通方之訓,好申一隅之説。"曾鞏《代皇子免延安郡王第一表》:"庶幾識古今之通方,知國家之大體。"

㊾ 考績:按一定標準考核官吏的成績。《書·舜典》:"三載考績,三考,黜陟幽明。"孔傳:"三年有成,故以考功。九歲則能否幽明有別,黜退其幽者,升進其明者。"庾信《周太子太保步陸逞神道碑》:"考績入于歲成,論功書之年表。" 清濁:喻人事的優劣、善惡、高下等。《史記·吳太伯世家》:"延陵季子之仁心,慕義無窮,見微而知清濁。"楊衒之《洛陽伽藍記·宋雲行紀》:"事涉疑似,以藥服之,清濁則驗。" 章句:剖章析句,經學家解説經義的一種方式,亦泛指書籍注釋。《顏氏家訓·勉學》:"空守章句,但誦師言,施之世務,殆無一可。"柳宗元《答嚴厚輿秀才論爲師道書》:"馬融、鄭玄者,二子獨章句師耳!" 經緯:經書和緯書。《晉書·宋纖傳》:"隱居於酒泉南山,明究經緯,弟子受業三千餘人。"《顏氏家訓·勉學》:"俗間儒士,不涉群書,經緯之外,義疏而已。" 苛察:以煩瑣苛刻爲明察。《莊子·天下》:"君子不爲苛察。"《續資治通鑑·宋仁宗皇祐元年》:"自古爲治,必戒苛察。" 會計:古天子大會諸侯,計功行賞。《史記·夏本紀》:"自虞夏時,貢賦備矣!或言禹會諸侯江南,計功而崩,因葬焉!命曰

會稽。會稽者，會計也。"劉禹錫《九華山》："軒皇封禪登雲亭，大禹會計臨東溟。"

㊹ 條列：分條列舉。《後漢書・張堪傳》："堪先入據其城，檢閱庫藏，收其珍寶，悉條列上言，秋毫無私。"朱熹《白鹿洞書院學規》："特取凡聖賢所以教人爲學之大端，條列如右，而揭之楣間。" 耒耜：古代耕地翻土的農具，耒是耒耜的柄，耜是耒耜下端的起土部分。《禮記・月令》："〔孟春之月〕天子親載耒耜，措之於參保介之御間。"鄭玄注："耒，耜之上曲也。"農具的總稱。《孟子・滕文公》："陳良之徒陳相，與其弟辛，負耒耜而自宋之滕。" 耕耨：耕田除草，亦泛指耕種。王充《論衡・感虛》："神農之揉木爲耒，教民耕耨，民始食穀，穀始播種。"蘇轍《策問論》："蓋耕耨稼穡，草木鳥獸皆民之所賴以生，而國用之所由以足者。" 良田：土質肥沃的田地。嵇康《養生論》："田種者一畝十斛，謂之良田。"陶潛《桃花源記》："土地平曠，屋舍儼然，有良田美池桑竹之屬。" 嘉穀：古以粟（小米）爲嘉穀，後爲五穀的總稱。《書・呂刑》："稷降播種，農殖嘉穀。"葛洪《抱朴子・博喻》："嘉穀不耘，則莨莠彌漫。" 稂莠：泛指對禾苗有害的雜草，常比喻害群之人。《後漢書・王符傳》："夫養稂莠者傷禾稼，惠奸軌者賊良民。"舒元輿《坊州按獄》："去惡猶農夫，稂莠須耘耨。" 芟夷：除草，刈除。《左傳・隱公六年》："爲國家者，見惡如農夫之務去草焉！芟夷蘊崇之，絕其本根，勿使能殖。"杜甫《除草》："芟夷不可闕，疾惡信如讎。" 錢鎛：古代兩種農具名，後泛指農具。《詩・周頌・臣工》："命我眾人，庤乃錢鎛。"鄭玄箋："教我庶民，具女田器。"曹操《步出夏門行》："錢鎛停置，農收積場。"

㊺ 朝廷：亦作"朝庭"，君王接受朝見和處理政務的地方。《論語・鄉黨》："其在宗廟朝廷，便便言，唯謹爾。"邢昺疏："朝廷，布政之所。"《淮南子・主術訓》："是故朝廷蕪而無迹，田野辟而無草。"指以君王爲首的中央政府。《商君書・農戰》："今境內之民及處官爵者，

見朝廷之可以巧言辯說取官爵也，故官爵不可得而常也。”任華《雜言寄杜拾遺》：“而我不飛不鳴亦何以，只待朝庭有知己。” 百揆：總理國政之官。《書·舜典》：“納於百揆，百揆時叙。”蔡沈集傳：“百揆者，揆度庶政之官，惟唐虞有之，猶周之冢宰也。”《舊唐書·代宗紀》：“唐虞之際，内有百揆，庶政惟和。”也指百官。《新唐書·高祖紀》：“戊辰，隋帝進唐王（李淵）位相國，總百揆，備九錫。” 皋陶：亦作“皋陶”，傳說虞舜時的司法官。《書·舜典》：“帝曰：‘皋陶，蠻夷猾夏，寇賊奸宄，汝作士。’”《論語·顔淵》：“舜有天下，選於衆，舉皋陶，不仁者遠矣！” 共工：古史傳說人物，爲堯臣，和驩兜、三苗、鯀並稱爲“四凶”，被流放於幽州。《書·舜典》：“流共工於幽洲。”銀雀山漢墓竹簡《孫臏兵法·見威王》：“昔者，神戎戰斧遂，黄帝戰蜀禄，堯伐共工。”驩兜：相傳爲堯舜時的部落首領，四凶之一。《書·舜典》：“放驩兜於崇山。”《文心雕龍·時序》：“降及靈帝，時好辭制，造《羲皇》之書，開鴻都之賦，而樂松之徒，招集淺陋。故楊賜號爲驩兜，蔡邕比之俳優。” 遏：抑制，阻止。《詩·大雅·民勞》：“式遏寇虐，憯不畏明。”鄭玄箋：“式，用；遏，止也。”韓愈《論佛骨表》：“若不即加禁遏，更歷諸寺，必有斷臂、臠身以爲供養者。” 放棄：流放，貶黜。《左傳·宣公元年》：“晉放其大夫胥甲父于衞。”孔穎達疏：“是放者有罪當刑而不忍刑之，寬其罪而放棄之也。”王禹偁《揚州謝上表》：“雖放棄之臣，君恩未替。” 殛：流放，放逐。《書·舜典》：“流共工於幽洲，放驩兜於崇山，竄三苗于三危，殛鯀於羽山。”孔穎達疏：“傳稱流四凶族者，皆是流而謂之‘殛、竄、放、流皆誅’者，流者移其居處若水流然，罪之正名，故先言也；放者使之自活；竄者投棄之名；殛者誅責之稱，俱是流徙。異其文，述作之體也。”趙曄《吴越春秋·越王無餘外傳》：“乃殛鯀於羽山，鯀投于水，化爲黄能，因爲羽淵之神。”

㊌ 用器：器物。《禮記·王制》：“用器不中度，不粥於市。”鄭玄注：“用器，弓矢、耒耜、飲食器也。”使用器物。韓愈《原道》：“農之家

一而食粟之家六，工之家一而用器之家六。” 任賢：委用德才兼備的人。劉向《説苑・君道》：“人君之道：清净無爲，務在博愛，趨在任賢，廣開耳目，以察萬方。”陳子昂《答制問事》：“然則取士之方，任賢之事，故陛下素來所深知。”

⑤⑦ 至於：連詞，表示另提一事。《國語・周語》：“其貴國之賓至，則以班加一等，益虔；至於王吏，則皆官正蒞事，上卿監之。” 極弊：嚴重的弊病。司馬光《議貢舉狀》：“今幸遇陛下聖明，心知貢舉之極弊，慨然發憤，深詔群臣，使得博議利病，更立新規，是千載一時也。”龔嘯《宛陵集跋》：“去浮靡之習，超然於昆體極弊之際，存古淡之道，卓然於諸大家未起之先，此所以爲梅都官詩也。”

⑤⑧ 通經：通曉經學。《後漢書・儒林傳序》：“東京學者猥衆，難以詳載，今但録其能通經名家者，以爲《儒林篇》。”韓愈《潮州請置鄉校牒》：“趙德秀才，沈雅專静，頗通經，有文章。”解釋經旨。《後漢書・蔡邕傳》：“昔孝宣會諸儒於石渠，章帝集學士於白虎，通經釋義，其事優大，文武之道，所宜從之。”李隆基《孝經序》：“是以道隱小成，言隱浮僞，且傳以通經爲義，義以必當爲主。” 覆射：即射覆，古時一種遊戲，通常是置物於覆器之下，讓人猜測。這裏指用於考試之中，揣測空白處應該存在的經文，猶同今天學校考試中的填充題。《通典・選舉》：“帖經者，以所習經，掩其兩端，中間惟開一行，裁紙爲帖。凡帖三字，隨時增損，可否不一，或得四得五，得六者爲通。”朱熹《學校貢舉私議》：“至於制舉，名爲賢良方正，而其實但得記誦文詞之士。其所投進詞業，亦皆無用之空言。而程試論策，則又僅同覆射兒戲。初無益於治道，但爲仕宦之捷徑而已。” 明義：闡明義理。張光庭《宰相等上尊號第三表》“《書》云：‘乃聖乃神，乃武乃文。光昭帝圖，莫斯爲大。’不稽古之明義，豈在今之能名？”胡宿《代中書詔定大樂名議》：“臣等申被詔書，參定明義，謹按太常天地宗廟四時祠祀樂章凡若干首，以安名曲，尋其義也。” 辨析：辨別分析。《北史・齊紀・世宗文襄帝》：“神

武試問以時事得失,辨析無不中理。"周密《癸辛雜識前集·牛女》: "至於渡河之説,則洪景盧辨析最爲精當。" 章條:章程,規則。《後漢書·儒林傳論》:"繁其章條,穿求崖穴。"封演《封氏聞見記·貢舉》:"於是詔天下舉秀才孝廉,而考試章條漸加繁密。"

⑤ 中第:專指科舉考試及格。白居易《喜敏中及第》:"自知群從爲儒少,豈料詞場中第頻!"《新唐書·宋璟傳》:"璟耿介有大節,好學,工文辭,舉進士中第。" 蔑然:空無所有。蘇轍《辭召試中書舍人狀》:"伏念臣頃自外官擢任言責,雖繼陳狂瞽,而報效蔑然。"岳飛《奏乞解樞副第三札子》:"伏念臣濫厠樞庭,誤陪國論,貪榮滋甚,補報蔑然。" 雕詞鏤句:雕琢文句。楊時《與陳傳道序》:"及觀其所學,則不過乎欲雕章鏤句,取名譽而止耳!"李昂英《遊忠公鑑虛集序》:"君子立言,不獨以書傳也。苟於世教無關,於人國無裨,不過組篇鏤句,落儒生口耳……" 搜摘:搜集摘取。李昂《誅劉克明等教》:"遂以宰相定議,乃親率左右神策護軍中尉心腹近臣及諸職事官,並左右神策六軍使兼諸軍使及飛龍將士等,搜摘伏匿,大擒諸妖。"陸贄《論兩税之弊須有厘革》:"而乃搜摘郡邑,劾驗簿書,每州各取大曆中一年科率錢穀數最多者,便爲兩税定額。"

⑥ 坐致:輕易獲得,輕易達到。《孟子·離婁》:"天之高也,星辰之遠也,苟求其故,千歲之日至,可坐而致也。"《續資治通鑒·宋仁宗寶元二年》:"乘人心離散,嘉勒斯賚立敵之時,緣邊州軍轉徙糧草二百餘里,不出一月,可坐致山界洪、宥等州。" 郎署:郎官辦事的官署,也指郎官。沈佺期《酬楊給事兼見贈省中》:"顧我叨郎署,慚無草奏功。"王維《送陸員外》:"郎署有伊人,居然古人風。天子顧河北,詔書除征東。" 俯求:輕易取得,俯身拾取,即得此物,義近"俯拾即是"、"俯拾皆是",司空圖《二十四詩品·自然》:"俯拾即是,不取諸鄰。"范祖禹《陝州謝到任表》:"臣敢不上體宸慈,俯求民瘼,庶有承宣之效,少寬宵旰之憂。" 崇樹:尊奉封立。《北齊書·唐邕傳》:"遂留

晉陽，與莫多婁敬顯等崇樹安德王爲帝。"趙璘《因話録·羽》："文宗欲崇樹外戚，而詐稱國舅者數輩，竟不得其真。"　風聲：聲望，聲譽。《漢書·王貢兩龔鮑傳序》："自（東）園公、綺里季、夏黄公、角里先生、鄭子真、嚴君平皆未嘗仕，然其風聲足以激貪厲俗，近古之逸民也。"元結《下客謡》："豈知保終信，長使令德全。風聲與時茂，歌頌萬千年。"　殿最：古代考核政績或軍功，下等稱爲"殿"，上等稱爲"最"。《漢書·宣帝紀》："其令郡國歲上繫囚以掠笞若瘐死者所坐名、縣、爵、里，丞相御史課殿最以聞。"顏師古注："凡言殿最者：殿，後也，課居後也；最，凡要之首也，課居先也。"《魏書·食貨志》："勸課農耕，量校收入，以爲殿最。"　連科：謂科舉考試連續中式。秦觀《三老堂》："堂堂三元老，業履冠儕匹……竝道謁温宣，連科取甲乙。"廖行之《挽宋知縣剛仲二首》一："閥閲方成一段奇，三湘況是古來稀。弟兄同歲乘槎去，父子連科折桂歸。"　累捷：連續得勝。張九齡《賀東北累捷狀》："今日劉思賢至，奉宣聖旨垂示臣等破賊所由……"李綱《論淮西軍變札子》："近年議戰，士氣稍振。去冬累捷，國勢浸强。將定恢復之謀，漸成中興之業。"這裏指多次科舉得勝券。　拱嘿：亦作"拱默"，拱手緘默。《漢書·鮑宣傳》："以苟容曲從爲賢，以拱默尸禄爲智。"陸雲《國人兵多不法啓》："是以自來拱嘿，未敢多言。"　因循：保守，守舊。司馬光《學士院試李清臣等策問》："庸人之情，喜因循而憚改爲，可與樂成，難與慮始。"疏懶，怠惰，閑散。《顏氏家訓·勉學》："世人婚冠未學，便稱遲暮，因循面墻，亦爲愚爾。"徐度《却掃編》卷中："人情樂因循，一放過，則不復省矣！"　清流：喻指德行高潔負有名望的士大夫。《三國志·桓階陳羣等傳評》："陳羣動仗名義，有清流雅望。"歐陽修《朋黨論》："唐之晚年，漸起朋黨之論，及昭宗時，盡殺朝之名士，或投之黄河，曰：'此輩清流，可投濁流。'而唐遂亡矣！"　行法：按法行事。《禮記·曲禮》："班朝治軍，涖官行法，非禮威嚴不行。"章炳文《搜神秘覽》卷一："（王）旻悲泣言曰：'死只死矣！但（費）

孝先所言,終無驗耳!'左右以是語上達,翌日,郡守命,未得行法。"
蒞官:到職,居官。元稹《戒勵風俗德音》:"居省寺者,不能以勤恪蒞
官,而曰務從簡易。"王栐《燕翼詒謀録》卷三:"蒞官之日少,閑居之日
長。" 俗吏:才智凡庸的官吏。賈誼《治安策》:"夫移風易俗,使天下
回心而鄉道,類非俗吏之所能爲也。俗吏之所務,在於刀筆筐篋,而
不知大體。"《漢書·兒寬傳》:"異日,湯見上,問曰:'前奏非俗吏所
及,誰爲之者?'湯言兒寬。" 儒術:儒家的原則、學説、思想。《史
記·封禪書》:"竇太后治黃老言,不好儒術。"韓愈《石鼓歌》:"方今太
平日無事,柄任儒術崇丘軻。"

㉛ 遷次:謂依次提升官職。荀悅《漢紀·宣帝紀》:"公卿缺,輒
選所長而遷次用之。"元稹《元宗簡授京兆少尹制》:"叙彝倫,節浮競,
必在於遷次有準,以崇廉讓之風。" 進拔:猶提拔。《漢書·外戚恩
澤侯表序》:"會上亦興文學,進拔幽隱,公孫弘自海瀕而登宰相。"《南
史·王良傳》:"時右僕射江祐管朝政,多所進拔,爲士所歸。" 竊觀:
私下觀察。蕭穎士《爲陳正卿進續尚書表》:"臣竊觀三代之作,貽範
垂訓,體國綏人,雖載祀延長,德澤深遠,皆因循轍迹,故弗易其事。"
柳宗元《答貢士元公瑾論仕進書》:"然竊觀足下所以殷勤其文旨者,
豈非深寡和之憤,積無徒之嘆,懷不能已,赴訴於僕乎?" 萬品:猶萬
物,萬類。《尹文子·大道》:"過此而往,雖彌綸天地,籠絡萬品,治道
之外,非群生所餐挹,聖人錯而不言也。"《舊唐書·德宗紀》:"萬品失
序,九廟震驚。"

㉜ 群吏:衆多臣屬。李頎《送馬録事赴永陽》:"子爲郡從事,主
印清淮邊。談笑一州裏,從容群吏先。"高適《哭裴少府》:"公才群吏
感,葬事他人助。余亦未識君,深悲哭君去。" 察:考察,調查。《論
語·衛靈公》:"衆惡之,必察焉!衆善之,必察焉!"《新唐書·百官
志》:"監察御史十五人,正八品下,掌分察百寮,巡按州縣。" 私:偏
愛,寵愛。《儀禮·燕禮》:"對曰:'寡君,君之私也。'"鄭玄注:"私謂

獨有恩厚也。"《戰國策・齊策》:"吾妻之美我者,私我也。"

㉖ 禮部:官署名,本爲西漢時尚書的客曹,三國魏時有祠部,北魏有儀曹,北周始稱禮部。隋唐以後爲六部之一,包括客曹及祠部之職掌,管理國家的典章制度、祭祀、學校、科舉和接待四方賓客等事之政令,長官爲禮部尚書。蘇頲《奉和聖製幸禮部尚書竇希玠宅應制》:"尚書列侯第,外戚近臣家。飛棟臨青綺,迴輿轉翠華。"張説《崔禮部園亭得深字》:"窈窕留清館,虛徐步晚陰。水連伊闕近,樹接夏陽深。"　兩科:唐代的科舉名目繁多,但最主要的是明經、進士、制科。制科由皇帝親自主持,故由禮部主持的就衹有明經與進士兩科。劉禹錫《唐故衡州刺史吕君集序》:"名聲四馳,速如羽檄,長安中諸生咸避其鋒。兩科連中,芒刃愈出。德宗聞其名,自集賢殿校書郎擢爲左拾遺。"　唐禮:據《舊唐書・經籍志》記載,李唐有《大唐新禮》一百卷,房玄齡、魏徵等撰,《紫宸禮要》十卷,大聖天后撰。另據文獻記載,李唐還有《顯慶禮》,長孫無忌、杜正倫、李義府等撰,《大唐開元禮》,徐堅、李鋭等撰。白居易《策林・議禮樂》:"國家承齊、梁、陳、隋之弊,遺風未弭,故禮稍失於殺,樂稍失於奢。伏惟陛下慮其減銷,則命司禮者大明唐禮;防其盈放。則詔典樂者少抑鄭聲。如此則禮備而不偏,樂和而不流矣!繼周之道,其在兹乎!"陳襄《詳定禮文》:"臣陳某等言,有事於南郊,薦饗景靈宫,朝饗太廟,大率皆踵唐禮。"　六典:《唐六典》的省稱,以"三師、三公、三省、九寺、五監、十二衛"爲目,"列其職司官佐,叙其品秩"。韓愈《請復國子監生徒狀》:"國子監應三舘學士等,準《六典》。"廖瑩中注:"《唐六典》三十卷,開元十年起居舍人陸堅被詔撰,玄宗手寫六條曰:理典、教典、禮典、政典、刑典、事典,至二十六年書成。"姚華《論文後編》:"典之稱名,原始《尚書・堯典》一篇,後乏繼者,雖古有《五典》,唐有《六典》,然《五典》書不傳,《六典》雖傳,要都爲總部,不屬專篇,名或相因,體不相襲。"　律令:唐代的律令起于唐高祖李淵,後經多次修訂,至唐玄宗李隆基時大致

成型，名之曰《開元律》。《淵鑑類函·刑法總載》："唐高祖起義至京師，約法十二條，唯制殺人、劫盜、背軍、叛逆者死，餘並蠲除之。及受禪，又制五十三條格入於新律，武德七年頒行之。" 九經：九部儒家經典，名目相傳不一。《漢書·藝文志》指《易》、《書》、《詩》、《禮》、《樂》、《春秋》、《論語》、《孝經》及小學。陸德明《經典釋文録》指《易》、《書》、《詩》、《周禮》、《儀禮》、《禮記》、《春秋》、《孝經》、《論語》。《初學記》卷二一所引九經，與《經典釋文》略異，有《左傳》、《公羊》、《穀梁》，無《春秋》、《孝經》、《論語》。齊己《酬九經者》："九經三史學，窮妙又窮微。"據《唐六典》記載："正經有九：《禮記》、《左氏春秋》爲大經；《毛詩》、《周禮》、《儀禮》爲中經；《周易》、《尚書》、《公羊春秋》、《谷梁春秋》爲小經。通二經者：一大一小，若兩中經；通三經者：大、小、中各一；通五經者：大經並通，其《孝經》、《論語》並須兼習。" 學士：古代在國學讀書的學生。《周禮·春官·樂師》："帥學士而歌《徹》。"鄭玄注："學士，國子也。"《儀禮·喪服》："大夫及學士則知尊祖矣！"孔穎達疏："此學士謂鄉庠、序及國之大學、小學之學士。"

㉞ 環貫：猶融會貫通。王鏊《寶坻縣新城記》："城之周若干里，池繞之而環貫乎城中。" 大義：要義，要旨。《東觀漢記·班固傳》："學無常師，不爲章句，舉大義而已。"韓愈《送牛堪序》："以明經舉者，誦數十萬言，又約通大義，徵辭引類。" 道：政治主張或思想體系。《論語·衛靈公》："道不同，不相爲謀。"劉禹錫《學阮公體三首》一："少年負志氣，通道不從時。" 上第：考試成績中的第一等。《後漢書·獻帝紀》："九月甲午，試儒生四十餘人，上第賜位郎中，次太子舍人，下第者罷之。"《新唐書·選舉志》："每問經十條，對策三道，皆通，爲上第，吏部官之；經義通八，策通二，爲中第，與出身；下第，罷歸。"文理：猶條理。《禮記·中庸》："文理密察，足以有別也。"《漢書·高帝紀》："南海尉它居南方，長治之，甚有文理。"王先謙補注引周壽昌曰："文理，猶條理也。" 詩賦：詩和賦。王褒《四子講德論》："何必歌

詠詩賦,可以揚君哉?愚竊惑焉!"《陳書·陰鏗傳》:"幼聰慧,五歲能誦詩賦,日千言。"　判:指審理獄訟的判決書。柳宗元《段太尉逸事狀》:"諶盛怒,召農者曰:'我畏段某耶?何敢言我!'取判鋪背上,以大杖擊二十。"這裏指舉子參加吏部考試時的模擬性質的判文,元稹的《錯字判》、《父病殺牛判》就是這一類文章。　論:文體的一種,即議論文。曹丕《典論·論文》:"蓋奏、議宜雅,書、論宜理。"張表臣《珊瑚鉤詩話》卷三:"言其倫而析之者論也。"這裏指策論。詩、賦與判、論都是李唐科舉考試的考試科目之一。　文士:知書能文之士。《戰國策·秦策》:"文士並飾,諸侯亂惑。"韓愈《與袁相公書》:"竊見朝議郎、前太子舍人樊宗師……習於吏職,識時知變,非如儒生文士,止有偏長。"

⑥ 經緯今古:融會貫通古今,亦即縱向的研究與橫向的比較。張嘉貞《奉和聖製送張說巡邊》:"經緯稱人傑,文章作代英。山川看是陣,草木想爲兵。"曾鞏《請令長貳自舉屬官札子》:"質之於古,實應先王之法;施之後世,可以推行:誠古今之通議也。"　理中是非:恰到好處地處理矛盾,理中是中醫術語,調理中氣。《醫宗金鑒·理中湯丸》集注引程應旄曰:"陽之動始於溫,溫氣得而穀精運,穀氣升而中氣贍,故名曰理中。"這裏借用醫學術語,比喻善於處理各種各樣的是是非非。張賈《送劉禹錫發華州》:"夫子生知者,相期妙理中。"　藻繢:亦作"藻繪",文辭,文采。《南史·謝晦謝方明等傳論》:"方明行己之度,玄暉藻繢之奇,各擅一時,可謂德門者矣!"曾鞏《南齊書目録序》:"其更改破析刻雕藻繢之變尤多,而其文益下。"　雅麗:高雅優美,雅正華麗。蔡邕《玄文先生李子材銘》:"經緯是綜,雅麗是分。"蘇軾《乞擢用程遵彥狀》:"學問該洽,文詞雅麗。"　布衣:借指平民,古代平民不能衣錦繡,故稱。《荀子·大略》:"古之賢人,賤爲布衣,貧爲匹夫。"桓寬《鹽鐵論·散不足》:"古者庶人耆老而後衣絲,其餘則麻枲而已,故命曰布衣。"　朝省:猶朝廷。《漢書·劉向傳》:"遠絕宗

室之任,不令得給事朝省,恐其與己分權。"《舊五代史·唐莊宗紀》:
"被甲胄者何嘗充給,趨朝省者轉困支援,州間之貨殖全疏,天地之災
祥屢應。" 士:古代諸侯設上士、中士、下士,"士"的地位次於大夫。
《禮記·王制》:"王者之制禄爵:公、侯、伯、子、男,凡五等。諸侯之上
大夫卿、下大夫、上士、中士、下士,凡五等。"《國語·周語》:"諸侯春、
秋受職於王以臨其民,大夫、士日恪位著以儆其官,庶人、工、商各守
其業以共其上。"卿士,泛稱諸侯臣僚、各級官吏。《儀禮·喪服》:"公
士大夫之衆臣,爲其君布帶繩屨。"鄭玄注:"士,卿士也。"賈公彦疏:
"云'士,卿士也'者,以其在公之下,大夫之上,尊卑當卿之位,故知是
卿士也。"《管子·八觀》:"鄉毋長游,里毋士舍。"尹知章注:"士謂里
尉,每里當置舍使尉居焉!"

㊻ 第:品第,評定。《管子·度地》:"凡一年之事畢矣!舉有功,
賞賢,罰有罪,遷有司之吏而第之。"《南史·柳惲傳》:"梁武帝好弈
棋,使惲品定棋譜,登格者二百七十八人,第其優劣,爲《棋品》三卷。"
科第,科舉時代考試合格列入的等第。《顏氏家訓·勉學》:"明經求
第,則顧人答策。"《南史·袁憲傳》:"時生徒對策,多行賄賂,(岑)文
豪請具束修,君正(憲父)曰:'我豈能用錢爲兒買第邪?'" 寵秩:寵
愛而授以官秩。《左傳·昭公八年》:"子旗曰:'子胡然,彼孺子也。
吾誨之,猶懼其不濟,吾又寵秩之,其若先人何?'"《資治通鑑·晉簡
文帝咸安元年》:"彼慕容評者,蔽君專政,忌賢疾功,愚闇貪虐以喪其
國,國亡不死,逃遁見禽。秦王堅不以爲誅首,又從而寵秩之,是愛一
人而不愛一國之人也。"胡三省注:"寵秩,謂寵而序其官,使不失
次也。"

㊼ 書、判、身、言:李唐科舉擇人的四個內容。《新唐書·選舉
志》:"凡擇人之法有四:一曰身,體貌豐偉;二曰言,言辭辯正;三曰
書,楷法遒美;四曰判,文理優長。"蘇軾《和子由聞將如終南太平宮讀
書》:"始者學書判,近亦知問因。" 式:規格,標準。桓寬《鹽鐵論·

錯幣》：“吏匠侵利，或不中式，故有薄厚輕重。”《北史·周紀》：“八月壬寅，議權衡度量，頒於天下。其不依新式者，悉追停之。”　挍：同“校”，比較。錢大昕《十駕齋養新錄·陸氏〈釋文〉多俗字》：“《說文·手部》無挍字，漢碑木旁字多作手旁，此隸體之變，非別有挍字。”《孟子·滕文公》：“貢者，挍數歲之中以爲常。”考核。盧照鄰《五悲·悲才難》：“使掌事者挍其功兮，孰能與狸隼而齊舉？”　崇重：尊重，重視。桓溫《薦譙元彥表》：“是故上代之君，莫不崇重斯軌，所以篤俗訓民，静一流競。”韓愈《請復國子監生徒狀》：“國家典章，崇重庠序。近日趨競，未復本原。”　吏部郎：吏部郎中以及員外郎，其職責主要是考核官員。《舊唐書·職官志》：“掌考天下文吏之班秩階品。凡叙階二十有九，品在都序，自一品至九品，品有上下，凡散官四品已下，九品已上，並於吏部當番上下。凡叙階之法，有以封爵，有以親戚，有以勛庸，有以資蔭，有以秀孝，有以勞考，有除免而復叙者，皆循法以申之，無或枉冒。”　功狀：報告立功情況的文書。《三國志·孫堅傳》：“刺史臧旻列上功狀，詔書除堅鹽瀆丞。”《新五代史·段凝傳》：“凝與彦章各自上其功，嚴從中匿彦章功狀，悉歸其功於凝。”　牧宰：泛指州縣長官，州官稱牧，縣官稱宰。酈道元《水經注·汝水》：“林中有栗堂射埻，甚閑敞，牧宰及英彦多所遊薄。”《舊唐書·韋仁壽傳》：“仁壽將兵五百人至西洱河，承制置八州十七縣，授其豪帥爲牧宰，法令清肅，人懷歡悦。”　字人：撫治百姓。《隋書·刑法志》：“始乎勸善，終乎禁暴，以此字人，必兼刑罰。”《資治通鑑·唐代宗大曆十二年》：“縣令，字人之官。”　遲速：慢和快，緩慢或迅速。《左傳·昭公十三年》：“既聞命矣！敬共以往，遲速唯君。”歐陽修《鑒畫》：“故飛走遲速，意淺之物易見；而閑和嚴静，趣遠之心難形。”

⑱ 任賢：委用德才兼備的人。《書·大禹謨》：“任賢勿貳，去邪勿疑。”劉向《説苑·君道》：“人君之道：清净無爲，務在博愛，趨在任賢，廣開耳目，以察萬方。”　僕射：官名，秦始置，漢以後因之。漢成

帝建始四年,初置尚書五人,一人爲僕射,位僅次尚書令,職權漸重。漢獻帝建安四年,置左右僕射。唐宋左右僕射爲宰相之職,宋以後廢。《漢書·百官公卿表》:"僕射,秦官,自侍中、尚書、博士、郎皆有。古者重武官,有主射以督課之。"韓愈《答魏博田僕射書》:"季冬極寒,伏惟僕射尊體動止萬福。" **廉問**:察訪查問。《史記·秦始皇本紀》:"諸生在咸陽者,吾使人廉問,或爲訞言以亂黔首。"元稹《贈毛仙翁序》:"余廉問浙東歲,毛仙翁惠然來顧。" **節制**:指節度使。元稹《故中書令贈太尉沂國公墓誌銘》:"近世勳將尤貴富者言李郭,然而汾陽、西平猶不得父子並世爲節制。"《舊唐書·李德裕傳》:"〔鄴郡道士〕謂予曰:'公當爲西南節制,孟冬望舒前符節至矣!'" **牧守**:州郡的長官,州官稱牧,郡官稱守。葛洪《抱朴子·審舉》:"夫選用失於上,則牧守非其人矣!"白居易《張聿可衢州刺史制》:"牧守之任,最親吾人。" **執事**:有職守之人,官員。《書·盤庚》:"嗚呼!邦伯師長百執事之人,尚有隱哉!"孔穎達疏:"其百執事謂大夫以下,諸有職事之官皆是也。"元稹《范季睦授尚書倉部員外郎制》:"新熟之時,豈宜無備?乃詔執事,聿求其才。乘我有秋,大實倉廩。" **郡縣**:郡和縣的並稱,郡縣之名初見于周,秦始皇統一中國,分國內爲三十六郡,爲郡縣政治之始,漢初封建制與郡縣制並行,其後郡縣遂成常制。《史記·秦始皇本紀》:"今陛下興義兵,誅殘賊,平定天下,海內爲郡縣。"《魏書·崔浩傳》:"若無水草,何以畜牧?又漢人爲居,終不於無水草之地築城郭、立郡縣也。" **考績**:指考績的記錄。庾信《周太子太保步陸逞神道碑》:"考績入于歲成,論功書之年表。"王溥《唐會要·考》:"武德二年二月,上親閱群臣考績,以李綱、孫伏伽爲上第。" **賞罰**:獎賞和懲罰。李康《運命論》:"賞罰懸於天道,吉凶灼乎鬼神。"白居易《同微之贈別郭虛舟鍊師五十韵》:"我直紫微閣,手進賞罰詞。君侍玉皇座,口含生殺機。" **舉賢**:舉薦賢能之人。曹植《陳審舉表》:"既時有舉賢之名,而無得賢之實。"祖詠《送丘爲下第》:"滄江一身客，獻賦空十年。明主豈能好？今人誰舉賢？” 保任：擔保。《周禮·秋官·大司寇》：“使州里任之，則宥而舍之。”賈公彥疏：“云使州里任之者，仍恐習前爲非而不改，故使州長里宰保任乃舍之。”王安石《上仁宗皇帝言事書》：“其次則恩澤子弟，庠序不教之以道藝，官司不考問其才能，父兄不保任其行義，而朝廷輒以官予之，而任之以事。” 不肖：不成材，不正派。《漢書·武帝紀》：“代郡將軍敖、雁門將軍廣，所任不肖，校尉又背義妄行，棄軍而北。”顏師古注：“肖，似也。不肖者，言無所象類，謂不材之人也。”蘇軾《上富丞相書》：“翰林歐陽公不知其不肖，使與於制舉之末，而發其倡狂之論。”

⑥⑨ 叙常：按年資而晉用才能、政績一般的人。元稹《令狐楚等加階制》：“爰因進等之詔，用申交警之詞，各竭乃誠，同底於道，康天下，平泰階，而後越級之賜行焉！兹謂叙常，非以爲報。”劉安上《顯謨閣直學士中奉大夫李孝壽復正議大夫》：“朕於甘泉法從之臣，極始終禮遇之厚，雖以微文鐫秩，豈拘于牽叙常法哉！” 業：學業。《史記·太史公自序》：“遷生龍門，耕牧河山之陽……北涉汶泗，講業齊魯之都，觀孔子之遺風。”韓愈《游西林寺題蕭二兄郎中舊堂》：“中郎有女能傳業，伯道無兒可保家。” 才：才力，才能。左思《魏都賦》：“通若任城，才若東阿。”王安石《三司鹽鐵副使陳述古衛尉少卿制》：“具官某以才自奮，能世其家。” 政：謂主持政事。《管子·小匡》：“施伯謂魯侯曰：‘勿予！戮之也，將用其政也。’”尹知章注：“用之使知政。”韓愈《曹成王碑》：“王始政於溫，終政於襄。” 行：行爲。《禮記·樂記》：“禮以道其志，樂以和其聲，政以一其行，刑以防其奸。”《荀子·非十二子》：“縱情性，安恣睢，禽獸之行，不足以合文通治。”品行，德行。《楚辭·九章·橘頌》：“年歲雖少，可師長兮！行比伯夷，置以爲像兮！”楊惲《報孫會宗書》：“竊自念過已大矣！行已虧矣！長爲農夫以没世矣！” 限以停年課資之格而役任之：意謂如果某人的業、才、政、行都達不到要求，就不能僅僅以任職年限較長而晉升他官職，委以他

重任。　年資：任職年限及資歷。《三國志・孟光傳》：“太常廣漢鐔承，光祿勛河東裴俊等，年資皆在光後，而登據上列，處光之右。”蘇頌《秘書丞充三司勾當修造案公事孔嗣宗可太常博士餘如故》：“本由才選，閱乃年資之久，嘉其治等之優，所宜甄疇，稍進班級。”

⑦⓪ 群材：眾多有才能之人。杜甫《諸將五首》五：“主恩前後三持節，軍令分明數舉梧。西蜀地形天下險，安危須仗出群材。”姚向《奉陪段相公晚夏登張儀樓》：“秦相駕群材，登臨契上臺。查從銀漢落，江自雪山來。”　庶官：百官，多指一般官員。王符《潛夫論・實貢》：“各以所宜，量材授任，則庶官無曠。”崔尚《奉和聖製同二相已下群臣樂游園》：“宴春日照長安，皇恩寵庶官。合錢承罷宴，賜帛復追歡。”

⑦① 心目：心和眼。《國語・晉語》：“上下左右，以相心目。”曹丕《又與吳質書》：“追思昔遊，猶在心目，”想法和看法，內心。《禮記・中庸》：“故至誠如神。”朱熹集注：“然惟誠之至極，而無一毫私偽留於心目之間者，乃能有以察其幾焉！”　支體：指整個身體，亦僅指四肢。《史記・孝文本紀》：“夫刑至斷支體，刻肌膚，終身不息，何其楚痛而不德也，豈稱爲民父母之意哉！”元積《思歸樂》：“君看趙工部，八十支體輕。”　明鏡：明亮的鏡子，常常用以稱頌官吏高明公正。李白《秋登宣城謝朓北樓》：“江城如畫裏，山曉望晴空。兩水夾明鏡，雙橋落彩虹。”岑參《送狄員外巡按西山軍得霽字》：“狄子幕府郎，有謀必康濟。胸中懸明鏡，照耀無巨細。”　美惡：美醜，好壞，指財貨、容貌、年成、政俗等。劉向《説苑・談叢》：“鏡以精明，美惡自服。”《後漢書・賈琮傳》：“刺史當遠視廣聽，糾察美惡，何有反垂帷裳以自掩塞乎？”

⑦② 四門：指明堂四方的門。《書・舜典》：“賓於四門，四門穆穆。”《後漢書・曹世叔妻傳》：“闢四門而開四聰。”　四目：能觀察四方的眼睛。《書・舜典》：“詢於四岳，闢四門，明四目，達四聰。”孔傳：“廣視聽於四方，使天下無壅塞。”孔穎達疏：“明四方之目，使爲己遠視四方也。”《舊唐書・唐次傳》：“尚復廣四目，週四聰，制理皆在於未

萌，作範將垂於不朽。”　　四聰：能遠聞四方的聽覺。《書·舜典》：“明四目，達四聰。”孔穎達疏：“達四方之聰，使爲己遠聽四方也。”劉禹錫《賀赦表》：“耳達四聰。”

⑦ 端拱：指帝王莊嚴臨朝，清簡爲政。《魏書·辛雄傳》：“端拱而四方安，刑措而兆民治。”歐陽詹《珍祥論》：“即虐如秦皇，雖車轍遍於宇内，不如太宗端拱於堂上也。”　　巖廊：亦作“巖郎”，高峻的廊廡。《漢書·董仲舒傳》：“蓋聞虞舜時，游於巖郎之上，垂拱無爲，而天下太平。”顔師古注引晉灼曰：“堂邊廡巖郎，謂巖峻之郎也。”借指朝廷。桓寬《鹽鐵論·憂邊》：“今九州同域，天下一統，陛下優游巖廊，覽群臣極言。”　　高居：處在高的地方，亦指居於高位。王融《永明九年策秀才文》一：“朕黍奉天命，恭惟永圖。審聽高居，載懷祇懼。”許景先《奉和御製春臺望》：“睿德在青陽，高居視中縣。秦城連鳳闕，漢寢疏龍殿。”　　宸極：即北極星。《晉書·律曆志》：“昔者聖人擬宸極以運璿璣，揆天行而序景曜，分辰野，敬農時，興物利，皆以繫順兩儀，紀綱萬物者也。”本文比喻帝位。《文選·劉琨〈勸進表〉》：“宸極失御，登遐醜裔。”李善注：“宸極，喻帝位。”《舊唐書·蘇安恒傳》：“今太子孝敬是崇，春秋既壯，若使統臨宸極，何異陛下之身！”　　冕旒：古代大夫以上的禮冠，頂有延，前有旒，故曰“冕旒”。天子之冕十二旒，諸侯九，上大夫七，下大夫五。崔豹《古今注·問答釋義》：“牛亨問曰：‘冕旒以繁露，何也？’答曰：‘綴珠垂下，重如繁露也。’”專指皇冠，借指皇帝、帝位。沈約《勸農訪民所疾苦詔》：“冕旒屬念，無忘夙興。”韓愈《江陵途中寄三學士》：“昨者京師至，嗣皇傳冕旒。”　　秋毫：亦作“秋豪”，鳥獸在秋天新長出來的細毛，喻細微之物。《孫子·形》：“舉秋毫不爲多力，見日月不爲明目，聞雷霆不爲聰耳。”葛洪《抱朴子·自叙》：“秋毫之贈不入於門，紙筆之用皆出私財。”　　黈纊：黄綿所製的小球，懸於冠冕之上，垂兩耳旁，以示不欲妄聽是非。《淮南子·主術訓》：“故古之王者，冕而前旒所以蔽明也，黈纊塞耳所以掩聰，天子外

屏所以自障。"《文選·張衡〈東京賦〉》:"夫君人者,黈纊塞耳,車中不內顧。"薛綜注:"黈纊,言以黃綿大如丸,懸冠兩邊,當耳,不欲妄聞不急之言也。" **塞耳**:堵住耳朵,謂有意不聽。荀悅《申鑒·雜言》:"下不鉗口,上不塞耳,則可有聞矣!"《三國志·王修傳》:"願明使君塞耳勿聽也。" **聲響**:謂迴響應聲而起。《荀子·宥坐》:"〔夫水〕若有決行之,其應佚若聲響。其赴百仞之穀不懼,似勇。"楊倞注:"若聲響,言若響之應聲也。"王融《遊仙詩五首》五:"遠翔馳聲響,流雪自飄飄。"

⑭ **聖人**:君主時代對帝王的尊稱。《禮記·大傳》:"聖人南面而治天下,必自人道始矣!"杜甫《自京赴奉先縣詠懷五百字》:"聖人筐篚恩,實願邦國活。"仇兆鰲注:"唐人稱天子皆曰聖人。" **夭札**:遭疫病而早死。《左傳·昭公四年》:"癘疾不降,民不夭札。"杜預注:"短折爲夭,夭死爲札。"陳子昂《爲朝官及岳牧賀慈竹再生表》:"當夭札之凶年,致昇平之稔歲。" **壯**:男子三十爲"壯",即壯年,後泛指成年。《禮記·曲禮》:"人生十年曰幼學,二十曰弱冠,三十曰壯,有室。"《顏氏家訓·兄弟》:"及其壯也,各妻其妻,各子其子,雖有篤厚之人,不能不少衰也。"元稹時年二十八歲,故言"生未及壯"。 **戴**:尊奉,擁戴。《國語·周語》:"庶民不忍,欣戴武王。"韋昭注:"戴,奉也。"韓愈《徐偃王廟碑》:"偃王雖走死失國,民戴其嗣,爲君如初。" **仁壽**:謂有仁德而長壽。語出《論語·雍也》:"知者動,仁者靜,知者樂,仁者壽。"邢昺疏:"言仁者少思寡欲,性常安靜,故多壽考也。"《舊唐書·劉蕡傳》:"由是天人通,陰陽和,俗躋仁壽,物無疵癘。" **歡康**:亦即"歡康",歡樂。張衡《東京賦》:"君臣歡康,具醉熏熏。"曹植《大魏篇》:"陛下臨軒笑,左右咸歡康。" **自苦**:自己受苦,自尋苦惱。《史記·司馬相如列傳》:"文君久之不樂,曰:'長卿第俱如臨邛,從昆弟假貸,猶足爲生,何至自苦如此!'"盧照鄰《對蜀父老問》:"何其不一干聖主?效智出奇,何栖栖默默自苦若斯?" **肝膽**:中醫認爲肝與

膽互爲表裏，稱膽爲肝府，故二者常並提。《列子·湯問》：“王諦料之，内則肝膽、心肺、脾腎、腸胃，外則筋骨、支節、皮毛、齒髮，皆假物也，而無一畢具者。”泛指人的身體或其内部器官。《莊子·大宗師》：“假於異物，託於同體，忘其肝膽，遺其耳目，反覆終始，不知端倪。”王安石《瘡起舍弟尚未已示道原》：“肝膽疑俱破，筋骸謾獨瘳。”

　　⑦ 慘怛：憂傷，悲痛。《漢書·元帝紀》：“歲比災害，民有菜色，慘怛於心。”劉禹錫《武陵觀火詩》：“吊傷色慘怛，喑失詞劬愉。”　悲愁：悲傷憂愁。《楚辭·九辯》：“離芳藹之方壯兮，余萎約而悲愁。”《漢書·烏孫國傳》：“昆莫年老，語言不通，公主悲愁。”　五十年：自“兵興”亦即“安史之亂”，“安史之亂”起天寶十四載（755），終寶應元年（762），至此元和元年（806），約數正是“五十年”。元稹《連昌宫詞》：“弄權宰相不記名，依稀憶得楊與李。廟謨顛倒四海摇，五十年來作瘡痏。”白居易《梨園弟子》：“白頭垂淚話梨園，五十年前雨露恩。莫問華清今日事，滿山紅葉鎖宫門。”　戴白：頭戴白髮，形容人老，亦代稱老人。《漢書·嚴助傳》：“天下賴宗廟之靈，方内大寧，戴白之老，不見兵革。”顔師古注：“戴白，言白髮在首。”陸龜蒙《慶封宅古井行》：“江南戴白盡能言，此地曾爲慶封宅。”　泣血：無聲痛哭，淚如血湧。一説淚盡血出，形容極度悲傷。李白《酬裴侍御對酒感時見贈》：“申包哭秦庭，泣血將安仰？”劉灣《虹縣嚴孝子墓》：“墓門白日閉，泣血黄泉中。草服蔽枯骨，垢容戴飛蓬。”　理定：謂政治安定。鄭絪《享太廟樂章》：“於穆時文，受天明命。允恭玄默，化成理定。”白居易《七德舞》：“功成理定何神速？速在推心置人腹。”　飲恨：抱恨含冤。江淹《恨賦》：“自古皆有死，莫不飲恨而吞聲。”秦觀《李訓論》：“惟其不用二臣，而委之訓與鄭注，是以事敗謀泄，害及忠良蹀血觀闕之前，不勝飲恨而已。”　窮泉：猶九泉，指墓中。《文選·潘岳〈哀永逝文〉》：“委蘭房兮繁華，襲窮泉兮朽壤。”吕延濟注：“窮泉，墓中也。”白居易《李白墓》：“可憐荒壠窮泉骨，曾有驚天動地文。”

⑯ 汲汲：心情急切貌。《禮記·問喪》："其往送也，望望然，汲汲然，如有追而弗及也。"孔穎達疏："汲汲然者，促急之情也。"歐陽修《試筆·繫辭説》："予之言，久當見信於人矣！何必汲汲較是非於一世哉！" 憐察：謂察知其情而憐惜之。韓愈《應科目時與人書》："愈今者實有類於是，是以忘其疏愚之罪而有是説焉，閣下其亦憐察之！"白居易《爲宰相謝官表》："雖内省行事，無所愧心，然上黷宸聽，合當死責。豈意憐察，曲賜安全，螻蟻之生，得自兹日。" 謹對：古代試策常用語，謂敬答策問。白居易《策林·策尾》："塵黷聖鑒，俯伏待罪，謹對。"汪應辰《廷試策》："臣不勝惓惓，惟陛下留神省察，實萬世無疆之休，臣謹對。"

［編年］

《年譜》編年本文於元和元年，理由是："據《册府元龜·貢舉部·考試》二云：'元和元年四月丙午'舉行考試，'辛酉'公佈結果。元和元年四月丙午朔，'丙午'是十三日，'辛酉'是二十八日。元稹'對策'應是四月十三日。"《編年箋注》、《年譜新編》的編年意見以及理由與《年譜》同，也僅僅引述《册府元龜》爲據。

我們以爲：要確定本文撰作的具體日期，首先要搞清文末所示"元和元年四月二十八日"的真實含義。文末所示，似乎應該是本文撰寫的具體日期。但查閱本文的版本，却祇有原本以及《英華》具備，其他各本如楊本、叢刊本、宋蜀本以及《增注唐策》、《文章辨體彙選》、《歷代名臣奏議》均無。而白居易的《才識兼茂明於體用科策一道》題後注文是："元和元年四月登第。"表明"元和元年四月"是"登第"的日期，且也無"二十八日"字樣。其他同時登第的同年，在全文中，僅僅祇有羅讓也有"元和元年四月二十八日"字樣，其他如韋處厚、獨孤郁均無。其次，根據舊時策文的慣例，此日期不應該出於舉子元稹的手筆，而應該是後人編輯時所加。第三，《舊唐書·憲宗紀》："（元和元年四月)丙午,命宰臣監試制舉人於尚書省,以制舉人先朝所徵,不欲親試也。"如果"丙午"是"四月二十八日",那末《舊唐書·憲宗紀》在其後所記載的元和元年四月"己未,武元衡奏,常參官兼御史大夫、中丞者。准檢校省官例,立在本品同類之上。壬戌,鄆王約薨,武元衡奏:'正衙待制官,本置此官以備問。比來正衙多不奏事,自今後請以尚書省六品以上職事官、東宮師傅賓詹、王傅等,每坐日令兩人待制,退朝詔於延英候對。'從之"的紀事又該是四月的哪一天? 它們可都分別在"丙午"的十三天、十六天之後。第四,《舊唐書·憲宗紀》元和元年四月沒有標明"朔日"的干支,而從元和元年三月"乙丑朔"後推,或從元和元年"五月甲子朔"逆推,四月的"朔日"干支應該是"甲午"。查閱方詩銘《中國史曆日和中西曆日對照表》、王詠剛《兩千年中西曆速查》,元和元年四月的朔日正是"甲午"。據此,丙午不應該是"四月二十八日",而應該是四月十三日。第五,元稹等十八人及第名單有《册府元龜》的《辛酉詔》記錄在案,據"四月甲午朔"推算,"辛酉"應該正是"四月二十八日",《英華》等顯然把公佈元稹等人及第的日子,誤成了元稹等人參加制舉考試的日子。據此,我們以爲本文應該撰寫於元和元年四月十三日,地點在長安"尚書省"的官衙之內,元稹當時已經免去校書郎的任職,僅僅祇是舉子的身份。

◎ 論教本書[①]

臣伏見陛下降明詔[(一)],修廢學,增冑子,選司成[②]。大哉! 堯之爲君、伯夷典禮、夔教冑子之深旨也! 然而事有萬萬急於此者,敢冒昧殊死而言之[(二)][③]:

臣聞諸賈生曰[(三)]:"三代之君仁且久者,教之然也!"誠哉是言[④]! 且夫周成王,人之中才也,近管、蔡則讒入,親周、召則義聞⁽四⁾，豈可謂天聰明哉？然而克終於道者，得不謂教之然耶⑤？始其爲太子也，未生胎教，既生保教。太公爲之師，周公爲之傅，召公爲之保，伯禽、唐叔與之游，禮、樂、詩、書爲之習⑥。目不得閱淫艷妖誘之色⁽五⁾，耳不得聞優笑凌亂之聲，口不得習操斷擊搏之書⁽六⁾，居不得近容順陰邪之黨，游不得恣追禽逐獸之樂，玩不得有遐異僻絕之珍⁽七⁾。凡此數者，非謂備之於前而不爲也，亦將不得見而爲之矣⁽八⁾⑦！及其長而爲君也，血氣既定，游習既成，雖有放心快己之事日陳於前，固不能奪已成之習、已定之心矣⑧！則彼忠直道德之言，固吾之所習聞也，陳之者有以諭焉⁽九⁾！回佞庸違之說，固吾之所積懼也，諂之者有以辨焉⑨！人之情，莫不欲耀其所能而黨其所近，苟將得志，則必快其所蘊矣！物之性亦然，是以魚得水而游，馬逸駕而走，鳥乘風而翔，火得薪而熾，此皆物之快其所蘊也⑩！今夫成王，所蘊道德也！所近聖賢也！是以舉其近，則周公左而召公右，伯禽魯而太公齊⑪；快其蘊，則興禮樂而朝諸侯，措刑罰而美教化。教之至也，可不謂信然哉⑫！

及夫秦則不然，滅先王之學，曰將以愚天下；黜師保之位，曰將以明君臣⑬。胡亥之生也，《詩》《書》不得聞，聖賢不得近。彼趙高者，詐宦之戮人也，而傅之以殘忍戕賊之術⁽一〇⁾，且曰恣睢天下以爲貴⁽一一⁾，莫見其面以爲尊，是以天下之人未盡愚，而胡亥固已不能分獸畜矣！趙高之威懾天下，而胡亥固已自幽於深宮矣⁽一二⁾⑭！李斯者，秦之寵丞相也！因讒冤死⁽一三⁾，無以自明，而況於疏遠之臣庶乎？若此，則秦之亡有以致之也⑮！

漢高承之以兵革，漢文守之以廉謹，卒不能蘇復大訓。是以景、武、昭、宣，天資甚美，纔可以免禍亂。哀、平之間，則不能虞篡弑矣(一四)⑯！然而惠帝廢易之際，猶賴羽翼以勝其邪心，是後有國之君議教化者，莫不以興廉舉孝、設學崇儒爲意，曾不知教化之不行，自貴者始。略其貴者，教其賤者，無乃鄰於倒置乎⑰？

洎我太宗文皇帝之在藩邸，以至於爲太子也，選知道德者十八人與之游習；即位之後，雖宴游飲食之間(一五)，若十八人者實在其中⑱。上失無不言，下情無不達，不四三年而名高盛古，豈一日二日而致是乎？游習之漸也⑲。貞觀已還，師傅之官皆宰相兼領，其餘宮僚選亦甚重(一六)。馬周以官高(一七)，恨不得爲司議郎，此其驗也⑳！文皇之後，漸疏賤之。至於武后臨朝(一八)，剪棄王族，當中、睿二聖危難之際(一九)，雖有骨鯁敢言之士，既不得在調護保安之職，終不能措扶衛之一詞，而令匠安金藏剖腹以明之(二〇)，豈不大哀哉㉑！

兵興以來，茲弊尤甚。師資保傅之官，非疾廢眊瞶不任事者爲之(二一)，即休戎罷帥不知書者處之，至於友諭贊議之徒，疏冗散賤之甚者，搢紳耻之(二二)㉒。夫以匹夫之愛其子者，猶求明哲慈惠之師以教之，直諒多聞之友以成之(二三)，豈天下之元子，而可以疾廢眊瞶不知書者爲之師？疏冗散賤不適用者爲之友乎？此何足反居上之甚也(二四)㉓！

近制，宮寮之外(二五)，往往以沉滯僻老之儒充侍書侍讀之選(二六)，而又疏棄斥遠之，越月逾時不得召見，彼又安能傳成道德而保養其躬哉㉔！臣以爲積此弊者，豈不以皇天眷祐，祚我唐德，以舜繼舜(二七)，以堯繼堯，傳陛下十一聖矣！

莫不生而神明,長而仁聖,以是爲屑屑習儀者,故不之省耳㉕!臣獨以爲於列聖之謀則可也,垂無窮傳後嗣則不可(二八)。脱或萬代之後,有若周成王中智者,而又生於深宮優笑之間,無周召保助之教,則將不能知喜怒哀樂之所自矣!況稼穡之艱難乎㉖?

今陛下以上聖之資肇臨海内,是天下之人傾耳注目之日也(二九)!特願陛下思成王訓導之功,念文皇游習之漸,選重師保,慎簡宮寮(三〇),皆用博厚弘深之儒,而又練達機務者爲之㉗。更進迭見,日就月將,因令皇太子泊諸王(三一),定齒胄講業之儀,行嚴師問道之禮(三二),至德要道以成之,撤膳記過以警之㉘。血氣未定,則輟禽色之娛以就學;聖質既備,則資游習之善以弘德。此所謂一人元良(三三),萬國以貞之化也(三四)!豈直修廢學、選司成而足倫匹其盛哉㉙!而又俾則百王,莫不幼同師,長同術,識君道之素定,知天倫之自然㉚。然後選用賢良,樹爲藩屏。出則有晉、鄭、魯、衛之盛,入則有東牟、朱虛之強,蓋所謂宗子維城,犬牙磐石之勢,又豈與夫魏、晉以降凶賊其兄弟而自剪其本枝者同年而語乎(三五)㉛?微臣竊不自揆(三六),思爲陛下建永永無窮之長算,輒敢冒昧殊死而言之,臣積謹言(三七)㉜。

録自《元氏長慶集》卷二九

[校記]

(一)臣伏見陛下降明詔:楊本、叢刊本、《舊唐書·元積傳》、《册府元龜》、《全文》同,《英華》此句前有"某年某月日,某官臣積昧死再拜獻書皇帝陛下"兩句,《唐文粹》、《文章辨體彙選》作"某年日月,臣

積再拜獻書皇帝陛下”兩句,《新唐書·元稹傳》作“伏見陛下降明
詔”,《經濟類編》作“陛下降明詔”,各備一説,不改。

（二）敢冒昧殊死而言之：楊本、叢刊本《唐文粹》、《歷代名臣奏
議》、《全文》同,《舊唐書·元稹傳》、《英華》、《册府元龜》、《文章辨體
彙選》作“臣敢冒昧殊死而言之”,《新唐書·元稹傳》、《經濟類編》作
“臣敢昧死言之”,各備一説,不改。

（三）臣聞諸賈生曰：楊本、叢刊本、《舊唐書·元稹傳》、《唐文
粹》、《歷代名臣奏議》、《經濟類編》、《全文》、《英華》、《册府元龜》、《文
章辨體彙選》同,《新唐書·元稹傳》作“賈生有言”,各備一説,不改。

（四）親周、召則義聞：原本作“有周、召則義聞”,叢刊本、《舊唐
書·元稹傳》、《歷代名臣奏議》、《全文》同,《英華》作“右周、召則義
聞”,《新唐書·元稹傳》作“任周、召則義聞”,據《唐文粹》、《册府元
龜》、《經濟類編》、《文章辨體彙選》改。楊本作“有周、邵則義聞”,
“邵”即召公奭,指同一人,録以備考。

（五）目不得閲淫艶妖誘之色：叢刊本、《舊唐書·元稹傳》、《英
華》、《唐文粹》、《歷代名臣奏議》、《册府元龜》、《文章辨體彙選》、《經
濟類編》、《全文》同,楊本作“目不得閲淫艶妖謗之色”,各備一説,
不改。

（六）口不得習操斷擊搏之書：叢刊本、《舊唐書·元稹傳》、《唐
文粹》、《册府元龜》、《歷代名臣奏議》、《文章辨體彙選》、《經濟類編》、
《全文》同,《英華》作“口不得習慘斷擊搏之書”,楊本作“口不得習操
斷擊搏之書”,語義不通,不從不改。

（七）玩不得有遐異僻絶之珍：楊本、叢刊本、《舊唐書·元稹
傳》、《英華》、《册府元龜》、《歷代名臣奏議》、《全文》同,《唐文粹》、《經
濟類編》、《文章辨體彙選》作“翫不得愛遐異僻絶之珍”,各備一説,
不改。

（八）亦將不得見而爲之矣：楊本、叢刊本、《英華》、《歷代名臣奏

議》、《全文》同,《舊唐書·元稹傳》、《唐文粹》、《册府元龜》、《經濟類編》、《文章辨體彙選》作"亦將不得見之矣",各備一説,不改。

(九)陳之者有以諭焉:叢刊本、《舊唐書·元稹傳》、《英華》、《歷代名臣奏議》、《經濟類編》、《全文》同,楊本、《唐文粹》、《文章辨體彙選》作"陳之者有以論焉",《册府元龜》作"陳之者有所諭焉",各備一説,不改。

(一〇)而傅之以殘忍戕賊之術:叢刊本、《舊唐書·元稹傳》、《英華》、《册府元龜》、《唐文粹》、《文章辨體彙選》、《經濟類編》、《全文》同,楊本、《歷代名臣奏議》作"而傅之以殘忍戕賊之術",各備一説,不改。

(一一)且曰恣睢天下以爲貴:原本作"且日恣睢旴天下以爲貴",楊本、叢刊本、《歷代名臣奏議》同,《全文》作"且日恣睢天下以爲貴",《册府元龜》作"且日恣睢天下之人,人未盡愚……",中間脱漏"以爲貴,莫見其面以爲尊,是以天下之人"十六字,據《舊唐書·元稹傳》、《英華》、《唐文粹》、《經濟類編》、《文章辨體彙選》改。

(一二)而胡亥固已自幽於深宫矣:原本作"而胡亥已自幽於深宫矣",叢刊本、《歷代名臣奏議》、《全文》同,據楊本、盧校、《舊唐書·元稹傳》、《英華》、《唐文粹》、《册府元龜》、《經濟類編》、《文章辨體彙選》改。

(一三)因讒冤死:原本作"困讒冤死",楊本、叢刊本、《唐文粹》、《歷代名臣奏議》、《經濟類編》、《文章辨體彙選》同,據《舊唐書·元稹傳》、《英華》、《册府元龜》、《全文》改。

(一四)則不能虞篡弑矣:原本作"則不能處篡弑矣",據楊本、盧校、叢刊本、《英華》、《唐文粹》、《册府元龜》、《歷代名臣奏議》、《文章辨體彙選》、《經濟類編》、《全文》改,《舊唐書·元稹傳》作"則不能虞篡殺矣",僅備一説。

(一五)雖宴游飲食之間:楊本、叢刊本、《歷代名臣奏議》、《文章辨體彙選》、《經濟類編》、《全文》同，《舊唐書·元稹傳》、《英華》、《册府元龜》作"雖游宴飲食之間"，《唐文粹》作"雖燕游飲食之間"，各備一説，不改。

（一六）**其餘宮僚選亦甚重**：楊本、叢刊本、《舊唐書·元稹傳》、《歷代名臣奏議》、《全文》同，《英華》、《唐文粹》、《册府元龜》、《經濟類編》、《文章辨體彙選》作"其餘官僚選亦甚重"，各備一説，不改。

（一七）**馬周以官高**：叢刊本、《歷代名臣奏議》同，《唐文粹》、《册府元龜》、《文章辨體彙選》、《經濟類編》、《全文》作"馬周以位高"。《舊唐書·元稹傳》、《英華》作"焉，馬周以位高"，"焉"字上讀，不誤，楊本作"焉周以官高"，疑"焉"字下脱一"馬"字。各備一説，不改。

（一八）**至於武后臨朝**：楊本、叢刊本、《舊唐書·元稹傳》、《歷代名臣奏議》同，《全文》作"至於母后臨朝"，《唐文粹》、《經濟類編》、《文章辨體彙選》作"至母后臨朝"，《英華》作"至於母后臨朝"，《册府元龜》作"用至母后臨朝"，各備一説，不改。

（一九）**當中、睿二聖危難之際**：楊本、叢刊本、《舊唐書·元稹傳》、《歷代名臣奏議》、《全文》同，《英華》作"當中、睿二聖厄難之際"，《唐文粹》、《册府元龜》、《文章辨體彙選》、《經濟類編》作"當中、睿二聖勞勤之際"，各備一説，不改。

（二〇）**而令匠安金藏剖腹以明之**：原本作"而令近胡安金藏剖腹以明之"，楊本、叢刊本、《歷代名臣奏議》同，盧校、《唐文粹》、《文章辨體彙選》、《經濟類編》、《全文》作"而令匠胡安金藏剖腹以明之"，《舊唐書·元稹傳》、《英華》、《册府元龜》作"而令醫匠胡安金藏剖腹以明之"。據《舊唐書·安金藏傳》删改。

（二一）**非疾廢眊瞆不任事者爲之**：《英華》、《唐文粹》、《歷代名臣奏議》、《經濟類編》、《文章辨體彙選》、《全文》同，楊本、叢刊本、《舊唐書·元稹傳》、《册府元龜》作"非疾廢眊瞶不任事者爲之"，語義不通，不從不改。

（二二）**搢紳恥之**：原本作"搢紳恥由之"，楊本、叢刊本、《舊唐書·元稹傳》、《歷代名臣奏議》、《冊府元龜》同，據《英華》、《唐文粹》、《文章辨體彙選》、《經濟類編》、《全文》改。

（二三）**直諒多聞之友以成之**：楊本、叢刊本、《舊唐書·元稹傳》、《冊府元龜》、《英華》、《歷代名臣奏議》、《全文》同，《唐文粹》、《文章辨體彙選》、《經濟類編》作"直諒多聞之友以輔之"，各備一說，不改。

（二四）**此何足反居上之甚也**：楊本、叢刊本、《英華》、《歷代名臣奏議》同，《舊唐書·元稹傳》、《冊府元龜》、《全文》作"此何不及上古之甚也"，《文章辨體彙選》作"此何及上古之甚也"，《唐文粹》、《經濟類編》作"此何反上古之甚也"，各備一說，不改。

（二五）**宮寮之外**：原本作"官僚之外"，《文章辨體彙選》同，《冊府元龜》、《經濟類編》作"官寮之外"，叢刊本、《全文》作"官僚之外"，據楊本、《舊唐書·元稹傳》、《英華》、《唐文粹》、《歷代名臣奏議》改。

（二六）**往往以沉滯僻老之儒充侍書侍讀之選**：楊本、叢刊本、《英華》、《歷代名臣奏議》同，《舊唐書·元稹傳》、《冊府元龜》、《全文》作"往往以沉滯僻老之儒充侍直侍讀之選"，《唐文粹》、《文章辨體彙選》、《經濟類編》作"往往以沈滯僻老之儒充直講侍讀之選"，各備一說，不改。

（二七）**以舜繼舜**：楊本、叢刊本、《英華》、《歷代名臣奏議》、《全文》同，《唐文粹》、《文章辨體彙選》、《冊府元龜》、《經濟類編》作"以舜生舜"，各備一說，不改。《舊唐書·元稹傳》本句"以舜繼舜"連及下句"以堯繼堯"，作"以舜繼堯"，錄以備考。

（二八）**垂無窮傳後嗣則不可**：楊本、叢刊本、《歷代名臣奏議》作"計無窮傳後嗣則不可"，《英華》、《經濟類編》、《全文》作"計無窮之業以傳後嗣則不可"，《舊唐書·元稹傳》、《冊府元龜》作"計傳後嗣則不可"，《唐文粹》、《文章辨體彙選》作"計無窮之業傳後嗣則不可"，各備一説，不改。

（二九）是天下之人傾耳注目之日也：楊本、叢刊本、《歷代名臣奏議》、《全文》同，《舊唐書·元稹傳》作“是天下之人傾耳注心之日”，《英華》、《經濟類編》作“是天下人人傾耳注目之日也”，《唐文粹》、《文章辨體彙選》作“是天下人人傾耳注心之日也”，《册府元龜》作“是天下人人傾耳注心之日”，各備一説，不改。

（三〇）慎簡宫寮：楊本、叢刊本、《唐文粹》、《歷代名臣奏議》、《全文》同。《舊唐書·元稹傳》、《英華》、《册府元龜》作“慎擇官寮”，《文章辨體彙選》、《經濟類編》作“慎簡官寮”，各備一説，不改。

（三一）因令皇太子洎諸王：楊本、叢刊本、《歷代名臣奏議》、《全文》同，《英華》作“因令皇太子洎諸生”，《舊唐書·元稹傳》、《唐文粹》、《册府元龜》、《文章辨體彙選》、《經濟類編》作“因令皇太子聚諸生”，各備一説，不改。

（三二）行嚴師問道之禮：楊本、叢刊本、《舊唐書·元稹傳》、《英華》、《册府元龜》、《歷代名臣奏議》、《全文》同，《唐文粹》、《文章辨體彙選》、《經濟類編》作“行問道嚴師之禮”，各備一説，不改。

（三三）此所謂一人元良：《舊唐書·元稹傳》、《英華》、《唐文粹》、《册府元龜》、《文章辨體彙選》、《經濟類編》、《全文》同，楊本、叢刊本、《歷代名臣奏議》作“此所謂一有元良”，各備一説，不改。

（三四）萬國以貞之化也：叢刊本、《舊唐書·元稹傳》、《英華》、《唐文粹》、《册府元龜》、《歷代名臣奏議》、《文章辨體彙選》、《經濟類編》、《全文》同，楊本作“萬國以貞之他也”，刊刻之誤，不從不改。

（三五）又豈與夫魏晉以降囚賊其兄弟而自剪其本枝者同年而語乎：楊本、叢刊本、《歷代名臣奏議》、《全文》同，《舊唐書·元稹傳》、《英華》作“又豈與夫魏晉以降囚賤其兄弟而自翦其本枝者可同年而語哉”，《唐文粹》、《文章辨體彙選》作“又豈與夫魏晉已降囚賤其兄弟而自翦其本枝者同年而語乎”，《經濟類編》作“又豈與魏晉以降囚賤

其兄弟而自翦其本枝者同年而語乎",《册府元龜》作"又豈與夫魏晉
已降囚賤其兄弟而剪其本枝者同年而語哉",各備一説,不改。

(三六)微臣竊不自揆:楊本、叢刊本、《英華》、《歷代名臣奏議》、
《全文》同,《唐文粹》、《文章辨體彙選》、《經濟類編》無"不自揆"三字,
與下句連讀"微臣竊思爲陛下建永永無窮之長算",《舊唐書·元稹
傳》、《册府元龜》無此句及以下兩句。

(三七)臣稹謹言:原本無,楊本、叢刊本、《英華》、《歷代名臣奏
議》、《經濟類編》同,《全文》作"臣稹謹奏",據《唐文粹》補。

[箋注]

① 教本:教化的根本。《顏氏家訓·勉學》:"禮爲教本,敬者身
基。"封演《封氏聞見記·儒教》:"今上登極,思宏教本。"關於本文,史
書頗多繆論,如《舊唐書·元稹傳》:"又以前時王叔文、王伾以猥褻待
詔,蒙幸太子,永貞之際大撓朝政,是以訓導太子,宫官宜選正人,乃
獻《教本書》曰……"《新唐書·元稹傳》:"始王叔文王伾蒙幸太子宫
而撓國政,稹謂宜選正人輔導,因獻言曰……"《資治通鑑·元和元
年》:"稹又以貞元中王伾、王叔文以伎術得幸東宫,永貞之際幾亂天
下,上書勸上早擇修正之士輔導諸子。"這是舊時歷史的公論,但也是
有悖史實的謬論。永貞革新發生之時,元稹祇是一名校書郎,職微人
輕,并没有直接參加永貞革新,但史實證明,元稹是傾向明顯的永貞
革新同情者、堅持始終的永貞革新支持者。元稹這篇文章的旨意,亦
即元稹同時期文《獻事表》中"教太子以崇邦本"、"任諸王以固磐石"
之意。綜觀《論教本書》全文,中心突出,結構嚴謹,脈絡清楚,層次井
然,並無一節一句一字涉及王叔文王伾等人。既然如此,所謂元稹
《論教本書》抨擊王叔文王伾反對永貞革新又從何説起?筆者一九八
六年曾在《文學遺産》發表拙稿《元稹與永貞革新》,率先批駁"元稹反
對永貞革新"的繆論,後來又將此文收入拙稿《元稹考論》之中。因文

稿很長,無法全面引錄,僅將該文小標題列在後面,供讀者審閱:一、元稹的《論教本書》並無反對永貞革新之意;二、元稹的政治主張與永貞革新的主要内容大致相符;三、永貞革新失敗後元稹對革新的贊許與同情溢於言表見於詩文。

②　明詔:英明的詔示。《史記・蘇秦列傳》:"臣請令山東之國奉四時之獻,以承大王之明詔。"曾鞏《進太祖皇帝總序狀》:"如賜裁定,使臣獲受成法,更去紕繆,存其可采,繫於《太祖本紀》篇末,以爲國史書首,以稱明詔萬分之一,臣不勝大願。"　廢學:荒廢學業,中止學習。《禮記・學記》:"燕辟,廢其學。"孔穎達疏:"墮學之徒,好褻慢、笑師之譬喻,是廢學之道也。"劉向《列女傳・母儀傳》:"孟母以刀斷其織,孟子懼而問其故。孟母曰:'子之廢學若吾斷斯織也。'"　冑子:國子學生員。《隋書・高祖紀》:"而國學冑子,垂將千數,州縣諸生,咸亦不少。"杜甫《折檻行》:"青衿冑子困泥塗,白馬將軍若雷電。"　司成:謂主管世子品德教育。《禮記・文王世子》:"樂正司業,父師司成。"孔穎達疏:"父師主太子成就其德行也。"《舊唐書・高宗紀》:"戊辰,左侍極仍檢校大司成、嘉興縣子陸敦信爲檢校右相,其大司成宜停。"

③　堯:傳説中古帝陶唐氏之號。《易・繫辭》:"神農氏没,黄帝、堯、舜氏作。"《史記・五帝本紀》:"帝嚳崩,而摯代立。帝摯立不善,而弟放勛立,是爲帝堯。"　伯夷:舜的臣子,齊太公的祖先。《書・舜典》:"帝曰:'咨!四嶽,有能典朕三禮?'僉曰:'伯夷。'"孔傳:"伯夷,臣名,姜姓。"《文選・張衡〈東京賦〉》:"伯夷起而相儀,後夔坐而爲工。"薛綜注:"伯夷,唐虞時明禮儀之官也。"　夔:人名,相傳舜時樂官。《禮記・樂記》:"昔者舜作五弦之琴,以歌《南風》。夔始制樂,以賞諸侯。"鄭玄注:"夔,舜時典樂者也。"　冒昧:猶言莽撞,言行輕率,多用作謙辭。李德裕《謝恩問疾狀》:"頃刻之間,心腹悶痛,飯食至少,筋力漸羸,所以冒昧上陳,請三數日在家將息。"范祖禹《乞解給事

中狀》:"臣雖疾病,虔遵詔旨,未敢更乞外任,輒有愚懇,冒昧陳聞。"
殊死:猶決死,拚死。《史記·淮陰侯列傳》:"韓信、張耳已入水上軍,
軍皆殊死戰。"孫樵《書田將軍邊事》:"如此,則邊卒將怨望之不暇,又
安能殊死而力戰乎?"

④ 賈生:指漢代賈誼。桓寬《鹽鐵論·箴石》:"賈生有言曰:'懇
言則辭淺而不入,深言則逆耳而失指。'"杜甫《久客》:"去國哀王粲,
傷時哭賈生。" 三代:指夏、商、周。《論語·衛靈公》:"斯民也,三代
之所以直道而行也。"邢昺疏:"三代,夏、殷、周也。"《文心雕龍·銘
箴》:"斯文之興,盛於三代。夏商二箴,餘句頗存。"

⑤ 周成王:周代繼周武王之後的國君,名誦,約公元前一一世紀
在位。《史記·蒙恬列傳》:"昔周成王初立,未離繈褓,周公旦負王以
朝,卒定天下。"周曇《三代門·成王》:"成王有過,伯禽笞聖。惠能新
日,自奇王道。" 中才:中等才能。司馬遷《報任安書》:"夫以中才之
人,事有關於宦豎,莫不傷氣,而況於慷慨之士乎?"《三國志·王朗
傳》:"霍去病,中才之將,猶以匈奴未滅,不治第宅。" 管蔡:周武王
弟管叔鮮與蔡叔度的並稱,武王崩,成王幼,周公攝政,管、蔡流言于
國,謂"公將不利於孺子",周公避居東都,後成王迎周公歸,管、蔡懼,
挾紂子武庚叛,成王命周公討伐,誅殺武庚與管叔鮮,流放蔡叔度,其
亂終平。鄒陽《獄中上梁王書》:"意合則胡越爲昆弟,由余、子臧是
矣;不合則骨肉爲讎敵,朱象、管蔡是矣!"李白《笑筬謠》:"周公稱大
聖,管蔡寧相容!" 周召:亦作"周邵",周成王時共同輔政的周公旦
和召公奭的並稱,兩人分陝而治,皆有美政。《楚辭·劉向〈九嘆·湣
命〉》:"戚宋萬於兩楹兮,廢周邵於遐夷。"王逸注:"周,周公旦也;邵,
邵公奭也。"張說《詔宴薛王山池序》:"二南邁周召之風,百辟形金石
之詠者也。" 天:天然,天生。《莊子·秋水》:"牛馬四足,是謂天。"
羅大經《鶴林玉露》卷九:"楊誠齋云:古人之詩,天也;後世之詩,人焉
而已:此論得之。" 聰明:智力強,天資高。《後漢書·應奉傳》:"奉

少聰明，自爲兒童及長，凡所經履，莫不暗記。"《梁書·沈約傳》："約左目重瞳子，腰有紫志，聰明過人。"　克終：謂善終。《三國志·馬良傳》："其人起士，荆楚之令，鮮於造次之華，而有克終之美。"《文心雕龍·祝盟》："然義存則克終，道廢則渝始，崇替在人，呪何預焉？"

⑥　太子：封建時代君主的兒子中被預定繼承君位的人。周時天子及諸侯之嫡長子，或稱太子，或稱世子，秦因之。漢天子號皇帝，故其嫡子稱皇太子。金元時，皇帝之庶子亦稱太子，如金有四太子兀術。明以後皇帝之嫡子稱皇太子，親王之嫡子稱世子。張説《先天應制奉和同皇太子過慈恩寺二首》二："朗朗神居峻，軒軒瑞像威。聖君成願果，太子拂天衣。"陳子昂《燕太子》："秦王日無道，太子怨亦深。一聞田光義，匕首贈千金。"　胎教：孕婦謹言慎行，心情舒暢，給胎兒以良好影響，謂之"胎教"。賈誼《新書·胎教》："周妃後妊成王於身，立而不跛，坐而不差，笑而不諠，獨處不倨，雖怒不罵，胎教之謂也。"《顏氏家訓·教子》："古者，聖王有胎教之法：懷子三月，出居別宫，目不邪視，耳不妄聽，音聲滋味，以禮節之。"　保教：遵守教化。《國語·越語》："事無閑，時無反，則撫民保教以須之。"韋昭注："保，守也。"阮籍《通易論》："'后'者何也？成君定位，據業修制，保教守法，畜履治安者也。"　太公：即太公望，周初人，姜姓，吕氏，名尚，俗稱姜太公，據《史記·齊太公世家》載，尚窮困年老，釣於渭濱，文王出獵，遇之，與語大悦，曰："吾太公望子久矣！"故稱太公望。載與俱歸，立爲師，後佐武王滅殷，封于齊。《孟子·盡心》："若太公望、散宜生，則見而知之。"周曇《三代門·太公》："昌獵關西紂獵東，紂憐崇虎棄非熊。危邦自謂多麟鳳，肯把王綱取釣翁！"　周公：西周初期政治家，姓姬名旦，也稱叔旦，文王子，武王弟，成王叔。輔武王滅商，武王崩，成王幼，周公攝政，東平武庚、管叔、蔡叔之叛。繼而厘定典章、制度，復營洛邑爲東都，作爲統治中原的中心，天下臻於大治，後多作聖賢的典範。白居易《放言五首》三："試玉要燒三日滿，辨材須待七年期。周

公恐懼流言日，王莽謙恭未篡時。"周曇《三代門·周公》："文武傳芳百代基，幾多賢哲守成規。仍聞吐握延儒素，猶恐民疵未盡知。" 召公：即姬奭，周文王之子，因埰地在召，故稱。與周公一起輔助成王，爲太保。張九齡《論教皇太子狀》："故《大戴禮》云：周成王在繈褓之中，太公爲之太師，教之順也。周公爲之太傅，傅其德義。召公爲之太保，保其身體。"李商隱《武侯廟古柏》："大樹思馮異，甘棠憶召公。葉凋湘燕雨，枝拆海鵬風。" 伯禽：周公之子，封於魯，爲齊國的始祖。《史記·魯周公世家》"周公旦者，周武王弟也……周公卒，子伯禽固已前受封，是爲魯公。"《史記·漢興以來諸侯年表》："太史公曰：殷以前尚矣！周封五等，公、侯、伯、子、男，然封伯禽、康叔於魯、衛地，各四百里，親親之義，褒有德也。" 唐叔：周成王弟叔虞，封於唐，故稱。其子移居晉水，改稱晉侯，爲晉國始祖。李德裕《祭唐叔文》："維元和十二年，歲次丁酉，六月己未朔，二十一日己卯，河東節度使、檢校吏部尚書、平章事張弘靖，敢昭告于晉唐叔之靈。"杜光庭《賀天貞軍進嘉禾表》："昔者，唐叔得禾，異畝同穎，成王問周公曰：'二禾一穗，意天下和同乎？'王命唐叔作《嘉禾篇》。" 禮樂：禮節和音樂，古代帝王常用興禮樂爲手段，以求達到尊卑有序、遠近和合的統治目的。《禮記·樂記》："樂也者，情之不可變者也；禮也者，理之不可易者也。樂統同，禮辨異。禮樂之説，管乎人情矣！"孔穎達疏："樂主和同，則遠近皆合；禮主恭敬，則貴賤有序。"《吕氏春秋·孟夏》："乃命樂師習合禮樂。"高誘注："禮所以經國家，定社稷，利人民；樂所以移風易俗，蕩人之邪，存人之正性。" 詩書：《詩經》和《尚書》。《左傳·僖公二十七年》："《詩》、《書》，義之府也；《禮》、《樂》，德之則也。"也泛指書籍。杜甫《聞官軍收河南河北》："却看妻子愁何在？漫捲詩書喜欲狂。"

⑦ 淫艷：奢華，華麗，妖艷。《南齊書·文學傳論》："雕藻淫艷，傾炫心魂。"沈作喆《寓簡》卷八："爲文當存氣質……若華靡淫艷，氣

質雕喪,雖工不足尚矣!"　妖誘:義近"妖冶",艷麗。司馬相如《上林賦》:"若夫青琴宓妃之徒,絕殊離俗,妖冶嫻都。"佚蕩貌。陸機《文賦》:"或奔放以諧合,務嘈囋而妖冶,徒悦目而偶俗,固聲高而曲下。"優笑:俳優,優人以戲謔爲業,其言語動作滑稽可笑,故稱。《國語·齊語》:"優笑在前,賢材在後。是以國家不日引,不月長。"韋昭注:"優笑,倡俳也。"《韓非子·八奸》:"優笑侏儒,左右近習,此人主未命而唯唯,未使而諾諾,先意承旨,觀貌察色以先至心者也。"　凌亂:雜亂無次序。鮑照《舞鶴賦》:"輕迹凌亂,浮影交橫。"張泌《春晚謠》:"凌亂楊花撲繡簾,晚窗時有流鶯語。"　操斷:猶言判案斷獄。柳宗元《汝州梁縣梁城鄉思義里柳渾年七十四狀》:"一舉上第,調授宋州單父尉,操斷舉措,通乎細大,潔廉檢守,形於造次。"崔叚《授紇干泉江西觀察使制》:"爾其簡以臨衆,清而自持。惠養益厚於疲羸,操斷無遺於桀騖。一方之任,不愧於前賢;五字之精,永光於禁掖。仍加中憲,式峻外臺。"　擊搏:攻擊,彈劾。司馬光《優老札子》:"近歲以來,大臣高年者皆不敢自安其位,言事者又欲以擊搏大臣爲名,從而攻之,此豈爲臣盡忠至公之道哉!"《續資治通鑒·宋神宗元豐元年》:"(蔡)確以擊搏進,吳充素惡其爲人。"　容順:猶柔順,順從,亦謂奉承。《舊唐書·魏元忠韋安石蕭至忠傳》:"史官曰:大帝孝和之朝,政不由己。則天在位,已絕綴旒;韋氏司晨,前蹤覆轍。當是時,奸邪有黨,宰執求容順之。"元稹《鶯鶯傳》:"性温茂,美丰容,内秉堅孤,非禮不可入。或朋從遊宴,擾雜其間,他人皆洶洶拳拳,若將不及,張生容順而已,終不能亂。"　陰邪:陰險邪惡。《舊唐書·劉蕡傳》:"塞陰邪之路,屏褻狎之臣,制侵陵迫脅之心,復門户掃除之役,戒其所宜戒,憂其所宜憂。"梅堯臣《依韵奉和永叔感興五首》二:"所論言必從,豈若水投石! 陰邪日已銷,事理頗以得。"　遐異:怪異,古怪。沈佺期《題杭州天竺寺》:"夙齡尚遐異,搜對滌煩囂。會入天台裏,看余渡石橋。"崔備《壁書飛白蕭字記》:"君富於圖書,酷好遐異,遂以所求三帖並法士畫屏一扇易焉！」　僻絕：謂地方偏僻，交通隔絕。歐陽修《與章伯鎮》：「山郡僻絕，不與人通。每辱誨問，何勝感愧！」曾鞏《筠州學記》：「筠爲州，在大江之西，其地僻絕。」

⑧ 血氣：指氣質、感情。《荀子·非相》：「今世俗之亂君，鄉曲之儇子，莫不美麗姚冶，奇衣婦飾，血氣態度，擬於女子。」葉適《李仲舉墓誌銘》：「及長，足智恢達，以義理勝血氣。」　遊習：交往親近，由薰染養成的習性。楊時《向太中墓誌銘》：「將以是年七月某日，葬公於豐臺村，狀公之行，請銘於余。余雖未及識公，而與其子遊習，聞其風舊矣！乃爲之銘。」吳澄《丹陽書院養士田記》：「陳侯分司黃池暇日，與群士遊習，知書院始末，慨然興懷，移檄儒司，上之省。」

⑨ 忠直：忠誠正直。《書·伊訓》：「敢有侮聖言，逆忠直，遠耆德，比頑童，時謂亂風。」司馬光《與吳相書》：「爲今之要，在於輔佐之臣，朝夕啓沃，唯以親忠直，納諫爭，廣聰明，去雍蔽爲先務。」　道德：社會意識形態之一，是人們共同生活及其行爲的準則和規範。楊炯《從弟去盈墓誌銘》：「據於道德，聞於家邦。子之承親，温席扇枕。子之友悌，同輿共寢。」崔琬《潭州都督楊志本碑》：「轉揚州高郵縣令，加朝散大夫，遷雍州吳原令。道德齊禮，風移俗易，野翟依馴，災蝗折去。」　回佞：猶回邪。沈頲《賀雨賦》「夫君人者，修己以敬。乾乾日昃。奉堯舜以爲心，崇禮讓而爲則。放黜回佞，敷求讜直。」趙湘《送司門何公赴闕序》：「開口論事，無忌諱抵斥回佞，無嫌疑公家之利，知無不爲，廉而濟勤。」　庸違：用意邪僻。《書·堯典》：「帝曰：『疇咨，若予采？』驩兜曰：『都！共工方鳩僝功。』帝曰：『吁！静言庸違，象恭滔天。』」李淳風《乙巳占序》：「暨乎三王五霸，克念在兹。先後從順，則鼎祚永隆；悖逆庸違，用語社稷顛覆。是非利害，豈不然矣？」

⑩ 耀：炫耀，誇耀。韓愈《唐故秘書少監贈絳州刺史獨孤府君墓誌銘》：「於古風，襮順而裏方，不耀其章，其剛不傷。」柳宗元《虞鳴鶴誄》：「秘書多能，垂耀於唐。」　黨：結成朋黨。《左傳·文公六年》：

"陽處父至自溫,改搜于董,易中軍。陽子,成季之屬也,故黨於趙氏。"《後漢書·蔡邕傳》:"初,朝議以州郡相黨,人情比周,乃制婚姻之家,及兩州人士不得對相監臨。" 逸駕:奔馳的車駕。謝朓《冬日晚郡事隙詩》:"願言稅逸駕,臨潭餌秋菊。"李隆基《孝經序》:"希升堂者必自開戶牖,攀逸駕者必騁殊軌轍。"邢昺疏:"逸駕,謂奔逸之車駕也。" 蘊:積聚,蓄藏。《後漢書·周榮傳》:"蘊匱古今,博物多聞。"李賢注:"蘊,藏也。"杜甫《壯遊》:"剡溪蘊秀異,欲罷不能忘。"

⑪ 近:接近,靠近。《韓非子·難》:"景公過晏子曰:'子宮小,近市,請徙子家豫章之圃。'"李商隱《樂遊原》:"夕陽無限好,只是近黃昏。" 聖賢:聖人和賢人的合稱,亦泛稱道德才智傑出者。司馬遷《報任少卿書》:"《詩》三百篇,大底聖賢發憤之所爲作也。"《顏氏家訓·序致》:"夫聖賢之書,教人誠孝、慎言、檢迹、立身、揚名,亦已備矣!"

⑫ 諸侯:古代帝王所分封的各國君主,在其統轄區域內,世代掌握軍政大權,但按禮要服從王命,定期向帝王朝貢述職,並有出軍賦和服役的義務。《史記·五帝本紀》:"於是軒轅乃習用干戈,以征不享,諸侯咸來賓從。"高承《事物紀原·諸侯》:"《帝王世紀》曰:女媧未有諸侯,有共工氏任智刑以強霸而不王,炎帝世,乃有諸侯,風沙氏叛,炎帝修德,風沙之民自攻其君,則建侯分土自炎帝始也。" 刑罰:刑指肉刑、死刑,罰指以金錢贖罪,後泛指依照法律對違法者實行的強制處分。《史記·呂太后本紀》:"刑罰罕用,罪人是希。"《舊唐書·韋湊傳》:"善善者,懸爵賞以勸之也;惡惡者,設刑罰以懲之也。" 教化:政教風化。《詩·周南·關雎序》:"美教化,移風俗。"桓寬《鹽鐵論·授時》:"是以王者設庠序,明教化,以防道其民。"

⑬ 先王:指上古賢明君王。《易·比》:"先王以建萬國,親諸侯。"《孝經·開宗明義》:"先王有至德要道,以順天下,民用和睦。"李隆基注:"先代聖德之主,能順天下人心,行此至要之化。"《文心雕

龍·徵聖》：“先王聖化，布在方册。” 愚：愚昧，愚笨。賈誼《新書·道術》：“深知禍福謂之知，反知爲愚。”韓愈《調張籍》：“李杜文章在，光芒萬丈長。不知群兒愚，那用故毁傷？” 師保：古時任輔弼帝王和教導王室子弟的官，有師有保，統稱“師保”。《易·繫辭》：“無有師保，如臨父母。”《書·太甲》：“既往背師保之訓，弗克于厥初，尚賴匡救之德，圖惟厥終。” 明：聖明，明智，明察。諸葛亮《前出師表》：“恐託付不效，以傷先帝之明。”吳兢《貞觀政要·論君道》：“君之所以明者，兼聽也。”指使明智。柳宗元《非國語·料民》：“君子之諫其君也，以道不以誣，務明其君，非務愚其君也。”

⑭ 胡亥：即秦二世皇帝，公元前二一〇年至公元前二〇七年在位。胡亥是秦始皇少子，本來不該由他繼位。在宦官趙高與丞相李斯的合謀下，暗中改動秦始皇的遺書，賜長子扶蘇自殺，胡亥就這樣登上皇帝的寶座。在位期間，受到趙高的控制，有“指鹿爲馬”的故事傳流後世，最後在趙高的威逼下自殺身亡。《史記·秦始皇本紀》：“（秦始皇）至平原津而病，始皇惡言死，群臣莫敢言死事。上病益甚，乃爲璽書賜公子扶蘇曰：‘與喪會咸陽而葬。’書已封，在中車府令趙高行符璽事所，未授使者。七月丙寅，始皇崩於沙丘平臺。丞相斯爲上崩在外，恐諸公子及天下有變，乃秘之，不發喪。棺載輼涼車中，故幸宦者參乘，所至上食。百官奏事如故，宦者輒從輼涼車中可其奏事。獨子胡亥、趙高及所幸宦者五六人知上死。趙高故嘗教胡亥書及獄律令法事，胡亥私幸之。高乃與公子胡亥、丞相斯陰謀破去始皇所封書賜公子扶蘇者，而更詐爲丞相斯受始皇遺詔沙丘，立子胡亥爲太子。更爲書賜公子扶蘇、蒙恬，數以罪，賜死，語具在《李斯傳》中。行，遂從井陘抵九原，會暑，上輼車臭，乃詔從官令車載一石鮑魚，以亂其臭。”常楚老《祖龍行》：“黑雲兵氣射天裂，壯士朝眠夢冤結。祖龍一夜死沙丘，胡亥空隨鮑魚轍。”周曇《秦門·胡亥》：“鹿馬何難辨是非？寧勞卜筮問安危？權臣爲亂多如此，亡國時君不自知。” 趙

高：秦始皇時的宦官頭目，任職中車府令，在傳位胡亥與逼令胡亥自殺的陰謀中扮演非常重要的角色，同時也是"指鹿爲馬"的絶佳導演。元稹《四皓廟》："趙高殺二世，先生如不聞。劉項取天下，先生游白雲。"周曇《秦門·趙高》："趙高胡亥速天誅，率土興兵怨毒痛。豐沛見機群小吏，功成兒戲亦何殊！"　**戮人：**受過刑罰的罪人，這裏指趙高，因宦官而必須受宫刑，故言。《商君書·算地》："故聖人之爲治也，刑人無國位，戮人無官任。"周曇《晉門·賈后》："賈后甘爲廢戮人，齊王還殺趙王倫。一從天下無真主，瓜割中原四百春。"　**殘忍：**暴虐，狠毒。《三國志·董卓傳》："卓性殘忍不仁，遂以嚴刑脅衆。"張鷟《朝野僉載》卷四："貌像恭敬，心極殘忍。"　**戕賊：**摧殘，破壞。《孟子·告子》："如將戕賊杞柳而以爲桮棬，則亦將戕賊人以爲仁義與？"葉適《科舉》："四患不除，而朝廷於人才之本源，戕賊斲喪，不復長育，則宜其不足於用也。"　**恣睢：**放縱暴戾。應劭《風俗通·城陽景王祠》："吕氏恣睢，將危漢室。"吳樹平校釋："恣睢，放縱暴戾。"《新唐書·馬燧傳》："時回紇還國，恃功恣睢，所過皆剽傷。"　**莫見其面以爲尊：**事見《史記·李斯列傳》："初，趙高爲郎中令，所殺及報私怨衆多，恐大臣入朝奏事毁惡之，乃説二世曰：'天子所以貴者，但以聞聲，群臣莫得見其面，故號曰朕。且陛下富於春秋，未必盡通諸事，今坐朝廷，譴舉有不當者，則見短於大臣，非所以示神明於天下也。且陛下深拱禁中，與臣及侍中習法者待事，事來有以揆之。如此，則大臣不敢奏疑事，天下稱聖主矣！'二世用其計，乃不坐朝廷見大臣，居禁中。趙高常侍中用事，事皆決於趙高。"　**以爲：**認爲。《左傳·僖公二十三年》："及齊，齊桓公妻之，有馬二十乘，公子安之。從者以爲不可，將行，謀於桑下。"蘇軾《日喻》："生而眇者不識日，問之有目者。或告之曰：'日之狀如銅槃。'扣槃而得其聲。他日聞鐘，以爲日也。""以之爲"的省略形式，猶言讓他（她）做，把它作爲。《後漢書·竇武傳》："長女選入掖庭，桓帝以爲貴人。"任安上《與吳拜經書》："《叙事解疑》

一帙,珍之五十一年矣! 以爲枕中鴻寶,足佐千秋秘笈。"尊:尊貴,高貴。《荀子·正論》:"天子者,執位至尊。"韓愈《讀荀》:"始吾讀孟軻書,然後知孔子之道尊。" "是以天下之人未盡愚"兩句:即"指鹿爲馬"的成語出典所在。《史記·秦始皇本紀》:"趙高欲爲亂,恐群臣不聽,乃先設驗,持鹿獻於二世,曰:'馬也'。二世笑曰:'丞相誤耶? 謂鹿爲馬。'問左右,左右或默,或言馬以阿順趙高,或言鹿。高因陰中諸言鹿者以法,後群臣皆畏高。"後以"指鹿爲馬"比喻有意顛倒黑白,混淆是非。《後漢書·竇憲傳》:"深思前過,奪主田園時,何用愈趙高指鹿爲馬? 久念使人驚怖。"《舊唐書·僕固懷恩傳》:"陛下必信矯詞,何殊指鹿爲馬?" 愚:愚昧,愚笨。賈誼《新書·道術》:"深知禍福謂之知,反知爲愚。"韓愈《調張籍》:"李杜文章在,光芒萬丈長。不知群兒愚,那用故毀傷!" 獸:一般指四足、全身生毛的哺乳動物。《周禮·天官·庖人》:"庖人掌共六畜、六獸、六禽,辨其名物。"鄭玄注引鄭司農曰:"六獸:麋、鹿、熊、麕、野豕、兔。"束皙《補亡詩六首》四:"獸在於草,魚躍順流。" 畜:人飼養的禽獸。《禮記·曲禮》:"問庶人之富,數畜以對。"孔穎達疏:"數畜以對者,謂雞豚之屬。"韓愈《鱷魚文》:"鱷魚睅然不安谿潭,據處食民畜熊豕鹿麞,以肥其身。"威懾:以聲勢或威力使之恐懼屈服。張衡《西京賦》:"威懾兒虎,莫之敢伉。"郭璞《開明》:"開明天獸,稟兹食精。虎身人面,表此桀形。瞪視昆山,威懾百靈。" 深宮:宮禁之中,帝王居住處。宋玉《風賦》:"故其清涼雄風,則飄舉升降,乘凌高城,入于深宮。"梁鍠《長門怨》:"空殿看人入,深宮羨鳥飛。"

⑮ "李斯者"四句:李斯爲秦國丞相,曾參與誅殺扶蘇與扶立胡亥爲帝的陰謀活動,最後却因趙高的陷害而被殺,事見《史記·李斯列傳》:"(趙高)乃見丞相曰:'關東群盜多,今上急發繇治阿房宮,聚狗馬無用之物。臣欲諫,爲位賤。此真君侯之事,君何不諫?'李斯曰:'固也! 吾欲言之久矣! 今時上不坐朝廷,上居深宮,吾有所言

者,不可傳也,欲見無間。'趙高謂曰:'君誠能諫,請爲君候上間語君!'於是趙高待二世方燕樂,婦女居前,使人告丞相:'上方間,可奏事!'丞相至宮門上謁,如此者三。二世怒曰:'吾嘗多間日,丞相不來。吾方燕私,丞相輒來請事。丞相豈少我哉?且固我哉?'趙高因曰:'如此殆矣! 夫沙丘之謀,丞相與焉! 今陛下已立爲帝,而丞相貴不益,此其意亦望裂地而王矣! 且陛下不問臣,臣不敢言:丞相長男李由爲三川守,楚盜陳勝等皆丞相傍縣之子,以故楚盜公行,過三川,城守不肯擊。高聞其文書相往來,未得其審,故未敢以聞。且丞相居外,權重於陛下。'二世以爲然,欲案丞相,恐其不審,乃使人案驗三川守與盜通狀。"李斯得到消息,反訴趙高,但秦二世已經先入爲主,不聽,反而讓趙高審訊李斯。李斯在獄中上書秦二世,爲自己辯白,又被趙高扣留:"趙高使其客十餘輩詐爲御史、謁者、侍中,更往覆訊斯,斯更以其實對,輒使人復榜之。後二世使人驗斯,斯以爲如前,終不敢更言,辭服,奏當上,二世喜曰:'微趙君,幾爲丞相所賣!'及二世所使案三川之守至,則項梁已擊殺之。使者來,會丞相下吏,趙高皆妄爲反辭。二世二年七月,具斯五刑,論腰斬咸陽市。斯出獄,與其中子俱執,顧謂其中子曰:'吾欲與若復牽黃犬俱出上蔡東門逐狡兔,豈可得乎?'遂父子相哭,而夷三族。" 自明:自我表白。《楚辭·九章·惜誦》:"恐情質之不信兮,故重著以自明。"王安石《再辭同修起居注狀》五:"若令言者謂臣要君以僞,臣誠無辭可以自明。" 疏遠:不親近,關係上感情上有距離。《荀子·仲尼》:"主疏遠之,則全一而不倍。"《北齊書·上洛王思宗傳》:"昵近凶狡,疏遠忠良。" 臣庶:猶臣民。《書·大禹謨》:"惟兹臣庶,罔或干予正。"《後漢書·爰延傳》:"位臨臣庶,威重四海。"

⑯ 漢高:即漢高祖劉邦,創建立漢朝,公元前二○六年至公元前一九五年在位。白居易《和答詩十首·答四皓廟》:"漢高之季年,嬖寵鍾所私,冢嫡欲廢奪,骨肉相憂疑。"李咸用《西門行》:"漢高偶試神

蛇驗,武王龜筮驚人險。四龍或躍猶依泉,小狐勿恃衝波膽。" 兵革:指戰爭。《詩·鄭風·野有蔓草序》:"君之澤不下流,民窮於兵革。"《陳書·虞寄傳》:"且兵革已後,民皆厭亂。" 漢文:即漢文帝劉桓,公元前一七九年至公元前一五七年在位,年號前元、後元,這是我國古代皇帝以年號紀年之始。漢文帝與漢景帝並稱,兩帝相繼,社會比較安定富裕,史稱"文景之治"。桓寬《鹽鐵論·救匱》:"文景之際,建元之始,大臣尚有爭引守正之義。"劉知幾《史通·鑒識》:"《老經》撰於周日,《莊子》成於楚年,遭文景而始傳,值嵇阮而方貴。" 廉謹:廉潔謹慎。《史記·張丞相列傳》:"皆以列侯繼嗣,娖娖廉謹,爲丞相備員而已,無所能發明功名有著於當世者。"洪邁《夷堅志·祖寺丞》:"〔祖翶〕處身廉謹,以法律爲己任。" 大訓:先王聖哲的教言。《書·顧命》:"嗣守文武大訓,無敢昏逾。"孔傳:"言奉順繼守文武大教,無敢昏亂逾越。"韓愈《山南鄭相公樊員外酬答爲詩其末咸有見及語樊封以示愈依賦十四韻以獻》:"誠既富而美,章彙霍炳蔚。日延講大訓,龜判錯袞黻。" 景、武、昭、宣:即漢景帝劉啓、漢武帝劉徹、漢昭帝劉弗陵、漢宣帝劉詢,四個皇帝前後相繼,公元前一五六年至公元前四八年先後在位。 天資:天賦,資質。《史記·商君列傳論》:"商君,其天資刻薄人也。"《朱子語類》卷七二:"明道天資高,又加以學。" 禍亂:禍害變亂。《左傳·襄公十一年》:"救災患,恤禍亂,同好惡。"《史記·龜策列傳》:"天下禍亂,陰陽相錯。" 哀、平:即漢哀帝劉欣、漢平帝劉衎,公元前六年至公元五年在位,王莽專權,西漢政權已經日薄西山。 虞:憂慮,憂患。《國語·晉語》:"衛文公有邢狄之虞,不能禮焉!"韓愈《與鳳翔邢尚書書》:"戎狄棄甲而遠遁,朝廷高枕而無虞。"準備,防範。《孫子·謀攻》:"以虞待不虞者,勝。"李筌杜牧注:"有備預也。"《三輔黃圖·雜録》:"舊典,行幸所至,必遣静室令先按行清静殿中,以虞非常。" 篡弑:猶篡殺,謂弑君篡位。《漢書·平帝紀》:"(元始五年)冬十二月丙午,帝崩于未央宫(臣瓚曰:'帝年九歲即位，即位五年，壽十四。’師古曰：‘《漢注》云帝春秋益壯，以母衛太后故，怨不悅，莽自知益踈，篡弒之謀由是生。因到臘日上椒酒，置藥酒中，故翟義移書云：莽鴆殺孝平皇帝。’）”蔡琰《悲憤詩》：“漢季失權柄，董卓亂天常。志欲圖篡弒，先害諸賢良。”

　　⑰ 惠帝：漢惠帝劉盈，劉邦之子，公元前一九五年至公元前一八八年在位。張説《贈崔公》：“行藏惟聖節，福禍在人謀。卒能匡惠帝，豈不賴留侯？”李昂《賦戚夫人楚舞歌》：“曲未終兮袂更揚，君流涕兮妾斷腸。已見儲君歸惠帝，徒留愛子付周昌。”　廢易：猶“廢立”，帝王廢置皇后、太子、諸侯或大臣廢舊君立新君。《史記·太史公自序》：“諸侯廢立分削，譜紀不明。”《舊唐書·玄宗廢后王氏》：“后兄守一以后無子，常懼有廢立，導以符厭之事。”本文指劉盈幾度遭到被廢太子的危險，幸虧四皓的幫助，才得以繼承帝位。四皓是指秦末隱居商山的東園公、甪里先生、綺里季、夏黄公，四人鬚眉皆白，故稱商山四皓。漢高祖召，不應。後漢高祖欲廢太子劉盈，吕后用張良計，迎四皓，使輔太子，漢高祖以太子羽翼已成，乃消除改立太子之意。羽翼：輔佐，維護。《吕氏春秋·舉難》：“〔魏文侯〕以私勝公，衰國之政也。然而名號顯榮者，三士羽翼之也。”高誘注：“羽翼，佐之。”羅大經《鶴林玉露》卷一三：“是説也，羽翼吾道，其功豈淺淺哉！”　邪心：不正當的念頭。《穀梁傳·隱公元年》：“雖然既勝其邪心以與隱矣！”《荀子·大略》：“我先攻其邪心。”　興廉舉孝：推舉廉士。《漢書·武帝紀》：“興廉舉孝，庶幾成風。”柳宗元《代韋中丞賀元和大赦表》：“量入所以備凶，興廉期於變俗。”　設學崇儒：開設學校，培養學生，推重儒學，尊崇儒生。李隆基《集賢書院成送張説上集賢學士賜宴得珍字》：“廣學開書院，崇儒引席珍。集賢招袞職，論道命台臣。”劉敞《上仁宗請諸州各辟教官》：“今欲遊壯歸鄉，而不爲設學，則無以收之；設學而不爲置師，則無以率之；置師而不立課試講習之法，則無以成之。”　倒置：顛倒過來，指事物所處的狀況與正常的相反，如事物在

順序、方位、道理等方面的顛倒。《莊子·繕性》：“喪己於物，失性於俗者，謂之倒置之民。”《文心雕龍·附會》：“使衆理雖繁，而無倒置之乖；群言雖多，而無棼絲之亂。”

⑱ 藩邸：藩王之第宅。《北齊書·昭帝紀》：“月餘，〔高演〕乃居藩邸，自是詔敕多不關帝。”鄭棨《開天傳信記》：“上於藩邸時，每戲遊城南韋杜之間。” 十八人：即李唐的“十八學士”，唐太宗開文學館，命杜如晦、房玄齡、于志寧、蘇世長、薛收（收卒，劉孝孫補入）、褚亮、姚思廉、陸德明、孔穎達、李玄道、李守素、虞世南、蔡允恭、顔相時、許敬宗、薛元敬、蓋文達、蘇勗十八人並以本官兼文學館學士，令閻立本繪像，褚亮題贊，號《十八學士寫真圖》。《舊唐書·褚亮傳》：“始，太宗既平寇亂，留意儒學，乃於宮城西起文學館，以待四方文士。於是以屬大行臺司勳郎中杜如晦、記室考功郎中房玄齡，及于志寧、軍諮祭酒蘇世長、天策府記室薛收、文學褚亮、姚思廉、太學博士陸德明、孔穎達、主簿李玄道、天策倉曹李守素、記室參軍虞世南、參軍事蔡允恭、顔相時、著作佐郎攝記室許敬宗、薛元敬、太學助教蓋文達、軍諮典籤蘇勗，並以本官兼文學館學士。及薛收卒，復徵東虞州録事參軍劉孝孫入館。尋遣圖其狀貌，題其名字爵里，乃命亮爲之像贊，號‘十八學士寫真圖’，藏之書府，以彰禮賢之重也。”《新唐書·藝文志》：“蔣乂：《大唐宰輔録》七十卷，又《凌烟功臣秦府十八學士史臣》等傳四十卷。”

⑲ 名高：崇高的聲譽，名聲顯著。《韓非子·説難》：“所説出於爲名高者也，而説之以厚利，則見下節而遇卑賤，必棄遠矣！”《三國志·徐邈傳》：“往者毛孝先、崔季珪等用事，貴清素之士，於時皆變易車服以求名高。” 盛古：指遠古興盛時代。王珪《辭免尚書左僕射第一表》：“皇帝陛下修廢官之典，追盛古之風，作新群俊之才，於變黎元之治。”文同《寄永興吴龍圖給事三首》三：“土風豪盛古長安，誰謂元侯卧治難？使客不來公事少，一床蘄簟石林寒。”

⑳ 貞觀：唐太宗李世民在位時的年號，起公元六二七年，至公元六四九年。唐太宗即位之後，以亡隋爲鑒戒，偃武修文，勵精圖治，選賢任能，虛心納諫，貞觀年間人口增加，經濟繁榮，史稱"貞觀之治"。權德輿《仲秋朝拜昭陵》："清秋壽原上，詔拜承吉卜。嘗讀貞觀書，及茲幸齋沐。"白居易《贈友五首》三："誰能革此弊？待君秉利權。復彼租庸法。令如貞觀年。"　師傅：太師、太傅或少師、少傅的合稱。《史記・儒林列傳》："自孔子卒後，七十子之徒散游諸侯，大者爲師傅卿相，小者友教士大夫。"《漢書・疏廣傳》："父子並爲師傅，朝廷以爲榮。"　宮僚：謂太子屬官。《南齊書・禮志》："且漢魏以來，宮僚充備，臣隸之節，具體在三。"崔令欽《教坊記》："兒郎有任宮僚者。"　"馬周以官高"兩句：事見《新唐書・馬周傳》："（貞觀）十八年，遷中書令，猶兼庶子。時置太子司議郎，帝高其除，周嘆曰：'恨吾資品妄高，不得歷此官！'"李賀《致酒行》："吾聞馬周昔作新豐客，天荒地老無人識。空將箋上兩行書，直犯龍顏請恩澤。"白居易《新豐路逢故人》："知君不得意，鬱鬱來西遊。惆悵新豐店，何人識馬周？"　司議郎：據《舊唐書・職官志》，爲東宮屬官，正四品上，"司議郎掌啓奏記注宮內祥瑞，宮長除拜薨卒，每年終送史館"。杜甫《秦州見敕目薛三璩授司議郎畢四曜除監察與二子有故遠喜遷官兼述索居凡三十韻》："舊好何由展？新詩更憶聽。別來頭並白，相見眼終青。"王維《瓜園詩序》："維瓜園高齋，俯視南山形勝。二三時輩同賦是詩，兼命詞英數公同用園字爲韻，韻任多少。時太子司議郎薛璩發此題，遂同諸公云。"

㉑ 文皇：這裏指唐太宗李世民，因唐太宗謚文武大聖皇帝，故稱。羅隱《聞大駕巡幸》："靜思貴族謀身易，危覺文皇創業難。"《宋史・寇準傳》："上由是嘉之曰：朕得寇準，猶文皇之得魏徵也。"　疏賤：謂關係疏遠，地位低下。葛洪《抱朴子・漢過》："疏賤者奮飛以擇木，縶制者曲從而朝隱。"蘇洵《上皇帝書》："臣聞古者所以採庶人之議，爲其疏賤而無嫌也。"　武后：即武則天，公元六八四年至公元七

〇四年在位。對武則天作爲女性又是非李姓之人登極寶位,正統的史學家多所貶議。杜甫《贈祕書監江夏李公邕》:"往者武后朝,引用多寵嬖。否臧太常議(太常博士李處直議韋巨源諡曰昭,邕再駁之),面折二張勢(宋璟劾張昌宗兄弟反狀,武后不應,邕在階下大言曰:'璟所陳當聽!')。"張祜《讀狄梁公傳》:"失運廬陵厄,乘時武后尊。五丁扶造化,一柱正乾坤。" 臨朝:臨御朝廷處理政事。《史記·魯周公世家》:"成王長,能聽政,於是周公乃還政於成王,成王臨朝。"應劭《風俗通·孝文帝》:"上曰:'吾於臨朝統政施號令何如?'"特指太后攝政稱制。葉適《朝請大夫司農少卿高公墓誌銘》:"宣仁後臨朝九年,尤抑遠外家,不私以官。" 剪棄:除去。孟郊《杏殤九首》四:"此誠天不知,剪棄我子孫。垂枝有千落,芳命無一存。"白居易《潯陽三題序》:"夫物以多爲賤,故南方人不貴重之,至有蒸爨其桂,剪棄其竹,白眼於蓮花者。予惜其不生於北土也,因賦三題以唁之。" 王族:帝王的同族,宗室。《周禮·夏官·司士》:"王族故士、虎士,在路門之右,南面東上。"劉敞《皇侄右監門衛將軍克常妻濮陽縣君盧氏墓誌銘》:"王族駪駪,其麗不億。" "當中、睿二聖危難之際"六句:事見《舊唐書·安金藏傳》:"安金藏,京兆長安人,初爲太常工人。載初年,則天稱制,睿宗號爲皇嗣。少府監裴匪躬、内侍范雲仙並以私謁皇嗣,腰斬。自此公卿以下,並不得見之,唯金藏等工人得在左右。或有誣告皇嗣潛有異謀者,則天令來俊臣窮鞫其狀,左右不勝楚毒,皆欲自誣。惟金藏確然無辭,大呼謂俊臣曰:'公不信金藏之言,請剖心以明皇嗣不反!'即引佩刀自剖其胸,五藏並出,流血被地,因氣絕而仆。則天聞之,令舁入宮中,遣醫人却内五藏,以桑白皮爲綫縫合,傅之藥。經宿,金藏始甦。則天親臨視之,嘆曰:'吾子不能自明,不如爾之忠也!'即令俊臣停推,睿宗由是免難。"《舊唐書·忠義傳》:"即如安金藏剖腹以明,皇嗣段秀實挺笏而擊元凶,張巡、姚闇之守城,杲卿、真卿之罵賊,又愈於金藏、秀實等。" 危難:危險和灾難。

《戰國策·楚策》：“秦兵之攻楚也，危難在三月之内。”韓愈《鄠人對》：“或陷於危難，能固其忠孝，而不苟生之逆亂，以是死者，乃旌表門閭。” 骨鯁：比喻剛直。《史記·吳太伯世家》：“方今吳外困於楚，而内空無骨鯁之臣，是無奈我何。”《南史·徐勉傳》：“勉雖骨鯁不及范雲，亦不阿意苟合。” 調護：調教輔佐。《史記·留侯世家》：“上曰：‘煩公幸卒調護太子。’”裴駰集解引如淳曰：“調護猶營護也。”《新唐書·裴炎傳》：“高宗幸東都，留皇太子京師，以炎調護。” 保安：謂對人或事物加以保護，使之安全或穩定不亂。《漢書·王莽傳》：“輔翼漢室，保安孝平皇帝之幼嗣，遂寄託之義，隆治平之化。”《三國志·董襲傳》：“策薨，權年少，初統事，太妃憂之，引見張昭及襲等，問江東可保安否？” 扶衞：扶持衞護。元稹《告贈皇祖祖妣文》：“降及兵部，爲隋巨人，抑揚直聲，扶衞衰俗。”司馬光《駕部員外郎司馬府君墓誌銘》：“摧抑强猾，扶衞愚弱。”

㉒ 兵興以來：這裏指李唐安史之亂以來。元稹《才識兼茂明於體用策》：“臣以爲國家兵興以來，天下之人慘怛悲愁五十年矣！”白居易《策林·省官併俸減使職》：“臣又見兵興以來，諸道使府或因權宜而置職，一置而不停，或因暫勞而加俸，一加而無減。” 師資：《老子》：“善人者，不善人之師也；不善人者，善人之資也。”後因以“師資”指教師。《穀梁傳·僖公三十二年》：“晉侯重耳卒。”范寧注：“此蓋《春秋》之本旨，師資辯說日用之常義。”楊士勛疏：“師者教人以不及，故謂師資也。”范仲淹《代人奏乞王洙充南京講書狀》：“右臣聞三代盛王，教治天下，必先崇學校，立師資，聚群材。” 保傅：古代保育、教導太子等貴族子弟及未成年帝王、諸侯的官員，統稱爲保傅。《戰國策·秦策》：“居深宫之中，不離保傅之手。”賈誼《治安策》：“及太子既冠成人，免於保傅之嚴，則有記過之史，徹膳之宰。” 眊瞶：眼花耳聾。《資治通鑑·唐憲宗元和元年》：“至於師傅之官，非眊瞶廢疾不任事者，則休戎罷帥不知書者爲之。”胡三省注：“眊，目昏也；瞶，耳聾

也。"真德秀《辭免禮部侍郎兼直院狀》:"敢辭夙夜之勞,毫髪亡功;徒致陰陽之寇,精神眊瞢。" 罷帥:罷免的將帥。《邵氏聞見録·論忠宣公以德報怨》:"上遣御史按治,詿停任,公亦罷帥。至公爲樞密副使,詿尚停任。"蘇軾《張文定公墓誌銘》:"拜公侍讀學士、知秦州,公力辭不拜,曰:'涣與昇有階級,今互言而兩罷帥,不可爲也。'" 贊議:参議。鄭剛中《與潘義榮》:"君相之間,從容贊議,共進君子去小人。"彭龜年《策問十道》:"問:榷茶非古也,始唐趙贊議税天下茶以爲常平,未竟而罷……" 疏冗:閑散的職務或人員。《資治通鑑·唐僖宗中和元年》:"臣備位諫官,至今未知聖躬安否,況疏冗乎!"胡三省注:"冗,散也。"司馬光《與吳相書》:"光疏冗之人,無一物可以爲報。"散賤:微賤。白居易《效陶潛體詩十六首》一五:"出扶桑棗杖,入卧蝸牛廬。散賤無憂患,心安體亦舒。"司馬光《謝胡文學惠水牛圖二卷》:"如何散賤者,遽有雙圖賚?" 搢紳:插笏於紳,紳是古代仕宦者和儒者圍於腰際的大帶。《周禮·春官·典瑞》:"王晉大圭。"鄭玄注引鄭司農曰:"晉讀爲搢紳之搢,謂插於紳帶之間,若帶劍也。"後用爲官宦或儒者的代稱。《東觀漢記·明帝紀》:"是時學者尤盛,冠帶搢紳,遊雍而觀化者,以億萬計。"權德輿《知非》:"名教自可樂,搢紳貴行道。"

㉓ 匹夫:古代指平民中的男子,亦泛指平民百姓。《左傳·昭公六年》:"匹夫爲善,民猶則之,況國君乎?"劉德仁《長門怨》:"早知雨露翻相誤,只插荆釵嫁匹夫。" 明哲:明智,洞察事理。《書·説命》:"知之曰明哲,明哲實作則。"孔傳:"知事則爲明智,明智則能製作法則。"杜甫《北征》:"周漢獲再興,宣光果明哲。" 慈惠:猶仁愛。徐幹《中論·譴交》:"鄉有大夫,必有聰明慈惠之人,使各掌其鄉之政教禁令。"韓愈《順宗實録》:"皇太子某睿哲温文,寬和慈惠。" 直諒:正直誠信,語出《論語·季氏》:"益者三友……友直,友諒,友多聞,益矣!"王安石《懷張唐公》:"直諒多爲世所排,有懷長向我前開。" 元子:天子和諸侯的嫡長子。《書·微子之命》:"王若曰:猷,殷王元子。"

《詩·魯頌·閟宮》：“王曰叔父，建爾元子，俾侯於魯。”朱熹集傳：“叔父，周公也。元子，魯公伯禽也。”

㉔ 宮寮：同“宮僚”，太子屬官。劉禹錫《謝分司東都表》：“伏以臣始爲御史，逮事德宗，今忝宮寮，幸逢聖日。”王讜《唐語林·補遺》：“阡觸事面墻，對東宮曰：‘臣山野人，不識朝典，見陛下合稱臣否？’東宮曰：‘卿是宮寮，自合知之。’” 沉滯：亦作“沈滯”，指仕宦久不遷升。曹操《與王修書》：“將言前後百選，輒不用之，而使此君沈滯冶官。”《晉書·陳壽傳》：“〔壽〕遭父喪，有疾，使婢丸藥。客往見之，鄉黨以爲貶議。及蜀平，坐是沈滯者累年。” 侍書：官名，侍奉帝王或太子、掌管文書的官員。《舊唐書·褚遂良傳》：“太宗嘗謂侍中魏徵曰：‘虞世南死後，無人可以論書。’徵曰：‘褚遂良下筆遒勁，甚得王逸少體。’太宗即日召令侍書。”《舊唐書·順宗紀》：“（貞元二十一年）二月辛丑朔……壬寅，以太子侍書、翰林待詔王伾爲左散騎常侍，充翰林學士。” 侍讀：古代官名，爲帝王、皇子講學之官，其職務與侍讀學士略同，然級別較其爲低。韓愈《順宗實錄》：“上在東宮，嘗與諸侍讀並叔文論政。”陸游《老學庵筆記》卷八：“先君讀山谷《乞猫詩》，嘆甚妙，晁以道侍讀在坐。” 疏棄：疏遠嫌棄。顏延之《庭誥》：“豈但交友疏棄，必有家人誚讓。”盧思道《爲隋檄陳文》：“疏棄良士，狎近小人。”

㉕ 皇天：對天及天神的尊稱。《書·大禹謨》：“皇天眷命，奄有四海，爲天下君。”《楚辭·離騷》：“皇天無私阿兮，覽民德焉錯輔。”許慎《五經異義·天號》引《古尚書說》：“天有五號，各用所宜稱之：尊而君之，則曰皇天。”白居易《哭微之二首》一：“妻孥朋友來相吊，唯道皇天無所知。” 眷祐：亦作“眷佑”，眷顧佑助。《書·太甲》：“皇天眷佑有商，俾嗣王克終厥德。”司空圖《丁巳元日》：“上元勞眷佑，高廟保忠貞。星變當移幸，人心喜奉迎。” 祚：賜，賜福，佑助。《三國志·馬良傳》：“聞雒城已拔，此天祚也。”羅大經《鶴林玉露》卷一：“天將祚其國，必祚其國之君子。” 神明：明智如神。《淮南子·兵略訓》：“見人

所不見謂之明，知人所不知謂之神。神明者，先勝者也。"焦贛《易林·旅之漸》："黃帝紫雲，聖且神明。"　仁聖：仁德聖明，亦指仁德聖明者，古代多用作稱頌帝王的套詞。《禮記·經解》："其在朝廷，則道仁聖禮義之序，燕處則聽雅頌之音。"范仲淹《饒州謝上表》："狂愚之誠，進多冒死；仁聖之造，退亦推恩。"　屑屑：瑣屑，猥瑣。王勃《上劉右相書》："不然則荷裳桂楫，拂衣於東海之東；菌閣松楹，高枕於北山之北，焉復區區屑屑踐名利之門哉！"歐陽修《石曼卿墓表》："獨慕古人奇節偉行非常之功，視世俗屑屑，無足動其意者。"　習儀：演習禮儀。《左傳·昭公五年》："爲國君，難將及身，不恤其所。禮之本末將於此乎在，而屑屑焉習儀以亟。言善於禮，不亦遠乎？"韓愈《董公行狀》："凡將大朝會，當事者既受命，皆先日習儀。"　省：反省，檢查。《論語·學而》："曾子曰：吾日三省吾身，爲人謀而不忠乎？與朋友交而不信乎？傳不習乎？"司空圖《退居漫題七首》六："努力省前非，人生上壽稀。"

㉖ 列聖：指歷代帝王，諸皇帝。《文選·左思〈魏都賦〉》："且魏地者……列聖之遺塵。"李善注："魏地，畢昂之分野，虞舜及禹所都之地。"元稹《顏峴右贊善大夫》："列聖念功，訪求太師之後。"　無窮：無盡，無限，指事物沒有窮盡。《孫子·虛實》："人皆知我所以勝之形，而莫知吾所以制勝之形，故其戰勝不復，而應形於無窮。"《史記·田單列傳論》："兵以正合，以奇勝。善之者，出奇無窮。"　後嗣：後代，子孫。《書·伊訓》："敷求哲人，俾輔於爾後嗣。"元稹《告贈皇祖祖妣文》："公實能德，延於後嗣。"　脫或：倘或。元稹《論西戎表》："陛下又輟邊將以統問罪之師，脫或蜂蠆相完，尚稽天討，兵連不解，綿夏涉秋，則犬戎乘釁啓心之日也。"《續資治通鑒·宋孝宗淳熙十一年》："朕巡省之後，脫或有事，卿必親之，毋忽細微。"　中智：中等才智。《呂氏春秋·無義》："義者百事之始也，萬利之本也，中智之所不及也。"陸游《病中有述二首各五韻》一："萬事有常理，中智皆能知。"

稼穡：耕種和收穫，泛指農業勞動。《書・無逸》：“厥父母勤勞稼穡，厥子乃不知稼穡之艱難。”薛存誠《膏澤多豐年》：“候時勤稼穡，擊壤樂農功。”　艱難：困苦，困難。《詩・王風・中穀有蓷》：“嘅其嘆矣！遇人之艱難矣！”鄭玄箋：“所以嘅然而嘆者，自傷遇君子之窮厄。”蘇軾《賀歐陽少師致仕啓》：“功存社稷而人不知，躬履艱難而節乃見。”

㉗ 上聖：猶至聖，指德智超群的人。《墨子・公孟》：“昔者，聖王之列也：上聖立爲天子，其次立爲卿大夫。”王符《潛夫論・贊學》：“夫此十一君者，皆上聖也，猶待學問，其智乃博，其德乃碩，而況於凡人乎？”　肇：開始，創始。《書・舜典》：“肇十有二州。”孔傳：“肇，始也。”《楚辭・離騷》：“皇覽揆余初度兮，肇錫余以嘉名。”王逸注：“肇，始也。”　臨：監視，監臨，引申爲統治，治理。《詩・大雅・大明》：“上帝臨女，無貳爾心。”《史記・三王世家》：“今昭帝始立，年幼，富於春秋，未臨政，委任大臣。”　海内：國境之内，全國，古謂我國疆土四面臨海，故稱。《孟子・梁惠王》：“海内之地，方千里者九。”焦循正義：“古者内有九洲，外有四海……此海内，即指四海之内。”《史記・貨殖列傳》：“漢興，海内爲一。”　傾耳：謂側著耳朵静聽。《史記・淮陰侯列傳》：“農夫莫不輟耕釋耒，褕衣甘食，傾耳以待命者。”章碣《陪浙西王侍郎夜宴》：“小儒末座頻傾耳，祇怕城頭畫角催。”　注目：注視，集中目光看。曹植《陳審舉表》：“夫能使天下傾耳注目者，當權者是矣！”蘇軾《十八大阿羅漢贊・迦諾迦跋梨隨闍尊者》：“揚眉注目，拊膝橫拂。”　訓導：教誨開導。《國語・楚語》：“聞一二之言，必誦志而納之，以訓導我。”吕温《地圖志序》：“使嗜學之徒，未披文而見義，不由户而覩奥，斯訓導之明也。”　慎簡：謹慎簡選。《書・冏命》：“慎簡乃僚，無以巧言令色。”孔傳：“當謹慎簡選汝僚屬侍臣。”元稹《崔蕺檢校都官員外郎兼待御史制》：“慎簡其屬，毗於厥政。”　博厚：廣大深厚。《禮記・中庸》：“博厚所以載物也，高明所以覆物也。”寬宏樸厚。《新唐書・崔漢衡傳》：“崔漢衡，博州博平人，沈懿博厚，善與人交。”

弘深：寬廣深沉。王儉《褚淵碑文》：“韵宇弘深，喜慍莫見其際；心明通亮，用人言必由於己。”指博大精深。《文心雕龍·定勢》：“箴銘碑誄，則體制於弘深。” 練達：熟練通達。《舊唐書·薛玨傳》：“玨剛嚴明察，練達法理。”謂閱歷豐富，通曉世故人情。羅大經《鶴林玉露》卷一四：“旄叟號西堂先生，開明練達，遇事如破竹。” 機務：機要事務，多指機密的軍國大事。嵇康《與山巨源絕交書》：“心不耐煩，而官事鞅掌，機務纏其心，世故繁其慮，七不堪也。”蘇軾《圜丘合祭六議札子》：“至於後世，海内爲一，四方萬里，皆聽命於上，機務之繁，億萬倍於古。”

㉘ 皇太子：皇帝所選定的繼承皇位的皇子，一般爲皇帝的嫡長子。《漢書·高帝紀》：“漢王即皇帝位於氾水之陽，尊王后曰皇后，太子曰皇太子。”韓愈《順宗實録》：“建中元年，立爲皇太子。” 諸王：指古代天子分封的各諸侯王。潘勖《册魏公九錫文》：“魏國置丞相以下群卿百僚，皆如漢初諸王之制。”衆王。韓愈《順宗實録》：“還至別殿，諸王親屬進賀。” 齒胄：指太子入學與公卿之子依年齡爲序。《文選·王融〈三月三日曲水詩序〉》：“出龍樓而問豎，入虎闈而齒胄。”李周翰注：“公卿之子爲胄子，言太子入學，以年大小爲次，不以天子之子爲上，故云齒胄，齒，年也。”《舊五代史·唐書·明宗紀》：“太常丞段顒請國學五經博士各講本經，以申橫經齒胄之義，從之。” 講業：研習學業。《史記·太史公自序》：“講業齊魯之都，觀孔子之遺風。”指經筵講讀。荀悦《申鑒·政體》：“上有師傅，下有讜臣，大有講業，小則咨詢。” 嚴師：尊敬老師。《禮記·學記》：“凡學之道，嚴師爲難。”鄭玄注：“嚴，尊敬也。”要求嚴格的老師。《孫臏兵法·將德》：“愛之若狡童，敬之若嚴師，用之若土芥。” 問道：請教道理、道術。《晏子春秋·問》：“臣聞問道者更正，聞道者更容。”庾信《賀傳位於皇太子表》：“皇帝邈然姑射，正當乘雲馭龍，問道崆峒。” 至德：最高的道德，盛德。《易·繫辭》：“陰陽之義配日月，易簡之善配至德。”《史

記‧商君列傳》：“論至德者不和於俗，成大功者不謀於衆。” 要道：重要的道理、方法。《孝經‧開宗明義》：“先王有至德要道以順天下，民用和睦，上下無怨。”曹植《桂之樹行》：“人咸來會講仙，教爾服食日精。要道甚省不煩，澹泊無爲自然。” 撤膳記過：參考《舊唐書‧邢文偉傳》：“邢文偉，滁州全椒人也。少與和州高子貢、壽州裴懷貴俱以博學知名於江淮間。咸亨中，累遷太子典膳丞。時孝敬在東宮，罕與宮臣接見，文偉輒減膳，上書曰：‘臣竊見《禮‧戴記》曰：“太子既冠成人，免於保傅之嚴，則有司過之史、徹膳之宰，史之義，不得不司過；宰之義，不得不徹膳，不徹膳則死。”今皇帝式稽前典，妙簡英俊，自庶子已下，至諮議、舍人及學士、侍讀等，使翼佐殿下以成聖德。近日已來，未甚延納，談議不狎，謁見尚稀，三朝之後，但與内人獨居，何由發揮聖智，使睿哲文明者乎？今史雖闕官，宰當奉職，忝備所司，未敢逃死，謹守禮經，輒申減膳。’太子答書曰：‘顧以庸虛，早尚墳典，每欲研精政術，極意書林。但往在幼年，未閑將衛，竭誠耽誦，因即損心。比日以來，風虛更積，中奉恩旨，不許重勞。加以趨侍含元，温清朝夕，承親以無專之道，遵禮以色養爲先。所以屢闕坐朝，時乖學緒。公潛申朂戒，聿薦忠規，敬尋來請，良符宿志。自非情思審諭，義均弼諧，豈能進此藥言，形於簡墨！撫躬三省，感愧兼深。’文偉自是益知名。”撤：除去，消除。《論語‧鄉黨》：“不撤薑食。”何晏集解引孔安國曰：“撤，去也。”《宋史‧趙逢龍傳》：“每至官，有司例設供張，悉命撤去。”膳：飯食。《左傳‧閔公二年》：“太子奉冢祀、社稷之粢盛，以朝夕視君膳者也。”沈既濟《任氏傳》：“列燭置膳，舉酒數觴。” 記過：記録過失。《漢書‧賈誼傳》：“及太子既冠成人，免於保傅之嚴，則有記過之史，徹膳之宰，進善之旌，誹謗之木，敢諫之鼓。”顏師古注：“有過則記。”徐鉉《前舒州録事參軍沈翰可大理司直制》：“復爾名籍，俾參棘寺，吾不記過，爾其自修。”

㉙ 禽色：畋獵與女色。周曇《三代門‧太康》：“師保何人爲琢

磨？安知父祖苦辛多！酒酣禽色方爲樂，詎肯閑聽五子歌？”《資治通鑑·後唐莊宗同光元年》：“荒於禽色，何能久長？” 聖質：神聖的秉性，多用於聖人和帝王。曹丕《答許芝上代漢圖讖令》：“若夫唐堯、舜、禹之迹，皆以聖質茂德處之，故能上和靈祇，下寧萬姓，流稱今日。”李翱《論事疏表》：“臣竊惜陛下聖質，當可興之時，而尚謙讓未爲也。” 弘：廓大，光大。《論語·衛靈公》：“人能弘道，非道弘人。”楊巨源《上劉侍中》：“一言弘社稷，九命備珪璋。” 元良：大善，至德。《書·太甲》：“一人元良，萬邦以貞。”孔傳：“天子有大善，則天下得其正。”《舊五代史·唐莊宗紀》：“剥喪元良，凌辱神主。”太子的代稱。《禮記·文王世子》：“一有元良，萬國以貞，世子之謂也。”沈約《立太子恩詔》：“元良之寄，有國莫先，自昔哲後，降及近代，莫不立儲樹嫡，守器承祧。”

㉚ 俾：通“比”，從。《書·君奭》：“海隅出日，罔不率俾。”王引之《經義述聞·尚書》“罔不率俾”：“俾之言比也。《比》象傳曰：‘比，下順從也。’比與俾古字通，故《大雅》‘克順克比’，《樂記》作‘克順克俾’。”《禮記·樂記》：“王此大邦，克順克俾。”鄭玄注：“俾當爲比，聲之誤也。擇善從之曰比。” 百王：歷代帝王。《荀子·不苟》：“百王之道，後王是也。”《漢書·董仲舒傳》：“蓋聞五帝三王之道，改制作樂而天下洽和，百王同之。” 同師：一起師事，同從一師。《莊子·德充符》：“申徒嘉，兀者也，而與鄭子産同師於伯昏無人。”《史記·袁盎晁錯列傳》：“〔鼂錯〕與雒陽宋孟及劉禮同師。” 術：特指君主控制和使用臣下的策略、手段。《韓非子·定法》：“術者，因任而授官，循名而責實，操殺生之柄，課群臣之能者也，此人主之所執也。”王充《論衡·定賢》：“夫聖賢之治世也，得其術則成功，失其術則事廢。” 君道：爲君之道。蔡邕《獨斷》：“冬至陽氣起，君道長，故賀。夏至陰氣起，君道衰，故不賀。”宋祁《宋景文公筆記》卷下：“君有常道，臣有定守。賞當功，罰當罪；與之惟我德，奪之惟我懼，君道也。” 天倫：天然倫次，

指兄弟。《穀梁傳・隱公元年》:"兄弟,天倫也。"范寧注:"兄先弟後,
天之倫次。"《舊唐書・肅宗紀》:"朕往在春宮,嘗事先後,問安靡闕,
視膳無違。及同氣天倫,聯華棣萼,居嘗共被,食必分甘。今皇帝奉
而行之,未嘗失墜。"

㉛　賢良:有德行才能的人。《周禮・地官・師氏》:"教三行:一
曰孝行,以親父母;二曰友行,以尊賢良;三曰順行,以事師長。"賈公
彥疏:"二曰友行以尊賢良者,此行施於外人,故尊事賢人良人、有德
之士也。"《後漢書・伏隆傳》:"任用賊臣,殺戮賢良。"　藩屏:比喻衞
國的重臣。《資治通鑑・晉安帝義熙十年》:"〔尉賢政〕曰:'受涼王厚
恩,爲國藩屏。'"比喻邊防重鎮。《漢書・敘傳》:"建設藩屏,以强守
圉。"蘇舜欽《上杜侍郎啓》:"閣下爲世標矩,人所仰屬,坐鎮藩屏。"
晉:春秋諸侯國名,周成王封弟叔虞于堯之故墟唐,南有晉水,至叔虞
子燮父改國號晉,故址在今山西省、河北省南部、陝西省中部及河南
省西北部,後晉爲其大夫韓、趙、魏所分。　鄭:春秋國名,姬姓,本周
西都畿内地,周宣王封弟友於此,在今陝西華縣之西北。《史記・鄭
世家》:"鄭桓公友者,周厲王少子而宣王庶弟也,宣王立二十二年,友
初封于鄭。"平王東遷,鄭徙於溱洧之上,是爲新鄭,即今河南省新鄭
縣,戰國時爲韓所滅。《春秋・隱公元年》:"夏五月,鄭伯克段於鄢。"
杜預注:"鄭在滎陽宛陵縣西南。"《呂氏春秋・樂成》:"子產始治鄭,
使田有封洫,都鄙有服。"　魯:周代諸侯國名,故地在今山東兗州東
南至江蘇省沛縣、安徽省泗縣一帶。《史記・周本紀》:"〔周武王〕封
弟周公旦於曲阜,曰魯。"　衞:古國名,公元前十一世紀周公封周武
王弟康叔于衞,先後建都於朝歌(今河南淇縣)、楚丘(今河南滑縣)、
帝丘(今河南濮陽)和野王(今河南沁陽)等地,公元前二〇九年爲秦
所滅。《左傳・隱公元年》:"鄭人以王師、虢師伐衞南鄙。"周王朝分
封諸侯,以上四個諸侯國家,都是周王室的嫡系勢力,故在周王室周
圍扶衞。　東牟:即東牟侯劉興居,《史記・呂後本紀》:"(六年)夏,

赦天下，封齊悼惠王子興居爲東牟侯（司馬貞索隱：韋昭云東萊縣）。”
朱虛：指朱虛侯劉章。《史記·呂后本紀》：“封齊悼惠王子章爲朱虛
侯（張守節正義：《括地志》云：朱虛故城在青州臨朐縣東六十里，漢朱
虛也。《十三州志》云：丹，朱遊故虛，故云朱虛也。虛猶邱也，朱猶丹
也）。”兩人協同劉氏舊大臣擊敗諸呂的奪權陰謀，保持劉家的一統天
下。　宗子：古代宗法制度稱大宗的嫡長子。《詩·大雅·板》：“懷
德維寧，宗子維城。無俾城壞，無獨斯畏。”鄭玄箋：“宗子，謂王之適
子。”《禮記·大傳》“別子爲祖，繼別爲宗”鄭玄注：“別子謂公子若始
來在此國者，後世以爲祖也。別子之世適也，族人尊之爲大宗，是宗
子也。”　維城：連城以衛國。《後漢書·劉虞公孫瓚陶謙傳贊》：“襄
賁勵德，維城燕北。仁能洽下，忠以衛國。”《舊唐書·昭宗紀》：“（乾
寧）四年春正月丁丑朔……丙辰，韓建上表，請封拜皇太子、親王，以
爲維城之計。”　犬牙：像犬牙般交錯，多指地形、地勢。《後漢書·魯
恭傳》：“建初七年，郡國螟傷稼，犬牙緣界，不入中牟。”劉禹錫《連州
刺史廳壁記》：“此郡於天文與荆州同星分，田壤制與番禺相犬牙。”
磐石：舊喻分封的宗室。《史記·孝文本紀》：“高帝封王子弟，地犬牙
相制，此所謂磐石之宗也。”杜甫《秋日荆南述懷三十韻》：“磐石圭多
剪，凶門轂少推。”　囚：拘禁，幽禁。《史記·周本紀》：“帝紂乃囚西
伯於羑里。”韓愈《雙鳥》：“天公怪兩鳥，各捉一處囚。百蟲與百鳥，然
後鳴啾啾。”　賊：殺戮，殺害。《書·舜典》：“寇賊奸宄。”孔傳；“殺人
曰賊。”袁康《越絕書·吳人內傳》：“紂賊比干，囚箕子，微子去之。”
本枝：亦作“本支”，同一家族的嫡系和庶出子孫。《漢書·韋玄成
傳》：“子孫本支，陳錫無疆。”顏延之《赭白馬賦》：“效足中黃，殉驅馳
兮；願終惠養，蔭本枝兮。”蘇軾《賜皇弟大寧郡王佖生日禮物口宣》：
“乃眷賢王，篤生茲日。本枝之慶，華萼相承。”　同年而語：猶言相提
並論。賈誼《過秦論》：“試使山東之國，與陳涉度長絜大，比權量力，
則不可同年而語矣！”蘇軾《書蒲永昇畫後》：“如往時董羽，近日常州

戚氏畫水，世或傳寶之。如董戚之流，可謂死水，未可與永昇同年而語也。”

　　㉜　揆：度量，揣度。《詩·鄘風·定之方中》：“揆之以日，作于楚室。”毛傳：“揆，度也。”《漢書·董仲舒傳》：“孔子作《春秋》，上揆之天道，下質諸人情。”　永永：謂長遠，長久。《大戴禮記·公符》：“陛下永永，與天無極。”李翱《于湖州別女足娘墓文》：“鬼神有知，汝骨安全。永永終古，無有後艱。”　無窮：無盡，無限，指時間没有終結。《史記·淮南衡山列傳》：“高皇始於豐沛……功高三王，德傳無窮。”杜甫《往在》：“千秋薦靈寢，永永垂無窮。”　長算：亦作“長筭”，長遠之計。《三國志·張嶷傳》：“太傅離少主，履敵庭，恐非良計長算之術也。”陸機《吊魏武帝文》：“長筭屈於短日，遠迹頓於促路。”　謹言：謂恭敬上言。李德裕《上尊號玉册文》：“臣德裕等誠歡誠躍，頓首頓首，謹言。”張耒《皇太后謚册文》：“恭惟神靈在天，休聞在下，光於宗社，表於有宋，億載萬世，與國無極，嗚呼哀哉！謹言。”

[編年]

　　《年譜》編年本文於元和元年，列名《獻事表》之後、《論諫職表》之前，理由是：“《文稿自叙》、《元稹志》、《新傳》以《論教本書》在前，《舊傳》、《資治通鑑》以《論諫職表》在前，亦宜從《文稿自叙》。”《編年箋注》編年本文於元和元年，没有具體時間，没有闡述編年理由，但本文列《論諫職表》之後、《獻事表》之前，與《年譜》、《年譜新編》的意見有所不同。《年譜新編》編年意見以及編年理由同《年譜》，“當以《叙奏》爲是”，故本文列名《獻事表》之後、《論諫職表》之前。

　　我們以爲，一、《表奏(有序)》（亦即《文稿自叙》、《叙奏》，“有”在這裏是助詞，無義）爲元稹親手撰作，應該可信；白居易是元稹交往最多感情最爲真摯的朋友，他在《唐故武昌軍節度處置等使正議大夫檢校户部尚書鄂州刺史兼御史大夫賜紫金魚袋尚書右僕射河南元公墓誌銘并序》中的記載基本上應該可靠。而《舊唐書》成書於五代,《資治通鑑》更是撰成於宋代,其可信度可靠度遠遠不及元稹的《表奏(有序)》與白居易的《唐故武昌軍節度處置等使正議大夫檢校户部尚書鄂州刺史兼御史大夫賜紫金魚袋尚書右僕射河南元公墓誌銘并序》。二、元稹《表奏(有序)》:"元和初,章武皇帝新即位,臣下未有以言刮視聽者。予始以對詔在拾遺中供奉,由是獻《教本書》、《諫職》、《論事》等表十數通。"白居易《唐故武昌軍節度處置等使正議大夫檢校户部尚書鄂州刺史兼御史大夫賜紫金魚袋尚書右僕射河南元公墓誌銘并序》:"二十八,應制策,入三等,拜左拾遺,即日獻《教本書》。"雖然白居易的"即日"與元稹自己的"予始以對詔在拾遺中供奉"表述有所不同,但本文應該是元稹初拜左拾遺時的第一篇作品,亦即元和元年四月二十八日或者稍後一二天的作品,亦即四月二十九日或三十日的作品,地點在長安,元稹剛剛拜職左拾遺。

我們以爲,《年譜》與《年譜新編》將《獻事表》列在本文之前是不妥當的。《獻事表》:"陛下即位已來,既周歲矣……今陛下當致理之初,在四方多虞之日,然而言事進計者,終歲無一人。"據《舊唐書·憲宗紀》,唐憲宗永貞元年八月一日受内禪,即位在是年八月九日,而元稹于元和元年九月十三日自左拾遺出貶爲河南尉,故《獻事表》應該作於元和元年八月九日唐憲宗即位周歲之後,同年九月十三日元稹出貶河南尉之前,這也許是元稹左拾遺任内最後幾篇奏表之一,《獻事表》列在本文之前無論如何是不合適的。

◎ 論諫職表[(一)][①]

臣聞先王之制禄也[(二)],居其位而不行其職者誅,是以上無虚授,下不隱情。臣竊觀今之備位素餐不行其職者,莫過於臣輩②。臣聞太宗文皇帝時，王珪、魏徵爲諫官，文皇雖宴游寢食之間，王、魏實在其所③。用至於文皇發一言，則王、魏善之而後出〔三〕；舉一事，則王、魏慮之而後行④。以文皇之明，合王、魏之智，是以舉無遺事，言有典常，文皇猶以爲視聽之未廣也，因命三品已上入議軍國大政〔四〕，必遣諫官一員隨入以參驗之⑤。當是之時，司股肱耳目之任者，有君臣之義焉！有父子之恩焉！有朋友之歡焉！是以否無不替，可無不行⑥。不四三年而天下大理，蠻夷君長帶刀入侍者，不可勝計，豈干戈征伐之所致乎？蓋擁蔽之患銷〔五〕，而幽遠之情達也。若此，然後可以稱天子之諍臣矣⑦！

近之司諫諍者則不然，大不得備召見，次不得參時政，排行就列，纍纍而已⑧。且臣聞之，諫官之職，曰左右前後拾遺補闕，大則廷議，小則上封。近年已來，正衙不奏事〔六〕，庶官罷巡對，若此則不見遺闕，補拾何階？不得敷陳，廷議安設⑨？其所謂舉諫職者，唯獨誥令有不便，除授有不當，則奏一封執一見而已⑩。

以臣思之，君臣之際論列是非，諷諭於未形，籌畫於至密，尚不能回至尊之盛意，備讒慝之巧言，而況於既行之誥令，已命之除授⑪？然後奏一對，執一見〔七〕，思欲收絲綸之詔，迴日月之光，信無裨於萬一矣⑫！至使凡今之人，以上封進計爲妄動，拾遺補闕爲冗員，以此稱供奉官，與王珪、魏徵爲等列，臣雖至愚，能不自媿⑬？且陛下若以爲臣等無所裨補，不足參侍從，固不當假以名器，立之於朝〔八〕⑭。苟以爲務廣聰明，稍關理道〔九〕，又不當屏棄疏賤之〔一〇〕，使至於此⑮！

伏願陛下許臣於延英候對〔一一〕，召臣一見，賜以溫顏，使臣得盡愚懇之誠，備陳諫官之職⑯。苟或言有可採，得裨陛下萬分之一，是臣千載之一時也。如或言不諸理，塵黷聖聰，則臣自寘刑書，以謝謬官之罪，亦臣之所以甘心也！無任懇款發憤效職忘軀之至，謹詣東上閣門奉表以聞⑰。

錄自《元氏長慶集》卷三三

［校記］

（一）論諫職表：楊本、叢刊本、《文章辨體彙選》、《古文淵鑒》、《全文》同，《英華》文題之下注“憲宗”，《歷代名臣奏議》沒有標示文題，各備一說，不改。

（二）臣聞先王之制祿也：楊本、叢刊本、《歷代名臣奏議》、《文章辨體彙選》、《全文》同，《英華》、《古文淵鑒》作“臣某言，臣聞先王之制祿也”，各備一說，不改。

（三）則王、魏善之而後出：楊本、叢刊本同，《英華》、《文章辨體彙選》作“則王、魏詳之而後出”，《全文》作“則王、魏慮之而後出”，《歷代名臣奏議》、《古文淵鑒》作“則王、魏慮之而後行”，各備一說，不改。

（四）因命三品已上入議軍國大政：楊本、叢刊本、《歷代名臣奏議》、《全文》同，蘭雪堂本作“因□三品已上入議軍國大政”，《英華》、《文章辨體彙選》、《古文淵鑒》作“因許三品以上入議軍國”，各備一說，不改。

（五）蓋擁蔽之患銷：楊本、叢刊本、《歷代名臣奏議》、《全文》同，《英華》、《文章辨體彙選》、《古文淵鑒》作“蓋壅蔽之患銷”，各備一說，不改。

（六）正衙不奏事：蘭雪堂本、叢刊本、《英華》、《歷代名臣奏議》、《文章辨體彙選》、《古文淵鑒》、《全文》同，楊本誤作“正衛不奏事”，不從不改。

（七）然後奏一對，執一見：楊本、叢刊本、《全文》同，《英華》、《歷代名臣奏議》、《文章辨體彙選》、《古文淵鑒》作“然後執一封，奏一見”，各備一說，不改。

（八）立之於朝：楊本、叢刊本、《歷代名臣奏議》、《古文淵鑒》、《全文》同，《英華》作“無立於朝”，《文章辨體彙選》作“俾立於朝”，各備一說，不改。

（九）稍關理道：楊本、叢刊本、《歷代名臣奏議》、《全文》同，《英華》、《古文淵鑒》、《文章辨體彙選》作“稍問理道”，各備一說，不改。

（一〇）又不當屏棄疏賤之：楊本、叢刊本、《歷代名臣奏議》、《全文》同，《英華》、《古文淵鑒》、《文章辨體彙選》作“又不宜屏棄疏賤之”，各備一說，不改。

（一一）伏願陛下許臣於延英候對：原本誤作“伏願陛下許臣於延英侯對”，據楊本、叢刊本、《英華》、《歷代名臣奏議》、《古文淵鑒》、《文章辨體彙選》、《全文》改。

［箋注］

① 諫職：諫官之職。《晉書·傅玄傳》：“玄及散騎常侍皇甫陶，共掌諫職。”《文獻通考·職官》：“乃詔雖不兼諫職者，亦許直前奏事。”司馬光的《資治通鑑》對元稹的這篇奏疏也作了大略介紹，內容大致相似：“稹上疏論諫職，以爲：‘昔太宗以王珪魏徵爲諫官，宴遊寢食未嘗不在左右。又命三品以上入議大政，必遣諫官一人隨之，以參得失，故天下大理。今之諫官大不得豫召見，次不得參時政，排行就列朝謁而已。近年以來正牙不奏事，庶官罷巡對，諫官能舉職者獨詣命有不便則上封事耳！君臣之際諷諭於未形籌畫於至密，尚不能回至尊之盛意，況於既行之誥令已命之除授，而欲以咫尺之書收絲綸之詔，誠亦難矣！願陛下時于延英召對，使盡所懷，豈可置於其位而屏棄疏賤之哉！’”愛新覺羅·玄燁《御製文·古文評論》卷三六：“元稹

《論諫職表》：文筆清疏，而意獨懇到。"

　　② 先王：指上古賢明君王。劉方平《巫山神女》："散漫愁巴峽，徘徊戀楚君。先王爲立廟，春樹幾氛氳?"朱熹《大學章句序》："於是獨取先王之法，誦而傳之，以詔後世。"　制祿：製定官員的俸祿。白居易《策林·省官併俸減使職》："臣聞古者計人而置官，量賦而制祿。故官之省繁，必稽人戶之衆寡；祿之厚薄，必稱賦入之少多。"夏竦《宣徽使乞換文資表》："臣某言，伏以文武設官，所以審材用；小大制祿，所以辨勤勞。"　誅：指責，責備。《周禮·天官·大宰》："以八柄詔王馭群臣……八曰誅，以馭其過。"鄭玄注："誅，責讓也。"《論語·公冶長》："宰予晝寢，子曰：'朽木不可雕也，糞土之牆不可杇也，於予與何誅?'"懲罰，責罰。《禮記·曲禮》："以足蹙路馬芻，有誅。齒路馬，有誅。"鄭玄注："誅，罰也。"韓愈《進學解》："然而聖主不加誅，宰臣不見斥，茲非其幸歟?"　虛授：謂授職給德才不相稱的人。曹植《求自試表》："夫論德而授官者，成功之君也；量能而授爵者，畢命之臣也。故君無虛授，臣無虛受，虛授謂之謬舉，虛受謂之尸祿。"劉禹錫《代讓同平章事表》："臣聞以德詔官，以勞定賞。苟或虛授，人無勸心。"　隱情：隱瞞情況。《左傳·襄公二十七年》："夫子之家事治，言於晉國無隱情。"《東觀漢記·和熹鄧後傳》："不加鞭箠，不敢隱情，宮人咸稱神明。"　備位：居官的自謙之詞，謂愧居其位，不過聊以充數。《漢書·王莽傳》："於是莽上書曰：'臣以外屬，越次備位，未能奉稱。'"范公偁《過庭錄》："我受國厚恩，備位宰輔，合瀝血懇陳。"泛指充任，任職。《後漢書·楊政傳》："〔政〕把臂責之曰：'卿蒙國恩，備位藩輔，不思求賢以報殊寵，而驕天下英俊，此非養生之道也。'"韓愈《順宗實錄》："良媛董氏，備位後庭，素稱淑慎。"充數，湊數。《舊唐書·憲宗紀》："德宗不委政宰相，人間細務，多自臨決……宰相備位而已。"《續資治通鑑·宋太宗雍熙四年》："上以用兵之際，宏循默備位元，而昌言多上邊事利害，故兩換之。"　素餐：亦作"素飡"，無功受祿，不勞而食。

《詩·魏風·伐檀》:"彼君子兮,不素餐兮。"毛傳:"素,空也。"陳奐傳疏:"今俗以徒食爲白餐。餐,猶食也。趙岐注《孟子·盡心篇》云:'無功而食,謂之素餐。'"范仲淹《上執政書》:"官實素飡,民則菜色。"

　③ 王珪:唐太宗重要輔助臣僚之一,激濁揚清,嫉惡好善,爲唐初名臣。《舊唐書·王珪傳》:"王珪字叔玠,太原祁人也……太宗嘗閑居,與珪宴語。時有美人侍側,本廬江王瑗之姬,瑗敗籍没入宮。太宗指示之曰:'廬江不道,賊殺其夫而納其室,暴虐之甚,何有不亡者乎?'珪避席曰:'陛下以廬江取此婦人爲是耶,爲非耶?'太宗曰:'殺人而取其妻,卿乃問朕是非,何也?'珪曰:'臣聞於管子曰:齊桓公之郭,問其父老曰:郭何故亡? 父老曰:以其善善而惡惡也。桓公曰:若子之言,乃賢君也,何至於亡? 父老曰:不然,郭君善善而不能用,惡惡而不能去,所以亡也。今此婦人尚在左右,竊以聖心爲是之,陛下若以爲非,此謂知惡而不去也。太宗雖不出此美人,而甚重其言。"王珪及溫彥博爲太常少卿祖孝孫受到唐太宗責讓而進諫,惹怒唐太宗,"彥博拜謝,珪獨不拜,曰:'臣本事前宮,罪已當死,陛下矜恕性命,不以不肖,置之樞近,責以忠直。今臣所言,豈是爲私? 不意陛下忽以疑事誚臣,是陛下負臣,臣不負陛下!'帝默然而罷……時房玄齡、李靖、溫彥博、戴胄、魏徵與珪同知國政,後嘗侍宴,太宗謂珪曰:'卿識鑒清通,尤善談論,自房玄齡等咸宜品藻,又可自量,孰與諸子賢?'對曰:'孜孜奉國,知無不爲,臣不如玄齡;才兼文武,出將入相,臣不如李靖;敷奏詳明,出納惟允,臣不如溫彥博;處繁理劇,衆務必舉,臣不如戴胄;以諫諍爲心,恥君不及於堯舜,臣不如魏徵;至如激濁揚清,嫉惡好善,臣於數子亦有一日之長。'太宗深然其言,群公亦各以爲盡己所懷,謂之確論……是歲,兼魏王師,既而上問黃門侍郎韋挺曰:'王珪爲魏王泰師,與其相見,若爲禮節?'挺對曰:'見師之禮,拜答如禮。'王問珪以忠孝,珪答曰:'陛下,王之君也,事君思盡忠;陛下,王之父也,事父思盡孝。忠孝之道,可以立身,可以成名,當

年可以享天祐，餘芳可以垂後葉。'王曰：'忠孝之道，已聞教矣！願聞所習！'珪答曰：'漢東平王蒼云：爲善最樂。'上謂侍臣曰：'古來帝子生於宮闥，及其成人，無不驕逸，是以傾覆相踵，少能自濟。我今嚴教子弟，欲令皆得安全。王珪我久驅使，是所諳悉，以其意存忠孝，選爲子師，爾宜語泰：汝之待珪，如事我也，可以無過。'泰每爲之先拜，珪亦以師道自居，物議善之。時珪子敬直尚南平公主，禮有婦見舅姑之儀，自近代公主出降，此禮皆廢。珪曰：'今主上欽明，動循法制，吾受公主謁見，豈爲身榮？所以成國家之美耳！'遂與其妻就席而坐，令公主親執笲行盥饋之道，禮成而退。是後公主下降有舅姑者，皆備婦禮，自珪始也。"《舊唐書·太宗紀》："（貞觀）二年十二月壬午，黃門侍郎王珪爲侍中。"李德裕《代國論》："所以王珪者，可謂識微之士明於禍福矣！"　魏徵：唐太宗在位時的侍臣，敢言直諫，數犯龍鱗，爲唐初名臣。《舊唐書·魏徵傳》："魏徵，字玄成，鉅鹿曲城人也……太宗新即位，勵精政道，數引徵入臥內，訪以得失。徵雅有經國之才，性又抗直，無所屈撓，太宗與之言，未嘗不欣然納受，徵亦喜逢知己之主，思竭其用，知無不言。太宗嘗勞之曰：'卿所陳諫，前後二百餘事，非卿至誠奉國，何能若是！'""後太宗幸九成宮，因有宮人還京，憩於湋川縣之官舍。俄又右僕射李靖、侍中王珪繼至，官屬移宮人於別所而舍靖等。太宗聞之，怒曰：'威福之柄，豈由靖等？何爲禮靖而輕我宮人？'即令案驗湋川官屬及靖等，徵諫曰：'靖等，陛下心膂大臣；宮人，皇后掃除之隸。論其委付，事理不同。又靖等出外，官吏訪朝廷法式，歸來，陛下問人間疾苦，靖等自當與官吏相見，官吏亦不可不謁也。至於宮人，供食之外，不合參承。若以此罪責縣吏，恐不益德音，徒駭天下耳目。'帝曰：'公言是也！'乃釋官吏之罪，李靖等亦寢而不問。尋宴於丹霄樓，酒酣，太宗謂長孫無忌曰：'魏徵、王珪昔在東宮，盡心所事，當時誠亦可惡。我能拔擢用之，以至今日，足爲無愧古人。然徵每諫我不從，發言輒即不應，何也？'對曰：'臣以事有不可，所以

陳論。若不從輒應，便恐此事即行。'帝曰：'但當時且應，更別陳論，
豈不得耶?'徵曰：'昔舜誡群臣：爾無面從，退有後言。若臣面從陛下
方始諫，此即退有後言，豈是稷契事堯舜之意耶?'帝大笑曰：'人言魏
徵舉動疏慢，我但覺嫵媚，適爲此耳!'徵拜謝曰：'陛下導之使言，臣
所以敢諫；若陛下不受臣諫，豈敢數犯龍鱗?'……太宗嘗嫌上封者
衆，不近事實，欲加黜責。徵奏曰：'古者立誹謗之木，欲聞己過，今之
封事、謗木之流也！陛下思聞得失，秪可恣其陳道。若所言衷，則有
益於陛下；若不衷，無損於國家。'太宗曰：'此言是也!'並勞而遣之。"
李世民《望送魏徵葬》："望望情何極！浪浪泪空泫。無復昔時人，芳
春共誰遣?"白居易《新樂府‧七德舞》："魏徵夢見子夜泣，張謹哀聞
辰日哭。怨女三千放出宮，死囚四百來歸獄。"　宴遊：宴飲遊樂。杜
審言《晦日宴遊》："日晦隨蔞莢，春情著杏花。解紳宜就水，張幕會連
沙。"白居易《自感》："宴遊寢食漸無味，栖酒管弦徒繞身。賓客歡娛
僮僕飽，始知官職爲他人。"

④ 文皇：指唐太宗李世民，因太宗諡文武大聖皇帝，故稱。權德
輿《仲秋朝拜昭陵》："嘗讀貞觀書，及茲幸齋沐。文皇昔潛耀，隋季自
顛覆。"齊己《同光歲送人及第東歸》："西笑道何光? 新朝舊桂堂。春
官如白傅，内試似文皇。"　善：表示贊同、應諾。《左傳‧襄公二年》：
"孟獻子曰：'請城虎牢以偪鄭。'知武子曰：'善。'"《史記‧淮陰侯列
傳》："韓信曰：'善。'從其策，發使使燕，燕從風而靡。"　慮：思考，謀
劃。《史記‧淮陰侯列傳》："智者千慮，必有一失；愚者千慮，亦有一
得。"韓愈《上張僕射第二書》："雖豈弟君子，神明所扶持，然廣慮之，
深思之，亦養壽命之一端也。"

⑤ 遺事：前代或前人留下來的事迹。張喬《送樸充侍御歸海
東》："來往尋遺事，秦皇有斷橋。"過失之事。石介《上孔中丞書》："如
有鉗緘其口，朝廷有闕政，國家有遺事。"　典常：常道，常法。《書‧
周官》："其爾典常作之師，無以利口亂厥官。"元稹《彈奏劍南東川節

度使狀》："固合撫綏黎庶,上副天心,蠲減征徭,内榮鄉里。而乃橫徵暴賦,不奉典常,擅破人家,自豐私室。" 視聽:看到的和聽到的,謂見聞。荀悦《漢紀·平帝紀》："臣悦所論,粗表其大事,以參得失,以廣視聽也。"蘇軾《轉對條上三事狀》:"臣以此知明主務廣視聽,深防蔽塞。" 參驗:考核驗證。《韓非子·孤憤》:"今人主不合參驗而行誅,不待見功而爵禄……故主上愈卑,而私門益尊。"《舊唐書·玄奘傳》:"嘗謂翻譯者多有訛謬,故就西域廣求異本以參驗之。"

⑥ 股肱:比喻左右輔佐之臣。《漢書·蘇武傳》:"上思股肱之美,乃圖畫其人於麒麟閣,法其形貌,署其官爵姓名。"徐堅《奉和聖製送張説巡邊》:"至德撫遐荒,神兵赴朔方。帝思元帥重,爰擇股肱良。" 耳目:比喻輔佐或親信之人。《書·益稷》:"帝曰:'臣作朕股肱耳目。'"孔穎達疏:"君爲元首,臣爲股肱耳目,大體如一身也。"《舊唐書·姚珽傳》:"臣以庸朽,濫居輔弼,虚備耳目。"

⑦ 大理:即大治,李唐因避諱而改稱"大理",謂政治修明,局勢安定。《禮記·禮器》:"是故聖人南面而立,而天下大治。"王安石《上皇帝萬言書》:"宜其家給人足,天下大治。" 蠻夷:古代對四方邊遠地區少數民族的泛稱。高適《李雲南征蠻詩》:"料死不料敵,顧恩寧顧終。鼓行天海外,轉戰蠻夷中。"杜甫《草堂》:"昔我去草堂,蠻夷塞成都。今我歸草堂,成都適無虞。" 君長:古代少數民族部落之酋長。《史記·五帝本紀》:"〔舜〕遂見東方君長。"韓愈《烏氏廟碑銘》:"處北者,家張掖;或入夷狄,爲君長。" 擁蔽:隔絶,阻塞。《韓非子·二柄》:"故劫殺擁蔽之主,非失刑德而使臣用之而不危亡者,則未嘗有也。"《新唐書·顏真卿傳》:"昔太宗勤勞庶政,其《司門式》曰:'無門籍者有急奏,令監司與仗家引對,不得關礙。'防擁蔽也。" 幽遠:指幽居草野之士。《後漢書·魯丕傳》:"陛下既廣納眷眷以開四聰,無令芻蕘以言得罪;既顯巖穴以求仁賢,無使幽遠獨有遺失。"司馬光《交趾獻奇獸賦》:"善有可旌,無間於幽遠;言有可采,不棄於微

陋。" 諍臣:諫諍之臣。《白虎通・諫諍》引《孝經》:"天子有諍臣七人,雖無道,不失其天下。"白居易《采詩官》:"諍臣杜口爲冗員,諫鼓高懸作虛器。"

⑧ 諫諍:直言規勸。《韓詩外傳》卷一〇:"言文王咨嗟,痛殷商無輔弼諫諍之臣而亡天下矣!"蘇軾《上神宗皇帝書》:"歷觀秦漢以及五代,諫諍而死,蓋數百人。" 召見:君王或上司命臣民或下屬來見面。陶翰《古塞下曲》:"欲言塞下事,天子不召見。東出咸陽門,哀哀淚如霰。"岑參《送祁樂歸河東》:"往年詣驪山,獻賦溫泉宮。天子不召見,揮鞭遂從戎。" 時政:當時的政治措施。《後漢書・班超梁慬傳論》:"時政平則文德用,而武略之士無所奮其力能。"裴度《至日登樂遊園》:"驗炭論時政,書雲受歲盈。暑移長日至,霧斂遠霄清。"纍纍:聯貫成串貌。《禮記・樂記》:"纍纍乎端如貫珠。"蘇軾《無名和尚頌觀音偈》:"纍纍三百五十珠,持與觀音作纓絡。"

⑨ 諫官:掌諫諍的官員。《漢書・蕭望之傳》:"陛下哀湣百姓,恐德化之不究,悉出諫官以補郡吏,所謂憂其末而忘其本者也。"杜甫《敬贈鄭諫議十韻》:"諫官非不達,詩義早知名。" 廷議:在朝廷上商議或發表議論。《後漢書・郭憲傳》:"時匈奴數犯塞,帝患之,乃召百僚廷議。"韓愈《送水陸運使韓侍御歸所治序》:"公卿廷議以轉運使不得其人,宜選才幹之士往換之。" 上封:上封事,古代臣下上書言事時,將奏章用皂囊緘封呈進,以防泄漏,謂之"上封事"。劉禹錫《蘇州謝恩賜加章服表》:"務進者爭先,上封者潛毀。功言易信,孤憤難申。"司馬光《答彭朝議寂書》:"雖然朝廷近發詔書,溥覃四海;雖市廛畎畝之民,皆得直上封言事。" 正衙:唐宋時正式朝會聽政的處所。司馬光《涑水記聞》卷八:"丹鳳之內曰含光殿,每至大朝會,則御之。次曰宣政殿,謂之正衙,朔望大冊拜,則御之。次曰紫宸殿,謂之上閣,亦曰內衙,奇日視朝則御之。"《續資治通鑒・宋太宗淳化二年》:"今之文德殿,即唐之宣政殿也,在周爲中朝,在漢爲前朝,在唐爲正

衙。” 奏事：向皇帝陳述事情。李頎《送崔侍御赴京》：“千官大朝日，奏事臨赤墀。蕭蕭儀仗裏，風生鷹隼姿。”劉長卿《送史判官奏事之靈武兼寄巴西親故》：“中州日紛梗，天地何時泰？獨有西歸心，遙懸夕陽外。” 庶官：百官，多指一般官員。《書·周官》：“推賢讓能，庶官乃和。”沈括《夢溪筆談·故事》：“庶官但贊拜，不宣名，不舞蹈。” 巡對：輪流引見，諮詢政事。《新唐書·薛玨傳》：“帝疑下情不達，因詔延英坐日許百司長官二員言闕失，謂之巡對。”《資治通鑑·唐憲宗元和元年》：“庶官罷巡對。”胡三省注：“猶今云轉對，貞元十七年，令常參官每日引見二人，訪以政事，謂之巡對。” 遺闕：亦作“遺缺”，猶言遺漏缺失。《六韜·略地》：“如此者，當分軍爲三軍，謹視地形而處，審知敵人別軍所在，及其大城別堡，爲之置遺缺之道，以利其心，謹備勿失。”王十朋《郡圃無海棠買數根植之》：“少陵詩史有遺闕，海棠名花輒湮没。” 敷陳：鋪叙，論列。《淮南子·要略》：“分別百事之微，敷陳存亡之機。”謝靈運《擬魏太子鄴中集詩·魏太子》：“論物靡浮説，析理實敷陳。”

⑩ 唯獨：單單，衹有。《戰國策·燕策》：“齊城之不下者，唯獨莒、即墨。”《漢書·高帝紀》：“吾以羽檄徵天下兵，未有至者，今計唯獨邯鄲中兵耳！” 誥令：朝廷、君上發佈的命令。韓琦《謝知制誥表》：“誥令之出，勉追深厚之風；名節所持，靡蹈諛邪之徑。”强至《代上吕狀元舍人狀》：“有文章温厚之才，能體詔意；代誥令坦明之作，遽當上心。” 除授：拜官授職。白居易《論孫璹張奉國狀》：“況今聖政日明，朝綱日舉，每命一官一職，人皆側耳聽之。則除授之間，深宜重慎。”王讜《唐語林·政事》：“德宗躬親庶政，中外除授皆自攬。”

⑪ 論列：指言官上書檢舉彈劾。《舊唐書·孔戣傳》：“時吐突承璀以出軍無功，諫官論列，坐希光事出爲淮南監軍。”《朱子語類》卷一三一：“魏公何故亦嘗論列李丞相？” 是非：對的和錯的，正確與錯誤。《禮記·曲禮》：“夫禮者，所以定親疏，決嫌疑，別同異，明是非

也。”指辨別是非。《孟子·公孫丑》：“無是非之心，非人也。”褒貶，評論。《史記·太史公自序》：“孔子知言之不用，道之不行也，是非二百四十二年之中，以爲天下儀表。”　諷諭：亦作“諷喻”，用委婉的言語進行勸説。班固《兩都賦序》：“或以抒下情而通諷諭，或以宣上德而盡忠孝。”《三國志·闞澤傳》：“澤欲諷喻以明治亂，因對賈誼《過秦論》最善，權覽讀焉！”　未形：謂事情尚未顯出迹象、徵兆。《禮記·經解》：“故禮之教化也微，其止邪也於未形。”孔穎達疏：“謂止人之邪在於事未形著。”《漢書·伍被傳》：“臣聞聰者聽於無聲，明者見於未形，故聖人萬舉而萬全。”顏師古注：“言智慮通達，事未形兆，皆預見之。”　籌畫：謀劃。《漢書·王莽傳》：“受群賢之籌畫，而上以聞，不能得什伍。”干寶《晉紀總論》：“值魏太祖創基之初，籌畫軍國，嘉謀屢中。”　至尊：用爲皇帝的代稱。《漢書·罽賓國》：“今遣使者承至尊之命，送蠻夷之賈。”杜甫《石笋行》：“惜哉俗態好蒙蔽，亦如小臣媚至尊。”　盛意：猶盛情。《孔叢子·對魏王》：“子高曰：‘然，此誠君之盛意也。’”元稹《才識兼茂明於體用策》：“今陛下肇臨海內，務切黎元，求斥己之至言，責著明之確論，實命説代言之盛意也，微臣何足以奉之！”　讒慝：指邪惡奸佞之人。《管子·五輔》：“五經既布，然後逐奸民，詰詐僞，屏讒慝，而毋聽淫辭，毋作淫巧。”《後漢書·公孫瓚傳》：“信用讒慝，濟其無道，紹罪七也。”　巧言：表面上好聽而實際上虛僞的話。《詩·小雅·雨無正》：“哿矣能言，巧言如流，俾躬處休。”《漢書·東方朔傳》：“二人皆僞詐，巧言利口以進其身。”

⑫ 絲綸：《禮記·緇衣》：“王言如絲，其出如綸。”孔穎達疏：“王言初出，微細如絲，及其出行於外，言更漸大，如似綸也。”後因稱帝王詔書爲“絲綸”。《文心雕龍·詔策》：“《記》稱絲綸，所以應接群後。”楊炯《爲劉少傅謝敕書慰勞表》：“虔奉絲綸，躬親政事。”　日月：喻指帝后。語本《禮記·昏義》：“故天子之與后，猶日之與月”。《史記·魏其武安侯列傳論》：“魏其之舉以吳楚，武安之貴在日月之際。”

⑬ 進計：進獻計策。《漢書·賈誼傳》：“進計者猶曰毋爲，可爲長太息者此也。”《宋書·臧質傳》：“質進計曰：‘今以萬人取南州，則梁山中絶，萬人綴玄謨，必不敢動。’” 妄動：輕率行動，胡亂行動。《戰國策·燕策》：“今大王事秦，秦王必喜，而趙不敢妄動矣！”周密《齊東野語·誅韓本末》：“任情妄動，自取誅僇。” 冗員：指無專職的散吏。白居易《送春歸》：“莫惆悵，送春人！冗員無替五年罷，應須準擬再送潯陽春。”《新唐書·蕭至忠傳》：“今列位已廣，冗員復倍。”

⑭ 裨補：增加補益。諸葛亮《出師表》：“愚以爲宫中之事，事無大小，悉以咨之，然後施行，必能裨補闕漏，有所廣益。”韓愈《論淮西事宜狀》：“地親職重，不同庶僚，輒竭愚誠，以效裨補。” 侍從：隨侍帝王或尊長左右。吳質《答魏太子箋》：“陳、徐、劉、應，才學所著，誠如來命，惜其不遂，可爲痛切。凡此數子，於雍容侍從，實其人也。”元稹《進馬狀》：“右臣竊聞道路相傳，車駕欲暫游幸温湯，未知虛實者。臣職居守土，侍從無因。” 名器：名號與車服儀制，奴隸社會與封建社會用以別尊卑貴賤的等級。語本《左傳·成公二年》：“唯器與名，不可以假人，君之所司也。”杜預注：“器，車服；名，爵號。”《後漢書·來歙傳》：“愚聞爲國者慎器與名，爲家者畏怨重禍，俱慎名器，則下服其命；輕用怨禍，則家受其殃。”

⑮ 聰明：謂明察事理。《荀子·王霸》：“聰明君子者，善服人者也。”《史記·五帝本紀》：“〔黄帝〕長而敦敏，成而聰明。”張守節正義：“聰明，聞見明辯也。” 理道：理政之道。《舊五代史·錢鏐傳》：“〔錢鏐〕迨於晚歲，方愛人下士，留心理道，數十年間，時甚歸美。”王讜《唐語林·夙慧》：“開元初，上留心理道，革去弊訛。” 屏棄：廢棄。《書·泰誓》：“屏棄典刑，囚奴正士。”柳宗元《先君石表陰先友記》：“〔唐次〕以尚書郎出爲刺史，屏棄。” 疏賤：謂關係疏遠，地位低下。葛洪《抱朴子·漢過》：“疏賤者奮飛以擇木，縶制者曲從而朝隱。”蘇洵《上皇帝書》：“臣聞古者所以採庶人之議，爲其疏賤而無嫌也。”

⑯延英：即“延英殿”，唐代宮殿名，在延英門内。《唐六典·尚書·工部》：“宣政之左曰東上閣，右曰西上閣，次西曰延英門，其内之左曰延英殿。”肅宗時，宰相苗晉卿年老，行動不便，天子特地在延英殿召對，以示優禮，後沿爲故事。高承《事物紀原·延英》：“《唐書》：‘韓皋曰：延英之置，肅宗以苗晉卿年老難步，故設之耳！’後代因以爲故事。《宋朝會要》：‘康定二年八月，宋庠奏：唐自中葉已還，雙日及非時大臣奏事，別開延英賜對，今假日御崇政、延和是也。’”白居易《寄隱者》：“昨日延英對，今日崖州去。由來君臣間，寵辱在朝暮。”王起《廣宣上人以詩賀放榜和謝》：“延英面奉入春闈，亦選功夫亦選奇。在冶只求金不耗，用心空學秤無私。”　候對：等候帝王召對。白居易《早朝賀雪》：“待漏午門外，候對三殿裏。”康駢《劇談録·宣宗夜召翰林學士》：“令狐相國自吳興郡守授司勛郎中，未居内署，初與學士候對，便以爲有宰輔之才。”　温顔：温和的面色。《漢書·韓王信傳》：“爲人寬和自守，以温顔遜辭承上接下，無所失意，保身固寵，不能有所建明。”劉長卿《送賈侍御克復後入京》：“温顔風霜霽，喜氣烟塵收。”　愚懇：猶愚衷，謙指己意。元稹《浙東論罷進海味狀》：“臣别受恩私，合盡愚懇。此事又是臣當道所進，不敢不言。”康駢《劇談録·王侍中題詩》：“今日陪奉英髦，不免亦陳愚懇。”　備陳：詳盡陳述。《後漢書·荀彧傳》：“彧復備陳得失，用移臣議。”元稹《贈烏重胤等父制》：“或並列藩方，或常參鼎鼐，承我制詔，備陳孝思。”

⑰千載：千年，形容歲月長久。崔融《和梁王衆傳張光禄是王子晉後身》：“聞有冲天客，披雲下帝畿。三年上賓去，千載忽來歸。”陳子昂《感遇詩三十八首》二二：“寧知山東客，激怒秦王肝。布衣取丞相，千載爲辛酸。”　塵黷：猶玷污，塵，自謙之詞。《晉書·何琦傳》：“一旦熒然，無復恃怙，豈可復以朽鈍之質塵黷清朝哉！”王定保《唐摭言·無名子謗議》：“主上居高拱穆清之中，足下每以煩碎之事奏請無度，塵黷頗多。”　聖聰：舊稱帝王明察之辭。《漢書·谷永傳》：“臣前

幸得條對灾異之效,禍亂所極,言關於聖聰。"王昌齡《夏月花萼樓酺宴應制》:"玉陛分朝列,文章發聖聰。" 刑書:刑法的條文。《書·呂刑》:"哀敬折獄,明啓刑書胥占,咸庶中正。"《漢書·刑法志》:"子產相鄭而鑄刑書。" 謬官:不稱職的官員,自謙之詞。戴叔倫《臨川從事還別崔法曹》:"謬官辭獲免,濫獄會平反。"白居易《有唐善人墓碑》:"爲御史時,上任有遏其行事者,作《謬官詩》以諷。" 東上閣門:李唐宮城門之一。胡鳴玉《訂譌雜録·東閣等語》:"漢《公孫弘傳》:'開東閣以延賢人。'師古曰:'閣者,小門,東向開之,避當庭門,而引賓客以別於掾史官屬也。'又《朱雲傳》:'且留我東閣,以觀四方奇士。'古人詩文用'東閣'字,本此俗本,多傳寫誤梓作'閣',如少陵詩'東閣官梅動詩興',義山詩'東閣無因得再窺',東坡詩'東閣郎君懶重尋',石湖詩'飄零東閣似詩人'之類。唐制:以宣政殿爲前殿,紫宸殿爲便殿,前殿謂之正衙。天子不御前殿而御紫宸,乃自正衙唤仗由閣門而入,百官候朝於衙者,因隨以入見,謂之入閣。又門下省以黄塗門,謂之黄閣長官,曰閣老、閣下,又太守有鈴閣,又閣閣蛙聲,昌黎詩'蛙黽鳴無謂,閣閣祇亂人',放翁詩'科斗已成蛙,閣閣惟前明'。宮禁有東閣、文華閣學士,入閣辦事者有内閣、閣老、閣下之稱,明以前無之也。今欲執後繩前漢唐詩文,'東閣'、'閣下',盡改爲'閣',惡乎可哉?"

[編年]

《年譜》編年本文於"元稹爲左拾遺時撰",理由是:"《表》云:'且臣聞之,諫官之職曰左右前後拾遺補闕。'"《編年箋注》編年本文於元稹左拾遺後期,理由是:"文中要求憲宗'許臣於延英候對,召臣一見,賜以溫顏,使臣得盡愚懇之誠,備陳諫官之職',元稹《酬翰林白學士代書一百韻》自注云:'予元和元年任左拾遺,八月十三日延英對,九月十日貶授河南尉。'……元稹此後不足一月即被貶爲河南尉。"順便說一句，《編年箋注》認爲元稹出貶河南尉在“九月十日”並不確切，與元稹原注“九月十三貶授河南尉”不符，此誤在其箋注《酬翰林白學士代書一百韻》就已經存在。《年譜新編》編年本文於元和元年，没有具體日期，也没有説明編年理由。

我們以爲，本文爲元稹初拜左拾遺任時所作。元稹《表奏（有序）》：“元和初，章武皇帝新即位，臣下未有以言刮視聽者，予始以對詔在拾遺中供奉，由是獻《教本書》、《諫職》、《論事》等表十數通。”《舊唐書·元稹傳》：“元和元年四月也，制下，除右拾遺。稹性鋒鋭，見事風生。既居諫垣，不欲碌碌自滯，事無不言，即日上疏《論諫職》。”兩者説法有所不同，應以元稹《表奏（有序）》爲準。據此，本文應該撰作於元和元年四月二十八日之後不久，亦即元稹撰作《論教本書》之後，具體時間應該在五月初，地點在長安，元稹初任左拾遺之職。

■ 論事表⁽⁻⁾①

據元稹《表奏（有序）》

［校記］

（一）論事表：元稹本佚失之文，據元稹《表奏（有序）》，又見《舊唐書·元稹傳》及所引《表奏（有序）》、《册府元龜》、《册府元龜》，未見異文。

［箋注］

① 論事表：元稹本佚失之文，據元稹《表奏（有序）》：“元和初，章武皇帝（憲宗）新即位，臣下未有以言刮視聽者。予始以對詔在拾遺中供奉，由是獻《教本書》、《諫職》、《論事》等表十數通。”元稹所言《論

事》一文，今不見於元稹詩文集中，應該是屬於佚失之列，據補。論：議論；分析和説明事理。《文心雕龍·論説》："是以論如析薪，貴能破理。"韓愈《過始興江口感懷》："目前百口還相逐，舊事無人可共論。" 事：指天子、諸侯的國家大事，如祭祀、盟會、兵戎等。事見《舊唐書·元稹傳》："又論西北邊事，皆朝政之大者。"《周禮·天官·宮正》："邦之事，蹕。"鄭玄注："事，祭事也。"《儀禮·聘禮》："久無事則聘焉！"鄭玄注："事謂盟會之事。"《穀梁傳·隱公十一年》："天子無事。"范寧注："事謂巡守、崩葬、兵革之事。"治理，任事。《晏子春秋·問》："盡智導民而不伐焉！勞力事民而不責焉！"王念孫《讀書雜誌·晏子春秋》："事，治也。謂盡智以導民而不矜伐，勞力以治民而不加督責也。"《淮南子·原道訓》："萬物固以自然，聖人又何事焉？"高誘注："事，治也。"

[編年]

　　未見《元稹集》採録，也未見《年譜》、《編年箋注》、《年譜新編》採録與編年。

　　我們以爲，本文也是元稹初拜左拾遺任時所作，與元稹《論諫職表》作於同時，亦即元和元年四月二十八日之後不久，亦即元稹撰作《論諫職表》之後，具體時間應該在五月初，地點在長安，元稹初任左拾遺之職。

◎ 競　渡[1]

　　吾觀競舟子，因測大競源[2]。天地昔將競，蓬勃晝夜昏[3]。龍蛇相噴薄(一)，海岱俱崩奔[4]。群動皆攪撓，化作流渾渾[5]。數極鬥心息，大和蒸混元[6]。一氣忽爲二，蟲然晝乾坤⑦。日月復照曜，春秋遞寒溫⑧。八荒坦以曠，萬物羅以繁（二）⑨。聖人中間立，理世了不煩（三）⑩。延綿復幾歲（四），逮及羲與軒⑪。炎皇熾如炭，蚩尤扇其燔⑫。有熊競心起，驅獸出林樊（五）⑬。一戰波委焰，再戰火燎原⑭。戰訖天下定，號之爲軒轅⑮。自是豈無競？瑣細不復言⑯。其次有龍競，競渡龍之門⑰。龍門浚如瀉，灋射不可援（六）⑱。赤鱗化時至，唐突鰭鬐掀⑲。乘風瞥然去，萬里黃河翻⑳。接瞬電熌出，微吟霹靂喧㉑。傍瞻曠宇宙，俯瞰卑昆侖㉒。庶類咸在下，九霄行易捫㉓。倏辭蛙黽穴，遽排天帝閽（七）㉔。迴悲曝鰓者（八），未免鯨鯢吞㉕。帝命澤諸夏，不棄蟲與昆㉖。隨時布膏露，稱物施厚恩㉗。草木霑我潤，豚魚望我蕃㉘。嚮來同競輩，豈料由我存㉙？壯哉龍競渡，一競身獨尊㉚。捨此皆蟻鬥，競舟何足論㉛！

錄自《元氏長慶集》卷三

［校記］

（一）龍蛇相噴薄：原本作“龍蛇相嗔薄”，楊本、叢刊本、《全詩》同，《唐文粹》作“龍蛇相噴薄”，據改。

（二）萬物羅以繁：楊本、叢刊本、《全詩》同，錢校、《唐文粹》、《全詩》注作“萬物羅亦繁”，各備一說，不改。

（三）理世了不煩：楊本、叢刊本、《全詩》同，《唐文粹》作“理世了煩延”，《四庫全書考證》：“元稹《競渡》：‘聖人中間立，理世了不煩。延綿復幾歲，逮及羲與軒。’刊本脫‘不’字，又復衍‘縣’字，並據《全詩》增刪。”遵從原本，不改。

（四）延綿復幾歲：楊本、叢刊本、《全詩》同，《唐文粹》作“綿綿復幾歲",遵從原本,不改。

（五）驅獸出林樊：楊本、叢刊本、《全詩》同,《唐文粹》作"驅戰山林樊",語義不接,刊刻之誤,不改。

（六）潨射不可援：楊本、叢刊本同,錢校、《全詩》、《唐文粹》作"涼射不可援",遵從原本,不改。

（七）遽排天帝閽：楊本、叢刊本、《全詩》同,《全詩》注作"遞排天帝闍",遵從原本,不改。

（八）迴悲曝鰓者：原本作"迴悲曝鰓者",楊本、《唐文粹》同,叢刊本、《全詩》作"迴悲曝鰓者",據改。

［箋注］

① 競渡：划船比賽,相傳戰國楚屈原於農曆五月五日投汨羅江以死,民俗因於是日舉行龍舟競渡,以示紀念。一說競渡之戲始於越王勾踐,爲紀念伍子胥。宗懍《荊楚歲時記》："按五月五日競渡,俗爲屈原投汨羅日,傷其死所,故並命舟檝以拯之。邯鄲淳《曹娥碑》云：'五月五日,時迎伍君,逆濤而上,爲水所淹。'斯又東吳之俗,事在子胥,不關屈平也。《越地傳》云起於越王勾踐,不可詳矣!"《隋書·地理志》："屈原以五月望日赴汨羅,土人追至洞庭不見,湖大船小,莫得濟者,乃歌曰：'何由得渡湖!'因爾鼓櫂爭歸,競會亭上,習以相傳,爲競渡之戲。"《新唐書·杜亞傳》："方春,南民爲競度戲,亞欲輕駛,乃髤船底,使篙人衣油綵衣,没水不濡,觀沼華邃,費皆千萬。"元稹另有詩篇《競舟》,賦成於詩人的晚年,但兩者的積極用世的態度則是前後一致的："吾聞管仲教,沐樹懲墮遊。節此淫競俗,得爲良政不? 我來歌此事,非獨歌此州。此事數州有,亦欲聞數州。"所不同的僅僅是賦詩的時間不同,題旨也有所區別：本詩賦成於元稹生活的早年,流露的則是詩人意氣風發,勇於爭先,積極用世的精神風貌。而"吾聞管仲教"那篇,賦成於元稹晚年的大和四年,關心的則是百姓的生活,而

其積極用世的思想始終沒有改變。

② 競舟：划船比賽。王十朋《五月四日與同僚南樓觀競渡因成小詩四首明日同行可元章登樓又成五首》一：“蜀江險處是夔州，灩澦堆邊看競舟。爲報番易相識道，去年人在此登樓。”柳貫《洪州歌》一五：“中男十五學棹謳，大男前年能競舟。辦作神筵賽寒食，併將犀炬照潛虬。”　子：泛稱人。《詩·邶風·匏有苦葉》：“招招舟子，人涉卬否？”毛傳：“舟子，舟人，主濟渡者。”《後漢書·陽球傳》：“時中常侍王甫、曹節等奸虐弄權，扇動外內，球嘗拊髀發憤曰：‘若陽球作司隸，此曹子安得容乎？’”《北史·高閭傳》：“閭早孤，少好學，博綜經史，下筆成章。少爲車子，送租至平城，修刺詣崔浩。浩與語奇之，使爲謝中書監表。明日，浩歷租車過，駐馬呼閭，諸車子皆驚。”　大競：盛大的競賽。元稹《競舟》：“畫鷁四來合，大競長江流。建標明取舍，勝負死生求。”李綱《賀富樞密啓》：“惟國家之大競，得士爲先。”　源：來源，根源。《荀子·富國》：“百姓時和，事業得叙者，貨之源也；等賦府庫者，貨之流也。”《文心雕龍·總術》：“務先大體，鑑必窮源。”

③ 天地：天和地，指自然界或社會。《荀子·天論》：“星隊木鳴，國人皆恐……是天地之變、陰陽之化，物之罕至者也。”柳宗元《封建論》：“天地果無初乎？吾不得而知之也。”　競：爭競，角逐，比賽。《左傳·襄公十年》：“鄭其有災乎！師競已甚。”杜預注：“競，爭競也。”《莊子·齊物論》：“有左有右，有倫有義，有分有辯，有競有爭，此之謂八德。”　蓬勃：盛貌，盛起貌。賈誼《旱雲賦》：“遙望白雲之蓬勃兮，滃澹澹而妄止。”張鷟《朝野僉載》卷三：“宗楚客造一新宅成，皆是文柏爲梁，沉香和紅粉以泥壁，開門則香氣蓬勃。”　晝夜：白日和黑夜。《論語·子罕》：“逝者如斯夫，不舍晝夜！”元稹《人道短》：“天道晝夜迴轉不曾住，春秋冬夏忙。”　昏：昏暗，無光。王褒《九懷·陶壅》：“浮雲鬱兮晝昏，霾土忽兮塵塵。”王僧達《和琅邪王依古》：“白日無精景，黃沙千里昏。”

④ 龍蛇:龍和蛇。《易·繫辭》:"龍蛇之蟄,以存身也。"綦毋潛《題栖霞寺》:"龍蛇爭翕習,神鬼皆密護。萬壑奔道場,群峰向雙樹。"噴薄:震盪。曹植《卞太后誄》:"率土噴薄,三光改度。陵頹谷踊,五行錯互。"洶湧激蕩。沈佺期《過蜀龍門》:"流水無晝夜,噴薄龍門中。" 海岱:今山東省渤海至泰山之間的地帶。海,渤海;岱,泰山。《書·禹貢》:"海岱惟青州。"孔傳:"東北據海,西南距岱。"杜甫《登兗州城樓》:"浮雲連海岱,平野入青徐。" 崩奔:水流冲激堤岸而奔湧。《文選·謝靈運〈入彭蠡湖口詩〉》:"洲島驟迴合,圻岸屢崩奔。"呂向注:"水激其岸,崩頹奔波也。"李白《大鵬賦》:"五嶽爲之震蕩,百川爲之崩奔。"

⑤ 群動:各種動物。陶潛《飲酒二十首》七:"日入群動息,歸鳥趨林鳴。"諸種活動。白居易《宴坐閑吟》:"意氣銷磨群動裏,形骸變化百年中。"泛指衆人。葉適《法度總論·銓選》:"陛下有是名器,爲鼓舞群動之具。" 攪撓:擾亂,打擾。邵雍《春去吟》:"既爲風攪撓,又被雨摧殘。"蘇軾《與滕達道二十四首》二一:"若得請居常,則固當至治下攪撓公數月也。" 化作:化育生成。《莊子·天道》:"萬物化作,萌區有狀,盛衰之殺,變化之流也。"變成。任昉《述異記》卷下:"廬陵有木客鳥,大如鵲,千百爲群,不與衆鳥相厠,俗云是古之木客花化作。" 渾渾:渾濁貌,紛亂貌。陸雲《九愍·感逝》:"時藹藹而未颺,世渾渾其難澄。"慧净《雜言》:"擾擾三界溺邪津,渾渾萬品忘真匠。"滾滾,大水流貌。《管子·富國》:"若是則萬物得宜,事變得應,上得天時,下得地利,中得人和,則財貨渾渾如泉源,汸汸如河海,暴暴如山丘。"王安石《復至曹娥堰寄剡縣丁元珍》:"溪水渾渾來自北,千山抱水清相射。"

⑥ 數極:指天之極、地之極、人之極。 極:頂點,最高地位。《易·繫辭》:"六爻之動,三極之道也。"高亨注:"屋上最高之梁稱極,引申爲至高之義……天、地、人乃宇宙萬類之至高者。"《史記·禮

書》：“天者，高之極也；地者，下之極也；日月者，明之極也。”　心息：心無所念，心灰意冷。江淹《麗色賦》：“莫不輟鏡徙倚，擊瑟心息。”杜甫《哭台州鄭司户蘇少監》：“道消詩興發，心息酒爲徒。”　大和：亦作“太和”，天地間冲和之氣。《易·乾》：“保合大和，乃利貞。”朱熹本義：“太和，陰陽會合冲和之氣也。”《漢書·叙傳》：“沐浴玄德，禀印太和。”　混元：指天地元氣，亦指天地。《後漢書·班固傳》：“厥道至乎經緯乾坤，出入三光，外運混元，内浸豪芒。”李賢注：“混元，天地之總名。”方干《處州洞溪》：“混元融結後，便有此溪名。”

⑦　一氣：指混沌之氣，古代認爲是構成天地萬物之本原。《莊子·大宗師》：“彼方且與造物者爲人，而遊乎天地之一氣。”《晉書·涼武昭王李玄盛傳論》：“王者受圖，咸資世德，猶混成之先大帝，若一氣之生兩儀。”　蠢然：正直，真實。蘇源明《元包經傳·太陰》：“其旨微，其體正，語其義，則蠢然而不誣。”李江注：“〔蠢然〕直而不妄。”元稹《有酒十章》一：“胡爲沈濁以升清，蠢然分畫高下程？天蒸地鬱群動萌，毛鱗躶介如掔羣。”　乾坤：稱天地。《易·説卦》：“乾爲天……坤爲地。”班固《典引》：“經緯乾坤，出入三光。”

⑧　日月：太陽和月亮。《易·離》：“日月麗乎天，百穀草木麗乎土。”韓愈《秋懷詩十一首》一：“羲和驅日月，疾急不可恃。”　照曜：亦作“照耀”，强烈的光綫映射。李白《夢遊天姥吟留別》：“青冥浩蕩不見底，日月照耀金銀臺。”劉子翬《渡淮》：“皎皎初日光，照耀草木新。”春秋：春季與秋季。《禮記·王制》：“春秋教以《禮》《樂》，冬夏教以《詩》《書》。”陶潛《移居二首》二：“春秋多佳日，登高賦新詩。”泛指四時。《詩·魯頌·閟宮》：“春秋匪解，享祀不忒。”鄭玄箋：“春秋猶言四時也。”張衡《東京賦》：“於是春秋改節，四時迭代。”　寒温：冷暖。《晏子春秋·諫》：“故魯工不知寒温之節，輕重之量，以害正生，其罪一也。”元稹《祭翰林白學士太夫人文》：“〔太夫人〕減旨甘之直，續鹽酪之資，寒温必服，藥餌必時。”

⑨ 八荒：八方荒遠的地方。《關尹子·四符》："知夫此物如夢中物，隨情所見者，可以凝精作物，而駕八荒。"《漢書·項籍傳贊》："併吞八荒之心。"顏師古注："八荒，八方荒忽極遠之地也。" 萬物：統指宇宙間的一切事物。崔國輔《杭州北郭戴氏荷池送侯愉》："秋近萬物肅，況當臨水時。折花贈歸客，離緒斷荷絲。"崔顥《遊天竺寺》："洗意歸清净，澄心悟空了。始知世上人，萬物一何擾！"

⑩ 聖人：君主時代對帝王的尊稱。陳子昂《感遇詩三十八首》一九："聖人不利己，憂濟在元元。黄屋非堯意，瑶臺安可論！"張説《奉和聖製千秋節宴應制》："五德生王者，千齡啓聖人。赤光來照夜，黄雲上覆晨。"

⑪ 延綿：延續不斷。唐彦謙《春草》："天北天南遠路邊，托根無處不延綿。萋萋總是無情物，吹緑東風又一年。"鄭露《徹雲澗》："延綿不可窮，寒光徹雲際。落石蚤雷鳴，濺空春雨細。" 逮及：及至，等到。《文心雕龍·原道》："逮及商周，文勝其質。"元稹《唐故開府儀同三司檢校兵部尚書南陽郡王贈某官碑文銘》："憎果惴惴，不假不狂，逮及終歿，全歸其吭。" 羲軒：伏羲氏和軒轅氏（黄帝）的並稱。李白《金陵鳳凰臺置酒》："明君越羲軒，天老坐三臺。"馬戴《塞下曲二首》一："骨銷金鏃在，鬢改玉關中。却想羲軒氏，無人尚戰功。"

⑫ 炎皇：指炎帝神農氏。徐陵《鴛鴦賦》："炎皇之季女，織素之佳人。"陳師道《贈二蘇公》："前驅吴回後炎皇，絳旂丹轂朱冠裳。"熾：火旺盛。王充《論衡·論死》："火熾而釜沸，沸止而氣歇，以火爲主也。"昌盛，興盛。《詩·魯頌·閟宫》："俾爾昌而熾，俾爾壽而富。"炭：木炭，由木材燒成的黑色燃料。《禮記·月令》："〔季秋之月〕草木黄落，乃伐薪爲炭。"白居易《賣炭翁》："賣炭得錢何所營？身上衣裳口中食。" 蚩尤：傳説中的古代九黎族首領，以金作兵器，與黄帝戰於涿鹿，失敗被殺。但古籍所載，説法不一，有炎帝臣、黄帝臣、古庶人、九黎之君、古天子等多種説法。劉復《遊仙》："税駕倚扶桑，逍遥

望九州。二老佐軒轅，移戈戮蚩尤。"元稹《有酒十章》三："炎始暴耶？蚩尤熾耶？軒轅戰耶？不得已耶？仁耶？聖耶？愍人之毒耶？"扇：搖動扇子或扇狀物以生風。《淮南子·人間訓》："武王蔭暍人於樾下，左擁而右扇之，而天下懷其德。"李紳《趨翰苑遭誣構四十六韵》："潔身酬雨露，利口扇讒諛。"　燔：焚燒。《莊子·盜蹠》："子推怒而去，抱木而燔死。"《漢書·東方朔傳》："推甲乙之帳燔之於四通之衢。"顏師古注："燔，焚燒也。"

⑬　有熊：黃帝的國號。《史記·五帝本紀》："故黃帝爲有熊，帝顓頊爲高陽，帝嚳爲高辛，帝堯爲陶唐，帝舜爲有虞，帝禹爲夏后。"班固《白虎通·號》："黃帝有天下，號有熊。有熊者，獨宏大道德也。"競心：爭勝之心。《三國志·楊戲傳》："賢愚競心，僉忘其身。"劉義慶《世說新語·品藻》："桓公少與殷侯齊名，常有競心。"　驅獸：驅趕野獸。范雲《奉和齊竟陵王郡縣名詩》："臨涇方辨渭，安夷始和戎。取禾廣田北，驅獸飛狐東。"蘇轍《守歲》："天上驅獸官，爲君肯停撾？魯陽揮長戈，日車果再斜。"　林樊：林邊。韋驤《海陵逢春》："海角春初至，林樊氣未和。天寒梅發晚，沙近雁飛多。"陸游《雨中作》二："泥滓將雛鴨，林樊喚婦鳩。短章雖漫興，聊足散吾愁。"

⑭　波：波浪，起伏波動的水面。《楚辭·九歌·河伯》："與女遊兮九河，衝風起兮橫波。"蘇軾《前赤壁賦》："清風徐來，水波不興。"委：通"萎"，委頓，衰敗。謝朓《暫使下都夜發新林至京邑贈西府同僚》："常恐鷹隼擊，時菊委嚴霜。"司空曙《秋思呈尹值裴說》："晝景委紅葉，月華銷綠苔。"　焰：火苗。庾信《對燭賦》："光清寒入，焰暗風過。"晏殊《撼庭秋》："念蘭堂紅燭，心長焰短，向人垂泪。"　燎原：火延燒原野，比喻勢態不可阻擋。潘尼《火賦》："及至焚野燎原，埏光赫戲……遂乃衝風激揚，炎光奔逸。"張繼《送鄒判官往陳留》："火燎原猶熱，波搖海未平。應將否泰理，一問魯諸生。"

⑮　天下：古時多指中國範圍內的全部土地。王績《詠懷》："故鄉

行雲是,虛室坐間同。日落西山暮,方知天下空。"賀遂亮《贈韓思彥》:"意氣百年内,平生一寸心。欲交天下士,未面已虛襟。" 軒轅:傳説中的古代帝王黄帝的名字,傳説姓公孫,居於軒轅之丘,故名曰軒轅。曾戰勝炎帝於阪泉,戰勝蚩尤於涿鹿,諸侯尊爲天子,後人以之爲中華民族的始祖。《楚辭·遠遊》:"軒轅不可攀援兮,吾將從王喬而娱戲!"《史記·五帝本紀》:"黄帝者,少典之子,姓公孫,名曰軒轅。"

⑯ 自是:從此。《史記·儒林列傳》:"自是之後,言《詩》於魯則申培公,於齊則轅固生,於燕則韓太傅。"蘇軾《代張方平諫用兵書》:"自是師行三十餘年,死者無數。" 競:争競,角逐,比賽。《左傳·襄公十年》:"鄭其有災乎! 師競已甚。"杜預注:"競,争競也。"《淮南子·原道訓》:"射者扦烏號之弓,彎棋衛之箭,重之羿、逢蒙子之巧,以要飛鳥,猶不能與羅者競多。"高誘注:"競,逐也。" 瑣細:瑣碎,細小。杜甫《北征》:"山果多瑣細,羅生雜橡栗。"蘇軾《東坡志林·爾朱道士煉朱砂丹》:"〔道士〕客於涪州,愛其所產丹砂,雖瑣細而皆矢鏃狀。"指瑣碎、細小的事物。劉知幾《史通·雜説》:"夫所謂直筆者……非謂絲毫必録,瑣細無遺者也。"陸游《讀老子次前韵》:"平生好大忽瑣細,焚香讀書户常閉。"

⑰ 龍競:龍船競渡。《曲譜·黄龍捧鐙月》:"降黄龍孤苦伶仃,厄運方當。四海龍競,兵戈擾攘。" 龍之門:即龍門,禹門口,在山西省河津縣西北和陝西省韓城市東北,黄河至此,兩岸峭壁對峙,形如門闕,故名。《書·禹貢》:"導河積石,至於龍門。"《藝文類聚》卷九六引辛氏《三秦記》:"河津一名龍門,大魚集龍門下數千,不得上,上者爲龍,不上者魚,故云曝鰓龍門。"也借指科舉會試,會試中式爲登龍門。盧綸《早春遊樊川野居却寄李端校書兼呈崔峒補闕司空曙主簿耿湋拾遺》:"桂樹曾争折,龍門幾共登?"洪邁《夷堅支志·劉改之教授》:"〔劉過〕淳熙甲午預秋薦,將赴省試。臨岐眷戀不忍行,在道賦

《水仙子》一詞……二更後，一美女忽來前，執拍板曰：'願唱一曲勸酒。'即歌曰：'別酒未斟心先醉，忽聽陽關辭故里。揚鞭勒馬到皇都，三題盡，當際會。穩跳龍門三級水，天意令吾先送喜。'"

⑱　浚：通"駿"，疾速。楊衒之《洛陽伽藍記·永明寺》："中朝時以穀水浚急，注於城下，多壞民家，立石橋以限之。"《太平廣記》卷四六六引辛氏《三秦記》："其龍門水浚箭湧，下流七里，深三里。"　瀉：傾瀉，水往下急流。謝靈運《入華子岡是麻源第三谷》："銅陵映碧澗，石磴瀉紅泉。"王安石《散髮一扁舟》："秋水瀉明河，迢迢藕花底。"潀射：水冲瀉貌，猶"激射"，鮑照《山行見孤桐》："奔泉冬激射，霧雨夏霜淫。"梅堯臣《與仲文子華陪觀新水磑》："激射聊因勢，回環豈息機。"　援：牽拉，牽引。《左傳·襄公二十三年》："右撫劍，左援帶，命驅之出。"《後漢書·王符傳》："(皇甫)規素聞符名，乃驚遽而起，衣不及帶，屣履出迎，援符手而還。"

⑲　赤鱗：魚的赤色鱗片，亦指鱗片赤色的魚。劉義慶《世說新語·規箴》："東望香鑪峰，北眺九江，傳聞有石井方湖，中有赤鱗踴出，野人不能叙，直嘆其奇而已矣！"杜牧《偶題二首》一："明月輕橈去，唯應釣赤鱗。"　化時：義近"即時"，當下，立刻。《東觀漢記·和熹鄧後傳》："宮人盜者，即時首服。"楊萬里《怪菌歌》："數莖枯菌破土膏，即時便與人般高。"　唐突：橫冲直撞，亂闖。《詩·小雅·漸漸之石》："有豕白蹢，烝涉波矣！"鄭玄箋："豕之性能水，又唐突難禁制。"李白《赤壁歌送別》："烈火張天照雲海，周瑜於此破曹公。君去滄江弄澄碧，鯨鯢唐突留餘迹。"　鬐鬣：鰭棘。《文選·郭璞〈江賦〉》："揚鬐掉尾，噴浪飛唌。"劉良注："揚舉其鬐鬣，搖掉其尾也。"李白《酬中都吏携斗酒雙魚於逆旅見贈》："雙鰓呀呷鬐鬣張，蹳剌銀盤欲飛去。"

⑳　乘風：駕著風，憑藉風力。《列子·黃帝》："列子師老商氏，友伯高子，進二子之道，乘風而歸。"蘇軾《潮州修韓文公廟記》："天孫爲織雲錦裳，飄然乘風來帝旁。"　瞥然：忽然，迅速地。白居易《與微之

書》："平生故人，去我萬里；瞥然塵念，此際暫生。"元稹《酬樂天八月十五夜禁中獨直玩月見寄》："宴移明處清蘭路，歌待新詞促翰林。何意枚皋正承詔，瞥然塵念到江陰？"　萬里：極言距離之遠。岑參《磧西頭送李判官入京》："一身從遠使，萬里向安西。漢月垂鄉淚，胡沙費馬蹄。"元稹《憶靈之》："幽芳被蘭徑，安得寄天杪？萬里瀟湘魂，夜夜南枝鳥。"　黃河：中國第二大河，源出卡日曲，出青海省巴顏喀拉山脈各姿各雅山麓，東流經四川、甘肅、寧夏、內蒙古、陝西、山西、河南等省區，在山東省北部入渤海，全長五四六四公里，流域面積約七十五萬平方公里。成公綏《大河賦》："覽百川之弘壯兮，莫尚美於黃河。"駱賓王《晚渡黃河》："千里尋歸路，一葦亂平源。通波連馬頰，迸水急龍門。"

㉑ 接瞬：義近"瞬目"，一眨眼工夫，極言時間短暫。元稹《含風夕》："循環切中腸，感念追往昔。接瞬無停陰，何言問陳積？"柳宗元《晉問》："鱗川林壑，隤雲遁雨，瞬目而下者，榛榛沄沄。"　電烻：閃電，如閃電之光。歐陽詹《智達上人水精念珠歌》："皎晶晶，彰煌煌。陸離電烻紛不常，凌眸暈目生光芒。"元稹《放言五首》三："霆轟電烻數聲頻，不奈狂夫不藉身。"　微吟：小聲吟詠。《漢書‧中山靖王劉勝傳》："雍門子壹微吟，孟嘗君爲之於邑。"陸游《一笑》："半醉微吟不怕寒，江邊一笑覺天寬。"　霹靂：響雷，震雷。枚乘《七發》："其根半死半生，冬則烈風漂霰飛雪之所激也，夏則雷霆霹靂之所感也。"韓愈《送高閑上人序》："日月列星，風雨水火，雷霆霹靂。"　喧：嘈雜吵鬧。陶潛《飲酒二十首》五："結廬在人境，而無車馬喧。"庾信《同州還》："上林催獵響，河橋爭渡喧。"

㉒ 傍瞻：側視，四望，環顧。蕭綱《鏡象》："迴望疑垂月，傍瞻譬璧璫。"顏真卿《題杼山癸亭得暮字》："俯視何楷臺，傍瞻戴顒路。遲迴未能下，夕照明村樹。"　宇宙：天地。《莊子‧讓王》："余立於宇宙之中，冬日衣皮毛，夏日衣葛絺；春耕種，形足以勞動；秋收斂，身足以

休食;日出而作,日入而息,逍遙於天地之間。"《淮南子‧原道訓》:
"横四維而含陰陽,紘宇宙而章三光。"高誘注:"四方上下曰宇,古往
今來曰宙,以喻天地。"　俯瞰:從高處往下看。柳宗元《苦竹橋》:"俯
瞰涓涓流,仰聆蕭蕭吟。差池下烟日,嘲哳鳴山禽。"元稹《松鶴》:"俯
瞰九江水,旁瞻萬里壑。無心盼烏鳶,有字悲城郭。"　昆侖:亦作"崑
侖",古代亦寫作"昆侖",昆侖山,在新疆與西藏之間,西接帕米爾高
原,東延入青海境内,勢極高峻,多雪峰、冰川,最高峰達七七一九米。
古代神話傳説,昆侖山上有瑶池、閬苑、增城、縣圃等仙境。《莊子‧
天地》:"黄帝遊乎赤水之北,登乎昆侖之丘。"韓愈《雜詩四首》三:"昆
侖高萬里,歲盡道苦遭。"

　　㉓ 庶類:萬物,萬類。《國語‧鄭語》:"夏禹能單平水土,以品處
庶類者也。"韋昭注:"禹除水災,使萬物高下各得其所。"曾鞏《回樞密
侍郎狀》:"處大寒而不變,乃知松柏之堅;兼庶類而並容,則維江漢之
廣。"　九霄:天之極高處,高空。葛洪《抱朴子‧暢玄》:"其高則冠蓋
乎九霄,其曠則籠罩乎八隅。"武元衡《同幕中諸公送李侍御歸朝》:
"巴江暮雨連三峽,劍壁危梁上九霄。"　捫:撫摸。《東觀漢記‧和熹
鄧皇后傳》:"〔后〕嘗夢捫天體,蕩蕩正青滑,有若鍾乳。"陸游《入瞿唐
登白帝廟》:"峭壁空仰視,欲上不可捫。"

　　㉔ 倏:犬疾行貌,引申爲疾速,忽然。段注本《説文‧犬部》:
"倏,犬走疾也。"段玉裁注:"引伸爲凡忽然之辭。"陶淵明《飲酒二十
首》三:"一生復能幾? 倏如流電驚。"　蛙黽:即蛙。《周禮‧秋官‧
蟈氏》:"掌去蛙黽。"韓愈《雜詩四首》四:"蛙黽鳴無謂,閤閤祇亂人。"
遽:倉猝,匆忙。《左傳‧昭公五年》:"越大夫常壽過帥師會楚子於
瑣,聞吴師出,蘧啓强帥師從之,遽不設備,吴人敗諸鵲岸。"王安石
《與郭祥正太博書》四:"某啓,近承屈顧,殊不得從容奉顏色,遽此爲
别,豈勝區區愧恨!"　天帝:指上帝。《荀子‧政論》:"居如大神,動
如天帝。"李白《枯魚過河泣》:"誰使爾爲魚,徒勞訴天帝?"　閶:門,

常指天門、宮門。《文選‧揚雄〈甘泉賦〉》:"選巫咸兮叫帝閽,開天庭兮延群神。"劉良注:"帝閽,天門也。"柳宗元《國子司業陽城遺愛碣》:"投業奔走,稽首闕下,叫閽籲天,願乞復舊。"

㉕ 曝鰓:亦作"曝腮",《後漢書‧郡國志》:"〔交趾郡〕封谿建武十九年置。"劉昭注引劉欣期《交州記》:"有堤防龍門,水深百尋,大魚登此門化成龍。不得過,曝鰓點額,血流此水,恆如丹池。"後以喻挫折、困頓。《南齊書‧王僧虔傳》:"經涉五朔,逾歷四晦,書牘十二,接覿六七,遂不荷潤,反更曝鰓。"高適《酬裴員外以詩代書》:"一夕灄洛空,生靈悲曝腮。" 未免:不免,免不了。《孟子‧離婁》:"舜,人也;我,亦人也。舜為法於天下,可傳於後世;我由未免為鄉人也,是則可憂也。"許渾《村舍二首》一:"花時未免人來往,欲買嚴光舊釣磯。" 鯨鯢:即鯨,雄曰鯨,雌曰鯢。李白《登黃山淩歊臺送族弟溧陽尉濟充泛舟赴華陰得齊字》:"送君登黃山,長嘯倚天梯。小舟若鳧雁,大舟若鯨鯢。"錢起《觀法駕自鳳翔迴》:"攙搶一掃滅,閶闔九重開。海晏鯨鯢盡,天旋日月來。"

㉖ 澤:水聚匯處。《書‧禹貢》:"九川滌源,九澤既陂。"《禮記‧月令》:"〔仲冬之月〕山林藪澤,有能取蔬食田獵禽獸者,野虞教導之。"孔穎達疏:"有水之處謂之澤。"稱水草叢雜之地。應劭《風俗通‧山澤‧澤》:"水草交厝,名之為澤。" 諸夏:周代分封的中原各個諸侯國,泛指中原地區。《左傳‧閔公元年》:"諸夏親暱,不可棄也。"董仲舒《春秋繁露‧觀德》:"滅國十五有餘,獨先諸夏,魯晉俱諸夏也。" 不棄:不遺棄,不嫌棄。《詩‧小雅‧伐木序》:"親親以睦,友賢不棄,不遺故舊,則民德歸厚矣!"張九齡《奉和聖製過王濬墓》:"萬乘度荒隴,一顧凜生風。古節猶不棄,今人爭效忠。" 蟲與昆:即"昆蟲",蟲類的統稱。《禮記‧王制》:"昆蟲未蟄,不以火田。"文瑩《玉壺清話》卷七:"身留於朝,願納圖貢,昆蟲草木,亦無所傷。"

㉗ 隨時:順應時勢,切合時宜。《易‧隨》:"大亨貞,無咎,而天

下隨時,隨時之義大矣哉!"王弼注:"得時,則天下隨之矣! 隨之所施,唯在於時也;時異而不隨,否之道也。"《國語‧越語》:"夫聖人隨時以行,是爲守時。"韋昭注:"隨時:時行則行,時止則止。"　膏露:猶甘露,謂其沾溉惠物。《禮記‧禮運》:"故天降膏露,地出醴泉。"鄭玄注:"膏,猶甘也。"《漢書‧董仲舒傳》:"伊欲風流而令行,刑輕而奸改,百姓和樂,政事宣昭,何修何飭而膏露降,百穀登。"　稱物:衡量物之多少、輕重,亦指按數量稱取物品。《三國志‧鄧哀王冲傳》:"時孫權曾致巨象,太祖欲知其斤重……冲曰:'置象大船之上,而刻其水痕所至,稱物以載之,則校可知矣!'"與事物相符。陸機《文賦序》:"恒患意不稱物,文不逮意,蓋非知之難,能之難也。"　厚恩:深恩,大恩。《漢書‧金日磾傳》:"欽幸得以通經術,超擢侍帷幄,重蒙厚恩。"韓愈《論孔戣致仕狀》:"臣所領官,無事不敢請對,蒙陛下厚恩,苟有所見,不敢不言。"

㉘　草木:指草本植物和木本植物。《易‧坤》:"天地變化,草木蕃。"韓愈《送李愿歸盤谷序》:"太行之陽有盤谷,盤谷之間,泉甘而土肥,草木藂茂,居民鮮少。"　霑我潤:即"霑潤",滋潤,亦以喻恩澤。陸機《文賦》:"配霑潤於雲雨,象變化乎鬼神。"蘇鶚《蘇氏演義》卷上:"舊説云:天子之德,光明如日,規輪如月,衆暉如星,霑潤如海。"　豚魚:豚和魚,多比喻微賤之物。《易‧中孚》:"豚魚,吉,信及豚魚也。"王弼注:"魚者,蟲之隱微者也;豚者,獸之微賤者也。爭競之道不興,中信之德淳著,則雖隱微之物,信皆及之。"何承天《尹嘉罪議》:"蒲亭雖陋,可比德於盛明;豚魚微物,不獨遺於今化。"　蕃:茂盛,興旺。《左傳‧僖公二十三年》:"男女同姓,其生不蕃。"楊伯峻注:"蕃,子孫昌盛之意。"韓愈《唐故朝散大夫越州刺史薛公墓誌銘》:"襄城有子二人皆貴,其後皆蕃以大。"

㉙　嚮來:亦作"向來",從前,一向。蘇頲《春晚紫微省直寄内》:"直省清華接建章,向來無事日猶長。花間燕子栖鵁鶄,竹下鶵雛宿

鳳皇。"蕭穎士《早春過七嶺寄題硤石裴丞廳壁》:"出硤寄趣少,晚行偏憶君。依然向來處,官路谿邊雲。"　同競:一同競賽。韓愈《寒食日出游》:"邇來又見桃與梨,交開紅白如爭競。"王士祿《臨江仙·憶東堂花樹》:"群季惠連真不讓,新詩同競妍華。十年蹤迹似風花。赤欄樓角月,應解憶天涯。"　豈料:哪裏料到。劉長卿《江州重別薛六柳八二員外》:"生涯豈料承優詔?世事空知學醉歌。江上月明胡雁過,淮南木落楚山多。"岑參《赴嘉州過城固縣尋永安超禪師房》:"門外不須催五馬,林中且聽演三車。豈料巴川多勝事,爲君書此報京華。"　存:存在,生存,存留。《易·繫辭》:"是故君子安而不忘危,存而不忘亡,治而不忘亂。"《孟子·公孫丑》:"紂之去武丁未久也,其故家遺俗、流風善政猶有存者。"

㉚壯:豪壯,豪邁。《漢書·樊噲傳》:"噲等見上流涕曰:'始陛下與臣等起豐沛,定天下,何其壯也!'"杜甫《壯遊詩》:"七齡思即壯,開口詠鳳凰。"壯觀。葉適《利涉橋記》:"蓋奔渡、爭舟、蹦蹋之患既免,而井屋之富,廛肆烟火,與橋相望不絶,甚可壯也!"　尊:尊貴,高貴。《荀子·正論》:"天子者,埶位至尊。"韓愈《讀荀》:"始吾讀孟軻書,然後知孔子之道尊。"

㉛捨此:除此之外。杜甫《後遊》:"野潤烟光薄,沙暄日色遲。客愁全爲減,捨此復何之?"耿湋《詠宣州筆》:"落紙驚風起,搖空見露濃。丹青與文事,捨此復何從?"　蟻鬥:比喻微末的爭鬥。白居易《閑園獨賞》:"蟻鬥王爭肉,蝸移舍逐身。蝶雙知伉儷,蜂分見君臣。"劉敞《蟻鬥》:"擾擾嗟何急!營營若有侵。由來穴知雨,非爾旱爲霖。"　何足:猶言哪裏值得。《史記·秦本紀》:"〔百里傒〕謝曰:'臣亡國之臣,何足問!'"干寶《搜神記》卷一六:"穎心愴然,即寤,語諸左右,曰:'夢爲虛耳!亦何足怪。'"　論:問,考慮。《莊子·漁父》:"事親以適,不論所以矣!飲酒以樂,不選其具矣!"王先謙集解:"以,用也。啜菽飲水,亦可盡歡,故不問所以。"《荀子·臣道》:"不恤是非,不論曲直。"

［編年］

　　《年譜》編年本詩於"庚寅至甲午在江陵府所作其他詩"欄内,理由是:"陳《箋》第五章云:'《元氏長慶集》第三卷諸詩,其詞句之可考見者,多是微之在江陵之作品。'卞孝萱案:陳寅恪考證尚欠精確……《競渡》、《寺院新竹》無具體地名。"既然如此,《年譜》爲何仍然編年本詩於"庚寅至甲午在江陵府所作其他詩"欄内,《年譜》沒有回答,語焉不詳。《編年箋注》編年:"《競渡》……作于元和五年(八一○)至元和九年(八一四),元稹時在江陵府士曹參軍任。詳卞《譜》。"《年譜新編》亦編年本詩於"庚寅至甲午在江陵府所作其他詩"欄内,沒有説明理由。

　　綜觀全詩,"無具體地名"的本詩與江陵沒有直接的關係,而本詩所云"乘風瞥然去,萬里黃河翻",更是一條不容反駁的反證,《年譜》、《編年箋注》、《年譜新編》的編年結論實在難以令人信服。而本詩又云:"其次有龍競,競渡龍之門。龍門浚如瀉,漰射不可援。赤鱗化時至,唐突鰭鬣掀。"我們以爲本詩是以競賽爲題旨,先陳述帝皇之間的爭競,接著以魚躍龍門爲喻,引出士人通過科舉考試,揭示相互之間的爭競。元稹"魚躍龍門"亦即制科考試在元和元年四月十三日,以第一名及第,在元和元年四月二十八日。而本詩流露的"壯哉龍競渡,一競身獨尊。捨此皆蟻鬥,競舟何足論"的積極用世的思想,也與元稹元和元年在左拾遺任上敢於直言的精神風貌相一致,《舊唐書·元稹傳》:"二十八,應制舉才識兼茂明於體用科,登第者十八人,稹爲第一,元和元年四月也。制下除右(左)拾遺,稹性鋒鋭,見事風生,既居諫垣,不欲碌碌自滯,事無不言……"我們以爲,本詩即作於元和元年的五月初。

◎ 論追制表^{(一)①}

臣聞令之必行於下者^(二)，信也。令苟不信，患莫大焉！今陛下初臨宇內，務切黎元②。至於牧守字人之官，所宜詳擇。苟未得人，不當虛授：苟或任使，不可屢遷③。臣竊見近除寧州刺史論修、虔州刺史高弘本、通州刺史豆盧靖，曾不涉旬，並已追制④。又以杜兼爲蘇州刺史，行未半途，復改郎署⑤。臣不知誰請於陛下而授之？誰請於陛下而追之？追之是，則授之非；授之是，則追之非。以非爲是者罰必加，然後人不敢輕其舉；以是爲非者罪必及，然後下不敢用其私。此先王所以不令而人從，不言而人信，豈異事哉？率是道也⑥。

今陛下如綸之令朝降，反汗之詔夕施，紛紛紜紜，無所歸咎。臣竊恐陛下之令，未能取信於朝廷，而況於取信天下乎^{(三)⑦}？臣伏願陛下徵舉者之詞，察追者之請。若舉者之詞直，則請而追之者不得無過；若追之者理勝，則舉而授之者不得無辜。賞罰是非，所宜明當⑧。況陛下肇臨黎庶，教化惟新。誥令之間，四方所仰。小有得失，天下必聞⑨。臣實庸愚，謬居諫列。職當言責，不敢偷安。苟有所裨^(四)，萬死無恨。無任愚迫懇款之至，謹詣東上閤門奉表以聞^{(五)⑩}。

錄自《元氏長慶集》卷三三

［校記］

（一）論追制表：楊本、叢刊本、《全文》同，《英華》文題下有"憲宗"，《歷代名臣奏議》沒有標示文題，各備一說，不改。

（二）臣聞令之必行於下者：楊本、叢刊本、《歷代名臣奏議》、《全文》同，《英華》作“臣某言，臣聞令之必行於下者”，盧校作“臣聞令之必於行”，録以備考。

（三）而況於取信天下乎：楊本、叢刊本、《歷代名臣奏議》、《全文》同，《英華》作“而況取信於天下乎”，各備一説，不改。

（四）苟有所裨：楊本、叢刊本、《歷代名臣奏議》、《全文》同，《英華》作“苟有所補”，各備一説，不改。

（五）謹詣東上閤門奉表以聞：原本無，楊本、叢刊本、《歷代名臣奏議》、《全文》同，據《英華》補。

[箋注]

① 追制：謂追回制誥。白居易《論元稹第三狀（監察御史元稹貶江陵府士曹參軍）》：“陛下若以臣此言爲忠，又未能别有處置，必不得已，則伏望且令追制，改與一京師閑官，免令元稹却事方鎮。”吕温《楚州追制後舍弟在長安縣失囚花下共飲》：“天子收郡印，京兆責獄囚。狂兄與狂弟，不解對花愁。”《新唐書·元稹傳》：“于時論傪、高弘本、豆盧靖等出爲刺史，閲句追還詔書，稹諫：‘詔令數易，不能信天下。’”從正面給予介紹和評價。元稹認爲作爲一名諫官，隨時隨地舉奏發生在朝廷内外不合朝規的事情是其職責之所在。元稹擔任左拾遺之後不久，就針對李唐朝廷朝令夕改的現狀獻上本文，以“追之是則授之非，授之是則追之非”嚴密的非此即彼的論證方法，提出“以非爲是者罰必加，然後人不敢輕其舉；以是爲非者罪必及，然後下不敢用其私”的處置意見，讓人無言對答也無法回避。但《新唐書·元稹傳》還是回避了一個非常重要的史實，那就是對蘇州刺史杜兼的追改。請注意本文“又以杜兼爲蘇州刺史……然後下不敢用其私”的一段文字，而“舉而授”杜兼者是宰相杜佑，“請而追”杜兼者還是宰相杜佑。元稹因與三朝宰相杜佑較真，種下了自己接連被貶斥的禍因。而《新

唐書·杜兼傳》："元和初入爲刑部郎中,改蘇州刺史。比行,上書言李錡必反,留爲吏部郎中,尋擢河南尹。佑素善兼,終始倚爲助力。"參照元稹的《論追制表》的舉奏與《新唐書·杜兼傳》的記載,結合"元和七年"之前杜佑在位的史實,人們不難得出與我們同樣的結論:元稹實實在在得罪了宰相杜佑,使杜佑處在無言以對的尷尬境地。而杜佑的報復也接踵而至,元稹出貶河南尉、出貶江陵士曹參軍就是杜佑暗中報復的結果。

② 令:謂發出命令讓人執行。陸機《辨亡論》:"挾天子以令諸侯,清天步而歸舊物。"韓愈《袁州申使狀》:"伏乞仁恩,特令改就常式,以安下情。"黎元:即黎民。董仲舒《春秋繁露·五行變救》:"救之者,省宮室,去雕文,舉孝弟,恤黎元。"潘岳《關中詩》:"哀此黎元,無罪無辜。"

③ 牧守:州郡的長官,州官稱牧,郡官稱守。《漢書·翟方進傳》:"持法刻深,舉奏牧守九卿,峻文深詆,中傷者尤多。"白居易《張聿可衢州刺史制》:"牧守之任,最親吾人。"字人:撫治百姓。《隋書·刑法志》:"始乎勸善,終乎禁暴,以此字人,必兼刑罰。"《資治通鑑·唐代宗大曆十二年》:"縣令,字人之官。"授:任用,任命。《三國志·賀邵傳》:"〔高宗〕遠覽前代任賢之功,近寤今日謬授之失,清澄朝位,旌叙俊乂,放退佞邪,抑奪奸勢。"遷:晉升或調動。《管子·禁藏》:"夏賞五德,滿爵禄,遷官位,禮孝悌,復賢力,所以勸功也。"《史記·張丞相列傳》:"〔申屠嘉〕以材官蹶張從高帝擊項籍,遷爲隊率。"

④ 論傪:與元稹同期,元和元年出任寧州刺史,未及赴任,即被追制。曾任職左衛大將軍,其餘無考。《新唐書·元稹傳》:"于時論傪、高弘本、豆盧靖等出爲刺史,閱旬追還詔書,稹諫詔令數易,不能信天下。"《萬姓統譜》卷二三:"唐:論傪,左衛大將軍。"高弘本:與元稹同期,元和元年出任虔州刺史,未及赴任,即被追制。曾任職嘉

王府諮議,其餘無考。《資治通鑑·貞元十八年》:"秋七月辛未,嘉王府諮議高弘本正牙奏事。"　豆盧靖:與元稹同期,元和元年出任通州刺史,未及赴任,即被追制,其餘無考。

⑤ 杜兼:杜兼出爲蘇州刺史在元稹拜職左拾遺之前,元稹這裏是提及舊事,以證明唐憲宗朝令夕改之事並非偶然,而是從唐憲宗登位就已經開始。《舊唐書·李藩傳》:"杜兼爲濠州刺史,帶使職。建封病革,兼疾驅到府,陰有冀望。藩與同列省建封出而泣語兼曰:'僕射公奄忽如此,公宜在州防,遏今棄州此來,欲何也? 宜疾去,不若此當奏聞。'兼錯愕不虞,遂徑歸。"《資治通鑑·永貞元年》:"十二月……以刑部郎中杜兼爲蘇州刺史,兼辭行,上書稱李錡且反,必奏族臣。上然之,留爲吏部郎中。"　郎署:亦即郎官辦事的官署,因杜兼自蘇州刺史改爲吏部郎中,故言。楊炯《渾天賦》:"馮唐入於郎署也,兩君而未識;揚雄在於天禄也,三代而不遷。"顏師古《匡謬正俗》卷五:"郎署,並是郎官之曹局耳!"盧僎《奉和李令扈從溫泉宮賜遊驪山韋侍郎別業》:"白雪緣情降,青霞落卷舒。多慚郎署在,輒繼國風餘。"

⑥ 先王:指上古賢明君王。《孝經·開宗明義》:"先王有至德要道,以順天下,民用和睦。"李隆基注:"先代聖德之主,能順天下人心,行此至要之化。"《文心雕龍·徵聖》:"先王聖化,布在方冊。"　不令:沒有命令。《孫子·九地》:"是故其兵不修而戒,不求而得,不約而親,不令而信。"《孔子家語·好生》:"孔子曰:'以此觀之,文王之道,其不可加焉! 不令而從,不教而聽,至矣哉!'"　不言:不依靠語言,謂以德政感化人民。《老子》:"是以聖人處無爲之事,行不言之教,萬物作焉而不辭。"《管子·心術》:"故必知不言無爲之事,然後知道之紀。"

⑦ 如綸之令:語出《禮記·緇衣》:"王言如絲,其出如綸;王言如綸,其出如綍。"孔穎達疏:"《正義》曰:明王者出言,下所傚之,其事漸

大，不可不慎……王言如絲，其出如綸者，王言初出，微細如絲。及其出行於外，言更漸大，如似綸也，言綸，粗於絲。王言如綸，其出如綍者，亦言漸大，出如綍也，綍又大於綸。"舊時稱制誥爲絲綸，而知制誥又謂掌絲綸、掌綸，即執掌起草詔誥。杜甫《奉和賈至舍人早朝大明宮》："朝罷香烟携滿袖，詩成珠玉在揮毫。欲知世掌絲綸美，池上於今有鳳毛。"劉長卿《獄中聞收東京有赦》："傳聞闕下降絲綸，爲報關東滅虜塵。壯志已憐成白首，餘生猶待發青春。"　反汗：《漢書·劉向傳》："《易》曰：'渙汗其大號。'言號令如汗，汗出而不反者也。今出善令，未能逾時而反，是反汗也。"以汗出而不能反喻令出不能收，後因以"反汗"指翻悔食言或收回成命。宋庠《謝宣召入學士院表》："方出之文，義無反汗。"范仲淹《答竊議》："又朝廷既已降詔貸之，亦難反汗。"　歸咎：歸罪。潘岳《西征賦》："扞矢言而不納，反推怨以歸咎。"蘇軾《灩澦堆賦》："凡覆舟者，皆歸咎於此石。"　取信：取得信任。陸機《豪士賦序》："夫以篤聖穆親，如彼之懿；大德至忠，如此之盛；尚不能取信於人主之懷，止謗於衆多之口。"韓愈《科斗書後記》："愈叔父當大曆世，文辭獨行中朝，天下之欲銘述其先人功行，取信來世者，咸歸韓氏。"　朝廷：指以君王爲首的中央政府。《商君書·農戰》："今境内之民及處官爵者，見朝廷之可以巧言辯説取官爵也，故官爵不可得而常也。"《史記·汲鄭列傳》："大將軍聞，愈賢黯，數請問國家朝廷所疑，遇黯過於平生。"　天下：古時多指中國範圍内的全部土地。陳子昂《同宋參軍之問夢趙六贈盧陳二子之作》："達兼濟天下，窮獨善其時。"宋璟《蒲津迎駕》："天下長無事，空餘襟帶名。"

⑧ 無過：沒有過失。《左傳·宣公二年》："人誰無過？過而能改，善莫大焉！"《史記·蒙恬列傳》："我何罪於天，無過而死乎？"　無辜：沒有罪。《詩·小雅·正月》："民之無辜，並其臣僕。"朱熹集注："與此無罪之民，將俱被囚虜而同爲臣僕。"劉知幾《史通·惑經》："《春秋》皆承告而書，曾無變革，是則無辜者反加以罪，有罪者得隱其

辜,求諸勸戒,其義安在?" 賞罰:亦作"賞罰",獎賞和懲罰。《書·康王之誥》:"惟新陟王,畢協賞罰。戡定厥功,用敷後人休。"李康《運命論》:"賞罰懸於天道,吉凶灼乎鬼神。"

⑨ 肇:開始,創始。《楚辭·離騷》:"皇覽揆余初度兮,肇錫余以嘉名。"王逸注:"肇,始也。"韓愈《上巳日燕太學聽彈琴詩序》:"天子念致理之艱難,樂居安之閑暇,肇置三令節,詔公卿群有司至於其日,率厥官屬飲酒以樂。" 臨:監視,監臨,引申爲統治,治理。《史記·三王世家》:"今昭帝始立,年幼,富於春秋,未臨政,委任大臣。"歐陽修《章望之字序》:"〔古之君子〕立乎朝廷而正君臣,出入宗廟而臨大事。" 黎庶:黎民。《史記·孟子荀卿列傳》:"騶衍睹有國者益淫侈,不能尚德,若《大雅》整之於身,施及黎庶矣!"范仲淹《奏上時務書》:"國侵則害加黎庶,德敗則禍起蕭墙。" 教化:政教風化。《詩·周南·關雎序》:"美教化,移風俗。"元稹《驃國樂》:"教化從來有原委,必將泳海先泳河。" 誥令:朝廷、君上發佈的命令。元稹《翰林承旨學士記》:"凡大誥令、大廢置、丞相之密畫、内外之密奏、上之所甚注意者,莫不專對。"《新五代史·莊宗皇后劉氏傳》:"是時,皇太后及皇后交通藩鎮,太后稱'誥令',皇后稱'教命'。"

⑩ 庸愚:庸下愚昧,自謙之詞。陳子昂《爲李卿讓本官表》:"臣實庸愚,本無名節,庇身公族。"高適《謝上劍南節度使表》:"顧臣庸愚,豈合祗拜! 遠奉恩制,不敢逡巡。" 諫列:諫官之列。歐陽修《奉答子華學士安撫江南見寄之作》:"我昔忝諫列,日常趨紫宸。"《文獻通考·職官》:"紹興三年,曾統言本朝多以諫議兼記注,且聽直前奏事,元豐始,不任諫列。" 偷安:没有志向没有目標,祇圖目前的安逸,苟安。《史記·秦始皇本紀》:"小人乘非位,莫不悅忽失守,偷安日日。"司馬光《遺表》:"臣竊見十年以來,天下以言爲諱,大臣偷安於禄位,小臣苟免於罪戾,閭閻之民,憔悴困窮,無所控告,宗廟社稷,危於累卵,可爲寒心。" 裨:彌補。《國語·晉語》:"夫霸王之勢,在德

不在先歆，子若能以忠信贊君，而裨諸侯之闕，歆雖在後，諸侯將載之，何爭於先？"韋昭注："裨，補也。"葛洪《抱朴子·博喻》："斷根以續枝，割背以裨股。"補益。韓愈《進學解》："頭童齒豁，竟死何裨。"　萬死：死一萬次，形容罪重當死或冒生命危險。荀悅《漢紀·高帝紀》："將軍出萬死之計，爲天下除殘賊，今始至陳，爲王，是示天下私也。"韓愈《通解》："雖萬死猶有忠而不懼者，況其小者乎？"

［編年］

《年譜》編年本文於元和元年"左拾遺時"，理由是："《表》云：'臣實庸愚，謬居諫列。'"列在《論諫職表》之後、《論西戎表》之前。《年譜新編》編年意見與編年理由同《年譜》所示。《編年箋注》沒有編年本文，但列在《獻事表》之後、《論討賊表》之前。

我們以爲，一、根據"謬居諫列"的表述，本文確實應該撰作於元稹左拾遺任內，亦即起元和元年四月二十八日之後，止於同年九月十三日之前。二、根據我們對元稹左拾遺任上詩文的編年，我們以爲本文還可以進一步明確，亦即應該在四月二十八日或其後一二天撰作的《論教本書》、《論諫職表》之後，九月十日至十三日撰作的《獻事表》之前。三、根據本文提及杜兼永貞元年十二月出刺蘇州同時又追回的情況來看，應該以元稹剛剛履任左拾遺之時較爲合適，亦即應該在本年六月中下旬元稹撰作《論西戎表》、《論討賊表》之前，亦即五月底六月初較爲合適。本文撰作的地點在長安，元稹初任左拾遺之職。

◎ 論西戎表⁽一⁾①

蒙恩顧問⁽二⁾，竊見陛下患戎之意深矣！自貞元以來，國家所以甘億兆之費於塞下，蓋以犬戎有侵軼之患⁽三⁾，而邊人思守禦之利也②。然而河湟之地日削，田萊之業日空，塞下之人日亡，戎狄之心日熾。若此非他（四），不得備之之術也（五）③。

且臣聞之，君之命帥，帥之命將，將之使卒，猶心之使臂，臂之使指，然後敵可擒，而軍可制也④。今之屯戍者則不然，衆其城堡，異其師長，獲一馬則圖功，虜一戎則告捷⑤。至於屠縣道，掠方人（六），則曰力弱不足以應敵，援寡不足以摧凶⑥。苟謹閉繕完不失其守者，則朝廷議賞之不給，又孰肯摧鋒刃冒殊死而出入於夷虜哉（七）！此又非他，衆分力散，而責帥之刑無所加也（八）⑦！而又加之以為農者不教戰，屯聚者不兼農，寇至則卒伍被甲而乘城，野人空拳以應敵，此又耕戰之術不修，而屯聚之方太逸也（九）⑧！

今夫邠岐汧隴之地，皆后稷公劉之所理也。土宜植物，人務稼穡⑨。陛下誠能使本道節制，廣於荒隙大建屯田，塞下諸軍，除使令守防之外，一切出之於野⑩。限人名田（一〇），復其租入。然後因其阡陌，制之閭井。因其卒伍，樹之帥長（一一）。固其塍塹，以備不虞⑪。犬戎適至，則有連阡接畛之兵；戎騎纔歸，則復耰鋤穫耦之事⑫。若此，則曩時之聚食者，盡歸之於服勤之農矣（一二）！前此之繫虜者，盡化為守禦之兵矣！三五年間（一三），塞下有相因之粟，邊人無侵軼之虞⑬。陛下又董之以良帥，威之以必刑，則彼瑣瑣之戎，陛下將署其君長，征其牛羊，奴虜以擒之可也！螻蟻以攘之可也⑭！又何必詢王恢，使蘇武，用鼂錯，訪妻敬，而後復河湟，稱即叙哉！此備戎之大略也（一四）⑮！

方今猶有急於此者，臣敢冒昧殊死而言之：臣聞善弈棋

者,將劫其棋,必固其贏,是以敵可殺而地不危⑯。今庸蜀有
犬吠之驚,南蠻絕貢誠之路,陛下又輟邊將以統問罪之師⑰。
脫或蜂蠆相完,尚稽天討,兵連不解,綿夏涉秋,則犬戎乘釁
啟心之日也!陛下其圖之⑱。臣無任墾款憂邊之至,謹詣東
上閤門奉表以聞⁽一五⁾⑲。

錄自《元氏長慶集》卷三三

[校記]

　　(一)論西戎表:楊本、叢刊本、《歷代名臣奏議》、《全文》同,《英
華》作"論討西戎表",但綜觀本文文意,祇是強調軍隊屯田以防備西
戎,並無主動"討西戎"之內容,不從不改。

　　(二)蒙恩顧問:楊本、叢刊本、《歷代名臣奏議》、《全文》同,《英
華》作"臣某言臣某月日",僅備一說。

　　(三)蓋以犬戎有侵軼之患:叢刊本、《英華》、《歷代名臣奏議》、
《全文》同,楊本作"蓋以犬戎有侵軼之惠",語義不通,不從不改。

　　(四)若此非他:楊本、叢刊本、《歷代名臣奏議》、《全文》同,《英
華》作"若此無他",僅備一說。

　　(五)不得備之之術也:楊本、叢刊本、《歷代名臣奏議》、《全文》
同,《英華》作"不得備戎之術也",僅備一說。

　　(六)掠方人:原本作"掠萬人",楊本、叢刊本、《歷代名臣奏議》、
《全文》同,據盧校、《英華》改。

　　(七)而出入於夷虜哉:原本不誤,楊本、叢刊本、《英華》、《歷代
名臣奏議》、《全文》作"而出入於係虜哉",語義難通,不從不改。

　　(八)而責帥之刑無所加也:原本作"而責師之刑無所加也",楊
本、叢刊本、《歷代名臣奏議》、《全文》同,據《英華》改。

　　(九)而屯聚之方太逸也:楊本、叢刊本、《歷代名臣奏議》、《全

文》同,《英華》作"而屯聚之兵太逸也",各備一説,不改。

(一〇)限人名田:楊本、叢刊本、《歷代名臣奏議》、《全文》同,《英華》作"限之名田",各備一説,不改。

(一一)樹之帥長:原本作"樹之師長",楊本、叢刊本、《英華》、《歷代名臣奏議》、《全文》同,據上文徑改。

(一二)盡歸之於服勤之農矣:楊本、叢刊本、《歷代名臣奏議》、《全文》同,《英華》作"盡歸爲服勤之農矣",各備一説,不改。

(一三)三五年間:楊本、叢刊本、《歷代名臣奏議》、《全文》同,《英華》作"不三五年間",語義相類,各備一説,不改。

(一四)此備戎之大略也:楊本、叢刊本、《歷代名臣奏議》、《全文》同,《英華》作"此禦戎之大略也",各備一説,不改。

(一五)謹詣東上閣門奉表以聞:原本無,楊本、叢刊本、《歷代名臣奏議》、《全文》同,據《英華》補。

[箋注]

① 論:議論,分析,説明事理。《文心雕龍·論説》:"是以論如析薪,貴能破理。"韓愈《過始興江口感懷》:"目前百口還相逐,舊事無人可共論。"　西戎:李唐時期是指我國西北方吐蕃等少數民族。沈佺期《送金城公主適西蕃應制》:"那堪將鳳女,還以嫁烏孫……西戎非我匹,明主至公存。"杜甫《秦州雜詩二十首》一八:"警急烽常報,傳聞檄屢飛。西戎外甥國,何得迕天威?"《舊唐書·元稹傳》:"又論西北邊事,皆朝政之大者。憲宗召對問方略,爲執政所忌,出爲河南縣尉。"《新唐書·元稹傳》:"又陳西北邊事,憲宗悦,召問得失,當路者惡之,出爲河南尉,以母喪解。"兩書本傳所指"西北邊事",即是本文所論及的"屯戎"之事。

② 蒙恩:受恩惠。《後漢書·光武帝紀》:"平定天下,海内蒙恩。"韓愈《舉張正甫自代狀》:"右,臣蒙恩除尚書兵部侍郎。"　顧問:

諮詢，詢問。《北史·蕭吉傳》：“時上陰欲廢立，得其言，是之。由此，每被顧問。”蘇鶚《杜陽雜編》卷下：“是時中貴人買酒於廣化旗亭，忽相謂曰：‘坐來香氣何太異也？’同席曰：‘豈非龍腦耶？’曰：‘非也，余幼給事於嬪御宮，故常聞此，未知今日由何而致？’因顧問當壚者，遂云公主步輦夫以錦衣換酒於此也。” 億兆：極言其數之多。《左傳·昭公二十年》：“雖有善祝，豈能勝億兆人之詛！”杜預注：“萬萬曰億，萬億曰兆。”葛洪《抱朴子·尚博》：“而不識合鋁銖可以重於山陵，聚百十可以致數於億兆。” 犬戎：舊時對我國少數民族的蔑稱。杜甫《揚旗》：“三州陷犬戎，但見西嶺青。”浦起龍心解：“謂上年十二月高適在事時，吐蕃陷松、維、保三州。”薛逢《開元後樂》：“一自犬戎生薊北，便從征戰老汾陽。” 侵軼：亦作“侵佚”，侵犯襲擊。《左傳·隱公九年》：“北戎侵鄭，鄭伯禦之，患戎師，曰：‘彼徒我車，懼其侵軼我也。’”杜預注：“軼，突也。”《後漢書·南匈奴傳論》：“自是匈奴得志，狼心復生。乘間侵佚，害流傍境。” 邊人：指駐守邊境的官員、士兵等。《國語·魯語》：“晉人殺厲公，邊人以告。”韋昭注：“邊人，疆場之司也。”王建《送人》：“邊人易封侯，男兒戀家鄉。” 守禦：防守，防禦。《國語·齊語》：“君有攻伐之器，小國諸侯有守禦之備，則難以速得志矣！”韓愈《上留守鄭相公啓》：“坐軍營，操兵守禦，爲留守出入前後驅從者，此真爲軍人矣！”

③ 河湟：亦作“河隍”，黃河與湟水的並稱，亦指河湟兩水之間的地區。《後漢書·西羌傳》：“乃度河湟，築令居塞。”《新唐書·吐蕃傳》：“湟水出蒙谷，抵龍泉與河合……故世舉謂西戎地曰河湟。” 田萊：正在耕種和休耕的田地，亦泛指田地。《周禮·縣師》：“縣師掌邦國都鄙稍甸郊里之地域，而辨其夫家人民田萊之數。”鄭玄注：“萊，休不耕者。”《魏書·李孝伯傳》：“田萊之數，制之以限。蓋欲使土不曠功，民罔遊力。” 塞下：邊塞附近，亦泛指北方邊境地區。《史記·高祖本紀》：“盧綰與數千騎居塞下候伺，幸上病癒，自入謝。”韓愈《送水

陸運使韓侍御歸所治序》：“其冬來朝，奏曰：‘得益開田四千頃，則盡可以給塞下五城矣！’”　戎狄：亦作“戎翟”，古民族名，西方曰戎，北方曰狄。《詩·魯頌·閟宮》：“戎狄是膺，荆舒是懲。”《國語·周語》：“我先王不窋用失其官，而自竄于戎翟之間。”韋昭注：“翟，或作狄。”後以泛指西北少數民族。《漢書·匈奴傳》：“蕭望之曰：‘戎狄荒服，言其來服荒忽無常，時至時去。’”范仲淹《奏陝西河北攻守等策》：“臣等聞三代以還，皆有戎狄之患，以至侵陵中國，被於渭洛。”　熾：火旺盛。王充《論衡·論死》：“火熾而釜沸，沸止而氣歇，以火爲主也。”葛洪《抱朴子·勖學》：“火則不鑽不生，不扇不熾。”　備：防備，戒備。《孫子·計篇》：“攻其無備，出其不意。”洪邁《容齋二筆·醉尉亭長》：“王莽竊位，尤備大臣，抑奪下權。”

④ 君：古代大夫以上、據有土地的各級統治者的通稱。《儀禮·喪服》：“君，至尊也。”鄭玄注：“天子、諸侯及卿大夫有地者，皆曰君。”常用以專稱帝王。《儀禮·喪服》：“君，至尊也。”鄭玄注：“天子、諸侯及卿大夫有地者，皆曰君。”白居易《杜陵叟》：“十家租稅九家畢，虛受吾君蠲免恩。”　帥：軍隊中主將、統帥。《左傳·宣公十二年》：“命爲軍帥，而卒以非天，唯群子能，我弗爲也。”韓愈《唐故檢校尚書左僕射右龍武軍統軍劉公墓誌銘》：“公不好音聲，不大爲居宅，於諸帥中獨然。”　將：將領。《孫子·計》：“將者，智信仁勇嚴也。”《史記·司馬穰苴列傳》：“將受命之日則忘其家。”　卒：步兵，後泛指士兵。《史記·高祖本紀》：“以故漢王得與數十騎出西門遁……諸將卒不能從者，盡在城中。”韓愈《元和聖德詩》：“爰命崇文，分卒禁禦。有安其驅，無暴我野。”　擒：制服。桓寬《鹽鐵論·非鞅》：“大夫種輔翼越王，爲之深謀，卒擒强吳，據有東夷。”《史記·高祖本紀》：“項羽有一范增而不能用，此其所以爲我擒也。”　制：控制。《國語·晉語》：“吾以子見天子，令子爲上卿，制晉國之政。”《晉書·賀循傳》：“循辭以脚疾，手不制筆，又服寒食散，露髮袒身，示不可用。”

⑤ 屯戍:駐防。《史記·孝文本紀》:"今縱不能罷邊屯戍,而又飭兵厚衛,其罷衛將軍軍。"范仲淹《奏迄揀選往邊上屯駐兵士》:"自京差撥禁軍,往陝西邊上屯戍。" 城堡:城壘。《晉書·劉牢之傳》:"牢之進屯鄆城,討諸未服,河南城堡承風歸順者甚眾。"岑參《行軍詩二首(時扈從在鳳翔)》一:"積屍若丘山,流血漲豐鎬。干戈礙鄉國,豺虎滿城堡。" 師長:眾官之長。《書·盤庚》:"嗚呼!邦伯師長,百執事之人,尚皆隱哉!"孔穎達疏:"眾官之長,故爲三公六卿也。"《舊唐書·盧群傳》:"但得百寮師長肝膽,不用三軍羅綺金銀。" 圖功:企盼記功。劉憲《奉和聖製幸望春宮送朔方大總管張仁亶》:"命將擇耆年,圖功勝必全。光輝萬乘餞,威武二庭宣。"柳宗元《首春逢耕者》:"慕隱既有繫,圖功遂無成。聊從田父言,款曲陳此情。" 告捷:報告勝利的消息。陳子昂《還至張掖古城聞東軍告捷贈韋五虛己》:"孟秋首歸路,仲月旅邊亭。聞道蘭山戰,相邀在井陘。"高適《同河南李少尹畢員外宅夜飲時洛陽告捷遂作春酒歌》:"半醉忽然持蟹螯,洛陽告捷傾前後。武侯腰間印如斗,郎官無事時飲酒。"

⑥ 縣道:縣和道,漢制:邑有少數民族雜居者稱道,無者稱縣。《史記·司馬相如列傳》:"檄到,亟下縣道,使咸知陛下之意。"裴駰集解:"《漢書·百官表》曰:'縣有蠻夷曰道。'"《漢書·梅福傳》:"數因縣道上言變事,求假軺傳,詣行在所,條對急政,輒報罷。" 方人:我國古代西部少數民族戎的別名。《逸周書·王會》:"方人以孔鳥。"孔晁注:"方人亦戎別名。"李涉《再至長安》:"十年謫宦鬼方人,三遇鴻恩始到秦。今日九衢騎馬望,却疑渾是剎那身。" 應敵:迎擊來敵。《管子·樞言》:"故德莫如先,應適莫如後。"戴望校正:"適,古'敵'字。"《淮南子·兵略訓》:"應敵必敏,發動必亟。" 摧凶:義近"破凶",敗其國,殺其身。陸賈《新語·思務》:"故多棄其所長而求其所短,得其所亡而失其所有,是以吳王夫差知度艾陵之可勝,而不悟勾踐將以破凶也。"

⑦　苟：假如，如果，祇要。《易・繫辭》：“苟非其人，道不虛行。”韓愈《江漢答孟郊》：“苟能行忠信，可以居夷蠻。”　謹閑：嚴謹設防。暫無其他合適的書證。　繕完：修繕墻垣，完通“院”，垣。《左傳・襄公三十一年》：“以敝邑之爲盟主，繕完葺墻，以待賓客。”楊伯峻注：“完借爲院……《廣雅・釋宮》云：‘院，垣也。’”泛指修繕。元稹《代諭淮西書》：“蓄聚糧糧，繕完城壘。”　議：謀度，斟酌，商議。《易・節》：“君子以制數度，議德行。”《國語・周語》：“若貪陵之人來而盈其願，是不賞善也，且財不給。故聖人之施捨也議之，其喜怒取與亦議之。”徐元誥集解：“議，猶斟酌也。”葛洪《抱朴子・博喻》：“與妒勝己者而謀舉疾惡之賢，是與狐議治裘也。”　賞：賞賜，獎賞。《左傳・襄公十一年》：“夫賞，國之典也，藏在盟府，不可廢也。子其受之！”《文心雕龍・指瑕》：“夫賞訓錫賚，豈關心解，撫訓執握，何預情理。”　給：使對方得到。吳曾《能改齋漫錄・事始》：“俄而女僕請飯庫鑰匙，備夫人點心。僭訴曰‘適已給了，何得又請’云云。”　鋒刃：刀劍等的尖端和刃口，借指兵器。《書・費誓》：“備乃弓矢，鍛乃戈矛，礪乃鋒刃。”曹丕《禁復私仇詔》：“民之存者，非流亡之孤，則鋒刃之餘，當相親愛。”　殊死：猶決死，拚死。《史記・淮陰侯列傳》：“韓信、張耳已入水上軍，軍皆殊死戰。”孫樵《書田將軍邊事》：“如此，則邊卒將怨望之不暇，又安能殊死而力戰乎？”　夷虜：外族敵人。白居易《李石楊毅張殷衡等並授官充涇原判官同制》：“用武之地曰涇，與原合爲一鎮，控扼夷虜。”陳師道《學試策問四首》四：“夷虜之爲患，舊矣！詩書所載，唐虞三代治外之道，蓋可考也。”虜是古時對北方外族的蔑稱。荀悅《漢紀・武帝紀》：“虜還走上山，陵追擊之。”韓愈《請上尊號表》：“西戎之首，北虜之渠。”　責帥：謂下屬有罪，要處分統帥。諸葛亮《街亭自貶疏》：“臣明不知人，恤事多闇，《春秋》責帥，臣職是當。”《新唐書・韋湊傳》：“《春秋》重責帥，其出湊曹州刺史。”

⑧　爲農者：從事農業生産的人。韓愈《平淮西碑并序》：“師還之

日,因以其食賜蔡人。凡蔡卒三萬五千,其不樂爲兵願歸爲農者,十九悉縱之。”白居易《策林·息遊惰》:“當豐歲,則賤糶半價,不足以充緡錢;遇凶年,則息利倍稱,不足以償逋債。豐凶既若此,爲農者何所望焉?” 屯聚者:猶屯戍者,駐防在邊境的戍卒。蘇轍《歐陽文忠公神道碑》:“凡邊防久闕,屯戍者必加搜補。”薛季宣《朝辭札子》二:“是四者,皆所以限戎騎之衝突,城寨係大軍屯戍者,堡係弓箭手之家……” 卒伍:古人軍隊編制,五人爲伍,百人爲卒。《禮記·郊特牲》:“季春出火爲焚也,然後簡其車賦,而歷其卒伍。”泛指軍隊,行伍。《國語·周語》:“四軍之帥,旅力方剛,卒伍治整,諸侯與之。”乘城:登城。《國語·晉語》:“郤叔虎將乘城。”韋昭注:“乘,升也。”守城。《新唐書·程日華傳》:“滔及王武俊皆招日華,不納,即攻之,日華乘城自固。” 野人:泛指村野之人,農夫。嵇康《與山巨源絕交書》:“野人有快炙背而美芹子者,欲獻之至尊,雖有區區之意,亦已疏矣!”《百喻經·比種田喻》:“昔有野人,來至田裏,見好麥苗,生長鬱茂。” 應敵:迎擊來敵。《淮南子·兵略訓》:“應敵必敏,發動必亟。”《三國志·陳群傳》:“今舍此急,而先宮室,臣懼百姓遂困,將何以應敵?” 方:方法,方略。《左傳·昭公三十年》:“彼出則歸,彼歸則出,楚必道敝。亟肆以罷之,多方以誤之……必大克之。”《三國志·陸遜傳》:“〔孫桓〕爲備所圍,求救於遜,遜曰:‘未可。’……及方略大施,備果奔潰。桓後見遜曰:‘前實怨不見救,定至今日,乃知調度自有方耳!’”

⑨ 邠:即邠州,《元和郡縣志》:“邠州:《禹貢》雍州之域,周之先公劉所居之地。《詩·大雅》云‘篤公劉,於豳斯館’,是也。《周本紀》曰:后稷子不窋末年,夏政衰,奔戎翟之間。至孫公劉,修后稷之業,乃國于豳……武德元年復爲豳州,開元十三年以豳與幽字相涉,詔曰魯魚變文,荊并誤聽,欲求辨惑,必也正名,改爲邠字……東南至上都三百里,東南至東都一千一百六十里……管縣四:新平、三水、永壽、

宜祿。"　岐:即岐州。《元和郡縣志》:"隋開皇元年於州城內置岐陽宮,岐州移於今理,大業三年罷州爲扶風郡。武德元年復爲岐州,至德元年改爲鳳翔郡,乾元元年改爲鳳翔府……東至上都三百一十里,東至東都一千一百七十里……管縣九:天興、岐山、扶風、普潤、岐陽、麟遊、寶雞、虢、郿。"　汧隴:指汧水隴山地帶。潘岳《西征賦》:"邪界褒斜,右濱汧隴。"汧水又與渭水並稱。《史記·封禪書》:"秦文公東獵汧渭之間,卜居之而吉。"揚雄《羽獵賦》:"禦自汧渭,經營酆鎬。"后稷:周之先祖,相傳姜嫄踐天帝足迹,懷孕生子,因曾棄而不養,故名之爲"棄",虞舜命爲農官,教民耕稼,稱爲"后稷"。《詩·大雅·生民》:"厥初生民,時維姜嫄……載生載育,時維后稷。"《韓詩外傳》卷二:"夫闢土殖穀者后稷也,決江疏河者禹也,聽獄執中者皋陶也。"公劉:古代周族的領袖,傳爲后稷的曾孫,他遷徙豳地定居,不貪享受,致力於發展農業生産,後用爲仁君的典實。《隸釋·漢蜀郡屬國辛通逵李仲曾造橋碑》:"西征鄙國,撫育犁元。除煩省苛,公劉之仁。"劉得仁《送王書記歸邠州》:"從事公劉地,元戎舊禮賢。"　植:種植,栽種。《文選·張衡〈東京賦〉》:"植華平於春圃,豐朱草於中唐。"薛綜注:"植,猶種也。"韓愈《唐故贈絳州刺史馬府君行狀》:"廬墓側植松柏。"　稼穡:耕種和收穫,泛指農業勞動。《孟子·滕文公》:"后稷教民稼穡。"薛存誠《膏澤多豐年》:"候時勤稼穡,擊壤樂農功。"

　　⑩ 本道:本地道府,道是古代行政區劃名。白行簡《李娃傳》:"有靈芝産於倚廬,一穗三秀,本道上聞。"《新唐書·李吉甫傳》:"州刺史不得擅見本道使。"　節制:指節度使。元稹《故中書令贈太尉沂國公墓誌銘》:"近世勛將尤貴富者言李郭,然而汾陽、西平猶不得父子並世爲節制。"《舊唐書·李德裕傳》:"〔鄆郡道士〕謂予曰:'公當爲西南節制,孟冬望舒前,符節至矣!'"　荒隙:荒蕪無用之地。歐陽修《兵儲》:"雖荒隙原田,亦當墾闢,播以五穀。"蘇軾《答王幼安三首》三:"稍定居,當求數畝荒隙,結茅而老焉!"　屯田:利用戍卒或農民、

商人墾殖荒地,漢以後歷代政府沿用此措施取得軍餉和税糧,有軍屯、民屯、商屯之分。《漢書·西域渠犂傳》:"自武帝初通西域,置校尉,屯田渠犂。"《三國志·魏武帝紀》:"是歲用棗祗、韓浩等議,始興屯田。"

⑪ 限:限制,限定。韓愈《禘祫議》:"右今月十六日敕旨,宜令百僚議,限五日內聞奏者。"《舊唐書·哀帝紀》:"(天祐二年四月)辛亥,以彗孛謫見,德音放京畿軍鎮諸司禁囚,常赦不原外,罪無輕重,遞減一等,限三日內疏理聞奏。" 名田:以私名佔有田地。《史記·平準書》:"賈人有市籍者及其家屬,皆無得籍名田,以便農。"司馬貞索隱:"謂賈人有市籍,不許以名占田也。"《漢書·食貨志》:"限民名田,以澹不足。"顏師古注:"名田,占田也。各爲立限,不使富者過制,則貧弱之家可足也。" 復:恢復,康復。《史記·孟嘗君列傳》:"王召孟嘗君而復其相位。"曾鞏《初夏有感》:"自然感疾憊形體,後日雖復應伶俜。" 租入:租税收入。《後漢書·成武孝侯順傳》:"封成武侯,邑户最大,租入倍宗室諸家。"《東觀漢記·東海恭王强傳》:"王兼食東海、魯國二郡二十九縣,租入倍諸王。"繳納的賦税。柳宗元《捕蛇者説》:"募有能捕之者,當其租入。"元稹《故中書令贈太尉沂國公墓誌銘》:"赦死罪,復租入。" 阡陌:田界。《史記·秦本紀》:"〔商鞅〕爲田開阡陌。"司馬貞索隱引《風俗通》:"南北曰阡,東西曰陌。河東以東西爲阡,南北爲陌。"泛指田間小路。荀悦《漢紀·哀帝紀》:"又聚會祀西王母,設祭於街巷阡陌,博奕歌舞。"陶潛《桃花源記》:"阡陌交通,雞犬相聞。" 閭井:閭里,居民聚居之處。韋應物《寄柳州韓司户郎中》:"春風吹百卉,和煦變閭井。"梅堯臣《送仲文》:"三年不出户,孝行閭井聞。" 帥長:首領。《列子·黃帝》:"其國無帥長,自然而已。"沈亞之《沈參軍故室李氏墓銘》:"入唐爲功臣,世世以武績顯。至大父臨淮王光弼、父尚書彙,皆爲帥長。" 塍:田埂,畦田。《説文·土部》:"塍,稻田中畦埒也。"賈思勰《齊民要術·水稻》:"始種,稻欲温。

温者,缺其塍,令水道相直。" 塹:溝壕。《墨子·備城門》:"塹中深丈五,廣比扇,塹長以力爲度。"《梁書·蔡道恭傳》:"魏乃作大車載土,四面俱前,欲以填塹。" 不虞:意料不到。《國語·周語》:"昔我先王之有天下也,規方千里,以爲甸服……以待不庭不虞之患。"沈約《劉領軍封侯詔》:"及釁起不虞,咫尺宮禁,內參嘉謨,外宣戎略。"

⑫ 連阡:田埂相連,田地連片。《舊唐書·懿宗紀》:"或富者有連阡之田,貧者無立錐之地。"余靖《判詞·甲授田不入國征里尹責之辭云加田》:"連阡之富,止實私囊。賜既表於主恩,貢難從於吏議。"戎騎:指戎族軍隊,亦泛指我國西北方少數民族軍隊。楊億《代中書密院謝降詔表》:"臣等昨以戎騎侵騷,邊城震駭。"蘇頌《觀北人圍獵》:"莽莽寒郊晝起塵,翩翩戎騎小圍分。引弓上下人鳴鏑,羅草縱橫獸軼群。" 耰鋤:即"鋤耰",泛指農具。王安石《獨臥二首》一:"誰有鋤耰不自操? 可憐園地滿蓬蒿。"猶耕種。韓愈《赴江陵途中寄三學士》:"果然又羈縶,不得歸鋤耰。" 穫:收割莊稼。《書·金縢》:"秋,大熟,未穫,天大雷電,以風,禾盡偃。"孔穎達疏:"其秋大熟,未及收穫。"泛指刈割、砍伐。韓愈《潮州祭神文》二:"稻既穟矣而雨,不得熟以穫也。" 耨:用耨除草。《逸周書·大開武》:"若農之服田,務耕而不耨,維草其宅之。"《史記·龜策列傳》:"耕之耰之,鉏之耨之。"裴駰集解引徐廣曰:"耨,除草也。"

⑬ 曩時:往時,以前。賈誼《過秦論》:"深謀遠慮,行軍用兵之道,非及曩時之士也。"葉夢得《石林燕語》卷七:"諸帥府復得與家俱行,無復曩時之患矣!" 聚食:聚在一起,白白吃飯。張九齡《敕幽州節度張守珪書》:"若賊口聚食,費耗更多,早宜處置,使得所也。"李德裕《論太和五年八月將故維州城歸降准詔却執送本蕃就戮人吐蕃城副使悉怛謀狀》:"犬戎遲鈍,土曠人稀,每欲乘秋犯邊,皆須數歲聚食。" 服勤:謂服持職事勤勞。《禮記·檀弓》:"事親有隱而無犯,左右就養無方,服勤至死,致喪三年。"孔穎達疏:"言服勤者,謂服持勤

苦勞辱之事。"韋應物《謝櫟陽令歸西郊》:"自樂陶唐人,服勤在微力。" 繫虜:擄獲,俘獲。《韓非子·奸劫弒臣》:"君臣相親,父子相保,而無死亡繫虜之患,此亦功之至厚者也。"《宋書·索虜傳論》:"强者爲轉屍,弱者爲繫虜。" 相因:相襲,相承。《史記·酷吏列傳》:"二千石繫者新故相因,不減百餘人。"羅大經《鶴林玉露》卷二:"國初宰相權重,臺諫侍從,莫敢議己,至韓琦、范仲淹始空賢者而爭之,天下議論,相因而起。"

⑭ 瑣瑣:形容人品卑微、平庸、渺小。《詩·小雅·節南山》:"瑣瑣姻亞,則無膴仕。"鄭玄箋:"瑣瑣姻亞,妻黨之小人。"高亨注:"瑣瑣,卑微渺小貌。"《北史·崔浩傳》:"浩曰:'但恐諸將瑣瑣,前後顧慮,不能乘勝深入,使不全舉耳!'" 君長:古代少數民族部落之酋長。《史記·五帝本紀》:"〔舜〕遂見東方君長。"韓愈《烏氏廟碑銘》:"處北者,家張掖;或入夷狄,爲君長。" 奴虜:俘虜,奴隸。司馬相如《難蜀父老》:"父老不辜,幼孤爲奴虜。"荀悦《漢紀·高祖紀》:"漢王侮慢人,罵詈諸侯王如奴虜耳!" 螻蟻:比喻力量微弱或地位低微、無足輕重的人。《後漢書·班固傳》:"固幸得生於清明之世,豫在視聽之末,私以螻螘,竊觀國政。"《南史·郭祖深傳》:"所以不憚鼎鑊區區必聞者,正以社稷計重而螻蟻命輕。"

⑮ 詢王恢:事見《史記·韓長孺列傳》:"建安六年,武安侯爲丞相,安國爲御史大夫。匈奴來請和親,天子下議。大行王恢,燕人也,數爲邊吏,習知胡事,議曰:'漢與匈奴和親,率不過數歲即復倍約,不如勿許,興兵擊之!'安國曰:'千里而戰,兵不獲利。今匈奴負戎馬之足,懷禽獸之心,遷徙鳥舉,難得而制也。得其地,不足以爲廣;有其衆,不足以爲强。自上古不屬爲人,漢數千里爭利,則人馬罷,虜以全制其敝。且强弩之極,矢不能穿魯縞;衝風之末,力不能漂鴻毛。非初不勁,末力衰也。擊之不便,不如和親。'群臣議者多附安國,於是上許和親。" 使蘇武:據史籍記載,蘇武在漢武帝時奉命持節出使匈

奴，單于意欲蘇武投降，以扣留相脅。蘇武不從，單于將其置北海牧羊。蘇武持漢節牧羊一十九年，不改初衷，最後得以回歸漢朝。溫庭筠《蘇武廟》："蘇武魂銷漢史前，古祠高樹兩茫然。雲邊雁斷胡天月，隴上羊歸塞草烟。"胡曾《居延》："漠漠平沙際碧天，問人云此是居延。停驂一顧猶魂斷，蘇武爭禁十九年？" **使**：派遣。《左傳·襄公二十三年》："公子黃懇二慶於楚，楚人召之。使慶樂往，殺之。"《史記·孟嘗君列傳》："其食客三千人，邑人不足以奉客，使人出錢於薛。" **用晁錯**：據史籍記載，晁錯在漢文帝時上書，極力主張削藩，漢文帝聽而不用。直至漢景帝即位，晁錯再次上書，舊事重提，被漢景帝採納。但却招來吳楚七國之亂，爲平息叛亂，晁錯最後被殺。白居易《贈友五首》一："周漢德下衰，王風始不競。又從斬晁錯，諸侯益强盛。"吳筠《覽古十四首》九："晁錯抱遠策，爲君納良規。削彼諸侯權，永用得所宜。" **用**：使用，任用。《孟子·梁惠王》："見賢焉！然後用之。"王安石《材論》："因天下法度未立之先，必先索天下之材而用之。" **訪婁敬**：據《前漢書·婁敬傳》，劉邦取得天下，意欲定都洛陽。婁敬以布衣求見，勸説劉邦最終定都長安。漢朝建立之後，又勸説劉邦和親匈奴。戴叔倫《塞上曲二首》一："軍門頻納受降書，一劍橫行萬里餘。漢祖謾誇婁敬策，却將公主嫁單于！"白居易《策林·禦戎狄》："故王恢陳征討之謀，賈生立表餌之術，婁敬興和親之訕，晁錯建農戰之策，然則古今異道，利害殊宜，將欲採之，孰爲可者？" **訪**：諮詢。《書·洪範》："惟十有三祀，王訪於箕子。"孔穎達疏："惟文王受命十有三祀，武王訪問於箕子，即陳其問辭。"王安石《答蔣穎叔書》："承手筆訪以所疑，因得聞動止。" **即叙**：就序，歸順。《書·禹貢》："織皮：崑崙、析支、渠搜、西戎即叙。"孔傳："有此四國，在荒服之外、流沙之内，羌髳之屬皆就次叙，美禹之功及戎狄也。"左思《魏都賦》："於時東鯷即序，西傾順軌，荆南懷憓，朔北思鱉。" **大略**：大概，大要。《孟子·滕文公》："此其大略也，若夫潤澤之，則在君與子矣！"趙岐注："略，要也。"遠大的謀略。《史記·酈生陸賈列傳》："酈生曰:'吾聞沛公慢而易人,多大略。'"《晉書·宣帝紀》:"少有奇節,聰朗多大略。"

⑯ 弈棋:下棋。杜甫《秋興八首》四:"聞道長安似弈棋,百年世事不勝悲。王侯第宅皆新主,文武衣冠異昔時。"王安石《上仁宗皇帝言事書》:"當是之時,變置社稷,蓋甚於弈棋之易。" 劫:圍棋術語,黑白雙方往復提吃對方一子稱"劫"。《南史·王彧傳》:"敕至之夜,景文政與客棋……思行争劫,竟,斂子内奩畢,徐謂客曰:'奉敕見賜以死。'"李斗《揚州畫舫録·虹橋録》:"懶予曾與客弈於畫舫,一刦未定,鎮淮門已局。終局後將借宿枝上村,逡巡摸索,未得其門。" 羸:衰病,瘦弱,困憊。《國語·魯語》:"饑饉薦降,民羸幾卒。"韋昭注:"羸,病也。"《漢書·鄒陽傳》:"今夫天下布衣窮居之士,身在貧羸。"顏師古注:"衣食不充,故羸瘦也。"引申爲圍棋中容易被對方吃掉的子。元稹《酬段丞與諸棋流會宿弊居見贈二十四韻》:"堂堂排直陣,袞袞逼羸師。懸劫偏深猛,回征特險巇。"

⑰ 庸蜀:庸、蜀皆古國名,庸在川東夔州一帶,蜀在成都一帶。杜甫《揚旗》:"此堂不易升,庸蜀日已寧。"王禹偁《寄獻鄜州行軍司馬宋侍郎》:"庸蜀既即叙,出命玉津宰。" 犬吠:狗叫,喻小的驚擾。《漢書·匈奴傳贊》:"是時邊城晏閉,牛馬布野,三世無犬吠之警,黎庶亡干戈之役。"杜牧《上李司徒相公論用兵書》:"一軍無主,僅一月日。曾無犬吠,況於他謀!"本文喻指劉闢的叛亂。 南蠻:古稱南方的民族及其居住的地方。《宋書·荆雍州蠻傳》:"荆、雍州蠻,槃瓠之後也,分建種落,布在諸郡縣。荆州置南蠻,雍州置寧蠻校尉以領之。世祖初,罷南蠻併大府,而寧蠻如故。"韓愈《宿曾江口示侄孫湘二首》二:"嗟我亦拙謀,致身落南蠻。"本文指南詔。 貢誠:表達真誠之心。劉禹錫《故荆南節度推官董府君墓誌》:"中年奉浮圖,説三乘,用是貢誠於清賢,乃被辟書。"元稹《祭淮瀆文》:"經界區夏,左右萬國。百川委輸,萬靈受職。越海貢誠,載舟竭力。明哲用興,凶戾潛殄。"

陛下又輟邊將以統問罪之師：據史籍記載，元和元年一月發出討伐劉闢的詔命之後，李唐取得劉闢歸東川節度使李康以"求雪己罪"的初步結果，唐憲宗曾經猶疑不決，六月之前並無高崇文繼續進兵的消息，大約是唐憲宗"輟邊將以統問罪之師"之時。　輟：中途停止，中斷。《論語·微子》："〔長沮、桀溺〕耰而不輟。"何晏集解引鄭玄曰："輟，止也。"《太平廣記》卷八四引薛用弱《集異記·奚樂山》："樂山乃閉戶屏人，丁丁不輟。"　邊將：防守邊疆的將帥。應劭《風俗通·怪神》："君後三歲當爲邊將。"鮮于侁《九誦·雙廟》："訏謀顛置兮，邊將怙功。"這裏指高崇文，時任劍南東川節度使，負責對叛亂劉闢的討伐。　問罪：宣佈對方罪狀，加以譴責、聲討。楊衒之《洛陽伽藍記·永寧寺》："正欲問罪於爾朱，出卿於桎梏。"《隋書·煬帝紀》："商郊問罪，周發成文王之志。"

⑱ 脱或：倘或。元積《論教本書》："脱或萬代之後，有若周成王中才者，而又生於深宮優笑之間，無周召保助之教，則將不能知喜怒哀樂之所自矣！況稼穡之艱難乎？"司馬光《書田諫議錫碑陰》："願審思之，脱或可從，瀆附刻於碑陰之末。"　蜂蠆：比喻惡人或敵人。杜甫《遺憤》："蜂蠆終懷毒，雷霆可振威。"元積《授李愿檢校司空宣武軍節度使制》："一戰而蜂蠆盡殲，不時而梟獍就戮。"　天討：上天的懲治。《書·皋陶謨》："天討有罪，五刑五用哉！"後以王師征伐爲"天討"，意謂稟承天意而行。《後漢書·光武帝紀贊》："神旌乃顧，遞行天討。"楊炯《青州刺史齊貞公宇文公神道碑》："魯伯禽始得征伐，周穆王遂行天討。"　綿：延續，連續。《文選·張衡〈思玄賦〉》："潛服膺以永靖兮，綿日月而不衰。"舊注："綿，連也。"韓愈《衢州徐偃王廟碑》："秦傑以顛，徐由遜綿。"　涉：歷，經歷。《史記·遊俠列傳序》："此皆學士所謂有道仁人也，猶然遭此菑，況以中材而涉亂世之末流乎？其遇害何可勝道哉！"張説《酬崔光禄冬日述懷贈答并序》："太極殿衆君子，分司洛城，自春涉秋，日有遊討。"　乘疊：同"乘釁"，鑽空

子。《後漢書·鄧禹傳》：“光武籌赤眉必破長安，欲乘釁並關中……以禹沈深有大度，故授以西討之略。”吳筠《覽古十四首》九：“奸臣負舊隙，乘釁謀相危。世主竟不辨，身戮宗且夷。”

⑲　詣：前往，到。《史記·孝文本紀》：“乃命宋昌參乘，張武等六人乘傳詣長安。”賈島《送集文上人遊方》：“此遊詣幾嶽？嵩華衡恒泰。”　奉表：上表。張說《禮儀使賀五陵祥瑞表並答制》：“無任大慶之至，謹奉表陳賀以聞，臣說謹言。”白居易《答文武百寮嚴綬等賀御製新譯大乘本生心地觀經序表》：“卿等精通外學，懇竭忠誠，引經贊揚，奉表稱賀，再三省覽，嘉嘆久之。”

［編年］

　　《年譜》編年本文於“元和元年夏”，理由是：“《表》云：‘今庸蜀有犬吠之驚’，指劉闢叛亂事。又云：‘脱或……兵連不解，綿夏涉秋。’”《編年箋注》根據李唐元和元年一月至九月討伐劉闢的經過，認爲：“四月以前，元稹尚未爲左拾遺，推知此表撰於元和元年（八〇六）四月至九月間。”《年譜新編》的編年：“此表當作於四月後、九月前。”理由中除引述《舊唐書·憲宗紀》一月與九月兩條討伐與擒獲劉闢的記載外，又引述本文“今庸蜀有犬吠之驚，南蠻絕貢誠之路，陛下又輟邊將以統問罪之師。脱或蜂蠆相完，尚稽天討，兵連不解，則犬戎乘釁啓心之日也！陛下其圖之”數句作爲理由，但偏偏漏脱“綿夏涉秋”這非常重要的一句。而《年譜》“元和元年夏”的編年，《編年箋注》“元和元年（八〇六）四月至九月間”的編年，都無故將“四月二十八日”之前的“夏”與“四月”包含了進去，也很不合適，因爲其時制科尚没有放榜，元稹尚没有拜職左拾遺之任。

　　我們以爲，根據《舊唐書·憲宗紀》記載，劉闢叛亂在元和元年一月，是月唐廷命高崇文、李元奕出師。此當是元稹《論討賊表》所云“有司不忍其威”而請求用兵之時，也是唐憲宗被迫同意出兵之日。

據《舊唐書・高崇文傳》，高崇文、嚴礪解梓州圍後，劉闢歸東川節度使李康以"求雪己罪"。唐憲宗在劉闢的緩兵之計面前，意欲以非武力的方式解決東西川的問題，故至六月，《舊唐書・憲宗紀》中並無高崇文進兵之任何記載，此當是唐憲宗在同意討伐之後，又"思困以降之，舞干化以化之"而停止進兵之時。但劉闢並不領情並不死心，時時蠢蠢欲動，故本文有"庸蜀有犬吠之驚"之句。在元稹看來，如果"庸蜀"反叛的問題不解決，"西戎"又乘機而起，那將是非常危險的局面。據蜀地劉闢的最新動態，所以元稹在左拾遺任上撰有本文之後，接著又有《論討賊表》，請求唐憲宗放棄幻想，命將帥進行武力討伐。唐憲宗爲現實所迫，不得不採納包括元稹在內的諸多臣僚繼續討伐劉闢的意見，命高崇文進兵，至九月，高崇文擒劉闢以獻。結合以上論述，再根據本文"綿夏涉秋"的敘述，意即夏天即將結束，秋天即將來臨，本文應該撰作於夏秋之交，亦即元和元年六月下旬七月上旬之時，地點在長安，元稹時任左拾遺之職。

◎ 論討賊表⁽一⁾①

　　臣伏見賊闢有不庭之罪⁽二⁾，陛下尚覆露以待之，此誠陛下罪己泣辜之仁也，微臣何足以識之哉⁽三⁾②！然臣聞之，天之所以爲天者，以其能化物也。物之性不一，故天之道有和煦、震曜之異焉③！始其生也，動之以幽伏⁽四⁾，被之以春陽，扇之以仁風，潤之以膏雨，則百果草木之柔者、順者，油然而生矣④！及夫勾曲角觡，堅本頑心，凝者、滯者、幽者、蟄者，扇之以和煦而不出，潤之以膏雨而不滋⑤。則必迅之以雷霆，曜之以威赫，然後頑滯之心改，幽蟄之氣宣⑥。豈天之道，仁於彼而屬於此乎？化與不化之異也⑦！是以蚩尤之亂作，黃帝鑄五兵以殺絶之；共工之行惡，虞舜揭五刑以放死之⑧。豈不欲夢華胥、舞干羽而躋之於仁壽哉？蓋不可化也⑨。及夫舞干而適至，因罍而來歸，此又物之可化者也⑩。豈黄帝、虞舜、文王之德有優劣哉？蓋蚩尤、共工、苗人、崇人，罪有深淺也(五)⑪！

今陛下法天之德，與物爲春，凡在生成，孰不柔茂⑫？而叢爾微醜，天將棄之。寔蚤賊於其心，假螻蟻以爲聚，忠臣孝子思得食其肉而快其心久矣⑬！陛下猶聳之以名爵，導之以訓誥。崇之以寵章而不至，假之以旌鉞而益驕⑭。戕賊我忠貞，損污我仁義，人人不勝其憤，有司不忍其威，是以違陛下匿瑕含垢之仁，順皇天震曜殺戮之用(六)，此誠天下人人快憤激忠之日也⑮！陛下猶思因罍以降之，舞干以化之，善則善矣！其如天下之憤何？其如天下之憤何！臣願陛下可有司之奏，法皇天之威，與公卿大臣議斬叛弔人之師，以快天下人人之憤，實天下幸甚！微臣無任懇悃嫉惡之至，謹詣東上閤門奉表以聞(七)⑯。

録自《元氏長慶集》卷三三

［校記］

（一）論討賊表：楊本、叢刊本、《全文》同，《英華》作"論西川討賊表(憲宗元和初)"，《歷代名臣奏議》没有標示文題，各備一説。

（二）臣伏見賊闐有不庭之罪：楊本、叢刊本、《歷代名臣奏議》、《全文》同，《英華》作"臣某言，伏見賊闐有不庭之罪"，各備一説，不改。

（三）微臣何足以識之哉：楊本、叢刊本、《歷代名臣奏議》、《全文》同,《英華》作"微臣又何足以識之哉",各備一説,不改。

（四）動之以幽伏：楊本、叢刊本、《歷代名臣奏議》、《全文》同,《英華》作"董之於幽伏",各備一説,不改。

（五）崇人,罪有深淺也：楊本、叢刊本、《歷代名臣奏議》、《全文》同,《英華》作"崇人之罪有深淺也",各備一説,不改。

（六）順皇天震曜殺戮之用：楊本、叢刊本、《歷代名臣奏議》、《全文》同,《英華》作"順皇天震曜殺戮之罪",語義不佳,不改。

（七）謹詣東上閤門奉表以聞：原本無,楊本、叢刊本、《歷代名臣奏議》、《全文》同,據《英華》補。

［箋注］

① 討賊：討伐賊寇。《左傳·宣公二年》："對曰：'子爲正卿,亡不越竟,反不討賊,非子而誰?'"潘岳《西征賦》："健子嬰之果決,敢討賊以紓禍。"本文的"賊"是指原"西川行軍司馬"、當時已經是"成都尹劍南西川節度使"、又得寸進尺妄求"都統三川"的劉闢,事見《舊唐書·劉闢傳》："劉闢者,貞元中進士擢第,宏詞登科。韋皋辟爲從事,累遷至御史中丞、支度副使。永貞元年八月,韋皋卒,闢自爲西川節度留後,率成都將校上表請降節鉞,朝廷不許,除給事中,便令赴闕,闢不奉詔。時憲宗初即位,以無事息人爲務,遂授闢檢校工部尚書,充劍南西川節度使。闢益凶悖,出不臣之言,而求都統三川,與同幕盧文若相善,欲以文若爲東川節度使,遂舉兵圍梓州。憲宗難於用兵,宰相杜黄裳奏：'劉闢一狂蹶書生耳! 王師鼓行而俘之,兵不血刃。臣知神策軍使高崇文驍果可任,舉必成功。'帝數日方從之,於是令高崇文、李元奕將神策京西行營兵相續進發,令與嚴礪、李康掎角相應以討之,仍許其自新。元和元年正月,崇文出師。三月,收復東川,乃下詔曰：'……'六月,崇文破鹿頭關,進收漢州。九月,崇文收成都府。劉闢以數十騎遁走,投水不死,騎將酈定進入水擒闢於成都

府西洋灌田。盧文若先自刃其妻子，然後縋石投江，失其屍。關檻送京師，在路飲食自若，以爲不當死。及至京西臨皋驛，左右神策兵士迎之，以帛繫首及手足，曳而入，乃驚曰：‘何至於是！’或紿之曰：‘國法當爾，無憂也！’是日詔曰：‘……’闢入京城，上御興安樓受俘馘，令中使於樓下詰闢反狀，闢曰：‘臣不敢反，五院子弟爲惡，臣不能制。’又遣詰之曰：‘朕遣中使送旌節、官告，何故不受？’闢乃伏罪。令獻太廟、郊社，徇于市，即日戮於子城西南隅。”

② 不庭：不朝于王庭，不朝于王庭者。《左傳・隱公十年》：“以王命討不庭。”杜預注：“下之事上皆成禮於庭中。”楊伯峻注：“庭，動詞，朝於朝庭也。九年《傳》云‘宋公不王’，故此云以討不庭。此不庭爲名詞，義爲不庭之國。”《漢書・趙充國傳》：“鬼方賓服，罔有不庭。”顏師古注：“庭，來帝庭也。”　覆露：蔭庇，養育。《國語・晉語》：“智子之道善矣！是先主覆露子也。”《漢書・嚴助傳》：“陛下垂德惠以覆露之，使元元之民安生樂業，則澤被萬世，傳之子孫，施之無窮。”顏師古注：“露謂使之沾潤澤也。或露或覆，言養育也。”　罪己：引咎自責。《左傳・莊公十一年》：“禹湯罪己，其興也悖焉！”《舊唐書・代宗紀》：“朕所以馭朽懸旌，坐而待曙，勞懷罪己之念，延想安人之策。”　泣辜：泛指帝王憐恤罪人。《隋書・于仲文傳》：“伏願垂泣辜之恩，降雲雨之施，追草昧之始，錄涓滴之功。”白居易《答黃裳請上尊號表》：“雖恤隱泣辜，未臻三五之化。”　微臣：卑賤之臣，常用作謙詞。《後漢書・崔琦傳》：“微臣司戚，敢告在斯。”《宋書・彭城王義康傳》：“臣草莽微臣，竊不自揆，敢抱葵藿傾陽之心，仰慕《周易》匪躬之志。”

③ 化物：化於物，謂被外物所同化。《禮記・樂記》：“夫物之感人無窮，而人之好惡無節，則是物至而人化物也，人化物也者滅天理而窮人欲者也。”孔穎達疏：“外物來至，而人化之於物，物善則人善，物惡則人惡，是人化物也。”感化外物，化育外物。《淮南子・俶真

訓》：“夫化生者不死，而化物者不化。”高誘注：“化生者天也，化物者德也。”　和煦：溫暖。謝靈運《山居賦》：“當嚴勁而葱倩，承和煦而芬腴。”司空圖《燕國太夫人石氏墓誌》：“潛施和煦，則闔境皆蘇；洞感神明，而亂根自剪。”　震耀：亦作“震曜”、“震爚”，雷聲震動，電光閃耀，極言其威猛之狀。《左傳·昭公二十五年》：“爲刑罰威獄，使民畏忌，以類其震曜殺戮。”杜預注：“雷震電曜，天之威也。聖人作刑獄，以象類之。”《漢書·敘傳》：“靁電皆至，天威震耀，五刑之作，是則是效。”

④　幽伏：猶隱伏。嵇康《管蔡論》：“管蔡雖懷忠抱誠，要爲罪誅。罪誅已顯，不得復理。内必幽伏，罪惡遂章。”史浩《送王時亨舍人帥蜀二十韵》：“四海喧嘉名，發奸照幽伏。世仰如神明，蠹弊迹已去。”春陽：春天的陽光。荀悦《申鑒·雜言》：“喜如春陽，怒如秋霜。”《舊唐書·張藴古傳》：“安彼反側，如春陽秋露。”喻帝王的恩澤。曾鞏《送程公闢使江西》：“坐馳雷電破奸伏，力送春陽煦鰥寡。”　仁風：形容恩澤如風之流布，舊時多用以頌揚帝王或地方長官的德政。潘岳《爲賈謐作贈陸機》：“大晉統天，仁風遐揚。”《後漢書·章帝紀》：“功烈光於四海，仁風行於千載。”　膏雨：滋潤作物的霖雨。《左傳·襄公十九年》：“小國之仰大國也，如百穀之仰膏雨焉！”《漢書·賈山傳》：“是以元年膏雨降，五穀登。”　油然：盛興貌。《孟子·梁惠王》：“天油然作雲，沛然下雨，則苗浡然興之矣！”趙岐注：“油然，興雲之貌。”許渾《漢水傷稼詩序》：“此郡雖自夏無雨，江邊多稼，油然可觀。”

⑤　及夫：句首助詞，猶言若夫。《禮記·祭法》：“及夫日月星辰，民所瞻仰也。”王引之《經傳釋詞》卷五：“及夫，若夫也。”江淹《恨賦》：“左對孺人，右顧稚子，脱略公卿，跌宕文史，齎志没地，長懷無已。及夫中散下獄，神氣激揚，濁醪夕引，素琴晨張。”　勾曲：彎曲。劉長卿《自紫陽觀至華陽洞宿侯尊師草堂簡同遊李延年》：“石門媚烟景，勾

曲盤江甸。南向佳氣濃。數峰遙隱見。”羅隱《送程尊師之晉陵》：“溪含句曲清連底，酒貫餘杭緑滿樽。莫見時危便乘興，人來何處不桃源？” 角觡：指有角的獸類，亦泛稱獸類。謝觀《初雷啓蟄賦》：“然後捨彼即此，違陰就陽，角觡奮迅，羽翼弛張。”蕭昕《上林白鹿賦》：“國庇豐草而擇，陰感食蘋而懷。德奮角觡，以共觚粲。” 頑心：愚妄之性。文瑩《玉壺清話》卷四：“〔戚密學〕作諭民詩五十絶……以申規警，立限曰：諷誦半年，頑心不悛，一以苛法治之，果因此詩獄訟大減。”洪邁《夷堅丙志·楚州陳道人》：“吾向來所戒如何？而乃頑心不改。” 凝：停止，静止。《楚辭·九嘆·憂苦》：“折鋭摧矜，凝氾濫兮。”王逸注：“凝，止也。”《文選·陸機〈演連珠〉》：“牽乎動則静凝，係乎静則動貞。”劉孝標注：“言舟牽乎水，波静而舟定。”滯：静止，停止。《淮南子·原道訓》：“是故能天運地滯，輪轉而無廢。”張華《鷦鷯賦》：“栖無所滯，遊無所盤。” 幽：潛隱。阮籍《詠懷八十二首》三二：“朝陽不再盛，白日忽西幽。”郭璞《山海經圖贊·猾裹》：“猾裹之獸，見則興役……天下有道，幽形匿迹。” 蟄：動物冬眠，潛伏起來不食不動。《易·繫辭》：“龍蛇之蟄，以存身也。”虞翻注：“蟄，潛藏也。”干寶《搜神記》卷一二：“蟲土閉而蟄，魚淵潛而處。”

⑥ 雷霆：震雷，霹靂。《易·繫辭》：“鼓之以雷霆，潤之以風雨。”蘇軾《策略》：“天之所以剛健而不屈者……其光爲日月，其文爲星辰，其威爲雷霆，其澤爲雨露，皆生於動者也。” 威赫：比喻威勢或威權。孫覿《回鎮江劉都統賀冬啓》四：“某官，山西將種，代北人豪。三令之行凛，如負雪之嚴；一怒之威赫，若迅雷之震。”陳東《登聞檢院上欽宗皇帝書》：“頃歲，李彥以根括民田，按行河北、京東、京西，威赫三路。”頑滯：愚妄固執。張鷟《朝野僉載》卷四：“唐禮部尚書祝欽明頗涉經史，不閑時務，博碩肥腯，頑滯多疑，臺中小吏號之爲‘媪’，媪者肉塊，無七竅。”元稹《旱災自咎貽七縣宰（同州時）》：“自顧頑滯牧，坐貽灾

沴臻。"　幽蟄:冬眠土中的蟲類,常常比喻草野或隱退之士。陸龜蒙《雜諷九首》二:"吾欲斧其吭,無雷動幽蟄。"李翱《祭楊僕射文》:"仰公之光,遂假薦言,幽蟄用彰,德惠之厚,歿身敢忘!"

　⑦ 仁:仁慈,厚道。《論語·泰伯》:"君子篤於親,則民興於仁;故舊不遺,則民不偷。"何晏集解:"君能厚於親屬,不遺忘其故舊,行之美者,則民皆化之,起爲仁厚之行,不偷薄。"《孟子·告子》:"惻隱之心,仁也。"　厲:嚴肅,嚴厲。《論語·述而》:"子溫而厲,威而不猛,恭而安。"韓愈《答尉遲生書》:"行峻而言厲,心醇而氣和。"　化:受感化,受感染。《呂氏春秋·大樂》:"天下太平,萬物安寧,皆化其上,樂乃可成。"白居易《丘中有一士二首》二:"所逢苟非義,糞土千黄金。鄉人化其風,薰如蘭在林。"

　⑧ 蚩尤:傳説中的古代九黎族首領,以金作兵器,與黄帝戰於涿鹿,失敗被殺。但關於其身份,古籍所載説法不一:一、炎帝臣,二、黄帝臣,三、古庶人,四、九黎之君,五、古天子。杜甫《寄彭州高三十五使君適虢州岑二十七長史參三十韻》:"蚩尤終戮辱,胡羯漫猖狂。"錢起《廣德初鑾駕出關後登高愁望二首》一:"漢幟遠成霞,胡馬來如蟻。不知涿鹿戰,早晚蚩尤死。"　黄帝:古帝名,傳説是中原各族的共同祖先,少典之子,姓公孫,居軒轅之丘,故號軒轅氏。又居姬水,因改姓姬。國於有熊,亦稱有熊氏。以土德王,土色黄,故曰黄帝。《易·繫辭》:"神農氏没,黄帝、堯、舜作,通其變,使民不倦。"孔穎達疏:"黄帝,有熊氏少典之子,姬姓也。"《史記·五帝本紀》:"黄帝者,少典之子,姓公孫,名曰軒轅。生而神靈,弱而能言,幼而徇齊,長而敦敏,成而聰明。"裴駰集解:"號有熊。"司馬貞索隱:"有土德之瑞,土色黄,故稱黄帝,猶神農火德王而稱炎帝然也。"　五兵:五種兵器,所指不一。《周禮·夏官·司兵》:"掌五兵五盾。"鄭玄注引鄭司農云:"五兵者,戈、殳、戟、酋矛、夷矛也。"此指車之五兵。步卒之五兵,則無夷矛而有弓矢。《穀梁傳·莊公二十五年》:"天子救日,置五麾,陳五兵五

鼓。"范寧注:"五兵:矛、戟、鈇、楯、弓矢。"《漢書·吾丘壽王傳》:"古
者作五兵。"顏師古注:"五兵,謂矛、戟、弓、劍、戈。" 共工:古史傳説
人物,爲堯臣,和驩兜、三苗、鯀並稱爲"四凶",被流放於幽州。《書·
舜典》:"流共工於幽洲。"銀雀山漢墓竹簡《孫臏兵法·見威王》:"昔
者,神戎戰斧遂,黄帝戰蜀禄,堯伐共工。" 五刑:五種輕重不等的刑
法,各個時期並不完全相同,其中秦以前爲墨、劓、荆(刖)、宫、大辟
(殺)。《書·舜典》:"五刑有服。"孔傳:"五刑:墨、劓、荆、宫、大辟。"
《周禮·秋官·司刑》:"掌五刑之法,以麗萬民之罪,墨罪五百,劓罪
五百,宫罪五百,刖罪五百,殺罪五百。" 放:驅逐,流放。《書·舜
典》:"流共工於幽洲,放驩兜於崇山。"孔穎達疏:"放逐驩兜於南裔之
崇山。"陳子昂《送吉州杜司户審言序》:"當用賢之世,賈誼竄於長沙;
居好文之朝,崔駰放於遼海。"

⑨ 華胥:《列子·黄帝》:"〔黄帝〕晝寢,而夢遊於華胥氏之國。
華胥氏之國在弇州之西、台州之北,不知斯齊國幾千萬里。蓋非舟
車足力之所及,神遊而已。其國無帥長,自然而已;其民無嗜欲,自
然而已……黄帝既寤,怡然自得。"後用以指理想的安樂和平之境,
或作夢境的代稱。張説《奉和聖製賜諸州刺史應制以題坐右》:"寄
情群飛鶴,千里一揚音。共躡華胥夢,襲黄安足尋!"王安石《書定
林院窗》:"竹鷄呼我出華胥,起滅篝燈擁燎爐。" 干羽:古代舞者
所執的舞具,文舞執羽,武舞執干。《書·大禹謨》:"帝乃誕敷文
德,舞干羽於兩階。"李義府《承華箴》:"思皇茂則,敬詢端輔。業光
啓誦,藝優干羽。" 仁壽:謂有仁德而長壽。語出《論語·雍也》:
"知者動,仁者静,知者樂,仁者壽。"邢昺疏:"言仁者少思寡欲,性
常安静,故多壽考也。"《舊唐書·劉蕡傳》:"由是天人通,陰陽和,
俗躋仁壽,物無疵癘。"

⑩ 因壘而來歸:事見僖公十九年,《左傳紀事本末》卷三五:"(僖
公)十九年……秋,宋人圍曹,討不服也。子魚言於宋公曰:'文王聞

崇德亂而伐之,軍三旬而不降。退修教而復伐之,因壘而降。《詩》
曰:'刑于寡妻,至于兄弟,以御於家邦。'今君德無乃猶有所闕,而以
伐人,若之何? 盍姑內省德乎? 無闕而後動。"　來歸:歸順,歸附。
《水經注·青衣水》引《竹書紀年》:"梁惠成王十年,瑕陽人自秦道岷
山青衣水來歸。"王維《送綦母潛落第還鄉》:"聖代無隱者,英靈盡來
歸。遂令東山客,不得顧采薇。"

⑪　虞舜:上古五帝之一,姓姚,名重華,因其先國于虞,故稱虞
舜,爲古代傳説中的聖君。《史記·五帝本紀》:"虞舜者,名曰重華。"
司馬貞索隱:"虞,國名……舜,諡也。"張守節正義:"瞽叟姓嬀,妻曰
握登,見大虹意感而生舜於姚墟,故姓姚。目重瞳子,故曰重華。"杜
甫《風疾舟中伏枕書懷三十六韵奉呈湖南親友》:"軒轅休製律,虞舜
罷彈琴。"　文王:即周文王。韋嗣立《上巳日祓禊渭濱應制》:"乘春
祓禊逐風光,扈蹕陪鑾渭渚傍。還笑當時水濱老,衰年八十待文王。"
白居易《渭上偶釣》:"昔有白頭人,亦釣此渭陽。釣人不釣魚,七十得
文王。"　苗人:即"三苗",古國名。《書·舜典》:"竄三苗于三危。"孔
傳:"三苗,國名,縉雲氏之後,爲諸侯,號饕餮。"《史記·五帝紀》:"三
苗在江淮、荆州數爲亂。"張守節正義:"吳起曰:'三苗之國,左洞庭而
右彭蠡。'……以天子在北,故洞庭在西爲左,彭蠡在東爲右。今江
州、鄂州、岳州,三苗之地也。"杜甫《野望》:"雲山兼五嶺,風壤帶三
苗。"　崇人:古國名,又稱有崇氏,相傳爲鯀的封國,在今河南嵩縣。
古時另有商的與國,爲周文王所滅,在今陝西西安市灃水西。這裏應
該指後者。

⑫　法天:效法自然和天道。《莊子·漁父》:"愚者反此,不能法
天而恤於人。"成玄英疏:"愚迷之人反於聖行,不能法自然而造適。"
荀悦《漢紀·哀帝紀》:"臣聞王者立三公法三光,立九卿以法天。"
生成:指人民。元稹《賀誅吳元濟表》:"〔陛下〕威動區宇,道光祖宗,
凡在生成,孰不歡忭?"趙元一《奉天録》卷四:"修神農之播植,垂堯舜

之衣裳。凡在生成，孰不慶幸？" 柔茂:初生茂盛貌。韓愈《南山詩》:"無風自飄簁,融液煦柔茂。"元稹《爲嚴司空謝招討使表》:"凡在生成,孰不柔茂？"

⑬ 蕞爾:形容小。《左傳·昭公七年》:"鄭雖無腆,抑諺曰'蕞爾國',而三世執其政柄。"劉禹錫《賀收蔡州表》:"蕞爾元濟,敢懷野心！" 蟊賊:吃禾苗的兩種害蟲。《詩·小雅·大田》:"去其螟螣,及其蟊賊。"毛傳:"食根曰蟊,食節曰賊。"喻危害人民或國家的人。《後漢書·岑彭傳》:"我有蟊賊,岑君遏之。"李賢注:"蟊賊,食禾稼蟲名,以喻奸吏侵漁也。" 螻蟻:螻蛄和螞蟻,泛指微小的生物。《莊子·列禦寇》:"在上爲烏鳶食,在下爲螻蟻食。"比喻力量微弱或地位低微、無足輕重的人。《南史·郭祖深傳》:"所以不憚鼎鑊區區必聞者,正以社稷計重而螻蟻命輕。" 忠臣:忠於君主的官吏。《國語·越語》:"〔吳王〕信讒喜優,憎輔遠弼,聖人不出,忠臣解骨。"杜甫《秦州見敕目薛畢遷官》:"忠臣詞憤激,烈士涕飄零。" 孝子:孝順父母的兒子。韓愈《復仇狀》:"蓋以爲不許復讎,則傷孝子之心,而乖先王之訓。"蘇軾《代張方平諫用兵書》:"慈父孝子、孤臣寡婦之哭聲,陛下必不得而聞也。"

⑭ 名爵:名號與爵位。葛洪《抱樸子·漢過》:"輸貨勢門,以市名爵者,謂之輕財貴義。"劉義慶《世說新語·識鑒》:"人生貴得適意爾,何能羈宦數千里以要名爵？" 訓誥:《尚書》六體中訓與誥的並稱,訓乃教導之詞,誥則用於會同時的告誡。《書序》:"足以垂世立教,典謨、訓誥、誓命之文凡百篇。"泛指訓導告誡之類的文辭。陸佃《答陳民先都曹書》:"古之人胥訓誥,不必親相與言也,以文與象示之而已。" 寵章:封建時代表示高官顯爵的章服。《文選·潘勖〈册魏公九錫文〉》:"朕聞先王並建明德,胙之以土,分之以民,崇其寵章,備其禮物,所以蕃衛王室,左右厥世也。"李善注:"《禮記》曰:'以爲旗章,以別貴賤。'"《舊唐書·鄭餘慶傳》:"丞郎中謝泊郎

官出使，多賜章服，以示加恩，於是寵章尤濫，當時不以服章爲貴。”

旄鉞：白旄和黃鉞，借指軍權。語本《書·牧誓》：“王左杖黃鉞，右秉白旄以麾。”蔡沈集傳：“鉞，斧也，以黃金爲飾……旄，軍中指麾，白則見遠。”《三國志·諸葛亮傳》：“臣以弱才，叨竊非據，親秉旄鉞以屬三軍。”

⑮　戕賊：摧殘，破壞。《孟子·告子》：“如將戕賊杞柳而以爲桮棬，則亦將戕賊人以爲仁義與？”葉適《科舉》：“四患不除，而朝廷於人才之本源，戕賊斲喪，不復長育，則宜其不足於用也。”　忠貞：忠誠堅貞。《國語·晉語》：“昔君問臣事君於我，我對以忠貞，君曰：‘何謂也？’我對曰：‘可以利公室，力有所能，無不爲，忠也，葬死者，養生者，死人復生不愧，生人不媿，貞也。’”杜甫《八哀詩·贈左僕射鄭國公嚴公武》：“顏回竟短折，賈誼徒忠貞。”　損：損害，傷害。《莊子·駢拇》：“伯夷死名於首陽之下，盜蹠死利於東陵之上……若其殘生損性，則盜蹠亦伯夷已。”韓愈《寒食日出遊》：“自然憂氣損天和，安得康強保天性？”　污：玷污，玷辱。《楚辭·九辯》：“竊不自聊而願忠兮，或黕點而污之。”王逸注：“讒人誣謗，被以惡名也。”《史記·淮南衡山列傳》：“王后有侍者，善舞，王幸之，王后欲令侍者與孝亂以污之。”仁義：亦作“仁誼”，仁愛和正義，寬惠與正直。《禮記·曲禮》：“道德仁義，非禮不成。”孔穎達疏：“仁是施恩及物，義是裁斷合宜。”王安石《與王子醇書》：“且王師以仁義爲本，豈宜以多殺斂怨耶？”　匿瑕：比喻人器量大能包容。《晉書·陳騫傳》：“騫少有度量，含垢匿瑕，所在有績。”陸贄《興元論續從賊中赴行在官等狀》：“愚智兼納，洪纖靡遺，蓋之如天，容之如地，垂旒黈纊而黜其聰察，匿瑕藏疾而務於包含。”含垢：包容污垢，容忍恥辱。《左傳·宣公十五年》：“川澤納污，山藪藏疾，瑾瑜匿瑕，國君含垢，天之道也。”元稹《爲嚴司空謝招討使表》：“陛下尚先含垢，未忍加誅，曲示綏懷，俾臣招撫。”　皇天：對天及天神的尊稱。《書·大禹謨》：“皇天眷命，奄有四海，爲天下君。”白居易

《哭微之二首》一："妻孥朋友來相吊，唯道皇天無所知。" 震曜：亦作"震燿"，雷聲震動，電光閃耀，極言其威猛之狀。《左傳·昭公二十五年》："爲刑罰威獄，使民畏忌，以類其震曜殺戮。"杜預注："雷震電曜，天之威也。聖人作刑獄，以象類之。"《後漢書·應劭傳》："夫刑罰威獄，以類天之震燿殺戮也。" 殺戮：殺害，屠殺。《書·呂刑》："殺戮無辜，爰始淫爲劓、刵、椓、黥。"杜甫《佳人》："兄弟遭殺戮，官高何足論！"

⑯ 有司：官吏，官吏的機構。古代設官分職，各有專司，故稱，"有"是助詞，無義。元稹《酬翰林白學士代書一百韵》："昔歲俱充賦，同年遇有司。八人稱迥拔，兩郡濫相知。"賈島《送雍陶及第歸成都寧親》："半應陰隲與，全賴有司平。歸去峰巒衆，別來松桂生。" 幸甚：表示非常慶倖或幸運。《史記·淮陰侯列傳》："王曰：'吾爲公以爲將。'何曰：'雖爲將，信必不留。'王曰：'以爲大將。'何曰：'幸甚！'於是王欲召信拜之。"韓愈《爲韋相公讓官表》："況今俊乂至多，耆碩咸在，苟以登用，皆逾於臣。伏乞特迴所授，以示至公之道，天下幸甚！"

［編年］

《年譜》編年本文於元和元年正月二十二日以前，理由是：一、"《舊唐書·憲宗紀》：'（永貞元年十二月）己酉，以新除給事中、西川行軍司馬劉闢爲成都尹、劍南西川節度使。'"二、"（元和元年正月）戊子，制：'劍南西川，疆界素定……頃因元臣薨謝，鄰藩不睦，劉闢乃因虛構隙，以忿結讎，遂勞王軍，兼害百姓。朕志存含垢，務欲安人。遣使論宣，委之旄鉞。如聞道路擁塞，未息干戈，輕肆攻圍，擬圖吞併。爲君之體，義在勝殘，命將興師，蓋非獲已。'三、"此《表》云：'臣伏見賊闢有不庭之罪，陛下尚覆露以待之'云云，應撰於憲宗下詔討伐劉闢之前，亦即元和元年正月戊子以前。其時元稹尚未爲左拾遺，此

《表》代人撰。"《編年箋注》長篇大論引錄，不勝其繁，但理由仍然不出《年譜》之論述，結論："此《表》宜成於劉闢圍梓州，憲宗難以用兵之際。"亦即元和元年正月。"但元和元年三月以前，元稹尚未擔任左拾遺，而秘書省校書郎無權過問朝政。故疑此《表》代他人而作。"《年譜新編》編年理由同《年譜》、《編年箋注》，結論是："則此表應撰於永貞元年十二月己酉授劉闢西川節度使之後、元和元年戊子憲宗下詔討劉闢之前，其時元稹已罷校書郎，表疑是代人作。"

　　考劉闢叛亂在元和元年一月，是月唐廷命高崇文、李元奕出師。此當是本文所云"有司不忍其威"而請求用兵之時，也是唐憲宗被迫同意出兵之日。據《舊唐書‧高崇文傳》，高崇文嚴礪解梓州圍後，劉闢歸東川節度使李康以"求雪己罪"。至六月，《舊唐書‧憲宗紀》中並無高崇文進兵之記載，此當是唐憲宗在同意討伐之後，又"思困以降之，舞干化以化之"、"又輟邊將以統問罪之師"之時。但劉闢並不死心，時時蠢蠢欲動，故元稹作於元和元年六月中下旬的《論西戎表》有"庸蜀有犬吠之驚"之句。據蜀地劉闢"不臣"的新動態，所以元稹奉呈《論西戎表》的同時，又奉呈本文，請求唐憲宗放棄幻想，命將帥進行武力討伐。唐憲宗也採納了包括元稹在內的衆位臣僚應該討閥劉闢的意見，至九月，高崇文擒劉闢以獻，詳見本文"箋注"所引《舊唐書‧劉闢傳》。據此，我們以爲本文撰作於元和元年六月下旬七月上旬，與《論西戎表》爲同時之作，《論西戎表》在前，而本文隨後，地點在長安，元稹時任左拾遺之職，《年譜》、《編年箋注》、《年譜新編》的編年意見顯然是錯誤的。本文是元稹奉職之舉，並非代人而作，故《年譜》所謂"元稹代人作"的結論、《編年箋注》、《年譜新編》"疑元稹代人作"的意見同樣都是錯誤的。

　　順便再說一句，元稹拜職左拾遺的具體時間在元和元年四月二十八日，故《編年箋注》"三月以前，元稹尚未擔任左拾遺"云云是不確切的；還有，元和元年年初元稹、白居易都已經不在校書郎任，

《策林序》“元和初，予罷校書郎，與元微之將應制舉，退居於上都華陽觀，閉户累月，揣摩當代之事，構成策目七十五門”就是明證，所以《編年箋注》“而秘書省校書郎無權過問朝政”云云，也屬無的放矢之舉。

◎ 含風夕（此後拾遺時作）①

炎昏倦煩久，逮此含風夕②。夏服稍輕清，秋堂已岑寂③。載欣涼宇曠，復念佳辰擲④。絡緯驚歲功，顧我何成績⑤？青熒微月鈎，幽暉洞陰魄⑥。水鏡涵玉輪，若見淵泉璧⑦。參差簾幌重，次第籠虛白⑧。樹影滿空床，螢光綴深壁⑨。悵望牽牛星（一），復爲經年隔⑩。露網裊風珠，輕河泛遙碧⑪。詎無深稠景（二），感此年流易（三）⑫？亦有遲暮年，壯年良自惜⑬。循環切中腸（四），感今追往昔（五）⑭。接瞬無停陰，何言問陳積⑮？馨香推蕙蘭，堅貞諭松柏⑯。生物固有涯，安能比金石⑰？況茲百齡内，擾擾紛衆役⑱。日月東西馳（六），飛車無留迹⑲。來者良未窮，去矣定奚適（七）⑳？委順在物爲，營營復何益㉑！

録自《元氏長慶集》卷五

[校記]

（一）悵望牽牛星：原本作“悵望牛斗星”，叢刊本、《古詩鏡·唐詩鏡》、《全詩》注同，《石倉歷代詩選》作“悵望斗牛星”，備存一説。楊本、《全詩》作“悵望牽牛星”，語義較佳，據改。

（二）詎無深稠景：蘭雪堂本、叢刊本、《古詩鏡·唐詩鏡》、《全詩》注同，楊本、《全詩》作“詎無深秋夜”，《石倉歷代詩選》無此下四句。

（三）感此年流易：蘭雪堂本、叢刊本、《古詩鏡·唐詩鏡》、《石倉歷代詩選》、《全詩》注同，楊本、《全詩》作“感此乍流易”，語義不同，不改。

（四）循環切中腸：原本作“循環切中感”，叢刊本、《古詩鏡·唐詩鏡》同，《石倉歷代詩選》亦同，但僅至此聯，以下無。楊本、《全詩》作“循環切中腸”，語義較佳，據改。

（五）感今追往昔：蘭雪堂本、叢刊本、《古詩鏡·唐詩鏡》、《全詩》注同，楊本、《全詩》作“感念追往昔”，語義相類，不改。

（六）日月東西馳：楊本、《古詩鏡·唐詩鏡》、《全詩》同，叢刊本作“日月東西驅”，語義不同，不改。

（七）去矣定奚適：楊本、叢刊本、《古詩鏡·唐詩鏡》、《全詩》同，宋蜀本作“去矣定所適”，語義不同，不改。

[箋注]

① 含風：帶著風，被風吹拂著。謝惠連《秋懷詩》：“蕭瑟含風蟬，寥唳度雲雁。”虞羲《見江邊竹詩》：“含風自颯颯，負雪亦猗猗。” 夕：傍晚，日暮。《左傳·昭公元年》：“君子有四時：朝以聽政，晝以訪問，夕以修令，夜以安身。”韓愈《感春五首》五：“朝明夕暗已足歎，況乃滿地成摧頹。”古代指傍晚晉見君王。《左傳·成公十二年》：“百官承事，朝而不夕。”孔穎達疏：“旦見君謂之朝，莫見君謂之夕。”《國語·晉語》：“叔向聞之，夕，君告之。”

② 炎昏：炎熱的黄昏。元稹《遣病十首》八：“炎昏豈不倦，時去聊自驚。”柳宗元《與裴塤書》：“炎昏多疾，氣力益劣，昧然人事百不記一，舍憂栗則怠而睡耳！” 倦煩：厭倦，厭煩。胡宿《謙集》：“鬱陶倦煩暑，爽豁逢蕭辰。開樽有歡伯，傾坐得嘉賓。”蘇舜欽《遷居》：“破壞

新器皿,散亡舊圖書。家人頗倦煩,行路亦嘆呼。" 逮:追上,趕上。《公羊傳·成公二年》:"郤克眱魯衛之使,使以其辭而爲之請,然後許之,逮于袁婁而與之盟。"何休注:"逮,及也,追及國佐于袁婁也。"曹植《七啓》:"縱輕體以迅赴,景追形而不逮。"

③ 夏服:夏天的服裝。《韓非子·顯學》:"墨者之葬也,冬日冬服,夏日夏服,桐棺三寸,服喪三月,世以爲儉。"白居易《秋霽》:"冬衣殊未製,夏服行將綻。" 輕清:謂風格簡明輕快。《文心雕龍·奏啓》:"必斂飭入規,促其音節,辨要輕清,文而不侈,亦啓之大略也。"盧照鄰《南陽公集序》:"北方重濁,獨盧黃門往往高飛;南國輕清,惟庾中丞時時不墜。" 秋堂:秋日的廳堂,常以指書生攻讀課業之所。王建《送司空神童》:"秋堂白髮先生別,古巷青襟舊伴歸。"聶夷中《秋夕》:"日往無復見,秋堂暮仍學。" 岑寂:寂寞,孤獨冷清。《文選·鮑照〈舞鶴賦〉》:"去帝鄉之岑寂,歸人寰之喧卑。"李善注:"岑寂,猶高靜也。"張碧《山居雨霽即事》:"結茅蒼嶺下,自與喧卑隔。況值雷雨晴,郊原轉岑寂。"

④ 載:尊奉,擁戴。《韓非子·功名》:"人主者,天下一力以共載之,故安;衆同心以共立之,故尊。"洪誠等校注:"載,通'戴',擁戴。"《史記·魏其武安侯列傳論》:"衆庶不載,竟被惡言。" 涼宇:涼秋的天空。謝脁《奉和隨王殿下十六首》二:"閑階塗廣露,涼宇澄月陰。"李益《自朔方還與鄭式瞻崔稱鄭子周岑贊同會法雲寺三門避暑》:"始投清涼宇,門值烟岫表。參差互明滅,彩翠竟昏曉。" 佳辰:良辰,吉日。王勃《越州秋日宴山亭序》:"豈非琴樽遠契,必兆朕於佳辰;風月高情,每留連於勝地。"柳永《應天長》:"恁好景佳辰,怎忍虛設?休效牛山,空對江天凝咽。"

⑤ 絡緯:蟲名,即莎雞,俗稱絡絲娘、紡織娘,夏秋夜間振羽作聲,聲如紡綫,故名。漢無名氏《古八變歌》:"枯桑鳴中林,絡緯響空階。"李白《長相思》:"絡緯秋啼金井闌,微霜淒淒簟色寒。" 歲功:一

年農事的收穫。《漢書·禮樂志》:"陽出佈施於上而主歲功,陰入伏藏於下而時出佐陽。陽不得陰之助,亦不能獨成歲功。"王符《潛夫論·愛日》:"竟亡一歲功,則天下獨有受其飢者矣!"　成績:成功的業績,成效。《書·洛誥》:"萬邦咸休,惟王有成績。"《南史·吳喜傳》:"喜隨沈慶之累經軍旅,性既勇決,又習戰陣,若能任之,必有成績。"

⑥　青熒:青光閃映貌。《文選·揚雄〈羽獵賦〉》:"玉石嶜崟,眩耀青熒。"李善注:"青熒,光明貌。"張九齡《巫山高》:"巫山與天近,烟景常青熒。"　月鉤:舊曆月頭或月尾時的蛾眉月,其狀似鉤,故稱。孟郊《宇文秀才齋中海柳詠》:"玉縷青葳蕤,結爲芳樹姿。忽驚明月鉤,鉤出珊瑚枝。"周必大《入直召對選德殿賜茶而退》:"歸到玉堂清不寐,月鉤初上紫薇花。"　幽暉:同"幽輝",月光。元稹《鶯鶯傳》:"是夕旬有八日也,斜月晶熒,幽輝半床,張生飄飄然,且疑神仙之徒,不謂從人閒至矣!"馬廷鸞《挽徐朝奉》:"洛社風流在,襄陽耆舊稀。瀧岡有名筆,字字獨幽輝。"　陰魄:月的別稱。李頻《中秋對月》:"秋分一夜停,陰魄最晶熒。"歐陽修《紫石屏歌》:"月光水潔石瑩净,感此陰魄來中潛。"

⑦　水鏡:清水和明鏡,兩者能清楚地反映物體。《三國志·李嚴傳》:"故以激憤也。"裴松之注引習鑿齒曰:"水至平而邪者取法,鏡至明而醜者無怒,水鏡之所以能窮物而無怨者,以其無私也。"張子容《贈司勛蕭郎中》:"國以推賢答,家無内舉疑。鳳池真水鏡,蘭省得華滋。"　玉輪:月的別名。元稹《月三十韵》:"絳河冰鑑朗,黄道玉輪巍。"盧炳《水龍吟·賡韵中秋》:"素娥睡起,玉輪穩駕,初離海表。"　淵泉:深泉。《莊子·田子方》:"其神經乎大山而無介,入乎淵泉而不濡。"劉孝標《辯命論》:"墜之淵泉非其怒,昇之霄漢非其悦。"　璧:玉器名,扁平,圓形,中心有孔,邊闊大於孔徑,古代貴族用作朝聘、祭祀、喪葬時的禮器,也作佩帶的裝飾。《詩經·衛

風·淇奧》:"有匪君子,如金如錫,如圭如璧。"《荀子·大略》:"聘人以珪,問士以璧。"喻月亮。薛道衡《和許給事善心戲場轉韵》:"雲間璧獨轉,空裏鏡孤懸。"顧况《奉酬劉侍郎》:"幾迴新秋影,璧滿蟾又缺。"

⑧ 參差:不齊貌。《詩·周南·關雎》:"參差荇菜,左右流之。"孟郊《旅行》:"野梅參差發,旅榜逍遥歸。" 簾牖:窗户與窗簾。劉希夷《搗衣篇》:"盤桓徙倚夜已久,螢火雙飛入簾牖。西北風來吹細腰,東南月上浮纖手。"韋應物《西亭》:"亭宇麗朝景,簾牖散暄風。小山初擒石,珍樹正然紅。" 次第:次序,順序。《詩·大雅·行葦》:"序賓以賢。"鄭玄箋:"謂以射中多少爲次第。"依次。《漢書·燕刺王劉旦傳》:"及衛太子敗,齊懷王又薨,旦自以次第當立,上書求入宿衛。"劉禹錫《秋江晚泊》:"暮霞千萬狀,賓鴻次第飛。" 虛白:潔白,皎潔。江總《借劉太常説文》:"幽居服藥餌,山宇生虛白。"錢起《禁闈玩雪寄薛左丞》:"虛白生臺榭,寒光入冕旒。"

⑨ 樹影:樹木的影子。杜甫《送韓十四江東覲省》:"黄牛峽静灘聲轉,白馬江寒樹影稀。"花蕊夫人《宫詞》二三:"翔鸞閣外夕陽天,樹影花光遠接連。" 空床:指獨宿的卧具,亦比喻無偶獨居。《古詩十九首·青青河畔草》:"昔爲倡家女,今爲蕩子婦。蕩子行不歸,空床難獨守。"曹丕《離居賦》:"惟離居之可悲,廓獨處於空床。"這時元稹的妻子韋叢在洛陽的父親家中,而詩人在長安履職左拾遺的職責,故詩人有空床之嘆。 螢光:螢火蟲發出的光。韋承慶《直中書省》:"螢光向日盡,蚊力負山疲。"徐照《宿翁靈舒幽居期趙紫芝不至》:"蛩響移砧石,螢光出瓦松。" 深壁:猶深壘。杜甫《八哀詩·贈司空王公思禮》:"九曲非外蕃,其王轉深壁。"項斯《日本病僧》:"深壁藏燈影,空窗出艾烟。已無鄉土信,起塔寺門前。"

⑩ "悵望牽牛星"兩句:韋夏卿貞元十九年十月出任東都留守之後,爲了照料元稹小夫妻的生活,在東都履信坊自己的住宅裏面修築

了小小院落，供元稹韋叢居住。而元稹這時在西京供職左拾遺，因此夫妻兩人分多聚少，故有如此感嘆。　　**悵望**：惆悵地看望或想望。徐堅《餞唐永昌》：“郎官出宰赴伊瀍，征傳駸駸瀍水前。此時悵望新豐道，握手相看共黯然。”劉長卿《寄李侍御》：“舊國人未歸，芳洲草還碧。年年湖上亭，悵望江南客。”　　**牽牛星**：即河鼓，隔銀河和織女星相對，俗稱牛郎星。《爾雅·釋天》：“河鼓謂之牽牛。”郭璞注：“今荆楚人呼牽牛星爲擔鼓，擔者，荷也。”《古詩十九首·迢迢牽牛星》：“迢迢牽牛星，皎皎河漢女……盈盈一水間，脈脈不得語。”　　**經年**：跨過年頭。崔珏《孤寢怨》：“征戍動經年，含情拂玳筵。花飛織錦處，月落搗衣邊。”王維《送平澹然判官》：“黃雲斷春色，畫角起邊愁。瀚海經年到，交河出塞流。”

⑪　**露網**：蜘蛛在露天所結的網。賀鑄《擬温飛卿》：“露網朱甍上，風簾翠鎖前。”曹勛《閑過小圃督治冬蔬》：“山園乘興便忘歸，習靜關情萬事非。落葉翻江垂露網，小梅藏白倚苔磯。”　　**風珠**：挂在蛛網上的水珠，義近“雨珠”、“水珠”。李德裕《鸂鶒》：“欲起搖荷蓋，閑飛濺水珠。不能常泛泛，惟作逐波鳧。”皎然《春夜賦得漉水囊歌送鄭明府》：“玉瓶徐瀉賞涓涓，濺著蓮衣水珠滿。因識仁人爲宦情，還如漉水愛蒼生。”　　**輕河**：指銀河。元稹《冬夜懷李侍御王太祝段丞》：“泛覽星粲粲，輕河悠碧虛。”元稹《解秋十首》五：“新月纔到地，輕河如泛雲。螢飛高下火，樹影參差文。”　　**遙碧**：謂遙遠的碧空。劉禹錫《白鷺兒》：“孤眠芊芊草，久立潺潺石。前山正無雲，飛去入遙碧。”曹勛《次魯季欽安序堂韻》：“隱隱揖遙碧，瀰瀰濯清川。高明意乃適，至遊情所耽。”

⑫　**詎**：副詞，表示反詰，相當於“豈”、“難道”。《莊子·齊物論》：“雖然，嘗試言之：庸詎知吾所謂知之非不知邪？庸詎知吾所謂不知之非知邪？”陶潛《讀山海經十三首》一〇：“徒設在昔心，良辰詎可待？”　　**年流**：年光流逝。戎昱《宿桂州江亭呈康端公》：“露

滴千家静，年流一葉催。"杜牧《南樓夜》："玉管金罇夜不休，如悲畫短惜年流。"

⑬ 遲暮：比喻晚年。《楚辭·離騷》："惟草木之零落兮，恐美人之遲暮。"王逸注："遲，晚也……而君不建立道德，舉賢用能，則年老耄晚暮，而功不成事不遂也。"《北齊書·李元忠傳》："年漸遲暮，志力已衰。久忝名官，以妨賢路。" 壯年：壯盛之年，多指三四十歲。袁淑《效古》："勤役未云已，壯年徒爲空。"劉禹錫《薦處士嚴瑟狀》："未逢知己，已過壯年。汨没風塵，有足悲者。"

⑭ 循環：往復迴旋，指事物周而復始地運動或變化。《戰國策·燕策》："此必令其言如循環，用兵如刺蜚繡。"《史記·高祖本紀論》："三王之道若循環，終而復始。" 中腸：猶内心。曹植《送應氏》："愛至望苦深，豈不愧中腸？"元稹《春月》："四鄰非舊識，無以話中腸。" 往昔：往日，從前。《戰國策·秦策》："臣敢言往昔。"杜甫《壯遊》："往昔十四五，出遊翰墨場。"

⑮ "接瞬無停陰"兩句：意謂世間萬物瞬息萬變，光陰不會停留，人們祇能順應自然不停前行，還講什麽過去自己做過什麽？還計較什麽哪些是對，哪些是錯？ 瞬：一眨眼工夫，極言時間短暫。柳宗元《晉問》："鱗川林壑，隳雲遁雨，瞬目而下者，榛榛沄沄。"梅堯臣《雪中發江寧浦至採石》："落星始前瞻，瞬目已後相。" 陰：借指光陰。《淮南子·原道訓》："夫日回而月周，時不與人遊。故聖人不貴尺之璧而重寸之陰，時難得而易失也。"《晉書·陶侃傳》："大禹聖者乃惜寸陰，至於衆人當惜分陰。" 何言：講什麼。張九齡《郡南江上別孫侍御》："雲嶂天涯盡，川途海縣窮。何言此地僻？忽與故人同。"陳子昂《宿空舲峽青樹邨浦》："委別高堂愛，窺覦明主恩。今成轉蓬去，嘆息復何言？" 陳積：過去的積存。《漕舟》：沈遘"漕舟上太倉，一鍾且千金。太倉無陳積，漕舟來無極。"蘇轍《春無雷》："東家西舍發陳積，十錢一餅猶難得。向來天公不爲人，

市人半是溝中瘠。”

⑯ 馨香：散播很遠的香氣。《國語・周語》：“其德足以昭其馨香，其惠足以同其民人。”韋昭注：“馨香，芳馨之升聞者也。”《古詩十九首・庭中有奇樹》：“馨香盈懷袖，路遠莫致之。”　蕙蘭：多年生草本植物，葉叢生，狹長而尖，初夏開花，色黃綠，有香味，庭園栽植，可供觀賞。《古詩十九首・冉冉孤生竹》：“傷彼蕙蘭花，含英揚光輝。”阮籍《詠懷詩三首》二：“濯纓醴泉，被服蕙蘭。”　堅貞：謂節操堅定不變。《後漢書・王龔傳》：“王公束修厲節，敦樂蓺文，不求苟得，不爲苟行，但以堅貞之操，違俗失衆，橫爲讒佞所構毀。”韋應物《睢陽感懷》：“甘從鋒刃斃，莫奪堅貞志。”　松柏：松樹和柏樹，兩樹皆長青不凋，爲志操堅貞的象徵。《禮記・禮器》：“其在人也，如竹箭之有筠也，如松柏之有心也。”《荀子・大略》：“歲不寒無以知松柏。”

⑰ 生物：泛指自然界中一切有生命的物體，包括植物與動物。《禮記・樂記》：“土敝則草木不長，水煩則魚鱉不大，氣衰則生物不遂。”《荀子・禮論》：“天能生物，不能辨物也；地能載人，不能治人也。”　有涯：有邊際，有限。《莊子・養生主》：“吾生也有涯，而知也無涯。”《文心雕龍・序志》：“贊曰：生也有涯，無涯惟智。”　金石：金和美石之屬。《大戴禮記・勸學》：“故天子藏珠玉，諸侯藏金石，大夫畜犬馬，百姓藏布帛。”元希聲《贈皇甫侍御赴都八首》八：“金石其心，芝蘭其室。言語方間，音徽自溢。”

⑱ 百齡：猶百年，指長久的歲月，亦指人的一生。王勃《秋日登洪州府滕王閣餞別序》：“捨簪笏於百齡，奉晨昏於萬里。”李德裕《寄題惠林李侍郎舊館》：“百齡惟待盡，一世樂長貧。”　擾擾：紛亂貌，煩亂貌。《列子・周穆王》：“今頓識既往，數十年來存亡、得失、哀樂、好惡，擾擾萬緒起矣！”武元衡《南徐別業早春有懷》：“生涯擾擾竟何成，自愛深居隱姓名。”

⑲ 日月：太陽和月亮。《易·離》："日月麗乎天，百穀草木麗乎土。"韓愈《秋懷詩十一首》一："羲和驅日月，疾急不可恃。" 東西：方位名，東方與西方，東邊與西邊。《墨子·節用》："古者堯治天下，南撫交阯，北降幽都，東西至日所出入，莫不賓服。"劉向《九嘆·遠逝》："水波遠以冥冥兮，眇不睹其東西。" 飛車：傳說中乘風飛行的車。皇甫謐《帝王世紀》："奇肱氏能爲飛車，從風遠行。"韓愈《感春三首》二："誰能駕飛車，相從觀海外？" 留迹：沒有遺留下來的痕跡。張九齡《祠紫蓋山經玉泉山寺》："歸真已寂滅，留迹豈埋沉？ 法地自茲廣，何云千萬金！"楊衡《送公孫器自桂林歸蜀》："蜀鄉異青眼，蓬戶高朱戟。風度杳難尋，雲飄詎留迹？"

⑳ 來者：將來的事。《呂氏春秋·聽言》："往者不可及，來者不可待。"韓愈《別知賦》："知來者之不可以數，哀去此而無由。"將來的人，後輩。《論語·子罕》："後生可畏，焉知來者之不如今也？"《文選·司馬遷〈報任少卿書〉》："此人皆意有鬱結，不得通其道，故述往事，思來者。"李善注："言故述往前行事，思令將來人知己之志。" 奚：疑問詞，猶何，何事，什麼事。《論語·子路》："衛君待子而爲政，子將奚先？"猶何，何處，什麼地方。《論語·憲問》："子路宿於石門，晨門曰：奚自？" 適：去，往。《楚辭·離騷》："心猶豫而狐疑兮，欲自適而不可。"王逸注："適，往也。"蘇軾《石鐘山記》："元豐七年六月丁丑，余自齊安舟行適臨汝。"歸向，歸從。《左傳·昭公十五年》："好惡不愆，民知所適，事無不濟。"杜預注："適，歸也。"孔穎達疏："言皆知歸於善也。"謝靈運《南樓中望所遲客》："圓景早已滿，佳人殊未適。"

㉑ 委順：謂自然所賦予的和順之氣。《莊子·知北遊》："性命非汝有，是天地之委順也。"順應自然。白居易《委順》："宜懷齊遠近，委順隨南北。"孫光憲《北夢瑣言》卷一〇："〔梁新〕仕至尚醫奉御，有一朝士詣之，梁奉御曰：'何不早見示？ 風疾已深矣！ 請速歸處置家事，

委順而已。’”　物爲：義同“無爲”，“道”、“儒”、“佛”均主張“無爲”。道家主張清靜虛無，順應自然，稱爲“無爲”。《老子》：“道常無爲而無不爲，侯王若能守之，萬物將自化。”《淮南子·原道訓》：“無爲爲爲，而合於道，無爲言言，而通乎德。”儒家主張選能任賢，以德化人，亦稱爲“無爲”。《禮記·中庸》：“如此者，不見而章，不動而變，無爲而成。”董仲舒《春秋繁露·離合根》：“故爲人主者，以無爲爲道，以不私爲寶。”佛教語，指無因緣造作與無生住異滅四相之造作爲“無爲”。牟融《理惑論》：“佛道崇無爲，樂施與持戒，兢兢如臨深淵者。”李邕《大相國寺碑》：“莊嚴不獨於示相，功德何止於無爲！”“物”通“勿”。《呂氏春秋·恃君》：“君道何如？利而物利章。”許維遹集釋：“俞樾云：物當爲勿。《尚書·立政篇》‘時則勿有間之’，《論衡·譴告篇》作‘時則物有間之’……是古字本通也。”　營營：勞而不知休息，忙碌。《莊子·庚桑楚》：“全汝形，抱汝生，無使汝思慮營營。”鍾泰發微：“營營，勞而不知休息貌。”范仲淹《與韓魏公書》：“吾輩須日夜營營，以備將來。”

[編年]

《年譜》編年本詩於元和元年，理由是：“題下注：‘此後拾遺時作。’”《編年箋注》編年：“元和元年（八〇六），元稹十八歲，應制舉，四月登‘才識兼茂明於體用科’，授左拾遺。九月出爲河南縣尉。卞《譜》繫此詩於是年。”順便說一句，元和元年元稹二十八歲，《編年箋注》“元稹十八歲”云云，恐怕是筆誤吧！《年譜新編》編年本詩於元和元年，理由是：“題下注：‘此後拾遺時作。’”

本詩確實是元和元年所作，但僅僅以這樣的理由來編年恐怕還是不够的。據《舊唐書·憲宗紀》記載，元稹本年參加制科考試在元和元年四月十三日，又據《唐大詔令集》，元稹等十八人登第已經在四月二十八日，元稹名列第一，拜左拾遺。再據元稹《酬翰林白學士代書一百韵》詩注，元稹被罷免左拾遺同時出貶河南尉在同年的九月十三日。而本詩云“炎昏倦煩久”、“秋堂已岑寂”、“悵望牽牛星”，表明夏天剛剛過去，時序已經是初秋季節，牛郎織女相會的“七夕”即將來臨或者已經來臨，本詩即應該作於七月上旬。